COOPER

❧

LA PRAIRIE

**Traduction
de P. Louisy**

*Illustrations
d'Andriolli*

bibliothèque
lattès

Texte intégral

CHAPITRE PREMIER

> Berger, donne-t-on quelque part
> l'hospitalité dans ce désert ? Que ce
> soit pour de l'argent ou par amitié,
> conduis-nous-y, de grâce ; nous mou-
> rons de faim et de lassitude.
>
> SHAKESPEARE,
> *Comme il vous plaira.*

On a beaucoup parlé et écrit dans le temps sur la question de savoir s'il était politique d'ajouter les vastes régions de la Louisiane aux territoires déjà immenses et à demi peuplés des États-Unis. Néanmoins, quand la chaleur de la discussion se fut calmée, et que les considérations personnelles eurent fait place à des vues plus libérales, on convint en général de la sagesse de cette mesure. Elle plaçait entièrement sous notre contrôle les innombrables tribus de sauvages dispersées le long de nos frontières de l'ouest ; elle conciliait des intérêts opposés, calmait des défiances nationales, ouvrait mille voies faciles au commerce de l'intérieur ainsi qu'à la navigation de l'océan Pacifique.

Quoique la cession eût été faite en 1803, le printemps de l'année suivante s'écoula avant que la prudence officielle de l'Espagnol qui administrait la province au nom de son maître d'Europe voulût permettre la prise de possession. A peine les formalités du transfert accomplies, et le nouveau gouvernement reconnu, des essaims de cette population inquiète qui s'agite sans cesse aux extrémités de la société américaine s'enfoncèrent dans les bois qui bordaient la rive droite du Mississippi, avec la même intrépidité insouciante qui avait soutenu une foule d'émigrants dans leur pénible marche depuis les États de l'Atlantique jusqu'à la rive orientale du *Père des fleuves.*

En se livrant à ces expéditions aventureuses, les hommes sont d'ordinaire entraînés par la force d'habitudes antérieures ou par la déception de secrètes espérances. Quelques-unes, — ce fut le petit nombre, — avides d'une subite opulence, se mirent à chercher les mines d'une contrée encore vierge ; la plupart allèrent s'établir sur le bord des grands cours d'eau, se contentant des riches produits dont un sol fécondé par un tel voisinage ne manque jamais de récompenser même la plus faible industrie. C'est ainsi qu'on vit des agglomérations croître avec une rapidité qui tenait de la magie ; et beaucoup de témoins de l'acquisition de cet empire inhabité ont pu assister à sa transformation en un État populeux et indépendant, bientôt admis dans le sein de la confédération nationale sur le pied de l'égalité politique.

Les incidents et les scènes qui se rapportent à la présente histoire se sont passés à l'origine même des entreprises qui ont amené en quelques années des résultats si magnifiques.

La moisson de la première année de notre entrée en possession était faite depuis longtemps, et le feuillage flétri des arbres assez rares commençait à revêtir la livrée de l'automne, lorsqu'une file de chariots sortit du lit desséché d'un ruisseau, et continua sa marche à travers la surface ondulée de ce que, dans le langage du pays, on nomme une *prairie ondoyante* (rolling prairie). Les chariots chargés de meubles, d'ustensiles domestiques et d'instruments de labourage, le petit troupeau éparpillé de moutons et de gros bétail qui fermait la marche, l'aspect rustique et l'air insouciant des gens robustes qui suivaient nonchalamment le pas lourd des attelages, tout annonçait une troupe d'émigrants allant à la recherche de l'Eldorado de leurs rêves.

Contrairement à la pratique habituelle des gens de leur classe, ils avaient quitté les vallées fertiles de la basse Louisiane pour se frayer un chemin par des moyens connus seulement d'aventuriers de cette espèce, à travers ravines et torrents, marécages profonds et solitudes arides, bien au delà des limites ordinaires des habitations civilisées. Devant eux se déroulaient ces vastes plaines qui s'étendent avec une désolante monotonie jusqu'à la base des montagnes Rocheuses, et à de longues journées de marche en arrière bouillonnaient les eaux rapides et fangeuses de la Platte.

La présence d'un tel attirail dans ces lieux nus et solitaires était d'autant plus remarquable que la région d'alentour n'offrait presque rien qui pût tenter la cupidité d'un spéculateur, et encore moins, s'il est possible, flatter les espérances de quiconque aurait voulu former un établissement en ce pays nouveau.

L'herbe maigre de la Prairie ne promettait pas

grand parti à tirer du sol dur et ingrat sur lequel les
chariots roulaient aussi légèrement que sur une route
battue ; les roues et les animaux laissaient seulement
des traces de leur passage sur cette herbe flétrie ; si le
bétail la broutait de temps à autre, il la rejetait
aussitôt, comme un aliment trop amer pour que la
faim même pût le rendre supportable.

Quelle que fût la destination de ces aventuriers,
ou la cause secrète de leur confiance apparente dans
un semblable désert, l'attitude d'aucun d'eux n'annonçait l'inquiétude ou le malaise. En y comprenant les
femmes et les enfants, la caravane se composait de
plus de vingt personnes.

A la tête, et un peu en avant, marchait l'individu
qui, par son maintien et la place qu'il occupait,
paraissait être le chef. De haute taille, brûlé du soleil,
il était sur le retour de l'âge ; sa figure épaisse, inerte,
rebelle à toute émotion, ne trahissait rien moins que le
regret du passé ou le souci de l'avenir. Avec des
membres flasques et comme détendus, il était doué
d'une vigueur peu commune. Ainsi, le moindre obstacle venait-il entraver sa marche alourdie, on voyait cet
homme, énervé d'apparence et si lent à traîner son
grand corps, déployer une portion de cette énergie
recelée dans son organisation, comme la force pesante
mais terrible de l'éléphant. Quant à ses traits, larges,
empâtés, insignifiants par le bas, ils étaient déprimés
dans le haut, fuyants et marqués au sceau des vils
instincts.

L'habillement du personnage tenait le milieu
entre l'accoutrement grossier d'un laboureur et les
vêtements de cuir que la mode et l'expérience avaient
en quelque sorte rendus nécessaires à un émigrant.
Toutefois il avait enjolivé à profusion ce bizarre

équipage d'ornements du plus mauvais goût. Au lieu du ceinturon ordinaire de peau de daim, il portait autour des reins une écharpe de soie fanée aux couleurs criardes ; le manche de son couteau, en corne de cerf, était surchargé de plaques d'argent, et la fourrure d'ours de son bonnet, nuancée avec une rare finesse ; à sa jaquette sale et usée on avait cousu de brillantes piastres du Mexique en guise de boutons, et le même métal garnissait la monture de sa carabine, en bois d'un magnifique acajou ; enfin les breloques de trois montres d'occasion pendillaient hors de ses poches de devant.

Indépendamment du fusil qu'il portait en bandoulière, ainsi qu'un havresac et une poire à poudre, il avait encore une hache en bon état négligemment jetée sur l'épaule ; et, malgré la charge de cet attirail, il semblait se mouvoir avec autant d'aisance que si nul fardeau n'eût pesé sur lui et nul obstacle embarrassé sa marche.

A quelques pas derrière lui venait un groupe de jeunes gens, vêtus et équipés à peu près de même, et ayant entre eux, comme avec leur chef, assez de ressemblance pour qu'on les reconnût pour des enfants d'une seule famille. Bien que le plus jeune eût à peine dépassé cette époque de la vie que la loi, dans sa subtile sagesse, a qualifiée d'*âge de discrétion,* il se montrait digne de ses ascendants par la façon hardie dont il s'était poussé à leur taille. Pour ceux qui avaient une conformation tant soit peu différente, nous les décrirons en temps et lieu au cours régulier de cette histoire.

Il n'y avait que deux femmes dans la caravane, quoiqu'on vît sortir de temps en temps du premier chariot plusieurs frimousses, aux boucles blondes, au

teint hâlé, aux yeux vifs et pétillants de curiosité.
L'une, jaune, sèche et toute ridée, était la mère ;
l'autre, fillette de dix-huit ans, remuante et légère,
semblait appartenir, d'après ses manières et son
habillement, à une classe de la société élevée de
plusieurs degrés au-dessus de celle de ses compagnons. Le second chariot était couvert d'une toile
attachée avec un soin scrupuleux, et ce qu'il contenait,
sévèrement dissimulé aux regards.

Sur les véhicules qui venaient encore à la file on
avait entassé pêle-mêle meubles, outils et effets, tels
qu'on peut en supposer à des gens prêts à tout
moment à changer de demeure, sans égard aux saisons
ou à la distance.

Peut-être n'y avait-il dans cet équipage ou dans
l'aspect de ses propriétaires rien qui le distinguât de ce
qu'on rencontre journellement sur les routes d'un
pays mobile et changeant comme le nôtre ; mais la
solitude et l'étrangeté des sites que traversait la
colonie ambulante lui imprimaient à un rare degré un
caractère aventureux et sauvage.

Dans les dépressions du sol qui, suivant un
développement régulier, revenaient à chaque demi-
lieue sur leur route, la vue était bornée à droite et à
gauche par les éminences presque insensibles qui
donnent à cette espèce de prairie le nom dont nous
avons parlé, tandis qu'ailleurs la perspective monotone se prolongeait dans un espace long, étroit,
stérile, que relevait à peine un misérable déploiement
de végétation commune, bien qu'assez fournie.

Du sommet des monticules, l'œil était fatigué de
l'uniformité et de la sécheresse glaciale du paysage. La
terre ne ressemblait pas mal à l'Océan alors que ses
vagues, soulevées par la tempête, continuent à rouler

pesamment : même surface onduleuse et régulière, même absence d'objets étrangers, même horizon sans limites. Si frappante, en effet, était la ressemblance entre l'eau et le sol que, dût le géologue sourire de la simplicité de cette théorie, un poète n'aurait pu s'empêcher de croire que la formation de l'un résultait de la retraite successive de l'autre. Çà et là un grand arbre s'élevait d'un bas-fond, comme un vaisseau solitaire, étendant au loin ses branches dépouillées ; et pour ajouter à l'illusion, on apercevait à l'arrière-plan deux ou trois bouquets de bois qui s'arrondissaient parmi le brouillard comme des îles suspendues sur le sein des ondes. Sans doute, la monotonie de la surface et l'abaissement du point de vue contribuaient à exagérer les distances. Mais, à voir les îles se succéder et le terrain onduler sans cesse, on en arrivait à acquérir la conviction décourageante, qu'il faudrait franchir une étendue de pays en apparence interminable avant que les vœux du plus humble laboureur pussent se réaliser.

Le chef des émigrants n'en poursuivait pas moins sa marche d'un air imperturbable, sans autre guide que le soleil, tournant résolument le dos aux foyers de la civilisation, et plongeant à chaque pas plus avant, sinon sans retour, dans les repaires des sauvages occupants du pays.

Cependant, à mesure que le jour tirait à sa fin, son esprit, incapable peut-être de mûrir un dessein homogène au delà de ce qui se rapportait à l'heure présente, parut se préoccuper de pourvoir aux besoins qu'allait faire naître la venue des ténèbres. Ayant atteint le haut d'un tertre un peu plus élevé que les autres, il s'arrêta un moment et jeta à la ronde un regard quelque peu curieux pour tâcher d'apercevoir

quelques-uns des signes bien connus indiquant une
place où se trouvent réunies les trois choses qui leur
étaient le plus nécessaires, l'eau, le bois et le fourrage.

Sa recherche fut probablement infructueuse ;
car, après quelques minutes d'une inspection vague
et indolente, il redescendit la colline avec la pesan-
teur d'un animal surchargé de graisse et qui cède à la
déclivité du terrain.

Son exemple fut silencieusement suivi par ceux
qui venaient à sa suite ; mais, plus jeunes que lui, ils
manifestèrent plus d'intérêt, sinon d'inquiétude, dans
le coup d'œil rapide que chacun jeta à son tour en
arrivant au même endroit. Hommes et bêtes n'allaient plus que d'un pas alourdi, et il était clair que le
repos s'imposerait bientôt comme un besoin impérieux. L'herbe emmêlée des bas-fonds présentait à la
marche des obstacles que la fatigue commençait à
rendre formidables, et il fallait recourir au fouet pour
stimuler les attelages.

Au moment où une lassitude générale gagnait les
émigrants, à l'exception de leur chef, et où, par une
sorte d'instinct, tous les yeux interrogeaient l'horizon, la caravane fit halte, frappée d'un spectacle
aussi subit qu'inattendu.

Le soleil avait disparu derrière le talus voisin,
laissant après lui une trainée de lumière. Au centre
de ce torrent d'éblouissante clarté apparut une forme
humaine, se détachant du fond d'or d'une manière
tellement distincte et palpable, qu'on eût cru pouvoir
la toucher en étendant la main. La stature était
colossale, l'attitude recueillie et mélancolique, la
place qu'elle tenait juste en travers du passage des
voyageurs ; mais encadrée qu'elle était dans son

auréole de lumière, il était impossible d'en apprécier exactement les proportions ou la nature.

L'effet de cette vision fut magique et instantané. Celui qui marchait en tête s'arrêta soudain, contemplant l'objet mystérieux avec une morne stupéfaction qui se changea bientôt en une sorte de terreur superstitieuse ; ses fils, dès que la première émotion de surprise fut un peu calmée, se rapprochèrent de lui ; et ceux qui conduisaient les chariots ayant fait de même, la caravane entière ne forma plus qu'un groupe silencieux et émerveillé.

Bien que l'idée d'une apparition surnaturelle fût générale parmi les voyageurs, on entendit un bruit d'armes, et deux des plus hardis d'entre les jeunes gens soulevèrent leurs fusils pour être prêts au premier signal.

« Envoyez les enfants sur la droite », s'écria la mère intrépide d'une voix aiguë et discordante. « Asa ou Abner nous rendra bon compte de la créature, j'en réponds.

— Il serait peut-être bon d'essayer d'une balle », marmotta un lourdaud de mauvaise mine, dont les traits offraient avec ceux de la matrone un grand air de famille ; tout en parlant, il ramena l'arme à son épaule et se mit en demeure de tirer. « Les Paunis-Loups chassent, dit-on, par centaines dans la Prairie ; s'il en est ainsi, ils ne remarqueront pas la disparition d'un des leurs.

— Arrêtez ! » s'écria une voix douce mais effrayée, qui s'échappa des lèvres tremblantes de la plus jeune des deux femmes. « Nous ne sommes pas tous ensemble ; c'est peut-être un ami.

— Qui bat la campagne à cette heure ? » s'écria le père en promenant sur sa rude progéniture un

regard sombre et mécontent. « Bas votre arme, bas
votre arme ! » continua-t-il en détournant de sa large
main la carabine de son compagnon, et d'un ton de
maître. « Ma besogne n'est pas encore terminée ; je
veux finir en paix le peu qui me reste à faire. »

L'homme aux intentions hostiles parut comprend-
dre le sens de ces paroles, et désarma son fusil. Les
garçons se tournèrent du côté de la jeune fille qui avait
pris si vivement la parole, et leurs regards semblèrent
lui demander une explication ; mais comme satisfaite
du répit qu'elle avait obtenu pour l'étranger, elle était
revenue à sa place et paraissait vouloir se renfermer
dans un modeste silence.

Pendant ce temps, l'horizon avait plusieurs fois
changé de couleur : à la clarté brillante dont l'œil était
ébloui avait succédé une lumière plus foncée et plus
égale, et à mesure que le soleil perdait de son éclat, les
proportions de l'étrange apparition devinrent moins
gigantesques, et finirent par se dessiner d'une manière
distincte. Honteux de son hésitation, maintenant que
la vérité n'était plus douteuse, le chef de la caravane
se remit en marche, prenant toutefois la précaution,
en gravissant le tertre, de dégager sa carabine de la
bandoulière, et de la tenir de manière à pouvoir s'en
servir au besoin.

Rien ne justifiait un tel excès de vigilance. Depuis
le moment où il avait trahi sa présence d'abord
inexplicable, et pour ainsi dire entre le ciel et la terre,
l'étranger n'avait pas bougé de place ni donné le
moindre signe d'hostilité : eût-il même nourri de
mauvais desseins, il semblait à le voir tel qu'il était,
bien peu en état de les mettre à exécution.

Comment un corps éprouvé par les rigueurs de
plus de quatre-vingts hivers aurait-il pu effrayer un

homme aussi robuste que l'émigrant ? Malgré le poids des ans et son apparente décrépitude, il y avait dans cet être solitaire quelque chose qui disait que le temps, et non la maladie, avait pesé trop lourdement sur lui. L'âge l'avait desséché sans le flétrir : ses muscles relâchés, indices d'une vigueur qui avait dû être grande, projetaient des saillies encore visibles, et toute sa personne décelait un air de vitalité, qui, à part la fragilité trop réelle de la nature humaine, aurait pu défier le temps de pousser plus loin ses ravages. Ses vêtements se composaient surtout de peaux avec le poil tourné en dehors ; une carnassière et une corne à poudre étaient suspendues à ses épaules, et il s'appuyait sur une carabine d'une longueur extraordinaire, mais qui, ainsi que son maître, portait les traces d'un long et pénible service.

Quand la troupe des nouveaux venus fut arrivée à portée de la voix, un sourd grondement se fit entendre aux pieds du vieillard, et l'on vit se dresser lentement un chien de chasse de grande taille, maigre et édenté, qui, après s'être secoué, montra quelque velléité de barrer la route aux voyageurs.

« A bas ! Hector, à bas ! » lui dit son maître d'une voix profonde que la vieillesse avait rendue tant soit peu chevrotante. « Qu'as-tu à démêler, mon garçon, avec des gens qui vont tranquillement à leurs affaires ? »

Le chef des émigrants prit la parole.

« Étranger », dit-il, « Si vous connaissez bien le pays, pourriez-vous indiquer à un voyageur où il trouvera ce qu'il lui faut pour passer la nuit ?

— La terre est-elle donc remplie de l'autre côté de la Grande Rivière ? » demanda le vieillard d'un ton solennel et sans paraître s'inquiéter de la ques-

tion qu'on lui avait faite. « Autrement, pourquoi
suis-je témoin d'un spectacle que je croyais ne plus
revoir ?

— De la terre ? Si vraiment, il en reste, pour
quiconque a le gousset plein et l'humeur accommodante ; mais, à mon gré, il y a déjà trop de monde. A
combien estimez-vous à peu près la distance d'ici au
point le plus rapproché du fleuve ?

— Un cerf au lancer ne pourrait rafraîchir ses
flancs dans les eaux du Mississipi sans parcourir au
moins deux cents lieues.

— Et quel nom donnez-vous à ce pays-ci ?

— Quel nom », reprit l'autre en montrant le ciel
par un geste expressif, « quel nom donneriez-vous à
l'endroit où vous voyez là-haut ce nuage ? »

L'émigrant le regarda de l'air d'un homme qui ne
comprend pas et qui soupçonne ce qu'on lui dit d'être
une raillerie déguisée ; pourtant il se contenta de
répondre :

« Vous êtes probablement un nouveau débarqué
comme moi ; sans quoi vous ne refuseriez pas d'aider
un voyageur de vos conseils, présent peu coûteux
puisqu'il ne consiste qu'en paroles.

— Un présent ? Non, c'est une dette que les
anciens doivent acquitter envers les jeunes. Que
désirez-vous savoir ?

— Où je puis établir mon camp cette nuit. Quant
à la nourriture et au coucher, je ne suis pas difficile ;
mais, lorsqu'on a trimé sur les chemins comme moi,
l'on connaît le prix de l'eau fraîche et d'une bonne
pâture pour les bestiaux.

— Venez donc avec moi, et vous aurez l'une et
l'autre ; c'est à peu près tout ce que je puis offrir dans
cette aride Prairie. »

A ces mots, le vieillard rejeta sur l'épaule sa lourde carabine avec une aisance assez remarquable pour son âge, et, sans plus de paroles, il descendit dans la vallée voisine.

CHAPITRE II

Dressez ma tente ; ici je passerai
la nuit. Et demain ? Bah ! nous verrons.

SHAKESPEARE, *Richard III.*

Bientôt les voyageurs reconnurent à des signes
infaillibles, que ce dont ils avaient besoin n'était pas
très éloigné. Une source s'échappait en murmurant de
la pente qu'ils suivaient, et ses claires eaux, réunies à
celles d'autres petites sources du voisinage, formaient
un ruisseau, dont le cours sinueux était facile à
distinguer, à une assez longue distance, grâce au
feuillage et à la verdure qui croissaient çà et là sur ses
bords humides. L'étranger se dirigea de ce côté, et les
attelages hâtèrent le pas à la suite, avertis par leur
instinct de l'approche du pâturage et d'un lieu de
repos.

Arrivé à l'endroit qu'il jugeait le plus convenable,
le vieillard s'arrêta, et son regard sembla demander
aux voyageurs s'ils y trouvaient ce qui leur était
nécessaire. Le chef de la caravane jeta autour de lui
un coup d'œil investigateur, et examina les lieux avec

la sagacité d'un juge compétent dans une question délicate, mais en vrai lourdaud, et sans se départir du flegme qui lui permettait rarement de manifester une précipitation incompatible avec sa dignité.

« Oui, ça peut aller », dit-il, comme s'il eût été satisfait du résultat de ses observations. « Enfants, vous avez vu les derniers rayons du soleil ; à l'ouvrage ! »

Les jeunes gens montrèrent à quel point ils étaient rompus à l'obéissance. L'ordre — car, si le ton fait la chanson, c'en était un au sens le plus étroit, — fut reçu avec respect ; mais il n'y eut d'autre mouvement que celui d'une hache ou deux qui glissèrent à terre, tandis que ceux à qui elles appartenaient continuaient à regarder autour d'eux avec un air d'indifférence. De son côté, le plus âgé des voyageurs, qui savait comment se gouvernaient ses enfants, se débarrassa de son sac et de son fusil, et aidé de l'homme que nous avons vu si prompt à faire usage de ses armes, il s'occupa à dételer les bêtes.

Ce fut l'aîné des garçons qui donna l'exemple.

Il s'avança d'un pas pesant, et, sans effort apparent, plongea le fer de sa hache dans le tronc poreux d'un cotonnier. Un instant il resta immobile à regarder l'effet du coup qu'il venait de porter, avec cette sorte de mépris dont un géant contemplait l'impuissante résistance d'un nain ; puis, brandissant l'arme au-dessus de sa tête, il eut bientôt coupé l'arbre, qui, rendant, pour ainsi dire, hommage à son adresse, tomba à terre avec fracas. Ses compagnons assistèrent à l'opération en curieux jusqu'au moment où le tronc fut étendu à leurs pieds. Comme si c'eût été le signal d'une attaque générale, tous se mirent à l'œuvre, et en quelques minutes, avec une habileté de main qui

aurait émerveillé un spectateur ignorant, ils dépouillè-
rent d'arbres un certain espace de terrain ; et cela fut
fait presque aussi vite que si une trombe avait passé
par là.

L'étranger ne perdait pas un de leurs mouvements. A mesure que les arbres tombaient en frémissant l'un après l'autre, il levait les yeux vers le ciel que
ce vide laissait apercevoir ; un tel abatis lui semblait
une profanation, mais il ne daigna donner d'autres
marques de mécontentement qu'un sourire amer et
des plaintes proférées tout bas. Passant alors à travers
le groupe des jeunes gens qui s'étaient hâtés d'allumer
un bon feu, il reporta son attention sur le chef des
émigrants et son farouche compagnon.

Ceux-ci avait déjà dételé les chevaux, qui brou-
taient avidement les feuilles des arbres abattus ; et ils
manœuvraient autour du chariot dont le contenu était
caché avec tant de soin. Tirant et poussant à la fois, ils
le roulèrent à l'écart jusqu'à un petit tertre bien sec,
qui flanquait la lisière du taillis. Ils s'armèrent ensuite
de longues perches destinées à cet usage, et, enfonçant le gros bout en terre, ils attachèrent l'autre aux
cerceaux qui soutenaient la bâche. Une pièce de
grosse toile fut dépliée dans toute sa largeur, tendue
par-dessus, et fixée au sol par des chevilles de manière
à former une tente assez large et fort commode. Après
avoir regardé leur ouvrage avec un air d'inquiétude
jalouse, tantôt redressant un pli, tantôt fichant une
cheville, ils se réunirent de nouveau pour pousser le
chariot par le timon hors de la tente jusqu'à ce qu'il
parût en plein air, dépouillé de son enveloppe et ne
contenant que quelques menus objets d'ameuble-
ment. Le chef de la troupe les prit aussitôt et les porta
de ses propres mains dans la tente, comme si l'entrée

de ce sanctuaire fût un privilège interdit même à son associé.

La curiosité est une passion vivace qui se retrempe dans la solitude. Aussi le vieil habitant des Prairies ne put-il voir ces arrangements mystérieux sans en éprouver jusqu'à un certain point l'influence. Il s'approcha de la tente, et se préparait à l'entr'ouvrir, dans l'intention évidente d'examiner de plus près ce qu'elle dérobait aux yeux, quand l'homme qui avait déjà mis sa vie en danger le saisit par le bras, et, d'une poussée un peu rude, le fit reculer de quelques pas.

« Hé! l'ami », lui dit-il sèchement, en appuyant son avis d'un regard chargé de menaces, « c'est une maxime honnête, et dont quelquefois on se trouve bien, que celle qui dit : « Mêlez-vous de vos affaires. »

— Il est rare que les hommes apportent au désert des choses qu'il faille cacher », répondit le vieillard, comme s'il eût voulu, sans trop savoir comment s'y prendre, excuser l'indiscrétion qu'il s'était permise ; « et je ne croyais pas mal faire en jetant un coup d'œil là-dedans.

— Il est même rare, à mon idée, qu'il y vienne des hommes », reprit l'autre d'un ton bref. « Ceci m'a pourtant l'air d'une vieille terre, quoiqu'elle ne paraisse pas fameusement peuplée.

— Elle est aussi vieille que le reste des œuvres du Seigneur, je crois ; quant aux habitants, vous avez raison. Voilà bien des mois que ma vue ne s'est reposée sur des visages de ma couleur. Je vous le répète, ami, c'est sans mauvaise intention que j'allais soulever cette toile ; je ne savais pas s'il n'y aurait point derrière quelque chose qui me rappellerait mes jours d'autrefois. »

Sur cette explication naïve, il s'éloigna lentement, en homme profondément convaincu du droit qu'a tout individu de jouir en paix de ce qui est à lui, sans intervention du prochain, principe salutaire et juste, qu'il avait probablement puisé dans les habitudes de sa vie solitaire. En retournant vers l'endroit où les émigrants étaient campés — car ce lieu avait pris l'apparence d'un petit camp, — il entendit la voix du chef qui, d'un ton rauque et impératif, appelait :

« Hélène Wade ! »

La jeune fille que nous avons déjà présentée à nos lecteurs, et qui était occupée auprès des feux, s'élança vivement à cet appel, et passant devant l'étranger avec la légèreté d'une antilope, disparut bientôt derrière les plis mystérieux de la tente. Toutefois sa soudaine disparition, non plus que les préparatifs que nous avons décrits, ne parurent exciter la moindre surprise autour d'elle. Les jeunes hommes, qui avaient cessé de faire usage de la hache, vaquaient à différentes besognes avec l'air d'insouciance qui les caractérisait ; les uns distribuaient le fourrage entre les divers animaux ; un autre, dans un mortier portatif, écrasait, au moyen d'un gros pilon, le maïs destiné à la bouillie (*hominie*) ; ceux-là roulaient à l'écart le reste des chariots, et les disposaient de manière à élever une sorte de rempart pour protéger leur bivouac, qui autrement eût été sans défense.

Tout cela ne fut pas long à terminer, d'autant plus que les ténèbres commençaient à s'étendre sur la Prairie. Alors la grondeuse matrone, qui n'avait cessé de gourmander à pleins poumons sa lourde et indolente couvée, annonça, d'une voix de furie, que le repas du soir n'attendait plus que la présence de ceux qui devaient y participer. Quelles que soient les autres

qualités d'un habitant des frontières, il est rare que la vertu de l'hospitalité lui fasse défaut. A l'invitation retentissante de sa moitié, l'émigrant ne manqua point d'offrir au vieillard la place d'honneur près de la marmite qu'on venait de retirer du feu.

« Ami, je vous remercie », répondit l'invité ; « je vous remercie de tout mon cœur ; mais j'ai ma suffisance pour la journée, et je ne suis pas de ceux qui creusent leur tombe à coups de dents... Néanmoins, puisque vous insistez, je vais m'asseoir près de vous, car il y a longtemps que je n'ai vu des hommes de ma couleur manger leur pain quotidien. »

On servit à la ronde la bouillie de maïs, plat dans lequel réussissait l'habile et peu sympathique cuisinière.

« Vous êtes, à ce qu'il paraît, établi d'ancienne date dans ce canton », fit observer l'émigrant. « On nous avait dit, dans le bas pays, que nous trouverions par ici les colons un peu clairsemés, et, ma foi, c'est tout ce qu'il y a de plus vrai ; car, excepté les trafiquants du Canada, sur la Grande Rivière, vous êtes le premier blanc que j'aie rencontré depuis deux cents bonnes lieues, à compter du moins d'après votre propre estime.

— Quoique j'aie passé quelque temps dans ce pays, on ne pourrait prétendre que j'y sois établi, vu que je n'y ai pas d'habitation régulière, et que je reste rarement plus d'un mois de suite dans le même lieu.

— Vous chassez sans doute ? » continua l'autre en parcourant des yeux l'accoutrement de sa nouvelle connaissance. « Vous ne me semblez guère bien outillé pour un métier pareil.

— L'outil est vieux comme son maître, et à la veille, comme lui, d'être mis au rancart », dit le vieillard en jetant sur sa carabine un regard mêlé d'affection et de regret ; « et je puis ajouter qu'il ne me sert plus à grand'chose. Vous vous trompez, l'ami, en m'appelant chasseur ; je ne suis qu'un trappeur, voilà tout.

— Si vous tenez beaucoup de l'un, il est certain que vous avez tant soit peu de l'autre ; en ces parages, les deux métiers vont de pair.

— Oui, à la honte de celui qui a la force de

chasser ! » s'écria le Trappeur, que nous désignerons désormais par ce nom. « Pendant plus de cinquante ans, j'ai porté ma carabine dans le désert sans dresser de piège même à l'oiseau qui s'enfuit à tire d'ailes, bien moins encore à l'animal qui n'a que ses jambes pour moyen de salut.

— Qu'on attaque les bêtes au moyen d'un fusil ou d'une trappe, je n'y vois pas grande différence », dit à sa manière brusque et revêche le compagnon de l'émigrant. « La terre a été faite pour les besoins de l'homme ; il en est de même de ses créatures.

— Étranger, pour un homme qui est venu si loin, vous paraissez médiocrement pourvu de bagage », interrompit sèchement l'émigrant, comme s'il eût voulu changer le cours de la conversation. « Vous êtes sans doute mieux partagé en fait de fourrures.

— Des bagages ? J'en ai le moins possible. A mon âge, la nourriture et le vêtement suffisent, et quant aux fourrures, il m'en faut tout juste assez pour acheter de temps à autre une corne de poudre ou une une barre de plomb.

— Vous n'êtes donc pas du pays ?

— Non, je suis né sur les bords de la mer, quoique la plus grande partie de ma vie se soit passée dans les bois. »

A ces mots, toute la troupe le regarda, comme on fait à l'égard d'un être ou d'un objet extraordinaire. Les mots magiques *sur les bords de la mer* montèrent aux lèvres des plus jeunes convives, et dès lors la femme lui témoigna des attentions dont elle n'était pas prodigue habituellement dans son hospitalité bourrue, sorte d'hommage rendu à la dignité d'un grand voyageur.

Après une pause assez longue, qu'il parut

employer à réfléchir, sans suspendre pour cela les fonctions de la mastication, l'émigrant reprit la parole.

« Il y a loin, à ce qu'on rapporte », dit-il, « des eaux de l'occident aux rivages de la grande mer.

— Oui, la route est pénible », répondit le Trappeur, « et en la faisant j'ai beaucoup vu, et quelque peu souffert.

— On doit avoir pas mal de misères à parcourir un tel ruban de queue.

— J'y ai mis soixante-quinze ans ; et sur toute l'étendue, depuis l'Hudson, il n'y a pas la moitié du temps où je n'aie mangé du fruit de ma propre chasse. Fumée que tout cela ! A quoi servent les prouesses d'autrefois quand on approche de sa fin ?

— Une fois, j'ai rencontré un particulier qui avait navigué sur cet Hudson », fit remarquer l'un des fils en parlant d'une voix basse, comme quelqu'un qui se défiait de ses connaissances, et jugeait prudent de ne rien hasarder en présence d'un témoin qui avait tant vu. « D'après ce qu'il racontait, ce doit être une fameuse rivière, et assez profonde pour porter bateau, du haut en bas.

— C'est une vaste étendue d'eau, et un grand nombre de belles villes s'élèvent sur ses bords ; cependant ce n'est qu'un ruisseau, comparée à la Rivière sans Fin.

— Je n'appelle pas rivière une masse d'eau dont on peut faire le tour », s'écria le morose compagnon de l'émigrant. « Une rivière véritable doit être traversée, et non point tournée comme un ours à la chasse.

— Avez-vous été loin du côté du soleil couchant, l'ami ? » interrompit de nouveau l'émigrant, comme s'il eût voulu, autant que possible, évincer le grossier personnage de la conversation. « L'endroit où nous sommes arrivés ne se compose, à ce que je vois, que d'immenses plaines.

— Vous pourriez voyager des semaines entières sans rencontrer autre chose. J'ai souvent pensé que le Seigneur a placé cette ceinture stérile de prairies derrière les États, pour faire sentir aux hommes à quoi leur folie peut encore amener le pays. Oui, vous pouvez voyager des semaines, et même des mois entiers dans ces plaines ouvertes, où il n'y a d'habitation ou de refuge ni pour l'homme, ni pour les animaux. Il n'est point jusqu'aux bêtes sauvages qui ne soient réduites à parcourir de longues distances pour trouver leurs tanières; et pourtant le vent souffle rarement de l'est sans m'apporter le bruit des haches qui résonnent et des arbres qui tombent à terre. »

Pendant que le vieillard parlait avec la gravité que la vieillesse manque rarement de communiquer même à l'expression de sentiments moins nobles, ses auditeurs demeuraient attentifs et silencieux. Ce fut lui qui crut devoir relever la conversation, par une de ces questions indirectes si fort en usage parmi les habitants des frontières.

« Cela n'a pas dû être une tâche facile de traverser à gué les cours d'eau », dit-il, « et de pénétrer aussi avant dans la Prairie avec vos attelages de chevaux et vos troupeaux de bêtes à cornes ?

— J'ai suivi la rive gauche de la Grande Rivière », répondit l'émigrant, « jusqu'à ce que j'aie vu que nous remontions trop vers le nord. Alors nous l'avons passée sur des radeaux sans beaucoup de difficultés. La femme a perdu une ou deux toisons sur la tonte de l'an prochain, et les filles ont une vache de moins à traire. Depuis, nous nous en

sommes bravement tirés en traversant une petite
rivière presque tous les jours.

— Et probablement vous continuerez à marcher
vers l'ouest jusqu'à ce que vous trouviez un terrain
plus convenable pour vous y établir ?

— C'est-à-dire jusqu'à ce que j'aie une raison de
m'arrêter ou de revenir sur mes pas. »

Sur cette brusque réponse, l'émigrant se leva et
coupa court à la conversation.

Le Trappeur suivit son exemple ; les autres firent
de même, et, sans se soucier davantage de la présence
de leur hôte, ils se mirent à prendre leurs dispositions
pour la nuit. Des berceaux, ou plutôt de petites huttes
avaient déjà été formées de branches d'arbres, de
grosses couvertures et de peaux de bisons, le tout
arrangé à la hâte et pour la commodité du moment.
Les enfants et leur mère ne tardèrent pas à se retirer
sous ces abris, et il est plus que probable qu'ils y furent
bientôt plongés dans l'oubli du sommeil.

Quant aux hommes, avant de songer au repos, ils
avaient encore quelques devoirs à remplir, tels que de
compléter leurs ouvrages de défense, de couvrir les
feux, de pourvoir aux besoins du bétail, et de régler à
tour de rôle les heures de veille. Ils accomplirent le
premier objet en traînant quelques troncs d'arbres
dans les intervalles laissés entre les chariots, et dans
l'espace ouvert le long du petit bois auquel le camp
était appuyé, formant ainsi une sorte de chevaux de
frise sur trois des côtés. Dans ces étroites limites, à
l'exception de ce que la tente pouvait contenir,
hommes et bêtes furent alors rassemblés ; les animaux
se trouvant trop heureux de reposer leurs membres
fatigués pour donner le moindre embarras à leurs
compagnons, à peine plus intelligents qu'eux. Deux

des jeunes gens prirent leurs fusils, et après les avoir mis en état, ils se rendirent l'un à l'extrême droite, l'autre à l'extrême gauche du camp, où ils se postèrent sous l'ombre du bois, dans une position qui leur permettait à chacun de surveiller une partie de la Prairie.

Le Trappeur, ayant refusé de partager la paille de l'émigrant, était resté à flâner dans l'intérieur du camp ; les préparatifs terminés, il s'éloigna lentement en s'épargnant la cérémonie d'un adieu.

A cette première veille de la nuit, la pâle et trompeuse clarté d'une nouvelle lune se jouait sur les mamelons sans fin de la Prairie, mettant de vagues lueurs à leurs sommets et plaquant leurs dépressions de ténèbres épaisses. Accoutumé aux aspects de la solitude, le vieillard, après avoir quitté le camp, affronta seul le vaste désert comme un hardi vaisseau qui, s'éloignant du port, se confie aux plaines infinies de l'Océan. Il parut marcher quelque temps au hasard, et sans s'inquiéter de savoir où ses jambes le portaient. Enfin, arrivé à la crête d'une colline, il s'arrêta, et pour la première fois depuis qu'il avait quitté la troupe dont la présence avait éveillé en lui tant de réflexions et de souvenirs, il revint au sentiment de sa situation actuelle. Posant à terre la crosse de sa carabine, il s'appuya sur le canon, plongé dans une rêverie profonde. Il en fut tiré par les grondements de son chien.

« Qu'y a-t-il donc, Hector ? » dit-il d'une voix affectueuse, et en regardant l'animal comme s'il eût adressé la parole à son semblable. « Qu'avons-nous là, hein ? Qu'as-tu senti, mon vieux ? Ah ! tu te donnes une peine inutile, va, bien inutile !... Il n'est pas jusqu'aux faons qui ne viennent folâtrer sous nos

yeux, sans prendre garde à deux mâtins hors d'âge
comme toi et moi. Ils ont l'instinct pour eux, Hector,
et ils savent par expérience combien peu nous
sommes redoutables. Oui, ils le savent ! »

Le chien redressa la tête, et répondit aux
doléances de son maître par un plaintif gémissement,
qu'il continua même après avoir replacé son museau
dans l'herbe, comme s'il eût entretenu une communication intelligente avec celui qui savait si bien interpréter sa parole muette.

« C'est un avertissement manifeste », reprit le
Trappeur, en baissant prudemment la voix, et en
promenant autour de lui des regards circonspects.

Cependant le chien, redevenu silencieux, paraissait sommeiller. Mais l'œil exercé de son maître
aperçut à quelques pas de lui une espèce de fantôme,
qui, à la clarté décevante de la lune, semblait flotter
le long de la colline. Bientôt il distingua la taille
svelte d'une femme, dont la démarche incertaine
trahissait l'hésitation. Quoique le chien eût eu vent
de son approche, il ne montra aucun signe de
défiance.

« Approchez, nous sommes vos amis », dit le
Trappeur, qui, cédant à la force de l'habitude non
moins qu'à une sympathie secrète, s'identifiait volontiers avec son compagnon à quatre pattes ; « nous
sommes vos amis, vous n'avez rien à craindre. »

Encouragée par le ton de sa voix, et peut-être
aussi obéissant à des motifs plus impérieux, l'inconnue s'avança au-devant de lui, et il vit alors que
c'était la jeune fille que nous avons présentée au
lecteur sous le nom d'Hélène Wade.

« Je vous croyais parti », dit-elle, en jetant
autour d'elle des regards timides et inquiets. « On

disait que vous étiez loin, et que nous ne devions plus vous revoir. Je ne m'attendais pas à vous rencontrer.

— Les hommes ne sont pas chose commune dans ces plaines inhabitées », répondit le Trappeur ; « et quoique j'aie vécu longtemps au milieu des bêtes du désert, j'espère, en toute humilité, n'avoir pas entièrement perdu la forme de mon espèce.

— Oh ! je pensais avoir affaire à un homme, et il m'a semblé reconnaître le chien. »

Elle précipitait ses phrases, comme pour donner de sa présence une explication quelconque, et elle s'arrêta brusquement par crainte d'en avoir trop dit.

« Je n'ai pas vu de chien », reprit le Trappeur, « parmi les animaux de votre père.

— Mon père ! » répéta-t-elle d'une voix émue. « Je n'ai pas de père ; je pourrais même ajouter que je n'ai pas d'amis. »

Le vieillard la regarda avec un air d'intérêt et de compassion plus marqué encore que n'en laissait voir l'expression bienveillante de ses traits flétris par l'âge.

« Pourquoi donc vous hasarder sur un terrain où il n'est permis qu'au fort de venir ? » demanda-t-il. « Ne saviez-vous pas qu'après avoir traversé la Grande Rivière, vous laissiez derrière vous un ami dont le devoir est de protéger toute créature jeune et faible comme vous ?

— Quel ami ?

— La loi... C'est une triste nécessité sans doute, mais je pense quelquefois que son absence est pire encore. Oui, oui, la loi est nécessaire pour veiller sur ceux qui n'ont pas en partage la force et l'expérience. Si vous n'avez pas de mère, jeune fille, vous avez du moins un frère ? »

Hélène sentit le reproche tacite que couvrait cette

question, et garda quelque temps un silence embarrassé. Mais, à l'aspect de la physionomie douce et
sérieuse du Trappeur, elle répondit avec fermeté, et
de manière à ce qu'il ne pût douter qu'elle n'eût
compris ce qu'il avait voulu dire :

« A Dieu ne plaise qu'aucun de ceux que vous
avez vu soit mon frère ou me soit cher à un titre
quelconque ! Mais, dites-moi, vivez-vous seul dans ce
désert ? n'y a-t-il réellement ici d'autres habitants que
vous ?

— Il y a des centaines, que dis-je ? des milliers de
légitimes propriétaires du sol qui rôdent dans ces
plaines ; mais il en est peu de notre couleur.

— Et n'avez-vous pas rencontré d'autres blancs
que nous ?

— Il y a bien longtemps... Tout beau, Hector !
paix-là ! » ajouta-t-il pour répondre à un grognement
sourd et presque étouffé de son chien. « Hector a
flairé un danger. Quand les ours noirs descendent des
montagnes, ils vont quelquefois plus loin qu'ici. Mon
chien n'a pas l'habitude de s'alarmer pour rien. Je ne
manie pas ma carabine avec autant d'adresse qu'autrefois ; néanmoins dans mon temps j'ai abattu les plus
féroces animaux de la Prairie. Ainsi, soyez sans
crainte. »

La jeune fille leva les yeux à la façon familière
aux personnes de son sexe, alors qu'elles commencent
par regarder ce qui est à leurs pieds et finissent par
examiner tout ce qui les entoure ; mais elle laissa voir
moins d'effroi que d'impatience.

Un léger aboiement du chien détourna leur
attention, et alors l'objet de ce second avertissement
devint peu à peu visible.

CHAPITRE III

> Allons, allons, tu prends feu
> aussi promptement qu'âme qui vive
> en Italie ; diantre, il te faut peu de
> chose pour te fâcher.
>
> SHAKESPEARE, *Roméo et Juliette.*

Quoique le Trappeur ressentît quelque surprise en voyant s'approcher une seconde figure humaine à l'opposé du camp des émigrants, il conserva le sang-froid d'un homme accoutumé de longue date aux aventures.

« C'est un homme », dit-il, « et qui a du sang blanc dans les veines ; autrement son pas serait plus léger. Il est bon de nous tenir prêts à tout événement, car les métis que l'on rencontre dans ces régions éloignées sont en général plus barbares que les vrais sauvages. »

En parlant de la sorte, il souleva sa carabine et s'assura de l'état de la pierre et de l'amorce. Au moment où il allait mettre en joue, il en fut empêché par un brusque mouvement de la jeune fille.

« Au nom du ciel, pas tant de presse ! » dit-elle.

« Si c'était un ami... une connaissance... un voisin ?

— Un ami ! » répéta le vieillard en se dégageant de ses mains. « Les amis sont rares en tous pays, ici peut-être plus qu'ailleurs, et le voisinage est trop peu habité pour présumer que celui qui vient à nous soit une connaissance.

— Quand ce serait un étranger, vous ne voudriez pas répandre son sang ? »

Le vieillard regarda fixement sa compagne, qui avait cette fois la frayeur peinte sur la figure ; puis, changeant tout à coup d'idée, il posa à terre la crosse de sa carabine.

« Non », dit-il en s'adressant à lui-même plutôt qu'à la tremblante Hélène, « elle a raison, le sang ne doit pas couler pour épargner la vie d'un être inutile, si proche de sa fin. Qu'il vienne ! Mes peaux, mes trappes, et jusqu'à mes armes, sont à lui, s'il juge à propos de les demander.

— Il ne vous demandera rien... il n'a besoin de rien », répondit la jeune fille ; « s'il est honnête, il se contentera de ce qu'il a, et ne demandera rien de ce qui appartient à un autre. »

Le Trappeur n'eut pas le temps d'exprimer la surprise que lui causait ce langage incohérent et contradictoire, car l'homme n'était plus qu'à cinquante pas d'eux. Cependant Hector n'était pas resté indifférent à ce qui se passait. Au bruit des pas de l'étranger, il avait quitté le lit qu'il s'était fait aux pieds de son maître ; et lorsqu'on put distinguer l'inconnu, il alla lentement à lui, en rampant sur le sol comme une panthère qui guette une proie.

« Rappelez votre chien », cria une voix ferme et sonore, sans ombre de menace toutefois. « J'aime les chiens, et je serais fâché de faire du mal à celui-ci.

— Tu entends ce qu'on dit de toi, mon vieux ? »
dit le Trappeur. « Ici, fou que tu es ! Aboyer et
gronder, il ne sait plus faire autre chose. Vous pouvez
venir, l'ami ; la bête n'a plus de dents. »

L'étranger, mettant l'avis à profit, fut en un
instant à côté d'Hélène Wade. D'un prompt coup
d'œil, il s'assura de l'identité de cette dernière, et, se
tournant vers son compagnon, il le considéra avec une
vivacité et une impatience qui prouvaient l'intérêt
qu'il prenait à cet examen.

« Ah ! ça, mon brave homme, de quel nuage êtes-
vous tombé ? » interrogea-t-il d'un ton d'aisance et de
bonne humeur. « Seriez-vous par hasard un habitant
de la Prairie ?

— Voilà un long bout de temps que je suis sur la
terre, et jamais, je crois, je n'ai été si près du ciel
qu'en ce moment », répliqua le Trappeur. « Ma
demeure, si tant est que j'en aie une, n'est pas loin
d'ici. Puis-je maintenant prendre avec vous la liberté
que vous prenez sans façon avec les autres ? D'où
venez-vous, et où est votre habitation ?

— Doucement, doucement ; quand j'aurai terminé mon chapelet, il sera temps de défiler le vôtre.
Qui diable vous occupe au clair de la lune ? Bien sûr,
ce n'est pas la chasse aux bisons.

— Comme vous voyez, je viens d'un camp de
voyageurs, établi là-bas sur cette colline, et je
retourne à mon wigwam. Il n'y a pas de mal à cela, je
suppose.

— Parfait ! Et cette jeune fille ? Vous l'avez prise
sans doute pour vous montrer un chemin qu'elle
connaît à fond et vous pas du tout ?

— Non, je l'ai rencontrée, comme je vous rencontre vous-même, par accident. Depuis dix longues

années que je suis venu habiter ce désert, je n'y avais
point vu, jusqu'à ce soir, de créature humaine à peau
blanche. Si ma présence déplaît, j'en suis fâché et je
vais me retirer. Lorsque votre jeune amie vous aura
fait son histoire, vous donnerez probablement plus de
créance à la mienne.

— Mon amie ! » reprit le jeune homme en ôtant
son bonnet de fourrure et en passant négligemment les
doigts à travers les boucles épaisses de ses noirs

cheveux. « Si jamais mes yeux ont vu cette jeune fille avant cette nuit, je veux que...

— Assez, Paul ! » interrompit Hélène en lui mettant la main sur la bouche avec une familiarité qui donnait d'avance un démenti formel aux protestations qu'il allait faire. « Notre secret ne court aucun risque avec cet honnête vieillard ; son air et ses paroles m'en répondent.

— Hélène, avez-vous oublié...

— Je n'ai rien oublié de ce que je dois me rappeler ; mais, je le répète, nous pouvons nous fier à ce brave trappeur.

— Trappeur ! c'est donc un trappeur ? Donnez-moi la main, mon père ; grâce à notre genre de vie, nous aurons bientôt lié connaissance.

— Il n'y a guère d'occasions d'exercer un métier dans ce pays », répondit l'autre en examinant les formes athlétiques et la taille découplée du jeune homme appuyé nonchalamment, mais avec une certaine grâce, sur sa carabine. « L'art de prendre les créatures de Dieu dans des trappes ou des filets exige moins de vigueur que de ruse, et l'âge seul m'y a réduit. Mais vous, jeune et fort comme vous l'êtes, un tel métier ne vous convient guère.

— Moi ! je n'ai jamais pris à la trappe ni loutre ni rat musqué, bien qu'il me soit arrivé de poivrer au passage ces diables de peaux noires, en quoi il eût mieux valu ne pas toucher à ma provision de plomb et de poudre. Non, ce n'est pas mon affaire ; ce qui rampe sur la terre ne m'intéresse pas.

— Que faites-vous donc pour vivre, ami ? car où serait le profit d'un homme s'il s'interdisait le droit légitime qu'il a sur les animaux sauvages ?

— Je ne m'interdis rien. Qu'un ours me barre le

chemin, il n'en aura pas pour longtemps. Les daims commencent à sentir ma piste, et quant aux bisons, j'en ai abattu un plus grand nombre que le plus gros boucher de tout le Kentucky.

— Vous savez donc tirer ? » demanda le Trappeur, dont les yeux, petits et enfoncés, brillèrent d'un feu subit. « Avez-vous la main sûre et le coup d'œil prompt ?

— J'ai la main comme un ressort d'acier, et le coup d'œil plus rapide qu'une balle à tuer le chevreuil. Eh ! tenez, mon vieux papa, s'il faisait grand jour, et qu'il y eût là-haut une troupe de cygnes blancs ou de canards sauvages en route pour le sud, vous ou Hélène, vous pourriez choisir le plus beau, et je gage ma réputation contre une poire à poudre, qu'en moins de cinq minutes l'oiseau tomberait la tête la première, et cela avec une seule balle. Un fusil chargé à petit plomb, pouah ! Nul ne peut dire m'en avoir vu porter.

— Il y a du bon dans ce garçon-là, je le vois clairement à sa manière », dit le Trappeur en regardant Hélène d'un air de satisfaction. « Allons, vous n'avez pas tort de lui donner rendez-vous ; je prends sur moi de le déclarer... Dites-moi, jeune homme, avez-vous jamais tiré un chevreuil au bond, entre les andouillers ?... Tout beau, Hector, tout beau ; taisons-nous ! il suffit de parler de gibier pour lui faire bouillir le sang... Vous est-il arrivé de frapper la bête comme j'ai dit, au beau milieu de son élan ?

— Autant me demander si j'ai jamais mangé. Il n'y a pas de manière dont je n'aie abattu daim, cerf ou chevreuil, excepté pendant qu'il dormait.

— Fort bien. Vous avez devant vous une longue et heureuse carrière, oui vraiment, et honnête surtout. Je suis un vieux bonhomme, à bout de forces, bon

à rien ; mais s'il m'était permis de choisir de nouveau mon âge et ma demeure — choses défendues à
la volonté humaine et qui doivent l'être, — mais
enfin si j'obtenais une semblable faveur, je répondrais : « Vingt ans et le désert ! » A propos, comment vous défaites-vous des fourrures ?

— Que demandez-vous là ? Je n'ai de ma vie
ôté à un daim sa peau, ni une plume à une oie ! De
temps à autre j'en descends quelqu'un, soit pour
m'en nourrir, soit pour tenir mes doigts en haleine ;
la faim satisfaite, j'abandonne le reste aux loups de
la Prairie. Non, non, je m'en tiens à mon métier,
qui me rapporte plus que toutes les fourrures que je
pourrais vendre de l'autre côté de la Grande
Rivière. »

Le vieillard parut réfléchir un instant ; puis,
secouant la tête :

« Je ne connais », dit-il en suivant la pensée qui
le préoccupait, « qu'un métier qui puisse s'exercer
ici avec avantage... »

Sans le laisser poursuivre, Paul lui présenta une
petite boîte d'étain pendue à son cou, et en fit
sauter le couvercle : il s'en exhala un délicieux par-
fum de miel qui alla saisir l'odorat du Trappeur.

« Un chasseur d'abeilles ! » s'écria-t-il aussitôt,
non sans quelque surprise. « Le métier est assez bon
sur la limite des colonies ; mais que rapporte-t-il en
pleine solitude ?

— Oui, parce qu'à votre idée un essaim a de la
peine à trouver ici un arbre pour s'y établir ? Moi,
je sais le contraire ; c'est pourquoi je me suis avancé
d'une centaine de lieues plus à l'ouest qu'on a
coutume de le faire, afin de goûter votre miel.
Maintenant, étranger, que j'ai satisfait votre curio-

sité, veuillez vous tenir à l'écart : j'ai à causer avec
cette jeune fille.

— Pourquoi le congédier ? Ce n'est pas nécessaire », repartit Hélène, avec un empressement qui
montrait qu'elle avait senti ce qu'une telle exigence
avait de singulier, sinon d'inconvenant. « Vous n'avez
rien à me dire que tout le monde ne puisse entendre.

— Non ?... Ma foi, que les guêpes me criblent de
leurs piqûres si j'entends quelque chose à ce qui met
en branle une tête de femme ! Quant à moi, Hélène, je
ne me soucie de rien ni de personne ; dans un an, tout
comme aujourd'hui, je suis prêt à me rendre à
l'endroit où votre oncle, — si l'on peut appeler oncle
un homme qui ne vous est rien, — a dételé ses
chevaux, pour lui apprendre ce que j'ai sur le cœur.
Que cela lui soit agréable ou non, vous n'avez qu'un
petit mot à dire, et la chose est faite.

— Vous êtes si vif et si emporté, Paul Hover, que
je ne suis jamais tranquille avec vous. Comment
pouvez-vous, sachant le danger que nous courons
d'être vus ensemble, parler de vous présenter à mon
oncle et à ses fils ?

— Qu'a-t-il fait ? » demanda le Trappeur, qui
n'avait pas bougé de la place qu'il occupait. « Est-ce
une chose dont il ait à rougir ?

— A Dieu ne plaise ! Mais il y a des raisons pour
qu'il ne se montre pas en ce moment ; des raisons qui
ne pourraient lui faire tort si elles étaient connues,
mais qu'il est impossible de révéler encore. Veuillez
donc, mon père, nous attendre près de ce saule, et
quand Paul aura terminé sa confidence, j'irai vous dire
adieu avant de retourner au camp. »

Le Trappeur s'éloigna lentement, comme s'il se
fût contenté des raisons un peu incohérentes qu'Hé-

lène lui avait données. Dès qu'il fut hors de portée
d'entendre la causerie vive et animée qui s'établit
entre les deux jeunes gens, il s'arrêta et attendit le
moment de se rapprocher d'eux ; car il prenait à leur
sort un intérêt toujours croissant, à cause du caractère mystérieux de leurs relations, et par une sympathie naturelle pour le bonheur d'un couple si jeune,
que dans la simplicité de son cœur il croyait si
méritant.

C'était pour le vieillard un spectacle si extraordinaire de voir des visages humains dans la solitude
dont il faisait son séjour, qu'à travers l'obscurité il
tenait ses regards fixés sur ses nouvelles connaissances, en proie à des sensations auxquelles il était
depuis longtemps étranger. Leur présence éveillait en
lui des souvenirs et des émotions qui, dans les
derniers temps, avaient rarement distrait sa simple
mais vertueuse nature, et il laissa errer sa pensée sur
les scènes variées d'une vie pleine de travaux pénibles, étrangement mêlés de jouissances sauvages et
bornées. Le cours de ses songeries l'avait déjà transporté en imagination bien loin dans un monde idéal,
lorsqu'il fut encore une fois rappelé à la réalité de sa
situation par les mouvements de son compagnon
fidèle.

Hector, qui, en conséquence de son âge et de ses
infirmités, avait manifesté un penchant si décidé au
sommeil, se leva tout à coup, et sortant de l'ombre
projetée par la taille élevée de son maître, regarda au
loin dans la Prairie, comme si son instinct l'avertissait
de quelque nouvelle visite ; puis, satisfait, en apparence, de son examen, il reprit sa place dans l'herbe,
et allongea ses membres fatigués avec un soin qui
dénotait en lui l'amour du bien-être.

« Encore une alerte ! » dit le Trappeur à demi-voix. « Qu'est-ce donc, mon bon chien ? Dis à ton maître ; qu'y a-t-il ? »

Hector répondit par un sourd grognement, mais ne bougea pas. Il n'en fallait pas davantage pour attirer l'attention d'un homme aussi expérimenté que le Trappeur. Il parla de nouveau à son chien, et siffla tout bas pour l'encourager à la vigilance ; mais l'animal, comme s'il eût cru avoir suffisamment rempli son devoir, resta obstinément la tête enfoncée dans l'herbe.

« Un simple indice donné par un tel ami vaut beaucoup mieux qu'un avis de la part d'un homme », murmura le Trappeur, « et il n'y a qu'un colon vaniteux capable de l'entendre et de ne pas en tenir compte. »

Il se dirigea vers les jeunes gens, trop absorbés par leur entretien pour remarquer son approche.

« Mes enfants », leur dit-il, « nous ne sommes pas seuls dans ces plaines désolées ; d'autres que nous les parcourent, et il en résulte qu'à la honte de notre espèce, il y a péril pour nous.

— Si l'un des fils indolents d'Ismaël s'avise de rôder hors de son camp cette nuit », dit le jeune chasseur d'abeilles, d'un ton qui frisait la menace, « on peut mettre fin à son voyage plutôt que lui ou son père ne l'a calculé !

— Sur ma vie, ils sont tous auprès de leurs bestiaux et de leurs voitures », répondit précipitamment la jeune fille. « Je les ai vus tous endormis, à l'exception de deux qui font sentinelle ; et ils ont bien changé si ceux-là mêmes ne sont en train de rêver d'une chasse aux dindons ou d'un combat à coups de poing.

— Quelque bête à odeur forte a passé entre le vent et votre chien, et le rend inquiet ; ou peut-être rêve-t-il aussi. J'avais, dans le Kentucky, un lévrier qui, sur la foi d'un rêve, se levait au milieu d'un profond sommeil, et partait pour une chasse enragée. Retournez là-bas et pincez-lui l'oreille pour le réveiller.

— Non pas, non pas », répondit le Trappeur, qui connaissait mieux les qualités de son chien. « La jeunesse peut dormir, oui, et rêver aussi ; mais la vieillesse veille et fait le guet. Le nez d'Hector ne l'a jamais trompé, et une longue expérience m'a appris à ne pas négliger ses avertissements.

— L'avez-vous jamais lancé sur la piste de quelque charogne ?

— Oui, j'ai eu parfois la tentation de le faire pour jouer un tour aux bêtes carnassières, qui sont aussi friandes de venaison que l'homme, et à la réflexion je savais que la raison du chien ne s'y tromperait pas. Non, non, Hector est un animal auquel les voies de l'homme sont connues ; il n'empaumera pas une fausse piste lorsqu'il y en a une bonne à suivre.

— Bon ! j'ai deviné : vous l'avez mis sur la trace d'un loup, et son nez a plus de mémoire que son maître.

— Je l'ai vu dormir des heures entières, pendant qu'il en passait des troupes à peu de distance. Un loup pourrait venir manger dans son écuelle à moins qu'il n'y eût famine ; car alors Hector est chien à réclamer son dû tout comme un autre.

— Il y a des panthères descendues des montagnes ; j'en ai vu une s'élancer sur un daim malade au moment où le soleil se couchait. Allez, retournez vers votre chien, et dites-lui ce qui en est, mon père ; dans une minute, je... »

Il fut interrompu par un bruyant et plaintif hurlement qu'Hector fit entendre, et qui, s'élevant dans l'air du soir comme le gémissement de quelque esprit du lieu, se prolongea dans la Prairie en cadences qui s'élevaient et s'abaissaient comme sa surface onduleuse. Le Trappeur écouta, attentif et silencieux. Le chasseur d'abeilles lui-même, malgré son air d'insouciance, fut frappé de ces sons lugubres.

Après une courte pause, le vieillard siffla pour appeler son chien auprès de lui ; et, se tournant vers ses compagnons, il dit, avec la gravité que, selon lui, commandait la circonstance :

« Ceux qui pensent que l'homme possède toutes les connaissances des créatures de Dieu se verront désabusés, s'ils atteignent comme moi l'âge de quatre-vingts ans. Je ne me risquerai pas à dire qu'il se prépare quelque chose contre nous, et je ne réponds même pas que la science du chien aille jusque-là ; mais que le danger soit proche et que la prudence nous invite à l'éviter, c'est ce que j'apprends de la bouche d'un ami qui n'a jamais menti. Je croyais qu'Hector n'étant plus accoutumé aux pas de l'homme, votre présence l'avait rendu inquiet ; mais, toute la soirée, il n'a cessé de flairer je ne sais quoi, et ce que j'avais pris mal à propos pour l'annonce de votre arrivée avait pour objet quelque chose de beaucoup plus sérieux. Si donc vous ajoutez quelque foi à l'avis d'un vieillard, mes enfants, vous vous séparerez et regagnerez chacun votre retraite.

— Si je quitte Hélène en un pareil moment », s'écria le jeune homme, « puissé-je ne...

— Taisez-vous ! » interrompit la jeune fille en

plaçant de nouveau sur sa bouche une main dont la couleur et la délicatesse eussent fait honneur à une dame du plus haut rang. « L'heure est écoulée, et il faut nous quitter, quoi qu'il arrive... Adieu, Paul... Mon père, adieu.

— Chut ! » dit le jeune homme en lui saisissant le bras au moment où elle allait s'éloigner. « Chut ! n'entendez-vous rien ? Il y a non loin d'ici des bisons qui prennent leurs ébats ; on dirait la course furieuse d'un troupeau de démons. »

Ses deux compagnons prêtèrent l'oreille, comme des gens qui concentraient toutes leurs facultés pour découvrir le sens de bruits douteux, surtout après les avertissements multipliés qu'avait donnés Hector. Ces sons étranges, quoique faibles encore, se produisirent bientôt d'une manière non équivoque. Le jeune homme et sa compagne avaient fait à la hâte sur leur nature des conjectures incohérentes, lorsqu'un courant d'air apporta à leurs oreilles un bruit de pas trop distinct pour qu'il fût possible de s'y méprendre.

« J'avais raison », dit Paul Hover ; « c'est un troupeau qu'une panthère chasse devant elle, ou bien quelque bataille entre animaux.

— Vos oreilles vous trompent », répondit le vieillard qui, du moment où ses organes avaient pu saisir les sons lointains, était resté immobile dans l'attitude de la statue de l'attention. « Les enjambées sont trop longues pour être celles du bison et trop régulières pour des animaux frappés d'épouvante. Écoutez ; ils descendent dans un bas-fond où l'herbe est haute et le bruit amorti... Ah ! les voilà qui passent sur la terre sèche... Maintenant ils montent la colline, droit sur nous ; ils seront ici avant que vous ayez le temps de trouver un abri.

— Venez, Hélène », s'écria le jeune homme en prenant sa compagne par la main ; « essayons de gagner le camp.

— Trop tard ! trop tard ! » reprit le Trappeur. « Regardez là-bas ; c'est une bande infernale de Sioux ; je reconnais les maudits à leur mine de voleurs et à la manière dont ils galopent à la débandade.

— Sioux ou diables, ils trouveront en nous des hommes », dit le chasseur d'abeilles. « Vous êtes armé, mon vieux, et vous brûlerez bien une amorce en faveur d'une pauvre fille sans défense ?

— Ventre à terre ! Cachez-vous tous les deux », dit le Trappeur à voix basse, en leur montrant tout près un endroit où l'herbe croissait plus haute et plus épaisse. « Jeune insensé, vous n'avez plus le temps de fuir, et nous ne sommes pas en nombre pour combattre. Étendez-vous à terre, si vous tenez à la vie ! »

Ses remontrances, secondées par une action prompte et énergique, ne manquèrent pas de produire l'effet que l'occasion semblait impérieusement exiger. La lune avait glissé derrière un rideau de nuages vaporeux qui bordaient l'horizon, dégageant tout juste assez de clarté pour rendre les objets visibles, et en indiquer confusément les formes et proportions. Le Trappeur, en exerçant sur ses compagnons cette sorte d'influence que l'expérience et la résolution obtiennent d'ordinaire dans le cas d'imminent péril, avait réussi à dissimuler leur présence dans l'herbe touffue et, à l'aide des faibles rayons de la lune, il pouvait suivre les mouvements de la troupe désordonnée qui, semblable à une meute de fous furieux, accourait en droite ligne de leur côté.

C'était bien une bande d'êtres humains qui se précipitaient avec une rapidité effrayante, et dans une direction telle, que quelques-uns d'entre eux, pour le moins, devaient traverser l'endroit où le Trappeur et ses compagnons se tenaient cachés. Par intervalle, le piétinement des chevaux résonnait à leurs oreilles, apporté par le vent du soir ; puis leur course à travers le brouillard qui s'élevait de l'herbe d'automne devenait légère et silencieuse, ajoutant encore à l'étrangeté du spectacle.

Le Trappeur, qui avait rappelé son chien, et le maintenait couché à ses pieds, se mit aussi à genoux dans l'herbe, l'œil fixé sur les Sioux, et calmant tour à tour de la voix les terreurs de la jeune fille et l'impatience du jeune homme.

« Les brigands ! ils sont trente au moins, ou il n'y en a pas un ! » dit-il, en guise d'intermède. « Ah ! ah ! ils font demi-tour du côté de la rivière... Silence, Hector ! silence !... Non, les voilà qui reviennent par ici... On dirait qu'ils ne savent pas eux-mêmes où ils vont ! Si nous étions seulement six, quelle belle embuscade nous leur dresserions, sans nous déranger !... Mais ce n'est pas à faire, mon enfant ; baissez-vous davantage, ou ils apercevront votre tête... Et puis serions-nous dans notre droit ? J'en doute, car ils ne nous ont causé aucun tort... Bon ! ils reprennent le chemin de l'eau. Non, voilà qu'ils gravissent la hauteur... C'est à présent qu'il faut nous tenir aussi tranquilles que si le souffle de vie, avait fini sa tâche et quitté notre corps. »

Tout en parlant ainsi, il se tapit dans l'herbe, où il resta immobile comme si la séparation dernière à laquelle il faisait allusion eût effectivement eu lieu ; et l'instant d'après, une troupe de cavaliers sauvages passa auprès d'eux comme un ouragan, mornes et rapides à l'égal d'une nuée de fantômes. Leurs formes

noires et vacillantes avaient déjà disparu quand le
Trappeur s'aventura de nouveau à lever la tête au
niveau du sommet des herbes, recommandant en
même temps à ses compagnons de rester muets à leur
place.

« Ils redescendent du côté du camp », continua-t-
il, en reprenant son ton de voix circonspect ; « ils font
halte en bas, et se réunissent en conseil comme une
harde de daims... Par le Seigneur, ils reviennent sur
leurs pas, et nous ne sommes pas encore délivrés de
ces reptiles ! »

Comme il s'abritait de nouveau, la bande infernale gravit en désordre la petite colline. Il fut alors
évident qu'ils étaient revenus dans l'intention de
profiter de l'exhaussement du terrain pour examiner
l'horizon, plongé dans l'obscurité.

Quelques-uns mirent pied à terre, d'autres galo-
pèrent çà et là, occupés à pousser une espèce de
reconnaissance. Heureusement pour les trois amis, le
lacis d'herbes dans lequel ils étaient comme enfouis,
non seulement servait à les dérober aux yeux des
sauvages, mais encore opposait un obstacle qui empêchait les chevaux, non moins indisciplinés que les
maîtres, de les fouler aux pieds dans leurs bonds
violents et irréguliers.

A la fin, un Indien au visage farouche, aux formes
athlétiques, qu'à ses gestes impérieux on pouvait
prendre pour un chef, appela plusieurs guerriers
autour de lui, et ils tinrent conseil sans descendre de
cheval. Cette consultation avait lieu à deux pas de
l'endroit où le Trappeur et ses compagnons étaient
cachés. Paul Hover ayant levé les yeux, et vu l'air
féroce et menaçant de ce groupe, porta la main à son
fusil par un mouvement machinal, le tira à lui, et

commença à le mettre en état de servir au premier moment. La jeune fille, cédant à un sentiment naturel, enfonça sa tête dans l'herbe, le laissant libre de suivre l'impulsion de son bouillant caractère ; mais le vieillard lui dit à l'oreille d'un ton grave :

« Le cliquetis d'un bassinet est aussi familier à ces coquins que le son de la trompette à un soldat. Rentrez votre fusil, n'y touchez pas... Si la lune vient à donner sur le canon, ils s'en apercevront bien vite, car ils ont des yeux aussi perçants que ceux du serpent le plus noir. Le moindre mouvement nous vaudrait une grêle de flèches. »

Le chasseur d'abeilles obéit, en ce sens qu'il ne bougea plus ; mais il était facile de voir, au sourcil froncé et au regard menaçant du jeune homme, qu'en cas de découverte les sauvages n'auraient pas remporté une victoire sans combat. Quant au Trappeur, il prit ses mesures en conséquence, et attendit le résultat avec la résignation et le calme qui le caractérisaient.

Pendant ce temps, les Sioux, — la sagacité du vieillard ne s'était pas trompée sur la nature de ces dangereux voisins, — avaient terminé leur conseil, et s'étaient dispersés de nouveau, comme s'ils eussent été à la recherche de quelque objet caché.

« Les marauds ont entendu le chien », dit tout bas le Trappeur, « et leurs oreilles sont trop exercées pour se tromper sur la distance. Tenez-vous coi, mon garçon, la tête contre terre, comme un chien qui dort.

— Relevons-nous plutôt, et fions-nous à notre courage », répondit son impatient compagnon.

Comme il allait continuer, une main se posa rudement sur son épaule ; il tourna la tête et aperçut les traits farouches d'un Indien, qui le regardait droit dans les yeux. Nonobstant sa surprise et le désavan-

tage de sa position, il n'était pas d'humeur à se laisser
prendre sans résistance. Plus prompt que l'éclair, il fut
d'un bond sur ses jambes, et saisit à la gorge son
adversaire avec une vigueur qui aurait bientôt terminé
la lutte, lorsqu'il sentit les bras du Trappeur s'enlacer
autour de lui, et opposer à tous ses efforts une vigueur
peu inférieure à la sienne.

Avant qu'il eût eu le temps de reprocher au
vieillard sa trahison apparente, une douzaine de Sioux
les entouraient, et ils furent obligés tous les trois de se
rendre prisonniers.

CHAPITRE IV

Spectateur du combat, je le vois
sous un aspect plus terrible que ceux
qui le livrent.

SHAKESPEARE,
le Marchand de Venise.

Nos promeneurs de nuit étaient tombés entre les mains d'un peuple qu'on pourrait appeler, sans exagération, les Ismaélites des déserts américains.

De temps immémorial, les Sioux s'étaient rendus redoutables à leurs voisins de la Prairie, et aujourd'hui même où l'influence et l'autorité d'un gouvernement civilisé commencent à se faire sentir autour d'eux, on n'a point cessé de les considérer comme une race perfide et dangereuse. A l'époque de notre histoire c'était pis encore, et bien peu de blancs osaient s'aventurer dans les régions éloignées qu'ils parcouraient dans tous les sens.

Le Trappeur connaissait parfaitement l'espèce de gens au pouvoir desquels il était tombé. Était-ce par crainte, politique ou résignation qu'il s'était si tranquillement soumis ? L'observateur le plus sagace aurait eu de la peine à le découvrir. Loin d'opposer aucune remontrance à la manière brusque et violente dont ses vainqueurs procédaient sur lui aux perquisitions d'usage, il alla au-devant de leur cupidité, en offrant à leur chef les objets qu'il croyait pouvoir lui être le plus agréables.

Paul Hover, qui ne s'était rendu qu'à la force, manifesta une excessive répugnance à souffrir les libertés brutales qu'on se permettait sur sa personne et sur ce qui lui appartenait. Il donna même, pendant ce procédé sommaire, des preuves non équivoques de son mécontentement, et plus d'une fois il se fût laissé emporter à une résistance ouverte et désespérée, sans les conseils et les supplications de la tremblante Hélène ; attachée à ses côtés, elle lui montrait, par l'expression de ses regards, qu'elle n'avait plus d'espoir que dans une conduite prudente et dans son dévouement à la servir.

Sitôt qu'ils eurent enlevé à leurs captifs armes et munitions, ainsi que quelques menus articles de toilette, les Indiens parurent disposés à leur accorder un moment de répit. Une affaire d'importance les occupait, et exigeait leur attention immédiate. Ils s'assemblèrent derechef en conseil, et, à en juger par la vivacité et la véhémence de ceux qui parlèrent, il était évident qu'ils regardaient leur victoire comme loin d'être complète.

Le Trappeur entendait assez leur langue pour comprendre le sujet de la discussion.

« Je serais bien étonné », dit-il à voix basse, « si les voyageurs campés près des saules ne sont pas tirés de leur sommeil par une visite de ces mécréants. Ils sont trop fins pour croire qu'une femme des Visages Pâles se trouve si loin des établissements sans avoir à sa portée les inventions et les services d'un blanc.

— Qu'ils emmènent dans les montagnes Rocheuses la tribu errante d'Ismaël », dit le chasseur d'abeilles avec un rire amer, « et je pardonnerai de bon cœur aux vauriens.

— Paul ! Paul ! » soupira sa compagne d'un ton de reproche. « Avez-vous perdu la mémoire ? Songez à quelles terribles conséquences...

— Eh ! morbleu, c'est en pensant à ce que vous appelez les conséquences, Hélène, que je n'ai pas donné son compte à ce diable rouge qui est là, et que j'ai renoncé à en finir avec lui !... Honte à vous, vieux Trappeur ! cette infâme trahison est votre ouvrage. Au reste, c'est votre métier de prendre au filet les hommes aussi bien que les bêtes.

— Je vous en conjure, Paul, calmez-vous... Un peu de patience !

— Allons, puisque vous le désirez, Hélène, je tâcherai ; mais pester contre la male chance, vous devriez le savoir, fait partie de la religion d'un Kentuckien. »

Le Trappeur, qui demeurait aussi impassible que s'il n'eût rien entendu de leur conversation, dit alors :

« J'ai grand'peur que vos amis du campement n'échappent point aux recherches de cette vermine. Ils flairent le butin, et les détourner de leur piste serait non moins difficile que d'ôter à un chien de chasse celle du gibier.

— Comment faire ? » demanda Hélène d'un ton suppliant qui marquait un intérêt sincère. « Ne peut-on les avertir ?

— Il me serait facile », répondit Paul, « de

brailler à tue-tête, au point de faire croire au vieil
Ismaël que les loups sont au milieu de son troupeau ;
en plaine, ma voix porte à près d'une demi-lieue, et
son camp n'est pas la moitié si loin.

— Et l'on vous assommera pour votre peine »,
objecta le Trappeur. « Non, non, il faut opposer la
ruse à la ruse, ou les bandits vont assassiner la famille
entière.

— Assassiner ! Oh ! c'est aller trop loin. Après
ça, Ismaël se complaît tant à voyager qu'il n'y aurait
pas de mal à ce qu'on l'expédiât pour l'autre monde,
s'il était préparé, le vieux drôle, à entreprendre le
grand voyage. Je brûlerais volontiers une amorce pour
empêcher qu'on ne le tuât tout à fait.

— Sa troupe est nombreuse et bien armée ;
pensez-vous qu'ils se défendront.

— Écoutez, vieux Trappeur... Peu d'hommes
aiment moins qu'un certain Paul Hover Ismaël Bush
et ses sept hercules de fils ; mais je dédaigne de
calomnier même un chasseur au petit plomb, fût-il du
Tennessee. Il y a chez eux autant de vrai courage que
dans n'importe quelle famille issue du Kentucky. C'est
une race qui a de gros os et d'excellentes charnières ;
et, permettez-moi de vous le dire, quiconque en
voudra prendre mesure ne devra pas être manchot.

— Chut ! les sauvages ont fini de délibérer, et ils
vont mettre à exécution leurs projets du diable. Ayons
patience, les choses peuvent encore tourner en faveur
de vos amis.

— N'appelez mon ami aucun de ces gens-là, si
vous faites le moindre cas de mon affection ! Ce que je
dis en leur faveur provient d'un sentiment de justice,
et non d'amitié.

— Je croyais que la jeune femme en était »,

répondit l'autre un peu sèchement ; « enfin il n'y pas d'offense quand il n'y a pas eu de mauvaise intention. »

Hélène mit de nouveau la main sur la bouche de Paul qui allait répondre, et d'une voix douce et conciliante elle se chargea elle-même de ce soin.

« Nous devons tous être de la même famille », dit-elle, « quand il est en notre pouvoir de nous servir les uns les autres. Honnête vieillard, pour découvrir le moyen d'avertir nos amis du danger qu'ils courent nous nous en remettons entièrement à votre expérience.

— Elle aura du moins servi à quelque chose », marmotta en riant le chasseur d'abeilles, « si les gaillards se mettent à travailler comme il faut les Peaux Rouges. »

Un mouvement général s'opéra alors dans la troupe des Sioux.

Ils mirent tous pied à terre et confièrent leurs chevaux à trois ou quatre d'entre eux, qui furent également chargés de veiller sur les prisonniers. Puis ils se formèrent en cercle autour d'un guerrier qui paraissait exercer le commandement ; et à un signal donné, ils s'avancèrent d'un pas lent et circonspect, chacun partant du centre en ligne droite et par conséquent divergente. Bientôt leurs corps basanés se confondirent avec la teinte brune de la Prairie. Seulement les captifs, qui épiaient d'un œil vigilant les plus légers mouvements de leurs ennemis, voyaient de temps à autre une forme humaine se dessiner à l'horizon, celle de quelque sauvage impatient qui redressait sa haute taille afin d'examiner les alentours. Les traces fugitives de ce cercle mouvant et qui s'élargissait de plus en plus ne tardèrent pas à

disparaître, et l'incertitude vint ajouter aux appréhensions.

Ainsi s'écoulèrent plusieurs minutes pleines
d'anxiété, pendant lesquelles les prisonniers
croyaient à chaque instant entendre les hurlements
des uns et les cris de rage des autres troubler à la
fois le silence de la nuit. Les Indiens furent-ils
déçus dans leur attente ? C'est probable, car, au
bout d'une demi-heure, ils commencèrent à revenir
un à un, la mine basse et l'air mécontent.

« A présent c'est notre tour », dit le Trappeur, qui était à l'affût du plus petit incident.
« Nous allons être interrogés ; et si j'entends quelque chose à notre intérêt, m'est avis qu'il serait
sage de choisir entre nous celui qui portera la
parole, afin de ne pas nous contredire. En outre,
si l'opinion d'un vieux chasseur octogénaire mérite
confiance, j'oserai dire que celui-là doit être au
fait de la nature d'un Indien, et parler tant soit
peu comme lui... Ami, connaissez-vous la langue
des Sioux ?

— Videz votre sac », répliqua le chasseur
d'abeilles, dont la mauvaise humeur n'était pas
calmée ; « bourdonner, voilà votre affaire, et vous
n'êtes bon qu'à cela.

— C'est le propre de la jeunesse d'être
emportée et présomptueuse », dit avec calme le
Trappeur. « Il fut un temps, mon fils, où j'avais le
sang comme le vôtre, trop vif et trop chaud pour
couler paisiblement dans mes veines ; mais à quoi
sert de rappeler les prouesses de ce temps-là ? Il
doit y avoir de la raison sous des cheveux blancs,
non pas de la vantardise.

— Oui, oui », dit tout bas Hélène. « Il s'agit

bien d'autre chose : voici qu'on vient nous interroger. »

La jeune fille, dont les craintes stimulaient l'intelligence, ne s'était pas trompée.

Un sauvage à demi nu et de haute taille s'approcha du lieu où ils étaient. Après les avoir longuement examinés tous trois autant que le permettait la lueur obscure de la lune, il leur adressa dans sa langue la salutation d'usage avec une intonation rude et gutturale. Le Trappeur répondit de son mieux et de manière à se faire comprendre. Au bout d'un moment d'intervalle qu'il laissa passer par bienséance, l'Indien reprit :

« Les Visages Pâles ont-ils donc mangé tous leurs bisons et emporté les peaux de tous leurs castors, qu'ils viennent compter combien il en reste chez les Paunis ?

— Quelques-uns d'entre nous sont ici pour acheter et d'autres y sont pour vendre », répondit le Trappeur ; « mais nul n'ira plus loin s'il apprend qu'il est dangereux de s'approcher du wigwam d'un Sioux.

— Les Sioux sont des voleurs et habitent au milieu des neiges. Pourquoi parler d'un peuple si éloigné quand nous sommes dans le pays des Paunis ?

— Si les Paunis sont les maîtres de cette contrée, alors les blancs et les rouges ont le même droit d'y être.

— Les Visages Pâles n'ont-ils pas assez dérobé aux rouges, sans que tu viennes si loin apporter un mensonge ? J'ai dit que ma tribu est sur un terrain de chasse qui lui appartient.

— Mon droit d'être ici est égal au vôtre », repartit le Trappeur avec un sang-froid imperturbable, « je ne dis pas tout ce que je pourrais dire... Il vaut mieux garder le silence. Les Paunis et les blancs sont frères ; mais un Sioux n'oserait montrer sa face dans le village des Loups.

— Les Dacotas sont des hommes ! » s'écria le sauvage avec emportement, oubliant dans sa colère de soutenir le rôle qu'il avait pris, et désignant sa nation par le nom dont elle est le plus fière. « Les Dacotas n'ont peur de rien ! Parle ; qui vous amène si loin les habitations des Visages Pâles ?

— J'ai vu le soleil briller et s'éteindre sur bien des conseils, et je n'ai jamais entendu que les paroles d'hommes sages. Que des chefs se montrent, et ma bouche ne sera pas fermée.

— Je suis un grand chef », dit le sauvage, affectant un air de dignité offensée ; « me prends-tu pour un Assiniboine ? Wencha est un guerrier de grand renom et dont la parole est écoutée.

— Et moi, suis-je un imbécile pour ne pas reconnaître un Sioux à la peau cuivrée ? » riposta le Trappeur avec une assurance qui montrait à quel point il était maître de lui-même. « Va, il fait nuit, et tu ne vois pas que j'ai la tête blanche. »

L'Indien parut alors convaincu qu'il avait employé un artifice trop grossier pour tromper un homme de tant d'expérience, et il cherchait dans son esprit à quelle supercherie nouvelle il aurait recours, quand un léger mouvement qui s'opéra dans la troupe vint tout d'un coup déranger ses projets. Jetant les yeux derrière lui, comme s'il eût craint d'être bientôt interrompu, il ajouta en baissant le ton :

« Donne à Wencha du lait des Longs Couteaux, et il proclamera ton nom aux oreilles des sages de sa tribu.

— Retire-toi », répondit le vieillard avec un

geste méprisant. « Tes jeunes gens ont prononcé le nom de Matori ; mes paroles sont pour les oreilles d'un chef. »

Le sauvage lui jeta un coup d'œil qui, malgré l'obscurité, exprimait assez vivement une hostilité implacable. Il alla ensuite se glisser parmi ses compagnons, honteux du vilain rôle qu'il venait de jouer, et craignant d'être découvert dans sa tentative pour s'approprier une partie du butin au détriment du véritable chef.

A peine avait-il disparu qu'un guerrier d'imposante stature sortit des rangs, et s'arrêta devant les prisonniers avec cette contenance grave et hautaine qui distingue toujours un personnage indien de quelque importance. Le reste de la troupe vint se ranger autour de lui, dans un profond et respectueux silence.

Après une courte pause, empreinte de cette dignité véritable si maladroitement imitée par Wencha :

« La terre est vaste », commença-t-il. « Pourquoi les enfants de mon Grand-Père blanc ne s'y trouvent-ils jamais à l'aise ?

— Quelques-uns d'entre eux », répondit le Trappeur, « ont ouï dire que leurs amis de la Prairie avaient besoin de bien des choses, et ils sont venus voir si cela était vrai. D'autres, à leur tour, ont besoin d'objets que les hommes rouges sont disposés à vendre, et ils viennent enrichir leurs amis en leur offrant de la poudre et des couvertures.

— Des marchands traversent-ils la Grande Rivière les mains vides ?

— Nos mains sont vides, parce que tes jeunes gens, nous croyant fatigués, nous ont déchargés de ce que nous portions. Ils se sont trompés ; je suis vieux, mais je suis fort.

— Impossible ! Votre charge sera tombée dans la Prairie ; montre la place à mes jeunes gens, afin qu'ils la ramassent avant que les Paunis la trouvent.

— Le sentier qui y conduit est tortueux, et à présent il fait nuit ; c'est le moment de dormir. Dis à tes guerriers d'aller sur la hauteur qui est là-bas ; il y a de l'eau et il y a du bois ; qu'ils allument leur feu, et qu'ils se couchent les pieds chauds. Quand le soleil reparaîtra, je te parlerai. »

Un murmure sourd, mais qui témoignait assez d'un grand désappointement, parcourut les rangs de l'assistance ; c'était apprendre au vieillard qu'il avait manqué de prudence en proposant une mesure qui, dans sa pensée, devait servir à informer le camp des voyageurs de la présence de voisins dangereux. Toutefois Matori, sans avoir l'air de s'associer au sentiment de ses compagnons, poursuivit l'interrogatoire sur le même ton de dignité.

« Je sais », dit-il, « que mon ami est riche, qu'il a près d'ici beaucoup de guerriers, et plus de chevaux qu'il n'y a de chiens parmi les Peaux Rouges.

— Mes guerriers et mes chevaux, les voici à mes côtés.

— Eh quoi ! cette femme a-t-elle les pieds d'un Dacota, qu'elle puisse marcher trente nuits de suite dans la Prairie sans broncher ? Les hommes rouges des bois font de longues traites à pied ; mais nous qui vivons dans un pays où l'œil ne peut voir d'une habitation à l'autre, nous aimons nos chevaux. »

Le Trappeur hésita. Il savait fort bien que le mensonge, une fois percé à jour, pourrait lui coûter cher ; d'ailleurs son caractère s'accommodait mal d'une dissimulation qui contrariait son respect habituel pour la vérité ; se rappelant qu'il allait disposer du sort des autres non moins que du sien, il résolut de laisser les choses suivre leur cours, et le chef des Dacotas se tromper lui-même, s'il le voulait.

« Les femmes des Sioux et celles des blancs n'appartiennent pas au même wigwan », répondit-il d'une manière évasive. « Un guerrier sioux voudrait-il élever sa femme au-dessus de lui-même ? Je sais le contraire, et cependant j'ai entendu dire qu'il y a des pays où les conseils sont tenus par des femmes. »

Un autre mouvement qui agita un instant l'auditoire apprit au Trappeur que sa déclaration était reçue avec surprise, sinon avec incrédulité. Le chef seul resta impassible, et ne parut disposé en aucune façon à se relâcher de sa dignité fière.

« Mes pères blancs, qui demeurent près des grands lacs », dit-il, « ont déclaré que leurs frères des pays du soleil levant ne sont pas des hommes, et je vois maintenant qu'ils n'ont point menti. Qu'est-ce qu'une nation qui a une femme pour chef ? Tu es donc le chien et non le mari de cette femme ?

— Ni l'un ni l'autre ; je n'ai vu son visage qu'aujourd'hui. Elle est venue dans la Prairie parce qu'on lui a dit qu'il s'y trouvait une grande et généreuse nation appelée les Dacotas, et qu'elle voulait voir des hommes. Chez les Visages Pâles comme chez les Sioux, il arrive aux femmes d'ouvrir les yeux pour voir des choses qui sont nouvelles. Mais elle est aussi pauvre que moi, et elle manquera de blé et de venaison si tu enlèves le peu qu'elle et son ami possèdent.

— C'est à présent que mes oreilles viennent d'entendre autant de mensonges coupables que de paroles ! » s'écria Matori d'une voix sévère qui fit tressaillir jusqu'aux Indiens. « Suis-je une femme ? N'ai-je pas des yeux pour voir ? Réponds, chasseur blanc : quels sont les hommes de ta couleur qui dorment près des arbres abattus ? »

En disant ces mots, le chef irrité étendit la main dans la direction du camp d'Ismaël, et le Trappeur ne put douter que, plus sagace que ses hommes, il n'eût découvert ce qui avait échappé à leurs recherches. Sans rien laisser paraître du regret qu'il en éprouva, non plus que de la mortification d'avoir été joué par son adversaire, il continua à garder son sang-froid imperturbable.

« Qu'il y ait des blancs qui dorment dans la Prairie », répondit-il, « cela se peut, et puisque mon frère l'a dit, c'est vrai ; mais qui sont ces hommes qui se confient à la générosité des Sioux, je ne puis le dire. S'il y a des étrangers qui dorment, envoie tes jeunes gens les éveiller, et qu'ils disent pourquoi ils sont ici. Les Visages Pâles ont des langues. »

Le chef secoua la tête avec un sourire farouche, puis se détournant pour mettre fin à la conférence, il ajouta brusquement :

« Les Dacotas sont une race prudente, et Matori est leur chef. Il n'ira pas appeler les étrangers, pour qu'ils se lèvent et lui répondent avec la gueule de leurs carabines. Il leur parlera tout bas à l'oreille. Alors que les hommes de leur couleur viennent les éveiller. »

Là-dessus, il s'éloigna, et un rire approbatif accueillit ses paroles. Le cercle se rompit sur-le-champ ; les Indiens suivirent leur chef à quelques pas de là, et ceux qui pouvaient se permettre d'énoncer leur opinion en présence d'un si grand guerrier se pressèrent autour de lui pour tenir conseil.

Wencha profita de l'occasion pour renouveler ses importunités ; mais le Trappeur, qui savait maintenant à quoi s'en tenir sur son compte, le repoussa avec humeur. Ce qui mit plus efficacement un terme aux persécutions du perfide sauvage, ce fut l'ordre donné à toute la troupe, gens et bêtes, de changer de position. Ce mouvement s'effectua dans un profond silence, et avec un ordre qui aurait fait honneur à des hommes beaucoup plus éclairés.

La halte eut bientôt lieu, et cela en vue de la lisière du petit bois près duquel était campé Ismaël. On tint là une délibération nouvelle, fort courte mais d'une extrême gravité.

Les chevaux, qui semblaient dressés à ces attaques couvertes et silencieuses, furent de nouveau placés sous la surveillance des gardiens qui, comme auparavant, eurent ordre d'avoir l'œil sur les prisonniers. L'inquiétude qui commençait à gagner le Trappeur ne fit que s'accroître en voyant auprès de sa personne Wencha qui, à en juger par son air de triomphe et d'autorité, commandait le détachement. Néanmoins le sauvage, qui, sans doute, avait des instructions particulières, se contenta de brandir son tomahawk avec un geste expressif qui menaçait Hélène d'une mort immédiate. Après avoir ainsi averti les deux prisonniers du sort qui serait infligé à leur compagne au moindre signal de rebellion de leur part, il se renferma dans un mutisme absolu. Cette modération inattendue leur permit d'accorder une pleine attention à ce qui se passait sous leurs yeux, autant du moins qu'ils étaient à même d'en juger.

Ce fut Matori en personne qui procéda à tous les préparatifs nécessaires.

Il assigna à chacun son poste, en homme qui

connaissait à fond les qualités respectives de ses
compagnons, et on lui obéit avec la déférence empres-
sée que témoigne toujours un Indien aux ordres de
son chef dans les moments décisifs. Il détacha les uns à
droite, les autres à gauche, et tous s'éloignèrent de ce
pas rapide et silencieux qui est propre à leur race, à
l'exception de deux guerriers d'élite. Quand le restent
eut disparu, Matori se tourna vers les compagnons de
son choix, et leur annonça par un signe que le moment
était arrivé de mettre à exécution l'entreprise qu'il
avait projetée.

Leur premier soin fut de déposer le petit fusil de
chasse que, sous le nom de carabine, ils portaient en
vertu de leur rang ; puis se débarrassant de tout ce qui
pouvait gêner leurs mouvements, ils attendirent
debout et presque nus, semblables aux statues de
quelque sombre divinité. Matori s'assura que son
tomahawk était bien à sa place et que son couteau
jouait librement dans sa gaîne de peau, serra sa
ceinture de *wampum,* et rentra les cordons et les
franges de ses riches brodequins. Ainsi préparé de
tous points à l'exécution de son audacieuse entreprise,
le chef donna le signal d'avancer.

Les trois Sioux se dirigèrent à la file vers le camp
des émigrants, s'arrêtèrent quelques minutes pour
observer les environs, se glissèrent dans les hautes
herbes et disparurent.

On n'aura point de peine à concevoir la douleur
et l'angoisse qu'éprouvaient, à la vue de ces dispositions alarmantes, les trois spectateurs qui prenaient à
leur résultat un si vif intérêt.

Quelles que fussent les raisons d'Hélène de ne
porter qu'un médiocre attachement à la famille au
milieu de laquelle nous l'avons présentée au lecteur, la

pitié naturelle à son sexe et un reste de bienveillance agissaient sur son cœur. Plus d'une fois elle fut tentée de braver le danger terrible qui la menaçait, et d'élever sa voix, toute faible qu'elle était, pour jeter le cri d'alarme. Cette impulsion était si naturelle et si forte, qu'elle y eût peut-être cédé sans les remontrances souvent répétées que Paul Hover lui adressait à voix basse.

Notre chasseur d'abeilles, de son côté, se trouvait lui-même combattu des sensations les plus opposées. Sa première et principale sollicitude était sans doute pour la jeune fille placée sous sa protection ; mais je ne sais quelle excitation passionnée, et qui ne laissait pas d'avoir des charmes, faisait battre son cœur. Bien qu'il eût pour les émigrants moins de bienveillance qu'Hélène, il brûlait d'entendre le bruit de leurs carabines, et, le cas échéant, il eût volontiers été des premiers à voler à leur secours. Par moments, il ressentait, lui aussi, la tentation, presque irrésistible, de courir éveiller les négligents voyageurs ; un regard d'Hélène suffisait alors à raffermir sa prudence chancelante et à lui rappeler quelles seraient les suites de sa témérité.

Seul, le vieux Trappeur, calme en apparence, examinait tout aussi froidement que s'il n'eût point eu d'intérêt dans ce qui allait se passer ; son œil, sans cesse sur le qui-vive, épiait le moindre incident. Heureux privilège de l'homme accoutumé depuis trop longtemps aux scènes de violence pour s'effrayer aisément, et se possédant assez pour savoir mettre à profit la première occasion de tromper la vigilance de ses gardiens !

Cependant, les guerriers sioux n'étaient pas restés oisifs. A la faveur des brouillards qui emplis-

saient les bas-fonds, ils s'étaient, en rampant comme
des couleuvres, frayé un chemin à travers les touffes
d'herbe, jusqu'à un point où il n'était plus possible
d'avancer sans un redoublement de précautions.
Matori avait de temps en temps redressé sa haute
taille, et promenant ses regards perçants autour de lui,
il releva de nouveaux indices, qui, joints à ceux qu'il
avait recueillis dans sa première reconnaissance, lui
permirent de se rendre un compte exact de la position
de ses futures victimes.

Mais quel était leur nombre ? en quoi consistaient
leurs moyens de défense ? Ses efforts pour s'éclairer
sur ces deux points essentiels échouèrent complètement. Trop défiant pour s'en rapporter à d'autres
moins courageux et rusés que lui, il ordonna à ses
compagnons de l'attendre, et poursuivit seul l'aventure.

La marche de Matori se ralentit alors, grâce à une
longue habitude de cette espèce d'exercice, au point
d'imiter celle d'un reptile. Ramassé sur lui-même, il
avançait un pied, puis l'autre, prêtant l'oreille au plus
léger son qui aurait pu annoncer que les voyageurs
étaient instruits de son approche. A la fin, il réussit à
se glisser sous le couvert du bois, où, n'étant plus
exposé aux rayons de la lune, il courait bien moins le
risque d'être aperçu, en même temps que les objets
d'alentour s'offraient d'une manière plus distincte à
ses regards mobiles et pénétrants. Il s'arrêta en cet
endroit pour y faire ses prudentes observations avant
de se hasarder plus loin. Sa position lui permettait
d'embrasser d'un coup d'œil le camp tout entier avec
sa tente, ses chariots et ses huttes de feuillage ; le tout
se dessinait devant lui dans un profil sombre mais
suffisamment tracé, et l'habile guerrier fut à même

d'évaluer avec une certaine exactitude la force de l'ennemi auquel il allait avoir affaire.

Un silence inexplicable continuait de régner en ee lieu. Le chef appuya sa tête contre terre et écouta attentivement. Il allait la relever sans avoir obtenu aucun résultat, quand le bruit d'une respiration arriva imparfaitement à son oreille. Trop exercé à tous les moyens de déception pour devenir lui-même la dupe d'un artifice vulgaire, il écouta de nouveau, reconnut à un certain tremblement que le son était naturel, et n'hésita plus.

Quittant sa première direction, le Sioux se traîna en droite ligne vers la lisière du petit bois, et découvrit l'endroit où le dormeur sans défiance était couché : c'était, on l'a deviné, l'un de ces fils indolents d'Ismaël, chargés de veiller à la sûreté du camp.

Arrivé jusqu'à lui, Matori s'accroupit pour l'examiner à loisir. Le jeune homme tressaillit comme s'il allait se réveiller. A l'instant, le sauvage tira son coutelas, prêt à immoler la victime ; puis changeant d'idée, par un mouvement aussi rapide que la pensée, il se blottit derrière le tronc d'arbre abattu contre lequel l'autre avait la tête appuyée, et resta étendu dans son ombre, aussi immobile et en apparence aussi privé de sentiment que le bois lui-même, avec la couleur duquel la sienne se confondait.

L'indolente sentinelle ouvrit ses yeux appesantis, les porta vers le ciel étoilé, et s'appuyant lourdement d'une main, souleva son buste pesant pour regarder autour de lui. Ses regards incertains parcoururent, avec un reste de vigilance, les différentes parties du camp pour aller se perdre dans l'horizon de l'immense Prairie. N'apercevant que les lignes sinueuses de la plaine vallonnée qui de toutes parts s'offrait à ses yeux

chargés de sommeil, il changea de position de manière
à tourner le dos à son dangereux voisin, et se laissa
retomber nonchalamment à terre.

Il y eut ensuite un long silence, et qui fut rempli
d'anxiété pour le Sioux, avant que le ronflement du
voyageur annonçât qu'il avait repris son somme ; mais
les fatigues d'une journée de marche forcée pesaient
trop visiblement sur ce dernier pour que la défiance de
son ennemi persistât longtemps. Ce fut toutefois par
une succession de mouvements presque insaisissables
que Matori parvint à changer de position, sans avoir
fait plus de bruit que la feuille de cotonnier balancée
dans l'air auprès de lui.

Dès lors le sort du dormeur était entre ses mains.
Tout en examinant les vastes proportions et les formes
athlétiques du jeune homme avec cette sorte d'admiration que les avantages physiques manquent rarement d'exciter dans l'âme d'un sauvage, il se prépara
froidement à éteindre le principe de vie qui seul
pouvait les rendre formidables. Après avoir écarté les
plis du vêtement, il leva son arme acérée et allait
frapper avec toute la force et l'adresse dont il était
capable, quand le jeune homme rejeta en arrière son
bras basané, dont ce mouvement machinal mit en
saillie les muscles vigoureux.

Encore une fois, le chef suspendit son coup, sous
l'empire d'une idée soudaine. En un tel moment, le
sommeil de l'étranger lui parut offrir moins de périls
que sa mort. Qu'adviendrait-il au moindre bruit de
lutte ? et que serait l'agonie dans une constitution si
puissante ? L'Indien tourna la tête vers le camp, puis
vers le petit bois, et ses yeux étincelants se promenè-
rent ensuite dans la Prairie solitaire et silencieuse. Se
courbant de nouveau sur la victime qu'il épargnait, il

LA PRAIRIE 69

s'assura qu'elle dormait d'un profond sommeil, et abandonna son projet pour obéir aux suggestions d'une malice plus raffinée.

La retraite de Matori fut entourée des mêmes précautions que l'avait été son arrivée. Il poussa droit au camp, en suivant la lisière du bois, afin de pouvoir plonger sous cet abri en cas d'alarme.

La tente isolée attira en passant son attention. Après en avoir examiné l'extérieur, il souleva le bas de la toile et glissa par-dessous son visage cuivré. Au bout d'une minute, il se retira, et s'asseyant à terre, il resta quelque temps dans une inaction complète, absorbé dans ses réflexions. Il se mit à ramper de nouveau, et passa encore sa tête sous la draperie de la tente. Ce second coup d'œil jeté à l'intérieur fut plus prolongé que le premier, et sembla présager des résultats plus funestes. L'accès de curiosité prit fin. Matori s'éloigna comme à regret, et toucha bientôt à la barrière de branchages élevée au centre du camp. Sa cupidité n'en fut que plus vivement allumée, et, avec un redoublement d'adresse, il réussit à franchir l'obstacle.

Une fois dans l'enceinte, et après s'être ménagé une retraite facile en écartant ce qui pouvait contrarier la rapidité de sa fuite, il redressa sa taille imposante et parcourut le camp, semblable au génie du mal qui cherche une proie à dévorer. Déjà il avait visité la cabane où s'étaient retirés la femme de l'émigrant et ses jeunes enfants ; déjà il avait passé devant plusieurs corps gigantesques étendus çà et là sur des lits de feuillage, lorsqu'il arriva enfin à l'endroit occupé par Ismaël en personne. Un homme de la sagacité de Matori ne pouvait manquer de deviner qu'il était en présence du chef de la troupe. Aussi, tout en considé-

rant sa carrure herculéenne, calculait-il en lui-même
les chances de son entreprise et les moyens les plus
efficaces d'en recueillir les fruits.

Il avait remis dans sa gaine le coutelas que sous
l'impulsion du premier moment, il avait tiré, et il allait
passer outre ; mais Ismaël, se retournant sur sa
couche, demanda brusquement qui était là. Il fallait
toute l'astuce et la présence d'esprit d'un sauvage pour
éviter d'amener la crise à une solution immédiate.
Imitant l'accent rauque et empâté de la voix qu'il
venait d'entendre, Matori se laissa lourdement tomber
à terre et parut se disposer à dormir. L'émigrant le
regarda faire, sans trop se rendre compte, à travers ses

paupières appesanties. Comment se défier d'ailleurs
d'un stratagème si audacieux et exécuté en perfection ? Ismaël s'y trompa, et reprit son somme.

Condamné par prudence à l'immobilité, Matori
profita du délai pour mûrir un plan qui devait lui livrer
le camp et tout ce qu'il contenait. Dès qu'il estima le
danger passé, il recommença de se traîner sur le sol, et
dirigea sa marche vers l'enclos où étaient renfermés
les animaux domestiques.

Le premier qu'il rencontra fut soumis de sa part à
un long et périlleux examen. Le Sioux, qui n'en avait
jamais vu de pareil, tâta à plusieurs reprises son
épaisse toison et ses membres délicats ; et la créature
fatiguée ne regimba point, comme si un instinct secret
l'avertissait qu'au milieu de ces immenses solitudes,
son protecteur le plus sûr était l'homme. Cependant
Matori finit par renoncer à une proie qui n'eût pu lui
être d'aucune utilité dans ses expéditions de rapine. A
la vue des bêtes de somme, sa joie fut extrême ; il eut
de la peine à en contenir l'expression, et le naturel du
sauvage l'emporta un moment au point de lui faire
oublier la situation critique où il se trouvait.

CHAPITRE V

Mon père, qu'avons-nous à perdre ? La loi ne nous protège pas : pourquoi donc aurions-nous des scrupules ? pourquoi souffririons-nous les menaces d'un insolent ? Soyez à la fois juge et bourreau.

SHAKESPEARE, *Cymbeline.*

Pendant que le guerrier sioux poursuivait son plan avec toute l'astuce de sa race, aucun bruit ne troublait la tranquillité de la Prairie. Chacun des hommes de sa troupe, immobile au poste assigné, attendait, sans impatience, le signal qui devait lui ordonner d'agir.

Aux regards des spectateurs soucieux qui occupaient la hauteur, la scène ne présentait que l'aspect d'une solitude faiblement éclairée par la clarté de la lune, à demi voilée par les nuages. Une teinte un peu plus sombre marquait l'emplacement du camp, et çà et là une lueur vive éclairait les crêtes ondoyantes des collines. Partout régnait le calme profond, imposant, absolu d'un désert.

Mais pour ceux qui savaient si bien ce que

recouvrait ce manteau de silence et d'ombre, c'était une scène d'un poignant intérêt. Chaque minute ajoutait une épine à leur angoisse, et pourtant nul signe de mauvais présage ne s'élevait du sein des ténèbres. L'émotion de Paul Hover était au comble et sa respiration haletante, et plus d'une fois la jeune fille frissonna de frayeur en sentant tressaillir son bras sur le sien.

Les mauvais instincts de Wencla ne résistèrent pas à l'occasion de se produire en toute liberté. Au moment où son chef laissait imprudemment éclater l'allégresse que lui causait la vue du nombreux bétail des émigrants, le perfide sauvage s'abandonna au malin plaisir de tourmenter ceux qu'il était de son devoir de protéger. Penchant la tête vers le Trappeur, il murmura ces mots à son oreille :

« Si les Dacotas perdent leur grand chef par les mains des Longs Couteaux, les vieux mourront aussi bien que les jeunes !

— La vie est un don du Waconda » ; répondit l'impassible vieillard, « le guerrier rouge doit se soumettre à sa loi aussi bien que tout autre de ses enfants. La mort frappe quand il l'ordonne, et aucun Dacota ne peut en changer l'heure.

— Regarde ! » reprit le sauvage en agitant son couteau. « Wencha est le Waconda d'un chien. »

Le vieillard leva les yeux sur son féroce gardien : un éclair d'indignation et de mépris jaillit sous ses paupières creuses, mais il s'éteignit presque aussitôt pour faire place à une expression de pitié, sinon de douleur.

« Pourquoi un homme fait à l'image de Dieu », dit-il tout haut, « serait-il révolté des propos d'un être privé de raison ? »

Il avait parlé en anglais, et Wencha, voyant là un
prétexte d'offense, saisit le Trappeur par les rares
mèches de cheveux blancs qui s'échappaient de dessous son bonnet ; il allait passer à leur racine la lame
de son couteau, quand un cri long et perçant fendit
l'air, répété par les mille échos de la Prairie. Wencha
lâcha prise et poussa une exclamation de joie cruelle.

« Allons », s'écria Paul, incapable de se contenir
plus longtemps, « c'est maintenant, vieil Ismaël, qu'il
faut montrer que tu as du sang du Kentucky dans les
veines ! Tirez bas, mes enfants ; tirez à rase terre, car
les Peaux Rouges sont couchés à plat ventre ! »

Sa voix se perdit au milieu des cris, des clameurs
et des hurlements qu'au même instant cinquante
bouches proféraient autour de lui. Les gardiens continuaient à rester auprès des captifs, mais c'était avec
l'impatience de coursiers qu'on a peine à retenir au
point du départ, quand ils n'attendent plus que le
signal pour s'élancer dans l'arène. Ils agitaient les
bras, sautaient, se démenaient comme des enfants,
poussaient des cris frénétiques.

Tout à coup, au-dessus de ce vacarme désor-
donné, domina un bruit sourd, pareil à celui que
produirait le passage d'un grand nombre de bisons, et
l'on aperçut les bestiaux et les bêtes de somme
d'Ismaël qui fuyaient en masse confuse.

« Ils ont volé à l'émigrant tous ses animaux », dit
le Trappeur ; « les reptiles ne lui en ont pas plus laissé
qu'à un castor ! »

La troupe entière des bêtes épouvantées escalada
la hauteur au galop et passa à côté des prisonniers,
suivie d'une bande de noirs démons qui la talonnaient
et précipitaient sa course.

L'impulsion s'était communiquée aux chevaux des

Sioux, accoutumés à s'associer à l'ardeur fougueuse de leurs maîtres, et il devenait de plus en plus difficile de les maintenir en place. Alors que les yeux étaient fixés sur ce tourbillon d'hommes et d'animaux, le Trappeur, avec une vigueur que son âge semblait démentir, arracha le coutelas des mains de Wencha, et d'un seul coup trancha la longe de cuir qui tenait tous les chevaux attachés ensemble. Aussitôt ceux-ci, hennissant de joie et de terreur à la fois, bondirent affolés et se dispersèrent de toutes parts dans l'espace qui leur était ouvert.

Sur le premier moment, Wencha ne songea qu'aux représailles. Il porta la main à la gaîne du couteau qui venait de lui être enlevé, et chercha à tâtons la poignée de son tomahawk, tandis qu'il suivait de l'œil les chevaux débandés, avec le douloureux regret d'un Indien de l'Ouest. Partagé entre la vengeance et la cupidité, la lutte fut courte mais terrible. Ce dernier sentiment l'emporta dans le cœur d'un homme à passions basses : il s'élança à la poursuite des fuyards avec ses derniers compagnons.

Dès qu'il les vit partir, le vieillard, qui n'avait pas bronché devant l'attaque imminente de son ennemi, se prit à dire, le bras étendu et en riant à la muette :

« La nature rouge est toujours la nature rouge, qu'elle se manifeste en prairie ou en forêt ! Quiconque s'aviserait de jouer ce tour à un soldat blanc en serait payé pour le moins d'un coup de crosse sur la tête. Mais un Sioux, le voilà parti derrière ses chevaux, s'imaginant que dans une pareille course deux jambes en valent quatre ! Malgré cela, les coquins les rattraperont jusqu'au dernier, parce que c'est le combat de la raison contre l'instinct. Pauvre raison, je l'avoue, et pourtant il y a beaucoup de l'homme dans l'Indien...

Parlez-moi des Delawares ; c'étaient là des Peaux Rouges dont l'Amérique pouvait être fière ! Qu'est devenu ce peuple puissant ? on l'a dispersé, presque anéanti... Ma foi ! l'émigrant fera sagement de planter le piquet où il se trouve ; l'eau y est en abondance, si la nature lui a refusé le plaisir de dépouiller la terre des arbres qu'elle a le droit de porter. Il a vu le dernier de ses animaux à quatre pattes, ou je connais bien peu l'astuce des Sioux.

— Ne serait-il pas à propos de nous rendre au camp ? » demanda le chasseur d'abeilles. « On ne va pas tarder à se battre, à moins qu'Ismaël ait été changé en poule mouillée.

— Non, non ! » s'écria vivement Hélène.

D'un geste affectueux, le Trappeur lui coupa la parole.

« Chut ! » dit-il. « Un éclat de voix suffirait à nous compromettre... Votre ami, jeune homme, a-t-il assez de courage...

— Ne l'appelez pas mon ami ! » interrompit Paul. « Je n'ai jamais fréquenté des gens qui ne peuvent montrer leurs titres à la propriété du sol qui les nourrit.

— Bien ! bien ! Appelons-le votre connaissance... Est-il homme à défendre son bien à coups de fusil ?

— Son bien ! oui certes, et celui des autres aussi !... Savez-vous, vieux Trappeur, quelle main tenait le fusil qui a fait son affaire au substitut du shérif, quand il voulut expulser les planteurs illégalement établis près du lac des Bisons, dans le vieux Kentucky ? J'avais suivi ce jour-là un magnifique essaim jusqu'au creux d'un hêtre mort. Au pied de l'arbre, je trouvai étendu l'officier de justice ; la balle avait traversé le mandat qu'il portait dans la poche de son gilet, côté du cœur, comme si un lambeau de parchemin pouvait préserver de la balle d'un *squatter*... Voyons, Hélène, ne vous tourmentez pas ! on n'a jamais clairement prouvé que ce fût lui, et il y en avait cinquante autres qui s'étaient installés dans le voisinage avec juste autant de droit... »

La pauvre fille tressaillit, et s'efforça d'étouffer le sanglot qui, en dépit d'elle, gonflait sa poitrine.

Convaincu que le récit court mais substantiel de Paul Hover lui en avait assez appris, le vieillard ne poussa pas plus loin ses questions pour savoir si l'émigrant serait disposé à se venger ; il aima mieux

s'abandonner aux réflexions que les circonstances
suggéraient à son expérience.

« Chacun est juge des liens qui l'attachent à ses
semblables », dit-il. « On n'en doit pas moins déplo-
rer, et grandement, que la couleur, la fortune, le
langage et l'instruction aient établi une différence si
énorme entre ceux qui, au demeurant, sont les enfants
d'un même père. Quoi qu'il en soit », continua-t-il,
par une transition qui peignait au vif son caractère et
ses habitudes, « comme c'est une affaire à la suite de
laquelle un combat est plus probable qu'un sermon
n'est utile, il vaut mieux être prêt à tout événement...
Attention ! j'entends remuer là-bas ; je parierais qu'on
nous a découverts.

— Ils vont venir ! » s'écria Hélène, non moins
effrayée à l'approche de ses amis qu'elle l'avait été en
présence de ses ennemis. « Vite, Paul, partez ; *vous*,
du moins, il ne faut pas qu'on vous voie.

— Moi, vous laisser dans ce désert avant de vous
avoir vue en sûreté aux mains du vieil Ismaël, plutôt
ne jamais entendre le bourdonnement d'une abeille,
ou, ce qui est pis encore, manquer de coup d'œil pour
la suivre jusqu'à sa ruche !

— Vous oubliez ce bon vieillard ; il ne me
quittera pas. Ce n'est pas la première fois, Paul, que
nous nous séparons, et cela nous est arrivé dans des
solitudes plus affreuses que celle-ci.

— Jamais ! Ces Indiens n'ont qu'à revenir en
hurlant, et alors où serez-vous ? à moitié chemin des
montagnes Rocheuses, avant qu'on puisse reconnaître
vos traces. Qu'en pensez-vous, vieux Trappeur ? combien de temps s'écoulera-t-il avant que ces démons
viennent chercher le reste des effets d'Ismaël ?

— Rien à craindre de leur part », répondit le

vieillard en riant à sa manière silencieuse ; « ils en ont pour six bonnes heures, je vous en réponds, à gambader après leurs montures. Tenez, précisément à cette heure, ils galopent dans les bas-fonds près des saules ; rapides comme des élans, ces chevaux sioux !... Mais silence ! couchez-vous dans l'herbe. Aussi vrai que je ne suis qu'un pauvre hère, j'ai entendu armer un fusil. »

Sans donner à ses compagnons le temps d'hésiter, il les entraîna tous deux après lui, et leur fit un rempart de la végétation plus dense de la Prairie. Il fut heureux que les sens du vieux chasseur n'eussent rien perdu de leur subtilité, et qu'il eût conservé toute sa décision : à peine s'étaient-ils accroupis contre terre, que la détonation brève et aiguë de plusieurs carabines de l'Ouest vint saluer leurs oreilles, et une balle siffla même à une proximité dangereuse.

« Bravo, les poussins ! bravo, mon vieux coq ? » grommela l'incorrigible chasseur d'abeilles. « Voilà une musique qui ferait plaisir si l'on était de l'autre côté ! M'est avis que ça va chauffer dur. Répondrons-nous de la même monnaie, hein ?

— Des paroles de paix suffisent », repartit vivement le Trappeur, « ou vous êtes perdus tous deux.

— Hum ! il n'est pas sûr qu'en jouant de la langue au lieu de la carabine, les choses prennent meilleure tournure.

— Au nom du ciel, qu'ils ne vous entendent point ! » s'écria Hélène. « Partez, Paul, partez ! Il est encore temps. »

Plusieurs décharges successives, plus rapprochées les unes que les autres, lui coupèrent la parole. Le vieillard se releva ; sa physionomie respirait l'air de dignité d'un homme prêt à prendre un grand parti.

« Il faut que cela finisse », dit-il. « J'ignore, mes enfants, quel motif vous pouvez avoir de craindre ceux que vous devez aimer et honorer ; mais il faut frapper un coup pour vous sauver la vie. Quelques heures de plus ou de moins n'importent guère à qui compte déjà tant de jours ; je vais donc aller de l'avant. Un espace libre s'ouvre autour de vous ; profitez-en pour fuir, et puisse Dieu vous bénir l'un et l'autre et vous faire prospérer comme vous le méritez ! »

Se dérobant aux objections, le Trappeur descendit hardiment la colline dans la direction du camp sans qu'aucun trouble précipitât sa marche, sans qu'aucune crainte la retardât. La clarté, un instant plus vive, de la lune mit en relief sa haute et maigre personne, et servit à avertir les émigrants de son approche. Indifférent toutefois à cette circonstance qui l'exposait davantage, il continuait sa route d'un pas assuré, lorsqu'une voix rude et menaçante lui cria :

« Qui vive ? Ami ou ennemi ?

— Un ami », répondit-il ; « un homme qui a trop longtemps vécu pour troubler par des querelles la fin de sa carrière.

— Mais pas assez longtemps pour avoir oublié les tours de sa jeunesse », riposta Ismaël qui, sortant de derrière un buisson, vint se planter en face de l'arrivant. « C'est vous, vieux maraudeur, qui avez déchaîné sur nous cette horde de diables rouges, et demain vous partagerez le butin avec eux.

— Et », demanda tranquillement le Trappeur, « qu'avez-vous perdu ?

— Huit juments des plus belles qui aient jamais endossé le harnais, sans compter un poulain d'une valeur de trente quadruples d'Espagne. Et la femme, où aura-t-elle du lait et de la laine ? Bœufs et moutons ont disparu. Il n'y a pas jusqu'aux pourceaux, tout éreintés qu'ils étaient qui ne se trémoussent à cette heure dans la Prairie. A votre tour de parler », ajouta-t-il en frappant la crosse de son fusil contre terre avec violence ; « quel sera votre lot dans le partage de ces créatures ?

— Mon lot ? » répondit l'autre. « En fait de chevaux, je n'en désire point, je ne m'en suis jamais servi ; et pourtant, tout vieux et faible que je semble, il y a peu d'hommes qui aient fait plus de chemin que moi dans les vastes déserts de l'Amérique. A quoi bon d'avoir un cheval parmi les montagnes et les forêts de New-York ? Je parle du pays d'autrefois, car je crains bien qu'il n'ait changé d'aspect. Quant à la laine des brebis et au lait des vaches, je laisse cela aux femmes ; les animaux de la plaine me fournissent la nourriture et le vêtement : je m'habille avec la peau d'un daim, je me nourris de sa chair et je n'en souhaite pas davantage. »

L'air de sincérité avec lequel le vieillard prononça cette simple défense fit impression sur l'émigrant, dont la nature épaisse avait commencé à s'échauffer et peut-être aurait fini par éclater d'une façon terrible. Il écouta en homme qui n'était pas convaincu, et il marmotta entre ses dents les reproches dont l'instant d'auparavant, il s'était proposé d'accompagner la vengeance sommaire qu'il avait certes méditée.

« Oui, de belles paroles ! » dit-il enfin ; « et qui à mon avis, sentent plutôt l'avocat que le franc chasseur.

— Trappeur, s'il vous plaît ; je ne suis pas autre chose.

— Chasseur ou trappeur, ça revient au même. Vieillard, je suis venu dans ce pays parce que la loi me serrait de trop près et que je n'aime guère les voisins qui ne sauraient en finir d'une querelle sans déranger un juge et douze jurés ; mais je ne suis pas venu non plus pour me voir enlever tout mon bien, et dire ensuite merci à celui qui me l'a pris.

— Quand on s'aventure en pleine Prairie, il faut savoir se plier aux manières de ceux qui en sont les maîtres.

— Comment ! les maîtres », répéta l'émigrant avec humeur, « je suis le maître de la terre que je foule aux pieds avec autant de justice que n'importe qui. Apprenez-moi donc quelle est la loi ou la raison au nom de laquelle celui-ci jouira tout seul d'un domaine, d'une ville, d'un comté peut-être, tandis que celui-là sera réduit à mendier un coin de terre pour y creuser sa fosse ? Ce n'est pas dans la nature, et je nie que ce soit dans la loi, telle du moins qu'elle devrait être.

— Je ne puis dire que vous ayez tort », répliqua le Trappeur, dont les opinions sur cette importante matière, quoique partant de principes différents, concordaient singulièrement avec celles de son interlocuteur. « J'ai toujours pensé de même, et j'en ai dit autant alors que je l'ai jugé utile. Mais vos troupeaux vous ont été volés par des gens qui se prétendent les maîtres de tout ce qu'ils trouvent au désert.

— Qu'ils ne s'avisent pas de contester là-dessus avec quelqu'un qui en sait plus long qu'eux », dit l'autre d'une voix sourde et menaçante. « Je prétends être un honnête marchand, qui donne à ses pratiques autant qu'il reçoit. Vous avez vu les Indiens ?

— Oui, j'étais leur prisonnier pendant qu'ils pillaient votre camp.

— Il eût été plus digne d'un blanc et d'un

chrétien de m'avertir à temps », dit Ismaël, en
jetant au Trappeur un regard de travers comme s'il
méditait encore quelque mauvais dessein. « Je ne
suis pas homme à traiter de cousin le premier
venu ; cependant la couleur doit entrer en balance
quand des chrétiens se trouvent réunis dans un lieu
comme celui-ci. Au surplus, ce qui est fait est fait,
et des paroles n'y remédieront pas... Garçons, sor-
tez de votre cachette : il n'y a ici que le vieux ;
puisqu'il a mangé de mon pain, on doit le traiter
en ami, bien que j'aie de bonnes raisons pour le
soupçonner de s'entendre avec nos ennemis. »

Le Trappeur ne répondit rien à la dure insinuation que l'émigrant venait de proférer sans
aucune délicatesse, nonobstant les explications qu'il
avait reçues.

L'appel du chef de famille produisit immédiatement son effet. A sa voix, quatre ou cinq de ses
fils sortirent des abris où ils s'étaient postés, dans
la conviction que les individus qu'ils avaient vus sur
la hauteur appartenaient à la bande des Sioux.
Chacun d'eux, en s'approchant, mit sa carabine sur
le bras gauche, et couvrit l'étranger d'un regard
indifférent, sans témoigner la moindre curiosité ; de
savoir d'où il venait et pourquoi il était là. Cela ne
provenait qu'en partie de l'insouciance de leur
caractère, car une longue et fréquente expérience
d'événements de la même nature leur avait appris
la discrétion. Le Trappeur soutint cette épreuve
avec le sang-froid d'une expérience trois et quatre
fois plus vieille que la leur, et avec le calme de
l'innocence.

Content de l'examen sommaire qu'il avait fait,
l'aîné des jeunes gens, celui-là même dont la vigi-

lance en défaut avait laissé le champ libre au rusé Matori, aborda son père et lui dit à brûle-pourpoint :

« Si c'est là tout ce qui reste du groupe que j'ai aperçu là-haut, nous n'avons pas tout à fait perdu nos munitions.

— Vous avez raison, Asa », dit le père, en se tournant vers le Trappeur, comme si ce propos l'eût remis sur la voie d'une idée qui lui avait échappé. « Comment expliquez-vous cela, étranger ? Vous étiez trois tout à l'heure, ou il ne faut plus croire au clair de lune.

— Si vous aviez vu courir les Sioux, comme autant de noirs démons, sur les talons de vos animaux, vous auriez pu, tout aussi bien supposer qu'ils étaient plus de mille.

— Bon ! allez conter ça à un bourgeois ou à une femmelette ; et encore, la vieille Esther n'a pas plus peur d'un Peau Rouge que d'un ourson ou d'un louveteau. Ah ! si vos maudits voleurs avaient fait leur coup en plein jour, la bonne femme leur eût travaillé les côtes d'une rude façon, je vous en donne mon billet, et ils auraient compris qu'elle n'était pas d'humeur à céder gratis son fromage et son beurre. Patience ! il viendra un temps où justice sera rendue, et cela prochainement et sans le secours de ce qu'on appelle la loi. Nous sommes d'une race un peu lente ; on le dit du moins, et je crois qu'on a raison ; mais qui va lentement va sûrement, et il y a peu d'hommes en vie qui puissent se vanter d'avoir porté un coup à Ismaël Bush, sans en recevoir l'équivalent.

— Alors Ismaël Bush a suivi l'instinct des bêtes plutôt que le vrai principe qui doit guider son espèce », répondit le courageux Trappeur. « J'ai moi-même porté plus d'un coup ; eh bien, après avoir tué

ne fût-ce même qu'un faon, sans avoir besoin de sa
peau ou de sa chair, je n'ai jamais eu l'âme tranquille,
ainsi qu'il sied à un être raisonnable, comme lorsqu'il
m'arrivait d'épargner un Mingo dans les bois, où il
faisait loyalement la guerre.

— Ah ! çà, vous avez donc été soldat, Trappeur ?
Dans ma jeunesse, j'ai fait une ou deux expéditions
chez les Cherokis, et j'ai suivi Antoine Wayne, dit
l'Enragé, pendant toute une campagne, à travers les
hêtres ; mais les appels et la discipline, c'était trop
pour moi, et ma foi, je décampai sans réclamer mon
compte au payeur. Il est vrai qu'Esther — elle s'en est
vantée ensuite, — avait su tirer un tel parti du bon de
solde, qu'on n'a pas dû gagner grand'chose à ma
négligence. Vous avez dû entendre parler de l'Enragé,
si vous êtes resté longtemps au service ?

— La dernière fois que je me suis battu, c'était
sous ses ordres », répondit le Trappeur.

Ce souvenir, qui lui était agréable, alluma une
flamme dans son regard ; mais elle s'éteignit bientôt
sous une ombre de tristesse, comme s'il se fût secrètement reproché de reporter sa pensée sur les scènes
violentes dans lesquelles il avait si souvent joué un
rôle.

« Je passais des États riverains de la mer dans ces
régions lointaines », poursuivit-il, « lorsque je tombai
sur la piste de son armée. Je rejoignis l'arrière-garde
en amateur ; et sitôt qu'on en vint aux coups, on
entendit ma carabine parmi les autres. Cependant, je
dois le dire à ma honte, je n'ai jamais su de quel côté
au juste était le bon droit, et ce n'est pas ainsi que doit
se conduire un septuagénaire : il doit savoir la raison
qui le fait agir avant d'ôter à son semblable la vie qu'il
ne pourra pas lui rendre.

— Bah ! » dit l'émigrant, dont l'humeur revêche s'était singulièrement adoucie en apprenant qu'ils avaient servi la même cause dans les guerres de l'Ouest. « Peu importe le motif de la guerre, quand il s'agit de chrétiens contre des sauvages ! Nous reparlerons demain de l'enlèvement des bestiaux ; pour l'instant, ce que nous avons de mieux à faire, c'est d'aller dormir. »

Sans plus de récriminations, Ismaël reprit le chemin du camp dévalisé, et ramena au sein de sa famille l'homme dont, quelques minutes auparavant, il avait de propos délibéré mis l'existence en péril. Par une courte explication, entremêlée d'invectives contre les pillards, il apprit à Esther ce qui s'était passé au dehors, et conclut en déclarant que l'unique moyen de réparer ses forces était de consacrer au sommeil le reste de la nuit.

Le Trappeur fit chorus à cette proposition et s'étendit sur un lit de feuilles avec le calme d'un souverain qui se livrerait au repos dans la sécurité de sa capitale et sous la protection de ses gardes. Il ne ferma les yeux toutefois qu'après s'être assuré du retour d'Hélène parmi les siens et de l'absence du chasseur d'abeilles. Après quoi, il s'endormit, en conservant jusque dans son sommeil cette vigilance qui lui était particulière et que le temps avait développée chez lui comme une seconde nature.

CHAPITRE VI

> Il est trop susceptible, trop
> prude, trop affecté, trop singulier : il
> y a en lui je ne sais quelle étrangeté.
>
> SHAKESPEARE.

Ismaël Bush avait passé toute la durée d'une vie
de plus de cinquante ans sur les frontières de la société
américaine.

Il tirait vanité de n'avoir jamais élu domicile dans
un endroit où il n'était pas libre d'abattre tous les
arbres qu'il pouvait apercevoir du seuil de sa porte ;
d'avoir rarement laissé pénétrer les gens de loi dans
ses plantations, et arriver à ses oreilles le son de la
cloche d'une église. Ses efforts excédaient à peine ses
besoins, bornés comme ceux de sa condition, et faciles
à satisfaire. Étranger à toute application de l'intelligence qui ne tombait pas sous les sens, il n'en
respectait qu'une seule, l'art de guérir. Sa déférence
pour cette science spéciale lui avait fait accepter les
propositions d'un médecin, qui avait offert de l'accompagner à travers une région peu connue, dans
l'espoir d'enrichir l'histoire naturelle de nouvelles

découvertes. Aussi l'avait-il volontiers admis dans sa
famille, ou plutôt sous sa protection, et ils avaient
jusque-là voyagé de conserve, dans la plus parfaite
harmonie ; et Ismaël se félicitait souvent avec sa
femme d'avoir recruté un compagnon dont la présence
leur serait précieuse n'importe où il leur conviendrait
de planter leurs tentes.

Les recherches du naturaliste l'éloignaient quelquefois, durant plusieurs jours, de la route directe de
l'émigrant, qui semblait n'avoir d'autre guide que le
soleil. Beaucoup de gens se fussent estimés heureux
d'avoir été hors du camp au moment du coup de main
des Sioux, et ce fut précisément le cas de notre
aventureux savant, Obed Bat, ou, comme il aimait
mieux s'entendre appeler, *Battius,* docteur en médecine et membre de plusieurs académies.

Malgré l'état d'engourdissement où sa nature
épaisse était encore engagée, l'émigrant n'en ressentait pas moins un dépit amer des libertés qu'on venait
de prendre avec ce qui lui appartenait. Il se rendormit
toutefois, parce que c'était l'heure consacrée au repos,
et qu'il savait combien serait vaine, au milieu des
ténèbres, toute tentative de rattraper le bien volé. La
conscience de sa situation l'empêchait aussi de s'exposer à perdre ce qui lui restait en cherchant à reprendre
ce qu'il avait perdu. Si les naturels de la Prairie
aimaient passionnément les chevaux, leur goût pour
bien d'autres articles, restés en la possession des
voyageurs, n'était pas moins connu. C'était chez eux
un subterfuge fort commun de disperser les troupeaux, afin de profiter du désordre qui en résultait
pour se livrer au pillage ; mais, sur ce point particulier,
Matori paraissait avoir trop légèrement escompté la
prudence de l'homme qu'il avait attaqué.

On a déjà vu avec quel flegme l'émigrant avait appris son désastre il nous reste maintenant à faire connaître les résultats de ses mûres délibérations.

Quoiqu'il y eût dans le camp plus d'un œil lent à se fermer, et plus d'une oreille écoutant avidement le moindre bruit d'alarme, un calme profond continua d'y régner pendant le reste de la nuit. Le silence et la fatigue remplirent leur office accoutumé, et avant l'aurore tout dormait, à l'exception des jeunes gens de garde ; et comment ils s'acquittèrent cette fois de leur devoir, c'est ce qu'on n'a jamais su, attendu qu'il n'arriva rien qui pût accuser ou prouver leur vigilance.

Au moment où le jour commença à poindre en trouant l'horizon obscur de lueurs grisâtres, le frais visage d'Hélène, où l'on apercevait encore des signes d'inquiétude, se montra au-dessus de la masse confuse d'enfants, au milieu desquels elle s'était glissée lors de son retour furtif au camp. Se levant avec précaution, elle passa légèrement entre les corps étendus à terre, et arriva jusqu'aux limites de l'enceinte formée par Ismaël. Là elle s'arrêta pour écouter, comme incertaine si elle devait aller plus loin. Mais cette pause ne dura qu'un instant ; et bien avant que les yeux appesantis des sentinelles eussent eu le temps de distinguer sa taille légère, elle était entrée dans la Prairie, et avait gravi le sommet de l'éminence la plus voisine.

Debout, l'oreille tendue, Hélène écouta sans rien entendre que la brise du matin qui agitait faiblement l'herbe à ses pieds. Elle était sur le point de revenir sur ses pas, trompée dans son attente, lorsqu'un bruit de pas arriva jusqu'à elle. Tournant la tête avec empressement, elle entrevit dans la pénombre un individu qui se dirigeait de son côté, comme s'il l'avait reconnue de loin. Déjà le nom de Paul montait à ses lèvres, et elle lui adressait la parole en ces termes affectueux que sait trouver le cœur d'une femme ; puis subitement elle recula confuse, et balbutia :

« Quoi ! docteur, c'est vous ? Je ne m'attendais pas à vous rencontrer à pareille heure.

— Toutes les heures et toutes les saisons, ma bonne Hélène, sont indifférentes au véritable ami de la nature », répondit le nouveau venu.

C'était un petit homme, d'une taille grêle, d'une mobilité extraordinaire, un peu sur le retour de l'âge, et dont l'habillement offrait un bizarre mélange de drap et de peaux. Il s'approcha de la jeune fille avec la familiarité d'une vieille connaissance, et ajouta :

« Celui qui ne sait pas tout ce qu'on peut admirer de choses à la clarté de l'aurore est privé d'une foule de jouissances.

— Vous avez raison », dit Hélène qui saisit dans ses paroles l'occasion de justifier sa présence hors du camp à cette heure indue ; « je connais des gens qui trouvent la terre d'un aspect plus agréable la nuit qu'à la lumière du plus brillant soleil.

— Ceux-là, voyez-vous, ont la pupille de l'œil trop convexe. Mais si l'on veut étudier les habitudes actives de la race féline ou de la variété albinos, il faut sortir à cette heure. Oui, je le répète et j'en suis certain, il y a des hommes qui préfèrent regarder les objets au crépuscule par la simple raison qu'ils voient mieux à ce moment de la journée.

— Est-ce par ce motif que vous courez si souvent la nuit ?

— Je cours la nuit, ma chère enfant, parce que la terre, dans ses révolutions diverses, ne laisse la lumière du soleil que la moitié du temps sur un

méridien donné, tandis que ma besogne exige douze
ou quinze heures consécutives. Or, voilà deux jours
que je suis absent, à la recherche d'une plante connue
pour exister sur les bords des affluents de la Platte, et
je n'y ai pas vu un seul brin d'herbe qui n'ait été décrit
et classé.

— C'est jouer de malheur, en vérité !

— Que parlez-vous de malheur ? » répéta le petit
homme en se rapprochant davantage, et en tirant ses
tablettes d'un air d'orgueilleuse modestie. « Non,
non, Hélène, je suis loin d'être à plaindre, à moins
qu'on ne plaigne un homme dont la fortune est faite,
dont la réputation est établie à jamais, dont le nom

passera à la postérité avec celui de Buffon. Que dis-je, Buffon ? un compilateur, un savant qui a fondé sa gloire sur les travaux d'autrui ! Non, je marcherai de pair, *pari passu,* avec Solander, qui acheta sa science à force de sueurs et de privations !

— Avez-vous découvert une mine, docteur Bat ?

— Bien plus qu'une mine, un trésor monnayé, ma fille, et qui peut avoir cours immédiatement. Écoutez... Las d'avoir fouillé la Prairie en vain, j'étais en train de décrire l'angle nécessaire pour couper la ligne de marche de votre oncle, quand j'entendis un bruit semblable à une explosion d'armes à feu.

— Oui, nous avons eu une alerte...

— Vous m'aviez cru perdu », interrompit le savant, trop préoccupé de ses propres idées pour comprendre le sens de l'interruption ; « il n'y a rien à craindre à cet égard. La base une fois prise, et le calcul m'ayant donné la longueur de la perpendiculaire, je n'avais plus qu'à former mon angle pour obtenir l'hypoténuse. Supposant que cette décharge de mousqueterie était faite à mon intention, je changeai de route et marchai dans la direction du bruit, non que j'ajoute plus ou même autant de foi au rapport des sens qu'aux résultats mathématiques, mais je craignais que l'un des enfants n'eût besoin de mes services.

— Ils sont tous heureusement...

— Ne m'interrompez pas », reprit le bouillant docteur, tout à l'idée qui le dominait. « J'avais traversé une vaste étendue de Prairie, car le son porte loin quand rien ne lui fait obstacle. Tout à coup j'entends de lourds piétinements, comme ceux d'une course de bisons, et que vois-je ? Une troupe de quadrupèdes qui escaladaient les hauteurs l'un après l'autre ; des animaux qui n'auraient jamais été connus ni décrits, sans le plus heureux des hasards. Un d'eux, noble échantillon de l'espèce, s'était un peu écarté de ses frères. Ceux-ci ayant incliné de mon côté, l'animal solitaire suivit l'impulsion donnée, ce qui l'amena à une centaine de pas de moi. Quelle aubaine ! Je bats le briquet, j'allume ma lampe, et sur le lieu même j'entame la description du sujet. Ah ! ma petite Hélène, j'aurais donné mille dollars pour avoir là un de nos garçons avec sa carabine !

— Vous portez un pistolet, docteur », dit la jeune fille avec distraction, pendant que ses regards erraient sur la Prairie ; « c'était le moment de vous en servir.

— Oui, mais il n'est chargé que de menue grenaille, pour détruire les gros insectes et les reptiles. Non, j'ai fait beaucoup mieux que d'entreprendre un combat dont je ne serais peut-être pas sorti vainqueur : j'ai couché cet événement tout au long sur mon journal, en notant chacune des particularités avec la précision nécessaire. C'est un morceau que je vais vous dire, Hélène ; car vous êtes une bonne fille, bien studieuse, et en retenant ce que vous apprenez de cette manière, vous pouvez rendre de grands services à la science s'il m'arrivait quelque malheur. Hélas ! ma chère enfant, le métier que je fais a ses dangers comme celui du guerrier. Cette nuit par exemple », ajouta-t-il en jetant involontairement un regard derrière lui, « le principe de la vie a couru grand risque de périr en moi.

— Et qui le menaçait ?

— Le monstre que j'avais découvert... Il s'est approché de moi, et à mesure que je reculais il continuait à avancer. Ce qui m'a sauvé, j'en ai la conviction, c'est la petite lampe que je portais. Tout en écrivant, j'avais soin de la tenir entre nous deux, et elle me servait à la fois de luminaire et de bouclier. Mais vous allez entendre la description de l'animal, et alors vous pourrez juger des périls auxquels les amants de la science s'exposent chaque jour pour le service du genre humain. »

Le naturaliste leva en l'air ses tablettes et se prépara à lire du mieux qu'il put, à la douteuse clarté que le firmament projetait sur la plaine ; toutefois il crut devoir faire précéder sa lecture de quelques phrases d'introduction.

« Écoutez, ma fille », dit-il, « et vous saurez de quel trésor j'ai eu le bonheur d'enrichir les annales de l'histoire naturelle.

— Est-ce donc une créature de votre invention ? » demanda Hélène.

Et la jeune fille, cessant d'interroger l'horizon, ramena sur le savant ses grands yeux bleus où pétillait une malice naïve.

« Est-il au pouvoir de l'homme », répondit Battius, « d'animer la matière ? Plût à Dieu qu'il en fût ainsi ! vous ne tarderiez pas à voir une *Historia naturalis americana* qui ferait la nique aux impudents imitateurs de Buffon ! Tenez, il y aurait de grands perfectionnements à opérer dans l'organisme de tous les quadrupèdes, de ceux-là surtout qui ont été créés pour la course. Il faudrait que les deux membres inférieurs fussent établis d'après les principes du levier, tels que des roues comme on les fait à présent ; seulement je n'ai pas encore décidé si le changement devrait s'appliquer aux pattes de devant ou à celles de derrière, attendu qu'entre tirer et pousser, j'ignore ce qui exige le plus de force musculaire. On pourrait, par une exsudation naturelle de l'animal, vaincre la difficulté du frottement et obtenir une vitesse considérable. Mais laissons cela, sans objet, du moins pour le moment », ajouta-t-il avec un soupir.

Puis, rapprochant les tablettes de ses yeux, il se mit à lire à haute voix ce qui suit :

« 6 octobre 1805. » — C'est tout bonnement la date que, j'ose le dire, vous savez aussi bien que moi. — « *Quadrupède* vu à la clarté des étoiles, et à l'aide d'une lampe de poche, dans les prairies de l'Amérique septentrionale (pour la latitude et le méridien, voir le journal). *Genre,* inconnu ; en conséquence nommé, d'après l'auteur de la découverte, et l'heureuse coïncidence qui l'a fait apercevoir la nuit, *Vespertilio horribilis americanus.* » J'ai traduit par son synonyme latin *Vespertilio* mon nom de Bat, qui, en anglais, signifie *chauve-souris.* Je continue.

« *Dimensions,* prises au juger : dans sa plus grande longueur, 11 pieds ; hauteur, 6 pieds. *Caractères :* tête droite, narines dilatées ; yeux expressifs et fiers ; dents aiguës et nombreuses ; queue horizontale, flottante, et légèrement féline ; pieds grands et velus ; talons crochus et dangereux ; oreilles imperceptibles ; cornes longues, divergentes et formidables ; couleur gris cendré avec des taches de feu ; voix sonore, martiale, effrayante ; goûts carnivores ; naturel farouche et intrépide ; habitudes aggrégatives.

« Voilà », s'écria le docteur, quand il eut terminé cette description sèche mais claire, « voilà une créature qui va très probablement disputer au lion son titre de roi des animaux !

— Je n'ai pas compris tout ce que vous venez de dire, docteur Battius », répondit Hélène, qui, connaissant le faible du philosophe, se plaisait à lui donner un titre dont il était fier ; « mais si la Prairie est

infestée de monstres semblables, je n'oserai plus
hasarder un pied hors du camp.

— Et vous ne ferez pas mal », dit le naturaliste
en baissant la voix de manière à trahir un défaut
d'assurance plus manifeste qu'il ne l'eût désiré.
« Jamais mon système nerveux n'avait été soumis à
une telle épreuve. Il y eut un moment, je l'avoue,
où mon courage chancela devant un aussi terrible
ennemi, mais l'amour de la science me soutint et
m'accorda la victoire.

— Votre langage est si différent de celui que
nous parlons dans le Tennessee », dit Hélène, en
s'efforçant de garder son sérieux, « que je ne suis pas
bien assurée de vous comprendre. Si je ne me trompe,
vous vous êtes senti un peu cœur de poule, n'est-ce
pas ?

— Comparaison absurde qui provient d'une
ignorance complète sur la constitution de ce bipède !
La poule a un cœur en rapport exact avec ses autres
organes, et à l'état de nature, c'est un volatile
courageux. Hélène », ajouta-t-il d'un air solennel qui
fit quelque impression sur la jeune fille, « j'ai été
poursuivi, relancé, et dans un péril sur lequel je
dédaigne d'insister... Mais que vois-je ? »

Regardant du côté que lui indiquait le docteur,
elle aperçut un animal qui traversait la plaine en
courant et semblait venir droit à eux. Le jour n'était
pas encore assez avancé pour lui permettre d'en
distinguer la forme et l'espèce, mais ce qu'elle voyait
suffisait à lui donner l'idée d'un animal sauvage et
redoutable.

« Le voilà ! il arrive ! » s'écria le docteur, en
portant machinalement la main sur ses tablettes,
pendant que ses jambes flageolaient sous lui, et

malgré ses efforts pour les raffermir un peu. « Maintenant, Hélène, la fortune m'offre une occasion favorable pour corriger les erreurs que j'ai pu commettre dans une description faite au clair de lune... Voyons un peu : couleur gris cendré... point d'oreilles... cornes d'une excessive longueur... »

Sa voix défaillante et sa main mal assurée furent tout à coup arrêtées par un mugissement, ou plutôt par un cri de l'animal, assez terrible pour intimider un cœur plus intrépide que celui du naturaliste. Ce cri se prolongea dans la Prairie en cadences bizarrement sauvages, et le silence qui lui succéda ne fut interrompu que par les francs éclats de rire partis de la bouche plus harmonieuse d'Hélène Wade. Entre temps, le naturaliste, muet d'étonnement, se laissait flairer par le monstre, sans lui opposer la moindre résistance ni mettre en avant son fameux bouclier de lumière.

« C'est votre âne en personne ! » s'écria Hélène, dès qu'il lui fut possible de recouvrer la parole. « C'est votre patient compagnon, votre monture infatigable ! »

Battius promena des yeux hagards de l'âne à la jeune fille, et de la jeune fille à l'âne, mais aucune parole ne sortit de ses lèvres.

« Eh ! quoi, ne reconnaissez-vous pas une bête qui a si longtemps peiné à votre service ? » continua Hélène en riant de nouveau ; « qui vous a fidèlement servi, est dont je vous ai ouï dire cent fois que vous l'aimiez comme un frère ?

— *Asinus domesticus !* » soupira le docteur, reprenant haleine comme un homme qui avait failli être suffoqué. « Le genre ne saurait être douteux, et quant à le rattacher à l'espèce chevaline, je soutien-

drai toujours le contraire. Oui, c'est l'*asinus* en
personne, Hélène, incontestablement, mais ce n'est
pas le *Vespertilio horribilis* de la Prairie ! Ils diffèrent
entre eux, et de beaucoup, et sur tous les caractères
essentiels. Celui de là-bas était carnivore », ajouta-t-
il, en jetant les yeux sur la page ouverte de ses
tablettes ; « celui-ci est granivore ; d'un côté, naturel
farouche et dangereux ; de l'autre, naturel patient et
sobre ; au lieu d'avoir des oreilles imperceptibles et
des cornes divergentes, le nôtre a de longues oreilles
et point de cornes. »

Un nouvel éclat de rire d'Hélène le rappela tout à
fait au sentiment de la vérité.

« L'image du *Vespertilio* était sur la rétine »,
reprit l'investigateur des secrets de la nature, d'un ton
qui annonçait tant soit peu l'intention de se justifier,
« et j'ai eu la sottise de prendre mon fidèle roussin
pour le monstre, quoique je n'en revienne pas de le
voir ainsi courir la prétantaine. »

Hélène lui fit alors le récit détaillé de la surprise
nocturne et de ses résultats. Elle décrivit, avec une
exactitude qui eût pu inspirer des soupçons à un
auditeur moins simple, la manière dont les animaux
effrayés s'étaient précipités hors du camp pour se
répandre en aveugles dans la Prairie. Sans se permettre de l'exprimer en termes propres, elle s'arrangea de
façon à suggérer dans l'esprit du docteur la très forte
probabilité que ce qu'il avait pris pour des bêtes
sauvages n'était autre chose que le troupeau fuyant
d'Ismaël ; elle termina par des lamentations sur cette
perte, et par quelques remarques naturelles sur la
position critique où la famille allait se trouver.

Le naturaliste, muet de stupéfaction, l'écouta
d'un bout à l'autre. S'il ne lui échappa aucun mot de

curiosité ou de surprise, un geste rapide, et que l'œil
perçant d'Hélène saisit au vol, suffit à trahir sa
déception : la page de la fameuse découverte fut
arrachée des tablettes, et avec elle s'évanouit l'illusion
du savant. Depuis ce moment, le monde n'a plus
entendu parler du *Vespertilio horribilis americanus,* et
les sciences naturelles ont perdu sans retour un
important anneau de cette grande chaîne animée qui
unit, dit-on, le ciel à la terre, et dans laquelle la place
de l'homme est, à ce qu'on assure, si rapprochée de
celle du singe.

    Dès qu'il fut instruit de toutes les circonstances de
l'attaque, la sollicitude du docteur Bat prit une
direction différente. Il avait laissé sous la garde
d'Ismaël plusieurs in-folio et certaines boîtes contenant des spécimens botaniques et des animaux
empaillés ; et l'idée lui vint tout à coup que des
maraudeurs aussi adroits que les Sioux n'avaient pu
manquer cette occasion de le dépouiller de ses trésors.
Toute l'éloquence de la jeune fille ne réussit pas à
calmer ses appréhensions, et ils se séparèrent, lui pour
se délivrer d'une pénible incertitude, elle pour regagner la tente isolée avec autant de promptitude et de
mystère qu'elle en était sortie.

CHAPITRE VII

> Quoi! cinquante des miens d'un
> coup de filet!
>
> SHAKESPEARE, *le Roi Lear.*

En ce moment, le jour venait de se lever sur l'interminable solitude de la Prairie.

L'irruption du docteur à cette heure matinale, et surtout les lamentations bruyantes que lui arrachait la crainte d'avoir perdu ses collections, ne manquèrent pas d'éveiller la famille de l'émigrant. Ismaël et sa lignée, ainsi que son beau-frère à la mine sinistre, furent à l'instant sur pied, et à mesure que l'enceinte du camp s'éclaira des rayons du soleil, ils apprirent toute l'étendue de leur désastre.

Ismaël, les dents fortement serrées, se tourna d'abord vers les chariots immobiles et pesamment chargés, puis vers le groupe d'enfants qui, d'un air effaré, se pressaient autour de leur mère abîmée dans un sombre désespoir. Brusquement ensuite, il sortit dans la plaine, comme si l'air du camp lui eût paru trop lourd pour sa poitrine. Plusieurs de ses compagnons, qui cherchaient à pénétrer sur sa physionomie soucieuse le secret de ses futures décisions, le suivirent en silence jusqu'au sommet de la colline voisine, d'où la vue s'étendait presque sans obstacle sur l'horizon illimité de la plaine. Ils n'y découvrirent rien, si ce n'est un bison solitaire, qui broutait à quelque distance l'herbe déjà flétrie, et l'âne du médecin qui profitait de sa liberté pour se régaler un peu plus qu'à l'ordinaire.

« Voilà », dit Ismaël, en désignant le baudet, « voilà ce que les brigands nous ont laissé : la plus inutile pièce du bétail ! Quelle moquerie !... Un sol bien dur, les enfants, pour y récolter quelque chose, et cependant il faut bien se procurer de quoi remplir tant de bouches affamées.

— Dans un lieu pareil, le fusil vaut mieux que la houe », répondit l'aîné des garçons, en frappant du pied, d'un air de farouche dédain, la terre sèche et aride. « Ce pays n'est bon que pour ceux qui préfèrent, comme les mendiants, une écuellée de fèves à de la bouillie au maïs. Un corbeau pleurerait s'il lui fallait chasser par ici. »

Ismaël eut un ricanement farouche, et dit au vieillard, en lui montrant l'empreinte à peine visible qu'avait faite sur le sol le talon vigoureux de son fils :

« Qu'en pensez-vous, Trappeur ? Est-ce là le pays que doit choisir celui qui n'a jamais importuné le magistrat du comté de ses titres de propriété ?

— Il y a un sol plus riche dans les bas-fonds », répondit tranquillement le vieillard ; « et pour arriver à ce territoire stérile, vous avez traversé des millions d'acres où celui qui aime la culture serait assuré de recueillir autant de boisseaux qu'il aurait semé de poignées de grain, et cela sans beaucoup de peine. Si c'est de la terre que vous êtes venu chercher, vous avez fait une centaine de lieues de trop, ou il vous en reste encore autant à faire.

— Il y a donc sur les bords de l'autre océan », demanda l'émigrant, en étendant la main dans la direction de la mer Pacifique, « un meilleur choix, selon vous ?

— Oui certes, et je l'ai vu. »

En disant cela, le vieux Trappeur laissa retomber son fusil à terre, et resta immobile appuyé sur le canon, en éveillant dans sa mémoire la vision mélancolique des lieux qu'il avait parcourus jadis.

« Oui », continua-t-il, « j'ai vu les eaux des deux mers ! c'est près de l'une d'elles que je suis né et que j'ai commencé à grandir, comme ce petit gaillard qui se roule par terre. Depuis les jours de ma jeunesse, l'Amérique a grandi aussi, camarades ; elle est devenue une contrée plus vaste que je ne supposais autrefois le monde entier. Pendant soixante-dix ans j'ai habité l'York, soit dans la province, soit dans l'État... Vous y avez été sans doute ?

— Non, non ; je n'ai jamais visité de villes, mais j'ai souvent ouï parler du pays que vous venez de nommer. On a fait par là de grands défrichements, n'est-ce pas ?

— Trop grands ! trop grands ! Les haches ne cessent d'y fatiguer la terre. Quelles montagnes, quels terrains de chasse j'ai vus dépouillés des dons du Seigneur, sans remords ni honte ! J'ai tenu bon jusqu'au moment où le bruit de la cognée finit par couvrir la voix de mes chiens ; alors j'ai pris la route de l'ouest pour y chercher le repos. Ah ! ce fut un voyage pénible ! et un vrai supplice de ne trouver sur mon passage que des arbres abattus, et de respirer durant des semaines entières l'air épais des clairières fumantes ! C'est qu'il y a diablement loin d'ici à cet État d'York.

— Il est situé au delà du vieux Kentucky, à ce que je crois, quoique j'ignore tout à fait à quelle distance.

— Une mouette aurait à voler plus d'un millier de lieues avant de trouver la mer de l'est, et cependant le trajet n'est pas si effrayant pour un chasseur, qui trouve en route abondance de bois et de gibier. Tel que vous me voyez, il fut un temps où j'allais, dans la même saison, relancer le cerf parmi les montagnes de l'Hudson et de la Delaware et traquer le castor sur les eaux du lac Supérieur ; mais alors j'avais l'œil prompt et sûr, et des jambes comme celles de l'élan ! La mère d'Hector », ajouta-t-il en caressant le vieux chien couché à ses pieds, « était jeune alors, et il fallait la voir courir après le gibier dès qu'elle avait flairé la piste ! Cette diablesse-là m'a joliment donné du fil à retordre, ah ! oui.

— Il est hors d'âge, votre chien », fit observer Ismaël, « et un coup de crosse sur la tête serait un service à lui rendre.

— Le chien est comme son maître », répondit le Trappeur sans paraître avoir entendu l'avis brutal de l'émigrant, « et il comptera ses jours quand sa tâche auprès du gibier sera terminée, et pas avant. A mon sens, toutes choses sont ordonnées dans la création pour aller l'une avec l'autre : ce n'est pas toujours le daim le plus agile qui dépiste les chiens, ni le bras le plus robuste qui manie le mieux la carabine. Jetez les yeux autour de vous, camarades. Que diront les bûcherons yankees, lorsque, s'étant frayé un chemin des eaux de l'est à celles de l'ouest, ils trouveront qu'une main, qui d'un coup peut mettre à nu la terre a passé sur ce pays pour faire pièce à leur perversité ? Ils reviendront sur leurs pas comme un renard qui ruse, et alors l'odeur infecte de leur propre piste leur montrera toute la folie de leurs dévastations. Quoi qu'il en soit, ces pensées-là viennent naturellement à celui qui a vu les hivers de quatre-vingts saisons, mais elles n'ont pas la vertu de corriger des hommes absorbés par les plaisirs de leur espèce. Pour vous, croyez-moi, vous avez plus d'un mauvais quart d'heure à passer avant d'échapper aux pièges et à la haine des Indiens. Ils prétendent être les légitimes propriétaires de cette contrée, et quand ils ont le pouvoir de faire du mal à un blanc, comme ils en ont toujours la volonté, il est rare qu'ils lui laissent autre chose que la peau dont il est fier.

— Vieillard », dit Ismaël d'un ton sévère, « de quelle nation sortez-vous ? Votre langue et votre couleur sont d'un chrétien, tandis que votre cœur appartient aux Peaux Rouges.

— Toutes les nations me sont à peu près indifférentes. Celle que j'aimais le plus est dispersée, comme le sable d'une rivière mise à sec s'envole au souffle de l'ouragan ; il me reste trop peu de temps à vivre pour m'accoutumer aux usages des étrangers, cela est bon pour qui a passé des années entières au milieu d'eux. Cependant je n'ai pas une goutte de sang indien dans les veines, et ce qu'un guerrier doit à sa nation, je le dois au peuple américain, quoiqu'à vrai dire, avec ses milices et ses bâtiments de guerre, il n'ait guère besoin d'un bras aussi vieux que le mien.

— Puisque vous avouez votre origine, je vais vous faire une seule question : où sont les Sioux qui ont volé mes bestiaux ?

— Où est le troupeau de buffles qu'hier matin

encore la panthère poursuivait dans cette plaine ? Il serait difficile…

— L'ami », interrompit le docteur Battius, qui, auditeur attentif jusque-là, céda à une envie irrésistible de se mêler à la conversation, « je suis fâché de voir un *venator* ou chasseur de votre expérience suivre le courant de l'erreur vulgaire. L'animal dont vous parlez est, à la vérité, une espèce de *bos ferus*, ou *bos sylvestris*, pour emprunter l'heureuse expression des poètes ; mais, malgré sa grande affinité avec le *bubulus* vulgaire, il en est tout à fait distinct. Le vrai mot est *bison*, et je vous conseille de vous en servir quand vous aurez occasion de parler de l'espèce.

— Bison ou buffle, peu importe ! C'est le même animal, quels que soient les noms que vous lui donniez, et…

— Pardonnez-moi, vénérable *venator ;* comme la classification est l'âme des sciences naturelles, l'animal ou le végétal doit être caractérisé par les particularités de son espèce, qui est toujours indiquée par le nom.

— Eh ! l'ami », dit le Trappeur d'un ton un peu rèche, « qu'on appelle loutre une queue de castor, en dînerait-on moins bien pour cela ? ou mangeriez-vous du loup avec plaisir parce qu'un savant l'aurait qualifié de venaison ? »

D'après la vivacité des ripostes, il était probable qu'une chaude discussion allait s'engager entre deux hommes dont l'un ne connaissait que la pratique, et l'autre la théorie. Ismaël jugea convenable de couper court au débat en ramenant l'entretien sur un sujet qui touchait de plus près à ses intérêts immédiats.

« Les queues de castor et la chair de loutre peuvent fournir matière à bavardage devant un feu

d'érable et auprès d'un foyer tranquille », dit-il sans
le moindre égard pour la convenance des interlocuteurs ; « à présent nous n'avons pas de temps à
perdre à ces fadaises. Savez-vous, Trappeur, où vos
Sioux sont allés se cacher ?

— C'est aussi aisé à dire que la couleur du
faucon qui vole là-haut sous ce nuage blanc. Quand
un Peau Rouge a fait son coup, il n'a pas coutume
d'attendre qu'on le rembourse en la même monnaie.

— Mais croiront-ils en avoir assez quand ils se
verront maîtres de tout le bétail ?

— La couleur a beau varier, le naturel reste
partout le même. Avez-vous moins souhaité la
richesse après une bonne moisson qu'au moment
où vous ne possédiez pas un seul boisseau de blé ?
Si cela est, vous allez directement contre ce que
l'expérience d'une longue vie m'a appris sur la
convoitise ordinaire de l'homme.

— Parlez clairement, vieil étranger », répliqua
l'émigrant en frappant rudement la terre de la
crosse de son fusil ; car son intelligence bornée ne
pouvait prendre plaisir à une conversation mêlée
d'allusions si obscures. « Ma question était simple,
et vous êtes à même d'y répondre.

— Vous avez raison, je puis y répondre ; mes
semblables m'ont fourni trop souvent l'occasion
d'étudier leurs mauvais penchants pour me tromper
en ces matières. Quand les Sioux auront retrouvé
les bestiaux, quand ils se seront assurés que vous
n'êtes point sur leurs talons, ils reviendront, comme
des loups affamés, rôder autour de la proie qu'ils
n'ont pu emporter. Il se peut aussi qu'à l'exemple
des grands ours qu'on rencontre aux environs des

cataractes de la Grande Rivière, ils jouent immédiatement des griffes sans s'arrêter à flairer leur proie.

— Vous avez donc vu les animaux dont vous parlez ? » s'écria le docteur qui, ne pouvant plus y tenir, prit alors la parole, tout en consultant ses tablettes. « Dites-moi, ce grand ours-là était-il de l'espèce *ursus horribilis?*... Oreilles rondes, front arqué, yeux dépourvus de la paupière additionnelle si remarquable... avec six incisives, dont une fausse, et quatre dents molaires parfaites...

— Continuez, Trappeur », interrompit Ismaël. « Alors, à votre avis, nous reverrons les voleurs ?

— Pourquoi voleurs ? Je ne les nomme pas ainsi. Ils ont agi suivant les usages de leur nation, et ce qu'on pourrait appeler *la loi de la Prairie.*

— Au diable votre loi ! Voilà des centaines de lieues que je fais pour trouver un endroit où l'on ne vienne pas me corner ce mot aux oreilles et je ne suis pas d'humeur à rester paisiblement à la barre avec un Peau Rouge pour juge. Retenez bien ceci, Trappeur : tout Indien que je verrai rôder autour de mon camp, en quelque lieu que ce soit, sentira ce qu'il y a dans ce vieux Kentucky », et en même temps il fit résonner son fusil d'une manière significative ; « oui, fût-il décoré de la médaille de Washington ! Quant à moi, j'appelle voleur quiconque prend le bien d'autrui.

— Les Sioux, les Paunis, les Konzas, et une douzaine d'autres tribus réclament la propriété de ces plaines désertes.

— La nature leur donne un démenti. L'air, l'eau et la terre ont été adjugés en commun aux hommes, et nul n'a le droit de les diviser à son gré. Chacun a droit à en avoir sa part, puisque chacun est forcé de marcher, de boire et de respirer. Si les arpenteurs tracent des lignes sous nos pieds, pourquoi ne les font-ils pas au-dessus de nos têtes ? Que ne couvrent-ils leurs parchemins de phrases ronflantes, allouant à chaque propriétaire du haut ou du bas tant de toises de ciel, assignant à l'un telle étoile pour limite, et à l'autre tel nuage pour faire tourner son moulin ? »

L'émigrant, tout fier de cette idée saugrenue, se mit à éclater d'un gros rire, qui semblait sortir du fond de sa poitrine. Cet accès de gaieté sauvage eut des échos complaisants dans tout le cercle de ses grossiers auditeurs.

« Allons, Trappeur », reprit Ismaël, devenu plus traitable depuis qu'il sentait l'avantage de son côté, « pas plus que moi, je présume, vous n'avez eu grand'chose à démêler avec les titres de propriété, les gens de loi et les arbres généalogiques ; laissons donc là ces niaiseries. Il y a longtemps que vous parcourez la contrée ; eh bien, je vous demande votre avis face à face, sans crainte ni faveur : si vous étiez à ma place, que feriez-vous ? »

Le vieillard hésita ; il semblait éprouver une profonde répugnance à faire ce qu'on lui demandait. Toutefois, voyant tous les yeux fixés sur lui, de quelque côté qu'il se tournât, il répondit lentement et d'une voix mélancolique :

« J'ai vu verser trop de sang humain dans des querelles frivoles pour désirer entendre encore la détonation d'une carabine hostile. J'ai passé dix longues années seul dans ces plaines désertes, attendant mon heure, et dans cet intervalle, je n'ai point tiré sur un ennemi plus civilisé que l'ours gris...

— *Ursus horribilis !* » marmotta le docteur.

A cette interruption, le Trappeur s'arrêta, mais

n'y reconnaissant qu'une sorte d'exclamation mentale, il continua :

« Plus civilisé que l'ours gris ou que la panthère des montagnes Rocheuses, à moins que le castor, qui est un animal sage et intelligent, ne puisse passer pour tel. Quel conseil vous donner ? Il n'est pas jusqu'à la femelle du buffle qui ne défende ses petits.

— Alors il ne sera pas dit qu'Ismaël Bush a moins de tendresse pour sa progéniture qu'une brute pour la sienne.

— On est bien à découvert ici pour qu'une douzaine d'hommes y tiennent tête à cinq cents.

— C'est vrai, mais on pourrait tirer parti des chariots et des cotonniers. »

Le Trappeur secoua la tête d'un air d'incrédulité et étendant la main vers la plaine ondoyante dans la direction de l'ouest :

« Du haut de ces collines », répondit-il, « un fusil logerait une balle jusque dans vos cabanes de nuit ; que dis-je ? du milieu de ce petit bois qui est derrière vous, il suffirait d'une volée de flèches pour vous acculer dans votre terrier. Il faut aviser à d'autres moyens. A une lieue d'ici, se trouve un endroit où je me suis souvent dit, en traversant le désert, qu'on pourrait tenir pendant des jours et même des semaines entières avec des cœurs résolus et des bras aguerris. »

Un chuchotement moqueur des jeunes gens annonça d'une manière assez claire qu'ils étaient prêts à entreprendre des tâches plus difficiles. Leur père saisit avidement cette idée, que le vieillard ne s'était laissé arracher qu'avec répugnance, persuadé sans doute, par le tour singulier de son esprit, qu'il était de son devoir d'observer en cette circonstance une stricte neutralité. Quelques questions directes et positives

servirent à obtenir les renseignements nécessaires pour effectuer le déplacement indiqué, et alors Ismaël, qui dans les moments de crise déployait autant d'énergie qu'il montrait d'indifférence à l'ordinaire, se mit sur-le-champ à l'œuvre.

Malgré le zèle et l'ardeur de tous, l'entreprise était d'une exécution laborieuse et difficile : il fallait tirer à force de bras, à travers une longue étendue de plaine, les chariots pesamment chargés, sans autre guide que l'expérience du Trappeur et sa mémoire des lieux. Si les hommes furent obligés de mettre en œuvre toute leur vigueur, une lourde tâche était pareillement imposée aux femmes et aux enfants : pendant que les fils de l'émigrant, répartis autour des chariots, leur faisaient gravir la colline voisine, leur mère et Hélène, entourées du groupe des jeunes enfants, les suivaient lentement par derrière, chacun portant un fardeau proportionné à ses forces et à son âge.

Quant à Ismaël, il surveillait et dirigeait tout lui-même. Un chariot ralentissait-il sa marche, il y appliquait aussitôt son épaule robuste, et il continua d'agir jusqu'à ce que, les principaux obstacles vaincus, le convoi n'eût plus qu'à rouler sur un terrain uni. Alors il indiqua à ses fils la direction à prendre et leur recommanda de faire diligence afin de conserver l'avantage si péniblement obtenu ; puis, invitant du geste son beau-frère à le suivre, ils retournèrent ensemble au camp.

Pendant toute la durée de ce mouvement qui exigea une heure, le Trappeur, ayant son vieux chien couché à ses pieds, était resté à l'écart, appuyé sur sa carabine. Il observait toute chose en silence, et de temps à autre un sourire, indice du plaisir qu'il éprouvait à voir les efforts des jeunes Samsons, éclairait sa physionomie rude et ravagée, comme un rayon de soleil égaré sur des ruines. Mais dès que le convoi fut parvenu au sommet de la colline, ses traits se rembrunirent, et il n'y resta plus que l'expression de mélancolie tranquille et grave qui leur était habituelle. Au départ de chaque chariot, il le suivait des yeux avec une attention toujours croissssante, et se détournait ensuite vers la petite tente qui restait à l'écart, ainsi que le fourgon, sur lequel elle avait été apportée.

Il s'aperçut bientôt que l'appel fait par Ismaël à son morose compagnon avait pour objet cette partie mystérieuse de son mobilier.

Après avoir jeté autour de lui un regard de défiance, l'émigrant, suivi de son beau-frère, s'approcha du véhicule, et tous deux l'introduisirent sous la tente, par une manœuvre semblable à celle dont ils l'en avaient retiré la veille. Un certain temps s'écoula pendant lequel le vieillard, secrètement ému par un ardent désir d'approfondir ce mystère, se rapprocha insensiblement du lieu de la scène. L'agitation de la toile indiquait seule la présence de ceux qu'elle cachait, quoiqu'ils gardassent un silence absolu. Sans doute une longue pratique avait familiarisé chacun d'eux à ses fonctions respectives, car nul signe, nul ordre d'Ismaël n'était nécessaire pour diriger son associé dans ce qu'il avait à faire. Les arrangements intérieurs une fois terminés, les deux hommes reparurent hors de la tente.

Trop préoccupé pour remarquer le Trappeur qui était debout à quelques pas de là, Ismaël se mit à détacher la toile fixée à terre, et à la disposer de manière à former une sorte de draperie flottante autour du petit pavillon. Le cintre voûté tremblait à chaque mouvement imprimé à la voiture, qui, à n'en plus douter, portait de nouveau sa charge clandestine.

Au moment d'achever son travail, le sinistre compagnon d'Ismaël s'aperçut par hasard de la présence du témoin, qui ne perdait pas un seul de leurs

mouvements. Laissant tomber le timon qu'il avait déjà
levé de terre pour s'atteler à la place d'un animal
moins dangereux que lui, il s'écria brusquement :

« Il se peut que je n'aie pas de cervelle, Bush,
comme vous le répétez sans cesse. Eh bien, voyez
vous-même : si cet homme n'est pas un ennemi, je
consens à renier mes père et mère, à m'appeler Indien
et à chasser avec les Sioux ! »

Le nuage d'où va tomber la foudre n'est pas plus
menaçant ni plus sombre que le regard lancé par
Ismaël à l'importun. Il tourna la tête de tous côtés,
comme s'il eût cherché quelque arme assez terrible
pour l'anéantir d'un seul coup ; puis à l'idée qu'il
pourrait plus tard avoir besoin de ses conseils, il se
contenta de dire, tout en suffoquant de colère :

« Étranger, je croyais que cette manie de se
mêler des affaires des autres était le partage des
femmes dans les villes et les habitations, et non celui
de gens accoutumés à vivre en des lieux où il y a place
pour tout le monde. A quel homme de loi, à quel
shérif comptez-vous vendre vos nouvelles ?

— Je n'ai guère de relations qu'avec un seul être,
et cela pour ce qui me concerne », répondit le vieillard
sans se troubler, et en montrant le ciel d'un air
imposant ; « il est mon juge et le juge de tous. Il n'a
pas besoin que je lui apprenne rien, et vos efforts pour
lui cacher quelque chose n'aboutiront pas, même en
plein désert. »

Le ressentiment de ses deux grossiers auditeurs
s'éteignit tout à coup à cette réponse simple et au
geste solennel qui l'accompagnait. Ismaël resta sombre et pensif ; son beau-frère jeta en dessous un coup
d'œil involontaire vers le firmament qui déployait au-
dessus de sa tête sa voûte d'azur, comme s'il se fût

attendu à y voir briller l'œil du juge tout-puissant.
Mais les impressions sérieuses n'affectent pas longtemps les esprits peu habitués à réfléchir. L'hésitation
de l'émigrant fut donc de courte durée, et si son
humeur continua d'être revêche, il avait suffi de
quelques phrases dignes et d'une ferme contenance
pour en bannir l'invective et la menace.

« Avouez », dit-il, « qu'il eût été d'un bon camarade de donner un coup d'épaule à l'un des chariots
qui sont partis, au lieu de venir rôdailler ici où l'on ne
réclame pas vos services.

— Ici ou là-bas », répondit le vieillard, « vous
pouvez disposer du peu de forces qui me restent.

— Allons donc ! Nous prenez-vous pour des
bambins ? »

Et moitié grondant, moitié ricanant, Ismaël se
mit à tirer la petite voiture, qui roula sur l'herbe avec
autant de facilité que si elle eût été traînée par son
attelage ordinaire.

Debout à la même place, le Trappeur suivit des
yeux le chariot qui s'éloignait, jusqu'à ce qu'il eût
disparu dans les ondulations de la plaine. Alors il se
retourna pour contempler le tableau de désolation qui
régnait autour de lui. L'absence de figures humaines
aurait produit peu d'effet sur un solitaire de sa
trempe, si l'emplacement du camp désert n'eût fortement attesté le passage de ses derniers occupants et
leur folle prodigalité. Secouant tristement la tête, il
leva les yeux vers le vide qu'avaient laissé les arbres
abattus, et qui maintenant, dépouillés de leur feuillage, n'offraient plus que des troncs informes étendus
à ses pieds.

« Oui », grommela-t-il entre ses dents, « j'aurais
dû le prévoir ! Ce n'est pas la première fois que j'ai vu

ces choses-là, et cependant je les ai moi-même
conduits en ce lieu, et je viens encore de leur indiquer
le seul endroit favorable qu'il soit possible de trouver
à bien des lieues à la ronde. Voilà donc les convoitises
de l'homme ! voilà le résultat de son orgueil, de son
gaspillage, de sa perversité ! Il apprivoise les bêtes des
champs pour satisfaire ses futiles besoins, et, après les
avoir privées de leur nourriture naturelle, il leur
apprend à dépouiller la terre de ses arbres pour
apaiser leur faim. »

Un léger bruit dans les buissons qui croissaient à
quelque distance du petit bois auquel Ismaël avait
adossé son camp vint frapper l'oreille du vieillard et
interrompit son monologue. Son premier mouvement
fut de se mettre en défense, ce qu'il fit avec l'activité
et la promptitude de sa jeunesse ; mais changeant
d'idée, il replaça l'arme sous le bras gauche, et avec
son air de résignation mélancolique :

« Venez », dit-il, « montrez-vous ! Qui que vous
soyez, vous n'avez rien à craindre de ces vieilles
mains. J'ai bu et mangé ; pourquoi ôterais-je la vie à
un être quelconque, quand mes besoins ne demandent
pas un tel sacrifice ? Le temps n'est pas loin où les
oiseaux se mettront à becqueter des yeux qui ne les
verront plus, et à se poser sur mes ossements ; car, si
tout cela n'est fait que pour mourir, dois-je m'attendre
à vivre éternellement ? Venez, venez, vous n'avez rien
à craindre.

— Merci de vos paroles rassurantes, vieux Trappeur », s'écria Paul Hover en sortant de sa retraite.
« Il y avait dans votre air quelque chose qui ne me
plaisait pas quand vous avez porté en avant le canon
de votre fusil ; car on voyait que les autres mouvements vous étaient familiers.

— Hé ! hé ! vous avez raison », s'écria le Trappeur en souriant d'un air de complaisance au souvenir de son ancienne adresse. « J'ai vu le jour où, tout faible et décrépit que je parais maintenant, peu d'hommes connaissaient mieux que moi les vertus d'une longue carabine comme celle que je porte. Vous avez raison, jeune homme, il fut un temps où il était dangereux de remuer une feuille à portée de mon oreille ; où », ajouta-t-il en baissant la voix et d'un air sérieux, « il n'était pas prudent à un Mingo de laisser voir la prunelle de son œil dans une embuscade. Vous avez ouï parler des Mingos rouges ?

— Si je connais les *minks* (loutre) ? » répondit le jeune homme en attirant doucement son interlocuteur vers le bois, non sans jeter autour de lui des regards inquiets afin de s'assurer qu'il n'était pas observé. « Les *minks* noirs communs, oui, je les connais, mais non d'une autre couleur.

— Bon Dieu ! » reprit le Trappeur en secouant la tête et en riant à sa manière. « Il prend un animal pour un homme ! Après tout, un Mingo n'est guère au-dessus d'une brute ; il vaut même moins quand le rhum et l'occasion sont à sa portée. Cela me rappelle un Huron des lacs supérieurs que j'ai descendu de son juchoir sur les rochers de la montagne, derrière l'Hori… »

Sa voix se perdit dans le taillis où, tout en parlant, il s'était laissé conduire volontiers, absorbé par ses pensées qui le reportaient aux événements dont, un demi-siècle auparavant, la région du nord-est avait été le théâtre.

CHAPITRE VIII

Ils sont là-bas aux prises ; je vais
voir ce que c'est. Ce rusé coquin de
Diomède tient sous sa griffe quelque
jeune étourneau.

SHAKESPEARE, *Troïle et Cressida*.

Afin de ne pas étendre le fil de notre histoire de
façon à fatiguer la patience du lecteur, nous suppose-
rons qu'il s'est écoulé une semaine entre la scène qui
termine le précédent chapitre et les événements que
nous allons raconter dans celui-ci.

La saison était sur le point de changer : la verdure
de l'été commençait à faire rapidement place à la
livrée sombre et bariolée de l'automne. Le ciel était
chargé de nuages qui, confondus dans une sorte de
chaos, roulaient avec violence en tourbillons épais, se
déchirant parfois pour laisser entrevoir un pan de la
voûte d'azur, d'une sérénité inaccessible aux orages
du monde inférieur. Au-dessous, les vents se déchaî-
naient sur la Prairie nue et déserte avec une furie sans
égale dans des espaces moins ouverts ; en effet, rien ne
venait y briser les élans de leur sauvage puissance, ni

arbres, ni montagnes, ni constructions, nul obstacle d'aucune sorte.

Quoique l'aridité fût, comme partout ailleurs, le signe distinctif du lieu où nous allons transporter la scène de cette histoire, on y retrouvait cependant des vestiges de la vie humaine. Au milieu des ondulations monotones de la Prairie, un rocher nu et escarpé s'élevait au bord d'un petit cours d'eau qui, après de longs détours, allait se réunir à l'un des nombreux affluents du Père des Fleuves. A la base de cette éminence et dans un bas-fond courait une rangée d'aunes et de sumacs, limite extrême d'un bouquet de bois dont le reste avait été abattu pour divers usages. C'était sur la hauteur que se trouvaient les vestiges qui annonçaient la présence de l'homme.

D'en bas, on ne distinguait qu'une espèce de parapet, composé de troncs d'arbres et de pierres, entremêlés de manière à épargner tout travail inutile ; quelques toits très bas, faits d'écorce et de branchages ; çà et là une barrière, construite à la façon du parapet et placée aux points les plus accessibles. On apercevait encore, au sommet d'une petite pyramide qui se projetait de l'un des angles du rocher, une tente dont la blancheur brillait au loin comme un voile de neige, ou, pour employer une comparaison assortie au sujet, comme une bannière sans tache, que la garnison installée au-dessous eût défendue du plus pur de son sang.

Telle était la grossière forteresse où notre émigrant avait pris refuge après le vol de ses bestiaux.

Ce jour-là, Ismaël Bush, debout au pied du rocher et appuyé sur sa carabine, enveloppait le sol stérile qui le portait d'un regard où le mépris s'unissait à un amer désappointement.

« Il est temps de changer de nature, Abiram »,
dit-il à son beau-frère qui marchait presque toujours à
ses côtés ; « oui, il est temps d'imiter les ruminants,
faute de la nourriture qui sied à des chrétiens et à des
hommes libres. Voilà des sauterelles à qui vous
pourriez disputer quelques brins d'herbe : vif, comme
vous l'êtes, il ne vous serait pas difficile de dépasser la
plus agile à la course.

— Maudit pays ! ce n'est pas notre affaire »,
grommela l'autre qui goûtait médiocrement les plaisanteries forcées de son parent ; « et il est bon de se
rappeler que la paresse du voyageur allonge la durée
du voyage.

— Croyez-vous par hasard que je vais traîner une
charrette après moi à travers ce désert pendant des
semaines, et, que dis-je, des mois entiers ? » repartit
Ismaël, qui, comme tous ceux de sa classe, savait, à
l'occasion, donner un vigoureux coup de collier, mais
dont l'apathie naturelle répugnait à des efforts continus. « Que les gens sédentaires comme vous aient
hâte de regagner leur demeure, soit ! Grâce à Dieu, la
mienne est vaste, et je ne crains pas de manquer de
place pour reposer ma tête.

— Puisque la plantation est de votre goût, il ne
vous reste plus qu'à faire la récolte.

— Cela est plus aisé à dire qu'à faire dans ce coin
de nos domaines. Certes il faut partir, et pour plus
d'une raison. Vous me connaissez : s'il est rare que je
fasse un marché, je remplis toujours mes engagements
mieux que vos écrivailleurs de contrats, griffonnés sur
des chiffons de papier. Mais enfin il y a encore une
centaine de lieues à marcher, ou il n'y en a pas une,
pour compléter la distance à laquelle je me suis
engagé à vous conduire. »

En parlant ainsi, l'émigrant leva les yeux vers la tente qui couronnait le sommet de son château fort. Le sens de ce regard fut à l'instant saisi par le maussade Abiram, et en vertu de quelque influence secrète qui réglait leurs intérêts ou leurs sentiments, il suffit à rétablir l'harmonie qui menaçait d'être rompue.

« Je le sais », répliqua le beau-frère, « et je le sens jusque dans la moelle des os ; je me rappelle trop bien le motif qui m'a fait entreprendre ce maudit voyage pour oublier la distance qui me sépare du terme. Ce que nous avons fait ne profitera ni à vous ni à moi, à moins de mener à bonne fin ce que nous avons si bien commencé. Oui, c'est là, je pense, la doctrine de tout le monde. Et tenez, là-dessus, je me souviens de ce que disait dans l'Ohio un prédicateur de passage : un chrétien vivrait-il cent années dans la foi, et s'en détournerait-il un seul jour, il verrait son compte établi d'après le dernier coup de rabot, et, dans le règlement final, le bien serait mis de côté, et le mal seul admis dans la balance.

— Propos d'hypocrite ! Et vous l'avez gobé argent comptant.

— Qu'en savez-vous ? » riposta l'autre en dissimulant ses terreurs secrètes sous l'arrogance d'un esprit fort. « Croire et raconter sont deux... Et pourtant rien n'empêche que le bonhomme fût dans la vérité après tout. Le monde, à ce qu'il prétendait, n'était, à vrai dire, qu'un vaste désert, et une seule main avait la puissance de guider le plus savant à travers le labyrinthe de biens et de maux. En supposant qu'il en soit ainsi du monde entier, ne doit-on pas alors le croire d'une partie ? »

L'émigrant partit à cet endroit d'un gros rire gouailleur.

« Allons, Abiram, trêve de jérémiades, et soyez homme », dit-il. « Avez-vous envie de prêcher ? Mais, d'après vos principes, que servira-t-il d'adorer Dieu cinq minutes et le diable une heure ?... Écoutez-moi, mon cher. Je ne suis pas un grand laboureur, cependant voici une leçon que j'ai apprise à mes dépens : pour faire une bonne récolte, même sur la meilleure terre, il faut travailler ferme. Vos cafards comparent souvent la terre à un champ de blé, et les gens qui en vivent à ce qu'il rapporte. Eh bien, c'est moi qui vous le dis, vous ne valez guère mieux que le chardon ou le bouillon blanc ; oui, vous êtes d'un bois trop mou pour être bon même à brûler. »

Une flamme s'alluma dans les yeux mauvais d'Abiram ; mais ce mouvement de colère tomba devant la ferme contenance de son beau-frère, tant il est facile au vrai courage de dominer une nature basse et rampante.

Satisfait de cette évidente supériorité, qu'il avait trop souvent exercée en des occasions semblables pour qu'il doutât de son influence, Ismaël continua froidement la conversation, en la ramenant d'une manière plus directe sur ses projets ultérieurs.

« Quoi qu'il en soit », dit-il, « vous reconnaîtrez qu'il est juste de rendre à chacun la monnaie de sa pièce, et, puisqu'on m'a volé mes bestiaux, de réparer cet échec en prenant bête pour bête : car, lorsqu'un homme se donne la peine de conclure un marché pour les deux parties, il serait bien sot de ne pas retenir quelque chose en guise de commission. »

Au moment où l'émigrant faisait cette déclaration d'un ton net et ferme qui se ressentait un peu de sa mauvaise humeur, quatre ou cinq de ses fils,

qui étaient appuyés contre la base du rocher, s'avancèrent de ce pas traînant, qui était particulier à la famille.

« Voilà un bout de temps », dit l'aîné, « que je
demande à Hélène Wade, qui se tient là-haut en
sentinelle, si elle ne voit rien venir, et pour toute
réponse elle se borne à secouer la tête. Elle est
diantrement avare de ses paroles, pour une femme ; on
pourrait lui enseigner à vivre sans faire tort le moins du
monde à son joli minois. »

La jeune coupable faisait le guet avec une attention inquiète. Elle était assise au bord du roc le plus
élevé, à côté de la petite tente, et à cent pieds au moins
au-dessus du niveau de la plaine. Il n'était guère
possible de distinguer, à cette distance, que les
contours de sa personne, sa belle chevelure blonde
flottant au gré du vent sur ses épaules, et, le regard, en
apparence immobile, qu'elle dirigeait au loin sur la
Prairie.

« Holà ! Nelly, qu'y a-t-il ? » cria Ismaël dont la
voix puissante domina les mugissements du vent.
« Avez-vous aperçu autre chose que les chiens qui
parcourent la plaine ? »

Les lèvres de l'attentive Hélène s'entrouvrirent :
elle se leva de toute la hauteur de sa petite stature,
paraissant toujours occupée à contempler un objet
inconnu ; mais, si elle parla, sa réponse alla se perdre
dans une rafale.

« Il est certain que l'enfant voit quelque chose de
plus qu'un buffle ou un chien de prairie », reprit
Ismaël. « Hé ! Nelly, êtes-vous sourde ? entendez-
vous ?... Ah ! si c'était une armée de Peaux Rouges
qu'elle eût devant les yeux, nous aurions une fameuse
occasion de les payer de leurs bontés, à la faveur de ces
grosses pierres et de ces palissades ! »

Ismaël avait accompagné son défi de gestes énergiques, qui avaient un instant ramené sur lui les regards de son fils ; mais lorsqu'ils se retournèrent pour surveiller de nouveau les mouvements de la jolie sentinelle, la place qu'elle venait d'occuper était vide. Ce fut Asa, le plus flegmatique des garçons, qui s'en aperçut le premier.

« Aussi vrai que je suis un pêcheur », s'écria-t-il avec une animation extraordinaire, « Hélène a été emportée par le vent ! »

A l'espèce de sensation qui courut parmi nos jeunes lourdauds, il était évident qu'ils n'avaient pas été insensibles au charme des yeux bleus, de la blonde chevelure et du teint fleuri d'Hélène ; ce qu'ils traduisirent l'un après l'autre par une expression d'ébahissement, non dépourvue d'intérêt, tandis que leurs yeux se reportaient vers le roc abandonné.

« Cela pourrait bien être », ajouta l'un d'eux. « Elle était assise au bord d'une roche fendue, et depuis plus d'une heure j'avais envie de l'avertir du danger qu'elle courait.

— N'est-ce point un de ses rubans que je vois flotter là-bas à l'angle de la colline ? » cria Ismaël. « Ah ! je vois remuer du côté de la tente. Ne vous ai-je pas défendu à tous...

— Hélène ! c'est Hélène ! »

A ce cri, jeté en chœur par l'assistance, la jeune fille avait, en effet, reparu à temps pour mettre fin aux conjectures, et calmer des inquiétudes dont on n'aurait pas soupçonné l'existence chez des êtres si primitifs.

En sortant de dessous la draperie de la tente, Hélène s'avança d'un pas léger et intrépide vers le poste périlleux qu'elle avait déjà occupé, et montra du

doigt la Prairie, paraissant parler vivement à quelque
auditeur invisible.

« Nelly est folle ! » dit Asa d'un ton de condescendance dédaigneuse. « Elle rêve les yeux ouverts, et
s'imagine voir une de ces farouches créatures dont le
docteur lui rabâche le nom baroque aux oreilles.

— Peut-être a-t-elle aperçu un éclaireur des
Sioux », dit Ismaël en fouillant à son tour la plaine du
regard.

Mais une observation faite à voix basse par son
beau-frère lui fit relever la tête, et il comprit que les
rideaux de la tente étaient agités d'un mouvement qui
semblait avoir une autre cause que le vent.

« Qu'elle le fasse, si elle l'ose ! » grommela-t-il
entre ses dents. « Abiram, ils me connaissent trop
bien pour se frotter à moi.

— Regardez-y mieux ; si le rideau n'est pas
soulevé, je n'y vois pas plus qu'une chouette en plein
midi. »

Ismaël frappa violemment la terre de la crosse de
son fusil, et poussa un cri qu'Hélène eût pu facilement
entendre, si elle n'avait concentré son attention d'une
manière inexplicable.

« Hélène », continua l'émigrant, qui rugissait de
colère, « retirez-vous ! Voulez-vous attirer le châtiment sur votre tête ? M'entendez-vous, folle ? Il faut
qu'elle ait oublié sa langue maternelle ; voyons si elle
en comprend une autre. »

Il porta l'arme à la hauteur de son épaule, en
dirigea le canon vers la cime du rocher ; avant qu'on
eût le temps de lui adresser un seul mot de remontrance, le coup était parti, annoncé par un jet de
flamme. La jeune fille tressaillit comme un chamois
effrayé, et poussant un cri perçant, elle s'élança dans

la tente avec une rapidité qui laissait dans le doute si la peur ou une blessure n'avait pas été l'expiation de sa légère offense.

L'action de l'émigrant avait été trop soudaine et inattendue pour qu'on pût l'empêcher ; mais à peine eût-elle été commise que ses fils protestèrent à leur façon contre une telle barbarie. Des regards irrités et farouches furent échangés, et tous laissèrent échapper à la fois un murmure de désapprobation.

« Père, quelle est la faute d'Hélène ? » demanda brusquement l'aîné. « Pourquoi tirer sur elle comme sur un daim aux abois ou sur un loup affamé ?

— Elle a désobéi », répondit l'émigrant, dont la ferme attitude et le regard de froid mépris disaient assez quel peu de cas il faisait des mauvaises dispositions de sa lignée. « Oui, elle a désobéi, et cela suffit, entendez-vous ? Tâchez surtout que personne ne recommence.

— On ne traite pas un homme ainsi qu'une femmelette.

— Vous êtes un homme, Asa, je le sais, et vous n'oubliez pas de le répéter ; mais moi, je suis le père et le maître, ne l'oubliez pas non plus.

— Oui certes, et un drôle de père !

— Assez !... Votre manque de vigilance, j'en suis presque sûr, nous a mis les Sioux sur le dos. Soyez donc modeste dans vos paroles, mon fils, qui veillez si bien, ou vous pourriez avoir à répondre du désastre que votre faute nous a causé.

— Il ne me plaît pas, à moi, d'être gourmandé comme un enfant en jaquette. Que parlez-vous de loi, vous qui n'en reconnaissez aucune ? Et vous me tiendriez à l'attache, comme si je n'avais pas aussi des besoins à satisfaire, une vie à soutenir ? Non, je ne resterai pas plus longtemps pour être traité à l'égal du dernier de vos bestiaux.

— Le monde est vaste, mon brave garçon, et il contient plus d'une belle plantation sans occupants. Allez, vous avez dans les mains vos titres signés et scellés. Bien peu de pères dotent mieux leurs enfants qu'Ismaël Bush ; vous en conviendrez, j'en suis certain, quand vous serez au bout du voyage. »

Cet entretien, qui menaçait de tourner au tragique, fut interrompu par une clameur générale.

« Regardez ! » s'écria Abiram d'une voix creuse et solennelle. « Avez-vous du temps à perdre en vaines querelles ? »

A peine Ismaël eut-il aperçu l'objet qui attirait alors l'attention de tous ceux qui l'entouraient, que son visage prit tout à coup l'expression de l'étonnement et de la stupeur.

Une femme se tenait à l'endroit d'où Hélène avait été si périlleusement expulsée. Elle était de la plus petite taille jugée compatible avec la beauté, et celle que les poètes et les artistes ont choisie comme le beau idéal de la grâce féminine. Sa robe était d'une étoffe de soie noire et brillante. Une chevelure longue, éparse et bouclée, plus noire encore et plus lustrée que sa robe, retombait tantôt sur ses épaules, couvrant comme d'un voile son buste délicat, et tantôt se déroulait en longues boucles au souffle de la brise. L'éloignement empêchait de distinguer complètement ses traits, qui toutefois paraissaient jeunes, expressifs et, au moment de son apparition inattendue, empreints d'une puissante émotion. En effet, cette créature frêle et charmante paraissait d'une jeunesse à faire douter qu'elle eût passé l'âge de l'enfance. Elle pressait contre son cœur une main mignonne et faite au tour, tandis que de l'autre elle semblait inviter Ismaël à diriger contre elle seule tout acte de violence ultérieure.

Le muet étonnement avec lequel le groupe des émigrants contemplait un spectacle si extraordinaire ne fut interrompu qu'en voyant Hélène s'avancer à son tour timide et hésitante, comme si elle était partagée entre ses craintes pour elle-même et pour sa compagne. Elle parla, mais ses paroles ne parvinrent pas au groupe des spectateurs, et celle à qui elle s'adressait parut n'y faire aucune attention. Toutefois, cette dernière, satisfaite en quelque sorte de s'être offerte en holocauste au ressentiment d'Ismaël, ne tarda point à se retirer, à s'évanouir plutôt ainsi qu'une vision surnaturelle.

Il y eut alors plusieurs minutes d'un silence profond pendant lequel les fils d'Ismaël, après avoir fixé sur le rocher des yeux hébétés de surprise, se regardèrent les uns les autres de manière à prouver que, pour eux du moins, l'apparition de l'hôte extraordinaire du pavillon était aussi imprévue qu'incompréhensible. Enfin, Asa, en sa qualité d'aîné, et mû par la rancune de sa récente altercation, prit sur lui l'office d'interrogateur. Mais, au lieu de braver le ressentiment de son père, dont il avait vu trop souvent éclater le naturel farouche pour l'irriter imprudemment, il se tourna vers Abiram, plus facile à intimider.

« Voilà donc », lui dit-il d'un ton sarcastique, « l'animal que vous ameniez dans les Prairies comme un leurre à en attraper d'autres ! Je vous connais pour un particulier que la vérité ne tracasse guère au prix de n'importe quel moyen ; mais cette fois, je l'avoue, vous vous êtes surpassé vous-même. Les journaux du Kentucky vous ont reproché à satiété de trafiquer de la chair noire sans se douter, les innocents, que vous étendiez le commerce aux créatures blanches.

— Qui appelez-vous marchand d'esclaves? » demanda Abiram en affectant de montrer beaucoup de colère. « Suis-je responsable de tous les mensonges qu'on imprime? Jetez les yeux sur votre propre famille, jeune homme ; pensez d'abord aux vôtres : il n'est pas jusqu'aux souches du Kentucky et du Tennessee qui n'élèvent la voix contre vous! Oui mon beau monsieur, qui parlez si bien, j'ai vu sur les poteaux des habitations le signalement du père, de la mère et de trois enfants, vous compris, avec l'offre d'une récompense capable d'enrichir un honnête homme pour celui qui... »

Il fut interrompu par un coup qui, fortement appliqué du revers de la main, alla le frapper sur la bouche et le fit chanceler ; son sang coula et ses lèvres enflèrent.

« Asa », dit Ismaël, en s'avançant dans une attitude empreinte d'un reste de cette dignité que la nature semble avoir départie à tous les pères, « Asa, vous avez frappé le frère de votre mère.

— J'ai frappé le calomniateur de toute la famille », répondit le jeune homme irrité ; « et à moins de gouverner plus sagement sa langue, mieux vaudrait pour lui n'en pas avoir du tout. Je n'ai jamais fait grand usage du couteau, mais, dans l'occasion, je ne serais pas embarrassé pour couper à un diffamateur...

— Enfant, vous vous êtes oublié deux fois aujourd'hui ; que cela ne vous arrive pas une troisième! Quand la loi du pays est faible, il est juste que la loi de la nature soit forte. Vous m'entendez, Asa, et vous me connaissez... Quant à vous, Abiram, ce garçon a des torts envers vous, et mon devoir est de veiller à ce qu'ils soient réparés. Rappelez-vous ce que je dis : justice vous sera rendue ; cela suffit. Mais vous avez avancé des choses dures contre moi et ma famille. Si les limiers de la loi ont placardé leurs affiches sur les arbres et sur les poteaux des établissements, vous savez pourquoi : il ne s'agissait pas d'un acte déshonnête, c'est uniquement pour avoir maintenu le principe que la terre est une propriété commune. Non, Abiram ; si je pouvais me laver les mains de ce que vous m'avez suggéré, aussi aisément que je le puis des conseils que le diable m'a soufflés à l'oreille, mon sommeil, la nuit, serait plus tranquille, et nul de ceux qui portent mon nom n'aurait lieu d'en rougir. Allons, faites la paix ! Voilà bien assez de paroles, et n'oublions pas qu'une seule de plus suffirait à mettre au pis ce qui n'est déjà que trop mal. »

Ismaël fit de la main un geste d'autorité, et se détourna avec l'entière conviction que ceux auxquels il venait de parler n'auraient point la témérité de contrevenir à ses ordres.

D'abord, Asa eut besoin de se faire violence pour céder à ce qu'on exigeait de lui ; mais il retomba bientôt dans son apathie habituelle, et il ne tarda pas à reparaître ce qu'il était en réalité, un être dangereux par accès seulement, et dont les passions étaient trop engourdies pour être maintenues longtemps à l'état d'effervescence.

Il n'en fut pas de même d'Abiram. Tant qu'il y avait eu probabilité de conflit personnel entre lui et son colossal neveu, sa contenance avait présenté des signes non équivoques d'appréhensions toujours croissantes ; sitôt que le père eut jeté dans la balance et sa vigueur physique et son autorité morale, la pâleur de ses traits fit place à une teinte livide, qui annonçait combien l'outrage qu'il avait reçu avait profondément ulcéré son cœur. Toutefois, comme Asa, il se rendit à l'injonction de l'émigrant, et l'harmonie fut rétablie, du moins en apparence, entre des gens qui n'étaient retenus par nulle autre obligation que par le lien fragile du respect au pouvoir d'Ismaël.

Un des effets de cette querelle avait été de donner le change à l'attention des jeunes gens, en leur faisant oublier l'apparition de la belle étrangère. Il est vrai qu'il se tint à l'écart quelques conférences secrètes et animées, dont l'objet était indiqué par la direction des regards ; mais ces symptômes menaçants ne tardèrent point à disparaître, et toute la troupe se fractionna de nouveau, comme à l'ordinaire, en groupes nonchalants et silencieux.

« Hé ! garçons, je vais monter là-haut et m'assurer si l'on aperçoit les sauvages », dit Ismaël d'un ton qu'il s'efforçait de rendre conciliant. « S'il n'y a rien à craindre, nous irons faire un tour ; la journée est trop belle pour la perdre en paroles, comme des bourgeoises qui bavardent autour de la table à thé. »

Sans attendre qu'on l'approuvât ou non, il s'avança vers la base du rocher formant de tous côtés une sorte de muraille à pic d'environ vingt pieds de haut. Un passage étroit en facilitait l'accès ; mais on avait eu la précaution de le fortifier par un rempart de troncs de cotonniers, que protégeaient par en haut des chevaux de frise formés des branches du même arbre. Là était en faction un homme armé, comme à la clef de toute la position, et prêt à défendre l'entrée s'il était nécessaire, pour donner à la garnison le temps de se préparer au combat.

De ce côté la montée du pic était encore pénible,

à cause des obstacles accumulés par la nature et par l'émigrant. On débouchait de là sur une sorte de terrasse, ou pour mieux dire de plateau, qui servait de refuge à toute la famille. Les habitations, du genre de celles qu'on rencontre fréquemment sur les frontières, appartenaient à l'enfance de l'art, ne se composant que de troncs d'arbres, d'écorces et de poteaux. L'emplacement sur lequel elles étaient assises pouvait avoir plusieurs centaines de pieds carrés, et dominait d'assez haut la plaine pour diminuer beaucoup, sinon pour écarter entièrement, le danger des projectiles indiens.

C'est là qu'Ismaël avait laissé, en toute sécurité, ses petits enfants sous la garde de leur mère ; et c'est là qu'il la trouva livrée à ses occupations domestiques, entourée de ses filles, élevant de temps à autre la voix pour gronder ceux d'entre ses marmots qui avaient encouru son déplaisir, et trop absorbée par la tempête de ses criailleries pour s'être aperçue de la scène violente qui avait eu lieu au bas du rocher.

« Ah ! le beau campement que vous avez choisi là, Ismaël ; un lieu ouvert à tous les vents ! »

Ainsi débuta ou plutôt continua la matrone, car elle ne fit que reporter sur son mari l'accès de colère dirigé contre une petite fille de dix ans qui pleurnichait à côté d'elle.

« Sur ma parole, peu s'en faut que je ne sois obligée de compter la marmaille à chaque minute pour voir s'il ne s'en est pas envolé quelqu'un dans le pays des vautours ou des canards ! Pourquoi vous acoquiner au pied de ce rocher comme des reptiles engourdis, tandis que le ciel commence à se peupler d'oiseaux ? Croyez-vous que les bouches puissent se remplir et la faim se satisfaire en dormant et en restant les bras croisés ?

— Allez votre train, Esther », répondit le mari
en jetant sur sa bruyante couvée un regard empreint
de tolérance plutôt que d'affection. « Vous n'en aurez
pas moins des oiseaux, pourvu qu'effrayés de vos
criailleries, ils ne s'enfuient pas hors de portée. Oui,
femme », poursuivit-il en mettant le pied à la place
d'où il avait si brutalement chassé Hélène, « des

oiseaux, et du bison par-dessus le marché, si j'ai encore le talent de distinguer la brute à la distance d'une lieue d'Espagne.

— Descendez, descendez, et agissez au lieu de bavarder. Un homme qui bavarde ne vaut pas mieux qu'un chien qui aboie. Si des Peaux Rouges venaient à paraître, Nelly déploierait la toile à temps pour vous en avertir... Mais qu'avez-vous tué, Ismaël ? car c'est votre carabine qui a fait feu il y a quelques minutes, ou j'ai l'ouïe bouchée.

Peuh ! c'était pour effrayer ce faucon que vous voyez planer au-dessus du rocher.

— Oui, oui, le faucon ! A votre âge, tirer sur des faucons et des vautours, quand vous avez dix-huit bouches à nourrir ! Regardez l'abeille et le castor, mon brave homme, et apprenez d'eux la prévoyance. Êtes-vous sourd, Ismaël ?... Sur mon salut », ajouta-t-elle en laissant tomber l'étoupe qu'elle filait sur sa quenouille, « je crois qu'il est encore entré dans la tente ! Il y passe les trois quarts de son temps auprès d'une bonne à rien... »

Le soudain retour de son mari lui ferma la bouche ; et elle se contenta de marmotter son mécontentement au lieu de l'exprimer en termes plus explicites.

Le dialogue qui s'engagea alors entre ce couple si bien assorti fut court mais expressif. La femme se montra d'abord quelque peu rétive, mais sa sollicitude pour les siens ne tarda pas à la rendre plus souple. Comme la conversation se termina par l'engagement que prit Ismaël d'employer le reste du jour à la chasse afin de lui demander la pâture quotidienne, nous croyons superflu de la rapporter.

Cette résolution prise, l'émigrant descendit dans

la plaine et divisa ses forces en deux corps, dont l'un devait rester à la garde de la forteresse, et l'autre l'accompagner à la chasse. Il eut soin de comprendre parmi ces derniers Asa et Abiram, sachant qu'aucune autorité, hormis la sienne, n'était capable de réprimer le ressentiment de son fils, s'il venait à être provoqué.

Les chasseurs partirent, et à quelque distance du rocher ils se séparèrent afin de cerner le troupeau de bisons qu'on apercevait dans le lointain.

CHAPITRE IX

Juste au moment où l'émigrant et ses fils partaient de la manière que nous avons mentionnée, deux hommes, assis au bord d'un ruisseau, dans un creux situé à une portée de canon du camp, étaient activement occupés à discuter les propriétés succulentes d'une bosse de bison, qui avait été préparée avec toute l'attention qu'exige un mets de cette espèce.

La bosse de ce ruminant, est, on le sait, un morceau de choix qu'on détache adroitement des parties voisines : enveloppé dans son vêtement naturel, il avait été soumis un temps convenable à la chaleur d'un four souterrain, et maintenant il était placé devant ses propriétaires dans toute la gloire culinaire de la Prairie. Pour la délicatesse et le fumet, et comme nourriture substantielle, ce plat aurait pu obtenir une supériorité incontestable sur la cuisine alambiquée et les combinaisons laborieuses des plus renommées restaurateurs, bien que l'apprêt en eût été des plus simples. Au reste, les deux fortunés mortels, à qui leur bonne étoile avait permis de jouir d'un repas que l'appétit rendait plus friand encore, étaient loin d'être insensibles aux avantages mis à leur disposition.

Celui pourtant qui s'était chargé des préparatifs culinaires montrait le moins d'empressement à faire honneur à sa science : il mangeait sans doute, et même de bon appétit, mais toujours avec la modération propre à la vieillesse. Quant à son compagnon, il ne s'imposait aucun contrôle de ce genre. A la fleur de l'âge et dans toute la vigueur de la santé, il rendait à l'œuvre de son hôte un hommage absolu. Pendant que les morceaux succulents se succédaient sans interruption dans sa bouche, il exprimait à tout instant, par une pantomime éloquente, la gratitude qu'il ne pouvait articuler de vive voix.

« Coupez davantage dans le cœur de la bosse, mon enfant », dit le Trappeur, car c'était le vénérable coureur des Prairies qui avait servi au chasseur d'abeilles le repas en questions ; « coupez au centre ; vous y trouverez toute la saveur de la nature, et cela sans le secours de vos épices, ni de votre moutarde piquante, pour lui donner un goût étranger.

— Si j'avais seulement un verre d'hydromel », dit Paul en s'arrêtant pour reprendre haleine, « je jurerais que jamais repas plus fortifiant ne fut offert à l'appétit d'un homme !

— Ah ! certes, vous avez raison de l'appeler fortifiant », répliqua l'autre en riant à la muette de la satisfaction qu'il éprouvait à voir la suprême jouissance de son compagnon ; « c'est une viande forte et qui fortifie celui qui en mange... Attrape, Hector ! »

ajouta-t-il en jetant un morceau à son chien fidèle qui le regardait d'une manière expressive. « Tu as besoin de forces dans ton vieil âge, mon brave, ni plus ni moins que ton maître... Regardez ce chien-là, mon enfant ; il a vécu et dormi plus sagement, en faisant meilleure chère, que tous vos richards de là-bas. Et pourquoi ? parce qu'il a usé, et non abusé, des dons de son Créateur. Chien il est venu au monde, et c'est chien qu'il s'est nourri. Mais eux, destinés à être des humains, ils dévorent comme des loups affamés. Oui, Hector a vécu en chien honnête et prudent, et je n'ai jamais rencontré un limier de sa race qui manquât de nez ou de fidélité... Savez-vous la différence qu'il y a entre la cuisine de la Prairie et celle des colons ? Non, je vois clairement à votre appétit que vous n'en savez rien ; eh bien, je vais vous le dire : l'une se conforme à l'homme, l'autre à la nature ; l'une s'imagine pouvoir ajouter aux dons du Créateur, tandis que l'autre se contente d'en jouir humblement. Voilà tout le mystère.

— Dites donc, Trappeur », fit observer Paul, fort peu sensible aux leçons de morale dont le vieillard jugeait à propos d'assaisonner leur repas, « convenons d'une chose : tant que nous camperons par ici, et ce sera long probablement, je veux chaque matin tuer un buffle, et vous nous préparerez sa bosse.

— Oh ! oh ! je ne m'y engage pas. Prise des pieds à la tête, la chair du buffle est excellente, et elle a été faite à notre usage ; mais en tuer un par jour, halte-là ! je ne saurais promettre d'être témoin et complice d'un tel gaspillage.

— Du diable s'il y aura rien de gaspillé, mon vieux ! S'ils sont tous aussi bons que celui-ci, je m'engage, moi, à les manger tout seul, et à n'en pas laisser même les sabots... Un instant ! qui vient là ? Un paroissien qui a le nez creux, j'imagine, s'il suit un dîner à la piste. »

L'individu qui avait causé cette interrogation s'avançait le long du ruisseau d'un pas délibéré, et venait droit aux deux gastronomes. Comme il n'y avait dans son aspect rien de formidable ni d'hostile, le chasseur d'abeilles, au lieu de suspendre ses opérations, redoubla d'efforts au contraire, paraissant craindre qu'un mets si délicieux pût suffire à contenter la faim et la gourmandise des malencontreux convives qui allaient survenir. Il en était autrement du Trappeur : son appétit plus modéré était déjà satisfait, et il se tourna vers l'intrus avec un air de cordialité qui indiquait à quel point son arrivée lui semblait opportune.

Le voyant suspendre sa marche, il lui cria d'un ton jovial :

« Arrivez, l'ami ; ne vous gênez pas ! Si c'est la faim qui vous pousse, elle vous a conduit à bon port. Voici de la viande, et ce jeune homme va vous donner du maïs grillé, plus blanc que la neige des montagnes. Approchez donc ! Vous avez affaire, non à des bêtes de proie qui se dévorent entre elles, mais à des chrétiens recevant avec gratitude ce qu'il a plu au Seigneur de leur envoyer.

— Vénérable chasseur », repartit le docteur, car c'était le naturaliste en personne qu'une de ses excursions quotidiennes avait dirigé de ce côté, « je suis ravi d'une si heureuse rencontre. Des gens qui ont les mêmes goûts doivent être amis.

— Eh ! bon Dieu », dit le vieillard en riant au nez du savant, sans égard pour le décorum, « c'est l'homme qui voulait me faire croire qu'un nom peut changer la nature d'un animal ! Allons, l'ami, soyez le bienvenu, quoique trop de lecture vous ait un tantinet obscurci la cervelle. Asseyez-vous, et, après avoir goûté de ce morceau, dites-moi, si vous pouvez, le nom de la créature dont la chair vous aura servi de repas. »

Les yeux du docteur Battius — laissons à ce digne homme le nom qu'il préférait à tout autre, — témoignèrent avec assez d'éloquence le plaisir qu'il ressentait à cette invitation. L'exercice qu'il venait de prendre joint à un air vif et piquant l'avaient mis en appétit, et Paul lui-même n'aurait pu être en meilleure disposition de faire honneur à la cuisine du Trappeur. Avec un petit rire de satisfaction qu'il ne réprima qu'à moitié, il se laissa tomber par terre à côté du vieillard, et sans plus de cérémonie se disposa à attaquer les provisions.

« Je rougirais de ma profession », dit-il en savourant une tranche de la bosse, tandis qu'il cherchait à distinguer les caractères de la peau, défigurés par la cuisson, « oui, j'en serais honteux s'il y avait, dans tout le continent d'Amérique, un quadrupède ou un oiseau que je ne pusse reconnaître à l'un des signes nombreux que la science a notés. Or, celui-ci… Chair nourrissante et savoureuse, ma foi ! Une bouchée de votre maïs, jeune homme, s'il vous plaît ? »

Paul, qui continuait à manger avec un surcroît de persévérance, lui tendit sa besace, en le regardant de côté, sans juger nécessaire d'ajouter un mot d'explication.

« Vous disiez donc, l'ami », reprit le Trappeur, « que vous aviez plus d'un moyen de reconnaître l'animal ?

— Plus d'un ? Il y en a mille, et tous infaillibles.

Par exemple, on distingue les carnivores à leurs
incisives.

— Leurs quoi ?

— C'est-à-dire aux dents que la nature leur a
données pour se défendre et pour couper leurs aliments. En outre...

— Cherchez donc les dents de cette créature »,
interrompit le Trappeur, résolu à convaincre d'ignorance un homme qui avait eu l'audace de se mesurer
avec lui sur des sujets où son expérience l'avait fait
passer maître. « La pièce est là, retournez-la à votre
aise, et trouvez-y vos petites machines. »

Le docteur obéit, et comme de raison sans
succès ; néanmoins, il profita de l'occasion pour jeter
encore un coup d'œil sur un fragment de la peau.

« Eh bien ! mon ami, avez-vous votre affaire,
avant de décider s'il s'agit d'un canard ou d'un
saumon ?

— Hum ! l'animal n'est pas ici dans son entier, je
crois.

— Vous pouvez l'affirmer en toute assurance »,
s'écria Paul, qui était enfin rassasié, « et même je
prends à mon compte quelques livres de la bête,
pesées dans les plus exactes balances d'un apothicaire.
Pourtant, avec ce qui reste, on n'empêchera pas l'âme
et le corps de faire bon ménage. » Ce que la satiété
l'obligeait à abandonner eût en effet amplement
fourni au dîner d'une vingtaine de personnes.
« Tâchez de couper au cœur, comme dit le vieux, et
vous découvrirez là le fin du morceau.

— Le cœur ! » répéta le savant, enchanté d'apprendre qu'il y avait une partie distincte à analyser.
« Voyons un peu l'organe ; cela m'aidera à déterminer
le caractère de l'individu. Mais ce n'est point là le

cor... Si fait, parbleu ! L'animal doit être du genre *bellua*, à cause de l'obésité de ses habitudes... »

Il fut interrompu par un de ces rires muets à bouche que veux-tu, particuliers au vieux coureur des Prairies, et cet accès de franche gaieté lui parut si déplacé qu'il en demeura saisi.

« Il nous la baille belle avec sa *bellua* et son obésité », dit enfin le vieillard charmé de l'embarras non équivoque où était son rival ; « et il prétend que le morceau n'a point de cœur ! Tenez, mon cher, vous êtes plus loin de la vérité que vous ne l'êtes des habitations, avec toutes les âneries de vos livres et vos affreux mots qui, je le répète, ne sauraient être compris d'aucune tribu ou nation à l'est des montagnes Rocheuses. *Bellua* ou non, on voit des milliers d'animaux semblables à celui-ci dans les Prairies, et le morceau que vous tenez à la main est une tranche de bosse de buffle, aussi savoureuse que jamais estomac ait digérée.

— Mon vieux camarade », répondit le naturaliste en s'efforçant de réprimer un mouvement de dépit, qu'il jugeait peu convenable à la dignité de son personnage, « votre système est erroné depuis les prémisses jusqu'à la conclusion, et votre classification si fautive, qu'elle embrouille toutes les données de la science. Le buffle n'a pas de bosse, pas l'ombre ; sa chair n'est ni saine ni savoureuse, deux qualités que possède le sujet placé sous nos yeux.

— Pour le coup, je vous arrête, et le Trappeur a cent fois raison », s'écria Paul Hover. « La viande de buffle ne vaut rien ? Alors pourquoi en mangez-vous ? »

Le docteur, qui n'avait pas fait jusque-là grande attention au chasseur d'abeilles, fixa les yeux sur lui, comme s'il eût cherché à le reconnaître.

« Votre personne ne m'est pas inconnue, jeune homme », lui dit-il ; « il me semble vous avoir déjà vu, vous ou quelque autre individu de votre classe.

— C'est moi », répondit Paul, « que vous avez rencontré dans les bois à l'est de la Grande Rivière ; vous avez même essayé de me persuader de suivre un frelon jusqu'à son nid, à moi dont l'œil serait incapable de prendre en plein jour une mouche quelconque pour une abeille ! Avez-vous oublié que nous avons passé ensemble une semaine, vous en quête de vos crapauds et de vos lézards, et moi de mes creux d'arbres ? De fait, la récolte a été bonne pour l'un et l'autre. J'ai recueilli le meilleur miel que j'aie jamais expédié aux habitations, sans compter une douzaine de ruches que j'ai peuplées, et de votre côté vous avez empli votre bissac d'un tas de bêtes rampantes. A ce propos, permettez-moi de vous le demander, c'est un cabinet de curiosités que vous montez, hein ?

— Oui, c'est encore là une de leurs abominations ! » s'écria le Trappeur. « Ils tuent l'élan, le chevreuil, la panthère, tous les animaux qui habitent les bois ; puis ils les bourrent de sales chiffons, leur plantent des yeux de verre dans la tête, et les donnent en spectacle en appelant ces horreurs les créatures de Dieu, comme si aucune effigie mortelle pouvait égaler les œuvres de ses mains ! »

Cette tirade sentimentale ne parut produire aucune impression sur le docteur, qui répondit au jeune homme en lui tendant cordialement la main :

« Ah ! très bien, je vous reconnais à présent. Quelle productive semaine ! Mon herbier et mes catalogues l'attesteront un jour à l'univers... Oui, je vous remets parfaitement ; vous êtes de la classe des *mammifères ;* ordre, *primates ;* genre, *homo ;* espèce, *Kentucky.* »

Après avoir souri complaisamment de l'esprit dont il venait de faire montre, il continua :

« Depuis notre séparation, j'ai fait beaucoup de chemin, ayant conclu un traité ou arrangement avec un certain Ismaël...

— Bush ! » interrompit Paul avec sa pétulance habituelle. « Parbleu, Trappeur, c'est le saigneur dont Hélène m'a parlé.

— Nelly ne m'a pas rendu justice », répondit le naïf docteur ; « car je n'appartiens pas à l'école phlébotomisante, préférant de beaucoup la méthode qui purifie le sang à celle qui le tire.

— C'est alors moi qui ai compris de travers ; car elle vous tient pour un habile homme.

— En cela, elle a peut-être exagéré mon mérite », reprit Battius en s'inclinant avec un air d'humilité. « C'est une bonne et excellente fille, et qui a beaucoup de caractère. Je n'en ai jamais rencontré d'aussi appétissante.

— Que dites-vous là ? » riposta le chasseur qui, laissant retomber le morceau qu'il s'amusait à sucer, jeta un terrible coup d'œil sur l'innocent docteur. « Auriez-vous l'idée de faire entrer Hélène dans votre collection ?

— Pour toutes les richesses du monde végétal et animal, je ne voudrais pas toucher un seul de ses cheveux ! J'aime cette enfant d'un *amor naturalis* ou plutôt *paternus,* avec une affection paternelle.

— A la bonne heure, cela sied mieux à la différence de vos âges. Un vieux bourdon ne fait pas sa compagnie d'une jeune abeille.

— Il y a de la raison dans ce qu'il dit, parce qu'il

y a de la nature », fit observer le Trappeur.
« Mais, l'ami, ne disiez-vous pas que vous habitiez
dans le camp d'un certain Ismaël Bush ?

— Oui, c'est en vertu d'un pacte...

— Je n'entends rien à empaqueter, moi ; j'ai
adopté dans mon vieil âge le métier de trappeur...
J'étais là quand les Sioux ont pénétré dans votre
camp, et ont enlevé à ce pauvre homme que vous
appelez Ismaël jusqu'à son menu bétail.

— *Asinus* excepté », marmotta le docteur fort
occupé à prendre sa part de la bosse de bison,
sans plus s'inquiéter de ses attributs scientifiques ;
« *asinus domesticus americanus* excepté.

— Je suis bien aise d'apprendre qu'on en ait
tant sauvé, quoique j'ignore la valeur des animaux
que vous venez de nommer ; ce qui n'a rien
d'extraordinaire, il y a si longtemps que j'ai quitté
les habitations ! Pourriez-vous me dire ce que
votre homme cache sous la toile blanche, dont il
défend l'approche comme un loup dispute la carcasse abandonnée par le chasseur ?

— Quoi ! » fit le naturaliste bouche béante.
« En auriez-vous entendu parler ?

— Moi, je n'ai rien entendu ; mais j'ai vu la
toile, et j'ai bien failli être mordu pour avoir seulement voulu savoir ce qu'elle recouvrait.

— Mordu ! en ce cas, il faut que l'animal soit
carnivore. Il est trop pacifique pour être l'*ursus
horridus ;* si c'était le *canis latrans,* sa voix le trahirait. Et puis Nelly ne serait pas si familière avec
un individu du genre *feræ.* Vénérable chasseur,
l'animal solitaire, confiné le jour dans le chariot et
la nuit sous la tente, m'a causé plus de perplexité
que la nomenclature entière des quadrupèdes ; et

la raison en est bien simple : je ne sais comment le classer.

— C'est donc une bête malfaisante, à votre avis ?

— Je sais que c'est un quadrupède ; le danger que vous avez couru prouve qu'il est carnivore. »

Pendant cette explication faite à bâtons rompus, Paul Hover, muet et pensif, regardait successivement chacun des interlocuteurs. L'affirmation positive de Battius le décida.

« Qu'entendez-vous », lui demanda-t-il brusquement », par un quadrupède ?

— Un caprice de la nature, à la formation duquel elle n'a pas appliqué sa sagesse ordinaire. Si à deux de ses jambes on pouvait substituer des leviers rotatoires, d'après les corrections introduites dans mon ordre des *phalangacrura,* il y aurait dans l'organisme une harmonie absolue ; tel qu'il est au contraire conformé jusqu'à présent, je le maintiens pour un jeu de la nature, une pure divagation.

— Écoutez-moi bien, étranger : dans le Kentucky, nous ne sommes pas très forts sur le vocabulaire. Divagation est un mot aussi rude à traduire en anglais que celui de quadrupède.

— Eh bien, un quadrupède est un animal à quatre pattes... une bête.

— Une bête ! Croyez-vous donc qu'Ismaël Bush voyage avec une bête enfermée dans ce petit chariot ?

— J'en ai la certitude ; et si vous voulez me prêter l'oreille... N'ayez pas peur ; l'oreille est prise au figuré, je ne parle que de ses fonctions ; écoutez-moi donc. Comme je vous l'ai dit, je fais route, en vertu d'un pacte, avec le susdit Ismaël Bush, et je me suis engagé à remplir certains devoirs pendant la durée du voyage ; mais il n'est pas stipulé que ce voyage sera *sempiternus,* c'est-à-dire éternel. La région où nous sommes peut être considérée comme inconnue à la science, puisqu'elle est, à tous égards, un terrain vierge pour l'observateur en histoire naturelle ; néanmoins, elle n'abonde pas, tant s'en faut, en trésors du règne végétal. En conséquence, je me serais déjà écarté à une centaine de lieues plus à l'est, n'était le secret désir que j'éprouve d'examiner l'animal en question, afin de le décrire et de le classer convenablement. Là-dessus », ajouta-t-il en baissant la voix d'un air d'importance et de mystère, « je ne désespère point d'obtenir d'Ismaël l'autorisation de le disséquer.

— Vous avez donc vu la créature ?

— Oui et non ; avec l'appareil oculaire, non ; mais par voie de raisonnement et de déductions scientifiques, oui, ce qui est un procédé autrement infaillible. J'ai déjà observé les habitudes de l'animal, et en m'appuyant sur des preuves qui auraient échappé au commun des observateurs, j'affirme, sans hésiter, qu'il est de vastes dimensions, inactif, peut-être torpide, d'un appétit vorace ; et en outre, comme il appert maintenant par le témoignage direct de ce respectable chasseur, ce doit être un animal féroce et carnivore.

— Il y a une chose qui me tracasse avant tout », dit Paul sur qui la description du docteur avait fait une impression très sensible. « Êtes-vous sûr, bien sûr que ce soit une bête ?

— Quant à cela, si j'avais besoin de la preuve d'un fait qui m'est suffisamment prouvé par les habitudes de l'animal, j'ai la parole d'Ismaël lui-même. Voyez-vous, mon jeune ami, je n'avance rien sans m'étayer d'une solide raison. Ce n'est pas un vain sentiment de curiosité qui me tourmente ; toutes mes

aspirations tendent à un double but : faire progresser
la science, servir mes semblables. Que renfermait la
tente sur laquelle Ismaël veillait d'un œil jaloux ? Je
l'aurais su plus tôt, s'il ne m'avait fait jurer de m'en
tenir à distance d'un certain nombre de pieds pendant
un temps convenu. Un *jusjurandum,* ou serment, est
une chose sérieuse, et avec laquelle il ne faut pas
badiner ; et comme mon expédition était subordonnée
à cette clause du traité, j'y consentis, me réservant *in
petto* la faculté d'observer de loin. Il y a une dizaine de
jours, Ismaël, prenant en pitié l'état où il voyait un
humble ami de la science, me révéla que le chariot
contenait une bête qu'il conduisait dans la Prairie, et
dont il voulait se servir comme de leurre pour en
attraper d'autres du même genre ou de la même
espèce. Depuis lors, ma tâche s'est réduite à épier les
habitudes de l'animal, et à consigner les résultats.
Quand nous arriverons à une certaine distance, où,
paraît-il, ces sortes d'animaux foisonnent, l'individu
précité sera soumis sans obstacle à mes investigations. »

Paul continua d'écouter dans un profond silence
jusqu'à ce que le docteur eût terminé cette explication
singulière, mais caractéristique ; alors l'incrédule chasseur d'abeilles secoua la tête, et jugea à propos de
répondre.

« Étranger », dit-il, « le vieil Ismaël vous a acculé
dans un creux d'arbre, où vous n'y verrez pas plus clair
qu'une taupe. Moi aussi, je sais quelque chose de ce
chariot ; eh bien, j'ai pris Ismaël en mensonge fla-
grant. Dites-moi, pensez-vous qu'une fille comme
Hélène Wade voudrait tenir compagnie à une bête
sauvage ?

— Pourquoi pas ? pourquoi pas ? Nelly a du goût

pour la science, et elle écoute parfois avec plaisir les leçons précieuses que je sème dans ce désert. Pourquoi n'étudierait-elle pas les habitudes d'un animal quelconque, fût-ce un rhinocéros ?

— Doucement ! doucement ! » repartit d'un ton aussi positif le chasseur d'abeilles ; moins savant que le docteur, il était sans nul doute beaucoup mieux instruit que lui sur cette matière. « Hélène est une fille de cœur ; elle a du caractère, ou je me trompe fort ; mais avec son courage et son air brave, elle est femme après tout. Ne l'ai-je pas vue souvent se désoler pour ?...

— Ah ! ça, vous la connaissez donc ?

— Un peu, s'il vous plaît. Bref, une femme est une femme, et tous les livres du Kentucky ne sauraient faire que celle-là restât seule en tête à tête avec une bête féroce. »

Ici le Trappeur jugea bon d'intervenir.

« M'est avis », dit-il froidement, « qu'il y a là-dessous quelque chose d'obscur et de louche. Que votre Ismaël n'aime pas qu'on ait l'œil sur sa tente, d'accord ; mais que le chariot porte la cage d'une bête, j'ai la preuve du contraire, et la plus certaine du monde. Vous voyez Hector ? Jamais chien n'a reçu en don un odorat plus sûr ni plus subtil. Eh bien, s'il y avait eu là une bête, depuis longtemps il l'aurait dit à son maître.

— Prétendez-vous opposer un chien à un homme ? la brute à la science ? l'instinct à la raison ? Comment, je vous prie, un limier saurait-il distinguer les habitudes, l'espèce ou même le genre d'un animal, à la façon d'un homme qui marche dans les voies inflexibles de la méthode et de la science ?

— Comment ? Écoutez, et si vous croyez qu'un

maître d'école puisse en enseigner plus que le Seigneur, vous allez voir dans quelle erreur grossière
vous êtes tombé. N'entendez-vous pas remuer quelque chose dans les broussailles ? Ce bruit dure depuis
cinq minutes. Pourriez-vous me dire quelle est la
créature qui le produit ?

— J'espère qu'elle n'a rien de féroce », s'écria le
docteur en tressaillant ; car il gardait encore un vif
souvenir de sa rencontre avec le *vespertilio horribilis*.

« Vous avez des carabines, mes amis ; peut-être serait-il prudent d'y mettre l'amorce, car il ne faut guère compter sur ma canardière.

— Ce n'est pas trop mal raisonné », dit le Trappeur en souriant ; et en même temps il prit sa carabine à l'endroit où il l'avait déposée pendant le repas, et en éleva le canon en l'air. « A présent nommez la créature.

— Cela excède les limites de la connaissance humaine. Buffon lui-même n'aurait pu dire s'il s'agit d'un quadrupède ou d'un serpent, d'un mouton ou d'un tigre.

— Alors votre bouffon n'était qu'un sot auprès de mon vieux compagnon. Ici, Hector ! Qu'y a-t-il là, mon ami ? Faut-il lui courir sus… ou le laisserons-nous passer ? »

Le chien, qui avait déjà fait comprendre à son maître, en dressant l'oreille, qu'il flairait l'approche de quelque animal, leva alors sa tête d'entre ses pattes de devant, et entr'ouvrit légèrement ses lèvres comme pour laisser voir les restes de ses dents. Puis renonçant tout à coup à ses intentions hostiles, il huma l'air un moment, fit un long bâillement, se secoua, et reprit tranquillement son somme.

« Maintenant, docteur », dit le vieillard d'un air triomphant, « ma conviction est faite : il n'y a ni gibier ni bête carnassière dans ce taillis. Voilà ce que j'appelle un avis substantiel à un homme trop vieux pour dépenser mal à propos ses forces, et qui pourtant ne serait pas charmé de servir de repas à une panthère. »

Le chien interrompit son maître par un sourd grondement, tout en continuant à tenir sa tête appuyée contre terre.

« C'est un homme ! » dit le Trappeur en se levant. « C'est un homme, si je n'ai pas oublié les manières d'Hector. Entre lui et moi la conversation n'est pas longue, mais nous manquons rarement de nous entendre. »

Paul Hover, qui était aussi debout, ajusta son fusil et s'écria d'une voix menaçante :

« Ami ou ennemi, avancez, ou garde à vous !

— Ami », répondit-on ; « blanc et chrétien ! »

Au même instant, les branches du taillis s'entr'ouvrirent, et l'on vit paraître celui qui venait de parler.

CHAPITRE X

Fort longtemps avant que les immenses régions de la Louisiane eussent changé de maîtres pour la dernière fois, ce pays, ouvert de toutes parts, n'était nullement à l'abri des incursions des aventuriers blancs. Les chasseurs à demi barbares du Canada, ceux qui venaient des États-Unis, et les métis qui avaient la prétention d'être rangés dans la classe des blancs, étaient dispersés parmi les différentes tribus indiennes, ou menaient une vie précaire au milieu des solitudes, fréquentées par les castors et les bisons, ou plutôt les buffles, pour se conformer au langage vulgaire.

Il n'était donc pas rare que des étrangers se rencontrassent dans les vastes déserts de l'Ouest.

A des signes non appréciables à des yeux moins expérimentés, ces rôdeurs savaient reconnaître la présence d'un des leurs, et ils l'évitaient ou s'en approchaient suivant la nature de leurs sentiments ou de leurs intérêts. En général, ces entrevues étaient pacifiques ; car les blancs avaient un ennemi commun à redouter dans les anciens et peut-être plus légitimes occupants du sol, mais il arrivait quelquefois que la jalousie et la cupidité amenaient à la suite de ces rencontres des scènes de violence et de trahison. Deux chasseurs du désert américain ne s'abordaient donc qu'avec la lenteur et la circonspection que mettent deux navires à s'approcher l'un de l'autre dans des parages connus pour être infestés de pirates.

Tel fut, à certains égards, le caractère de l'entrevue dont nous allons parler.

L'étranger s'avança d'un air résolu, l'œil fixé sur les mouvements du petit groupe, tandis qu'il se créait à dessein de petits obstacles pour ralentir une marche peut-être trop précipitée. D'autre part, Paul faisait mine d'examiner le chien de sa carabine, trop fier pour laisser apercevoir qu'un individu isolé pût inspirer de l'appréhension à trois hommes, et néanmoins trop prudent pour omettre entièrement les précautions d'usage.

Le nouveau venu se distinguait par une apparence de vigueur et une tournure qui annonçaient quelque chose de militaire.

Il était coiffé d'un bonnet de police, en fin drap bleu, d'où pendait un gland d'or terni, et qui émergeait à peine d'une forêt de cheveux bouclés et noirs comme le jais. Autour de son cou, une cravate de soie noire était négligemment nouée. Il portait une blouse de chasse d'un vert foncé, bordée de franges jaunes et ornée à la mode des troupes employées sur les frontières ; par-dessous, l'on apercevait le collet et les revers d'une veste de même étoffe et de même couleur que le bonnet de police. Ses jambes étaient protégées par des guêtres de peau de daim, et il avait des mocassins aux pieds. Un poignard à lame droite, d'un riche travail et excessivement dangereux, était passé dans une écharpe de filet de soie rouge ; une autre ceinture, ou plutôt un ceinturon de cuir écru, soutenait une paire de petits pistolets placés dans des fourreaux faits exprès pour les recevoir, et à l'épaule gauche était suspendu un fusil de calibre, court et pesant ; sa poire à poudre et sa giberne occupaient sous chacun de ses bras leur place ordinaire. Enfin il avait le dos chargé d'un havre-sac, marqué des initiales si connues qui ont valu au gouvernement des États-Unis le plaisant sobriquet d'*oncle Sam.*

« Je viens en ami », dit l'étranger, en homme trop accoutumé à la vue des armes pour s'effrayer de l'attitude guerrière que le docteur Battius affectait de prendre ; « je viens à vous de bonne amitié ; ne voyez en moi qu'un homme dont les désirs et les projets ne croiseront nullement les vôtres.

— Écoutez un peu voir », demanda brusquement Paul ; « sauriez-vous suivre une abeille d'ici à un bois distant d'une demi-douzaine de lieues ?

— L'abeille est un oiseau que je n'ai jamais été obligé de chasser », répondit l'autre en riant, « quoique dans mon temps j'aie été un amateur de gibier.

— C'est ce que je pensais », s'écria Paul, en lui présentant la main avec la rude franchise d'un Américain des frontières. « Touchez là ! Vous et moi, nous ne nous disputerons pas les rayons, puisque vous faites si peu de cas du miel. Maintenant, s'il y a dans votre estomac un coin vide et si vous savez apprécier une céleste goutte de rosée qui vous tombe dans la bouche, voici justement ce qu'il convient d'y mettre.

Goûtez-moi cela, étranger, et après y avoir goûté, si vous ne le trouvez pas aussi bon que n'importe quel manger depuis que... Depuis quand, je vous prie, avez-vous quitté les habitations ?

— Il y a plusieurs semaines, et il s'en écoulera autant, j'en ai peur, avant que je puisse y retourner. Toutefois, j'accepterai volontiers votre invitation, car je n'ai rien pris depuis hier matin, et je connais trop bien l'excellence d'une bosse de bison pour me faire prier.

— Ah ! vous connaissez cette chair-là ? Eh bien, vous êtes plus avancé que je ne l'étais tout à l'heure, quoique à présent nous puissions marcher de front. On ne verrait pas de plus heureux mortel que moi entre le Kentucky et les montagnes Rocheuses, si j'avais une jolie cabane dans le voisinage de quelque vieille forêt remplie d'arbres creux, un semblable ordinaire chaque jour à mon dîner, une charretée de paille fraîche pour construire des ruches, et la petite Hél...

— Achevez », dit l'étranger qu'amusait évidemment le ton franc et communicatif du chasseur d'abeilles. « La petite quoi ?

— Quelque chose que j'aurai un jour et qui ne concerne que moi », répondit Paul en se mettant à siffler fort cavalièrement un air qui courait alors sur les bords du Mississippi.

Pendant ce propos préliminaire, l'inconnu, installé devant la bosse de bison, entamait une attaque sérieuse sur ses reliques, pendant que le docteur guettait ses mouvements avec une jalousie singulière.

Les doutes, ou plutôt les appréhensions du naturaliste, étaient fondés sur des motifs bien différents de ceux qui avaient inspiré la confiance du chasseur d'abeilles. Un détail l'avait frappé : c'était d'entendre dans la bouche de l'intrus le nom véritable de l'animal dont il faisait son repas. Or, l'un des premiers, Battius s'était hasardé à explorer, dans l'intérêt de la science, les lointaines régions que la politique espagnole tenait jusqu'alors sévèrement fermées, et il avait assez de bon sens pour comprendre que le mobile auquel il avait cédé pouvait avoir produit un même résultat sur l'esprit de tout autre amant de la nature. Une rivalité alarmante menaçait de le dépouiller d'une moitié au moins des justes récompenses de tant de travaux, de privations et de dangers, et cette perspective contribuait à lui troubler la cervelle.

« Voilà, sur ma parole, un repas délicieux ! » fit observer le jeune étranger, car il était à la fois et jeune et beau. « Il faut, ou que la faim ait donné un goût tout particulier à ce morceau, ou que le bison auquel il appartenait ait pris rang parmi les plus beaux de la famille bovine.

— Dans le langage vulgaire, Monsieur, les naturalistes font à la vache l'honneur d'attribuer son nom à l'espèce », dit Battius, tout plein de sa secrète méfiance, et s'éclaircissant le gosier avant de parler, à peu près comme un duelliste examine la pointe de l'arme qu'il va plonger dans le corps de son adversaire. « La figure est plus exacte, attendu que le *bos,* c'est-à-dire le bœuf, est incapable de perpétuer son espèce ; et que le *bos,* dans son acception la plus étendue, ou *vacca,* est sans contredit le plus noble des deux animaux. »

Le docteur, en articulant cette opinion, prit un air propre, selon lui, à exprimer la disposition où il était d'aborder sur-le-champ un des nombreux points de dissidence qu'il croyait devoir exister entre lui et le nouveau venu ; cela fait, il attendit la riposte de son antagoniste, bien résolu à lui porter ensuite une botte plus vigoureuse. Mais le jeune étranger paraissait beaucoup plus enclin à faire honneur à l'excellente chère que le hasard lui avait procurée, qu'à argumenter sur un des points quelconques susceptibles de fournir aux amis de la science la matière d'une joute intellectuelle.

« Je suis porté à croire que vous avez raison, Monsieur », répondit-il avec une désespérante indifférence. « En effet, le mot *vacca* eût été préférable.

— Pardonnez-moi, Monsieur, vous donnez à mon langage une interprétation fort erronée, si vous imaginez que je comprenne, sans des distinctions nombreuses et spéciales, le *bubulus americanus* dans la famille *vacca,* car, comme vous le savez, Monsieur, je devrais peut-être dire docteur... Vous avez sans doute le diplôme ?

— C'est me faire plus d'honneur que je ne mérite.

— Vous êtes licencié, peut-être ? ou bien vous avez pris vos grades ailleurs qu'en médecine ?

— Vous vous trompez encore, je vous assure.

— Certainement, jeune homme, vous n'êtes point entré dans cet important... j'oserai même dire ce redoutable service, sans quelques preuves de votre capacité à le remplir. Vous avez une commission qui vous autorise à agir ou qui vous met en état de réclamer la coopération de vos collaborateurs dans la même œuvre d'humanité.

— Je ne sais par quels moyens ni dans quel but vous avez pénétré mes projets ! » s'écria l'étranger en rougissant, et il se leva avec une promptitude qui montrait combien il faisait peu de cas des appétits grossiers de la nature, quand il s'agissait d'un intérêt moral. « Cependant, Monsieur, vous parlez par énigmes. L'affaire qui m'occupe pourrait, chez un autre, prendre le nom d'œuvre d'humanité. En ce qui me concerne, c'est un devoir cher et sacré entre tous ; mais que j'aie pour cela besoin d'une commission, c'est, je l'avoue, ce qui me surprend.

— Il est d'usage de se pourvoir d'un document de ce genre », répondit gravement le docteur, « et de le produire à l'occasion, afin que les esprits sympathiques et bienveillants puissent écarter d'indignes soupçons, et, dédaignant ce qui constitue les préliminaires du discours, en venir aussitôt à la discussion des points restés obscurs pour les deux parties.

— Voilà une étrange demande ! » murmura le jeune homme, en promenant un regard mécontent sur chacun des individus qu'il avait devant lui, comme pour se rendre un compte exact de leur vigueur physique.

Portant alors sa main à l'une des poches de sa veste, il en retira une petite boîte, et la présentant au docteur d'un air de dignité, il continua :

« Ceci vous montrera, Monsieur, que j'ai le droit de voyager dans un pays qui est maintenant la propriété des États Américains.

— Que vois-je ! » s'écria le naturaliste, en dépliant un grand parchemin. « La signature du philosophe Jefferson ! le sceau de l'État, contresigné par le ministre de la guerre ! Mais c'est une commission de capitaine d'artillerie en faveur de Duncan-Uncas Middleton !

— Hein ! Que dites-vous ? » s'écria le Trappeur, qui pendant tout ce dialogue n'avait pas

quitté des yeux l'inconnu. « Quel nom avez-vous prononcé ? Uncas ? n'est-ce point Uncas ?

— Oui, je m'appelle ainsi », répondit le jeune capitaine un peu sèchement. « Uncas était le nom d'un chef indien ; mon oncle et moi nous sommes fiers de le porter, parce que c'est en mémoire d'un important service rendu par ce guerrier à ma famille dans les anciennes guerre des provinces. »

Le vieillard, tout en répétant le nom qui le préoccupait, s'approcha vivement de l'étranger, et dégagea son front des cheveux qui l'ombrageaient, sans que celui-ci, fort surpris du reste, opposât à son action la moindre résistance.

« Ah ! mes yeux s'en vont », poursuivit-il, « et ne sont plus aussi perçants que lorsque j'étais moi-même un guerrier ; pourtant je puis encore reconnaître dans

le fils les traits du père. La ressemblance m'a frappé
dès les premiers pas qu'il a faits vers nous ; mais à qui
la rattacher ? Tant de choses ont passé depuis ce temps
devant ma vue affaiblie qu'il m'était impossible de le
savoir. Dites-moi, mon garçon, comment se nomme
votre père ?

— Il était officier au service des États-Unis dans
la guerre de la révolution, et naturellement il portait le
même nom que moi. Le frère de ma mère s'appelait
Duncan-Uncas Heyward.

— Encore Uncas ! encore Uncas ! » répéta le
Trappeur tout palpitant d'émotion. « Et son père ?

— Portait les mêmes noms, moins celui du chef
indien. Ce fut à lui ainsi qu'à mon aïeule que fut rendu
le service dont je parlais tout à l'heure.

— Je le sais ! je le sais ! » s'écria le vieillard d'une
voix tremblante, et sur ses traits glacés par l'âge se
peignait une violente agitation, comme si les noms
qu'il venait d'entendre eussent éveillé en foule les
images endormies des événements d'autrefois. « C'est
bien cela... Fils ou petit-fils , c'est le même sang, c'est
le même air ! Dites-moi, celui qu'on nomme Duncan
tout court, vit-il encore ? »

Le jeune homme secoua tristement la tête.

« Il est mort », dit-il, « plein de jours et d'honneurs, chéri, heureux et répandant le bonheur autour
de lui.

— Plein de jours ! » répéta le Trappeur en regardant ses mains sèches, mais encore musculeuses.
« Ah ! il vivait dans les établissements, et n'était sage
qu'à leur façon... Vous devez l'avoir bien connu ;
parlait-il d'Uncas et des grands bois ?

— Souvent. Il était d'abord officier au service du
roi ; mais quand la guerre fut déclarée entre l'Angle-

terre et les colonies, mon aïeul n'oublia pas ce qu'il devait à sa terre natale ; il lui resta fidèle et combattit pour son indépendance.

— Il y avait de la raison à cela, et, ce qui vaut mieux encore, de la nature. Allons, mon enfant, venez près de moi. Asseyez-vous là, et dites-moi de quoi votre grand-père avait coutume de parler quand sa pensée se reportait aux jours de sa jeunesse. »

Le jeune homme sourit, non moins de l'importunité du vieillard que de l'intérêt qu'il manifestait, mais, ne voyant autour de lui rien qui annonçât la moindre intention hostile, il s'assit sans hésiter.

« Contez cela au Trappeur, en détail et dans les formes », ajouta Paul en prenant tranquillement sa place à côté du militaire. « Les vieux se plaisent aux histoires du temps passé, et moi-même je ne hais pas d'en entendre le récit. »

Middleton sourit de nouveau, et peut-être dans son sourire un peu de raillerie ; puis, de la meilleure humeur du monde, se tournant vers le Trappeur, il continua ainsi :

« C'est une longue histoire, et dont le récit pourra vous êtes pénible ; elle abonde en scènes de carnage et toutes les horreurs et cruautés des guerres indiennes s'y trouvent mêlées.

— N'importe ! Débitez le chapelet tout entier », dit Paul. « Nous sommes accoutumés à ces choses-là dans le Kentucky ; et pour mon compte, je pense que quelques têtes scalpées ne gâtent rien à une histoire.

— Mais il vous parlait d'Uncas, n'est-ce pas ? » reprit le Trappeur, sans s'arrêter aux interruptions du chasseur d'abeilles. « Que pensait-il de ce garçon-là ? qu'en disait-il dans son salon, au milieu du bien-être que procurent les colonies ?

— Il s'exprimait, j'en suis certain, comme il l'eût fait dans les bois et face à face avec son ami.

— Appelait-il vraiment le sauvage son ami ? ce guerrier pauvre, nu, au corps tatoué, il ne dédaignait pas de le traiter ainsi ?

— C'est une liaison dont il était fier ; et comme je vous l'ai déjà dit, il donna le nom de l'Indien à son premier-né, nom qui sera transmis à ses descendants, comme un héritage de famille.

— Il a bien fait ! Il a agi en homme, ma foi, et aussi en chrétien. Ne disait-il pas que le Delaware était léger à la course ?

— Léger comme la gazelle. Il avait coutume de le désigner sous le surnom de *Cerf Agile,* que lui avait valu sa célébrité. »

L'ardente curiosité du Trappeur ne se ralentissait pas, et on lisait dans ses regards émus le plaisir qu'il éprouvait à entendre l'éloge d'un homme à qui il avait dû porter une vive affection.

« Et », dit-il, « plein de hardiesse et de courage, n'est-ce pas ?

— On le proclamait brave comme un lion et inaccessible à la crainte. Mon aïeul se plaisait à citer Uncas et son père, que sa sagesse avait fait surnommer *le Grand Serpent,* comme des modèles d'héroïsme et de constance.

— Il leur rendait justice ! Dans aucune tribu, chez aucune nation, il eût été possible de rencontrer deux hommes plus loyaux, quelle que fût leur couleur. Votre grand-père était juste, je le vois, et il a fait son devoir en transmettant le nom d'Uncas à ses fils. Il fut exposé à bien des périls là-bas, et il s'acquitta noblement de son rôle. Dites-moi, mon enfant, ou plutôt mon officier, puisque officier il y a, n'avez-vous plus rien à m'apprendre ?

— Si vraiment. C'est comme je vous l'ai dit, une histoire terrible, plein des incidents les plus émouvants, et le souvenir qu'en avaient conservé mon aïeul et sa femme...

— Attendez », interrompit le vieillard, en étandant le bras ; « elle s'appelait Alice, ou, si vous voulez, Elsie, ce qui revient au même. C'était une fille riante et enjouée quand elle était heureuse, tendre et sensible dans le malheur. Elle avait des cheveux blonds et lustrés comme le poil d'un jeune faon, et la peau plus limpide que l'eau qui tombe des rochers. Oh ! je me la rappelle bien ! »

Un sourire entr'ouvrit les lèvres de Middleton, et il regarda son interlocuteur d'un air qui semblait dire que ce n'était pas tout à fait le souvenir qu'il avait conservé de sa vénérable aïeule ; mais il se contenta de répondre :

« Tous deux conservaient une impression trop vive des périls qu'ils avaient traversés, pour perdre la mémoire de ceux qui les avaient partagés avec eux. »

Le Trappeur se détourna comme en proie à quelque émotion intime et forte ; puis revenant à l'officier, il poursuivit le cours de ses questions avec une nuance d'embarras.

« Vous a-t-il parlé de tous ? » demanda-t-il. « Étaient-ils tous des Peaux Rouges, excepté lui et les filles de Munro ?

— Non. Il y avait un blanc qui accompagnait les Delawares ; un éclaireur de l'armée anglaise, mais né dans les colonies.

— Un ivrogne, je gage, un misérable vagabond, comme la plupart des blancs qui vivent parmi les sauvages ?

— Vieillard, vos cheveux blancs devraient vous apprendre à porter des jugements moins précipités. L'homme dont je parle avait un esprit simple, mais un rare mérite. Au rebours de la plupart des coureurs de frontières, il unissait surtout dans sa personne les qualités du blanc et du sauvage. C'est ainsi qu'il possédait le don le plus précieux et peut-être le plus rare de la nature, celui de savoir distinguer le bien et le mal ; d'un caractère simple et droit, il devait ses vertus au genre de vie qu'il avait adopté, et aussi ses préjugés. En courage, il égalait ses compagnons rouges ; dans la guerre, il leur était supérieur, parce qu'il avait été mieux instruit. Pour tout dire, « c'était une noble tige de la nature humaine, qui n'avait pu atteindre à toute sa hauteur par la seule raison qu'elle croissait dans la forêt. » Vieux chasseur, tel était le témoignage que rendait mon aïeul à l'homme dont vous avez parlé si légèrement. »

Pendant que l'officier traçait ce portrait avec l'entraînement et la chaleur qui conviennent si bien à la généreuse jeunesse, le vieil habitant des Prairies paraissait fort mal à l'aise : les yeux baissés, tantôt il tracassait les oreilles de son chien, tantôt il promenait ses mains sur ses grossiers vêtements ; ou bien il ouvrait et fermait le bassinet de son fusil d'une façon si gauche qu'on l'eût cru incapable de s'en servir.

« Votre grand-père », dit-il enfin, « n'avait donc pas tout à fait oublié l'homme blanc ?

— Il l'avait si peu oublié, qu'il y a déjà trois membres de notre famille qui portent son prénom.

— Son nom de baptême, vraiment ? » s'écria le vieillard en tressaillant. « Le nom du solitaire et ignorant chasseur ? Se peut-il que des grands, des riches, des gens en place, et, ce qui vaut mieux encore des hommes justes, aient consenti à prendre son nom, son véritable nom ?

— Il est porté par mon frère et par deux de mes cousins, quels que soient leurs titres aux qualifications que vous venez de leur donner.

— Quoi ! le même nom, écrit avec les mêmes lettres, commençant par un *N* et finissant par un *L* ?

— Nathaniel, précisément », répondit le jeune homme en souriant. « Nous n'avons rien oublié de ce qui le concerne. Tenez, j'ai à cette heure un limier qui n'est pas loin d'ici, sur la piste d'un daim ; il descend d'un chien que l'éclaireur en question avait envoyé en cadeau à ses amis. Une fameuse bête, allez ! et qui n'a point son pareil pour la sûreté du flair et l'agilité !

— Hector ! » dit le vieillard qui se possédait à peine. « Entends-tu cela, mon vieux ? ton sang et ta race courent la Prairie !... Et le nom... Je n'en reviens pas... c'est merveilleux ! »

La nature n'en put endurer davantage. Assailli par une foule de sensations extraordinaires, exalté par mille souvenirs qu'une étrange rencontre tirait d'un long sommeil, le vieillard n'eut que la force d'ajouter d'une voix sourde et altérée :

« Enfant, cet éclaireur... c'est moi !... autrefois guerrier, aujourd'hui misérable trappeur ! »

Et de ses yeux, source que le temps semblait avoir desséchée, coula un ruisseau de larmes de long de ses joues flétries ; appuyant sa tête sur ses genoux, il la couvrit d'un pan de sa blouse de chasse, et on l'entendit sangloter.

Ce spectacle produisit sur ses compagnons une émotion correspondante.

Paul Hover avait accueilli avidement chacune des syllabes de la conversation à mesure qu'elle s'échap-

pait des lèvres de l'interlocuteur, et ses sentiment
avaient suivi la progression de la scène intéressant
qu'il avait sous les yeux. Peu accoutumé à de
sensations si nouvelles, il tournait la tête de côté e
d'autre, comme pour éviter il ne savait quoi, jusqu'a
moment où il entendit les sanglots du vieillard ; alors i
se leva brusquement, et secouant l'officier par le
épaules, lui demanda de quel droit il faisait pleure
son vieux compagnon. Puis, une pensée soudaine
traversant son cerveau, il lâcha prise, et, dans un accè
de joie frénétique, il se tourna vers le docteur et l
saisit par sa chevelure, qui trahit sa nature artificielle
en lui restant dans la main.

— Que pensez-vous de cela, Monsieur l'attra
peur de punaises ? » lui cria-t-il. « N'est-ce pas là
dites-moi, une étrange abeille à suivre à la piste dans
son creux d'arbre ?

— Remarquable ! merveilleux ! édifiant ! »
répondit, la larme à l'œil et d'une voix étranglée, l'am
de la nature en rajustant gaiement sa perruque. « Cela
est rare et louable, quoiqu'il faille y voir, je n'en doute
pas, l'ordre exact des effets et des causes. »

Quoi qu'il en soit, cette explosion inattendue ne
dura qu'un instant, et les trois spectateurs entourèren
le Trappeur, frappés d'une sorte d'étonnement res
pectueux à la vue d'un homme si âgé qui fondait en
larmes.

Ce fut Middleton qui rompit le silence.

« Il n'a dit que la vérité », fit-il observer e
s'essuyant les yeux sans nulle honte de faire voir à que
point il était affecté. « Autrement, comment serait-i
si bien instruit des détails d'une histoire qui n'es
guère connue hors du cercle de ma famille ?

— Si c'est vrai ? » s'écria Paul. « J'en ferai ser

nent s'il le faut ! Chacune de ses paroles est aussi vraie
que l'Évangile.

— Et cependant il y a longtemps qu'on le croyait
mort ! » continua l'officier. « Mon grand-père est
mort dans un âge avancé, et nous pensions qu'il était
le plus jeune des deux. »

Le Trappeur releva la tête, et jetant autour de lui
un regard plein de calme et de dignité :

« Il n'arrive pas souvent à la jeunesse d'assister
au spectacle des défaillances d'un grand âge », dit-il.
Si je suis encore de ce monde, jeune homme, c'est
qu'ainsi l'a voulu le Seigneur qui, dans une intention
connue de lui seul, m'a permis de vivre plus de quatre-
vingts longues et laborieuses années. Que je sois celui
dont nous parlons, n'en doutez nullement ; voudrais-
je descendre au tombeau avec un si futile mensonge
sur les lèvres ?

— Je n'hésite point à vous croire ; c'est la rencontre qui m'étonne. Comment se fait-il, excellent et
vénérable ami de mes parents, que je vous trouve dans
ces déserts, si loin des moyens d'aisance et de sécurité
que procurent les habitations ?

— Je suis venu dans la Prairie pour me dérober
au bruit de la cognée ; car ici, je l'espère, le bûcheron
ne me suivra pas. Mais je puis vous adresser la même
question. Êtes-vous du nombre de ceux que les États
ont envoyé dans leur nouvelle acquisition pour juger
de la nature du marché qu'ils ont conclu ?

— Ceux-là remontent la rivière à une centaine de
lieues au nord. L'affaire qui m'amène est d'un intérêt
privé.

— Qu'un chasseur dont les yeux s'affaiblissent
ainsi que les forces soit réduit à tendre des pièges au
lieu de manier le fusil, c'est une chose hélas ! toute

naturelle, mais qu'un homme jeune, à qui la fortun
sourit, sans même avoir un nègre pour le servir, n'es
ce pas singulier ?

— Vous jugeriez mes motifs suffisants si vous le
connaissiez, et vous les connaîtrez s'il vous pla
d'écouter mon histoire. Je crois que vous êtes tou
d'honnêtes gens, plus disposés à aider qu'à trahir u
homme dont les projets sont légitimes.

— Eh bien, contez-nous cela à loisir », dit l
Trappeur en s'asseyant, et en invitant du geste l'offi
cier à suivre son exemple.

Ce dernier obéit ; et lorsque Paul et le docteur s
furent installés à leur guise, le nouveau venu com
mença le récit des étranges raisons qui l'avaient amen
jusqu'au cœur du désert.

CHAPITRE XI

> Un ciel si noir ne s'éclaircit pas
> sans orage.
>
> SHAKESPEARE, *le Roi Jean.*

Durant ce temps, les heures diligentes poursuivaient leur cours irrévocables.

Le soleil, qui, toute la journée, avait lutté contre les masses de vapeurs, descendit lentement vers un horizon dégagé de nuages, et se coucha dans ces arides plaines avec autant de splendeur que dans les eaux de l'Océan. Les immenses troupeaux de bisons qui avaient cherché leur maigre pâture sur les bas-fonds de la Prairie disparurent peu à peu, et les innombrables essaims d'oiseaux aquatiques qui poursuivaient leur émigration annuelle des lacs vierges du nord vers le golfe du Mexique, cessèrent d'éventer de leurs ailes l'atmosphère chargée de brouillards et de rosée. En un mot, les ombres de la nuit tombèrent sur le rocher d'Ismaël, ajoutant le voile de leurs ténèbres aux caractères déjà lugubres de ce lieu.

Lorsque le jour commença à disparaître, Esther rassembla autour d'elle ses plus jeunes enfants, et alla

s'asseoir à l'une des saillies de la plate-forme pour
attendre patiemment le retour des chasseurs
Hélène, à quelques pas de là, paraissait vouloir s
tenir à l'écart.

A la suite d'une conversation qui avait roulé su
les différents travaux du jour, la mère se prit à dir
sans transition :

« Votre oncle ne sait pas calculer, Nelly, et
ne le saura jamais. Oui, Ismaël Bush n'entend rie
aux calculs et à la prévoyance ! Il est resté là, a
pied de ce rocher, depuis l'aurore jusqu'à midi,
ruminer projet sur projet, entouré de sept garçon
aussi vigoureux que jamais femme en ait donnés
un homme ; et qu'en est-il résulté ? la nuit es
venue, et sa besogne n'est pas encore finie.

— C'est un manque de sagesse, assurément, m
tante », répondit Hélène au hasard, et sans tro
savoir ce qu'elle disait. « Il donne un fort mauvai
exemple à ses fils.

— Tout beau, petite fille ! Où avez-vous appri
à juger de la sorte vos anciens, et qui valent mieu
que vous ? Qu'on me fasse donc voir sur toute l
frontière un chef de famille qui donne à ses enfant
un plus honnête exemple que notre Ismaël ! Et vou
qui épluchez si bien le monde sans remédier jama
à rien, montrez-moi, si c'est possible, une bande d
garçons qui sachent abattre un arbre et l'équarri
proprement, comme les miens, quoiqu'il ne m'ap
partiennent pas d'en faire l'éloge ? Où est le fau
cheur plus capable que mon brave homme de mar
de conduire une troupe de moissonneurs, et qu
laissera derrière lui un sillon plus égal ? Dans so
rôle de père, il est généreux comme un seigneur
car ses fils n'ont qu'à nommer l'endroit où ils veu

ent s'établir, il leur en baille propriété sans jamais
aire payer l'acte. »

En achevant ces mots, elle partit d'un formidable
éclat de rire, auquel fit chorus toute sa progéniture,
qu'elle élevait pour mener un jour la même vie
précaire et indépendante, et non sans charme toutefois.

« Holà ! Esther », s'écria d'en bas la rude voix de
l'émigrant. « Quelle diable de noce faites-vous là-haut
pendant que nous suons à dénicher du gibier et de la
chair de buffle ? Allons, ho ! vieille poule, descendez
avec tous vos poussins, et venez nous aider à transporter la mangeaille... Eh bien, femme, quelle lubie vous
prend ? Dépêchez, vous dis-je ; voilà nos garçons qui
viennent, et nous avons de l'ouvrage pour deux fois
votre nombre. »

Ismaël aurait pu épargner à ses poumons plus de
la moitié des efforts qu'il en exigea pour se faire
entendre. A peine avait-il parlé, que la couvée se leva
en masse, et se précipitant les uns sur les autres, les
marmots descendirent la pente périlleuse du rocher
avec une impatience que rien ne pouvait réprimer.
Esther les suivit d'une allure plus mesurée, et Hélène
ne crut ni sage ni prudent de rester en arrière.

Toute la famille fut bientôt réunie dans la plaine
au pied de la citadelle.

L'émigrant attendait là, en compagnie de son plus
jeune fils, et, courbé sous le poids d'un magnifique
daim. Abiram ne tarda pas à paraître, et, au bout de
quelques minutes, les autres arrivèrent, seuls ou deux
à deux, chacun apportant le produit de sa chasse.

On fit halte. Après le tumulte excité par son
arrivée, Ismaël reprit la parole.

« Il n'y a pas de Peau Rouge dans la plaine, pour

ce soir du moins », dit-il ; « j'ai moi-même battu la
Prairie l'espace de plusieurs lieues, et je m'entends à
relever l'empreinte d'un mocassin. Ainsi, ma vieille
apprêtez-nous quelques tranches de venaison que
nous allions nous reposer des fatigues de la journée.

— Qu'il n'y ait point de sauvages dans les
environs, je n'en jurerais pas », fit remarquer Abi
ram. « Moi aussi, je m'entends à reconnaître une piste
de Peaux Rouges, et, à moins que j'aie la berlue, je
soutiendrai qu'il y en a, et pas loin. Mais attendons le
retour d'Asa ; il a passé par l'endroit où j'ai trouvé les
marques, et le gaillard est au fait de ces choses-là.

— De ces choses-là, et d'autres », ajouta Ismaël
d'un air sombre. « Il vaudrait mieux pour lui avoir
l'esprit moins curieux. Mais soyez tranquille, Esther
quand les Sioux qui campent à l'ouest de la Grande
Rivière viendraient rôder tous ensemble autour de
nous, ils verraient bien vite s'il est facile d'escalader ce
roc, à la barbe de dix hommes de cœur.

— Comptez-en douze, Ismaël, comptez-en
douze », s'écria son gendarme de femme ; « car, si
vous comptez pour un votre ami l'attrapeur de
mouches, le chasseur aux punaises, je vous prie de me
compter pour deux. Au mousquet ni à la carabine, il
ne me ferait pas tourner le dos : et quant au courage
il en avait moins encore, ce radoteur-là, que la petite
génisse volée par les sauvages et qui était la plus
peureuse de nos bêtes. Ah ! Ismaël, il est rare que
vous fassiez un marché sans être le perdant ; et cet
homme, à mon sens, est la plus sotte emplette que
vous ayez faite ! Croiriez-vous que le drôle, pour une
douleur de pied, m'a ordonné un vésicatoire autour de
la bouche ?

— C'est grand dommage, Esther, que vous

n'ayez pas suivi son conseil », répondit froidement son mari ; « pour sûr, vous vous en seriez bien trouvée. Allons, mes gars, s'il est vrai, comme le croit Abiram, que les Indiens soient sur nos talons, ne nous exposons pas à remonter là-haut les mains vides et à perdre notre souper. Commençons par mettre les vivres en sûreté, et nous parlerons des remèdes du docteur quand nous n'aurons rien de mieux à faire. »

L'ordre fut exécuté, et, au bout de quelques minutes, la famille échangea sa situation périlleuse contre l'abri plus sûr que lui offrait la plate-forme du rocher. Là, Esther se mit à l'ouvrage, travaillant et grondant avec une égale ardeur, jusqu'à ce que le repas fût prêt ; et alors elle appela son mari d'une voix aussi sonore que celle de l'iman qui invite les fidèles à la prière.

Quand chacun eut pris sa place accoutumée autour des mets fumants, l'émigrant donna l'exemple en s'emparant d'une tranche délicieuse de daim, préparée de la même manière que la bosse du bison, et avec un art qui en rehaussait la saveur naturelle. Cette scène pittoresque était digne de tenter les pinceaux d'un peintre.

La citadelle d'Ismaël s'élevait, comme on sait, isolée, haute, escarpée, et presque inaccessible. Un feu brillant, allumé à son sommet et autour duquel le groupe affamé était réuni, lui donnait l'apparence d'un grand phare placé au centre du désert pour éclairer les aventuriers qui parcouraient ses vastes solitudes. La flamme éclatante se reflétait d'un visage à l'autre, faisant ressortir toutes les variétés d'expression, depuis la naïveté des enfants, mêlée à je ne sais quoi de sauvage qu'ils devaient à leur existence semi-barbare, jusqu'à la lourde et immobile apathie

empreinte dans les traits de l'émigrant, lorsque
aucune passion ne l'agitait. De temps en temps une
bouffée de vent soufflait sur le feu, et, à la lueur de la
flamme ranimée, on apercevait la petite tente solitaire
qui semblait suspendue en l'air au milieu des ténèbres.
Au-delà, tout était plongé dans une obscurité impénétrable.

« Il est inconcevable qu'Asa s'avise de muser
dehors à l'heure qu'il est », dit Esther avec humeur.
« Quand le souper sera fini, et que tout sera rangé,
nous le verrons arriver, et demander son repas en
grommelant, aussi affamé qu'un ours après son
somme d'hiver. Son estomac est aussi réglé que la
meilleure horloge du Kentucky, et il n'a pas besoin
d'être remonté pour dire l'heure soit de jour soit de
nuit. Quel goinfre, ce pauvre Asa, une fois l'appétit
aiguisé par un peu d'ouvrage ! »

Ismaël jeta un coup d'œil sévère à la ronde
comme pour voir si l'un de ses fils aurait l'audace de
dire quelque chose en faveur de l'absent. Mais nul
d'entre eux n'y songea ; prendre la défense du délin-
quant était un trop grand effort pour des gens qui ne
s'arrachaient à leur engourdissement que sous
l'influence d'une cause extérieure. Toutefois Abiram
qui, depuis le raccommodement, affectait de porter un
intérêt plus généreux à son ci-devant adversaire, jugea
convenable d'exprimer une sollicitude à laquelle les
autres demeuraient étrangers.

« Il aura une fière chance s'il échappe aux Peaux
Rouges », dit-il à demi voix. « Je serais fâché qu'Asa,
qui est le plus robuste de nous tous, et par le cœur et
par le bras, tombât au pouvoir de ces diables.

— Songez à vous-même, Abiram », dit Ismaël,
« et retenez votre langue si vous ne savez en faire

usage que pour effrayer la femme et son troupeau de filles. Voici déjà Hélène qui pâlit, et tout autant, ma foi, que si elle avait aperçu aujourd'hui même les Indiens, quand j'ai été forcé, faute de me faire entendre, de lui parler par un coup de fusil. Qu'y avait-il donc, Nelly ? et d'où venait une surdité si tenace ? »

Les couleurs du visage d'Hélène changèrent aussi promptement qu'avait brillé la flamme de la carabine dans la circonstance à laquelle Ismaël faisait allusion ; un brûlant incarnat se répandit sur tous ses traits, et cette belle teinte de santé alla couvrir jusqu'à son cou. Elle baissa la tête d'un air confus, sans croire toutefois qu'il fût nécessaire de répondre.

Trop apathique pour insister, ou peut-être content de la sortie qu'il venait de faire, l'émigrant se leva, et, étirant sa lourde masse comme un bœuf gras et bien repu, il annonça son intention de dormir. Au milieu d'une race dont l'existence avait pour but principal la satisfaction des besoins naturels, cette déclaration ne pouvait manquer de trouver des imitateurs sympathiques. Tous disparurent les uns après les autres ; chacun alla demander le repos à sa couche grossière, et au bout de quelques minutes, Esther, après avoir endormi en grondant tous ses marmots, se trouva seule, à l'exception de la sentinelle placée en bas, en possession du rocher.

Quels que fussent les médiocres résultats produits sur Esther par l'habitude d'une vie errante et le défaut d'éducation, le grand principe de la nature féminine avait dans son cœur des racines trop profondes pour pouvoir jamais en être entièrement extirpé. Douée d'un caractère impétueux, pour ne pas dire farouche, elle avait des passions violentes et difficiles à calmer ;

à tout instant, elle abusait des prérogatives acciden-
telles de sa position, et pourtant son affection pour
ses enfant, bien qu'elle sommeillât souvent, ne pouvait pas s'éteindre. L'absence prolongée d'Asa
l'inquiétait. Trop intrépide elle-même pour hésiter
une seconde à traverser, s'il le fallait, le noir abîme
dans lequel plongeait son regard anxieux, elle obéit à
l'impulsion d'un sentiment indélébile au cœur d'une
mère, et se mit à évoquer tous les périls qui pouvaient menacer son fils. Peut-être, comme Abiram
l'avait donné à entendre, était-il devenu captif de
quelqu'une des tribus qui chassaient dans les environs, ou peut-être un destin plus terrible avait-il été
son partage.

Tourmenté par de sombres réflexions qui écar-
taient le sommeil de ses paupières, Esther ne quitta
point son poste, et, avec cette intensité d'attention
qu'on nomme instinct chez les animaux, dont quelques degrés à peine la séparaient dans l'échelle de
l'intelligence, elle écouta si aucun bruit ne lui annon-
cerait pas l'approche de son fils. Enfin ses vœux
parurent se réaliser : un bruit de pas que son impatience appelait depuis longtemps se fit entendre, et
elle distingua dans l'obscurité une forme humaine au
pied du rocher.

« Ma foi, Asa, si on vous laissait dormir à la
belle étoile, vous ne l'auriez pas volé », se prit à dire
la matrone, dont les sentiments avaient soudain
opéré une révolution qui ne surprendra point ceux
qui ont étudié la nature contradictoire du cœur
humain. « Et j'ai dans l'idée qu'il ne fera pas bon
dehors cette nuit... Abner ! Abner ! est-ce que vous
dormez ? Que je vous voie introduire quelqu'un
avant que je sois descendue ! Je veux savoir par mes

yeux qui ose troubler une famille paisible, et honnête, à une pareille heure de la nuit.

— Femme », s'écria le retardataire en essayant de grossir sa voix malgré la crainte manifeste qu'il avait des conséquences, « femme, je vous défends, de par la loi, de lancer aucun de vos infernaux projectiles. Je suis citoyen, propriétaire, gradué en deux universités, et de plus dans mon droit. Gardez-vous de tout homicide, soit par préméditation, soit par accident. C'est moi... votre *amicus,* votre ami et hôte ; moi, le docteur Obed Battius.

— Hein ? » fit Esther, d'une voix presque défaillante. « Ce n'est donc point Asa ?

— Non, je ne suis ni Asa ni Absalon, ni aucun des princes hébreux, mais Obed, la racine et la souche de tous ces gens-là. Femme, ne vous ai-je pas dit que vous faites attendre un homme qui a le droit d'être admis paisiblement et avec honneur ? Me prenez-vous pour un animal de la classe amphibie, et croyez-vous que je puisse jouer de mes poumons comme un forgeron de son soufflet ? »

Le naturaliste aurait pu s'égosiller en pure perte, s'il n'avait eu qu'Esther pour auditeur : trompée dans son attente, elle s'était jetée sur son grabat avec une sorte d'indifférence farouche. Cependant le bruit avait éveillé l'indolente sentinelle qui, ayant repris suffisamment l'usage de ses sens pour reconnaître la voix du médecin, ne fit point difficulté de lui ouvrir la barrière. Battius, dévoré d'impatience, se pressa de franchir l'étroit passage ; et déjà il commençait à gravir la rampe, quand ses regards venant à tomber sur le jeune homme, il s'arrêta pour l'admonester d'un ton qu'il tâcha de rendre imposant.

« Abner », lui dit-il, « je surprends en toi de

dangereux symptômes de somnolence, par exemple
une tendance marquée aux bâillements ; il peut en
résulter des accidents funestes, non seulement pour
toi, mais pour toute la famille de ton père.

— Ah ! bien, vous vous trompez joliment, docteur » répondit le jeune hercule en bâillant à se
décrocher la mâchoire ; « je n'ai pas sur mon corps un
seul des symptômes que vous dites ; et quant à mon
père et aux enfants, la petite vérole et la rougeole
ont fait depuis des années tout ce qu'il y avait à faire. »

Content de sa petite mercuriale, le naturaliste
était déjà à moitié chemin de la hauteur, lorsque
Abner eut terminé sa justification. Au sommet, Obed
s'attendait à rencontrer Esther ; il avait fait trop
souvent une funeste expérience de sa loquacité, qui lui
inspirait une crainte salutaire, pour ambitionner beaucoup une répétition de ses accès. Il fut agréablement
déçu dans son attente. S'avançant sur la pointe des
pieds, et jetant un regard timide par-dessus son
épaule, comme s'il eût appréhendé quelque chose de
plus formidable qu'un torrent de paroles, il gagna le
recoin qui lui avait été assigné pour chambre à
coucher.

Au lieu de s'endormir, le digne savant resta assis,
occupé à réfléchir à tout ce qu'il avait vu et entendu ce
jour-là. Bientôt le bruit qu'il entendit dans la cabane
voisine, qui était celle d'Esther, l'avertit que l'épouse
d'Ismaël était encore éveillée. Comprenant la nécessité de trouver un moyen de désarmer ce cerbère
femelle avant d'exécuter le projet qu'il avait formé, le
docteur, malgré sa répugnance à s'exposer à l'hostilité
de sa langue, se vit obligé d'entamer avec elle une
communication verbale.

« Il paraît que vous ne dormez pas, chère et

excellente dame Bush », dit-il, résolu de commencer d'une façon qui lui avait toujours réussi ; « le sommeil fuit vos paupières... Puis-je vous soulager en quelque chose ?

— Que me donneriez-vous ? » grommela Esther. « Un vésicatoire sans doute ?

— Dites plutôt un cataplasme. Vous souffrez de l'insomnie. J'ai là un cordial dont quelques gouttes versées dans un verre de cognac vous permettront de reposer, si je me connais un peu en *materia medica*. »

Le docteur, comme il le savait fort bien, avait pris Esther par son faible, et ne doutant pas que la prescription ne fût acceptée, il se mit sur-le-champ à la préparer. Quand il la présenta, on la reçut en faisant la moue et d'un air menaçant, mais on l'avala avec une docilité qui prouva combien elle était du goût de la malade. Esther remercia entre ses dents, et son Esculape se résigna tranquillement à attendre l'effet de son remède. En moins d'une demi-heure, la respiration d'Esther devint si profonde, ou, pour employer l'expression du docteur, si insensible que, s'il n'eût su à quoi attribuer cette espèce de léthargie, — il avait arrosé l'eau-de-vie d'une dose d'opium, — il eût pu concevoir quelque inquiétude sur son ordonnance. L'agitation d'Esther étant ainsi maîtrisée par le sommeil, un silence absolu régna sur la plate-forme.

Alors le machiavélique Battius jugea à propos de se lever avec la lenteur précautionneuse d'un voleur de nuit. Il sortit de sa cabane, ou plutôt de son chenil, car elle ne méritait guère un nom plus relevé, et s'achemina vers les dortoirs adjacents. Là, il s'assura par lui-même que tous ses voisins étaient plongés dans un profond sommeil. Une fois certain de ce fait important, il n'hésita plus, et se mit à gravir le passage qui conduisait à la pointe la plus élevée du rocher. Ses mouvements, bien que circonspects, n'étaient pas exempts de tout bruit ; et pendant qu'il se félicitait de la réussite de son projet, au moment où il allait mettre le pied sur le sommet du roc, une main se posa sur le pan de son habit, ce qui l'arrêta aussi efficacement dans sa marche que si la force herculéenne d'Ismaël l'eût cloué à terre.

« Y a-t-il des malades là-haut », murmura à son oreille une voix douce, « que le docteur Battius croit devoir s'y rendre à pareille heure ? »

Aussitôt que le naturaliste sentit son cœur un peu remis de la sensation extraordinaire qu'avait produite sur lui cette interruption inattendue, il trouva la force de répondre, en prenant néanmoins le soin d'adoucir sa voix, par un sentiment qui tenait autant de la frayeur que de la prudence :

« Ma chère Hélène, je me réjouis grandement de vous rencontrer en place de tout autre. Silence, mon enfant, silence ! Si mes plans étaient connus d'Ismaël, il ne balancerait pas à nous précipiter tous deux dans la plaine. »

Sur cette recommandation, il continuait de monter, et au moment où il la termina, sa compagne et lui avaient atteint le plateau supérieur.

« Maintenant, docteur Battius », demanda gravement la jeune fille, « puis-je savoir pour quelle raison vous vous êtes exposé à voler sans ailes jusqu'au haut de ce rocher, au risque certain de vous casser le cou ?

— Je ne vous cacherai rien, ma digne et estimable Hélène. Mais êtes-vous sûre qu'Ismaël ne s'éveillera pas ?

— Ne craignez rien ; il dormira jusqu'à ce que le

soleil lui brûle les paupières. C'est du côté de ma tante qu'est le danger.

— Elle dort ! » répondit le docteur d'un ton solennel. « Hélène, vous êtes donc de garde aujourd'hui ?

— C'est la consigne.

— Et comme d'habitude, vous avez vu le bison et l'antilope, le loup et le daim, qui appartiennent aux ordres *pecora, belluæ* et *feræ* ?

— J'ai vu les animaux que vous avez nommés en anglais, mais je n'entends rien aux langues indiennes.

— Il y a encore un ordre dont je n'ai point parlé et que vous avez vu également, l'ordre des *primates* ; n'est-il pas vrai ?

— Je ne puis dire. Je ne connais point de bête de ce nom.

— Songez, Hélène, que vous parlez à un ami. Je parle du genre *homo*, mon enfant.

— Quelque objet que je puisse avoir vu, je n'ai point aperçu le *vespertilio horri*...

— Chut ! Nelly ; trop de vivacité nous trahirait. Dites-moi, fillette, n'avez-vous pas connaissance d'un certain bipède appelé homme qui erre dans la Prairie ?

— Certainement. Dans l'après-midi, mon oncle et ses fils ont chassé le buffle.

— Je vois qu'il faut, pour être compris, m'expliquer en langue vulgaire. Hélène, je voulais parler de l'espèce *Kentucky*. »

Les joues d'Hélène se revêtirent de l'incarnat de la rose, mais heureusement les ténèbres ne permirent pas d'apercevoir sa rougeur. Après avoir hésité, elle s'arma d'une résolution suffisante pour répondre d'un ton décidé :

« Docteur Battius, si vous ne savez parler qu'en paraboles, adressez-vous à d'autres. Avec moi, servez-vous de bon anglais, et je répondrai franchement dans la même langue.

— Je me suis mis en voyage, comme vous savez, pour rechercher des animaux qui jusqu'à ce jour ont été cachés aux yeux de la science. Entre autres, j'ai découvert un *primate* du genre *homo*, espèce *Kentucky,* que j'appelle Paul...

— Silence, au nom du ciel ! » interrompit Hélène. « Parlez plus bas, docteur, ou l'on va vous entendre.

— Paul Hover, par état collecteur d'*apes* ou d'abeilles », continua l'autre. « Est-ce du bon anglais, et comprenez-vous à présent ?

— Parfaitement, parfaitement », répondit la jeune fille agitée, et à qui la surprise ôtait presque la respiration. « En quoi est-il question de lui ? Vous a-t-il dit de monter jusqu'ici ? Il ne sait rien ; le serment que j'ai fait à mon oncle m'a fermé la bouche.

— Oui ; mais il y a quelqu'un qui n'a point prêté de serment et qui a tout appris. Plût à Dieu que le voile jeté sur les mystères de la nature, et qui nous cache ses trésors, fût aussi aisément écarté ! Hélène ! Hélène ! l'homme avec qui un pacte imprudent m'a lié oublie étrangement les devoirs de l'honnêteté ! Votre oncle...

— Vous voulez dire Isamël Bush, le mari de la veuve du frère de mon père », répondit un peu sèchement la jeune fille. « Certes, il est cruel de me reprocher une parenté de hasard, et que je me réjouirais de voir à jamais brisée. »

Hélène, humiliée, n'en put dire davantage ; et s'appuyant sur une saillie du rocher, elle se mit à sangloter de manière à rendre leur situation doublement critique. Le docteur marmotta quelques mots d'excuse ; mais avant qu'il eût le temps de terminer sa justification, elle se redressa et dit avec beaucoup de fermeté :

Nous ne sommes pas ici pour perdre notre temps, moi à verser de sottes larmes, vous à les essuyer. Quel motif vous amène ?

— Il faut que je voie l'être qui occupe cette tente.

— Vous savez ce qu'elle contient ?

— Je crois le savoir ; et je suis porteur d'une lettre que je dois remettre en mains propres. Si c'est un quadrupède, Ismaël a dit vrai ; si c'est un bipède, avec ou sans plumes, il a menti, et notre pacte est résilié. »

Hélène fit signe au docteur de ne point bouger de

place et de garder le silence. Elle se glissa dans la tente, où elle resta plusieurs minutes qui parurent fort longues à celui qui l'attendait en dehors ; quand elle reparut, elle le prit par le bras, et ils pénétrèrent ensemble sous les plis de la draperie mystérieuse.

CHAPITRE XII

Priez Dieu que le duc d'York se justifie.

SHAKESPEARE, *Henri VI.*

Silencieuse et morne fut, le lendemain matin, la réunion de la famille.

Il manquait au déjeuner l'accompagnement discordant dont Esther avait coutume d'animer leurs repas ; car les effets du narcotique puissant que lui avait administré le docteur obscurcissaient encore la vivacité habituelle de son intelligence. Les jeunes gens songeaient à l'absence de leur frère aîné, et Ismaël fronçait ses durs sourcils tout en promenant à la ronde des regards mécontents, prêt en quelque sorte à combattre et à réprimer toute tentative de se soustraire à son autorité.

Étrangers à l'esprit d'anarchie qui divisait la famille, Hélène et son nocturne complice prirent place parmi les enfants, sans éveiller de soupçons ni faire naître de commentaires. Le seul résultat apparent de l'aventure dans laquelle tous deux avaient joué un rôle fut que le docteur levait les yeux de temps à autre vers

les murs ondoyants de la tente qui lui était inter-
dite.

Enfin l'émigrant, après avoir vainement attendu
quelque manifestation plus décisive de la révolte qu'il
croyait fermenter autour de lui, résolut d'aller au-
devant en déclarant ses propres intentions.

« Asa me rendra compte de sa désobéissance »,
dit-il. « Voilà toute une longue nuit passée, et il rôde
encore dans la Prairie, au risque de nous mettre dans
l'embarras si les Sioux étaient venus, et il n'était pas
sûr du contraire.

— Épargnez votre salive, brave homme », répliqua sa femme ; « ménagez-la, croyez-moi ; il se peut
que le garçon se fasse tirer l'oreille avant de répondre.

— Il y a des hommes assez poules mouillées pour
souffrir que les jeunes frisent le poil aux anciens. Mais
vous, la vieille, l'expérience a dû vous apprendre que
les choses ne vont pas de ce train-là dans la famille
d'Ismaël Bush.

— Ah ! vous n'êtes guère tendre à vos enfants
dans l'occasion. Je le sais, Ismaël ; et votre sévérité en
a déjà éloigné un de vous, au moment où sa présence
nous serait le plus nécessaire.

— Père », intervint Abner, dont la nature
engourdie s'était peu à peu stimulée jusqu'à prendre
l'initiative d'une proposition, « les autres et moi nous
sommes presque tous d'avis d'aller à la recherche
d'Asa. Nous ne comprenons pas pourquoi il a préféré
le sol de la Prairie à son bon lit de fougères, où il
aimait tant à s'étendre, et...

— Bah ! » interrompit Abiram, « le garçon aura
tué un daim ou peut-être un buffle, et il s'est endormi à
côté de la carcasse pour en écarter les loups jusqu'au
jour ; nous ne tarderons pas à le voir paraître ou à

l'entendre beugler pour qu'on aille l'aider à porter sa charge.

— Mes fils ont bien besoin d'aide, ma foi, pour mettre un daim sur leurs épaules, ou pour dépecer un bœuf sauvage ! » riposta la mère. « Comment, Abiram, parler de la sorte ! vous qui affirmiez, pas plus tard qu'hier, que les Peaux Rouges avaient erré dans les environs ?

— Moi ! » s'écria vivement son frère, comme pressé de rétracter une méprise. « Je l'ai dit et je le répète, et vous verrez que j'ai raison. Oui, les Sioux ne sont pas loin d'ici, et le garçon sera fort heureux s'il peut leur échapper.

— Il me semble », dit le docteur Battius, — il s'exprimait d'un ton sentencieux, comme il sied à un esprit grave qui s'est donné le temps de réfléchir avant de formuler une opinion, — « il me semble, si peu versé que je sois dans les préparatifs d'une guerre indienne, surtout en ces régions éloignées, que, s'il existe des doutes sur une matière de cette importance, le plus sage est de les dissiper.

— Encore des drogues ! J'en ai assez », s'écria Esther. « Dans une famille saine et bien venue il n'en faut plus. Hier soir, je me portais à merveille, hormis un brin d'échauffement pour avoir trop sermonné les mioches ; eh bien, vous m'avez fait avaler une médecine, dont le goût me pèse à la langue comme un poids d'une livre sur l'aile d'un oiseau-mouche.

— Alors elle a opéré ? » demanda sèchement Ismaël. « C'est un fier remède, puisqu'il a pu jusqu'à présent vous entraver la langue.

— Ami », continua le docteur en cherchant à calmer du geste la matrone en courroux, « l'accusation de notre excellente hôtesse est une preuve suffisante que la dose ne peut produire tout l'effet qu'elle lui attribue... Mais revenons à l'absent. Il y a des doutes sur son destin et, pour les éclaircir, une proposition est faite. Or, dans les sciences naturelles, la vérité est toujours un *desideratum* ; et j'avoue qu'elle ne l'est pas moins dans le présent cas, qui peut être dénommé un *vacuum,* où, conformément aux lois de la physique, il devrait y avoir des preuves palpables de matérialité.

— Ne l'écoutez pas ! » reprit Esther, et de fait, le reste de la famille accordait au savant une attention profonde, soit par communauté d'idées, soit par impossibilité de le comprendre. « Ne l'écoutez pas ! Il y a une drogue dans chacune de ses paroles.

— Voici ce que veut dire le docteur Battius », fit observer modestement Hélène ; « comme on n'est pas d'accord sur Asa, les uns le croyant en danger, les autres non, toute la famille pourrait passer une heure ou deux à le chercher.

— Si c'est là ce qu'il veut dire », reprit la mère, « le docteur a plus de bon sens que je ne lui en supposais. Elle a raison, Ismaël, et il faut suivre son conseil. Je prendrais moi-même une carabine, et malheur au Peau-Rouge qui tombera sous ma patte ! Ce n'est pas d'aujourd'hui que j'ai pressé une détente, et que j'ai entendu les hurlements indiens, hélas ! pour mon malheur. »

L'influence d'Esther secoua la torpeur de ses fils. Ils se levèrent en masse, déterminés à seconder cette résolution hardie. Ismaël céda prudemment à une impulsion qu'il ne pouvait arrêter, et bientôt sa femme reparut armée et équipée, et prête à guider en personne ceux à qui il plairait de l'accompagner.

« Reste avec les marmots qui voudra ! » dit-elle, « et qui n'a pas un cœur de poule me suive ! »

— Abiram, il ne convient pas de laisser le camp sans garde. »

En parlant ainsi, l'émigrant jeta sur la plate-forme un coup d'œil significatif. Son beau-frère tres-saillit et s'empressa d'adhérer à cette proposition.

Ce fut à l'instant un cri général. Impossible de le laisser au camp ! On avait besoin de lui pour retrouver les traces du passage des Indiens, et puis, comme disait sa sœur, rester en arrière était indigne d'un homme. Abiram fut obligé de céder bien à contre-cœur, et Ismaël prit de nouvelles dispositions pour la défense de la place dont la conservation, de l'avis de tous, importait à la sécurité et au bien-être général.

Il offrit le poste de commandant au docteur Battius ; mais celui-ci refusa nettement, et non sans quelque hauteur, cet honneur équivoque, tout en échangeant avec Hélène des regards d'intelligence. Ainsi repoussé, l'émigrant fut obligé de constituer la jeune fille elle-même châtelaine du rocher, et accompagna son investiture d'instructions prudentes.

Cet acte préliminaire une fois réglé, les jeunes gens s'occupèrent à organiser certains moyens de défense et des signaux d'alarme, appropriés à la faiblesse et à la nature de la garnison. Des quartiers de roche furent transportés au plateau supérieur, et placés de manière qu'Hélène et ses subordonnés pussent au moindre effort les précipiter sur la tête des assaillants, nécessairement réduits à se présenter par le passage étroit et difficile dont il a été si souvent question. De plus, on renforça les barrières, de façon à les rendre presque infranchissables ; on réunit en tas des cailloux assez gros qui, lancés de cette hauteur, ne manqueraient pas de gêner l'ennemi ; et l'on amoncela des feuilles et des branches sèches pour en faire un fanal en cas d'attaque. Toutes ces précautions prises, la place fut jugée capable d'opposer une résistance honorable.

Alors seulement ce qu'on pouvait appeler les troupes de sortie se mit en marche pour l'expédition projetée. A l'avant-garde s'avançait Esther en personne ; revêtue d'un costume à moitié masculin, et la carabine sur l'épaule, elle semblait le digne chef de l'escouade sauvagement accoutrée qui la suivait.

« Ah ! ça, Abiram », cria l'amazone d'une voix cassée, à force de lui avoir fait prendre un diapason trop aigu ; « c'est maintenant le moment de baisser le nez ; montrez-vous un limier de race, et faites honneur à ceux qui vous ont éduqué. Puisque vous avez vu l'empreinte des mocassins indiens, il convient que vous rendiez les autres aussi savants que vous. Allons, marchez en tête, et guidez-nous hardiment. »

Le frère, élevé dans la crainte salutaire de l'autorité de sa sœur, obéit sur-le-champ, mais avec tant de mauvaise grâce qu'il excita les ricanements de son entourage.

La troupe s'aventura assez loin dans la Prairie, et le camp ne se distinguait plus de l'horizon que par une tache noire. Jusque-là on avait marché d'un pas rapide et en silence, car, à mesure qu'on franchissait l'une après l'autre collines sur collines, sans découvrir un seul objet vivant qui animât le paysage, il n'y eut pas jusqu'à la langue d'Esther qui ne semblât engourdie par un redoublement d'inquiétude.

Enfin Ismaël jugea à propos de s'arrêter.

« En voilà assez », dit-il en frappant la terre de la crosse de son fusil. « Des traces de buffles, des traces de daims, il n'en manque pas ; mais où sont celles des Indiens que vous avez vues, Abiram ?

— Plus loin du côté de l'ouest », répondit l'autre. « C'est ici que j'ai trouvé la piste du daim que j'ai tué ; c'est après l'avoir abattu que j'ai rencontré la trace des Sioux.

— Vous avez fait de la bête une fameuse boucherie », dit Ismaël, en montrant avec dérision les vêtements souillés de sang de son beau-frère. « Regardez-moi : j'ai tué ici même deux biches et un faon, sans avoir taché mes habits d'une seule goutte de sang, et vous, maladroit, vous avez donné autant d'ouvrage à Esther et à ses filles que si vous faisiez le métier de boucher. Allons, je vous le répète, en voilà assez. Ce n'est pas à un vieux routier comme moi qu'on apprendra à relever une piste ; aucun Indien n'a passé par ici depuis les dernières pluies, cela saute aux yeux. Suivez-moi ; nous ferons une battue qui nous donnera du moins pour nos peines la chair d'une vache fauve.

— C'est moi qu'il faut suivre », dit l'intrépide matrone, « moi qui suis votre chef aujourd'hui. Une mère seule est capable de diriger ceux qui cherchent son fils. »

Ismaël regarda son intraitable moitié avec un sourire de pitié indulgente. Ayant observé qu'elle s'était déjà mise en marche dans une direction différente de la sienne et de celle d'Abiram, ne voulant pas d'ailleurs en ce moment serrer trop étroitement les rênes de l'autorité conjugale, il se soumit de nouveau à sa volonté.

Le docteur Battius, qui était resté silencieux et pensif, jugea opportun d'élever sa faible voix en forme de remontrance.

« Digne et aimable dame Bush », dit-il, « je suis d'avis, avec votre époux, que quelque feu follet de l'imagination a égaré Abiram touchant les signes ou symptômes dont il a parlé.

— Symptôme vous-même ! » interrompit l'amazone. « L'instant est bien choisi pour débiter vos fadaises, et le lieu convenable pour avaler une médecine. Si vous avez la jambe lasse, dites-le sans chercher midi à quatorze heures ; asseyez-vous par terre, comme un chien qui a mal à la patte, et reposez-vous tant qu'il vous plaira.

J'adhère à votre opinion. »

Et, suivant à la lettre le conseil ironique d'Esther, le docteur s'assit avec un grand flegme à côté d'un arbrisseau indigène dont il commença l'examen sans désemparer, afin que la science ne perdît rien de ce qui lui était légitimement dû.

« Comme vous voyez, chère dame », ajouta-t-il, « je tiens compte de votre excellent avis. Allez en quête d'Asa ; moi, je m'arrête ici, où un devoir plus important me réclame, c'est-à-dire l'étude du grand livre de la nature. »

Elle ne lui répondit que par un sourd ricanement, et ses rustauds de fils eux-mêmes, en passant lentement devant le naturaliste déjà absorbé, ne faillirent pas à manifester leur mépris par des sourires significatifs. Quelques minutes après, la caravane avait gravi la hauteur voisine, et, bientôt disparaissant aux regards du docteur, le laissa poursuivre ses investigations dans une solitude complète.

Une demi-heure s'écoula encore : Esther marchait toujours et ne trouvait rien qui pût l'aider dans ses recherches. De temps à autre, elle faisait une pause, et jetait autour d'elle des regards incertains. Soudain un bruit de pas pressés monta d'un bas-fond ; l'instant d'après, parut un daim qui partit devant eux

comme un trait. Grâce à la configuration du terrain, il disparut si vite qu'avant d'être mis en joue par nos chasseurs il était déjà hors de la portée de la balle.

« Attention aux loups ! » cria Abner. « Une peau de loup ne sera pas à dédaigner cet hiver. Et juste, le voici, l'enragé !

— Halte ! » s'écria Ismaël en rabattant le fusil déjà levé de son fils. « Un loup ? C'est un chien, et de bonne race. En voici un autre... Ah ! ah ! nous avons des chasseurs dans le voisinage. »

En effet, deux chiens arrivèrent en bondissant sur la trace du daim, luttant avec ardeur à qui dépasserait l'autre. Le premier, déjà vieux, ne soutenait la course que par une généreuse émulation ; le second était tout jeune, et faisait des cabrioles au moment même où il mettait plus d'acharnement à sa poursuite. Tous deux

7

allaient vite, par bonds énormes et le nez haut, en bêtes bien dressées. Ils avaient en un clin d'œil dépassé la troupe, et ils allaient avoir le daim en pleine vue, quand tout à coup le plus jeune fit un écart, aboya fortement et suspendit sa chasse pour décrire autour de l'endroit où il s'était arrêté des cercles rapides. Son camarade, surpris par ces jappements brefs et réitérés, vint le retrouver, haletant et rendu de fatigue. Aussitôt arrivé, il s'accroupit sur ses pattes de derrière, et levant le nez en l'air, il poussa un long et plaintif hurlement.

L'émigrant et ses fils avaient observé avec étonnement le manège des deux animaux.

« Il faut qu'une piste bien forte ait traversé la leur », dit Abner ; « des chiens pareils n'y renoncent pas volontiers.

— Tuez-les ! » s'écria Abiram. « Je reconnais le vieux ; il appartient au Trappeur, notre mortel ennemi. »

Mais si le frère d'Esther se montrait impitoyable en paroles, il n'avait nulle intention d'agir ; aussi ébahi que les autres, une espèce de frayeur vague semblait le clouer au sol. Ses injonctions ne produisirent donc aucun effet, et on laissa les chiens suivre librement l'impulsion de leur mystérieux instinct.

Un certain temps se passa avant que personne rompît le silence. Enfin le père, rappelé au souvenir de son autorité, crut devoir prendre sur lui la direction de la caravane.

« Partons, enfants ; en route ! » dit-il. « Laissons ces chiens s'amuser à leur manière. Je n'ôterai pas la vie à un animal parce que son maître s'est fourvoyé trop près de ma tente. Partons ! Nous

avons assez d'ouvrage sur les bras sans nous détourner
encore pour faire celui de nos voisins.

— Non, ne partez pas ! » s'écria Esther d'une
voix étranglée par une émotion indéfinissable.
« Attendez encore, mes enfants ! Il y a quelque chose
là-dessous, et en ma qualité de femme et de mère, je
veux savoir ce qu'il en est. »

À ces mots, elle brandit son fusil d'un geste
impérieux, et s'avança vers l'endroit où les chiens
continuaient à remplir l'air de leurs hurlements douloureux et prolongés. Tous la suivirent, plus ou moins
affectés par le caractère extraordinaire de cette scène.

Parvenue à quelques pas de là, dans un fond où la
terre, foulée et battue, portait encore des marques de
sang :

« Abner, Abiram, Ismaël, répondez un peu »,
dit-elle. « Vous qui êtes chasseurs, dites-moi quelle
sorte d'animal a trouvé ici la mort ? Parlez ! vous êtes
des hommes, et accoutumés aux indices de la plaine ;
est-ce là du sang de loup ou de panthère ?

— C'est celui d'une noble et puissante créature,
un buffle par exemple », répondit Ismaël en considérant avec calme les signes funestes qui avaient étrangement ému sa femme. « Voici la place où ses pieds se
sont enfoncés dans la terre en se débattant contre la
mort ; là, il a fait le plongeon et labouré le sol avec ses
cornes. Oui, ce devait être un buffle d'un courage et
d'une vigueur admirables.

— Et qui l'a tué ? » continua Esther. « Un
homme ? il l'aurait vidé ; des loups ? ils ne dévorent
pas la peau ! Est-ce bien le sang d'un animal ? en êtes-
vous sûrs ?

— Oui, oui, il sera tombé de là-haut », dit
Abner, qui s'était avancé un peu plus loin. « Tenez,

nous allons retrouver sa carcasse dans l'aunaie qui est
là-bas ; des centaines d'oiseaux de proie volent au-
dessus ; les voyez-vous ?

— Alors la bête n'est pas tout à fait morte », fit
observer l'émigrant, « sans quoi les vautours s'abat-
traient sur leur proie. Mais j'y pense, la conduite des
chiens est singulière ; ils ont vu quelque bête féroce,
peut-être le grand ours gris, qui a, dit-on, la vie dure.

— Allons-nous-en », dit Abiram, « il peut y
avoir du danger, et à quoi bon attaquer une bête
féroce ? Rappelez-vous, Ismaël, que le jeu n'en vaut
pas la chandelle. »

Les jeunes gens sourirent en voyant cette nouvelle preuve de la pusillanimité bien connue de leur
oncle, si facile à s'alarmer. Abner ne se gêna même
pas pour lui dire en face :

« Eh bien, il ira tenir compagnie à l'autre animal
que nous menons en cage, et alors, doublement
pourvus, nous reviendrons sur nos pas pour montrer
notre ménagerie dans tout le Kentucky. »

La physionomie renfrognée de son père avertit le
jeune homme de n'en pas dire davantage ; aussi, après
avoir échangé avec ses frères des regards moqueurs,
crut-il prudent de se taire. Puis, loin de se conformer à
l'avis du timide Abiram, ils s'avancèrent tous ensemble jusqu'à l'orée du petit bois.

Le ciel, comme il est ordinaire dans cette saison,
était couvert de sombres nuages. Le vent qui s'était
levé, se déchaînait sur la Prairie avec une violence
souvent irrésistible, ou bien remontant par bourras-
ques dans les régions supérieures de l'air, il balayait
devant lui les vapeurs, soit en masses profondes, soit
en tourbillons désordonnés. Au-dessus du taillis, un
vol d'oiseaux de proie continuait de planer, décrivant

tout autour et d'une aile pesante des cercles réitérés, tantôt luttant contre la furie des rafales, tantôt s'abattant parmi les arbres d'où ils reprenaient leur essor avec des cris de terreur.

Ismaël et les siens, pénétrés d'une surprise mêlée d'effroi, s'arrêtèrent quelques instants à contempler cet imposant spectacle. La voix d'Esther les fit enfin souvenir de la nécessité d'éclaircir leurs doutes d'une manière plus digne de gens de cœur.

« Appelez les chiens ! » cria-t-elle. « Lancez-les dans le bois ! Il y a ici assez d'hommes, si vous n'avez pas perdu le courage que vous avez reçu en naissant, pour venir à bout de tous les ours, grands et petits. Allez chercher les chiens, vous dis-je ! Enoch, Abner, Gabriel, êtes-vous donc sourds et muets ? »

Un de ces derniers obéit, et ayant réussi à faire quitter aux chiens la place autour de laquelle ils n'avaient jusque-là cessé de rôder, il les conduisit sur la lisière du taillis.

Plus loin, mon enfant ; faites-les entrer », poursuivit Esther. « Quant à vous, Ismaël et Abiram, s'il sort de là-dedans quelque chose de dangereux ou de méchant, montrez comment savent se défendre les gens de la frontière. Si vous avez peur, c'est moi qui, en présence des enfants, vous ferai honte à tous deux. »

Les jeunes gens, qui jusque-là avaient retenu les chiens, lâchèrent les courroies qu'ils leur avaient nouées autour du cou et les excitèrent de la voix à pénétrer dans le fourré. Le plus âgé fut-il empêché par quelque sensation extraordinaire, ou avait-il trop d'expérience pour tenter une attaque imprudente ? Au bout de quelques pas, il s'arrêta net, frissonnant de tout son corps débile, et comme incapable d'avancer ou de reculer. Aux cris d'encouragement il ne répondit que par de sourdes plaintes. Son jeune camarade montra d'abord les mêmes symptômes ; mais, moins prudent ou plus facilement entraîné, il consentit à faire un bond en avant et s'élança sous le couvert. Presque aussitôt il poussa un hurlement lamentable, et se mit à tourner en rond avec la même agitation étrange qu'auparavant.

« Y a-t-il un homme parmi mes enfants ? » demanda l'impatiente Esther. « Donnez-moi une arme plus efficace que ce joujou, et vous allez voir de quoi est capable le courage d'une femme des frontières.

— Arrêtez, ma mère ! » s'écrièrent à la fois Abner et Enoch. « Puisque vous tenez à connaître la bête, nous allons la débusquer. »

Ayant visité avec soin leurs fusils, les deux frères marchèrent d'un pas ferme vers le taillis. L'entreprise était hasardeuse, et elle eût fait balancer des courages moins éprouvés. A mesure qu'ils avançaient, les abois des chiens devenaient plus aigus et plus plaintifs. Les vautours et les busards volaient si bas, qu'ils frappaient les buissons de leurs ailes pesantes, et le vent rasait la terre en gémissant.

L'intrépide Esther elle-même sentit son sang refluer vers son cœur, en voyant ses fils s'ouvrir un passage à travers l'épais fourré et disparaître dans son labyrinthe. Il se fit alors une pause solennelle ; puis deux cris perçants s'élevèrent l'un après l'autre, suivis d'un silence plus redoutable encore.

« Revenez, revenez, mes enfants ! » s'écria Esther, chez qui le sentiment maternel reprenait son empire.

La voix lui manqua, et l'horreur vint glacer tous

ses sens, lorsque le taillis s'étant de nouveau entr'ouvert, les jeunes gens revinrent déposer à ses pieds le corps inanimé d'Asa, dont les traits livides accusaient les marques d'une mort violente.

Les chiens poussèrent un long et dernier hurlement, et partirent ensemble. Les oiseaux de proie reprirent leur vol vers le ciel, remplissant l'air de leurs cris comme pour se plaindre d'avoir été frustrés d'une victime qui, tout horrible qu'elle était, conservait encore une trop forte empreinte de l'humanité pour devenir la proie de leurs appétits voraces.

CHAPITRE XIII

> Une pioche, une bêche ; une
> bêche pour... et puis un linceul : creu-
> sez une fosse d'argile pour recevoir un
> tel hôte.
>
> SHAKESPEARE, *Hamlet.*

Reculez tous ! Arrière ! » dit Esther d'une voix
rauque à la troupe qui se pressait autour du corps. « Je
suis sa mère ; mon droit passe avant les vôtres !... Quel
est le coupable ? Voyons, parlez, Ismaël, Abiram,
Abner ; ouvrez vos bouches et vos cœurs, et qu'il n'en
sorte que la vérité de Dieu ! Qui a commis ce crime ? »

Son mari ne répondit point ; tristement appuyé
sur sa carabine, il resta immobile, contemplant d'un
œil sec les restes défigurés de son premier né. Il en fut
autrement de la mère : elle se jeta à terre, plaça sur
ses genoux la tête glacée et livide du cadavre, et,
concentrée dans un silence plus expressif que ne
l'aurait été le langage du désespoir, elle resta plusieurs
minutes à considérer ces traits mâles sur lesquels était
encore horriblement empreinte l'agonie de la mort.

La douleur avait littéralement éteint sa voix. En

vain Ismaël essaya de lui adresser, à sa manière, quelques phrases de consolation, elle ne l'écouta ni ne lui répondit. Ses fils, rangés en cercle autour d'elle, lui exprimèrent du mieux qu'ils purent et leur propre affliction et leur sympathie ; mais, d'un geste impatient, elle leur fit signe de s'écarter. Tantôt elle promenait ses doigts à travers les cheveux embroussaillés du mort ; tantôt elle lissait les muscles convulsés de sa figure livide, avec le plus doux geste d'une mère qui caresse les traits de son enfant endormi. Puis s'arrachant tout à coup à cette horrible distraction, elle agitait les bras en mouvements désordonnés.

Ce fut le léthargique Abner qui chercha à interpréter ces accès de violence muette.

« La mère veut dire », murmura-t-il, « que nous devrions examiner comment Asa a perdu la vie.

— La faute en est à ces maudits sauvages ! » répondit Ismaël. « Deux fois ils m'ont fait leur débiteur ; à la troisième, nous réglerons nos comptes. »

Peu satisfaits de cette explication plausible, et peut-être secrètement désireux de fuir un spectacle qui éveillait dans leurs cœurs des sentiments inaccoutumés, les jeunes gens s'éloignèrent tous du cadavre pour entreprendre l'enquête dont leur mère, croyaient-ils, avaient eu l'idée. Ismaël n'y fit aucune objection ; mais en accompagnant ses fils, il eut l'air de complaire à leur désir en un moment où s'y opposer n'eût pas été convenable, plutôt que par intérêt pour ce qui allait en résulter. C'étaient de francs coureurs après tout, et, quoique d'intelligence bornée, fort experts dans les nécessités de leur vie errante ; aussi une recherche dont le succès dépendait des signes qu'on observe dans la nature ne pouvait manquer d'être conduite avec discernement et habileté.

Abner et Enoch tombèrent d'accord sur la position dans laquelle ils avaient trouvé le corps de leur frère. Il était dans une attitude presque verticale, le dos appuyé contre un gros buisson d'aunes, étreignant une branche qui s'était brisée dans sa main. Grâce à la première circonstance, le corps avait échappé à la rapacité des oiseaux de proie qu'on avait vus voltiger au-dessus du taillis, et la seconde prouvait qu'en y pénétrant la malheureuse victime vivait encore. Qu'Asa eût reçu le coup mortel dans la Prairie et qu'il eût par prudence traîné ses membres affaiblis jusqu'en cet endroit, ce fut d'abord l'avis unanime, confirmé par les traces que portaient les broussailles. Une lutte désespérée avait eu lieu sur la lisière même du bois : les branches foulées, les empreintes profondes laissées sur le sol humide, et le sang dont il était partout arrosé, en fournissaient des preuves évidentes.

« Oui », prononça Abiram, « on lui aura tiré un coup de feu dans la plaine, et il sera venu se réfugier ici ; tout ce que nous voyons l'indique clairement. Assailli par une troupe de sauvages, il s'est battu comme un héros qu'il était jusqu'au moment où ils l'ont enfin accablé, puis traîné dans ces broussailles. »

Cette opinion probable ne rencontra qu'une seule voix dissidente, celle d'Ismaël, toujours lent à se déterminer ; il demanda qu'on s'enquît de quelle façon la mort avait été donnée. On reconnut alors qu'une balle avait traversé le corps, et qu'entrée au-dessous de l'une des épaules, elle était sortie par la poitrine. Il fallait une certaine connaissance des blessures produites par les armes à feu pour décider ce point délicat ; mais là-dessus l'expérience des chasseurs n'avait pas à craindre de faire fausse route, et un sourire de farouche satisfaction accueillit la déclaration d'Abner quand il affirma sans hésiter que les ennemis d'Asa l'avaient attaqué par derrière.

Cette fois le père avait écouté avec attention.

« Cela devait être », dit-il d'un air sombre. « Il était de trop bonne race et trop bien dressé pour montrer le dos au danger. N'oubliez pas ceci, garçons : tant qu'on fait face à son ennemi, quel qu'il soit, on est à l'abri d'une lâche surprise... Eh bien, Esther, avez-vous perdu le sens ? Pourquoi tirailler ainsi les cheveux et les vêtements de l'enfant ? Il n'a plus aucun bien à attendre.

— Tenez », interrompit Enoch en tirant des habits d'Asa le plomb qui avait mis fin à ses jours, « voici la balle. »

Ismaël la prit dans ses mains et l'examina de près.

« On n'en saurait douter », grommela-t-il enfin entre ses dents fortement serrées ; « cette balle a appartenu au Trappeur maudit. Comme la plupart des chasseurs, il a une marque dans son moule, afin de reconnaître les coups que sa carabine a portés ; regardez plutôt : six petits trous placés en croix.

— Oui, c'est à lui, j'en fais le serment ! » s'écria Abiram. « Il m'a lui-même montré sa marque, et s'est vanté du nombre de daims qu'il a abattus dans la Prairie avec des balles semblables. Me croirez-vous maintenant, Ismaël, quand je vous dis que le vieux coquin est un espion des Peaux Rouges ? »

La balle passa de main en main ; et malheureusement pour la réputation du vieillard, plusieurs des jeunes gens se souvinrent d'avoir vu en sa possession des projectiles à cette marque, pendant l'examen qu'ils avaient fait de son curieux équipement. Outre la blessure mortelle, Asa en avait reçu plusieurs

autres d'une nature moins dangereuse, et qui toutes
parurent confirmer la culpabilité prétendue du Trappeur.

L'espace compris entre les premières taches de
sang et le petit bois où, d'après l'opinion générale,
Asa s'était réfugié, semblait avoir été le théâtre d'une
lutte. On crut y trouver une preuve de la faiblesse du
meurtrier, qui aurait plus vite achevé sa victime, si la
mourante vigueur du jeune homme ne l'avait rendu
encore redoutable pour un adversaire débile et
chargé d'ans. La crainte d'attirer quelqu'un des émigrants sur les lieux avait dû empêcher celui-ci de
redoubler son coup de feu, puisque le premier lui
avait si fatalement réussi. L'arme du défunt ne se
retrouva point ; elle était sans doute devenue la
récompense de l'assassin, de même que plusieurs
objets plus légers et moins précieux qu'Asa avait
coutume de porter sur lui.

Mais ce qui ajouta, indépendamment de la balle
marquée, aux soupçons qui pesaient sur le Trappeur,
ce fut la nature des traces que le crime avait laissées
et qui prouvaient que le blessé avait été en état
d'opposer une résistance longue et désespérée aux
efforts du coupable. Ismaël appuya sur cette preuve
avec un singulier mélange de douleur et d'orgueil :
de douleur, pour la perte d'un fils dont, en ses bons
moments, il faisait le plus grand cas ; d'orgueil, à la
vue du courage et de la force qu'il avait déployés
jusqu'à son dernier soupir.

« Il est mort comme un de mes fils devait
mourir », dit-il, puisant une bien vaine consolation
dans un sentiment si peu naturel. « Il en a imposé
jusqu'au bout à son ennemi, et sans recourir aux
mensonges de la loi. Allons, enfants ; nous avons

d'abord sa tombe à creuser, puis son assassin à poursuivre. »

Les jeunes gens, sombres et muets, s'occupèrent de remplir ce triste devoir. A force de temps et de peines pour vaincre la dureté du sol, ils pratiquèrent une fosse, et chacun d'eux donna pour en couvrir le corps, une partie de ses vêtements. Ces préparatifs terminés, Ismaël s'approcha d'Esther, qui, absorbée dans sa douleur, semblait ne rien voir de ce qui se passait autour d'elle, et lui annonça qu'on allait procéder à l'inhumation. Elle l'entendit, laissa sans résistance emporter le cadavre, et se leva en silence pour l'accompagner jusqu'à sa dernière demeure ; là, elle s'assit sur le bord de la fosse, et suivit d'un œil avide tous les mouvements de ses fils.

Quand sur les restes d'Asa on eût jeté assez de terre pour protéger son repos, Enoch et Abner la foulèrent sous leurs pieds avec un mélange singulier, pour ne pas dire sauvage, de sollicitude et d'indifférence. Cette précaution était prise pour empêcher que le corps fût déterré par les animaux carnassiers de la Prairie, que leur instinct ne manquerait pas d'amener en ce lieu. Les oiseaux de proie eux-mêmes, mystérieusement instruits que la malheureuse victime allait être abandonnée par la race humaine, recommencèrent à tournoyer au-dessus des arbres, en poussant de grands cris.

Debout et les bras croisés, le père assista gravement à cette funèbre opération. A la fin, il se découvrit pour saluer ses enfants et les remercier : il mit dans ce mouvement une dignité que n'eût point désavouée un homme beaucoup mieux élevé. Durant cette cérémonie qui a toujours quelque chose de solennel et d'instructif, il avait gardé un maintien

ferme et sérieux ; ses traits énergiques, quoique
empreints de l'expression d'un profond intérêt, restèrent impassibles jusqu'au moment où il tourna le dos
pour toujours, comme il le croyait, à la tombe de son
premier-né. Mais alors, la nature reprit brusquement
ses droits, et son visage austère trahit une agitation
visible. Ses enfants ne le quittaient pas des yeux
comme pour lui demander l'explication du trouble
extraordinaire auquel ils se sentaient eux-mêmes en
proie.

Mais la lutte intérieure d'Ismaël cessa tout à
coup : prenant sa femme par le bras, il la souleva
comme il eût fait d'un enfant.

« Esther, notre tâche est finie », lui dit-il, et sa
voix ne tremblait pas, bien qu'un observateur y eût
remarqué un accent de tendresse. « Nous avons élevé
l'enfant, nous avons fait de lui un homme comme on
en trouverait peu sur la frontière, et nous lui avons
donné un tombeau. Partons ! »

Détournant lentement ses regards de la terre
fraîchement remuée, elle appuya ses deux mains sur
les épaules de son mari, tint quelque temps les yeux
attachés sur les siens, et répondit d'une voix qui
n'avait presque rien d'humain :

« Ismaël ! Ismaël ! vous l'avez quitté dans un
moment de colère.

— Que le Seigneur lui pardonne ses péchés aussi
pleinement que je lui ai pardonné ses torts les plus
graves ! Femme, retournez au rocher et lisez votre
Bible ; un chapitre de ce livre vous fait toujours du
bien. Vous savez lire, Esther, c'est un privilège dont je
n'ai jamais joui.

— Oui, oui », murmura-t-elle en se laissant
entraîner, non sans résistance ; « je sais lire, et quel

usage ai-je fait de ma science ? Mais lui, Ismaël, il n'aura point à répondre du mauvais emploi de la sienne ; nous lui avons épargné cela du moins ! Faut-il s'en réjouir ou le regretter, je l'ignore. »

Son mari ne répondit pas, et continua de la conduire dans la direction de leur demeure temporaire.

Arrivés sur une éminence d'où ils pouvaient apercevoir une dernière fois le lieu de sépulture d'Asa, ils se retournèrent tous d'un mouvement unanime et spontané pour lui envoyer un dernier adieu. Le tertre était à peine visible ; mais, spectacle déchirant, on en retrouvait la situation à la présence du vol d'oiseaux de proie qui planait au-dessus. Du côté opposé, une petite élévation bleuâtre pointait à l'horizon, et faisait reconnaître l'endroit où Esther avait laissé la plus jeune portion de sa famille. Ce fut un point d'attraction qui diminua la répugnance qu'elle éprouvait à s'éloigner du dernier asile de son fils aîné ; à cette vue, la nature parla au cœur de la mère, et le souvenir du mort céda enfin chez elle aux obligations que lui imposait celui des vivants.

Les événements qui précèdent, frappant sur l'esprit inculte d'un groupe d'individus si empêtrés dans les liens d'une existence grossière, en avaient fait jaillir une étincelle qui servit à entretenir parmi eux la flamme presque éteinte de l'affection de famille. Les enfants n'étant unis à leurs parents que par la force de l'habitude, il était à craindre, comme Ismaël l'avait prévu, que l'essaim ne quittât la ruche trop pleine, et ne le laissât chargé de pourvoir aux besoins des plus jeunes, sans être soutenu par les efforts de ceux qu'il avait amenés à l'état viril. L'insubordination dont le malheureux Asa avait donné l'exemple germait aussi chez ses frères ; amère leçon pour Ismaël qui, dans la vigueur de la jeunesse, avait jadis rejeté loin de lui ses parents vieux et faibles pour entrer dans le monde, indépendant et libre. Maintenant le danger avait diminué, du moins pour un temps ; et s'il n'avait pas recouvré l'autorité des anciens jours, elle n'était plus méconnue.

La longue et inutile marche que nos aventuriers avaient faite sous la direction d'Abiram, la découverte du corps d'Asa et les travaux nécessaires à son inhumation, avaient employé une grande partie de la journée, et le soleil déclinait rapidement sur l'horizon. A mesure qu'ils s'avançaient, le rocher grandissait à leurs yeux comme un phare qui émerge peu à peu des eaux de la mer ; et, à la distance d'un quart de lieue, on commença de distinguer les moindres objets qui couronnaient la hauteur.

« Ce sera une triste nouvelle pour nos filles ! » dit Ismaël, qui de temps en temps adressait à sa femme quelques mots propres à calmer l'affliction de son âme brisée. « Asa était aimé de tous les petits, et il manquait rarement, en revenant de la chasse, de rapporter quelque chose à leur convenance.

— Oh ! oui », murmura Esther. « C'était la gloire de la famille... Les autres ne sont rien auprès de lui.

— Ne dites point cela », répondit le père en jetant un coup d'œil sur le groupe des jeunes gens. « Ne parlez pas ainsi, ma vieille Esther ; bien peu de parents ont plus que nous sujets d'être fiers.

— Reconnaissants vaudrait mieux », corrigea l'épouse devenue humble ; « c'est reconnaissants que vous voulez dire, Ismaël ?

— Eh bien, reconnaissants, si le mot vous plaît davantage, ma bonne amie... Mais que sont devenus Hélène et les enfants ? La fillette a négligé mes instructions : non seulement elle a laissé les enfants s'endormir ; mais je gage qu'en ce moment elle rêve des campagnes du Tennessee. L'esprit de votre nièce est resté dans les habitations.

— C'est vrai, elle n'est pas de notre bord. Je l'ai dit et pensé quand nous l'avons prise avec nous, parce que la mort l'avait privée de tous ses protecteurs... Ah ! cher homme, la mort fait de terribles ravages dans le sein des familles !... Asa avait de l'amitié pour cette enfant, et un jour ils auraient pu prendre notre place si le ciel n'en avait décidé autrement.

— Non, elle n'est pas faite pour devenir la femme d'un colon, si c'est ainsi qu'elle garde la maison quand le mari sera à la chasse. Abner, déchargez votre fusil, pour les avertir là-haut de notre retour, car ils me font l'effet d'être tous endormis. »

Le jeune homme obéit avec un empressement qui témoignait avec quel plaisir il verrait la taille élégante d'Hélène se profiler au sommet du rocher ; mais aucun signal ne répondit à la détonation. La troupe s'arrêta immobile, attendant le résultat, et alors, par une impulsion unanime, il se fit une décharge, dont le bruit ne pouvait manquer d'être entendu à une si courte distance.

« Ah ! les voilà qui viennent ! » s'écria Abiram, toujours le premier à donner son opinion. « Je vois flotter quelque chose.

— Vous voyez un jupon suspendu sur une corde », dit Esther ; « c'est moi-même qui l'y ai mis.

— Je me suis trompé ; mais cette fois elle arrive... la paresseuse a pris ses aises sous la tente !

— Ce n'est pas elle », dit Ismaël, aux prises avec une inquiétude secrète. « Ce que vous voyez, c'est la toile de la tente que le vent soulève. Petits imbéciles ! ils auront détaché les pieux, et si l'on n'y prend garde, tout va dégringoler. »

Ces mots étaient à peine prononcés, qu'une bourrasque passa en mugissant près de l'endroit où ils étaient, entraînant sur son passage un nuage de poussière ; puis, comme guidée par une main invisible, elle quitta la terre, et s'éleva vers le lieu qui était l'objet de tous les regards. La toile, détendue, chancela ; mais elle reprit son équilibre et resta un instant immobile. Un tourbillon de feuilles poussées par le vent décrivit tout autour des cercles rapides, et descendant avec la vitesse d'un faucon qui fond sur sa proie, s'éparpilla dans la Prairie en longues lignes droites. Presque aussitôt la tente, emportée à son tour, alla tomber derrière le rocher, dont la haute cime devint aussi nue que lorsqu'elle s'élevait dans la solitude complète du désert.

« Les assassins sont venus ici », s'écria la voix gémissante d'Esther. « Mes enfants ! mes enfants ! »

Un moment, Ismaël lui-même défaillit sous le poids d'une catastrophe si imprévue. Se secouant alors, comme un lion qui s'éveille, il s'élança en avant, écarta en un tour de main les obstacles que lui opposait la barrière, et gravit la hauteur avec une impétuosité qui prouvait quelle puissance peut acquérir une nature apathique sous l'empire d'une forte émotion.

CHAPITRE XIV

> De quel parti sont les habitants
> de la ville ?
>
> SHAKESPEARE, *le Roi Jean.*

Hélène Wade nous réclame à présent, et sachons ce qui s'était passé sur le rocher dont elle avait la garde.

Pendant les premières heures, la bonne et honnête fille fut occupée à satisfaire aux appels incessants de ses jeunes subordonnés, sous le prétexte de la faim, de la soif et de mille autres besoins qu'inventent des enfants capricieux et importuns. Elle avait profité d'un moment de calme pour se dérober à leurs importunités et, s'étant glissée sous la tente, elle prodiguait ses soins à un être plus digne de sa tendresse, quand une clameur enfantine la rappela sur la plate-forme.

« Tiens, Nelly, regarde ! » lui cria-t-on. « Il y a des hommes là-bas, et Phœbé dit que ce sont des Sioux. »

Hélène tourna les yeux dans la direction vers laquelle tous les bras étaient étendus, et, à sa grande

consternation, elle aperçut plusieurs hommes qui
s'avançaient rapidement et en droite ligne vers le
rocher. Elle en compta quatre, et tout ce qu'elle put
distinguer d'eux fut qu'ils n'étaient point du nombre
des habitants de la forteresse.

Quelle poignante inquiétude pour la pauvre fille !
Jetant les yeux sur le troupeau d'enfants effrayés qui
s'accrochaient à ses vêtements, elle s'efforça de rappeler à sa mémoire troublée l'exemple qu'avaient donné
tant d'héroïnes sur les frontières de l'ouest. Ici, un
seul homme, aidé de trois ou quatre femmes, avait,
durant plusieurs jours, défendu un retranchement
contre les assauts d'une centaine d'ennemis ; là, des
femmes avaient suffi pour protéger le patrimoine de
leurs maris absents. Ailleurs, une femme seule,
emmenée en esclavage avec ses enfants, avait recon-
quis la liberté en tuant ses ravisseurs pendant leur
sommeil.

Cette situation avait quelque rapport avec celle
où se trouvait Hélène ; en conséquence, les joues
enflammées, les yeux étincelants, elle se mit à préparer ses faibles moyens de défense. Elle confia aux plus
grandes fillettes le maniement des leviers qu'on avait
disposés pour accabler l'assaillant sous des quartiers
de roche ; les autres étaient destinées plutôt à faire
nombre qu'à rendre aucun service utile. Quant à elle,
en sa qualité de commandante en chef, elle se
réservait d'encourager les combattants et de se porter
de sa personne partout où besoin serait. Cela fait, elle
s'efforça d'attendre le résultat avec un air de tranquillité qui, dans sa pensée, devait inspirer à la garnison
l'assurance nécessaire pour garantir le succès.

Quoique Hélène puisât dans ses facultés morales
une grande supériorité sur son entourage, elle était

loin d'égaler les deux filles aînées d'Esther pour une
qualité non moins importante en guerre, le mépris du
danger. Élevées durement au milieu des tracas d'une
vie de migrations perpétuelles, sur les confins de la
civilisation, elles s'étaient familiarisées avec les scènes
et les périls du désert, et promettaient de se distinguer
un jour non moins que leur mère. Un singulier
mélange de bien et de mal, mis en œuvre dans une
sphère d'action plus vaste, eût probablement élevé
l'épouse d'Ismaël au rang des femmes remarquables
de son temps. Déjà, une fois, Esther avait défendu
contre une attaque d'Indiens la cabane de son mari ;
plus tard, les sauvages l'avaient laissée pour morte,
après une défense qui, de la part d'un ennemi plus
éclairé, lui aurait valu une capitulation honorable. Ces
faits, et plusieurs autres de même nature, avaient
fréquemment été rappelés, non sans un légitime
orgueil, en présence de ses filles ; et le cœur des jeunes
amazones était alors étrangement ballotté entre un
effroi bien naturel et l'ambitieux désir de faire quelque chose qui pût les rendre dignes d'une telle mère.

L'occasion allait s'offrir enfin d'acquérir cette
distinction étrange et si peu conforme à la nature de
leur sexe.

Les quatre étrangers étaient parvenus à une
centaine de pas du rocher. Soit qu'ils fussent soucieux
de couvrir leur approche, ou tenus en respect par
l'attitude menaçante des deux guerrières qui, retran-
chées derrière leur barricade, allongeaient les canons
de deux vieux mousquets, ils firent halte derrière une
inégalité de terrain où l'herbe, haute et drue, les
dérobait à la vue des assiégées. De là ils s'occupèrent à
reconnaître la forteresse pendant quelques minutes
qui parurent interminables à Hélène.

Soudain l'un d'eux s'avança, dans l'attitude d'un parlementaire.

« Phœbé, tire.

— Non, Hetty, tire toi-même. »

Ces paroles avaient été échangées entre les deux aînées encore peu aguerries, quand leur cousine s'écria :

« Baissez les mousquets ! C'est le docteur Battius. »

Les jeunes filles obéirent, ou plutôt elles cessèrent d'appuyer le doigt sur le chien de leurs armes, mais en en maintenant le canon dans sa position redoutable.

Le naturaliste, à qui cette démonstration hostile n'avait point échappé, s'empressa d'arborer un mouchoir blanc au bout de son fusil, et arriva en quelques enjambées au pied de la forteresse. Prenant alors un ton d'importance et d'autorité :

« Holà ! oh ! » cria-t-il d'une voix de tonnerre. « Je vous somme tous, au nom de la confédération des États-Unis de l'Amérique du Nord, de vous soumettre à la loi.

— Docteur ou non, c'est un ennemi », dit Phœbé. « L'entendez-vous ? Il parle de la loi.

— Arrêtez ! » répondit Hélène, en écartant les armes dangereuses de nouveau dirigées vers la personne du héraut qui commençait à hésiter. « Sachons au moins ce qu'il nous veut.

— Je vous informe et fais savoir à tous », continua le docteur effarouché, « que je suis un citoyen paisible de la susdite confédération, un des soutiens du pacte social, un ami de l'ordre et de la paix. »

S'apercevant alors que le danger avait momentanément cessé, il ajouta sur un ton agressif :

« En conséquence, je vous somme, tous tant que vous êtes, de vous soumettre à la loi.

— Je croyais que vous étiez un ami », répliqua Hélène, « et que vous voyagiez avec mon oncle en vertu d'un arrangement...

— Il est nul ! » interrompit le docteur. « On m'a trompé dans les prémisses. C'est pourquoi je déclare que le susdit pacte conclu et consenti entre Ismaël Bush, émigrant, d'une part, et Obed Battius, docteur en médecine, de l'autre, est désormais nul et de nul effet. Or, mes enfants, la nullité n'est qu'une propriété négative, et ne saurait être préjudiciable à votre digne père ; mettez donc de côté les armes à feu, et prêtez l'oreille aux conseils de la raison. Oui, le pacte est vicieux, nul, abrogé de plein droit. Quant à toi, Nelly, je n'ai à ton égard que des sentiments d'amitié, sans aucune arrière-pensée de malveillance ; écoute donc ce que j'ai à dire et ne détourne pas tes oreilles dans un fol espoir de sécurité. Tu connais, jeune fille, le caractère de l'homme avec qui tu demeures, et tu connais aussi le danger d'être trouvée en mauvaise compagnie. Abandonne les futiles avantages de ta position, et remets paisiblement le rocher à la discrétion de ceux qui me suivent. C'est une légion, jeune fille, une légion formidable et invincible, je t'assure. Livre donc ce qui appartient à cet émigrant pervers et rebelle à la loi.

« Que faites-vous, chers enfants ? Avoir si peu de respect pour la vie humaine, c'est littéralement ôter tout son charme à une entrevue amicale ! Écartez ces armes dangereuses, je vous en supplie, plus encore dans votre intérêt que dans le mien. Hetty, as-tu oublié quel est celui qui calma ta douleur quand tes nerfs auriculaires étaient torturés par la malsaine fraîcheur de la terre nue ? Et toi, Phœbé, ingrate Phœbé, sans ce bras que tu voudrais frapper d'une éternelle paralysie, tes incisives te causeraient encore mille tourments ! Détourne ton arme et entends la voix d'un véritable ami. »

Sans quitter du coin de l'œil les inquiétants mousquets que les deux sentinelles avaient un peu écartés de leur direction, il conclut en s'adressant à Hélène :

« Maintenant, jeune fille, pour la dernière fois, et par conséquent la plus solennelle, je vous demande de rendre ce rocher sans délai, ni résistance, je vous le demande au nom de la puissance, de la justice et de... » Il allait ajouter « de la loi » ; mais se ressouvenant que ce terme malencontreux provoquait de nouveau l'hostilité des enfants d'Ismaël, il s'arrêta à temps, et termina sa harangue par le mot moins périlleux et plus malléable « de la raison ».

Cette sommation étrange ne produisit pas l'effet désiré ; pour les filles d'Esther elle demeura incompréhensible, à l'exception de certains mots qui sonnèrent mal à leurs oreilles ; et bien qu'Hélène en eût mieux saisi le sens, la rhétorique du docteur ne parut pas faire plus d'impression sur elle que sur ses compagnes. Aux endroits de son discours auxquels il avait tâché de donner un caractère pathétique et affectueux, elle avait eu une forte envie de rire tandis qu'aux passages menaçants elle affectait de rester insensible.

« Je n'ai pas compris grand'chose à tout ce que vous m'avez débité, docteur Battius », répondit-elle tranquillement quand il eut fini ; « mais si votre intention est de me faire manquer à mes devoirs, je ne dois pas vous écouter. Quant à esayer de la violence, n'en faites rien, croyez-moi ; car, quels que puissent être mes secrets désirs, vous voyez que je suis entourée d'une force qui m'empêcherait aisément d'agir ; et vous connaissez, ou vous devez connaître trop bien l'humeur de la famille pour vous frotter en pareil cas à aucun de ses membres, quel que soit leur sexe ou leur âge.

— En effet, j'ai une certaine expérience du caractère humain », répondit le naturaliste en s'éloignant prudemment à quelques pas en arrière. « Par bonheur, voici quelqu'un qui entendra peut-être mieux que moi l'art de faire jouer ses secrets ressorts. »

Le nouveau venu était le chasseur d'abeilles, qui accourait sans le moindre souci du péril qui troublait le pauvre savant.

« Hélène ! Hélène Wade ! » s'écria-t-il. « Je ne m'attendais pas à trouver en vous une ennemie.

— Vous n'en trouverez pas non plus quand vous demanderez ce que je pourrai vous accorder sans trahison ni déshonneur. Mon oncle a confié sa famille à ma garde ; dois-je mentir à la foi promise jusqu'à souffrir qu'on vienne ici maltraiter ses enfants peut-être, et le dépouiller du peu que les Indiens lui ont laissé ?

— Pour qui me prenez-vous ?... Et ce vieillard, cet officier des États-Unis », dit Paul en montrant le Trappeur et Middleton, qui s'étaient avancés à leur tour, « aucun d'eux est-il capable de mal faire ?

— Mais enfin que demandez-vous ?

— La bête ! » dit le docteur. « La bête dangereuse et carnassière que cache Ismaël, pas autre chose.

— Excellente demoiselle... » commença le jeune étranger.

Mais la parole lui fut immédiatement coupée par un geste significatif du Trappeur, qui lui dit à l'oreille :

« Laissez ce garçon parler pour nous. La nature agira sur le cœur de la jeune fille, et nous arriverons au but juste à point.

— Les voiles sont déchirés, Hélène », reprit Paul, « et nous avons démasqué l'émigrant dans ses plus secrètes machinations. Nous sommes venus pour rendre justice aux opprimés et délivrer les prisonniers. Eh bien, si vous êtes une brave fille, comme je l'ai toujours cru, loin de jeter des pierres dans notre chemin, vous vous joindrez à l'essaim général, et vous abandonnerez Ismaël et sa ruche aux abeilles de sa propre lignée.

— J'ai fait serment...

— Tout pacte conclu par ignorance ou par force », cria le docteur, « est nul aux yeux des moralistes.

— Silence ! » dit le Trappeur. « La nature et ce garçon parleront mieux que vous.

— J'ai juré », poursuivit Hélène vivement agitée, « en présence de celui qui a créé et qui gouverne tout ce qui est juste, soit en morale, soit en religion, d'avoir bouche close au sujet de la personne qui habite cette tente, et de ne point l'aider à s'échapper. On nous a dicté à toutes deux un serment terrible et solennel, et peut-être devons-nous la vie à cette promesse. Il est vrai que vous êtes en possession de notre secret, mais ce n'est pas à nous que vous le devez ; je ne sais même pas si je puis me justifier de garder la neutralité, alors que vous tentez d'envahir la demeure de mon oncle.

— Je me fais fort de prouver », intervint l'impatient naturaliste, « et sans crainte qu'on me réfute, en m'appuyant du témoignage de Paley, de Bekerley et même de l'immortel Binkerschoek, qu'un pacte conclu entre des parties dont l'une est captive...

— A quoi sert de l'injurier, cette enfant ? » dit le Trappeur. « Vous allez lui aigrir l'esprit. Laissez donc faire ce garçon : par le seul emploi des sentiments naturels, il l'amènera pas à pas à la douceur d'un faon folâtre. Ah ! vous êtes comme moi, vous n'avez pas le secret de ces mystérieuses tendresses de la nature.

— Est-ce là le seul engagement que vous avez pris, Hélène ? » continua Paul, d'un ton qui, pour le chasseur d'abeilles si léger d'ordinaire et si jovial, semblait empreint de douleur et de reproche ; « est-ce là tout ce que vous avez juré ? Les paroles d'Ismaël doivent-elles être du miel dans votre bouche et les promesses faites à un autre autant de rayons inutiles ? »

La pâleur qui avait couvert le visage d'Hélène fit place à une brillante rougeur. Elle hésita un moment comme si elle cherchait à refouler un accès de colère ; puis elle répondit avec son énergie naturelle :

« De quel droit m'interroge-t-on à propos d'engagements qui ne peuvent concerner que celle qui les a pris, s'il est vrai qu'elle en ait fait du genre de ceux dont vous parlez ? Je n'ai plus rien à dire à qui pense tant à soi-même, et ne prend conseil que de ses sentiments personnels.

— Eh ! Trappeur, l'entendez-vous ? » dit le naïf jeune homme en se tournant brusquement vers son vieil ami. « La plus humble des bestioles qui volent dans l'air, une fois sa besogne faite, retourne en droite ligne et franchement à son nid ou à sa ruche, suivant l'espèce ; mais les ressorts du cœur d'une femme sont aussi compliqués que les nœuds d'un cœur de chêne, et ont plus de détours que les eaux du Mississippi.

— Ma fille », fit observer le Trappeur, en manière d'accommodement, « rappelez-vous que la jeunesse est vive et peu réfléchie. Quoi qu'il en soit, une promesse est une promesse, et l'on ne doit pas la jeter au rebut comme les sabots et les cornes d'un buffle.

— Je vous remercie de me rappeler mon serment », dit Hélène en mordant de dépit sa jolie lèvre ; « sans cela, j'aurai pu l'oublier.

— Ah ! la nature de la femme parle en elle », dit le vieillard désappointé ; « mais elle se manifeste sous un mauvais jour. »

L'officier, qui jusque-là s'était borné à écouter attentivement le pourparler, intervint.

« Hélène », dit-il, « puisque c'est votre nom...

— On y en ajoute souvent un autre, Monsieur ; celui de mon père.

— Appelez-la Nelly Wade », marmotta Paul ; « c'est son nom de fille, et elle peut bien le garder.

— Hélène Wade », reprit le militaire, « veuillez remarquer que, moi qui n'ai prêté aucun serment, j'ai su respecter le vôtre. Vous êtes témoin que je me suis abstenu de pousser un seul cri, malgré la certitude de le faire parvenir à des oreilles qui en eussent tressailli de joie. Laissez-moi donc arriver jusqu'à vous, et je promets d'indemniser amplement votre parent du dommage qu'il pourrait souffrir. »

Hélène parut hésiter ; mais son regard étant tombé sur Paul qui, appuyé fièrement sur sa carabine, sifflait un refrain de chasse, de l'air le plus indifférent du monde, elle reprit assez de présence d'esprit pour répondre :

« Le commandement de ce rocher m'a été confié par mon oncle, et je le garderai jusqu'à ce qu'il vienne le reprendre.

— Nous perdons là des moments qui peuvent ne plus revenir », dit gravement Middleton, « et une si belle occasion ne se retrouvera peut-être jamais. Le soleil commence à descendre, et bientôt, sans doute, Ismaël et sa sauvage lignée seront de retour. »

Le docteur Battius jeta derrière lui un regard inquiet, avant d'exprimer son avis de la sorte :

« La perfection est toujours le partage de la maturité dans le monde animal comme dans le monde intellectuel. La réflexion est la mère de la sagesse, et la sagesse conduit au succès. Voici ce que je propose : retirons-nous à une prudente distance de cette position inexpugnable et tenons-y conseil pour délibérer sur la manière dont nous mettrons régulièrement le siège devant la place. Peut-être même serait-il opportun de renvoyer ledit siège à une date postérieure, de nous procurer des auxiliaires dans les terres habitées, et d'assurer ainsi la dignité des lois contre le danger d'une déroute.

— Un assaut serait préférable », objecta l'officier en souriant ; « on en serait quitte au pis aller, pour un bras cassé ou une tête en marmelade.

— Alors, en avant ! » appuya l'impétueux chasseur d'abeilles, et en même temps il prit un élan qui le mit tout à coup à l'abri des balles en l'amenant sous la projection de la plate-forme où la garnison était postée. « Maintenant, faites ce que vous voudrez, rejetons d'une race infernale ; vous n'avez plus qu'un instant pour nous jouer de mauvais tours.

— Paul ! imprudent ! » s'écria Hélène. « Encore un pas, et ces pierres vont vous écraser ! Elles ne tiennent à presque rien, et mes cousines n'hésiteront pas à les précipiter sur vous.

— Alors chassez de la ruche cet essaim de malheur, ou j'escalade ce rocher, fût-il hérissé de guêpes !

— Qu'elle y vienne ! » cria l'aînée des filles d'Esther, en brandissant son mousquet avec une résolution qui aurait fait honneur à sa belliqueuse mère. « Je vous connais, la belle cousine ! Au fond du cœur vous êtes du côté de la loi. Eh bien essayez un peu de me déloger, et je vous traiterai à la façon des frontières. Apportez un autre levier, mes sœurs ; dépêchez-vous. Je voudrais bien voir celui d'entre eux tous qui osera monter dans le camp d'Ismaël, sans la permission de ses enfants !

— Ne bougez pas, Paul, restez sous le rocher ; il y va de votre vie ! »

En ce moment, Hélène fut interrompue par la même apparition qui, la veille, avait mis fin à un tumulte presque aussi formidable, en se montrant à la même place.

« Au nom du Dieu tout-puissant, je vous adjure de vous arrêter, vous qui vous exposez si follement, et vous qui ne craignez pas d'ôter à vos semblables ce que vous ne pourrez jamais leur rendre ! »

Ainsi parla, avec un léger accent étranger, une voix douce et suppliante qui attira sur-le-champ tous les yeux de ce côté.

« Inès ! Inès ! » s'écria l'officier. « Est-ce vous que je revois ? Ah ! vous serez à moi maintenant, quand un million de diables seraient nichés là-haut. En avant, mon brave chasseur, et faites-moi place ! »

La soudaine apparition de la prisonnière avait frappé les défenseurs du rocher d'une stupeur dont on aurait pu tirer parti. Mais, à l'appel de Middleton, Phœbé, par un mouvement machinal, fit feu sur cette femme inconnue, sachant à peine si elle s'attaquait à un esprit ou à une mortelle. Hélène poussa un cri d'horreur et courut rejoindre son amie, sous la tente où elle s'était réfugiée.

Pendant cette diversion malheureuse, on travaillait à une sérieuse attaque au-dessous de la plate-forme.

Paul Hover, profitant de la confusion qui régnait parmi les défenseurs, avait lestement viré de bord, de manière à faire place à Middleton. Le naturaliste avait suivi l'officier, car une sorte d'ébranlement nerveux, produit par la détonation du mousquet, l'avait porté à chercher un abri, sans qu'il en eût conscience. Quant à leur vieux compagnon, il se contenta, au lieu de prendre la file, d'observer avec soin ce qui se passait, et, sans avoir aucune part à l'action, de conseiller ses amis, de les diriger, et surtout de les mettre en garde contre les entreprises de la garnison.

Cependant les filles d'Esther étaient fidèles à l'esprit qu'elles avaient hérité de leur redoutable mère. Dès qu'elles furent délivrées de la présence d'Hélène et de l'inconnue, leur attention se porta tout entière sur les assaillants, qui s'étaient établis entre les anfractuosités de la citadelle. Paul leur criait de se rendre, d'une voix qu'il grossissait exprès pour jeter l'effroi dans leurs jeunes cœurs ; et le Trappeur, de son côté, les conjurait de cesser une résistance inutile, et qui pourrait devenir fatale à quelqu'une d'entre elles. Peines perdues ! S'encourageant l'une l'autre à persévérer, elles mirent en équilibre les quartiers de roche, firent provision de cailloux, et chargèrent les fusils avec une activité et un sang-froid qui auraient fait honneur à des soldats rompus aux périls de la guerre.

« Glissez-vous sous le rebord », conseillait le vieillard au chasseur ; « ramenez vos pieds, mon garçon... Là, qu'est-ce que je disais ? La pierre vous a frôlé ; un pouce d'écart, et les abeilles ne vous auraient pas revu d'un bon mois... » S'adressant alors à Middleton : « Et vous qui portez le nom de mon ami, si vous avez la légèreté du Cerf Agile, vous pouvez maintenant prendre votre élan sur la droite, et monter tranquillement d'une vingtaine de pieds. Gare au buisson ! ne vous y fiez pas ! ce serait un poste dangereux ! Ma foi, l'y voilà ; c'est du bonheur et du courage... A votre retour, l'ami de la nature. Appuyez à gauche pour diviser l'attention des enfants... Eh ! quoi, jeunes filles, c'est moi que vous menacez ? Tirez donc, mes vieilles oreilles sont habituées au sifflement des balles. Ce n'est pas à mon âge, avec quatrevingts ans sur le corps, que je dois avoir un cœur de biche.

Il secoua la tête avec un sourire mélancolique, mais sans un tressaillement d'émoi, au moment où la balle qu'Hetty, dans son exaspération, lui avait envoyée, passa innocemment à peu de distance du lieu où il se tenait en vedette.

« Mieux vaut rester où l'on est que de bouger quand un maladroit touche la détente d'un fusil », continua-t-il ; « mais qu'il est triste de voir à quel point la nature humaine est encline au mal, même dans un être si jeune !... Bravo, le chasseur de bestioles ! encore un saut de cette force, et vous pourrez vous moquer des barrières et des fortifications de l'émigrant... Voilà le docteur qui s'échauffe, je le vois dans ses yeux, et nous en ferons quelque chose. Effacez-vous davantage, docteur, effacez-vous ! »

Oui, Battius était enflammé d'un beau zèle, et le Trappeur ne s'était pas trompé ; seulement la cause lui en échappait.

Tout en se modelant sur ses compagnons, et en opérant l'escalade en personne prudente et surtout terriblement ennuyée, notre savant avait aperçu une plante qui lui était inconnue, à quelques pieds au-dessus de sa tête, et dans une situation très exposée aux grosses pierres que les jeunes filles faisaient pleuvoir de la plate-forme. Aussitôt, oubliant tout pour ne songer qu'à la gloire d'être le premier à décorer d'un tel joyau les catalogues de la science, il s'élança sur sa prise avec l'avidité d'un moineau qui fond sur un papillon. Les quartiers de roche roulèrent alors avec un bruit de tonnerre ; c'était annoncer qu'il avait été vu. Comme il disparut au milieu d'un nuage de poussière, on le crut anéanti. L'instant d'après, on le revit tranquillement assis dans une cavité formée par quelques grosses pierres qui avaient cédé à la violence de la décharge, tenant en main d'un air de triomphe la tige qu'il avait conquise, et la couvant de ses yeux charmés.

Paul profita de l'occasion. Changeant de direction avec la rapidité de la pensée, il s'élança vers le poste que le docteur occupait avec tant de sécurité, et se faisant sans cérémonie un marchepied de son épaule, au moment où il se baissait pour contempler son trésor, il entra, d'un bond, par la brèche qu'avait ouverte un fragment du roc, et se trouva sur le plateau. Middleton se joignit à lui, et ils eurent tôt fait de saisir et de désarmer les jeunes filles.

C'est ainsi que, sans effusion de sang, une victoire complète triompha de cette citadelle qu'Ismaël s'était vainement flatté d'avoir rendue imprenable pendant la courte durée de son absence.

CHAPITRE XV

> Puisse le ciel sourire à cet acte
> sacré, afin que l'avenir nous épargne
> des chagrins !
>
> SHAKESPEARE.

Il est à propos que nous suspendions le cours de
ce récit pour remonter aux causes qui, entre autres
conséquences, avaient amené la lutte singulière que
nous venons de rapporter.

Parmi les troupes envoyées par le gouvernement
des États-Unis pour prendre possession du territoire
nouvellement acquis de la Louisiane, était un détachement commandé par Duncan Middleton, le jeune
officier qui a joué un rôle si actif dans le chapitre
précédent.

Dans le voisinage immédiat du poste qu'il avait
l'ordre d'occuper, résidait le chef d'une ancienne
famille coloniale, d'abord au service de la couronne
d'Espagne, et qu'une opulente succession avait
engagé à quitter la Floride pour s'établir parmi les
Français de la province voisine. Le nom de don
Augustin de Certavallos était à peine connu au delà

des murs de la petite ville qu'il habitait, mais il éprouvait une secrète joie à le faire lire à sa fille unique dans de vieux parchemins, où il figurait parmi ceux des héros et des grands de la vieille et de la nouvelle Espagne. En raison de ce fait, qui avait tant d'importance pour lui, et au rebours de ses voisins à l'esprit franc et communicatif, il se tenait à l'écart, et semblait se contenter de la société de sa fille arrivée à cet âge où la femme se dégage de l'enfance.

La curiosité de la jeune Inès n'était pas demeurée inactive. Elle n'avait pu entendre la musique martiale de la garnison, dont la brise du soir lui portait les échos, ni voir la bannière étrangère flottant sur les hauteurs qui avoisinaient les vastes domaines de son père, sans éprouver quelques-unes des impulsions secrètes considérées comme l'apanage de son sexe. Une timidité naturelle, et cette nonchalance particulière aux créoles, et leur plus grand charme, la retenaient au logis. Sans un accident qui fournit à Middleton l'occasion de rendre service au fier hidalgo, il est probable que ses sentiments auraient pris une autre direction, car il était dans l'âge où le pouvoir de la jeunesse et de la beauté se fait le plus vivement sentir.

Don Augustin connaissait trop bien les lois de l'étiquette pour négliger le devoir qu'elle imposait à un homme de sa condition. Par reconnaissance des services que lui avait rendus Middleton, il ouvrit sa maison aux officiers américains. La réserve qu'il observa d'abord à leur égard disparut peu à peu devant la franchise et les manières respectueuses du jeune capitaine.

Il est inutile de nous arrêter sur l'impression que les charmes d'Inès firent sur ce dernier, ou de ralentir la marche de notre récit par la description banale de l'influence progressive que l'élégance de manières, une beauté mâle, des soins assidus et un esprit orné ne pouvaient manquer d'obtenir sur le cœur sensible d'une jeune fille de seize ans, vivant dans la retraite, et douée d'un cœur romanesque et enthousiaste. Il nous suffira de dire qu'ils s'aimèrent, que le jeune homme ne tarda pas à déclarer sa passion, qu'il triompha aisément des scrupules de la fille, et avec quelque peine des objections du père, et qu'au bout de six mois Duncan fut fiancé à la plus riche héritière des rives du Mississippi.

Le matin du jour de ses noces, le soleil se leva sur un ciel brillant que l'innocente Inès salua comme un présage de son bonheur futur. Un prêtre catholique bénit leur union dans une chapelle particulière, et l'heureux couple, se dérobant aux réjouissances bruyantes d'une fête banale, consacra cette journée à l'effusion des plus affectueux sentiments.

Vers le soir, et comme il traversait le parc de don Augustin en revenant de faire une visite à son camp, Duncan Middleton entrevit une forme blanche à travers le feuillage d'un bosquet solitaire. Le son d'une douce voix, qui offrait au ciel des prières dans lesquelles il s'entendit nommer avec les épithètes les plus tendres, l'engagea à prendre une position de laquelle il pût prêter l'oreille sans crainte d'être découvert. Il était assurément fort agréable pour un mari de pouvoir pénétrer ainsi le fond de l'âme sans tache de sa femme, et voir sa propre image entourée des plus saintes aspirations comme d'une auréole. En suppliant le ciel de lui accorder la grâce de devenir l'humble instrument de la conversion de son époux, Inès le conjurait de lui pardonner à elle-même si la présomption ou l'indifférence pour les conseils de l'Église l'avaient conduite à l'erreur dangereuse de mettre son salut en péril en épousant un hérétique. Il y avait dans ces adjurations tant de piété fervente mêlée à une forte explosion de sentiments naturels, la nature de la femme s'y confondait tellement avec celle de l'ange, que Middleton lui aurait pardonné de l'appeler païen, en faveur de l'intérêt passionné qu'elle mettait à intercéder pour lui.

Lorsqu'elle se releva, il la rejoignit comme s'il eût ignoré entièrement ce qui s'était passé.

« Il commence à se faire tard, mon Inès », dit-il, « et don Augustin pourrait vous reprocher de négliger votre santé en restant dehors à une pareille heure. Que dois-je donc faire, moi qui suis investi de toute son autorité, et qui ai deux fois sa tendresse ?

— Soyez comme lui en *toutes* choses », répondit-elle en appuyant sur ces derniers mots ; « je ne saurais vous en demander davantage.

— Et vous ne pourriez faire plus. Ressembler en tout au digne et respectable don Augustin doit être le comble de vos vœux, je n'en doute pas ; mais il faut être indulgente aux faiblesses et aux habitudes d'un soldat. Allons rejoindre cet excellent père.

— Pas encore ! » dit-elle en se dégageant doucement du bras qu'il avait passé autour de sa taille. « J'ai encore un devoir à remplir avant de me soumettre aveuglément à vos ordres, tout soldat que vous êtes. J'ai promis à Inesilla, ma fidèle nourrice, qui m'a tenu lieu de mère, d'aller la voir à cette heure ; c'est la dernière fois, à ce qu'elle pense, qu'elle pourra recevoir la visite de son enfant, et je ne puis tromper son attente. Allez donc auprès de don Augustin, et dans une heure au plus je serai de retour.

— Rappelez-vous que ce n'est que pour une heure. »

Inès s'échappa en lui envoyant un baiser avec la main ; puis, toute honteuse de sa hardiesse, elle précipita sa marche, et entra dans la case de sa nourrice.

Middleton retourna pensif et à pas lents vers la maison de son beau-père, jetant plus d'un regard du côté où il venait de voir disparaître sa femme comme s'il eût voulu suivre de l'œil à travers les ténèbres du soir sa forme ravissante flottant à travers l'espace. Don Augustin le reçut avec affection, et passa quelque temps à écouter les plans que le jeune homme avait formés pour l'avenir.

L'heure assignée à l'absence d'Inès fut employée beaucoup plus vite que son époux n'eût pu l'espérer. Enfin ses yeux commencèrent à consulter l'horloge et à compter les minutes. Inès ne paraissait pas. Déjà l'aiguille avait de nouveau parcouru la moitié du cadran, quand Middleton se leva et annonça qu'il allait la chercher lui-même.

La nuit était sombre et le ciel chargé de ces vapeurs menaçantes qui, dans ce climat, précèdent toujours un ouragan. Stimulé non moins par l'aspect du firmament que par sa secrète inquiétude, il se dirigea à grands pas vers la case de la nourrice. Vingt fois il s'arrêta, croyant voir la forme enchanteresse d'Inès ; vingt fois trompé dans son attente, il reprit sa marche. Il arriva enfin à la chaumière, frappa, ouvrit la porte, et ne trouva pas celle qu'il était venu demander ; elle était partie pour retourner chez son père. Pensant qu'ils s'étaient croisés dans les ténèbres, il rebroussa chemin ; mais nouvelle déception ! chez don Augustin, on n'avait pas revu Inès. Le cœur serré, il courut au petit bosquet où il avait entendu sa femme prier pour son bonheur et sa conversion : là aussi son espoir fut déçu, et alors son esprit flotta dans une pénible incertitude de doutes et de conjectures.

Pendant plusieurs heures, un secret soupçon des motifs de l'absence de sa femme engagea Middleton à entourer ses recherches des plus grandes précautions. Mais le jour ayant reparu sans la rendre aux bras de son père et de son époux, toute réserve cessa, et la nouvelle de son absence inexplicable fut hautement proclamée. On procéda aussitôt à une enquête publique, qui n'amena aucun résultat : personne ne l'avait ni vue ni entendue depuis le moment où elle avait quitté la chaumière de sa nourrice.

Les jours s'écoulèrent, et force fut aux parents et amis de la jeune femme de la considérer comme irrévocablement perdue.

Un événement d'une nature si extraordinaire ne pouvait être de sitôt oublié. Il donna lieu à une foule de rumeurs et même de mensonges. L'opinion dominante parmi les émigrants qui couvraient le pays se résuma dans cette conclusion simple et directe, que l'épouse absente avait volontairement mis fin à ses jours. Quant à don Augustin, il se laissa persuader par son confesseur qu'il avait eu tort de livrer entre les bras d'un hérétique une beauté si pure, si naïve, et surtout si pieuse ; et que le malheur qui avait frappé sa vieillesse était le châtiment de sa présomption et de son manque de fermeté dans les principes de foi.

Mais Middleton, l'amant, l'époux, fut presque écrasé sous le poids d'un coup aussi terrible qu'inattendu. Il est inutile d'insister sur les tortures morales qu'il endura pendant les premières semaines qui suivirent son malheur. Au fond de lui-même il entre-

tenait le soupçon que la disparition d'Inès était due à
des préjugés religieux, et ce fut là ce qui le soutint au
milieu des recherches qu'il s'obstinait à faire. Toutefois il ne pouvait se résoudre à se croire abandonné,
même pour un certain temps, et il en arrivait peu à
peu à la conviction plus douloureuse qu'elle était
morte, quand ses espérances se ranimèrent tout à
coup d'une façon singulière.

Un soir, après la parade, notre capitaine revenait
tristement à son logis, situé à quelque distance du
camp ; ses regards distraits tombèrent sur un homme
qui, d'après les règlements, ne devait pas se trouver là
à cette heure indue. Cet étranger était mal vêtu, et
tout annonçait en lui le dénuement et la dégradation la
plus vile. Le chagrin avait adouci la raideur militaire
de Middleton ; en passant auprès de ce misérable, il lui
dit d'un ton de pitié :

« Vous passerez la nuit au corps de garde si la
patrouille vous rencontre ici. Voici un dollar ; allez
chercher ailleurs un gîte et un souper.

— Qu'importe ce que je mange ! j'avale sans
mâcher », répondit le drôle qui n'en saisit pas moins le
dollar de ses doigts crochus. « Encore dix-neuf pièces
comme celle-là, capitaine, et je vous vendrai un
fameux secret.

— Retirez-vous, ou j'appelle la garde.

— Soit, je m'en irai ; mais si je m'en vais,
j'emporterai mon secret avec moi, et il y a gros à
parier que vous resterez veuf jusqu'à ce qu'on ait là-
haut battu le rappel pour vous.

— Qu'est-ce à dire, coquin ? »

Mais le coquin commençait à s'éloigner en ricanant.

« Oh ! c'est bien simple », répliqua-t-il ; « je vais

échanger ce dollar contre de l'eau-de-vie d'Espagne ;
puis je reviendrai et le secret en question, si vous le
payez ce qu'il vaut, me permettra d'en acheter un
baril.

— Parlez tout de suite, si vous savez quelque
chose.

— J'ai soif, et il m'est impossible de m'exprimer
avec élégance quand j'ai le gosier sec. Combien me
donnerez-vous pour connaître le mystère ? Soyez
généreux, comme entre gens comme il faut.

— Mieux vaudrait appeler la garde... De quoi
s'agit-il ?

— D'un mariage... d'une femme mariée et qui ne

l'est pas ; d'un joli minois et d'une riche dot. Suis-je
assez clair ?

— Si vous savez quelque chose au sujet de ma
femme, parlez, et ne vous embarrassez pas de la
récompense.

— Capitaine, j'ai conclu bien des marchés dans
ma vie ; il m'est arrivé d'être payé en argent, et
quelquefois en promesses : or, les promesses, c'est de
la monnaie de singe.

— Fixer votre prix.

— Vingt dollars ! Non, trente, ou, le diable
m'emporte, ça ne vaut pas un liard.

— Les voilà. Mais, attention ! si vous me contez
des fadaises, j'ai sous la main des gens qui vous feront
restituer l'argent et repentir de votre insolence. »

Le drôle examina d'un œil méfiant les billets de
banque, et les mit dans sa poche, bien convaincu sans
doute qu'ils étaient bons.

« Eh bien, capitaine, vous savez sans doute que
tout le monde ne mange pas au même râtelier : les uns
gardent ce qu'ils ont acquis, les autres attrapent ce
qu'ils peuvent.

— Vous avez été voleur ?

— Fi donc ! J'ai été un chasseur de gibier
humain. Connaissez-vous ce métier-là ? C'est que,
voyez-vous, cela s'entend de plusieurs manières. Il y a
des gens qui regardent les têtes crépues comme fort à
plaindre, parce qu'on les oblige à travailler aux
plantations sous un soleil de feu, sans compter mille
désagréments. Eh bien, je me suis ingénié dans mon
temps à leur procurer le plaisir de la variété, en les
faisant changer de résidence. Vous comprenez ?

— En bon anglais, vous trafiquez de chair
humaine.

— Mettons cela au passé, s'il vous plaît ; car, pour le quart d'heure, mes moyens ont un peu baissé, et je ressemble au marchand qui, ne pouvant plus vendre en gros, s'est rabattu sur le détail. Ensuite, les jambes refusent le service, et sans jambes un chasseur d'hommes ferait un métier de dupe. Mais il ne manque pas de gens mieux pourvus que moi.

— Eh ! quoi », s'écria Middleton saisi d'horreur, « l'aurait-on enlevée ?

— Sur le grand chemin, aussi vrai que vous êtes là devant moi.

— Scélérat ! qui te fait croire une chose si effroyable ?

— Bas les mains !... bas les mains ! Pensez-vous qu'en me serrant la gorge, ma langue marchera plus vite ? Un peu de patience et de courtoisie, et vous saurez tout.

— Continuez ; mais pas un mot de plus ou de moins que la vérité, ou le châtiment ne se fera point attendre.

— Allons donc, capitaine, quand un gueux de ma sorte se décide à parler, c'est qu'il y a quelque probabilité à son dire. Je vais vous dégoiser mes faits et gestes, et vous aurez le temps de les digérer pendant que j'irai boire votre argent... Sachez d'abord que j'ai été lié avec un individu nommé Abiram White. Depuis de longues années, il s'occupe, à ma connaissance, de transporter régulièrement de la chair humaine d'un État dans un autre. Nous avons autrefois trafiqué ensemble, et nul ne s'entend mieux que lui à vous mettre dedans. Or, je l'ai vu rôder par ici, le jour même de votre mariage. Il était avec le frère de sa femme, en train de monter une expédition, disait-il, pour aller chasser dans l'Ouest. Une fière troupe, ma foi, pour entreprendre une affaire ! Sept garçons en plus, tous aussi grands que votre sergent, y compris son bonnet. Du moment où j'appris que votre femme avait disparu, je me dis sur-le-champ : « Abiram a fait le coup. »

— Quelles raisons avez-vous pour le supposer ?

— Des raisons suffisantes ; je connais Abiram White. A présent, s'il vous plaisait d'ajouter une bagatelle pour empêcher que mon gosier se dessèche...

— Va-t-en ! la boisson t'a déjà abruti, misérable, et tu ne sais ce que tu dis. »

Le coquin se retourna pour regarder Middleton qui s'éloignait ; et riant à gorge déployée en homme content de lui, il se rendit au plus vite à la cantine.

Cent fois, pendant la nuit suivante, Middleton pensa que la confidence du vagabond méritait quelque attention, et cent fois il rejeta cette idée comme trop extravagante pour y arrêter sa pensée. Après une nuit agitée et presque sans sommeil, il fut éveillé, le matin, par son ordonnance, qui vint lui rapporter qu'on avait trouvé un homme mort sur le terrain de la parade, à peu de distance de son logement. S'étant habillé à la hâte, il se rendit sur les lieux, et reconnut l'individu avec lequel il avait eu la veille une conversation, et qui était étendu à l'endroit même où il l'avait rencontré.

Le misérable était mort victime de son intempérance. Ce fait révoltant était suffisamment indiqué par ses yeux qui lui sortaient de la tête, son visage tuméfié, et l'odeur insupportable qui déjà s'exhalait de son cadavre. Dégoûté de ce spectacle, le jeune homme en détournait les yeux après avoir ordonné d'enlever le corps, quand la position de l'une des mains du défunt le frappa. En l'examinant, il vit que l'index était tendu dans l'action d'écrire sur le sable, et déchiffra ce qui suit, tracé en caractères à peine lisibles : « Capitaine, c'est aussi vrai que je suis un honnête... » Avant d'achever la phrase, le moribond avait rendu le dernier soupir.

Sans souffler mot à personne de cette étrange rencontre, Middleton renouvela ses ordres et partit. La persistance du défunt, et toutes les circonstances réunies, l'engagèrent à prendre en secret de nouvelles informations. Il apprit qu'une famille, répondant au signalement qui lui avait été donné, avait effectivement passé par cette ville, le jour même de son mariage. On suivit ses traces sur les rives du Mississippi jusqu'à un certain point où elle s'était embarquée et avait remonté le fleuve jusqu'à son confluent avec le Missouri ; là, elle avait disparu, comme des centaines d'autres, pour aller chercher fortune dans l'intérieur.

En possession de ces faits, Middleton composa une petite escorte de ses hommes les plus sûrs, prit congé de don Augustin, sans lui faire part de ses espérances ou de ses craintes, et, arrivé au point indiqué, commença sa poursuite dans le désert. Il ne lui fut pas difficile de suivre la piste d'une caravane comme celle d'Ismaël, jusqu'au moment où il eut l'assurance que le but de son voyage était bien au-delà des limites ordinaires des habitations. Cette circonstance raviva encore ses soupçons et prêta une nouvelle force à l'espoir qu'il avait de réussir.

Lorsqu'il manqua de renseignements locaux pour diriger sa route, il recourut aux signes ordinaires pour reconnaître le passage des émigrants. Mais dès qu'il eut atteint le sol dur et résistant de la Prairie, il se trouva complètement en défaut. Obligé de disséminer son monde après avoir fixé un lieu de rendez-vous à une époque éloignée, il s'efforça de retrouver la piste perdue en multipliant autant que possible le nombre des yeux investigateurs.

Il y avait huit jours qu'il était seul quand le hasard l'avait mis en contact avec le Trappeur et le chasseur d'abeilles. Nous avons rapporté une partie de leur entrevue, et le lecteur peut facilement se figurer les explications qui suivirent son récit et qui conduisirent, comme on l'a vu, à la délivrance d'Inès.

CHAPITRE XVI

> Toutes les apparences confirment
> sa fuite ; ainsi, je vous en prie, ne vous
> arrêtez pas à discourir, mais montez
> sur-le-champ à cheval.
>
> SHAKESPEARE.

Une heure s'était écoulée en questions rapides et presque incohérentes et en réponses qui ne l'étaient pas moins, avant que Middleton, penché sur le trésor qu'il venait de recouvrer, et contemplant Inès avec cette anxiété jalouse dont un avare regarderait son coffre-fort, terminât le récit décousu de son expédition.

« Et vous, mon Inès », demanda-t-il enfin, « comment vous a-t-on traitée ?

— Sauf le crime de m'avoir arrachée à ceux que j'aime, mes ravisseurs m'ont traitée peut-être aussi bien qu'il leur était possible. A mon avis, celui qui commande la troupe est loin d'être un méchant endurci. Il a eu en ma présence une querelle terrible avec le misérable qui m'avait enlevée ; puis, ils ont conclu ensemble un pacte impie, que j'ai été obligée

de sanctionner, et auquel ils m'ont liée ainsi qu'eux-
mêmes par serment. Ah ! Duncan, je crains bien que
les hérétiques ne soient pas aussi fidèles à leur parole
que les chrétiens élevés dans le giron de la véritable
Église.

— N'en croyez rien ; ces scélérats ne sont d'aucune religion. Se sont-ils parjurés ?

— Non. Mais n'était-il pas épouvantable de
prendre Dieu à témoin d'un pacte si criminel ?

— C'est aussi notre opinion. Comment ont-ils
observé leur serment, et quel en était l'objet ?

— Ils convinrent de ne me soumettre à aucune
contrainte et de me délivrer de leur odieuse présence,
à condition que je leur promettrais de ne rien tenter
pour m'enfuir, et de ne pas même me montrer,
jusqu'à une certaine date qu'ils fixèrent.

— Et cette date ?

— Elle est passée. J'avais juré par mon saint
patron, et je tins fidèlement ma promesse jusqu'au
moment où celui-ci qu'ils nomment Ismaël oublia la
sienne et en vint à des actes de violence ; je me
montrai alors sur le rocher, car la date convenue était
passée.

— Dites-moi ce qui a pu engager ces monstres à
jouer ce jeu désespéré, à disposer ainsi de mon
bonheur ?

— Vous connaissez mon ignorance du monde, et
combien je suis peu propre à assigner des motifs à la
conduite d'êtres si différents de tous ceux que j'ai déjà
vus ; mais la soif de l'or n'entraîne-t-elle pas les
hommes à des actes pire encore ? Ils devaient s'attendre à ce qu'un père riche et âgé leur payât pour sa fille
une énorme rançon ; et peut-être », ajouta-t-elle en
jetant à travers ses larmes un regard scrutateur sur

Middleton, « ils comptaient un peu sur l'affection d'un jeune époux.

— Ils auraient pu tirer goutte à goutte tout le sang de mon cœur.

— Oui », reprit Inès, qui baissa les yeux et reprit à la hâte le fil de son discours, comme pour lui faire oublier un écart d'innocente liberté, « l'on m'a dit qu'il existait des êtres assez vils pour se parjurer à l'autel afin d'accaparer la fortune des filles trop confiantes. Si l'amour de l'argent peut conduire à une telle bassesse, il ne faut pas s'étonner de ce qu'il entraîne à des actes d'une fraude moins coupable des gens dévorés de la passion du gain.

— Cela doit être. Maintenant, Inès, quoique je sois ici pour vous défendre au péril de ma vie, et que nous ayons pris possession de cette forteresse, nos embarras, peut-être aussi nos périls, ne sont pas terminés. Armez-vous de tout votre courage pour supporter cette épreuve, et montrez que vous êtes la femme d'un soldat.

— Je suis prête à partir à l'instant. La lettre que vous m'avez envoyée par le médecin m'avait donné les meilleures espérances, et j'ai tout disposé pour pouvoir fuir au premier signal.

— En route alors pour aller rejoindre nos amis !

— Nos amis, dites-vous ? » s'écria Inès en jetant les yeux autour de la petite tente pour y chercher Hélène. « Et moi aussi j'ai une amie qui ne doit pas être oubliée, et qui a promis de passer avec nous le reste de ses jours. Elle est partie ! »

Middleton, la conduisant doucement hors de la tente, lui répondit avec un sourire :

« Elle peut avoir eu, comme moi, quelques communications à faire à une oreille privilégiée. »

En parlant ainsi, le capitaine était loin de rendre justice aux motifs d'Hélène Wade.

Sensible et intelligente, elle avait compris que sa présence n'était pas nécessaire à l'entrevue des deux époux, et elle s'était mise à l'écart avec ce tact exquis qui semble être l'apanage de son sexe. On pouvait la voir assise sur une saillie du rocher, et si bien enveloppée de ses vêtements qu'il était impossible de distinguer ses traits. Elle demeura ainsi près d'une heure sans que personne approchât d'elle pour lui adresser la parole, et sans être vue de qui que ce fût, à ce qu'elle croyait du moins.

Sur ce dernier point, comme nous le verrons plus bas, la vigilance de la clairvoyante Hélène était en défaut.

Le premier acte de Paul Hover, en se voyant maître de la citadelle d'Ismaël, avait été de sonner la fanfare de la victoire, à la manière singulière et plaisante si souvent pratiquée parmi les habitants des frontières de l'Ouest. Se battant les flancs avec ses bras comme le coq vainqueur bat des ailes, il poussa un grotesque cocorico, espèce de défi qui eût pu avoir ses dangers si quelqu'un des fils athlétiques d'Ismaël avait été à portée de l'entendre.

« Voilà ce que j'appelle un véritable combat à outrance », s'écria-t-il, « et pas une égratignure ! Eh bien, vieux Trappeur, vous avez été dans votre temps un de ces soldats bien dressés qui marchent au pas et par peloton, et vous savez la manière de prendre des forts et enlever des batteries... n'est-ce pas ?

— C'est vrai », répondit le vieillard qui avait gardé son poste au pied du rocher, si peu ému par ce qu'il venait de voir qu'il fit chorus à la gaieté de Paul par un de ces rires silencieux qui lui étaient particuliers. « Vous avez conduit l'affaire en braves.

— Alors apprenez-moi une chose : n'a-t-on pas coutume, après une bataille sanglante, de faire l'appel des vivants et d'enterrer les morts ?

— Il y a du pour et du contre. Quand sir William poussa l'Allemand Dieskau dans les défilés de l'Horican...

— Votre sir William n'était qu'un frelon en comparaison de sir Paul ; il n'entendait rien aux lois de la guerre. Attention ! je procède à l'appel... Mais, à propos, Trappeur, la chasse aux abeilles, les bosses de buffles et autres détails m'ont tellement absorbé que j'ai oublié de vous demander votre nom ; car je me propose de commencer par l'arrière-garde, convaincu d'avance que l'avant-garde est trop occupée pour songer à me répondre.

— Ma foi, mon garçon, autant de pays que j'ai habités, autant j'ai reçu de noms différents. Par exemple, les Delawares, à cause de ma vue perçante, m'ont appelé Œil de Faucon, et les colons de l'Otsego Bas de Cuir, d'après l'étoffe de mes guêtres. Des noms ! j'en ai eu une ribambelle dans ma vie. Bah ! au grand jour de la revue générale, quand nous nous verrons tous face à face, peu importera sous quel nom chacun aura joué son rôlet ! Pour moi, j'espère humblement d'être en état, à l'appel des miens, n'importe lequel, de répondre sans rougir, à haute et intelligible voix. »

Paul fit peu ou point d'attention à cette réponse, dont la distance empêcha une bonne moitié de lui parvenir, et, continuant sa plaisanterie, il appela le naturaliste. Le docteur Battius n'avait pas jugé à propos de pousser ses avantages plus loin que la confortable niche que le hasard avait si heureusement formée pour le protéger, et où il se délassait de ses fatigues dans un agréable sentiment de sécurité, joint à l'inexprimable satisfaction de posséder le trésor végétal déjà mentionné.

« Montez, montez, mon digne attrapeur de taupe », reprit Paul. « Venez voir la perspective dont jouissait ce coquin d'Ismaël ; venez regarder la nature en face, et ne rampez plus dans l'herbe de la Prairie et parmi les taupinières, comme un preneur de sauterelles. »

Ce fut alors qu'Hélène sortit de la tente. L'apparition de celle qu'il aimait ferma la bouche du joyeux chasseur d'abeilles, et autant il avait été bruyant, autant il devint tout à coup silencieux.

Quand elle s'assit à part, mélancolique et solitaire, Paul affecta de s'absorber dans une inspection minutieuse du mobilier et des effets d'Ismaël. Il fouilla sans ménagement dans les tiroirs d'Esther, éparpilla sur le sol les rustiques atours des jeunes filles, et fit voler çà et là les marmites et les poêlons, comme s'ils eussent été de bois et non de fer. Tout ce remue-ménage était sans objet ; il ne s'appropriait rien, et ne paraissait même pas s'apercevoir de la nature des articles qu'il traitait avec si peu de cérémonie.

Après avoir examiné l'intérieur de chaque cabane, jeté un nouveau coup d'œil sur celle où il avait enfermé les enfants, solidement garrottés au préalable ; après avoir, d'un coup de pied, lancé dans l'espace un des seaux d'Esther, et cela par pure espièglerie, il se rapprocha du bord du plateau, et, les deux mains passées dans sa ceinture, se mit à siffler l'air des *Chasseurs du Kentucky,* avec autant de zèle que s'il eût été payé à l'heure pour faire de la musique à son auditoire.

Il fallut l'intervention de notre officier pour arracher Paul à sa musique, et le docteur à l'étude de sa plante, et, en sa qualité de chef reconnu, il donna l'ordre du départ.

Comme nos aventuriers avaient fait entrer la victoire dans leurs prévisions, chacun d'eux s'occupa aussitôt des préparatifs nécessaires selon ses forces et sa situation. Le Trappeur s'était déjà rendu maître de l'âne qui paissait à peu de distance du rocher, et il s'empressa de placer sur son dos l'appareil compliqué que le naturaliste appelait fièrement une selle de son invention. De son côté, celui-ci rassembla ses portefeuilles, son herbier, sa collection d'insectes, qu'il transporta du camp d'Ismaël dans les vastes poches suspendues à l'ingénieuse machine, et que le Trappeur rejeta bien loin dès qu'il eut le dos tourné. Paul fit preuve de célérité en se chargeant des légers paquets qu'Inès et Hélène avaient d'avance préparés pour leur fuite, pendant que le capitaine employait menaces et promesses pour engager les enfants à rester tranquillement dans leur état de réclusion.

Le Trappeur introduisit les objets qu'il jugea devoir être les plus utiles à la portion la plus faible et la plus délicate de la troupe dans ces mêmes poches dont il avait si cavalièrement expulsé les trésors du naturaliste ; puis il s'écarta pour permettre à Middleton d'installer sa femme sur l'un des deux sièges qu'il avait arrangés pour elle et sa compagne sur le dos de l'animal.

« A votre tour, ma fille ; montez en croupe », dit le vieillard à Hélène, en jetant un regard inquiet sur la Prairie. « Le maître du logis ne tardera pas à rentrer chez lui, et il n'est pas homme à se laisser enlever impunément son bien, de quelque manière qu'il l'ait acquis.

— Oui, oui », dit Middleton ; « nous avons perdu des moments précieux, et il faut faire appel à toute notre énergie.

— J'y pensais, capitaine, et j'avais bonne envie de vous prévenir ; mais je me suis rappelé votre grand-père, et combien il aimait à contempler, aux jours de sa jeunesse, les traits de celle qui devait être son épouse. C'est la nature, et il est plus sage de céder aux sentiments qu'elle inspire que de vouloir en refouler le cours. »

Hélène s'approcha, et prenant Inès par la main, elle lui dit avec chaleur, bien que l'émotion lui ôtât presque la parole :

« Dieu vous conduise, aimable dame ! J'espère que vous oublierez les torts de mon oncle, et que vous lui pardonnerez… »

La pauvre fille, humiliée, n'en put dire davantage, et elle éclata en sanglots.

« Que signifie cela ? » s'écria Middleton. « Ne m'avez-vous pas dit, Inès, que cette excellente personne devait nous accompagner et passer avec nous le reste de sa vie, ou, du moins, jusqu'à ce qu'elle trouvât quelque autre résidence plus agréable ?

— Je l'ai dit, et je l'espère encore », dit Inès. « Elle m'a toujours donné lieu de croire qu'après m'avoir témoigné tant d'amitié dans mon malheur, elle ne m'abandonnerait pas en des temps plus heureux.

— Je ne le puis… je ne le dois pas, « reprit Hélène, revenue de sa faiblesse passagère. « Il a plu à Dieu de fixer ma destinée parmi cette famille, et je ne dois pas la quitter ; ce serait ajouter les apparences de la trahison à ce qui est déjà bien assez répréhensible aux yeux d'un homme tel qu'Ismaël. J'étais orpheline ; il a eu pour moi des bontés, malgré la rudesse de ses manières, et je ne saurais l'oublier.

—- Allons donc ! » dit Paul en toussant bruyamment. « Si le vieux drôle lui a fait la charité d'un morceau de venaison ou d'une cuillerée de bouillie, ne l'a-t-elle pas payé de reste en apprenant à lire aux petites diablesses ou en aidant Esther à donner à ses nippes une certaine tournure ? Dites-moi qu'un bourdon a un dard, et je vous croirai plutôt que d'admettre que Nelly Wade ait la moindre obligation à un membre quelconque de la tribu d'Ismaël.

— Peu importe chez qui je sois et à qui j'aie obligation ! Qui pourrait s'intéresser à une fille sans père ni mère, et dont les plus proches parents font horreur à tous les honnêtes gens ? Non, non, partez, Madame, et que le ciel vous protège ! Je ferai mieux de rester dans ce désert, où du moins personne ne connaîtra ma honte.

— Eh bien, vieux Trappeur », dit Paul, « voilà ce que j'appelle savoir de quel côté souffle le vent ! Vous avez l'expérience des choses de la vie ; soyez donc juge. Franchement, n'est-il pas dans la nature que l'essaim sorte de la ruche quand les jeunes abeilles ont atteint leur croissance ? Et puisque les enfants quittent leurs parents, n'est-il pas juste que celle qui n'a aucun lien de parenté… ?

— Chut ! » interrompit celui à qui il s'adressait. « Hector, n'est pas content. Qu'as-tu à grogner, mon garçon ? Explique-nous ça. »

Le vénérable limier s'était levé, et reniflait la fraîche brise qui continuait à souffler pesamment sur la Prairie. A la voix de son maître, il gronda de nouveau et retroussa ses lèvres en montrant ce qui lui restait de dents. Son compagnon, qui se reposait après la chasse du matin, annonça aussi qu'il sentait dans l'air quelque chose d'insolite.

Le Trappeur saisit l'âne par la bride, et le faisant avancer :

« Assez causé », dit-il. « L'émigrant et sa couvée ne sont guère à plus d'une demi-heure de ce lieu de bénédiction. »

Le danger qui menaçait la compagne qu'il venait de retrouver empêcha Middleton de s'occuper plus longtemps d'Hélène ; et il n'est pas besoin d'ajouter que le docteur Battius n'attendit pas un second avertissement pour battre en retraite.

Suivant la route indiquée par le vieillard, ils tournèrent le rocher, et poursuivirent leur marche, aussi rapidement que possible, à travers la Prairie, mettant la hauteur entre eux et ceux qu'ils voulaient éviter.

Paul Hover était resté immobile, silencieusement appuyé sur sa carabine. Près d'une minute s'écoula avant qu'Hélène s'aperçût de sa présence, car elle avait plongé la tête entre ses mains, comme pour se cacher à elle-même l'isolement où elle se croyait réduite.

« Que faites-vous là ? » s'écria la jeune fille en larmes, dès qu'elle vit qu'elle n'était pas seule. « Fuyez !

— Fuir ? » répondit Paul. « L'habitude me manque.

— Mon oncle sera bientôt ici ; vous n'avez rien à attendre de sa pitié.

— Ni de celle de sa nièce, je présume. Qu'il vienne ; il ne peut, au pis aller, que me casser la tête.

— Paul, Paul ! par amour pour moi, retirez-vous.

— Seul ? si j'en fais rien, je veux être...

— Mais il y va de votre vie !

— La vie ne m'est rien si je vous perds. »

Le visage inondé de pleurs, elle tendait vers lui des mains suppliantes. Le chasseur lui passa un bras autour de la taille, l'entraîna rapidement et prit le chemin que suivaient ses compagnons à travers la plaine.

CHAPITRE XVII

> Approchez de cette chambre, et qu'une nouvelle Gorgone vous y frappe la vue... Ne me demandez pas d'explication ; voyez et parlez vous-mêmes.
>
> SHAKESPEARE.

Le ruisseau qui fournissait d'eau la famille de l'émigrant, et avait nourri les arbres et les buissons à la base du rocher, prenait sa source à peu de distance, au milieu d'un bouquet de cotonniers et de vigne vierge. Ce fut de ce côté que le Trappeur dirigea la fuite de ses amis, comme vers la seule retraite qui leur fût offerte en un péril si pressant.

Une longue expérience de semblables péripéties avait donné au vieillard une sorte d'instinct, qui le porta à prendre cette direction, afin de mettre la colline entre eux et leurs ennemis. A la faveur de cette circonstance, ils réussirent à gagner le couvert en temps utile, et Paul Hover venait à peine d'y entrer avec Hélène, qu'Ismaël arriva, de la manière que nous avons décrite, au sommet du rocher. Il resta quelque temps à regarder, d'un air hébété, tantôt son mobilier et ses effets en désordre, tantôt ses enfants liés et empilés en tas sous un hangar d'écorces d'arbre. De la hauteur où il se tenait, une longue carabine aurait pu envoyer une balle dans la retraite où étaient rassemblés les auteurs de tout ce désordre.

Le Trappeur fut le premier qui prit la parole, comme étant celui dont la prudence et la sagacité formaient leur principal espoir. Après avoir jeté un coup d'œil sur les divers individus groupés autour de lui, pour s'assurer qu'il n'en manquait aucun :

« Ah ! la nature est la nature ; elle a fait son œuvre », dit-il, en faisant à Paul, dont la physionomie rayonnait de joie, un signe de tête approbateur. « Je savais bien que pour ceux qui s'étaient réunis par le beau comme par le mauvais temps, à la lueur des étoiles et dans les ténèbres, il serait dur de se quitter brouillés. Ah ! çà, parlons peu mais parlons bien, et surtout ayons du sang-froid. Il ne s'écoulera pas grand temps avant qu'un des jeunes loups lève le nez pour flairer notre piste ; et s'ils la trouvent, comme j'en suis certain, s'ils ne nous laissent d'autre ressource que le courage, il faudra vider la querelle à coups de fusil, ce qu'à Dieu ne plaise ! Capitaine, pouvez-vous nous conduire à l'endroit où se trouvent vos soldats ? car les robustes fils de l'émigrant nous donneront du fil à retordre, ou bien je suis mauvais juge en fait de batailleurs.

— Le rendez-vous a été fixé sur les bords de la Platte, fort loin d'ici.

— Tant pis ! tant pis ! Quand on doit se battre, il est toujours sage de faire en sorte que la partie soit égale. Mais le meurtre et le sang conviennent-ils à un homme aussi près que moi de sa fin ? Écoutez ce qu'une tête grise, qui n'est pas sans expérience, aurait à vous offrir ; après quoi, si quelqu'un de vous indique un meilleur moyen de retraite, nous pourrons suivre son avis, et on oubliera que j'ai parlé. Ce taillis se prolonge l'espace de près d'une demi-lieue, en s'éloignant du rocher dans la direction du couchant, c'est-à-dire à l'opposé des habitations...

— Cela suffit », s'écria Middleton, trop impatient pour attendre que le vieillard, un peu diffus peut-être, eût achevé son explication minutieuse. « Le temps est précieux. En marche ! »

Le Trappeur fit un geste d'adhésion, et conduisit l'âne à travers un sol fangeux jusqu'à une espèce de terre-plein, du côté opposé au camp d'Ismaël.

« Si le vieux coquin découvre la route que nous avons ouverte dans ce bois », dit Paul en jetant un coup d'œil sur la trace que la troupe avait laissée derrière elle, « il n'aura pas eu besoin d'un écriteau pour le savoir. Bah ! qu'il vienne ! Le vagabond ne serait pas fâché de croiser sa race avec un peu de sang honnête ; mais s'il arrivait à l'un de ses rejetons d'épouser...

— Taisez-vous, Paul ! de grâce », dit la jeune fille effrayée, qui marchait à son bras. « Si l'on vous entendait ! »

Le chasseur se tut ; mais, pendant qu'on suivait le cours du ruisseau, certains regards menaçants qu'il jetait derrière lui trahissaient suffisamment l'état belligérant de son humeur.

Au bout de quelques minutes, on atteignit une des nombreuses collines de la Prairie, et après l'avoir franchie, la petite troupe n'eut plus à craindre d'être aperçue par les fils d'Ismaël, à moins qu'ils n'eussent déjà relevé sa trace. Le vieillard alors profita de l'ondulation du sol pour prendre une autre direction, afin d'éluder la poursuite, comme un navire change de route au milieu du brouillard et des ténèbres pour échapper à la vigilance de l'ennemi.

Deux heures d'une marche rapide les avaient mis à même de décrire un demi-cercle autour du rocher, et arriver à un endroit diamétralement opposé à leur point de départ. Nos fugitifs ignoraient aussi complètement leur position que le voyageur novice ignore celle du vaisseau au milieu de l'Océan ; mais le vieillard, à chaque détour, à chaque colline, prenait son parti avec une assurance qui inspirait pleine confiance à ceux qui le suivaient, car elle témoignait de sa connaissance des localités. Son chien, s'arrêtant çà et là pour consulter l'expression de son regard, marchait en avant sans montrer plus d'hésitation, et l'on eût dit qu'ils s'étaient au préalable concertés ensemble. Tout à coup il tomba en arrêt, huma l'air et se mit à pousser un sourd gémissement.

« Oui, Hector, oui. Tu reconnais l'endroit ? Moi aussi, et il y a de bonnes raisons pour se le rappeler », dit le vieillard en faisant halte à l'exemple du fidèle animal. « Vous voyez le petit bois qui est là devant vous ? Nous pourrions y rester jusqu'à ce qu'il devienne une forêt, avant que la race d'Ismaël se hasardât à venir nous y troubler.

— C'est là », dit l'officier, « que gît le corps de l'homme assassiné ?

— Précisément. Ses parents l'ont-ils mis en terre, nous allons le voir. Le chien reconnaît la piste, mais il semble un peu dérouté. Veuillez donc vous en assurer par vos yeux, ami chasseur, tandis que je resterai auprès des chiens pour les empêcher de hurler trop haut.

— Moi ! » s'écria Paul en fourrageant d'une main

son épaisse chevelure, en homme qui jugeait prudent de réfléchir avant d'entreprendre une expédition si formidable. « Voyez-vous, vieux Trappeur, il m'est arrivé de me trouver en bras de chemise, et sans broncher, au milieu d'un essaim qui avait perdu sa reine, et permettez-moi de vous dire que le gaillard capable d'un pareil trait ne renâclera pas devant aucun des fils vivants de ce rôdeur d'Ismaël. Quant à me mêler des morts, ma foi, ce n'est ni mon métier ni mon inclination. Ainsi, tout en vous remerciant de l'honneur du choix, comme dit un caporal nouvellement élu dans la milice du Kentucky, je refuse le service. »

Le vieillard tourna un regard désappointé vers Middleton, qui était trop occupé à ranimer le courage d'Inès pour remarquer son embarras. Il en fut pourtant tiré par quelqu'un qui, d'après les circonstances précédentes, ne faisait guère espérer de lui une semblable démonstration de courage.

Battius s'était distingué pendant la retraite par l'ardeur extraordinaire qu'il avait mise à effectuer cet objet si désirable. Telle était son ardeur à fuir l'émigrant qu'il y sacrifiait jusqu'à ses études favorites. Le digne naturaliste appartenait à cette classe de faiseurs de découvertes qui sont les pires des compagnons de voyage pour quiconque est pressé d'arriver. Nulle pierre, nul buisson, nulle plante n'échappe à l'examen de leurs yeux vigilants ; le tonnerre peut gronder ou la pluie tomber, sans interrompre la délicieuse abstraction de leurs rêveries. Toutefois il n'en fut point ainsi du disciple de Linné, durant le redoutable laps de temps où il se demandait avec anxiété si la robuste lignée d'Ismaël ne viendrait pas lui disputer son droit de traverser librement la Prairie. Le limier de pur sang et le mieux dressé, ayant le gibier en vue, n'aurait pu en suivre la piste avec plus de zèle que le docteur n'en mit à décrire la courbe adoptée par le vieux guide.

Peut-être fut-il heureux pour son courage qu'il ignorât l'artifice du Trappeur, lui qui nourrissait la douce persuasion que chaque pouce de chemin parcouru l'éloignait d'autant de l'odieux rocher. Aussi éprouva-t-il une secousse désagréable en découvrant son erreur, et pourtant il offrit hardiment de pénétrer dans le taillis où l'on avait quelque raison de croire que le corps d'Asa se trouvait encore. Quelque appréhension que pussent lui causer les vivants, ses habitudes et ses connaissances le rendaient supérieur à la crainte de se trouver avec les morts.

« S'il s'agit d'une affaire qui exige la pleine possession de soi-même », dit le savant d'un air tant soit peu cavalier, « vous avez ici un homme sur les pouvoirs physiques duquel on peut compter ; il ne reste qu'à donner une direction à ses facultés intellectuelles.

— Il aime à parler en paraboles », dit naïvement le Trappeur ; « mais, en somme, il y a toujours quelque chose au fond, quoiqu'il soit aussi difficile de trouver du sens à ses paroles que trois aigles sur le même arbre... Eh bien, l'ami, il serait sage de nous mettre à couvert, de peur qu'on n'évente notre piste ; et, comme vous le savez, ce bois-là doit cacher un spectacle capable d'effrayer des femmes. Êtes-vous homme à regarder la mort en face ? ou faut-il, au risque de laisser aboyer les chiens, que j'y aille moi-même ? Tenez, le petit est déjà prêt à s'élancer, la gueule ouverte.

— Suis-je homme, dis-tu ! Vénérable Trappeur, nos relations ont une origine récente, sans quoi ta

question est faite pour nous entraîner dans une
discussion sérieuse. Si je suis homme! Sache que
j'ai le droit d'être rangé dans la classe des *mammifères,* ordre des *primates,* genre *homo.* Tels sont
mes attributs physiques. Quant à mes qualités
morales, il sied à la postérité d'en parler, et à moi
de les passer sous silence.

— Votre physique peut être bonne pour ceux
qui l'aiment ; à mon avis elle n'est agréable ni salutaire ; mais la morale n'a jamais fait de mal à
personne, qu'on vive en pleine forêt ou au coin
d'une cheminée. Allons, l'ami, il n'y a entre nous
que certains mots difficiles à saisir ; autrement, avec
le temps et de la franchise, nous finirions par nous
entendre, j'en suis sûr, et par porter le même jugement du genre humain et des voies du monde...
Là, là, Hector, tout beau! Est-ce l'odeur du sang
qui te rend si grincheux? Tu devrais y être habitué. »

Le docteur accorda un sourire gracieux, mêlé
de commisération, au philosophe de la nature, et
recula d'un ou deux pas afin de pouvoir répondre
plus à l'aise, et avec une liberté plus grande de
gestes et d'attitude.

« Un *homo* est certainement un *homo* », dit-il
en étendant le bras d'une manière imposante et
démonstrative. « En tout ce qui concerne les fonctions animales, il y a des rapports d'harmonie,
d'ordre, de conformité et de dessein, communs au
genre entier ; mais là finit la ressemblance.
L'homme peut être dégradé par l'ignorance jusqu'à
l'extrême limite qui le sépare de la brute, ou bien
mis en état par la science d'entrer en communion
avec le grand Être ; et même, qui sait si, le temps

et l'occasion aidant, il ne pourrait pas s'approprier toute science, et par conséquent devenir l'égal du principe suprême ? »

Le vieillard, appuyé d'un air pensif sur sa carabine, secoua la tête, et répliqua avec une aisance naturelle qui éclipsa tout à fait l'air imposant que son antagoniste avait jugé à propos de prendre.

« Tout cela », dit-il, « n'est ni plus ni moins que de la perversité humaine. Voilà plus de quatre-vingts fois que les saisons ont changé depuis ma naissance, et tout ce temps-là j'ai vu des arbres croîtres et mourir ; eh bien, j'ignore encore ce qui fait ouvrir le bourgeon sous le soleil du printemps, ou tomber la feuille quand elle est saisie par la gelée. Votre science, dont l'homme est si fier, n'est que folie aux yeux de celui qui est assis dans les nuages et contemple avec douleur l'orgueil et la sottise de ses créatures. Que d'heures j'ai passées, couché à l'ombre des bois ou étendu sur les collines de la Prairie, les yeux perdus dans le bleu firmament ! je me figurais y voir trôner le grand Être, méditant sur les bizarreries de l'homme et de la brute, comme moi-même il m'était arrivé de regarder les fourmis se culbutant les unes les autres dans leur précipitation, mais d'une manière plus appropriée à sa puissance et à sa grandeur. La science ! c'est son jouet à lui. Vous qui croyez si facile de grimper là-haut sur le siège du jugement, pouvez-vous m'apprendre le commencement et la fin des choses ? Bien plus, vous faites métier de guérir : qu'est-ce donc que la vie, et qu'est-ce que la mort ? Pourquoi donner à l'aigle une si longue existence, et une si courte au papillon ? Dites-moi quelque chose de plus simple : pourquoi ce chien est-il si inquiet, tandis que vous, qui avez passé votre vie sur les livres, ne voyez aucun sujet de l'être ? »

Le docteur qui avait été un peu étourdi par l'énergique dignité du vieillard, reprit longuement haleine, comme un lutteur dégagé de l'étreinte de son antagoniste.

« Peuh ! » fit-il. « Affaire d'instinct !

— Soit. Mais qu'entendez-vous par là ?

— L'instinct est un degré inférieur de la raison, par exemple une combinaison mystérieuse de la pensée et de la matière.

— Alors qu'appelez-vous pensée ?

— Vénérable *venator,* cette façon d'argumenter anéantit l'usage des définitions, et je vous assure qu'elle ne serait pas tolérée du tout dans les écoles.

— En ce cas, il y a plus de finesse dans vos écoles que je ne le pensais, car c'est une façon certaine de leur prouver qu'on n'y apprend rien. »

Coupant court à une discussion dont le naturaliste se promettait déjà beaucoup d'agrément, le Trappeur se tourna vers son chien qu'il essaya de calmer en lui tapotant les oreilles.

« Tu es fou, Hector. Est-ce l'expérience qui a fait ton éducation ? ou plutôt ne t'a-t-il pas suffi de flairer la piste des autres chiens, comme un marmot des habitations suit la trace de ses maîtres, qu'elle soit bonne ou mauvaise ?... Bref, l'ami, vous qui pouvez faire tant de choses, êtes-vous en état d'aller regarder dans le taillis, ou dois-je y aller moi-même ? »

Le docteur reprit son air de résolution, et sans plus de paroles se mit en devoir de faire ce qu'on lui demandait. Les chiens, retenus par le Trappeur, s'étaient bornés à gronder tout bas ; mais le plus jeune lui échappa des mains, suivit le naturaliste, et se mit à courir autour de lui le nez baissé vers la terre.

« Ismaël et sa couvée ont laissé une forte piste »,

dit le vieillard. « Espérons que notre savantasse aura le bon sens de ne pas oublier l'objet de sa commission. »

Le docteur Battius avait disparu parmi les arbres, et le Trappeur commençait à témoigner un redoublement d'impatience quand il le vit revenir à reculons, les yeux dirigés vers l'endroit qu'il venait de quitter, comme sous l'empire d'une fascination.

« Comme il a l'air effaré ! » dit-il en lâchant Hector et en s'avançant d'un pas ferme au-devant du naturaliste. « Qu'y a-t-il, l'ami ? Avez-vous trouvé une page nouvelle dans votre livre de sagesse ?

— Un basilic ! » murmura le docteur, dont le visage altéré trahissait le bouleversement complet de toutes ses facultés. « Un animal de l'ordre *serpens,* avec des attributs, que j'aurais cru fabuleux ; mais la puissante nature tient en réserve tout ce que l'homme peut imaginer.

— Que chantez-vous là ? Des serpents ! Ceux de la Prairie ne sont pas dangereux, hormis le serpent à sonnettes, dont la queue a la complaisance de vous avertir avant que les crochets puissent vous atteindre. Seigneur Dieu, quelle chose humiliante que la peur ! Ce particulier qui d'habitude défile des mots trop grands pour une bouche ordinaire, le voilà hors de lui, et sans plus de voix qu'une souris ! Allons, remettez-vous. Qu'avez-vous vu ?

— Un prodige ! un *lusus naturæ,* un monstre que la nature s'est plu à former pour montrer de quoi elle est capable ! Jamais, non, jamais je n'ai constaté une si complète confusion dans ses lois ! un spécimen qui viole si radicalement toutes les distinctions de classe et de genre ! Permettez que je le décrive pendant que j'en ai le temps et l'occasion », ajouta-t-il en cher-

chant ses tablettes d'une main tremblante. « *Yeux*
fascinateurs ; *couleur* variée, complexe et...

— Il a perdu la tête. S'il y a un reptile dans la
brousse, venez me le faire voir ; il faudra bien que l'un
de nous deux cède la place.

— Là ! » fit le docteur en désignant du geste un
buisson qui s'élevait à une trentaine de pas.

Sans s'émouvoir, le Trappeur suivit la direction
indiquée ; mais sitôt que ses yeux perçants eurent
rencontré l'objet qui avait si complètement désar-
çonné le philosophie du naturaliste, il tressaillit lui-
même, mit son fusil en joue, et le ramena presque au
même instant.

Cette première impulsion et la réaction soudaine
qui l'avait arrêtée étaient justifiées l'une et l'autre.

A la lisière même du taillis, et en contact direct
avec la terre, gisait une espèce de boule, d'un aspect
terrifiant. Il serait difficile d'en décrire la forme ou les
couleurs ; elle offrait toutes les nuances de l'arc-en-
ciel, entremêlées sans ordre et sans aucun but d'harmonie. Les teintes dominantes étaient le noir et un
rouge vif, traversées en tous sens de lignes blanches,
jaunes et cramoisies. On aurait pu douter si un tel
objet, rigide comme une pierre, était doué de vie sans
la présence d'une paire d'yeux noirs, étincelants et
mobiles, qui suivaient avec vigilance les moindres
mouvements des deux intrus.

« Votre reptile est un éclaireur, ou je ne connais
rien à la peinture et aux diableries des Indiens », dit le
vieillard, qui ne perdait pas le monstre de vue. « Il
voudrait nous attraper, en nous faisant prendre la tête
d'un Peau Rouge pour une pierre couverte des feuilles
d'automne ; ou bien il a dans l'esprit quelque autre
ruse infernale.

— Serait-ce un animal du genre *homo ?* »
demanda le docteur. « Je le croyais d'une espèce
non décrite.

— Il est humain et aussi mortel que pas un
guerrier de la Prairie. Ah ! j'ai vu le temps où un
Peau Rouge aurait commis une fière sottise en osant
se montrer en cet équipage à certain chasseur de ma
connaissance. Il n'est pas inutile d'apprendre à cette
vermine qu'elle a affaire à des gens qui ont barbe au
menton... Hé ! l'ami », continua-t-il en s'exprimant
dans la langue des Dacotas, « sors de ta cachette ; il
y a place dans la Prairie pour un guerrier de plus ».

Les yeux parurent briller d'un plus vif éclat ;
néanmoins l'objet, qui, dans l'opinion du Trappeur,
n'était rien autre chose qu'une tête d'homme rasée,
selon la coutume des sauvages de l'Ouest, s'obstina
à ne point bouger.

« Vous faites erreur », dit Battius. « Loin d'être
un homme, l'animal n'est pas même de la classe des
mammifères.

— Voilà donc votre science ! » répondit le
Trappeur, le visage épanoui d'un large rire muet.
« Belle instruction, ma foi, pour un homme qui a lu
tant de livres que ses yeux ne sont pas capables de
distinguer un élan d'un chat sauvage ! Hector que
voici est un chien qui a de l'éducation, à sa
manière ; le dernier écolier des habitations s'imagine
en savoir plus que lui, et pourtant essayez de lui
donner le change en cette affaire, et vous verrez !...
Ah ! la chose en question n'est pas un homme ! Il
faut donc vous la montrer du haut en bas, et alors
vous aurez la bonté de dire à un vieil ignorant qui
n'a, de sa vie, ouvert un livre, le nom qu'il convient
de lui donner. N'allez pas croire que je lui veuille

du mal ; je me contenterai de l'attirer hors de son embuscade. »

Le Trappeur examina l'amorce de son fusil, en ayant soin, en maniant son arme, de faire le plus grand déploiement possible d'intentions hostiles. Quand il crut s'apercevoir que l'Indien commençait à s'alarmer, il s'écria :

« Or ça, l'ami, à ton choix : la paix ou la guerre. Point de réponse : Alors ce n'est point un homme, et je ne risque rien à tirer un coup de fusil dans un tas de feuilles. »

A ces mots, il baissa peu à peu le canon de son fusil, et mit en joue. Soudain, un sauvage de haute taille, secouant le monceau de feuilles et de broussailles dont il s'était probablement couvert à l'approche des fugitifs, se dressa sur ses pieds, et articula l'exclamation solennelle :

« Ouf ! »

CHAPITRE XVIII

> J'ai pour masque le toit de Philémon ;
> Jupiter est dans l'intérieur.
>
> SHAKESPEARE.

Le Trappeur qui n'avait point d'intention hostile, laissa retomber par terre la crosse de sa carabine, et parut enchanté du succès de son expérience.

« Les coquins », dit-il au docteur dont les yeux démesurément ouverts ne pouvaient se détacher de la personne du sauvage, « les coquins restent des heures entières enfouis de la sorte à ruminer leurs diableries ; dès que le danger est proche, ils songent à eux tout comme les autres mortels. Quant à celui-ci, c'est un éclaireur, peint de ses couleurs de guerre. Il faut qu'il y ait dans le voisinage d'autres individus de sa tribu. Tirons de lui la vérité ; car la rencontre d'un parti ennemi peut nous être plus funeste qu'une visite de toute la famille d'Ismaël.

— L'espèce me semble redoutable et dangereuse », répondit le docteur en respirant à pleins poumons. « C'est une race violente, et qui doit être difficile à classer ou à définir en suivant la méthode classique. Parlez-lui donc ; mais que vos paroles soient empreintes d'une extrême bienveillance. »

Le vieillard jeta les yeux autour de lui, pour s'assurer d'un fait important, si l'Indien avait dans les environs des compagnons prêts à le soutenir ; puis faisant le signe habituel de paix, en montrant la paume de sa main nue, il s'avança sans crainte.

De son côté, l'Indien n'avait manifesté aucune inquiétude. Il laissa le Trappeur arriver jusqu'à lui, conservant dans ses traits et son attitude un air de résolution et de dignité. Peut-être le rusé guerrier savait-il aussi qu'attendu la différence de leurs armes, la partie deviendrait pour lui moins inégale à une distance plus rapprochée des étrangers.

C'était, sous tous les rapports, un guerrier de belle stature et de proportions admirables.

Lorsqu'il écarta son masque, formé d'un bizarre assemblage de feuilles sèches dont il s'était couvert à la hâte, il apparut dans toute la gravité de son rôle, et l'on pourrait ajouter, dans toute la terreur qu'il inspire. Les traits principaux de son visage étaient d'une grande noblesse, et se rapprochaient du type romain, tandis que les traits secondaires rappelaient son origine asiatique. La couleur particulière de sa peau, si propre par elle-même à rehausser l'effet d'une expression martiale, avait reçu de sa peinture de guerre un caractère de férocité sauvage. Mais, comme s'il eût dédaigné les artifices ordinaires de sa nation, il ne portait aucun de ces signes étranges auxquels les enfants de la forêt ont coutume d'avoir recours pour soutenir leur renom de courage ; il s'était borné à sillonner son visage de larges lignes d'un noir foncé qui relevaient, en manière d'ombres, l'éclat brillant de sa peau cuivrée. La tête, comme d'habitude, était rasée jusqu'au sommet, d'où retombait une large touffe de cheveux noirs. Les ornements suspendus en temps de paix aux cartilages de ses oreilles avaient disparu en conséquence de sa nouvelle mission.

Son corps, bien que la saison fût assez avancée, était presque nu, et sur ses épaules flottait une légère peau de daim tannée, sur laquelle était peinte grossièrement, mais en couleurs vives, la représentation de quelque exploit courageux. Il avait les jambes serrées dans des fourreaux de drap écarlate, seul produit de provenance européenne, et garnies depuis le genou jusqu'à l'extrémité du mocassin, d'une horrible frange de chevelures humaines. D'une main il tenait un petit arc, et de l'autre une longue et mince lance de bois de frêne. Sur son dos pendait un carquois en peau de cougouar auquel on avait laissé la queue, et à son cou était attaché un bouclier de cuir, qui représentait un autre de ses hauts faits.

En voyant venir à lui les deux étrangers, le jeune homme conserva son attitude droite et calme, sans manifester aucun empressement à reconnaître le caractère des nouveaux arrivants, ni le moindre désir de se dérober lui-même à leur examen. Toutefois ses yeux, plus noirs et plus brillants que ceux du cerf, se portaient sans cesse de l'un à l'autre des individus placés devant lui, et semblaient ne pas avoir un instant de repos.

Dès qu'il eut examiné le tatouage de l'Indien, et les autres indices propres à faire reconnaître la tribu à laquelle il appartenait, le vieillard entama l'entretien dans l'idiome des Paunis.

« Mon frère », interrogea-t-il, « est-il loin de son village ?

— Il y a plus loin », répondit le sauvage, « pour aller aux villes des Longs Couteaux.

— Pourquoi un Loup Pauni est-il si loin de la fourche de sa rivière, dans un lieu désert, et sans un cheval pour lui servir de monture ?

— Les femmes et les enfants d'un Visage Pâle peuvent-ils vivre sans la chair du bison ? La faim était dans mon wigwam.

— Mon frère est bien jeune pour avoir déjà un wigwam », reprit le Trappeur en regardant fixement l'impassible guerrier ; « il est brave sans doute, et plus d'un chef lui a offert sa fille en mariage. Mais ne s'est-il pas trompé en apportant une flèche barbelée pour tuer le buffle ? Les Paunis veulent-ils donc empoisonner leur gibier avant de le tuer ?

— La flèche est destinée aux Sioux. Quoiqu'on n'en voie pas, ils peuvent être cachés.

— Ce garçon-là doit dire la vérité », murmura le Trappeur en anglais. « Il est bien bâti, avec un air déterminé, mais beaucoup trop jeune pour être un chef de quelque importance. Parlons-lui doucement ; car, si nous en venons aux coups avec Ismaël, un bras de plus ou de moins jeté dans la balance peut décider la victoire... Mes enfants sont fatigués », continua-t-il dans le dialecte de la Prairie, en montrant l'officier et les deux femmes qui s'approchaient ; « nous désirons camper et manger. Ce territoire appartient-il à mon frère ?

— Les coureurs du peuple établi sur la Grande Rivière nous ont dit que ta nation a trafiqué avec les Bois Brûlés qui habitent par delà le lac salé, et que les Prairies sont devenues le terrain de chasse des Longs Couteaux.

— C'est vrai, je l'ai ouï dire aux chasseurs et aux trappeurs de la Platte.

— En outre, il y a des guerriers qui remontent la Grande Rivière pour voir s'ils n'ont pas été trompés dans leur achat.

— Oui, cela n'est que trop vrai aussi, en partie du moins ; et avant qu'une maudite bande de bûcherons accoure derrière eux pour abattre la forêt qui couvre les rives du Mississippi, ce ne sera pas long ! Alors que restera-t-il du pays ? Un désert, depuis la grande mer jusqu'aux montagnes Rocheuses, rempli de toutes les abominations et inventions de l'homme, et dépouillé du bien-être et du charme qu'il a reçus des mains du Seigneur.

— Et où étaient les chefs des Loups quand ce marché a été conclu ? » demanda soudain le jeune guerrier, dont le visage cuivré s'illumina d'un éclair d'indignation. « Doit-on vendre une nation comme une peau de castor ?

— Oui, tu n'as pas tort. Et où étaient aussi la justice et la probité ? Mais la force est le droit suivant les usages de la terre, et ce qu'il plaît au fort de décider, le faible est tenu de l'appeler justice. Pauni, si la loi du *Wacondah* (Grand Esprit) était aussi fidèlement suivie que celle des Longs Couteaux, votre droit à la possession des Prairies serait aussi bon que celui du plus grand chef des habitations à la maison qui abrite sa tête.

— La peau du voyageur est blanche », fit observer l'Indien en posant un doigt d'un air expressif sur la main ridée du Trappeur. « Son cœur dit-il une chose et sa langue une autre ?

— Le Wacondah d'un blanc a des oreilles et il les ferme au mensonge. Regarde ma tête : elle est comme un pin couvert de frimas, et doit bientôt être couchée sur la poussière. Crois-tu que je me soucie de me présenter devant le Grand Esprit pour affronter son courroux ? »

Le Pauni rejeta avec grâce son bouclier sur son épaule, et, appuyant une main sur sa poitrine, il inclina la tête par respect pour les cheveux blancs que le Trappeur lui faisait voir ; après quoi, son regard devint plus tranquille et sa physionomie moins dure. Sa vigilance ne s'endormit pas pour cela : c'était une sorte de trêve qu'il accordait à ses soupçons.

On fit halte. Inès et Hélène mirent pied à terre, et les deux jeunes gens s'occupèrent de pourvoir à leurs commodités.

La conversation continua entre l'Indien et le Trappeur, ce dernier s'exprimant tantôt dans la langue indigène, tantôt en anglais, lorsque Paul et le naturaliste mêlaient leurs opinions à celles des interlocuteurs. Entre le Pauni et le vieillard il s'établit une lutte d'habileté et de finesse, chacun d'eux cherchant à découvrir les intentions de l'autre, sans laisser apercevoir son désir de les pénétrer. Comme ils étaient de force égale, aucun résultat utile ne répondit à leur attente.

Le Trappeur épuisa toutes les questions que sa perspicacité et son expérience pouvaient lui suggérer concernant l'état de la tribu des Loups, leurs récoltes, leurs approvisionnements pour l'hiver, et leurs relations avec les divers peuples qui les entouraient, sans parvenir à tirer de l'Indien une seule réponse qui l'éclairât tant soit peu sur la présence d'un guerrier isolé à une si grande distance des siens.

D'autre part, les questions de l'Indien, non moins ingénieuses, étaient empreintes de plus de dignité et de délicatesse. Il s'étendit longuement sur l'état du commerce des pelleteries, et sur les vicissitudes qu'avaient éprouvés dans leur chasse plusieurs blancs qu'il avait rencontrés ; il fit même allusion aux progrès persévérants que faisait, vers les territoires de sa tribu, la nation de son Grand-Père, comme il nommait le gouvernement des États-Unis. On voyait cependant, d'après le singulier mélange d'intérêt, de mépris et d'indignation, qui brillait de temps en temps à travers les manières réservées de ce guerrier, qu'il connaissait plutôt par ouï-dire que par une fréquentation réelle le peuple étranger qui usurpait ainsi sur les droits naturels des indigènes. L'ignorance où il était de la race blanche se trahissait par la manière dont il regardait les deux femmes ainsi que par les expressions brèves mais énergiques qui lui échappaient.

Tout en parlant au Trappeur, ses regards se tournaient sans cesse vers Inès, dont la beauté idéale et presque enfantine lui semblait celle d'un être aérien. C'était la première fois évidemment qu'il se trouvait en face d'une de ces femmes si souvent dépeintes par les anciens de sa tribu, et dont la rare excellence égalait à leurs yeux tout ce que l'imagination d'un sauvage pouvait concevoir de plus beau. L'attention qu'il accorda à Hélène était moins marquée ; mais, quelle qu'en fût l'expression furtive et un peu hautaine, elle n'échappa point au vieillard, à qui l'expérience avait appris la nécessité de surveiller les plus légères impressions d'un Indien pour juger sainement de son caractère.

Hélène, ainsi observée à son insu, prodiguait à Inès, plus faible et moins résolue, les soins d'une tendre amitié. Sa physionomie ouverte reflétait tour à tour la joie et le regret qui venaient l'agiter, quand son esprit actif, partagé entre le doute et l'espérance, réfléchissait à la situation où les circonstances l'avaient jetée.

Il n'en était point de même du chasseur d'abeilles. Ravi d'avoir obtenu les deux choses qu'il avait le plus à cœur, la possession d'Hélène et son triomphe sur les enfants d'Ismaël, il s'acquittait des fonctions qui lui étaient échues en partage, avec autant de sang-froid que si, après la célébration de son mariage devant un magistrat des frontières, il eût été en route pour conduire sa moitié dans sa demeure. Pendant le pénible voyage de la famille émigrante, il avait rôdé autour d'elle, se cachant le jour, guettant, la nuit, l'occasion d'une entrevue avec sa fiancée. Maintenant, distance, obstacles, fatigues, il avait tout oublié ; le reste lui semblait d'une exécution facile. Aussi, le bonnet sur l'oreille, et sifflant un air à voix basse, il s'occupait d'écarter les broussailles et de préparer le repas, joyeux de voir l'agile Nelly aller et venir à ses côtés.

Cependant le Trappeur n'avait pas laissé tomber la conversation, bien qu'il l'eût de temps à autre interrompue pour donner en anglais les instructions nécessaires à ses amis.

« Ainsi donc », disait-il, « la tribu des Loups Paunis a enterré la hache avec ses voisins les Konzas ? Les voilà redevenus amis... Ces Konzas, docteur, sont des Indiens à visage clair ; c'est une peuplade sur laquelle on a débité force menteries. Vos livres ont dû vous en apprendre quelque chose. Oui, l'on a conté qu'ils étaient arrivés dans la Prairie bien avant les Espagnols, qu'ils se conduisaient comme des blancs, qu'ils parlaient leur langue, et mille autres sottises.

— Si j'en ai lu quelque chose ! » s'écria le naturaliste en laissant tomber un morceau de bison salé avec lequel il était aux prises. « Il faudrait être un âne bâté pour n'avoir pas réfléchi bien souvent avec délices sur une théorie si admirable. Elle vient précisément donner raison à deux propositions, irréfutables selon moi, lors même qu'elles ne seraient pas appuyées de preuves vivantes comme celle-ci, à savoir, 1° que la civilisation de ce continent remonte à une époque plus reculée que celle de Christophe Colomb ; 2° que la couleur de la peau est le résultat du climat et des circonstances, et non une loi de la nature. Sur ce dernier point, interrogez ce digne Indien, vénérable Trappeur ; il appartient à la couleur rouge, et l'on peut dire que son opinion nous fera connaître les deux faces de la question.

— Vous figurez-vous par hasard qu'un Pauni soit un liseur de bouquins, et qu'il ajoute foi aux mensonges imprimés comme un badaud des villes ?... Baste ! autant vaut céder à ses lubies, qui, après tout, suivent la pente de ses dons naturels... Que pense mon frère ? Tous ceux qu'il voit ici ont la peau blanche, mais les guerriers paunis sont rouges ; est-il d'avis que l'homme change avec la saison et que le fils n'est pas semblable à son père ? »

Le jeune guerrier regarda un instant son interrogateur d'un œil fixe et dédaigneux, puis levant un doigt vers le ciel, il répondit avec un air de dignité fière :

« Le Wacondah verse la pluie du haut des nuages ; quand il parle, il ébranle les montagnes ; et le feu qui consume les arbres est la colère de ses yeux.

Mais il a formé ses enfants avec soin et prévoyance. Ce qu'il a créé une fois ne change jamais.

— Oui, il est dans la raison de la nature qu'il en soit ainsi », reprit le Trappeur, après avoir interprété cette réponse au naturaliste désappointé. « Les Paunis sont une nation grande et sage, où ne manquent pas, j'en suis sûr, les traditions sûres et honnêtes... Les chasseurs et les trappeurs que j'ai rencontrés m'ont souvent parlé d'un grand guerrier de ta race.

— Les gens de ma tribu ne sont pas des femmes. Un brave n'est pas rare dans mon village.

— Oui, mais celui dont ils parlent le plus est un chef dont le renom surpasse de beaucoup celui des guerriers ordinaires ; un homme qui aurait pu faire honneur à ce peuple jadis puissant, aujourd'hui déchu, les Delawares des montagnes.

— Un tel guerrier doit avoir un nom.

— On l'appelle Cœur Dur à cause de son iné- branlable fermeté ; et il est bien nommé si ce qu'on raconte de lui est vrai.

— Le Visage Pâle », dit l'Indien en dardant sur le vieillard un regard inquisiteur, « a-t-il jamais vu le chef de ma tribu ?

— Jamais. Je ne suis plus ce que j'étais il y a quarante ans, quand la guerre et le carnage... »

Un grand cri poussé par Paul interrompit l'entre- tien, et le moment d'après on vit paraître le chasseur d'abeilles faisant sortir un cheval de guerre indien du taillis opposé à celui qu'occupait la troupe.

« Voilà la monture d'un Peau Rouge ! » s'écria-t- il en faisant caracoler l'animal. « Il n'y a pas dans le Kentucky un brigadier qui puisse se vanter d'avoir un bidet si fringant et bien découplé ! Et puis cette selle espagnole, comme un grand du Mexique ! Voyez-moi cette crinière et cette queue tressées et ornées de petites boules d'argent, comme si Hélène elle-même s'était coiffée pour aller à la danse ! N'est-ce pas un fameux coursier, vieux Trappeur, pour une bête nourrie au ratelier d'un sauvage ?

— Doucement, mon garçon, doucement ! Les Loups sont renommés pour leurs chevaux, et il n'est pas rare de voir un guerrier des Prairies beaucoup mieux monté qu'un membre du congrès dans les habitations. Oui, c'est un superbe animal, et qui ne peut appartenir qu'à un chef puissant. La selle, comme vous le dites avec raison, a porté dans son temps quelque grand capitaine espagnol, qui l'aura perdue avec la vie dans l'un des combats fréquents livrés par ces Indiens contre les habitants des provinces méridionales. Vous pouvez m'en croire, ce gaillard-là est le fils d'un chef, peut-être de Cœur Dur lui-même. »

Pendant cette interruption faite avec si peu de cérémonie, le jeune Pauni ne manifesta ni impatience ni déplaisir. Mais lorsqu'il crut que son cheval avait été l'objet de commentaires suffisants, il ôta la bride des mains de Paul, et cela très froidement et de l'air d'un homme accoutumé à voir respecter ses volontés ; puis jetant les rênes sur le cou de l'animal, il s'élança sur son dos avec l'adresse d'un maître d'équitation.

Il était impossible de voir un cavalier plus gracieux et plus solide que ce sauvage. La riche et vaste selle semblait être plutôt pour lui un objet de luxe que d'utilité ; car elle gênait ses mouvements, et il dédaignait de se soumettre à la contrainte d'une invention aussi efféminée que les étriers.

Le cheval, qui se mit sur-le-champ à bondir, était, comme son cavalier, sauvage et indompté dans toutes

ses allures ; mais si l'art faisait défaut à l'un et à l'autre, on admirait en eux l'aisance de la nature. L'animal devait peut-être son excellence au sang arabe, à travers une longue généalogie qui embrassait le coursier du Mexique, le barbe d'Espagne et le cheval maure. Le guerrier indien, en tirant sa monture des provinces de l'Amérique centrale, y avait aussi acquis l'habitude de la maîtriser, avec ce mélange d'énergie et de grâce qui constitue le cavalier accompli.

Nonobstant cette soudaine reprise de possession, le Pauni ne se montra nullement pressé de fausser compagnie aux blancs. Plus à l'aise et peut-être plus indépendant depuis qu'il s'était assuré des moyens de retraite, il courait de ci de là, examinant avec plus de liberté chacun des individus qui composaient la oupe. Au moment où, le perdant de vue, on attendait à le voir profiter de ses avantages pour s'enfuir, une prompte volte-face le ramenait sur ses pas, tantôt avec la légèreté de l'antilope, tantôt lentement, d'un air calme et digne. Désirant connaître certains faits qui pouvaient influer sur sa marche future, le Trappeur se décida à l'inviter à reprendre l'entretien. Il fit donc un signe, qui exprima tout à la fois et ce désir et ses intentions pacifiques. L'Indien saisit le geste au vol, pour ainsi dire, et en comprit le sens ; mais il se donna le temps de la réflexion avant de consentir à se rapprocher d'une réunion d'individus dont la force physique l'emportait sur la sienne, et qui pouvaient, en conséquence disposer de sa vie ou de sa liberté. Quand il fut assez près pour converser facilement, on remarqua dans son air un singulier mélange de hauteur et de défiance.

« Il y a loin d'ici au village des Loups », dit-il en étendant la main dans une direction contraire à celle où le Trappeur savait fort bien qu'était campée sa tribu, « et la route est crochue. Que désire le Long Couteau ?

— Assez crochue en effet, si tu voulais t'y rendre par ce chemin, mais pas si tortueuse de moitié que l'astuce d'un Indien. » Et le vieillard ajouta tout haut : « Dis-moi, frère, les Paunis aiment-ils à voir chez eux des figures étrangères ?

— Quand mon peuple », répondit le cavalier avec un léger salut, « a-t-il oublié d'offrir l'hospitalité à l'étranger ?

— Si je conduis mes filles à la porte des Loups, les femmes les prendront-elles par la main, et les guerriers fumeront-ils avec mes jeunes hommes ?

— Le pays des Visages Pâles est derrière eux.

Pourquoi voyagent-ils si loin vers le soleil couchan
Ont-ils perdu leur chemin, ou ces femmes appartier
nent-elles aux guerriers blancs qui remontent, m'a-t
on dit, la Rivière aux eaux troubles ?

— Ni l'un ni l'autre. Ceux qui remontent le
Missouri sont les guerriers de mon Grand-Père, qui
leur a donné ses ordres ; quant à nous, nous suivons
le sentier de la paix. Les blancs et les rouges sont
voisins, et ils désirent rester amis. Est-ce que les
Omahas ne vont pas voir les Loups quand le tomahawk est enterré dans le chemin qui conduit de l'une
à l'autre nation ?

— Les Omahas sont les bienvenus.

— Et les Sioux de bois brûlé, qui habitent à la
fourche de la Rivière aux eaux troubles, ne viennent-
ils pas fumer dans les loges des Loups ?

— Les Sioux sont des menteurs ! La nuit, ils
n'osent fermer les yeux et ne dorment qu'en plein
jour. Regarde ! » et avec une joie cruelle il montra
les nombreux scalps accrochés à ses jambières.
« Leurs chevelures sont si nombreuses que les Paunis
marchent dessus ! Allez, que les Sioux vivent au
milieu des neiges ; les plaines et les buffles sont pour
les hommes.

— Ah ! voilà le secret lâché », dit le Trappeur à
Middleton, observateur attentif de ce qui se passait.
« Cet Indien de si bonne mine est un éclaireur sur la
piste des Sioux ; on le voit à ses flèches et à sa
peinture et aussi à son regard ; car un Peau Rouge
conforme toujours sa nature à l'affaire qui l'occupe,
que ce soit la paix ou la guerre... Paix, Hector ! tout
beau ! Est-ce la première fois que tu vois un Pauni ?
A bas ! te dis-je, à bas !... Mon frère a raison, les
Sioux sont des voleurs ; les hommes de toutes les

couleurs et de toutes les nations le disent, et le disent
avec vérité. Mais ceux qui viennent du soleil levant ne
sont pas des Sioux, et ils désirent visiter les huttes des
Loups.

— La tête de mon frère est blanche », répondit le
Pauni en jetant sur le Trappeur un de ces regards
expressifs où l'on démêlait autant d'orgueil que de
méfiance ; et, allongeant un bras du côté de l'orient, il
continua : « Ses yeux ont vu bien des choses. Peut-il
me dire le nom de ce qu'il aperçoit là-bas ? Est-ce un
buffle ?

— On dirait plutôt un nuage qui rase la plaine et
dont le soleil éclaire les bords. C'est la fumée du
ciel.

— Non, c'est une colline de terre, et sur sa cime
sont les huttes des Visages Pâles. Que les femmes de
mon frère aillent se laver les pieds avec les gens de
leur couleur !

— Il faut qu'un Pauni ait de bons yeux pour
distinguer une peau blanche de si loin. »

Après s'être tu un instant, l'Indien reprit d'une
voix sévère :

« Mon frère sait-il chasser ?

— Hélas ! je ne suis qu'un misérable trappeur.

— Quand la plaine est couverte de buffles, peut-
il les voir ?

— Sans doute, sans doute ; il est plus aisé de voir
courir un buffle que de le prendre.

— Et quand les oiseaux s'enfuient devant le
froid, et que les nuages sont noirs de leurs plumes,
peut-il aussi les voir ?

— Oui, oui ; il n'est pas difficile de reconnaître
un canard ou une oie lorsqu'il y en a des milliers qui
obscurcissent le ciel.

— Quand la neige tombe et couvre les huttes des Longs Couteaux, l'étranger peut-il en voir les flocons dans l'air ?

— Ma vue n'est pas maintenant des meilleures, mais il fut un temps, Pauni, où elle m'avait fait donner un surnom.

— Les Peaux Rouges découvrent les Longs Couteaux, aussi aisément que l'étranger voit le buffle, les oiseaux voyageurs ou la neige qui tombe. Vos guerriers s'imaginent que le maître de la vie a fait toute la terre blanche ; ils se trompent ; ils sont pâles, et c'est leurs visages qu'ils voient. Va, un Pauni n'est point aveugle, et pour apercevoir ta nation il n'a pas besoin de regarder longtemps. »

Le guerrier se tut subitement, et baissa la tête de côté en homme qui met toute son attention à écouter. Détournant alors son cheval, il galopa jusqu'à l'orée du petit bois, et interrogea des yeux l'immense horizon.

On le croyait décidé à partir, quand il revint encore, les regards attachés sur Inès ; à plusieurs reprises, il recommença le même manège, inquiet, irrésolu, et comme aux prises avec quelque orageuse pensée. Tirant sur les rênes de son cheval, il s'arrêtait, prêt à parler ; mais, laissant retomber sa tête sur sa poitrine, il reprenait sa première attitude, l'oreille au guet.

Enfin il triompha de ses hésitations : après avoir regagné la sortie du bois, il décrivit des cercles rapides et multipliés et disparut au galop comme un oiseau qui voltige autour de son nid avant de prendre un vol lointain. Au bout d'une minute, les vallonnements continus de la Prairie dérobèrent sa course à tous les yeux.

Les chiens, qui depuis quelque temps paraissaient troublés, s'élancèrent après lui, et revinrent s'accroupir sur leurs pattes de derrière, en faisant entendre des hurlements sourds, plaintifs et qui avaient quelque chose d'alarmant.

Après le départ du Pauni, le Trappeur, frappé des singuliers incidents qui l'avaient signalé, branla la tête et se rendit, avec Middleton et le docteur, à la lisière du bois.

CHAPITRE XIX

Et s'il ne veut pas tenir pied ?

SHAKESPEARE.

Après le départ du Pauni, le Trappeur, frappé des singuliers incidents qui l'avaient signalé, branla la tête et se rendit, avec Middleton et le docteur, à la lisière du bois.

« Hum ! » fit-il tout bas. « Il y a des odeurs et des bruits dans l'air ; je m'en doute, si mes sens sont trop émoussés pour les saisir.

— Il n'y a rien de particulier », dit l'officier, qui se tenait auprès de lui. « J'ai de bons yeux et de bonnes oreilles, et pourtant je puis vous assurer que je n'entends ni ne vois rien.

— Vous n'êtes ni sourd ni aveugle, je le sais », répliqua le vieillard d'un ton un peu dédaigneux. « Vous avez de bons yeux, oui pour voir d'un bout à l'autre d'une église, et de bonnes oreilles pour entendre le son d'une cloche dans une ville. Mais avant d'avoir passé une année dans la Prairie, combien de fois vous arriverait-il de prendre un dindon pour un cheval, ou le mugissement d'un buffle pour le tonnerre du Seigneur ! La nature trompe les sens au milieu de ces plaines désertes, où l'air réfléchit les images comme l'eau, si bien, qu'il est difficile de distinguer les prairies d'une mer. Mais il y a là-bas un signe sur lequel un chasseur ne se trompe jamais. »

Le signe en question était une troupe de vautours qui volaient au-dessus de la plaine à une distance peu éloignée, et selon toute apparence dans la direction qu'avaient prise les regards perçants du Pauni. D'abord il fut impossible à Middleton de reconnaître la nature des points noirs et imperceptibles qui obscurcissaient la nue, puis à mesure qu'ils avançaient, leur forme se dégagea, et il les vit agiter leurs ailes pesantes, grâce aux indications minutieuses du Trappeur.

« Écoutez à présent ! » dit celui-ci. « Vous devez entendre courir les buffles ou bisons, comme votre savant docteur juge à propos de les baptiser, quoique buffle soit leur nom parmi tous les chasseurs du pays. Or », ajouta-t-il en clignant de l'œil, « quel est le meilleur juge d'un animal et de son nom ? Le chasseur ou le liseur ? Est-ce en feuilletant des livres ou en parcourant la surface de la terre que l'on connaît le nom et les habitudes de ceux qui la peuplent ?

— Pour les habitudes, je ne dis pas », riposta le naturaliste, qui laissait rarement échapper l'occasion de discuter un point relatif à ses études favorites ; « c'est-à-dire pourvu qu'on fasse toujours un usage convenable des définitions, et qu'on les contemple avec les yeux de la science.

— Des yeux de taupe ! Comme si les yeux de l'homme n'étaient pas aussi bons en fait de noms à donner que les yeux de toute autre créature ! Qui a nommé les œuvres de Dieu ? Pouvez-vous me le dire

avec vos livres et votre sagesse de collège ? N'est-ce
pas le premier homme dans le jardin du paradis ? et la
conséquence naturelle, s'il vous plaît, n'est-elle pas
que ses enfants ont hérité de ses facultés ?

— Oui, c'est ainsi que Moïse rend compte de la
chose, mais vous l'avez prise trop à la lettre.

— A la lettre ! Vous imaginez-vous par hasard
que j'aie perdu mon temps dans les écoles ? Vous
feriez joliment tort à mes connaissances. Si jamais j'ai
voulu savoir mes lettres, c'était pour mieux connaître
ce qui est écrit dans le livre en question ; car on y parle
à chaque ligne selon les sentiments humains, et par
conséquent selon la raison.

— Croyez-vous donc que tous les animaux ont
été littéralement rassemblés dans un jardin pour être
classés dans la nomenclature du premier homme ?

— Pourquoi pas ? Oh ! je devine où vous voulez
en venir. Allez, il n'est pas besoin d'habiter les villes
pour entendre toutes les subtilités diaboliques que
l'orgueil de l'homme peut inventer afin de détruire
son propre bonheur. Qu'est-ce que cela prouve, sinon
que le jardin du Seigneur n'était pas arrangé à la mode
des nôtres ? Ce jardin-là était une forêt, alors comme
à présent... Maintenant, madame Inès, le mystère des
vautours est éclairci. Les buffles gagnent du terrain, et
c'est un noble troupeau, ma foi ! Je gage que le Pauni
a plusieurs compagnons cachés dans quelque creux,
pas loin d'ici ; et comme il est allé les rejoindre, vous
allez assister à une glorieuse chasse. Cela servira à
retenir Ismaël et sa progéniture dans leur refuge ;
quant à nous, nous n'avons pas grand'chose à craindre ; un Pauni n'a pas ce qu'il faut pour être
méchant. »

Tous les yeux se fixèrent alors sur le spectacle

frappant qui suivit. La timide Inès elle-même prit place à côté de Middleton pour jouir de cette vue, et ce fut dans la même intention que Paul enleva Hélène à ses occupations culinaires.

Jusqu'alors, la Prairie avait offert la majesté d'une solitude complète. Le ciel, il est vrai, avait été obscurci par des troupes d'oiseaux de passage ; mais les deux chiens et l'âne du docteur étaient les seuls quadrupèdes qui eussent animé la surface de la terre. Soudain il s'opéra un déploiement de vie animale qui changea la scène et lui substitua, comme par magie, un tableau diamétralement opposé.

On aperçut d'abord à l'horizon lointain quelques bisons mâles énormes qui marchaient en tête. Puis venaient de longues files de ces animaux, suivies à leur tour par des masses si compactes que la couleur sombre des herbes flétries disparut sous la teinte encore plus foncée de tous ces corps velus. A mesure que la colonne s'étendait plus forte, on aurait pu la comparer à ces bandes immenses d'oiseaux voyageurs, dont les bataillons émergent des profondeurs du firmament jusqu'à ce que leur nombre égale celui des feuilles des forêts sur lesquelles plane leur vol sans fin. Du centre de cette masse s'élevaient des nuages de poussière en petits tourbillons, alors qu'un animal, plus furieux que les autres, labourait la terre avec ses cornes ; et de temps en temps un rauque mugissement emplissait les airs, comme si des milliers de voix eussent exhalé leurs plaintes en clameurs discordantes.

Un long et morne silence régnait dans le groupe occupé à contempler ce spectacle d'une grandeur imposante et sauvage. Il fut à la fin rompu par le Trappeur qui, accoutumé à de pareilles scènes, était moins susceptible d'en ressentir l'influence.

« Voilà », dit-il, « des milliers de buffles qui marchent en un seul troupeau sans avoir maître ni gardien, excepté celui qui les a créés et leur a donné ces vastes plaines pour pâturages ! Où est donc le fier gouverneur d'État qui puisse abattre sur son domaine une plus noble bête, offerte ici au dernier des hommes ? Et quand on lui a servi son filet ou son aloyau, le mange-t-il d'aussi bon appétit que celui qui a assaisonné sa nourriture d'un travail salutaire, et qui l'a gagnée, suivant la loi de la nature, en s'appropriant honnêtement ce que le Seigneur a mis devant lui ?

— Si le plat de la Prairie contient une bosse fumante », interrompit le chasseur d'abeilles, « je réponds hardiment non.

— Oui, mon garçon, vous en avez goûté, et vous sentez la raison véritable de la chose... Ah ! voici le troupeau qui oblique de notre côté ; il faut nous préparer à sa visite. Si nous nous cachons tous ensemble, les brutes vont envahir la place et nous écraser sous leurs pieds comme autant de vermisseaux. Ainsi mettons les faibles à l'abri, et nous, prenons position à l'avant-garde, comme il sied à des hommes et à des chasseurs. »

Cela fut fait sans délai. On conduisit les deux femmes à l'extrémité du petit bois, et loin de l'invasion qui menaçait. L'âne fut placé au centre en considération de la susceptibilité de ses nerfs. Puis le vieillard et ses trois compagnons allèrent se poster en avant, de manière à pouvoir tourner la tête de la colonne redoutable, s'il lui arrivait de les approcher de trop près.

Aux mouvements incertains d'une centaine de bisons qui ouvraient la marche, il fut difficile de dire, pendant quelque temps, quelle direction ils allaient

prendre. Mais un mugissement de douleur qui éclata
en arrière du troupeau, et auquel firent écho les
oiseaux de proie, parut donner à leur course une
impulsion nouvelle et en écarter sur-le-champ toute
apparence d'indécision : comme s'ils se fussent
estimés heureux de trouver quelque chose qui ressem-
blât à une forêt, tous les buffles effrayés se dirigèrent
en droite ligne vers le petit bois dont il a été si souvent
parlé.

L'aspect du danger fut alors en réalité de nature à
mettre à l'épreuve les plus fermes courages. La noire
et mouvante masse débordait sur ses flancs, de façon à
présenter de front une ligne concave ; et tous ces yeux
farouches, étincelant à travers les longues touffes de
poils qui couvrent la tête des bisons mâles, étaient
fixés avec une sauvage impatience sur le taillis. On eût
dit que chaque animal voulait devancer son voisin
pour gagner ce couvert désiré ; et comme les milliers
placés en queue pressaient avec fureur ceux qui
étaient en tête, il y avait à craindre que les chefs du
troupeau ne fussent précipités sur nos fugitifs, dont la
mort en pareil cas était certaine.

Chacun d'eux avait conscience de la grandeur du
péril, mais les sensations ressenties variaient selon le
caractère et les habitudes.

Middleton hésitait. Parfois il éprouvait une violente envie de courir à Inès, de l'entraîner et de
chercher leur salut dans la fuite ; puis songeant à
l'impossibilité de devancer la course furieuse d'un
bison, il préparait ses armes, comme résolu à tenir tête
à cette multitude innombrable.

La peur avait dérangé les facultés du docteur
Battius au point de le rendre victime d'une singulière
hallucination. Les bisons perdirent à ses yeux leurs

formes distinctes, et il s'imagina voir dans leur foule
une réunion de toutes les créatures du monde se
précipitant sur lui en masse, comme pour venger les
injures que, dans le cours d'une vie de travaux
infatigables, il avait infligées à leurs espèces respectives. La paralysie dont cette impression frappa son
système nerveux ressemblait aux effets d'un cauchemar. Également incapable de partir ou d'avancer, il
resta cloué sur place, et l'illusion devint si complète,
que le digne naturaliste entreprit, par un effort
désespéré de dévouement à la science, de classer
chacune des espèces qu'il croyait avoir sous les yeux.

D'autre part, Paul s'égosillait à crier et invitait
Hélène à se joindre à lui pour effrayer les bisons ; mais
sa voix se perdait dans les mugissements et le bruit des
pas du troupeau. La nouveauté du spectacle l'attirait ;
l'entêtement des brutes le jetait hors de lui, et la
présence de sa maîtresse lui inspirait une sorte de
malaise.

« Allons, vieux Trappeur », s'écriait-il, « c'est le
moment de nous servir un plat de votre métier, ou
nous serons tous enterrés sous une montagne de
bosses de bison ! »

Le vieillard, qui, les bras appuyés sur le canon de
sa carabine, n'avait cessé de surveiller d'un œil
impassible les mouvements du troupeau, jugea alors
qu'il était temps d'agir. Mettant vivement en joue le
bison le plus avancé, il fit feu. L'animal, atteint entre
les cornes, fut un moment étourdi, et tomba sur les
genoux ; presque aussitôt il se releva en secouant la
tête, comme si le choc avait stimulé son énergie.

Il n'y avait plus à hésiter. Jetant son fusil par
terre, le Trappeur étendit le bras, et marcha en droite
ligne au-devant de la colonne tumultueuse.

La figure de l'homme, quand elle respire la fermeté et le sang-froid que l'intelligence seule peut donner, manque rarement de commander le respect aux créatures inférieures. Les premiers bisons reculèrent, et leur marche oscilla un instant ; ceux qui suivaient se répandirent au hasard. Un second mugissement, parti de l'arrière-garde, les remit tous en mouvement. Toutefois la tête du troupeau se divisa, la personne immobile du Trappeur l'ayant pour ainsi dire coupée en deux fleuves vivants. Middleton et Paul s'étaient empressés de l'imiter.

Pendant quelque temps, la nouvelle impulsion donnée aux bisons servit à protéger le taillis. Lorsque la masse tout entière arriva plus près des défenseurs du refuge et que la poussière s'épaissit au point de cacher presque la vue de leurs personnes, le danger d'être enveloppés devint pour eux imminent. Aussi, redoublant d'efforts, multiplièrent-ils les gestes pour écarter les intrus ; mais ils perdaient du terrain devant la multitude d'ennemis, quand un bison furieux passa près de Middleton de manière à toucher ses vêtements, et s'élança dans le bois avec la rapidité du vent.

« Courez après ! Qu'il meure sur place ! » s'écria le vieillard ; « ou des milliers de ces démons vont suivre sa piste ! »

A quoi eût abouti leur audacieuse entreprise, sans l'intervention de maître Aliboron ? Celui-ci en effet, dont on avait si brusquement envahi le domaine, éleva la voix au milieu du tumulte A ce bruit inconnu et formidable, les plus enragés bisons frémirent, et tous se détournèrent à la hâte de ce même taillis qu'un moment auparavant ils s'étaient efforcés d'atteindre avec l'empressement du meurtrier qui cherche à s'abriter dans le sanctuaire.

Dès lors la place devint libre, et les deux noires colonnes, après avoir contourné le bouquet d'arbres, se réunirent à l'autre bout, à un mille de distance. Dès que le vieillard vit le soudain effet produit par le braiement de l'âne, il ramassa son fusil et le rechargea tranquillement, en se livrant de tout cœur à l'un de ses éclats de rire silencieux.

« Les voilà qui courent », dit-il, « comme des chiens qui ont une casserole attachée à la queue, et quant à rompre l'ordre et la marche, il n'y a pas de risque ; ceux de derrière qui n'ont rien entendu, s'imagineront que c'est arrivé. En tous cas, s'ils venaient à changer d'idée, il ne serait pas difficile de faire achever au baudet le reste de son air !

— L'âne a parlé, mais Balaam garde le silence ! » cria Paul en reprenant haleine après une explosion de joie bruyante qui ajouta peut-être à la panique des bisons. « Le docteur a perdu la parole comme si un essaim de jeunes abeilles s'était abattu sur le bout de sa langue et qu'il ne veuille pas parler de peur qu'elles lui répondent.

— Eh ! l'ami », reprit le Trappeur en s'adressant au naturaliste, immobile et muet, « vous qui gagnez votre vie à mettre sur les livres la description des bêtes des champs et des oiseaux de l'air, un troupeau de buffles vous fait donc peur ? Vous n'allez pas, j'espère, me disputer le droit de leur donner un nom qui est dans la bouche de tous les chasseurs et de tous les trafiquants de la frontière. »

Erreur profonde s'il croyait réveiller les facultés engourdies du docteur en provoquant une discussion sur ce grave sujet !

A dater de ce jour, on n'entendit jamais le pauvre Battius, une fois exceptée, prononcer un mot qui

indiquât soit l'espèce, soit le genre de l'animal exécré.
Il refusa obstinément de goûter à la chair succulente
du bœuf et de sa famille, et encore aujourd'hui qu'il
est paisiblement établi, avec la dignité d'un savant,
dans une de nos villes maritimes, il se détourne avec
effroi à l'aspect de ce mets délicieux et sans rival qui
figure si souvent dans nos repas de corps. En un mot,
la répugnance du digne naturaliste pour le bœuf ne
ressemblait pas mal à celle que le berger produit
quelquefois chez un chien trop gourmand en le jetant,
museau et pattes liés, à la porte du bercail pour qu'il
serve de marchepied à tout le troupeau, expédient qui
le dégoûte infailliblement, à ce qu'on dit, de la chair
du mouton.

Lorsque Paul et le Trappeur eurent mis un terme
à l'accès de gaieté provoqué en eux par l'attitude
hébétée de leur savant compagnon, celui-ci commença
à respirer comme si une paire de soufflets mécaniques
avaient remis en mouvement l'action de ses poumons ;
et ce fut alors que, pour la dernière fois, on l'entendit
faire usage du terme proscrit, dont il s'abstint ensuite
pour toujours.

« *Boves americani horridi !* » s'écria-t-il en
appuyant fortement sur le dernier mot. « Oui, horribles !

— Cela j'en conviens », répondit le Trappeur.
« Au total, la créature a des dehors peu rassurants
pour quiconque n'est pas familier avec la vie naturelle ; mais, en fait de courage, elle ne tient guère ce
qu'elle promet. Eh ! bon Dieu, l'ami, si vous étiez
tombé, comme Hector et moi, au milieu d'une famille
d'ours gris, près de la grande chute du Miss... Ah ! ah !
voici la queue du troupeau qui arrive, et à la file une
bande de loups dévorants qui viennent ramasser les

malades ou les éclopés. Tiens, il y a des cavaliers à leur poursuite, ou je ne suis qu'un pêcheur ! Les voyez-vous là-bas, entre ses deux tourbillons de poussière ? Ils entourent un animal blessé, qu'ils lardent à coups de flèches. »

Middleton et Paul aperçurent dans le lointain le groupe sombre que l'œil exercé du vieillard avait si promptement découvert. Quinze ou vingt cavaliers caracolaient en cercle autour d'un magnifique bison, qui leur tenait tête, quoique son corps robuste eût déjà servi de point de mire à une centaine de flèches. Un coup de lance que lui porta un vigoureux Indien acheva sa défaite, et l'animal s'abattit en poussant un mugissement dont le bruit arriva jusqu'aux oreilles de nos spectateurs, et accéléra la fuite du troupeau épouvanté.

Après avoir regardé cet incident de chasse avec une satisfaction non équivoque :

« Comme notre jeune Pauni », dit le Trappeur, « connaissait bien le fin fond d'une course aux buffles ! Vous avez vu qu'il est parti comme le vent sans attendre le troupeau. C'était pour éviter de laisser sa piste dans l'air ; ensuite un demi-tour à droite lui aura permis d'aller rejoindre... Hein ! qu'est-ce que cela ? Ces Peaux Rouges ne sont pas des Paunis ! Ils ont la tête empanachée de plumes de hibou... Aussi vrai que je ne suis qu'un misérable trappeur à demi aveugle, c'est une bande de Sioux. Cachons-nous, mes enfants, cachons-nous ! Qu'ils jettent un seul coup d'œil de ce côté, et ils nous dépouilleront de nos habits jusqu'au moindre lambeau et même il se pourrait que notre vie ne fût pas en sûreté. »

Les yeux de Middleton s'étaient détournés de ce spectacle pour en chercher un autre qui lui plaisait davantage, la vue de sa jeune épouse. Paul saisit le docteur par le bras, et le Trappeur les ayant suivis sans délai, la petite troupe se trouva bientôt rassemblée sous le couvert des arbres. Après quelques courtes explications concernant la nature de ce nouveau danger, le vieillard à qui, par déférence pour sa longue expérience, la direction de leurs mouvements était confiée, continua son discours en ces termes :

« Nous sommes, comme vous devez tous le savoir, dans une contrée où un bras fort vaut beaucoup mieux que le droit, et où la loi blanche n'est pas plus connue qu'il ne faut. En conséquence, tout va dépendre du jugement et de la force. Si », ajouta-t-il en posant un doigt sur sa joue, en homme qui examinait mûrement les diverses faces de la situation embarrassante dans laquelle ils se trouvaient, « s'il y avait moyen de mettre aux prises ces démons et la nichée d'Ismaël nous pourrions arriver comme les vautours après un combat d'animaux, et trouver quelque chose à glaner... Et puis les Paunis ne sont pas loin d'ici, j'en réponds, car le jeune guerrier n'a pas quitté son village sans un motif déterminé. Voilà donc quatre partis différents qui sont à portée d'entendre un coup de fusil, et dont aucun ne peut se fier à l'autre. Tout cela rend nos mouvements un peu difficiles à travers un pays où les abris sont assez rares... Au demeurant, nous sommes trois hommes bien armés, et, j'ose dire, assez solides...

— Quatre », interrompit Paul. « Dites quatre.

— Comment ?

— Quatre », répéta le chasseur d'abeilles en montrant le naturaliste. « Et celui-ci ?

— Toute armée a ses traînards et ses bouches inutiles... L'ami, il faudra tuer le baudet.

— Tuer Asinus ! » gémit le docteur. « Ce serait un acte de cruauté surérogatoire.

— Bon ! encore vos mots longs d'une aune dont le sens n'est que du son pour moi ! La cruauté serait de sacrifier un chrétien à une brute. C'est ce que j'appelle la raison de merci. Autant vaudrait sonner de la trompette que de s'exposer à un second hurlement de la créature : ce serait un défi manifeste envoyé aux Sioux.

— Je réponds de la discrétion du pauvre Asinus, qui parle rarement sans motif.

— On dit qu'on reconnaît un homme à la compagnie qu'il fréquente », reprit le vieillard en s'adressant à l'officier ; « et pourquoi pas aussi une brute ? Il m'est arrivé autrefois de faire une marche forcée et de traverser bien des périls en compagnie d'un particulier qui n'ouvrait la bouche que pour chanter ; et Dieu sait ce qu'il m'a causé de tracas et de tribulations ! C'était dans l'affaire que vous savez, avec votre grand-père, capitaine. Mais du moins il avait un gosier humain, et il le manœuvrait fort bien à l'occasion, quoiqu'il ne choisît pas toujours le moment convenable pour ses gargouillades. Ah ! misère de moi ! si j'étais maintenant comme alors, ce ne serait pas une bande de ces voleurs de Sioux qui me délogerait d'un poste pareil au nôtre ! Mais à quoi bon se vanter quand la vue et les forces commencent à faillir ? Le guerrier que les Delawares nommèrent jadis Œil de Faucon, à cause de sa vue perçante, mériterait aujourd'hui de s'appeler la Taupe... Pour en finir, m'est avis qu'il faut tuer la bête.

— Eh ! eh ! ça ne manque pas de logique », fit remarquer Paul. « La musique est la musique après tout, et elle fait toujours du bruit, qu'elle provienne d'un violon ou d'un âne. C'est pourquoi je suis d'accord avec l'ancien, et je dis : Tuez la bête.

— Amis », dit le naturaliste en promenant un regard douloureux de l'un à l'autre de ses sanguinaires compagnons, « ne tuez pas Asinus : c'est un bon échantillon de sa race, dont il y a peu de mal et beaucoup de bien à dire. Laborieux et docile, sobre et patient, telle est sa caractéristique. Nous avons beaucoup voyagé ensemble et sa mort m'affligerait grandement. Quel crève-cœur pour vous, vénérable Venator, s'il fallait tout à coup vous séparer de votre chien fidèle !

— Soit ! La créature ne mourra pas », répondit le vieillard après avoir toussé de manière à prouver qu'il sentait toute la force de cet appel fait à sa sensibilité ; « mais il faut l'empêcher de braire. Serrez-lui le

museau avec une courroie, et reposons-nous du reste
sur la Providence. »

Paul exécuta l'ordre, et le Trappeur, satisfait de
ce double gage de la discrétion de maître Aliboron,
s'avança vers la lisière du bois pour faire une reconnaissance.

Le fracas qui avait accompagné le passage du
troupeau avait cessé, ou plutôt on n'en entendait plus
que faiblement l'écho à une assez grande distance. Le
vent avait dissipé les nuages de poussière, et nul
obstacle ne gênait la vue dans ces mêmes lieux
témoins, dix minutes auparavant, d'une scène de
confusion si étrange.

Les Sioux avaient achevé leur victime, et semblaient disposés à laisser en repos le reste de leur
proie. Une douzaine d'entre eux étaient occupés à
dépecer l'animal, au-dessus duquel se balançaient
quelques busards au vol pesant et aux yeux avides, et
leurs compagnons galopaient çà et là, jusqu'à se
rapprocher du petit bois. Le Trappeur, toujours en
observation, fit remarquer l'un des cavaliers à Middleton, et le lui désigna sous le nom de Wencha.

« A cette heure », dit-il en branlant la tête,
« nous sommes fixés sur leur tribu et leurs intentions.
Ils sont en quête des traces d'Ismaël, qu'ils ont
perdues. Chemin faisant, ils ont rencontré les buffles,
et, tout en les chassant, voici pour notre malheur
qu'ils sont arrivés en vue du fort de l'émigrant...
Voyez-vous ces buses qui attendent les entrailles des
buffles qu'on a tués ? Il y a là une morale qui nous
apprend la manière de vivre dans la Prairie. Une
troupe de Paunis est aux aguets pour surprendre ces
mêmes Sioux, comme les oiseaux s'apprêtent à fondre
sur leur proie ; et nous chrétiens, qui avons tant à

risquer, il nous importe de surveiller les uns et les autres... Ah! que font ces deux rôdeurs arrêtés là-bas? Sur ma foi, ils ont découvert l'endroit où le malheureux fils d'Ismaël a trouvé la mort. »

Le vieillard ne se trompait pas.

Wencha et un sauvage qui l'accompagnait étaient arrivés au lieu dont nous avons parlé, et qui portait les marques d'une lutte sanglante. Là, sans descendre de cheval, ils se mirent à examiner ces signes bien connus avec la sagacité particulière aux Indiens. Leur examen fut long, et n'alla pas sans un grain de défiance. Enfin ils poussèrent ensemble un hurlement de douleur et d'effroi, non moins étrange que celui des chiens en approchant de l'endroit suspect. A cette clameur, toute la bande accourut aussitôt, ainsi que font des chacals à l'appel de celui qui a découvert une proie.

CHAPITRE XX

Sois le bienvenu, vieux Pistol !

SHAKESPEARE.

Quelques minutes plus tard, et l'un des derniers, parut Matori, le chef des Sioux.

A peine arrivé, il quitta la salle et se mit à son tour en devoir d'étudier le terrain, autour duquel les siens se tenaient en cercle, avec l'air de sérieuse attention qui convenait à son rang. Les guerriers, car il n'était que trop évident que tous appartenaient à cette classe intrépide et barbare, attendirent sans impatience le résultat de son examen.

Un certain temps s'écoula avant que Matori parût avoir pris une décision. Suivant alors les traces du sang, il fit signe aux braves de le suivre, et parcourut successivement les divers endroits où Ismaël avait trouvé d'effrayantes preuves de l'assassinat de son fils. Ils marchèrent ainsi tous ensemble, et firent halte à quelques pas de l'endroit même où Esther avait excité ses apathiques garçons à pénétrer sous le couvert.

Il est inutile de dire que nos fugitifs n'étaient pas indifférents à l'enquête qui se prolongeait d'une façon si menaçante pour leur sûreté. Le Trappeur, s'adressant à ses trois compagnons, leur demanda en termes non équivoques, mais à voix basse, s'ils étaient disposés à combattre pour leur liberté, ou s'ils préféraient recourir à l'expédient plus doux de la conciliation. Comme c'était un sujet qui les intéressait tous à un égal degré, il posa la question comme en un conseil de guerre, et non sans un dernier vestige de fierté militaire.

Paul et le docteur furent d'opinion diamétralement opposée, le premier conseillant un appel immédiat aux armes, le second épousant avec non moins de chaleur la politique des voies pacifiques. Middleton, craignant de voir la discussion s'échauffer entre deux hommes gouvernés par des sentiments si contraires, jugea à propos de prendre le rôle d'arbitre, ou plutôt de décider la question, en vertu de son grade qui lui permettait de faire pencher la balance d'un côté ou de l'autre. Il se déclara pour la paix, convaincu qu'en raison de la grande disproportion des forces, tout acte de violence amènerait inévitablement leur perte.

Cette opinion, exposée avec autant de jugement que de sang-froid, ne manqua pas de produire de l'impression.

« Cela est clair et tombe sous le sens », dit le Trappeur en manière de conclusion. « Où la force n'est pas de mise, l'esprit doit s'ingénier ; c'est la raison qui le rend plus fort que le buffle et plus léger que l'élan. Restez ici, et tenez-vous cachés. Ma vie et mes trappes ont peu de valeur à mes yeux, quand il y va du bonheur de tant d'âmes humaines ; et, en outre, je connais à fond les détours de l'astuce rouge. Je vais donc me rendre seul dans la Prairie. Peut-être réussirai-je à dissiper la curiosité des Sioux et à vous donner le temps et les moyens de fuir. »

Décidé à n'écouter aucune remontrance, il jeta tranquillement son fusil sur l'épaule ; puis traversant le taillis à pas sourds, il en sortit sur un point d'où il pouvait attirer les regards des Sioux sans leur donner lieu de soupçonner d'où il venait.

A peine la silhouette du vieux chasseur à la carabine se dessina-t-elle dans la plaine, que les Sioux l'aperçurent et qu'un mouvement d'agitation, aussitôt réprimé, se fit remarquer parmi eux. L'artifice du Trappeur avait réussi à rendre extrêmement douteux s'il arrivait du terrain découvert ou du bois voisin, vers lequel toutefois les Indiens continuaient à jeter souvent des regards de soupçon. Ils s'étaient arrêtés à une portée de flèche des premiers arbres ; mais dès qu'ils eurent distingué sous les teintes de hâle dont le temps avait bruni les traits de l'étranger la couleur originaire d'un Visage Pâle, ils reculèrent lentement jusqu'à une distance qui pût rendre moins fatal l'emploi des armes à feu.

Avançant toujours, celui-ci s'arrêta seulement quand il fut assez près pour se faire entendre sans difficulté. Alors, posant à terre la crosse de sa carabine, il leva la main, la paume en dehors en signe de paix. Après avoir gourmandé son chien qui, épiant le groupe des sauvages, semblait les reconnaître pour ennemis de son maître, il prit la parole dans la langue des Sioux.

« Mes frères sont les bienvenus », dit-il en s'érigeant adroitement en maître du canton où la rencontre avait lieu, et comme s'il était prêt à en faire les honneurs. « Ils sont loin de leur village ; ils ont faim. Veulent-ils me suivre à ma hutte pour manger et dormir ? »

Dès qu'on eut entendu sa voix, le hurlement de joie qui s'échappa d'une douzaine de bouches apprit au sagace Trappeur que lui aussi il était reconnu. Sentant qu'il était trop tard pour battre en retraite, il profita de la confusion qui régnait parmi eux, pendant que Wencha expliquait qui il était, pour continuer de s'approcher jusqu'à ce qu'il se trouvât de nouveau face à face avec le redoutable Matori. Cette seconde entrevue de deux hommes, dont chacun était extraordinaire dans son genre, fut accompagnée des précautions en usage sur les frontières. Ils restèrent près d'une minute à s'examiner en silence l'un l'autre.

Après s'être assuré que les traits impassibles du blanc ne trahissaient sous son regard inquisiteur aucun des secrets de leur maître, le chef indien lui demanda d'un ton sévère :

« Où sont tes jeunes hommes ?

— Les Longs Couteaux ne viennent pas en bande pour traquer le castor ; je suis seul.

— Ta tête est blanche, mais tu as une langue fourchue. Matori a pénétré dans ton camp ; il sait que tu n'es pas seul. Où est ta jeune femme et le guerrier que j'ai trouvés dans la Prairie ?

— Je n'ai point de femme. J'ai dit à mon frère que la femme et son ami étaient des étrangers. Les paroles d'une tête grise doivent être entendues et non oubliées. Les Dacotas ont trouvé les voyageurs endormis, et ils ont pensé qu'ils n'avaient pas besoin de chevaux. Les femmes et les enfants d'un Visage Pâle n'ont pas l'habitude d'aller bien loin à pied. Cherche-les où tu les as laissés. »

Les yeux du sauvage étincelaient lorsqu'il répondit :

« Ils sont partis ! Mais Matori est un chef sage, et ses yeux peuvent voir à une grande distance.

— Le chef des Sioux voit-il des hommes dans ces plaines découvertes ? » riposta le Trappeur avec beaucoup de fermeté. « Je suis bien vieux et ma vue s'affaiblit. Où sont-ils ? »

L'Indien resta un moment silencieux, comme s'il eût dédaigné de contester plus longtemps la vérité d'un fait dont il était déjà convaincu. Désignant ensuite les traces encore visibles sur le sol, il dit en passant subitement à un ton et à un air plus doux :

« Mon père a appris la sagesse pendant un grand nombre d'hivers ; peut-il me dire de qui est le mocassin qui a laissé cette empreinte ?

— Il a passé des loups et des buffles dans la Prairie, et il peut y avoir eu aussi des couguars. »

Matori jeta les yeux sur le bois, comme s'il eût pensé que cette supposition n'était pas invraisemblable ; puis il ordonna à ses guerriers d'aller reconnaître l'endroit de plus près, leur recommandant en même temps de se mettre en garde contre la trahison des Longs Couteaux. Trois ou quatre jeunes gens à demi nus se hâtèrent d'obéir à l'ordre qu'ils venaient de recevoir ; ils firent plusieurs fois le tour du bois, s'en approchant toujours de plus en plus, et revinrent au galop comme ils étaient partis : ils rapportèrent que le taillis paraissait vide.

Que pensait Matori ? Crut-il à la vérité du rapport, ou conserva-t-il des doutes ? Pas une ligne de sa physionomie ne bougea. Il fut impossible au vieillard de prévenir ses soupçons ou de les égarer sur une fausse piste. Au lieu de répondre à ce que venaient de lui dire ses éclaireurs, il se mit à parler à son cheval et à le flatter de la main ; puis il remit à l'un des siens la bride, ou plutôt la corde qui lui servait à guider l'animal, prit le Trappeur par le bras et le conduisit à l'écart.

« Mon frère », interrogea le rusé sauvage d'une voix qu'il désirait rendre conciliante, « a-t-il été un guerrier ?

— Les feuilles ne couvrent-elles pas les arbres dans la saison des fruits ? Va, les Dacotas n'ont pas vu autant de guerriers vivants que j'en ai vu baignés dans leur sang ».

Le chef le regarda un moment d'un œil sévère, pour s'assurer s'il n'était pas dupe d'un mensonge ; mais trouvant dans l'attitude calme et ferme du Trappeur la confirmation de ce qu'il venait de dire, il saisit la main du vieillard et la mit respectueusement sur sa tête en signe de la vénération due à son âge et à son expérience.

« Pourquoi donc les Longs Couteaux disent-ils à leurs frères rouges d'enterrer le tomahawk », ajouta-t-il, « quand leurs jeunes hommes n'oublient jamais qu'ils sont braves, et se rencontrent si souvent avec des mains ensanglantées ?

— Ma nation », dit le vieillard, « est plus nombreuse que les buffles dans la Prairie ou les pigeons dans l'air ; les querelles y sont fréquentes, mais les guerriers rares. Ceux-là seuls peuvent marcher dans le sentier de la guerre qui sont doués des qualités des braves, et par conséquent ceux-là voient beaucoup de combats.

— Cela n'est point ; mon père est dans l'erreur », répliqua Matori avec un sourire de pénétration triomphante, tout en apportant un correctif à son démenti par déférence pour les années et les services d'un homme si âgé. « Les Longs Couteaux sont très sages ;

ils sont hommes et prétendent tous être guerriers. Ils voudraient condamner les Peaux Rouges à planter des racines et à cultiver le blé ; mais un Dacota n'est pas né pour vivre comme une femme ; il faut qu'il frappe le Pauni et l'Omaha, ou il perdra le nom de ses pères.

— Le maître de la vie a l'œil ouvert sur ceux de ses enfants qui meurent en combattant pour une juste cause ; mais il est aveugle et ses oreilles sont closes au cri d'un Indien tué en pillant son voisin ou en cherchant à lui nuire.

— Mon père est vieux », dit Matori avec une nuance d'ironie, car il était de ces gens qui ont secoué les entraves de l'éducation, et sont peut-être un peu portés à abuser de la liberté d'esprit qu'ils obtiennent par ce moyen. « Oui, il est très vieux. A-t-il fait un voyage au pays de là-haut, et s'est-il donné la peine d'en revenir pour raconter aux jeunes ce qu'il y a vu ?

— Dacota », dit le Trappeur en frappant contre terre la crosse de sa carabine avec une subite véhémence et en levant sur l'Indien un œil intrépide, « j'ai ouï dire qu'il y a chez mon peuple des gens qui étudient leurs grandes sciences jusqu'à finir par se croire des dieux, et qui se moquent de toute croyance hormis de leurs sottises. Cela peut être vrai, c'est vrai même, car j'en ai vu. Quand l'homme s'enferme dans des villes et dans des écoles avec ses propres folies, il peut lui être aisé de se croire plus grand que le Maître de la vie ; mais il doit être plus humble, le guerrier qui habite une maison dont les nuages sont le toit, où il peut à tout moment contempler le ciel et la terre, et qui voit chaque jour la puissance du Grand-Esprit. Un chef dacota doit être trop sage pour se railler de la justice. »

L'astucieux Matori, voyant que sa liberté de

penser n'était pas pour faire une impression favorable sur le vieillard, changea de terrain, et en vint à l'objet immédiat de leur entrevue. Appuyant doucement une main sur l'épaule du Trappeur, il s'avança avec lui jusqu'à une cinquantaine de pas de la lisière du taillis ; là, il fixa ses yeux pénétrants sur l'honnête physionomie du veillard, et continua de la sorte :

« Si mon père a caché ses jeunes hommes dans le buisson, qu'il leur dise d'en sortir. Tu vois qu'un Dacota n'a pas peur ; Matori est un grand chef ! Un guerrier dont la tête est blanche, et qui est sur le point d'aller au pays des Esprits, ne peut avoir la langue fourchue comme celle d'un serpent.

— Dacota, je n'ai pas menti. Depuis que le Grand-Esprit a fait de moi un homme, j'ai vécu dans les bois ou dans ces Prairies ouvertes, sans hutte ni famille ; je suis chasseur et je vais seul sur mon sentier.

— Mon père a une bonne carabine : qu'il vise dans le fourré et fasse feu. »

Le vieillard hésita un moment, puis se prépara lentement à donner cette assurance délicate de la vérité de ses paroles, et sans laquelle il était persuadé que les soupçons de son rusé compagnon ne pourraient être dissipés.

Pendant qu'il baissait sa carabine, son œil, bien qu'affaibli par l'âge, parcourait une masse confuse d'objets mêlés au feuillage bigarré de l'automne, et enfin il se fixa sur le tronc brunâtre d'un arbuste. Ce point de mire choisi, il le coucha en joue et fit feu. La balle ne fut pas plutôt partie du canon que ses mains furent agitées d'un tremblement nerveux qui, un instant auparavant, l'aurait mis hors d'état de tenter une épreuve si hasardeuse. Le silence qui suivit lui serra le cœur : les femmes n'allaient-elles pas se trahir par des cris d'effroi ? Non, rien ne bougea, et quand le vent eut chassé la fumée de la détonation, il vit l'écorce de l'arbre entamée, et cette assurance de son adresse lui rendit toute sa présence d'esprit.

Reposant son arme à terre, il se tourna vers l'Indien, et lui dit d'un air tranquille :

« Mon frère est-il content ?

— Matori est un chef des Dacotas », répondit le Sioux, en plaçant sa main sur sa poitrine pour témoigner qu'il croyait à la sincérité du vieillard ; « il sait qu'un guerrier qui a fumé au feu de tant de conseils jusqu'à ce que sa barbe soit devenue blanche, ne saurait se trouver en mauvaise compagnie. Mais ne fut-il pas un temps où mon père montait un cheval comme un grand chef des Visages Pâles, au lieu de voyager à pied comme un Konza mourant de faim ?

— Jamais ! Le Wacondah m'a donné des jambes et la résolution de m'en servir. Durant soixante étés et autant d'hivers j'ai parcouru les bois de l'Amérique, et voilà dix longues années que je demeure sur ces plaines découvertes, sans avoir besoin de recourir aux dons des autres créatures du Seigneur pour me transporter d'un lieu à un autre.

— Si mon père a si longtemps vécu à l'ombre, pourquoi est-il venu dans la Prairie ? Il y sera brûlé du soleil. »

Le vieillard jeta autour de lui un regard mélancolique, puis d'un ton d'amical abandon :

« J'ai passé le printemps, l'été et l'automne de ma vie au milieu des arbres », répondit-il. « L'hiver de mes jours étant venu m'a trouvé où j'aimais à être, dans la paix, que dis-je ! dans l'innocence des bois. Oui, je m'endormais heureux, et mes yeux, à travers les branches des pins et des bouleaux, pouvaient se

fixer sur la véritable demeure du Grand-Esprit de mon
peuple. Si j'avais besoin de lui ouvrir mon cœur
pendant que ses feux étaient allumés au-dessus de ma
tête, sa porte était ouverte et devant moi. Un jour les
haches des bûcherons me réveillèrent, et je n'entendis
plus désormais que le fracas des arbres qui tombaient.
Je supportai le mal en guerrier et en homme ; il y avait
pour cela une raison ; quand cette raison n'exista plus,
je songeai à me soustraire à cette infernale musique.
C'était une forte épreuve pour mon courage et mes
habitudes ; mais ayant ouï parler de ces immenses
solitudes, je vins ici pour échapper au spectacle des
dévastations de mon peuple. Dis-moi, Dacota, n'ai-je
pas bien fait ? »

En terminant ce discours, le Trappeur appuya ses
longs doigts décharnés sur l'épaule nue de l'Indien, et,
un sourire énigmatique sur les lèvres, parut attendre
ses félicitations au sujet de la confidence qu'il venait
de faire.

« La tête de mon père est bien grise », dit le chef,
qui l'avait écouté d'une oreille attentive ; « il a toujours vécu avec des hommes et il a tout vu. Ce qu'il
fait est bien, et sa parole est sage. Maintenant est-il
bien sûr d'être étranger aux Longs Couteaux qui sont
à chercher leurs animaux dans la Prairie et ne peuvent
les trouver ?

— Dacota, ce que j'ai dit est vrai. Je vis seul et ne
me mêle jamais aux hommes à la peau blanche, si... »

Une interruption aussi mortifiante qu'inattendue
lui ferma soudain la bouche.

Comme il parlait encore, le buisson qui formait la
lisière du petit bois s'entr'ouvrit, et il en vit sortir ceux
qu'il y avait laissés et dans l'intérêt desquels il
cherchait à concilier son amour pour la vérité avec la

nécessité d'en voiler une partie. Ce fut un coup de
théâtre. Mais l'Indien ne broncha pas, aucun muscle
de son visage ne trahit son étonnement. Il se contenta
de désigner au vieillard le groupe de ses amis avec une
politesse affectée, et, sans ajouter un mot d'explication, il appela auprès de lui ses compagnons restés à
quelque distance, et toute la troupe vint se ranger
docilement à ses côtés.

Cependant les fugitifs continuaient de s'avancer.

Middleton marchait le premier : il soutenait la
taille légère d'Inès, et lui prodiguait ces marques de
tendre intérêt qu'en pareille circonstance un père eût
données à son enfant. Paul Hover venait ensuite,
donnant le bras à Hélène ; mais, bien qu'il se penchât
souvent vers sa compagne, il avait l'œil enflammé de
courroux et plutôt l'esprit d'un ours forcé de battre en
retraite que d'un amant favorisé. Battius et le baudet
composaient l'arrière-garde, et certes l'affection que
témoignait le maître à l'humble serviteur ne le cédait
point en manifestations touchantes à celle de ses
compagnons.

Pauvre savant ! il semblait marcher au supplice.
On aurait dit que ses jambes refusaient à la fois de le
porter en avant et en arrière. Situation bizarre qui ne
manquait pas d'analogie avec celle du cercueil de
Mahomet, maintenu en équilibre par l'action égale de
deux forces contraires ! Chez le docteur, la force de
répulsion l'emporta, et le fit avancer malgré lui. En
suivant la direction de ses regards sans cesse tournés
en arrière, on eut la clef du motif qui avait déterminé
cette apparition soudaine.

A l'un des coins du bois se montra un second
groupe, formé celui-là d'hommes vigoureux et bien
armés, et se dirigeant, avec les précautions d'usage,

vers l'endroit où les Sioux avaient fait halte. Ce n'était rien moins que la famille d'Ismaël, ou du moins ceux de ses membres capables de porter les armes, qui courait la Prairie dans l'intention évidente de venger ses injures.

Matori et sa troupe s'éloignèrent à pas lents dès qu'ils aperçurent les arrivants, et allèrent se poster sur une éminence qui dominait sans obstacle la vaste plaine. Là, le Dacota, qui avait obligé le Trappeur à le suivre, parut disposé à livrer bataille. Malgré cette retraite, Middleton continua d'avancer, et il ne s'arrêta que sur cette même colline et à une distance qui lui permettait de se faire entendre des belliqueux Sioux. L'émigrant et ses fils prirent à leur tour une position favorable, quoique beaucoup plus éloignée.

Il y eut un moment d'incertitude, pendant lequel Matori examina rapidement l'un et l'autre groupe de blancs ; puis couvrant le vieillard d'un regard sévère :

« Les Longs Couteaux sont fous », lui dit-il d'un ton d'amère ironie. « Il est plus facile de surprendre un couguar endormi que de trouver un Dacota hors de garde. La tête blanche se proposait-elle de monter le cheval d'un Sioux ? »

Le Trappeur, qui avait eu le temps de se recueillir, comprit ce qui s'était passé : le capitaine, ayant vu Ismaël arriver sur ses traces, avait mieux aimé courir les risques de l'hospitalité des sauvages que de s'exposer au traitement que lui préparait sans doute l'émigrant. Il chercha donc à préparer les voies à la réception favorable de ses amis, puisque cette coalition étrange était devenue nécessaire pour assurer leur liberté, sinon leur vie.

« Mon frère a-t-il jamais marché contre mon peuple dans le sentier de la guerre ? » demanda-t-il tranquillement au chef indigné, qui attendait sa réponse.

La sombre physionomie du guerrier se détendit : une lueur de joie et de triomphe en atténua la férocité, et décrivant avec la main un cercle autour de sa personne, il répliqua :

« Quelle tribu ou quelle nation n'a pas senti les coups des Dacotas ? C'est Matori qui les commande.

— Et dans les Longs Couteaux a-t-il rencontré des femmes ou des hommes ? »

A cette question, le visage cuivré de l'Indien s'anima au choc des passions violentes qui l'agitaient. La haine, une haine mortelle, parut d'abord y dominer, et fit ensuite place à une expression plus noble et plus digne du caractère d'un vaillant guerrier. Écartant la peau de daim historiée qui couvrait sa poitrine, il montra la cicatrice d'un coup de baïonnette.

« Cette blessure », dit-il, « a été faite comme elle a été reçue, face à face.

— C'est assez. Mon frère est un brave chef, et il doit être un chef sage. Qu'il regarde : est-ce là un guerrier des Visages Pâles ? Est-ce un combattant pareil qui a fait cette blessure au grand Dacota ? »

Les yeux de Matori, suivant la direction du bras que le vieillard étendait, s'arrêtèrent avec admiration sur la forme languissante d'Inès. De même que le jeune chef pauni, il se crut transporté en présence de quelque image céleste, et le sentiment qu'il éprouva à la vue de Nelly, d'une beauté moins idéale, fut beaucoup plus prononcé.

« Mon frère voit que ma langue n'est pas fourchue », reprit le Trappeur en suivant de l'œil toutes les émotions de l'Indien avec une vivacité d'intelligence peu inférieure à celle du chef lui-même. « Les Longs

Couteaux n'envoient pas leurs femmes à la guerre. Je sais que les Dacotas ne refuseront pas de fumer avec les étrangers.

— Matori est un grand chef », répondit l'Indien qui posa une main sur sa poitrine. « Les Visages Pâles sont les bienvenus, et les flèches de mes jeunes gens ne quitteront pas leurs carquois. »

Le Trappeur fit un signe à Middleton d'approcher, et au bout de quelques instants les deux troupes n'en firent plus qu'une, chacun des hommes ayant échangé un salut amical à la façon des guerriers de la Prairie. Tout en se livrant à ces démonstrations hospitalières, le Dacota avait toujours l'œil sur les blancs qui étaient à quelque distance, comme s'il eût redouté de tomber dans un piège, ou qu'il eût attendu une explication satisfaisante.

Cette inquiétude n'échappa point au sagace vieillard : afin de confirmer le léger avantage qu'il venait d'obtenir, il comprit la nécessité d'être plus explicite.

En affectant d'examiner le groupe des émigrants, il reconnut qu'on s'y préparait à commencer les hostilités. Que sortirait-il d'une lutte en plaine découverte en une dizaine de blancs résolus et des sauvages mal armés, quoique soutenus par des alliés de circonstance ? Rien de bon, ou tout au moins rien de définitif. Quant à lui, il ne répugnait pas à courir les chances d'une bataille. Toutefois, il jugea plus digne de son âge et de son caractère d'éviter la querelle que de la faire naître. Ses sentiments étaient là-dessus d'accord avec ceux de Paul et de Middleton, qui avaient à protéger des jours plus précieux encore que les leurs.

Dans cette situation embarrassante, ils tinrent tous les trois conseil sur les moyens de se soustraire aux suites effrayantes qu'entraînerait un seul acte d'hostilité de la part d'Ismaël. En même temps, le vieillard eut soin que leur conversation parût, aux yeux de ceux qui observaient avec une jalouse vigilance l'expression de leur physionomie, n'avoir d'autre objet que de s'informer pourquoi cette troupe de voyageurs se trouvait amenée si loin dans le désert. La conférence finie, il revint auprès du chef indien.

« Je sais que les Dacotas sont un peuple sage et grand », dit-il, « mais mon frère n'en connaît-il pas qui soit méprisable ? »

Matori regarda fièrement ceux qui l'entouraient, à l'exception de Wencha pourtant.

« Le Maître de la vie a fait des chefs, des guerriers et des femmes », répondit-il, croyant ainsi embrasser toutes les gradations de l'excellence humaine, de la plus haute à la plus basse.

« Et il a fait aussi des méchants parmi les Visages Pâles », dit le Trappeur. « Tels sont ceux que mon frère voit là-bas.

— Vont-ils à pied pour faire le mal ? » demanda l'Indien, et la joie maligne qui brillait dans ses yeux indiquait assez qu'il savait pourquoi ils étaient réduits à cette humiliante extrémité.

« Leurs animaux sont partis ; mais ils ont encore de la poudre, du plomb et des couvertures.

— Portent-ils leurs richesses dans leurs mains, comme de misérables Konzas ? ou bien sont-ils braves, et laissent-ils ces choses à la garde des femmes, ainsi que doivent faire des hommes qui savent où trouver ce qu'ils ont quitté ?

— Mon frère voit ce point bleu à l'horizon de la Prairie ; le soleil l'a touché pour la dernière fois aujourd'hui.

— Matori n'est pas une taupe.

— C'est un rocher, et là sont les richesses des Longs Couteaux. »

Le Dacota tressaillit d'aise, et regarda le vieillard comme s'il voulait lire au fond de son âme, et s'assurer qu'il ne le trompait pas. Puis il reporta ses yeux sur la troupe d'Ismaël et compta les individus qui la composaient.

« Il en manque un », dit-il.

« Mon frère voit-il les vautours ? là est sa tombe. A-t-il trouvé du sang dans la Prairie ? c'était le sien.

— Assez ! Matori est un chef prudent. Placez vos femmes sur les chevaux des Dacotas, et nous verrons, car nos yeux sont complètement ouverts. »

Le Trappeur ne perdit pas le temps en explications désormais inutiles. Accoutumé au laconisme et à l'activité des Indiens, il communiqua le résultat de l'entretien à ses compagnons. En un clin d'œil, Paul fut en selle et prit Hélène en croupe. Middleton mit un peu plus de temps à installer commodément Inès sur le cheval qu'on lui avait désigné. C'était celui de Matori, et il s'en approcha pour le monter. Le jeune officier saisit les rênes de l'animal, et l'Indien et lui échangèrent des regards de colère.

« Nul autre que moi n'occupera cette place », dit sèchement Middleton en anglais.

« Matori est un grand chef ! » répondit le sauvage.

Mais aucun d'eux ne comprenait le sens des paroles de l'antre. Ce fut le Trappeur qui trancha la difficulté.

« Mon frère arrivera trop tard », dit-il tout bas. « Voyez, les Longs Couteaux ont peur, et ne tarderont pas à s'enfuir. »

Le chef abandonna aussitôt sa prétention, et

sautant sur un autre cheval, il ordonna à l'un de ses hommes de céder le sien au Trappeur. Chacun des guerriers démontés prit place en croupe d'un de ses compagnons. Le docteur Battius monta sur son âne, et malgré cette courte altercation, la troupe entière fut prête à partir en moitié moins de temps qu'il ne nous en a fallu pour faire ce récit.

Quelques-uns des sauvages les mieux montés, y compris le chef, prirent un peu les devants et firent une démonstration hostile, comme s'ils avaient dessein d'attaquer les étrangers. Ismaël qui, en réalité, commençait à effectuer lentement sa retraite, s'arrêta, disposé à soutenir le choc. Mais, au lieu de venir à portée des redoutables carabines de l'ouest, les rusés sauvages se mirent à caravoler en vue des étrangers, en les tenant en haleine. Après avoir décrit autour d'eux un demi-cercle, ils poussèrent un grand cri et s'élancèrent à travers la Prairie en se dirigeant vers le rocher en ligne aussi droite et avec autant de vitesse que la flèche qui vient d'être décochée.

CHAPITRE XXI

> Ne vous jouez pas des dieux,
> mais hâtez-vous de partir. — Seigneur
> Baptista, vous montrerai-je le che-
> min ?
>
> SHAKESPEARE.
> *la Méchante mise à la raison.*

Matori avait à peine laissé voir quelle était sa réelle intention qu'une décharge générale des émigrants prouva qu'il avait été compris. La distance où ils étaient des Sioux et la rapidité de leur course rendirent cette démonstration tout à fait inoffensive. Pour prouver le peu de cas qu'il en faisait, le chef dacota n'y répondit que par un hurlement, et brandissant sa carabine au-dessus de sa tête, il fit un circuit dans la plaine, suivi de l'élite de ses guerriers, comme pour insulter aux tentatives impuissantes de ses ennemis. Après cette manifestation de leur sauvage dédain, ils rejoignirent le corps principal et en formèrent l'arrière-garde avec une dextérité et un ensemble qui montrait que cette manœuvre avait été préméditée.

Plusieurs décharges se succédèrent rapidement,

jusqu'à ce qu'enfin l'émigrant furieux abandonna à
regret l'idée de faire une impression sérieuse sur les
Sioux par d'aussi faibles moyens. Renonçant donc à
son inutile tentative, il commença avec son monde une
poursuite rapide, se bornant à tirer par intervalles un
coup de fusil, afin de donner l'alarme à la garnison,
qu'il avait prudemment laissée sous la conduite de la
redoutable Esther en personne. La chasse continua
quelque temps de cette manière : si les cavaliers
gagnaient peu à peu du terrain, les piétons mettaient à
courir une ardeur qui ne se ralentissait pas.

À la vue du petit point bleuâtre qui s'agrandissait
en se détachant du fond du ciel comme une île qui
s'élève du sein de la mer, les sauvages poussaient de
temps à autre une clameur de triomphe. Mais déjà les
vapeurs du soir s'accumulaient dans toute la lisière
orientale de la Prairie, et avant que la troupe eût
franchi la moitié de la distance nécessaire, les grisâtres
contours du rocher avaient disparu dans les brouillards qui remplissaient le dernier plan. Indifférent à
cette circonstance qui favorisait plus qu'elle ne contrariait ses projets, Matori, qui s'était replacé à l'avant-
garde, guida la marche avec la sûreté d'instinct d'un
chien de race, ayant soin seulement de ralentir le pas
quand les chevaux étaient hors d'haleine.

Ce fut alors que le vieillard s'approcha de Middleton et lui dit en anglais :

« Il est probable qu'il va y avoir une affaire de
pillage, à laquelle je ne me soucie guère d'être associé.

— Que voulez-vous ? Ce serait jouer gros jeu
que de nous fier aux mécréants qui sont sur nos
derrières.

— Foin des mécréants, qu'ils soient blancs ou
rouges ! Regardez devant vous, mon garçon, comme si

nous parlions de choses indifférentes ; ou plutôt fai-
sons mine d'admirer les cavales, car un Sioux est aussi
sensible à l'éloge de sa monture qu'une radoteuse de
mère civilisée à celui de son polisson d'enfant. Bon !
flattez l'animal, et passez la main entre les colifichets
dont les Peaux Rouges ont décoré sa crinière, l'œil
fixé sur une chose, et l'esprit sur une autre. Attention !
si les choses s'arrangent comme il faut, nous pourrons
tirer la révérence à nos coquins, une fois la nuit
tombée.

— Dieu vous entende ! » s'écria Middleton, qui

avait un souvenir pénible du regard d'amiration avec
lequel Matori avait contemplé la beauté d'Inès.
« Excellente idée !

— Seigneur Dieu, que l'homme est donc faible
quand les dons de la nature sont étouffés en lui sous la
science des livres et sous les manières des femmes !
Encore une exclamation de ce genre, et la vermine qui
nous presse pénétrera notre secret, aussi clairement
que si on le lui confiait à l'oreille en langue sioux. Oui,
oui, je connais ces démons ; ils ont l'air aussi innocent
que des faons folâtres, mais il n'en est pas un parmi
eux qui n'ait l'œil ouvert sur nos moindres mouvements. Ainsi donc, il faut agir avec prudence, afin de
déjouer leur astuce. Voilà qui est bien ! flattez le cou
de votre cheval ; souriez comme si vous en faisiez
l'éloge, soyez attentif à mes paroles. D'abord ne
fatiguez pas trop votre monture, car quoique que je ne
m'y connaisse guère, la raison dit qu'il faut de
l'haleine pour un vigoureux coup de collier, et qu'une
jambe lasse fait un mauvais coureur. Quand vous
entendrez hurler Hector, ce sera le signal ; le premier
hurlement avertira de se tenir prêt, le second de se
séparer de la troupe, et le troisième de partir. M'avez-
vous compris ?

— Parfaitement ! » dit Middleton frémissant
d'impatience de mettre ce plan à exécution, et tout en
pressant contre son cœur le bras mignon enlacé à sa
taille. « Et surtout hâtez-vous !

— Oui, la bête n'est pas engourdie », reprit le
Trappeur en langue indienne, comme s'il eût continué
la conversation. Puis il se faufila, d'un air indifférent,
jusqu'au chasseur d'abeilles, et lui communiqua ses
intentions avec les mêmes mesures de prudence.
L'ardent jeune homme, qui ne pouvait se contenir de

joie, déclara qu'il était prêt à faire face à toute la bande, s'il le fallait. Quand le vieillard quitta ce second couple, il jeta les yeux autour de lui pour découvrir l'endroit où se trouvait le naturaliste.

Le docteur, non sans infiniment de peine pour lui et encore plus pour l'infortuné baudet, avait réussi à se maintenir au milieu des Sioux, aussi longtemps qu'il avait eu la moindre raison de craindre qu'un des projectiles d'Ismaël vînt se mettre en contact avec sa personne. Le danger entièrement disparu, son courage se ranima en raison inverse de celui de sa monture. De cette disposition contradictoire il résulta qu'ils se trouvèrent, l'un portant l'autre, relégués à ce qu'on pourrait appeler l'arrière-garde. Ce fut là que notre ourdisseur de complots parvint à se rendre sans exciter les soupçons de son défiant entourage.

« Ami », commença-t-il en saisissant un instant favorable, « vous complairait-il de passer une douzaine d'années parmi les sauvages avec la tête rase, la figure peinturlurée, et peut-être un couple de femmes et cinq ou six enfants métis qui vous appelleraient papa ?

— Jamais de la vie ! » s'écria le naturaliste en sursautant. « Je suis en général peu enclin au mariage, et en particulier à tout mélange des variétés de l'espèce, qui ne tend qu'à ternir la beauté et à rompre l'harmonie de la nature. En outre, c'est une puérile innovation dans l'ordre des nomenclatures.

— Oui, oui, vous n'avez pas tort de répugner à un tel genre de vie ; mais si les Sioux vous tiennent une fois dans leur village, c'est à cela qu'il faut vous attendre, aussi vrai que le soleil se lève et se couche à la volonté du Seigneur.

— Me marier à une femme qui ne serait pas

ornée des charmes de l'espèce ! Quel crime ai-je donc commis pour mériter une si cruelle punition ? Marier un homme contre sa volonté, c'est faire violence à la nature humaine.

— Puisque vous parlez de la nature, j'ai bon espoir que le don de la raison n'a pas tout à fait quitté votre cervelle », répliqua le vieillard, tandis que l'air de malice qui se peignait dans ses yeux bridés prouvait qu'il savait encore trouver le mot pour rire. « Comment donc ! ils peuvent s'éprendre pour vous d'une sympathie telle, qu'ils sont capables de vous marier à cinq ou six femmes. J'ai connu de mon temps des chefs favorisés qui avaient des épouses sans nombre.

— Pourquoi méditeraient-ils contre moi cette vengeance ? » s'écria le docteur, dont les cheveux commençaient à se dresser sur sa tête. « Quel mal leur ai-je fait ?

— C'est leur manière d'être bons amis. Dès qu'ils sauront que vous êtes un grand médecin, la tribu vous adoptera, et quelque chef puissant vous donnera son nom, et peut-être sa fille, ou bien une ou deux de ses femmes qui ont longtemps vécu dans sa hutte, et dont les qualités lui sont connues par expérience.

— Que le père de l'harmonie naturelle me protège ! Moi qui n'ai point d'affinité pour une épouse unique, à plus forte raison pour un duplicata et un triplicata de l'espèce ! Bien sûr, j'essaierai de m'enfuir de chez eux avant de consentir à une conjonction si violente.

— Il y a de la raison dans vos paroles, mais pourquoi ne pas fuir dès à présent ? »

Battius jeta autour de lui un regard timide, comme s'il eût voulu mettre sur-le-champ à exécution son projet désespéré ; mais les sombres figures qui l'entouraient lui parurent tout à coup tripler de nombre, et l'obscurité qui commençait à s'épaissir sur la Prairie lui sembla aussi brillante que la clarté du soleil en plein midi.

« Ce serait prématuré, et la raison le défend », dit-il. « Laissez-moi, vénérable *Venator,* avec mes propres pensées ; et quand j'aurai mis de l'ordre dans mes plans, je vous ferai part de mes résolutions.

— Ses résolutions ! » répéta le vieillard en secouant la tête avec un certain mépris.

Il lâcha les rênes à son cheval, et vint se placer à côté d'un Indien aux traits rébarbatifs.

« Est-ce que mon frère », lui dit-il, « connaît la bête que monte le Visage Pâle ? »

Et d'un geste il attira son attention sur le naturaliste et le débonnaire Asinus.

Le Sioux tourna un moment les yeux vers l'animal, en se gardant bien de manifester le moins du monde l'étonnement qu'il avait éprouvé, comme tous ses compagnons, en voyant pour la première fois un quadrupède si extraordinaire. Le Trappeur n'ignorait pas que, si les ânes et les mulets commençaient à être connus des tribus voisines du Mexique, il était rare qu'on en rencontrât à une grande distance au nord des eaux de la Platte. Ayant découvert la muette surprise que le sauvage cherchait à dissimuler, il manœuvra en conséquence.

« Mon frère croit-il que le cavalier est un guerrier des Visages Pâles ? » ajouta-t-il.

L'éclair de mépris qui sillonna les traits de l'Indien fut visible, même à l'obscure lueur des étoiles.

« Un Dacota », répondit-il, « n'est pas fou.

— Non, c'est une nation sage, dont les yeux ne sont jamais fermés ; aussi je suis très étonné qu'ils

11

n'aient pas reconnu le grand magicien des Longs Couteaux.

— Ouf ! » fit l'autre, qui cette fois, ne chercha plus à feindre.

« Le Dacota sait que ma langue n'est pas fourchue. Qu'il ouvre les yeux plus grands ; ne voit-il pas un puissant magicien ? »

La lumière n'était pas nécessaire pour remettre sous les yeux du sauvage tous les détails du costume et de l'équipage vraiment remarquables du docteur Battius. De même que le reste de la troupe, et conformément à la pratique universelle des Indiens, ce guerrier, sans compromettre sa gravité par la manifestation d'une curiosité puérile, avait cependant fait en sorte que pas un seul trait distinctif de chaque étranger n'avait échappé à sa vigilance. De ceux qu'on venait de rencontrer d'une façon si singulière il n'en était pas un dont il ne connût l'air, la taille, l'habit, et jusqu'à la couleur des yeux et des cheveux : il avait profondément ruminé sur les causes qui avaient pu amener une troupe si hétérogène au milieu de son désert natal. Il avait déjà examiné la force physique de chaque individu, et dûment comparé ce dont il était capable avec ses intentions présumées. Ce ne pouvaient être des guerriers, car les Longs Couteaux, de même que les Sioux laissaient leurs femmes dans les villages quand ils s'engageaient dans le sentier de la guerre. Les mêmes raisons s'opposaient à ce qu'il les prît pour des chasseurs ou même des trafiquants, caractères sous lesquels les blancs s'aventuraient d'ordinaire dans la Prairie.

Il avait entendu parler d'un grand conseil dans lequel les Américains et les Espagnols avaient fumé ensemble, et où les derniers avaient vendu aux premiers leurs droits imaginaires sur ces vastes régions, à travers lesquelles son peuple avait erré librement durant tant de siècle. L'insinuation du Trappeur avait troublé cet esprit simple et grossier : il s'imagina que celui qui, sans le savoir, était le sujet de leur conversation venait avec le projet d'exercer, dans l'intérêt de ses droits mystérieux quelques-unes des pratiques secrètes de cette science magique à laquelle il croyait si fermement.

Mettant de côté toute réserve et toute dignité de manière, pour ne laisser voir que le sentiment humiliant de son ignorance, il se tourna vers le vieillard, et étendant les bras, comme pour lui montrer comme il était à sa merci :

« Que mon père me regarde », dit-il. « Je suis un sauvage des Prairies ; mon corps est nu, ma main vide, ma peau rouge. J'ai combattu les Paünis, les Konzas, les Omahas, les Osages, et même les Longs Couteaux. Je suis un homme parmi les guerriers, mais une femme parmi les magiciens. Que mon père parle : les oreilles du Dacota sont ouvertes. Il écoute comme un daim qui croit entendre les pas du jaguar. »

Le Trappeur se recueillit.

« Telles sont », pensait-il, « les sages et impénétrables voies de celui qui seul peut distinguer le bien du mal ! Aux uns il donne la ruse, aux autres il accorde le don du courage. Il est humiliant, il est pénible de voir une noble créature comme celle-ci, qui a livré plus d'un sanglant combat, s'abaisser devant la superstition, comme un mendiant qui demande les os qu'on jetterait aux chiens. Que le Seigneur me pardonne d'abuser de l'ignorance de ce sauvage ; il sait, lui, que ce n'est pas pour insulter à son état ni pour me prévaloir du mien, mais dans l'espoir de sauver des

vies mortelles, de faire triompher l'opprimé, et de
déjouer les diableries des méchants! »

Revenant à son sujet, il répondit dans la langue
de celui qui l'écoutait :

« Je le demande à mon frère, n'est-ce pas là un
magicien surprenant? Si les Dacotas sont sages, ils ne
respireront pas le même air que lui, ils ne toucheront
pas ses vêtements. Ils savent que le Mauvais Esprit
aime ses propres enfants, et qu'il ne tournera pas le
dos à quiconque leur fait du mal. »

Le vieillard exprima cette opinion d'un ton sinistre et sentencieux, et s'éloigna, comme s'il en eût
assez dit. Le résultat justifia son attente. Le guerrier
auquel il s'était adressé ne tarda pas à faire part de
cette importante conversation au reste de l'arrière-
garde, et le naturaliste devint l'objet de l'attention
générale. Peu à peu ils s'écartèrent tous l'un après
l'autre afin d'aller rejoindre au galop le gros de la
troupe.

Il ne resta plus auprès du docteur que Wencha.
La stupidité même de cet être ignoble, qui continuait à
regarder le prétendu sorcier avec une admiration
hébétée, était alors le seul obstacle qui s'opposât au
succès complet des stratagèmes du Trappeur.

Celui-ci, sachant à quelle brute il avait affaire,
alla droit au but. Poussant son cheval près de lui, il lui
dit tout bas, et en appuyant sur chaque syllabe :

« Wencha a-t-il bu aujourd'hui du lait des Longs
Couteaux ?

— Ouf! » s'écria le sauvage dont cette question
avait soudain rappelé les pensées obtuses du ciel à la
terre.

« Le grand capitaine de mon peuple qui marche
en avant a une vache qui n'est jamais vide, et je sais

qu'il ne tardera pas à demander : « Quelqu'un de mes frères rouges a-t-il soif ? »

Comme il achevait sa phrase, Wencha, pressant à son tour l'allure de sa bête, courut se mêler dans les rangs de ceux qui le précédaient.

Rien de plus inconstant, de plus mobile que l'esprit d'un sauvage ; le Trappeur ne l'ignorait pas, et se hâta de mettre le temps à profit, en allant retrouver le faux magicien.

« Voyez-vous », lui dit-il, « cette étoile qui brille comme qui dirait à quatre portées du fusil au-dessus de la Prairie, là-bas du côté du nord ?

— Oui ; elle appartient à la constellation de…

— Au diable vos constellations ! Voyez-vous l'étoile que je vous montre ? Répondez en anglais, oui ou non.

— Oui.

— Dès que j'aurai le dos tourné, lancez votre âne à fond de train jusqu'à ce que vous perdiez de vue les sauvages ; alors prenez le Seigneur pour appui et cette étoile pour guide. Ne vous écartez ni à droite ni à gauche ; mais mettez le temps à profit, car votre bête n'a pas l'allure rapide, et chaque pouce de la Prairie que vous gagnerez sera un jour ajouté à votre liberté ou à votre vie. »

Sans attendre la question que le naturaliste s'apprêtait à lui faire, il piqua des deux, et ne tarda pas à se réunir au groupe qui marchait en tête.

Alors Obed Battius se trouva seul.

Asinus ne se rebiffa point sous l'impulsion que lui donna son maître, plutôt en désespoir de cause qu'avec une intelligence distincte des ordres qu'il avait reçus. Comme les Sioux avaient repris leur galop enragé, un moment suffit à les mettre hors de vue.

Sans plan, sans projet, sans autre espoir que celu
d'échapper à ses dangereux voisins, le docteur s'assur
en premier lieu que le sac qui contenait les misérable
restes de ses échantillons et de ses notes penda
encore à la croupe de sa selle ; alors il tourna la tête d
son âne dans la direction requise, et le frappant ave
une sorte de furie, il réussit bientôt à transformer e
une course rapide le pas du patient animal. A pein
avait-il eu le temps de descendre une côte et d'e
gravir une autre qu'il entendit ou qu'il crut entendr
une vingtaine de sauvages vociférer son nom en bo
anglais. Cette illusion de l'ouïe l'enflamma d'un
ardeur nouvelle, et jamais professeur de danse ne jou
des jambes avec plus de dextérité que ne le fit notr
homme en donnant du talon dans les flancs d'Asinus
violent assaut qui se prolongea quelques minutes. A l
fin, le pacifique baudet se révolta de tant d'injustice
Prenant jusqu'à un certain point exemple sur l
manière dont son maître témoignait son impatience,
changea seulement la position de ses talons, d
manière à les élever en l'air avec toute la vigueur d
l'indignation, et cette mesure décida sur-le-champ l
débat en sa faveur.

Le savant prit congé de son siège comme d'u
poste qui n'était plus tenable, pendant que l'anima
prenait possession du champ de bataille en broutan
l'herbe desséchée, comme le fruit de sa victoire.

Quand le docteur Battius se fut remis sur se
jambes et qu'il eut rallié ses idées un peu à l
débandade, il retourna en quête de ses échantillons e
de son âne. Ce dernier eut assez de magnanimité pou
que l'entrevue fût amicale, et le naturaliste continu
sa route avec un zèle très louable, mais d'un trai
beaucoup plus modeste.

Cependant il ne s'était pas trompé en supposant que son absence avait été remarquée, bien que son magination eût pris certains cris sauvages pour les ons qui composaient son nom latinisé. Ce qui s'était passé, nous allons le dire. Les Sioux de l'arrière-garde 'avaient pas manqué d'informer ceux qui étaient en avant du caractère mystérieux dont il avait plu au Trappeur de revêtir le confiant naturaliste. Le même entiment irréfléchi qui les avait d'abord portés à fuir en ramena un grand nombre, inquiets d'assouvir leur curiosité. Par malheur, le magicien n'était plus là, et es cris qu'on avait entendus n'étaient que la clameur auvage qu'avaient poussée les Indiens dans la première explosion de leur farouche désappointement.

L'autorité de Matori vint promptement en aide à 'adresse du Trappeur pour calmer cette efferves-ence. Quand l'ordre fut rétabli, et que le chef eut connaissance du motif des clameurs imprudentes qui enaient d'éclater, le vieillard, placé à côté de lui, vit avec inquiétude l'expression de profonde défiance qui animait son visage.

« Et ton sorcier », demanda le chef en se tour-nant vers lui, comme s'il eût voulu le rendre responsa-ble de l'absence du docteur, « où est-il passé ? »

— Puis-je dire à mon frère le nombre des étoiles ? Les voies d'un grand magicien ne ressemblent pas aux voies des autres hommes.

— Écoute-moi, tête grise, et compte mes paroles », reprit Matori en se penchant avec une grâce hautaine sur le pommeau de sa selle grossière. « Les Dacotas n'ont pas choisi une femme pour leur chef. Quand Matori sentira la puissance d'un grand magi-cien, il tremblera ; jusque-là, il regardera de ses propres yeux sans emprunter ceux d'un Visage Pâle.

Si le sorcier blanc n'est pas avec ses amis demai
matin, mes jeunes hommes iront à sa recherche. Te
oreilles sont ouvertes ; il suffit. »

Le Trappeur ne fut pas fâché d'avoir un tel déla
devant lui. Que le chef indien fût un de ces espri
hardis qui franchissent les limites que dans toutes le
sociétés d'usage et d'éducation imposent à la natu
humaine, il l'avait pressenti, et dès lors il fu
convaincu que, pour le tromper, il fallait avoir recou
à des moyens d'un ordre plus élevé.

Toutefois la soudaine apparition du rocher, dor
la masse nue et escarpée émergeait pour ainsi dire de
ténèbres, mit fin pour le moment à la conversation, e
Matori consacra toutes ses pensées à l'exécution de se
desseins sur le reste des propriétés de l'émigrant. U
murmure de satisfaction circula dans la troupe a
moment où l'on aperçut le but désiré, après que
l'oreille la plus exercée n'eût pu saisir d'autre bru
que le léger froissement des pieds contre les grande
herbes de la Prairie.

Mais il n'était pas facile de mettre la vigilant
Esther en défaut. Depuis longtemps, elle écouta
avec inquiétude les bruits suspects qui parvenaier
jusqu'au rocher à travers l'immense solitude, et l
clameur subite échappée aux Indiens avait été enten
due par les sentinelles préposées à la garde de l
forteresse. Les sauvages, qui avaient mis pied à terre
quelque distance, n'étaient pas encore rangés en lign
de bataille suivant leurs précautions accoutumées, qu
la voix de l'amazone s'éleva au milieu du silenc
général.

« Qui vive ? » demanda-t-elle intrépidement
« Répondez sur votre tête. Sioux ou diables, je n
vous crains pas ! »

Il ne fut fait aucune réponse à ce défi, et chaque guerrier s'arrêta à la place où il se trouvait, certain que son corps basané se confondait avec les ombres de la plaine.

Ce fut ce moment que le Trappeur choisit pour s'enfuir. Il avait été laissé, avec ses amis, sous la surveillance de ceux qui étaient chargés de garder les chevaux, et comme ils étaient tous restés en selle, l'occasion lui parut favorable. L'attention des sauvages était dirigée vers le rocher, et un épais nuage qui passa sur leurs têtes en cet instant obscurcit jusqu'à la faible lumière qui tombait des étoiles. Se penchant sur le cou de son cheval, le vieillard dit à voix basse :

« Où est mon chien ? où est-il ?... Hector, où es-tu ? »

A la voix bien connue de son maître, le chien répondit par un gémissement d'amitié, qui menaça de s'élever jusqu'au diapason de l'aboiement. Le Trappeur se relevait après le succès de sa ruse, quand il sentit la main de Wencha lui serrer le cou prêt à étouffer sa voix sur le procédé non équivoque de la strangulation. Profitant de la circonstance, et comme s'il eût fait effort pour respirer, il poussa des sons inarticulés, ce qui provoqua un second aboiement d'Hector. Wencha lâcha le maître pour se tourner contre l'animal. Heureusement Esther fit une nouvelle diversion par ses clameurs belliqueuses.

« Oui, hurlez, glapissez, criez comme des bêtes, canaille d'enfer », dit-elle en accentuant ses injures d'un rire saccadé. « Je sais qui vous êtes ! Un peu de patience, et l'on va mettre vos diableries en pleine lumière. Allumez le feu, Phœbé ! Que votre père et les enfants voient qu'ils doivent rentrer chez eux pou recevoir leurs hôtes. »

Un jet de lumière brilla tout à coup sur la plate forme du rocher ; la flamme serpenta quelque temp dans les détours d'une énorme pile de broussailles puis se déploya en une vaste nappe de feu qui répandi une éclatante clarté sur tous les objets environnants En même temps, du sommet du roc, partirent de éclats de rire moqueurs auxquels se mêlaient des voi. de tout âge, comme si l'on se fût applaudi d'avoi démasqué avec tant de succès les projets perfides de sauvages.

Le Trappeur regarda autour de lui pour reconnaî tre où étaient ses amis. Obéissant au signal, Paul e Middleton s'étaient retirés un peu à l'écart, n'atten dant plus, selon toute apparence qu'un dernier abc du chien pour s'enfuir. Comme le cercle de lumièr s'élargissait davantage, il fallait encore se résigner à l patience.

« Allons, Ismaël, c'est le moment », criai l'indomptable matrone. « Si tu as l'œil et la main auss sûrs qu'autrefois, c'est maintenant qu'il faut tanner l cuir à ces Peaux Rouges qui prétendent t'enlever c que tu possèdes, jusqu'à ta femme et tes enfants Allons, mon brave homme, fais-leur voir ce que tu sai faire. »

Un long cri retentit du côté par où s'approchait l troupe d'Ismaël, comme pour apprendre à la garniso féminine que les secours n'étaient pas loin.

Esther y répondit par une manifestation sembla ble, et dans un transport d'allégresse, elle se dressa d toute sa hauteur au-dessus du rocher, de manière être visible pour tous ceux qui étaient en bas. No contente de cette exhibition périlleuse de sa personne

lle commençait à agiter ses bras d'un air de
riomphe, quand Matori, surgissant derrière elle, les
ui attacha le long des côtés. Trois autres Sioux le
uivirent de près se démenant aux lueurs du brasier,
omme des démons parmi les nuages. L'air était
empli de brandons et d'étincelles ; mais le feu,
'étant plus alimenté, s'éteignit et fit place à une
bscurité profonde.

Les Indiens poussèrent à leur tour une clameur de
ictoire, dans laquelle se mêla un bruyant hurlement
'Hector.

Au même instant, le Trappeur se trouva entre les
hevaux de Middleton et de Paul, la main sur la bride
le chacun d'eux, afin de réprimer l'ardeur de leurs
avaliers.

« Doucement, doucement ! » murmura-t-il. « Ils
nt pour le moment les yeux aussi bien fermés que si
Dieu les avait frappés d'aveuglement, mais leurs
reilles sont ouvertes. Doucement ! pendant cin-
uante verges au moins nous ne devons marcher qu'au
as. »

Les cinq minutes d'incertitude qui suivirent leur
arurent autant de siècles. A mesure qu'ils recou-
raient l'usage de la vue, il leur semblait que l'obscu-
ité passagère survenue après l'extinction du feu allait
tre remplacée par une lumière aussi éclatante que
elle de midi. Cependant le vieillard laissa par degré
es chevaux presser le pas jusqu'au moment où l'on
ut atteint un des bas-fonds de la Prairie ; alors, riant à
a manière silencieuse, il lâcha les rênes.

« A présent », dit-il, « laissez-les jouer des
ambes ; mais, pour amortir le bruit, suivons la ligne
es grandes herbes. »

Il est inutile de dire avec quelle joie on lui obéit.

Après avoir gravi l'un des nombreux mamelons de la Prairie, ils mirent leurs bêtes au grand galop, ayant toujours en vue l'étoile indiquée, comme la barque battue des flots vogue dans la direction du fanal qui lui montre la route d'un refuge assuré.

CHAPITRE XXII

> Les nuages et les rayons qui
> naguère répandaient leurs ombres et
> leurs splendeurs, n'ont laissé dans ce
> ciel muet aucun vestige de leur pas-
> sage.
>
> MONTGOMERY.

Un morne silence régnait autour des fugitifs, aussi profond derrière eux que dans la solitude qui s'étendait à l'horizon. Aucun signe, aucun bruit ne leur arrivait qui pût faire croire à un commencement d'hostilités entre la troupe de Matori et celle d'Ismaël.

Le Trappeur semblait soucieux et murmurait entre ses dents ; de temps à autre, il recommandait d'aller plus vite. En passant, il avait montré du geste l'endroit où la famille de l'émigrant avait campé dans la soirée où nous l'avons présentée au lecteur ; puis il se renferma dans un mutisme dont ses amis n'augurèrent rien de bon, vu la connaissance qu'ils avaient de son caractère ouvert et de son sang-froid à toute épreuve.

Craignant que les deux jeunes femmes ne pussent résister à tant de fatigues, le capitaine se hasarda à l'interroger.

« N'avons-nous pas fait assez de chemin ? » demanda-t-il au bout de quelques heures. « Nous avons été grand train, et nous avons traversé une vaste étendue de plaine. Il est temps, je crois, de chercher un lieu de repos.

— Eh bien, cherchez-le dans le ciel, si vous vous sentez incapable de soutenir une plus longue marche », répondit le vieux guide. « Si les Indiens et Ismaël en étaient venus aux coups, comme ils le devaient dans la nature des choses, on aurait eu le temps de regarder autour de soi, et de calculer non seulement les chances, mais les commodités du voyage. Par malheur, au point où nous en sommes, ce serait, à mon avis, s'exposer à une mort certaine ou à une captivité sans fin que de se livrer au sommeil avant d'être pleinement à l'abri dans quelque retraite bien sûre.

— Je n'en sais rien », répliqua l'impatient jeune homme, plus préoccupé des souffrances de la fragile créature qu'il soutenait que de l'expérience de son compagnon ; « je n'en sais rien. Voilà plusieurs lieues que nous courons bride abattue, et je n'aperçois pas grande apparence de danger... Si vous craignez pour vous, mon bon ami, franchement vous avez tort, car...

— Votre grand-père, s'il vivait, et s'il était ici », interrompit le vieillard en posant sa main avec force sur le bras de Middleton, « votre grand-père m'eût épargné un tel reproche. Il avait certaines raisons de croire que dans la maturité de mon âge, avec des yeux de faucon et des jambes de cerf, je ne me raccrocherais pas extraordinairement à la vie. Pourquoi donc aurais-je à cette heure un attachement puéril pour une chose que je sais être vaine et accompagnée de maux et de souffrances ? Que les Sioux fassent ce qu'ils voudront : ce n'est pas un misérable trappeur qui parlera le plus haut pour leur adresser ses plaintes ou ses prières.

— Pardon, mon digne, mon excellent ami ! » s'écria le repentant jeune homme, en serrant chaleureusement la main que l'autre s'apprêtait à retirer. « Je n'avais plus l'esprit à ce que je disais... ou plutôt je pensais seulement à celles dont nous devons avant tout ménager la faiblesse.

— Oui, oui, c'est la nature, et c'est juste. Votre grand-père en eût fait autant. Hélas ! combien de saisons, chaudes et froides, humides et sèches, ont passé sur ma pauvre tête depuis le temps où, en dépit des Hurons, à travers lacs et montagnes, nous eûmes tant à souffrir ensemble ! Plus d'un noble élan est, depuis ce temps-là, tombé sous ma carabine, et plus d'un voleur de Mingo aussi !... Dites-moi, mon garçon, le général, — car il est général, je l'ai appris, — vous a-t-il jamais parlé de ce daim que nous tuâmes la nuit où les maudits Hurons nous bloquèrent dans les cavernes de l'île, et du repas que nous fîmes sous leur nez ?

— Cette nuit-là, il me l'a souvent racontée dans ses plus petits détails ; mais...

—' Et le chanteur ? » interrompit le vieillard, tout joyeux du réveil de ces choses d'antan. « Comme il ouvrait le bec ! comme il s'égosillait au milieu des coups de fusil !

— Il m'a tout dit, tout, sans rien omettre, même l'incident le plus léger. Est-ce que...

— Vraiment ! Parlait-il aussi du coquin caché derrière l'arbre ? et du pauvre diable suspendu sur la cataracte ?

« — De chacun et de tous, je vous le répète. Il me semble…

— Ah ! » poursuivit le vieillard d'une voix qui trahissait une vive émotion, « j'ai toujours vécu dans les forêts et les déserts, et si quelqu'un peut se vanter de connaître le monde ou d'avoir vu des scènes effrayantes, c'est moi ! Eh bien, jamais avant ni depuis, je n'ai vu un être humain dans un état de mortel désespoir comparable à celui du sauvage en question ; et pourtant il dédaignait de se plaindre, d'appeler à l'aide, ou d'avouer sa position critique ! C'est une de leurs vertus, et celui-là en a fait un noble usage. »

Le chasseur d'abeilles, à qui la joie de ravir son Hélène et de la sentir près de lui, ôtait jusqu'à la parole, apostropha le vieillard.

« Dites donc, vieux Trappeur », lui dit-il, « le jour, mes yeux sont aussi sensibles que ceux d'un oiseau-mouche, mais ils ne valent pas grand'chose à la clarté des étoiles. Qu'est-ce qui se traîne là-bas dans l'enfoncement ? Est-ce un buffle malade, ou un des chevaux égarés des sauvages ? »

Toute la troupe s'arrêta pour examiner l'objet que désignait Paul. Autant que possible, ils avaient chevauché le long des cavées où l'ombre dissimulait leur fuite ; alors ils venaient de monter une des collines ondoyantes de la Prairie.

« Descendons », dit l'officier. « Animal ou homme, nous sommes trop forts pour avoir rien à craindre.

— Ma foi, si la chose n'était pas moralement impossible », dit le Trappeur, qui ne se piquait pas d'employer correctement ses mots, « je dirais que c'est l'homme qui court à la recherche des herbes et des bestioles, en un mot, notre compagnon de voyage, le docteur.

— Pourquoi impossible ? Ne lui avez-vous pas recommandé de suivre cette direction afin de nous rejoindre ?

— Oui, mais je ne lui ai pas dit de faire galoper un âne plus vite qu'un cheval... Je ne me trompe pas, bien que la chose tienne du miracle. Ce que c'est que la peur !... Diantre, l'ami, vous n'avez pas dû flâner en route, pour avoir pris une telle avance en si peu de temps. Votre âne est une bête surprenante. »

Ils étaient arrivés dans le creux du vallon, et entouraient, sans descendre de cheval, l'infortuné naturaliste.

« Pauvre Asinus ! Il n'en peut plus », gémit ce dernier. « Certes il n'a pas chômé depuis notre séparation ; mais à présent j'ai beau user de douceur ou de sévérité, il refuse d'aller plus loin. J'espère qu'il n'y a rien à craindre de la part des sauvages ?

— Hum ! » fit le Trappeur. « Je n'en répondrais pas. Que s'est-il passé entre l'émigrant et les diables rouges ? Quelque chose de louche probablement, et aucun de nous n'est encore à l'abri du couteau à scalper... Pauvre bête ! elle est éreintée ! Vous l'avez fatiguée au delà de ses dons naturels, elle est comme un chien sur les dents. Il faut de la pitié et de la discrétion en toute chose, lors même qu'on galope pour sauver sa vie.

— Vous m'aviez indiqué l'étoile, et j'ai cru devoir mettre la plus grande diligence à suivre cette direction.

— Comptiez-vous arriver jusque là-haut en allant si vite ? Allez, allez, vous parlez hardiment des créatures du Seigneur, et vous n'êtes qu'un enfant en ce qui touche leurs dons et instincts. Belle position, ma foi ! Et s'il nous fallait recommencer une autre course, comment feriez-vous ?

— La faute en est dans la conformation du quadrupède », riposta Battius, dont le caractère pacifique commençait à s'indigner d'un traitement si sévère. « Si les deux jambes de devant avaient été remplacées par deux leviers rotatoires, on eût épargné la moitié de la fatigue ; car en premier lieu...

— Laissez-moi donc tranquille avec vos moitiés, vos rotatoires et vos premiers lieux ! Un âne est un âne, et celui qui le nie mérite d'en être un autre... Or, capitaine, il faut choisir entre deux maux : abandonner cet homme, qui a trop longtemps partagé notre fortune, bonne et mauvaise, pour être ainsi rejeté sans façon ; ou chercher un abri afin que son âne se repose.

— Vénérable *Venator* », s'écria le savant alarmé, « je vous en conjure par toutes les sympathies secrètes de notre commune nature, par toutes les mystérieuses...

— Oh ! oh ! la peur lui a rendu un peu de bon sens. Vous avez raison, il n'est pas dans la nature d'abandonner un frère malheureux ; et Dieu sait que je n'ai pas encore commis une chose si honteuse. Vous avez raison. Reste à trouver une cachette, et cela promptement. Mais que ferons-nous de l'animal ? Ami docteur, tenez-vous réellement à la vie de la créature ?

— C'est un ancien et fidèle serviteur, et je serais désolé qu'il lui arrivât le moindre mal. Mettez-lui des entraves, et laissez-le reposer sur ce lit d'herbage. On le retrouvera demain matin à la même place, j'en réponds.

— Et les Sioux ? » fit observer Paul. « Que

deviendra l'animal si quelque drôle à peau rouge aperçoit ses longues oreilles s'élevant au-dessus de l'herbe comme deux tiges de molène ? Ils vous le larderaient d'autant de flèches qu'il y a d'épingles sur la pelote d'une femme, et croiraient alors avoir tué le roi des lapins ; mais je donne ma parole qu'à la première bouchée ils reconnaîtraient leur erreur. »

Middleton, qui commençait à s'impatienter de la longueur de la discussion, s'avisa d'intervenir ; et grâce à la déférence qu'on avait pour son grade militaire, il réussit à effectuer une sorte de compromis.

L'humble Asinus, trop doux et trop las pour opposer aucune résistance, fut bientôt entravé et déposé sur un lit de gazon, où son maître le laissa, avec la certitude de le retrouver au bout de quelques heures. En vain le vieillard éleva-t-il objection sur objection à un pareil arrangement, et donna-t-il plus d'une fois à entendre que le couteau était un moyen plus sûr que les entraves, les supplications du naturaliste, aidées peut-être d'une secrète compassion du Trappeur qui avait un faible pour le vaillant animal, parvinrent à lui sauver la vie. Cette grave question décidée, nos fugitifs s'occupèrent d'eux-mêmes.

D'après les calculs du Trappeur, ils avaient fait une demi-douzaine de lieues depuis l'instant de leur départ. La constitution délicate d'Inès commençait à plier sous l'excès de la fatigue, et Hélène, qui, bien que plus forte, n'en était pas moins femme, s'en ressentait également. Middleton lui-même n'était pas fâché de faire halte, et l'intrépide Paul n'hésita pas à avouer qu'un peu de repos lui ferait grand bien. Le vieillard seul semblait inaccessible aux défaillances de la nature humaine : semblable au chêne dont le tronc dépouillé, battu de la tempête, pétrifié pour ainsi dire, demeure inébranlable, son corps osseux et décharné, si près de se dissoudre, se tenait debout et ne fléchissait pas. Peu habitué au genre d'exercice qu'il venait de faire, il n'en fut pas moins le premier à diriger les recherches nécessaires.

On suivit le bas fond herbeux qui servait à l'âne de lit de repos, jusqu'à un endroit de la Prairie où les ondulations du sol s'abaissaient graduellement au niveau d'une vaste plaine, couverte à perte de vue d'une herbe de la même espèce.

« Ah! voici notre affaire », dit le Trappeur lorsqu'on fut arrivé au bord de cet océan de verdure desséchée. « Je connais l'endroit, et il m'est souvent arrivé de me blottir dans ses fourrés durant des journées entières, pendant que les sauvages chassaient le buffle en rase campagne. Entrons-y avec beaucoup de précautions, car une large piste est plus facile à voir, et la curiosité indienne est un dangereux voisinage. »

Prenant les devants, il avisa une place qui ressemblait à un champ de roseaux, tant l'herbe y était haute et serrée. Il y entra seul, et recommanda à ses compagnons, qui le suivirent à la file, de ne point s'écarter des traces de sa monture. Quand ils eurent fait quelques centaines de pas dans ce désert d'herbages, il donna ses instructions à Paul et au capitaine, qui continuèrent de s'avancer en droite ligne, et mettant pied à terre, il rebroussa chemin jusqu'à la lisière du gazon pour relever l'herbe foulée et effacer, autant que possible, tout vestige de leur passage.

Sur ces entrefaites, la petite troupe poursuivait sa marche, non sans peine, et par conséquent d'un pas très modéré. Enfin ils trouvèrent un lieu convenable,

descendirent de cheval, et commencèrent à tout
disposer pour passer le reste de la nuit. Le Trappeur,
qui les avait rejoints, reprit de nouveau la conduite
des opérations.

En quelques minutes, on nettoya un espace
suffisant des herbes et des racines qui le couvraient, et
l'on prépara dans un coin, pour Inès et Hélène, une
couche dont la commodité et le moelleux n'avaient
rien à envier au duvet. Les deux femmes, après avoir
goûté aux provisions qu'on avait emportées, se laissèrent aller au sommeil ; Paul et Middleton ne tardèrent
pas à suivre leur exemple.

Quant au vieillard et au naturaliste, ils s'attardèrent à savourer un excellent morceau de bison froid. Ils n'avaient aucune envie de dormir, l'un à cause d'un reste de l'épouvante qui avait si fortement ébranlé son être, l'autre parce qu'une longue habitude avait asservi ses besoins à sa volonté.

Ce fut Battius qui, le premier, donna un libre cours à ses pensées philosophiques.

« Ah ! » dit-il. « Si les gens du monde qui vivent dans l'aisance et la sécurité avaient conscience des périls et des privations auxquels s'expose, par intérêt pour eux, l'observateur de la nature, on lui élèverait des colonnes d'argent et des statues d'airain pour éterniser sa gloire.

— C'est à savoir », répondit son interlocuteur, « c'est à savoir ! l'argent est loin d'être commun, du moins dans le désert, et vos idoles d'airain sont défendues dans les commandements du Seigneur.

— Telle était, en effet, l'opinion du grand législateur des Hébreux ; mais on pensait autrement chez les Égyptiens, Chaldéens, Grecs et Romains, qui payaient ainsi aux grands hommes leur tribut de reconnaissance. Les maîtres illustres ne manquent pas dans l'antiquité : à l'aide de la science et du talent, ils ont surpassé même les œuvres de la nature, et déployé dans la représentation des formes humaines, une beauté et une perfection qu'il est difficile de rencontrer dans les spécimens vivants les plus accomplis de l'espèce, *genus homo*.

— Vos idoles peuvent-elles marcher ou parler ? ont-elles le don glorieux de la raison ? Le bruit et les commérages de vos habitations ne me plaisent guère ; néanmoins il y eut un temps où j'y allais pour échanger des fourrures contre du plomb et de la poudre, et j'ai vu là vos poupées de cire avec leurs habits de clinquant et leurs yeux de verre.

— Comment ! des poupées de cire ! c'est une profanation, aux yeux d'un artiste, de comparer les basses besognes des artisans aux purs modèles de l'antiquité.

— Aux yeux du Seigneur, la profanation est pire de comparer au travail de ses mains celui de sa créature.

— Vénérable *Venator* », reprit le naturaliste avec la toux préparatoire d'un adversaire qui a beaucoup à dire, « discutons avec méthode et de bonne amitié. Vous parlez des grossières conceptions de l'ignorance, tandis que ma mémoire se reporte sur ces précieux joyaux que j'ai eu naguère le bonheur de contempler au milieu des glorieux trésors de l'ancien monde.

— L'*ancien* monde ! Voilà le grand mot lâché. Ainsi parlent ces milliers de meurt-de-faim qui viennent depuis mon enfance s'échouer dans ce pays de Cocagne ! L'ancien monde ! Ils en ont plein la bouche. Comme si Dieu n'avait pas eu le pouvoir et la volonté de créer l'univers en un seul jour ! comme s'il n'avait pas réparti ses dons d'une main égale, quoiqu'ils n'aient pas été reçus ni employés avec un esprit égal et une égale sagesse ! S'ils disaient un monde *pourri*, un monde *égaré*, un monde *sacrilège,* ils s'écarteraient moins de la vérité. »

Le docteur, qui avait fort à faire à conserver ses positions favorites contre les attaques irrégulières de son antagoniste, toussa de plus belle, et profita de la voie ouverte par le Trappeur pour changer le terrain de la discussion.

« Par ancien et nouveau monde, mon excellent

associé », dit-il, « on ne doit pas entendre que les collines, les vallées, les rochers et les rivières de notre hémisphère ne soient pas, physiquement parlant, d'une date aussi ancienne que le terrain où l'on trouve les briques de Babylone. Non, cela signifie simplement que son existence morale n'est pas contemporaine de sa formation géologique.

— Hein ?

— C'est-à-dire que, sous le point de vue moral, il n'est pas connu depuis aussi longtemps que les autres pays de la chrétienté.

— Tant mieux, tant mieux ! Je ne suis pas grand admirateur de votre vieille morale, comme vous l'appelez, car j'ai toujours trouvé, — et j'ai longtemps vécu pour ainsi dire au cœur même de la nature, — que votre vieille morale n'est pas des meilleures. Les hommes tournent et retournent les lois du Seigneur au gré de leur perversité, et c'est ainsi que leur malice du diable a eu trop d'occasions de se jouer de ses commandements.

— En vérité, estimable chasseur, vous ne me comprenez point encore. Par morale, je n'entends pas le sens restreint et littéral du mot, tel qu'il est exprimé dans son synonyme *moralité ;* j'entends les pratiques des hommes, en tant que relatives à leurs relations journalières, à leurs institutions et lois.

— Et moi, c'est ce que j'appelle licence fieffée et gaspillage impudent.

— Soit », reprit le docteur en abandonnant son explication en désespoir de cause. « Peut-être ai-je poussé les concessions trop loin, en disant que cet hémisphère est littéralement aussi vieux dans sa formation que celui qui contient les vénérables régions de l'Europe, de l'Asie et de l'Afrique.

— Qu'un aune soit moins haut qu'un pin, c'est aisé à dire, mais difficile à prouver. Avez-vous quelque raison de soutenir votre vilaine croyance ?

— Des raisons ! Il y en a mille et des plus fortes. Prenons l'Égypte et l'Arabie ; leurs déserts de sable sont remplis des monuments de leur antiquité, sans compter que nous avons des documents écrits de leur gloire. Que voyons-nous au contraire sur ce continent ? C'est en vain que nous y cherchons des témoignages semblables, qui attestent que l'homme y soit parvenu en aucun temps à l'apogée de la civilisation ; et il nous est impossible aussi de découvrir la voie par laquelle il aurait suivi une marche rétrograde jusqu'à sa condition actuelle, qui est une seconde enfance.

— Et que voyez-vous dans tout cela ?

— Une démonstration de mon problème, à savoir, que la nature n'a pas créé une si vaste région pour qu'elle restât durant tant de siècles une solitude inhabitée. C'est là seulement le point de vue moral du sujet ; quant à la partie exacte et géologique...

— Votre morale est suffisamment exacte pour moi, car je crois y voir l'orgueil même de la folie. Je ne connais pas grand'chose dans les fables de ce que vous appelez l'*ancien* monde, attendu que mon temps s'est surtout passé à regarder la nature en face, et à raisonner sur ce que j'ai vu. Mais je n'ai jamais fermé mes oreilles aux paroles du saint Livre, et j'ai passé bien des soirées d'hiver dans les wigwams des Delawares à écouter les bons frères moraves expliquant l'histoire et les doctrines des anciens temps à la nation des Lénapes. Je me souviens d'avoir ouï dire que la Terre sainte était jadis aussi fertile que la vallée du Mississippi, mais que le jugement du ciel l'a frappée, et qu'elle n'est aujourd'hui remarquable que par sa stérilité.

— C'est vrai ; mais l'Égypte, et même une grande partie de l'Afrique, fournissent des preuves encore plus frappantes de cet épuisement de la nature.

— Dites-moi, est-il vrai que sur cette terre des Pharaons s'élèvent encore des bâtisses comparables par leurs dimensions aux montagnes de la terre ?

— Tout aussi vrai qu'il est vrai que la nature ne refuse jamais des incisives aux mammifères ; quant au *genus homo*...

— C'est merveilleux ! et cela prouve combien il doit être grand celui qui a permis à ses créatures d'accomplir de tels prodiges. Il a fallu pour cela bien des milliers d'hommes, et des hommes doués tout à la fois de force et de talent. Ce pays possède-t-il toujours une forte et nombreuse race ?

— Loin de là ; la plus grande partie du sol est déserte, et la totalité le serait sans une grande rivière.

— Oui, les rivières sont un don précieux pour ceux qui cultivent la terre, comme on peut le voir quand on voyage entre les montagnes Rocheuses et le Mississippi. Mais, vous autres, gens des écoles, comment expliquez-vous ces changements sur la face de la terre et cette décadence des nations ?

— Il faut l'attribuer à des causes morales qui...

— Vous avez raison, c'est leur morale, c'est leur perversité, leur orgueil, et surtout leur gaspillage qui est cause de tout. Maintenant écoutez ce que l'expérience d'un vieillard lui a appris. J'ai vu beaucoup d'exemples de la folie de l'homme, car sa nature est la même, qu'il soit né au désert ou dans les villes. Eh bien, autant que j'en puis juger, il me semble que ses

facultés ne sont pas égales à ses désirs, et qu'à voir ses
pénibles efforts ici-bas, il essayerait de monter dans
les cieux avec toutes ses difformités, s'il savait comment s'y prendre. Mais si son pouvoir n'est pas égal à
sa volonté, c'est parce que la sagesse du Seigneur a
mis des limites à ses œuvres perverses.

— Un jour la science pourra régir l'espèce tout
entière, et l'instruction détruira le principe perturba-
teur.

— Allez donc, avec votre instruction! Il fut un
temps où je croyais possible de me faire un compagnon d'un animal sauvage. Combien d'oursons, combien de faons n'ai-je pas élevés de ces vieilles mains,
au point de me flatter parfois de les avoir rendus
raisonnables! Qu'arrivait-il? Un beau jour l'ours
mordait, le daim se sauvait, en dépit de ma coupable
espérance de changer un instinct que le Seigneur lui-
même avait jugé bon de donner. Or, si l'homme est
tellement aveuglé par sa folie qu'il continue d'âge en
âge à faire du mal, principalement à lui-même, il y a
toute raison de croire qu'il a exercé ici sa malice tout
comme dans les pays que vous appelez anciens. Jetez
les yeux autour de vous; où sont les multitudes qui
peuplèrent autrefois ces Prairies? où sont les rois et
les palais, les richesses et la puissance de ce désert?

— Montrez-moi les monuments qui pourraient
prouver la vérité d'une théorie si vague.

— Monuments! Qu'entendez-vous par là?

— Les ouvrages de l'homme! Debout au milieu
des sables de l'Orient, comme des débris de navire sur
une côte dangereuse, les colonnes, les sarcophages et
les pyramides n'attestent-ils pas les révolutions histori-
ques?

— Ils ne sont plus; le temps a trop duré pour

eux. Et pourquoi ? c'est que le temps a été fait par le
Seigneur, et qu'eux ils étaient l'ouvrage de l'homme.
Ce terrain couvert d'herbes et de roseaux, où nous
sommes maintenant assis, fut peut-être autrefois le
jardin de quelque roi puissant. Croître et dépérir, c'est
le destin de toute chose. L'arbre fleurit et porte son
fruit, qui tombe, pourrit, se dessèche, et il n'en reste
pas même la semence ! Allez, comptez les couches du
chêne et du sycomore ; elles sont disposées en cercle,
les unes autour des autres, et si nombreuses que l'œil
s'y perd, et cependant il faut un renouvellement
complet des saisons pour que la sève forme un de ces
petits ronds. Eh bien, qu'en résulte-t-il ? L'arbre
majestueux occupe sa place dans la forêt, infiniment
plus haut, plus grandiose, plus magnifique et plus
difficile à imiter qu'aucune de vos pitoyables
colonnes ; et il reste debout un millier d'années
jusqu'à ce que le Seigneur lui ait donné son comptant
de la vie. Alors, sans que vous vous en aperceviez,
viennent les vents pour fendre son écorce, et les eaux
du ciel pour amollir ses pores, et la pourriture pour
humilier son orgueil et l'étendre à terre. Dès ce
moment, sa beauté commence à se flétrir. Encore un
siècle, et ce n'est plus qu'un tronc qui s'en va en
poussière, un tertre de mousse ou de gazon ; douloureuse image de la sépulture humaine ! Voilà un
monument naturel, ouvrage d'un pouvoir bien différent de celui qui éleva vos pierres sculptées ! Et
comme si cela ne suffisait pas à convaincre l'homme
de son ignorance, pour ajouter encore à sa confusion,
un pin sort des racines du chêne, de même que la
stérilité vient après l'abondance, ou que ces solitudes
s'étendent aux lieux où un jardin peut-être avait été
créé. Ne parlez pas de vos *anciens* mondes ! c'est un

blasphème que d'assigner des limites et des saisons aux œuvres du Tout-Puissant, comme une femme qui compte les années de ses enfants. »

Une apostrophe si vigoureuse avait jeté le désordre dans les idées de notre savant.

« Ami chasseur ou trappeur », dit-il en cherchant à reprendre son aplomb, « vos déductions, si le monde les adoptait, auraient pour résultat de circonscrire étrangement les efforts de la raison et de rapetisser le domaine de la science.

— Tant mieux, tant mieux ! Quiconque est jaloux de tout savoir n'est jamais content. Pourquoi n'avons-nous pas les ailes du pigeon, les yeux de l'aigle et les jambes de l'élan, si l'homme a été fait pour être à la hauteur de tous ses désirs ?

— Il y a certaines défectuosités physiques, vénérable Trappeur, qui m'ont toujours paru susceptibles de grands et d'heureux perfectionnements. Par exemple, dans mon nouvel ordre de *Phalangacru...*

— Cruel en effet serait l'ordre qui sortirait de misérables mains comme les vôtres ! Le seul contact d'un pareil doigt pourrait donc enlever au singe sa grimaçante difformité ? Allez, allez, Dieu n'a pas besoin de la folie humaine pour accomplir ses grands desseins. Il n'y a pas de stature, pas de beauté, pas de proportions, pas de couleurs dont l'homme puisse se parer, qui ne lui aient déjà été données.

— C'est là une autre question importante et très controversée », s'écria le docteur.

Mais il n'est pas nécessaire de les suivre plus longtemps dans un entretien, qui devint de plus en plus diffus.

L'homme de la nature esquivait les coups du savant, à la façon dont une troupe légère échappe, en le harcelant sans cesse, aux attaques régulières de l'ennemi. Une heure s'écoula sans amener à une conclusion satisfaisante aucun des nombreux sujets qu'ils effleurèrent successivement. Toutefois les arguments agirent sur le système nerveux du docteur comme autant de soporifiques ; et lorsque son vieux compagnon se décida à appuyer la tête sur son havresac, Battius, tout à fait rafraîchi par la joute intellectuelle qu'il venait de soutenir, fut en état de se livrer au sommeil, sans avoir à craindre que l'image des Sioux et de leurs tomahawks vinssent lui donner de cauchemar.

CHAPITRE XXIII

Sauvez-vous, Monsieur !

SHAKESPEARE.

Le sommeil des fugitifs dura quelques heures.

Le Trappeur fut le premier à en secouer l'influence, comme il avait été le dernier à en rechercher les douceurs. S'étant levé aux premières lueurs du jour, il éveilla ses compagnons, et leur fit sentir la nécessité de se remettre en marche.

Pendant que Middleton veillait aux commodités d'Inès et d'Hélène, le vieillard et Paul s'occupaient de préparer les éléments d'un matinal déjeuner. Ces dispositions ne prirent pas grand temps, et nos gens s'assirent autour d'un repas, dénué sans doute du luxe et des friandises auxquels la jeune Espagnole avait été accoutumée, mais subtantiel et fortifiant, ce qui était l'essentiel.

« Quand nous arriverons plus bas, dans les territoires de chasse des Paunis », dit le Trappeur en plaçant devant Inès une tranche délicate de venaison sur une petite assiette de corne, fabriquée à son usage particulier, « nous trouverons des buffles gras et plus succulents, des daims en plus grand nombre, et tous les dons du Seigneur à profusion pour satisfaire nos besoins. Peut-être même y aura-t-il des castors, et leur queue est un morceau de roi.

— Une fois nos persécuteurs dépistés », demanda l'officier, « où comptez-vous nous conduire ?

— S'il m'est permis de donner mon avis », dit Paul, « je conseillerais de gagner un cours d'eau et de nous laisser aller à la dérive le plus tôt possible. Donnez-moi un bois de cotonniers, et dans l'espace d'un jour et d'une nuit je vous aurai fait un canot qui nous portera tous, l'âne excepté. Hélène que voici est une fille assez leste ; mais en fait d'équitation elle ne vaut pas grand'chose. Il serait diablement plus agréable de faire en bateau deux ou trois cents lieues que d'arpenter les Prairies comme une harde de cerfs. Et puis l'eau ne laisse point de traces.

— Je n'en jurerais pas », répondit le Trappeur. « Les yeux d'un Peau Rouge, voyez-vous, découvriraient une piste dans l'air.

— Regardez, Middleton », s'écria Inès dans un élan de plaisir, qui lui fit pour un instant oublier sa situation, « comme ce ciel est splendide ! ne dirait-on pas une promesse de jours plus heureux ?

— Il est radieux en effet », répondit son mari. « Cette bande d'un rouge vif a quelque chose de céleste, et voici un cramoisi plus brillant encore. J'ai rarement assisté à un lever de soleil si magnifique.

— Le lever du soleil ! » répéta lentement le vieillard en redressant sa haute taille, et les yeux fixés sur les teintes changeantes et superbes qui diapraient la voûte des cieux. « Ah ! malheur ! les scélérats nous ont enlacés de leur vengeance. La Prairie est en feu.

— Que Dieu nous protège ! » s'écria Middleton
en pressant Inès sur son cœur. « Il n'y a pas de temps à
perdre ; chaque minute est un jour... Fuyons !

— Fuir ! Et par où ? Dans ce désert d'herbes et
de roseaux, vous êtes comme un vaisseau sans bous-
sole sur les grands lacs : un seul pas dans une
mauvaise direction, et nous irions tous à notre perte.
Il est rare que le danger soit assez pressant, mon
officier, pour que la raison n'ait pas le temps de faire
son œuvre ; attendons ce qu'elle nous conseillera.

— Pour ma part », dit Paul avec une inquiétude
qui n'avait rien d'équivoque, « j'avoue que si ce lit
d'herbes sèches venait à s'enflammer, une abeille
serait obligée de voler plus haut que d'habitude afin
d'empêcher ses ailes de roussir. En conséquence,
vieux Trappeur, je partage l'opinion du capitaine, et
je dis : A cheval, et fuyons !

— Vous avez tort », reprit le vieillard, « complètement tort. L'homme n'est pas une brute pour ne
suivre que son instinct ; ce n'est pas à humer les
émanations de l'air ou à saisir les sons que doit se
borner sa science ; il faut qu'il voie, qu'il raisonne et
qu'il se détermine. Suivez-moi donc un peu sur
l'éminence qui est à notre gauche, et de là nous
pourrons savoir à quoi nous en tenir. »

Il étendit la main d'un geste d'autorité, et, sans
parler davantage, ouvrit la marche. Un œil moins
exercé que celui du Trappeur aurait eu peine à
découvrir cette hauteur, qui renflait à peine le sol.
Quand ils y arrivèrent, l'herbe clairsemée annonça
l'absence de cette humidité qui avait nourri la végétation de la plus grande partie de la plaine, et fit voir à
quels signes le Trappeur avait reconnu la conformation accidentée du terrain. Quelques instants furent

employés à briser les tiges des herbes environnantes qui, malgré l'avantage de leur position, dépassaient encore la tête des deux jeunes gens. Ce fut ainsi qu'ils réussirent à se ménager un point de vue sur l'océan de feu qui les entourait.

Cet effrayant spectacle n'était pas pour redonner de l'espérance à ceux qui étaient menacés d'un péril si grand. Bien que le jour commençât à poindre, les vives clartés du firmament continuaient à se charger de teintes foncées, comme si le redoutable élément eût voulu, dans une rivalité impie, opposer sa lumière à celle du soleil. On voyait à l'horizon surgir çà et là de brillantes colonnes de flammes, semblables aux aurores boréales, mais infiniment plus menaçantes par leur couleur et leur variété.

L'inquiétude peinte sur les traits sévères du Trappeur s'accrut sensiblement, tandis que, promenant ses regards de tous côtés, il examinait à loisir ces preuves d'une conflagration qui les enfermait dans un cercle de feu. Secouant la tête, il fixa de préférence l'endroit où le fléau semblait le plus proche et s'approcher le plus rapidement.

« Dans quelle erreur nous étions », dit-il, « en nous figurant avoir dépisté les Sioux ! Non seulement ils savent où nous sommes, mais ils ont juré de nous enfumer comme des renards. La preuve en est sous nos yeux. Voyez, ils ont allumé le feu en même temps tout autour de la plaine, et nous voilà complètement cernés par les flammes, comme une île par les eaux.

— Montons à cheval et partons ! » s'écria Middleton. « La vie vaut bien la peine qu'on la dispute.

— Par où voulez-vous passer ? Un cheval sioux est-il une salamandre pour qu'il puisse traverser les flammes sans se brûler ? ou bien croyez-vous que le

Seigneur manifestera sa puissance en votre faveur, comme il le fit aux anciens jours, et vous tirera sain et sauf de la fournaise ardente que vous voyez étinceler sous ce ciel embrasé ? Puis, derrière le feu, nous trouverions les flèches et les couteaux des Sioux, ou je ne connais rien à leurs ruses infernales.

— Nous leur passerons sur le ventre, et ce sera au plus brave.

— Oui, c'est très bien en paroles, mais en action qu'en résulterait-il ? Voilà un chasseur d'abeilles qui, en cette occasion, peut vous donner une leçon de sagesse.

— Quant à cela, vieux Trappeur », dit Paul en cambrant ses formes athlétiques comme un dogue qui connaît sa force, « je suis de l'avis du capitaine. Avant tout, il faut échapper au feu, quitte à tomber dans un wigwam indien, Hélène ne refusera pas...

— A quoi sert le plus ferme courage », interrompit le vieillard, « à quoi sert-il quand il s'agit de vaincre l'élément du Seigneur aussi bien que ses créatures ? Regardez autour de vous, mes amis ; la guirlande de fumée qui s'élève des bas-fonds vous montre clairement qu'il n'y a pas moyen de sortir d'ici sans traverser une ceinture de feu. Regardez vous-mêmes, mes braves, et si vous apercevez une seule issue, je m'engage à vous suivre. »

L'examen attentif auquel se livrèrent immédiatement ses compagnons servit à les convaincre de leur situation désespérée, beaucoup plus qu'à dissiper leurs craintes. D'immenses tourbillons de fumée s'élevaient de la plaine, et s'amoncelaient en masses sombres autour de l'horizon. La lueur qui rougissait leurs flancs énormes éclatait tantôt sur un point, tantôt sur un autre, selon la direction de la flamme, laissant tout le reste enveloppé d'effrayantes ténèbres, et proclamant, plus haut que des paroles n'eussent pu faire, le caractère et l'imminence du péril.

« C'est horrible ! » s'écria Middleton en pressant contre son cœur la tremblante Inès. « Dans un tel moment et d'une telle manière !

— Les portes du ciel », dit la pieuse enfant, « sont ouvertes à tous ceux qui ont une foi sincère.

— Cette résignation est désespérante ; mais nous, des hommes, nous lutterons pour sauver notre vie ! Eh bien, mon vaillant ami, monterons-nous à cheval, et nous jetterons-nous au travers des flammes, ou resterons-nous ici pour voir périr sans résistance, et de cette affreuse mort, celles qui nous sont chères ?

— Mon avis est d'essaimer et de fuir avant que la ruche soit trop chaude pour nous contenir », dit le chasseur, à qui s'adressait Middleton à demi égaré par le désespoir. « Allons, vieux Trappeur, vous m'avouerez que c'est là une façon peu expéditive de se tirer d'affaire. Encore un peu, et nous aurons le sort des abeilles qu'on voit étendues autour de la paille après qu'on a enfumé la ruche, pour en tirer le miel. On entend déjà pétiller le feu, et je sais par expérience que, l'herbe de la Prairie une fois bien allumée, il faut avoir de bonnes jambes pour la vaincre à la course.

— Croyez-vous », répliqua le vieillard en montrant avec dédain le labyrinthe d'herbes sèches qui les entourait, « croyez-vous que, sur un pareil terrain, des pieds mortels peuvent courir plus vite que le feu ? Si je savais seulement de quel côté sont les bandits !

— Qu'en dites-vous, docteur ? » s'écria Paul hors de lui, en se tournant vers le naturaliste avec ce découragement qui fait que le fort invoque souvent l'aide du faible, quand la puissance humaine est écrasée par la main d'un être supérieur. « Qu'en dites-vous ? N'avez-vous point d'opinion à donner dans une circonstance où il y va de la vie ou de la mort ? »

Le naturaliste, ses tablettes en main, contemplait ce spectacle terrible avec autant de sang-froid que si la conflagration n'eût été allumée que pour résoudre les difficultés de quelque problème scientifique. Distrait de ses réflexions par la question de Paul, il se tourna vers le Trappeur, aussi calme que lui, mais occupé de pensées différentes.

« Vénérable chasseur », demanda-t-il, « vous qui avez souvent assisté à ces phénomènes prismatiques... »

D'un revers de main, Paul fit voler en l'air ses tablettes, et le savant ahuri s'arrêta, bouche béante.

Soudain le Trappeur, qui avait jusque-là conservé l'attitude d'un homme irrésolu, prit son parti.

« Le moment est venu », dit-il. « Rien ne sert de se lamenter ; il est temps d'agir.

— Vous y pensez trop tard », s'écria le capitaine. « Les flammes ne sont plus qu'à deux cents pas, et le vent les pousse de notre côté avec une rapidité effrayante.

— Les flammes, dites-vous ? je me moque bien des flammes ! Je ne pense qu'au moyen de tromper les Sioux, et si je l'avais, nous n'aurions plus qu'à remercier le Seigneur de notre délivrance. Appelez-vous cela un incendie ? Si vous aviez été témoins de ce que j'ai vu dans les provinces de l'Est, alors que de grosses montagnes ressemblaient à la fournaise d'un forgeron, vous auriez su ce que c'est que de redouter les flammes et d'être reconnaissant d'y avoir échappé ! Allons, mes amis, allons ! assez causé ; à l'ouvrage ! Voici l'ennemi qui rampe vers nous avec la vitesse

d'un élan. Arrachez l'herbe courte et sèche ; que la
terre où nous sommes soit entièrement nue !

— Quel enfantillage ! » s'écria Middleton. « Le
feu n'en saisira pas moins ses victimes. »

Un léger sourire anima les traits du vieillard, et
prenant un air d'autorité solennelle, il répondit :

« Votre grand-père vous dirait qu'en présence de
l'ennemi un soldat n'a rien de mieux à faire que
d'obéir. »

Le capitaine sentit la justesse du reproche et se
mit sur-le-champ à suivre l'exemple de Paul, qui,
obéissant aux ordres du Trappeur, arrachait l'herbe
flétrie avec une sorte de désespoir. Hélène mit aussi la
main à l'œuvre, et Inès ne tarda pas à en faire autant,
quoique aucun d'eux n'eût conscience du résultat de
ses efforts.

Quand il y va de la vie, on n'épargne pas sa peine.
Quelques moments suffirent à dégarnir un espace
d'environ vingt pieds de diamètre. Le Trappeur plaça
les dames à une extrémité de ce cercle, et leur
recommanda d'envelopper de couvertures leurs robes
légères et inflammables. Cette précaution prise, il
s'approcha de l'extrémité opposée, où la végétation
plus haute formait une lisière périlleuse ; puis, coupant une touffe de brindilles sèches, il la posa sur le
bassinet de sa carabine, et y mit le feu en brûlant une
amorce ; à l'aide de cette espèce de brandon, il
embrasa la masse de grandes herbes qu'il avait devant
lui, et se retira au centre de l'arène, attendant
patiemment le résultat.

Le subtil élément saisit avec avidité le nouvel
aliment qu'on lui offrait, et bientôt on vit des flammes
fourchues sautiller à travers la Prairie.

« Maintenant », dit le vieillard en levant un doigt

et en riant à sa manière silencieuse, « vous allez voir le feu combattre le feu ! Ah ! il m'est bien souvent arrivé de me frayer ainsi un passage, uniquement pour m'éviter la peine de traverser à pied des fourrés inextricables.

— Le remède est pire que le mal », fit observer Middleton. « Au lieu d'éviter l'ennemi, vous l'attirez plus vite près de nous.

— Avez-vous donc la peau si tendre ? votre grand-père l'avait plus dure. Du reste, attendez un peu, et vous allez voir. »

L'expérience du Trappeu ne le trompait pas. A mesure que le feu gagnait en force et en chaleur, il s'étendit de trois côtés, mourant de lui-même sur le quatrième faute d'aliment ; et pendant qu'il avançait et que le mugissement de la flamme en marquait la violence, il dévora tout ce qui lui servait de pâture, laissant le sol noir et fumant, beaucoup plus dégarni que si la faux y eût passé. La situation des fugitifs eût encore été critique si l'enceinte où ils étaient ne se fût élargie à mesure que le fléau les entourait ; mais en se rapprochant de l'endroit où le Trappeur avait mis le feu aux herbes, ils évitèrent les morsures de la chaleur ; et quand, au bout de quelques instants, l'incendie recula sur tous les points, ils demeurèrent enveloppés d'un nuage de fumée, mais complètement à l'abri du torrent de feu qui continuait de précipiter en avant ses vagues furieuses.

Les spectateurs contemplaient le simple expédient du Trappeur avec cette espèce d'étonnement que montrèrent, dit-on, les courtisans du roi Ferdinand en voyant Christophe Colomb faire tenir son œuf sur le petit bout ; mais leur surprise était mêlée de reconnaissance et non d'envie.

« C'est merveilleux ! » s'écria Middleton, quand il vit le succès complet du moyen par lequel ils avaient été délivrés d'un danger qu'ils considéraient comme inévitable. « Cette trouvaille a été un don du ciel, et celui qui l'a mise à exécution devrait être immortel.

— Vieux Trappeur », dit Paul en fourrageant son épaisse chevelure, « j'ai suivi plus d'une abeille chargée de butin jusqu'à son nid, et je crois connaître quelque chose à la nature des forêts ; mais ce que vous avez fait, c'est tout bonnement arracher l'aiguillon d'une guêpe sans la toucher.

— Oui, oui, ça ira », répondit le vieillard qui paraissait ne plus songer à son exploit. « A présent, tenez les montures prêtes. Dans une petite demi-heure, le feu aura fini son œuvre, et nous partirons. D'ailleurs il faut ce temps-là pour refroidir le sol, et les chevaux sioux n'étant pas ferrés ont le sabot aussi tendre que le pied nu d'une jeune fille. »

Middleton et Paul, qui regardaient leur délivrance comme une sorte de résurrection, attendirent le moment fixé par le Trappeur, avec un redoublement de confiance en l'infaillibilité de son jugement. Le docteur ramassa ses tablettes, un peu avariées par leur chute dans l'herbe à demi brûlée, et se consola de cette mésaventure en y inscrivant fidèlement les variations d'intensité de la flamme, où il lui plaisait de voir des phénomènes.

Cependant le vétéran, sur l'expérience duquel tous fondaient leur sûreté, s'occupait à reconnaître les objets dans l'éloignement à travers les trouées que perçait le vent au milieu des masses de fumée, qui couvraient la plaine entière.

« Regardez un peu par là, mes enfants », dit le Trappeur après un examen long et attentif ; « vos yeux sont jeunes, et peuvent mieux voir que les miens... Et pourtant, il fut un temps où un peuple sage et brave avait des motifs de s'en rapporter à ma bonne vue. Il est loin, ce temps-là, et avec lui a disparu plus d'un ami sûr et fidèle. Ah! s'il m'était permis de changer quelque chose aux décrets de la Providence, ce serait en faveur de ceux qui ont longtemps vécu en paix et en affection, et qui ont prouvé qu'ils étaient faits pour être réunis, en s'exposant l'un pour l'autre à plus d'une souffrance et d'un péril : oui, je voudrais qu'ils passent prendre congé de la vie au moment où la mort de l'un ne laisse à l'autre que bien peu de motifs pour désirer de vivre encore.

— Qu'avez-vous aperçu ? » demanda l'impatient Middleton. « Est-ce un Indien ?

— Peau rouge ou peau blanche, cela revient au même. L'amitié et l'habitude peuvent former entre les hommes des liens aussi forts, que dis-je ! plus forts dans les bois que dans les villes. Voyez les jeunes guerriers de la Prairie : souvent ils s'associent deux à deux, et consacrent leur vie au devoir de l'amitié ; eh bien, ils tiennent exactement leur promesse : le coup de mort de l'un est ordinairement fatal à l'autre ! J'ai vécu presque toujours seul si l'on peut parler ainsi d'un homme qui a passé soixante-dix ans en face de la nature, où il pouvait à tout moment ouvrir son cœur à Dieu, sans avoir à le dégager des soucis et de la perversité qui règnent chez les colons ; mais, à cela près, j'ai vécu solitaire. Néanmoins j'ai toujours éprouvé qu'il y avait du plaisir dans la société de mes semblables, et qu'il était pénible de la rompre, pourvu que le compagnon de mon choix fût brave et honnête : brave, parce qu'au milieu des bois un poltron », et en même temps son regard tomba sur le naturaliste

« n'est bon qu'à faire allonger le plus court chemin, et honnête, parce que la ruse est un instinct de la brute plutôt qu'un don qui convienne à la raison humaine.

— Vous disiez avoir vu quelque chose... Un Sioux peut-être ?

— Ce que deviendra le monde de l'Amérique », poursuivit le vieillard sourd à toute autre voix qu'à celle de ses pensées, « et où s'arrêteront les machinations de ceux qui l'habitent, Dieu seul le sait. J'ai connu de mon temps le chef qui avait vu le premier chrétien poser son pied maudit sur les rivages d'York. Combien la beauté du désert a été défigurée en deux courtes générations ! Mes yeux se sont ouverts à la lumière au bord de la mer, à l'est, et j'ai bonne souvenance de mon premier coup de fusil : ce fut en allant de la maison de mon père jusqu'à la forêt, une marche telle qu'un bambin pouvait la faire entre deux soleils ; et cela, sans blesser les droits d'aucun homme qui se prétendît propriétaire des bêtes sauvages. La nature se déployait alors dans toute sa gloire le long des côtes, n'accordant à l'activité des colons qu'une étroite bande de terre entre les forêts et l'Océan. Et maintenant où suis-je ? Si j'avais les ailes d'un aigle, elles seraient lasses avant de m'avoir porté à la dixième partie de l'espace qui me sépare de mon berceau ; des villes et des villages, des fermes et des grandes routes, des églises, des écoles, enfin toutes les inventions et diableries de l'homme couvrent la surface du pays. J'ai vu un temps où quelques Peaux Rouges, hurlant sur la frontière, suffisaient pour donner la fièvre aux provinces ; et alors tous les hommes s'armaient, on faisait venir des troupes de bien loin, et l'on disait des prières, et les femmes tremblaient, et bien peu de gens dormaient paisibles à la nouvelle que l'Iroquois était entré dans le sentier de la guerre, et que le maudit Mingo avait saisi le tomahawk. Aujourd'hui que se passe-t-il ? Le pays envoie ses vaisseaux aux rivages lointains pour y livrer bataille ; les canons sont plus nombreux que ne l'étaient autrefois les carabines, et quand il en est besoin, les soldats exercés se présentent par milliers. Telle est la différence entre une province et un État, mes enfants ; et moi, pauvre être usé et misérable, j'ai vécu pour voir tout cela.

— Que vous ayez vu plus d'un bûcheron écrémer la surface de la terre, et plus d'un colon recueillir le miel même de la nature », dit Paul, « c'est ce que personne ne mettra en doute. Mais la petite Nelly n'est pas tranquille au sujet des Sioux, et puisque vous avez donné libre carrière à vos réflexions, si vous vouliez bien nous indiquer la ligne à suivre, l'essaim reprendrait son vol.

— Hein ?

— Je dis qu'Hélène a des inquiétudes, et comme la fumée commence à s'éclaircir, il serait prudent de lever le camp.

— Il a raison, ce garçon », répondit le Trappeur. « J'avais oublié où nous étions, et le feu qui fait rage, et les Sioux qui nous guettent. Ah ! voyez-vous, dès que la mémoire travaille dans ma vieille caboche et me rappelle les choses d'autrefois, je perds volontiers de vue celles du moment. Vous l'avez dit, il est temps de déloger, et dans notre position, c'est là le côté embarrassant. On se gare aisément d'un élément en furie comme le feu, et il n'est pas toujours difficile de dépister l'ours gris, une créature que son instinct éclaire ou aveugle, selon le cas ; mais boucher les yeux d'un Sioux qui veille, oh ! oh ! l'affaire exige plus de jugement, d'autant que sa malice infernale est appuyée de l'astuce de la raison. »

Malgré les difficultés de l'entreprise, il s'occupa de la mettre sans délai à exécution. Après avoir terminé la reconnaissance qu'avaient interrompue les mélancoliques excursions de sa pensée, il donna à ses compagnons le signal de monter en selle. Les chevaux, restés passifs et tremblants au milieu des flammes, reçurent leur fardeau avec une satisfaction évidente, qui permit d'augurer favorablement de leur célérité future.

Le Trappeur invita le naturaliste à en faire autant, déclarant son intention d'aller à pied.

« Je suis peu accoutumé à voyager avec les pieds des autres », ajouta-t-il, « et mes jambes sont fatiguées de ne rien faire. D'ailleurs, si nous tombons dans une embuscade, ce qui est loin d'être impossible, un cheval sera plus en état de courir avec une simple charge sur son dos. Quant à moi, que ma vie dure un jour de plus ou de moins, peu m'importe ! Les Sioux peuvent scalper ma chevelure, si telle est la volonté de Dieu ; ils la trouveront toute grise, et il est hors du pouvoir de l'homme de me priver des connaissances et de l'expérience qui l'ont fait blanchir. »

Le docteur, en marmottant quelques regrets sur la perte d'Asinus, était beaucoup trop charmé de voir sa fuite secondée par quatre jambes au lieu de deux pour hésiter longtemps. Au bout de quelques minutes, le chasseur d'abeilles qui, en de telles occasions, n'était jamais le dernier à parler, annonça, d'une voix éclatante, qu'ils étaient prêts à partir.

« Maintenant, regardez du côté de l'est », dit le vieillard en s'avançant le premier dans la plaine noircie et encore fumante ; « nous n'avons pas à craindre le froid aux pieds sur une route pareille ; mais ayez l'œil sur l'orient, et si vous voyez étinceler à travers les nuages de fumée une bande blanche comme une plaque d'argent, c'est de l'eau. Il coule par là une magnifique rivière, et j'avais cru l'entrevoir tout à l'heure, mais il m'est venu d'autres idées, et je l'ai perdue de vue. C'est une rivière large et rapide, comme le Seigneur en a créé beaucoup dans ce désert. Ici, la nature se montre dans toute sa richesse, sauf les arbres pourtant, qui sont à la terre comme les fruits à un jardin ; sans eux, rien ne peut être agréable ou complètement utile. Ouvrez donc bien les yeux, et tâchez de découvrir cette brillante nappe d'eau, car nous serons seulement en sûreté lorsqu'elle coulera entre notre piste et la vue perçante des Sioux. »

Cette dernière déclaration suffit à la petite troupe pour qu'elle cherchât avec ardeur à découvrir l'objet tant désiré. On fit près d'une lieue dans un profond silence, mais sans rien apercevoir. L'incendie continuait à exercer ses ravages au loin ; et à mesure que le vent chassait les premières vapeurs, de nouvelles masses s'élevaient en tournoyant et fermaient l'horizon.

Le Trappeur manifesta quelques symptômes d'inquiétude, qui firent craindre à ses compagnons que ses facultés exercées ne commençassent à se troubler dans ce labyrinthe de fumée ; enfin, il s'arrêta tout à coup, et appuyant par terre la crosse de sa carabine, il sembla réfléchir à quelque objet qui était à ses pieds. Middleton et les autres le joignirent, et lui demandèrent la cause de cette halte.

« Tenez », répondit-il en montrant dans un pli du terrain la carcasse mutilée et à demi consumée d'un cheval ; « vous voyez ici un témoignage de la violence du feu. La terre est humide en cet endroit et l'herbe s'y élevait plus haut qu'ailleurs. La pauvre bête a été surprise comme dans un lit. Regardez les os, la peau ratatinée, les dents usées ; mille hivers n'auraient pu dessécher un animal aussi complètement que l'incendie l'a fait en une minute.

— Et voilà ce qui nous attendait », dit Middleton, « si les flammes nous avaient surpris dans notre sommeil !

— Non, je ne vais pas si loin. Certes l'homme peut brûler comme de l'amadou ; mais étant plus raisonnable qu'un cheval, il saurait mieux s'y prendre pour éviter le danger.

— Peut-être n'était-ce là qu'une carcasse ; autrement l'animal aurait fui.

— Et qui a fait ces marques dans le sol humide, sinon des sabots ? et aussi vrai que je suis un pêcheur, voici celles d'un mocassin ! Le maître du cheval a peiné dur pour le tirer de ce trou ; mais l'instinct de la créature la pousse à avoir peur et à s'entêter au milieu du feu.

— C'est un fait bien connu. Mais si l'animal avait un cavalier, où est-il ?

— Ah ! voilà le mystère », répondit le Trappeur en se baissant pour examiner les empreintes. « Oui, oui, la lutte a été longue des deux parts, c'est clair. L'homme a fait de grands efforts pour sauver sa monture ; et, pour qu'il n'ait pas réussi, il faut que la fureur de l'incendie ait été grande.

— Hé ! vieux Trappeur », interrompit Paul en montrant, à quelques pas de là, un endroit plus sec, où l'herbe avait dû être moins haute ; « dites plutôt qu'il y avait deux chevaux : car en voici encore un.

— Il a, ma foi, raison. Se peut-il que les Sioux

aient été pris dans leurs propres filets ? Ces choses-là
arrivent, pour l'exemple de tous les malfaiteurs.
Ouais ! voici un morceau de fer ; il y avait quelque
invention des blancs dans le harnais de l'animal ; cela
doit être… Une troupe de ces drôles a suivi notre piste
dans la Prairie, pendant que leurs amis y mettaient le
feu, et vous en avez sous les yeux les conséquences ; ils
ont perdu leurs chevaux, et ils l'ont échappé belle si
leurs âmes ne sont point en ce moment sur la route qui
conduit au ciel des Indiens.

— Ils auraient pu recourir au même expédient
que nous.

— Je n'en sais rien. Tous les sauvages ne portent

pas sur eux une pierre et un briquet ; tous ne possèdent pas un aussi bon bassinet que ce vieil ami-là », ajouta-t-il en montrant son fusil. « Il faut du temps pour obtenir du feu en frottant deux morceaux de bois, et il n'en restait guère de ce côté ; regardez plutôt cette bande de flamme qui court devant le souffle du vent comme sur une traînée de poudre. Il y a quelques minutes à peine que le feu a passé par ici ; et nous ne ferions pas mal d'examiner nos amorces, non que je désire combattre les Sioux, à Dieu ne plaise ! mais enfin, s'il fallait batailler, la sagesse commande de tirer le premier coup. »

Ils étaient arrivés près de la seconde carcasse, qui leur barrait directement le chemin.

« Drôle de cheval tout de même ! » fit observer Paul. « Il n'avait ni tête ni sabots.

— Le feu a été vite en besogne », dit le vieillard, préoccupé surtout d'inspecter l'horizon. « Il n'exige pas grand temps pour rôtir un buffle entier, et réduire en cendres cornes et sabots... Fi donc, vieil Hector ! Il est permis au chien du capitaine de laisser voir son manque d'âge, et je dirai même, sans vouloir offenser personne, son manque d'éducation ; mais pour un limier de ton espèce qui a vécu si longtemps dans les forêts avant de venir dans ces plaines, il est vraiment honteux, Hector, de montrer les dents et de grogner devant la carcasse d'un cheval grillé, comme si tu voulais dire à ton maître que tu as trouvé la piste d'un ours gris.

— Un cheval, ça ? Jamais de la vie.

— Hein ! pas un cheval, dites-vous ? Vos yeux sont bons pour suivre le vol des abeilles et découvrir des creux d'arbre, mon garçon... Mais, Dieu me bénisse, il a raison ! Comment ai-je pu prendre pour la carcasse d'un cheval une peau de buffle, brûlée et crispée comme est celle-ci ! Ah ! mes amis, il fut un temps où, d'aussi loin que pouvait porter la vue, je vous aurais dit le nom d'un animal, et même sa couleur, son âge et son sexe.

— Vous avez joui là d'un inestimable avantage, vénérable *Venator* », dit le naturaliste devenu attentif. « L'homme capable dans un désert de faire ces distinctions s'épargne bien des courses fatigantes, et fréquemment des recherches dont le résultat démontre l'inutilité. Mais, dites-moi, l'excellence de votre vision vous permettait-elle de décider de l'ordre ou *genus* des animaux ?

— Je n'entends rien à vos ordres de génies.

— Peuh ! mon vieux brave », interrompit le chasseur d'abeilles d'un ton de supériorité tant soit peu dédaigneuse, « vous montrez là une ignorance de la langue anglaise que je n'aurais pas attendue d'un homme de votre expérience et de votre capacité. Par ordre, notre ami veut savoir si les bêtes s'en vont pêle-mêle comme un essaim derrière sa reine, ou en longues files comme on voit souvent marcher les buffles dans la Prairie. Quant au mot *génie*, c'est un mot facile à comprendre et qui est dans la bouche de tout le monde. Par exemple, le député de notre district, et le petit hâbleur qui publie le journal, eh bien ! on les appelle des génies à cause de leur savoir-faire. Voilà ce qu'entendait le docteur, j'en suis sûr, vu qu'il parle rarement sans avoir de belles choses à dire. »

Quand Paul eut terminé cette savante explication, il regarda derrière lui d'un air qui, interprété à sa juste valeur, signifiait : « Quand je m'en mêle, vous voyez que je ne suis pas un sot. »

Hélène admirait chez Paul autre chose que sa science. Il y avait dans son caractère franc, intrépide et mâle, accompagné de grands avantages personnels, tout ce qu'il fallait pour éveiller ses sympathies, sans qu'elle eût besoin de s'enquérir de ses connaissances intellectuelles. La pauvre fille rougit comme une rose pendant que ces jolis doigts jouaient avec le ceinturon à l'aide duquel elle se tenait en croupe ; et elle s'empressa de prendre la parole pour empêcher qu'on ne remarquât chez son ami une faiblesse sur laquelle il lui répugnait d'arrêter sa propre pensée.

« Au bout du compte », dit-elle, « ce n'est pas un cheval.

— Eh ! non », reprit le Trappeur, aussi intrigué par le commentaire de Paul que par les expressions du docteur, « ce n'est ni plus ni moins qu'un cuir de buffle. Le poil étant en dessous, la flamme a glissé par-dessus, et, comme l'animal était fraîchement tué, elle n'y a pu avoir de prise. Peut-être même trouverons-nous encore quelque lambeau de chair.

— Soulevez-la par un bout ; s'il reste une partie de la bosse, elle doit être cuite à point, et nous nous en régalerons. »

Le vieillard rit de bon cœur à l'idée du jeune homme. Il mit le pied sous la peau et la sentit remuer. Puis tout à coup elle s'écarta, et de cette cachette sortit un guerrier indien, qui bondit sur ses pieds avec une agilité qui prouvait combien l'occasion lui paraissait urgente.

CHAPITRE XXIV

> Je voudrais m'en aller, Henriot,
> et tout irait bien.
>
> SHAKESPEARE.

D'un coup d'œil nos gens se convainquirent que le nouveau venu était le jeune Pauni qu'ils avaient déjà rencontré.

La surprise ferma d'abord la bouche à chacun, et plus d'une minute s'écoula à s'examiner mutuellement avec un air empreint de défiance. Les femmes placées en croupe se dissimulaient en frissonnant derrière leurs cavaliers, et ceux-ci commençaient à sentir leur sang vif bouillir d'une sourde colère. L'Indien, au contraire, calme et digne, promenait ses regards étincelants de l'un à l'autre.

Ce fut Battius qui rompit le silence en s'écriant à propos du sauvage :

« *Ordre*, primates ; *genre*, homo ; *espèce*, prairie !

— Oui, oui, tout le secret est découvert », dit le vieillard, en secouant la tête en homme qui s'applaudissait d'avoir approfondi le mystère de quelque difficulté épineuse. « Ce jeune Indien s'était caché dans l'herbe ; le feu l'a atteint pendant son sommeil, et ayant vu périr son cheval, il a été obligé de s'abriter sous la peau d'un buffle fraîchement tué. Eh ! eh ! pas mal imaginé en l'absence de poudre et de pierre à fusil pour allumer un feu circulaire. Le garçon est adroit, j'en réponds, et il nous serait avantageux de l'avoir pour compagnon de voyage. Je vais traiter l'affaire en douceur, car la dureté ne nous mènerait à rien... Mon frère est de nouveau le bienvenu », ajouta-t-il en s'adressant à l'Indien dans sa langue » ; les Sioux l'ont enfumé comme un simple raton. »

Le Pauni jeta les yeux autour de lui, afin de se rendre compte du danger terrible auquel il venait d'échapper ; mais à la vue de tout ce qu'il avait d'effrayant, il dédaigna de manifester la moindre émotion. Il fronça toutefois les sourcils pendant qu'il répondait :

« Les Sioux sont des chiens. Quand le cri de guerre des Paunis retentit à leurs oreilles, la nation hurle toute de peur.

— C'est vrai... Les coquins sont sur notre piste, et je suis charmé de rencontrer, le tomahawk à la main, un guerrier qui ne les aime pas. Mon frère veut-il conduire mes enfants à son village ? Si les Sioux suivent nos pas, nous l'aiderons à les frapper. »

Le Pauni, avant de répondre à une question si sérieuse, commença par promener un regard scrutateur sur chacun des étrangers. Il ne fit des hommes qu'un examen rapide et qui parut le satisfaire. Mais, comme lors de leur première rencontre, il s'attacha longtemps, et avec admiration, à contempler Inès, dont la beauté merveilleuse était pour lui d'un charme inconnu. Celle d'Hélène, pourtant très remarquable, lui semblait en quelque sorte plus intelligible ; il la regardait avec plaisir, pour revenir presque aussitôt à une créature qui, à son œil peu exercé, à son imagination en délire, offrait un ensemble d'attraits sans pareils. Rien de si beau, de si idéal, de si digne, sous tous les rapports, de récompenser le courage et le dévouement d'un guerrier, n'avait paru jusqu'à ce jour dans la Prairie ; et le jeune brave éprouvait profondément, et malgré lui, l'influence d'un si rare modèle de la perfection de son sexe.

S'apercevant enfin que sa curiosité troublait l'objet de son admiration, il se tourna vers le Trappeur, posa une main sur sa poitrine d'une manière expressive, et répondit modestement :

« Mon père sera le bienvenu. Les jeunes hommes de ma nation chasseront avec ses fils ; les chefs fumeront avec la tête blanche ; les filles des Paunis chanteront devant ses filles.

— Et s'il nous arrive », demanda le Trappeur, qui désirait arrêter clairement les conditions les plus importantes de cette nouvelle alliance, « de rencontrer les Sioux ?

— L'ennemi des Longs Couteaux sentira les coups du Pauni.

— C'est bien. Maintenant, tenons conseil, mon frère et moi, afin que nous ne prenions pas un chemin tortueux, mais que notre marche vers son village ressemble au vol des pigeons. »

Sur un geste d'assentiment du jeune Pauni, son interlocuteur l'emmena un peu à l'écart, afin que leur conférence ne fût pas interrompue par l'impatience de Paul ou par les distractions du naturaliste.

L'entretien fut court ; mais, ayant eu lieu à la manière sentencieuse des Indiens, il en résulta un échange mutuel, de part et d'autre, de tous les renseignements qui leur étaient nécessaires. Quand ils eurent rejoint leurs compagnons, le vieillard jugea à propos de faire connaître, de la manière suivante, une partie de ce qui s'était passé entre eux :

« Je ne m'étais pas trompé », dit-il ; « ce jeune guerrier de bonne mine, — car il a bonne mine et l'air noble, bien qu'un peu défiguré peut-être par la peinture, — ce brave garçon vient de m'apprendre qu'il est précisément en train de guetter les Sioux. Sa troupe n'était pas assez forte pour attaquer ces démons, qui sont venus en grand nombre chasser le buffle ; et on a expédié des coureurs aux villages des Paunis pour demander du renfort. Il paraîtrait que ce jeune homme est un gaillard intrépide, puisqu'il a suivi leur piste tout seul, jusqu'au moment où, comme nous, il a été obligé de chercher un abri dans les grandes herbes. De plus, il m'a conté autre chose, qui ne m'a pas fait plaisir : le rusé Matori, au lieu de tomber sur l'émigrant, est devenu son ami ; les deux races, rouge et blanche, sont à présent sur nos talons, et postées autour de cette plaine brûlante pour consommer notre destruction.

— Bah ! » fit l'officier. « Tout cela est-il bien vrai ?

— Hein ?

— Comment est-il informé de l'état des choses ?

— Comment ? Croyez-vous qu'il en soit ici comme dans l'intérieur des États, et qu'il y ait bien besoin de vos journaux et de vos crieurs des rues pour apprendre à un éclaireur indien ce qui se passe dans la Prairie ? Il n'est pas de commère babillarde, allant de porte en porte médire de son prochain, dont la langue puisse propager une nouvelle aussi rapidement que le font ces gens-là à l'aide de reconnaissances et de signaux compris d'eux seuls. C'est leur science à eux ; et, ce qui vaut mieux encore, ils l'apprennent en plein air, et non dans les murs d'une école. Il n'a dit que la vérité, capitaine, je vous l'affirme.

— Et moi », ajouta Paul, « je suis prêt à en faire serment. La chose est raisonnable, donc elle doit être vraie.

— Vous le pouvez en conscience, mon garçon, vous le pouvez. Il déclare, en outre, que cette fois mes yeux m'ont fidèlement servi, et que la rivière dont je vous ai parlé est près d'ici, à environ une demi-lieue de distance. De ce côté, vous le voyez, le feu a causé de grands ravages, la fumée couvrira notre marche. Il est d'accord avec moi qu'il convient de noyer nos traces dans l'eau. Oui, il faut absolument mettre cette rivière entre les Sioux et nous ; et alors, par la grâce du Seigneur, sans oublier, bien entendu, nos propres efforts, nous pourrons gagner le village des Loups.

— Des paroles ne nous feront pas avancer d'un pied », dit l'officier. « Partons ! »

Le vieillard y consentit, et la troupe se prépara à reprendre sa marche. Le Pauni jeta la peau de buffle sur son épaule et marcha en tête, tout en lançant à la dérobée de vifs regards sur les charmes, incompréhensibles pour lui, de la créole, qui ne s'en apercevait pas.

Une heure suffit aux fugitifs pour atteindre les bords de la rivière.

C'était l'un de ces nombreux affluents qui, par les immenses artères du Missouri et du Mississippi, conduisent à l'Océan les eaux de cette vaste région encore inhabitée. Le lit n'avait guère de profondeur, mais son courant était trouble et rapide. Les flammes avaient brûlé la terre jusqu'à la rive même ; et les chaudes vapeurs de l'onde, se mêlant dans l'air plus frais du matin à la fumée de l'incendie qui continuait encore ses ravages, couvraient comme d'un voile flottant la plus grande partie de sa surface.

Le Trappeur fit remarquer cette circonstance avec plaisir, et dit, en aidant Inès à mettre pied sur le bord :

« Les coquins se sont enferrés ! Je ne sais trop si je n'aurais pas mis moi-même le feu à la Prairie pour dérober, grâce à un rideau de fumée, nos mouvements, s'ils ne m'en avaient épargné la peine. J'ai vu de mon temps recourir à ce moyen-là, et non sans succès... Allons, Madame, posez sur la terre votre pied délicat. Une rude épreuve pour une personne timide et élevée comme vous l'avez été ! Hélas ! quelles souffrances n'ai-je pas vu endurer jadis par tout ce qu'il y avait de plus jeune, de plus délicat, de plus vertueux, de plus modeste, parmi les horreurs et les périls d'une guerre indienne ! Venez, il n'y a qu'un petit bout de chemin d'ici à la rive opposée, et alors notre piste du moins sera interrompue. »

Paul, qui avait aidé Hélène à descendre de cheval, jeta un coup d'œil soucieux sur l'aride nudité de la rive. Pas un arbre, pas un arbrisseau ; seulement çà et là un bouquet de maigres buissons, dans lesquels ont eût taillé à grand'peine une douzaine de tiges pour faire des cannes.

« Dites donc, vieux Trappeur », s'écria le chasseur d'abeilles d'un air déconfit, « c'est très bien de parler de l'autre bord de cette rivière, cours d'eau, ou n'importe quoi ; mais, à mon sens, elle devrait être bonne, la carabine qui enverrait là-bas une balle, j'entends une balle qui entamerait un chevreuil ou un Indien.

— Excellente en effet ! et pourtant j'en porte une

qui, dans l'occasion, a fait son devoir, à semblable distance.

— Et avez-vous idée d'envoyer Hélène et la femme du capitaine de l'autre côté, à califourchon sur une balle ? ou de les faire voyager sous l'eau à la manière des truites ? »

Middleton, de même que Paul, commençait à être frappé de l'impossibilité de transporter sur le bord opposé celle dont la vie lui était plus précieuse que la sienne.

« L'eau est-elle profonde » demanda-t-il. « Ne pourrait-on passer à gué ?

— Quand les montagnes de là-bas lui envoient leur torrent », répondit le vieillard, « elle est, comme vous le voyez, large et rapide ; cependant il m'est arrivé de la traverser à pied sans me mouiller le genou. D'ailleurs nous avons les chevaux sioux ; je vous certifie que ces diables-là nageront comme des daims.

— Vieux Trappeur », dit Paul en enfonçant ses doigts dans sa chevelure ainsi qu'il en avait l'habitude quand une difficulté quelconque venait embarrasser sa philosophie, « il fut un temps où je nageais comme un poisson, et en cas de besoin j'en ferais encore autant, sans souci de ce qui pourrait m'arrêter. Obtiendrez-vous de la petite qu'elle se tienne d'aplomb à cheval, avec cette eau tourbillonnant autour d'elle comme si elle s'échappait d'une roue de moulin ? J'en doute, et puis elle risquerait fort d'avoir les pieds mouillés.

— C'est juste. Il faut trouver un moyen, sans quoi la traversée est impossible. »

Coupant court à l'entretien, il se tourna vers le Pauni et lui expliqua la difficulté qui se présentait à l'égard des dames. Le jeune guerrier écouta d'un air grave, puis jetant par terre la peau de buffle qu'il

portait, il se mit sur-le-champ, aidé de l'intelligen
vieillard, à faire les préparatifs nécessaires pour arriver au but proposé.

Bientôt, à l'aide de courroies dont les deux
travailleurs étaient amplement munis, ils donnèren
au cuir du buffle la forme d'un parapluie ou d'un
parachute renversé; quelques baguettes tendues
l'entour, empêchaient les bords de retomber e
dedans ou en dehors. Cet appareil simple et nature
une fois terminé, on le plaça sur l'eau, et l'Indien f
signe qu'on pouvait s'y embarquer.

Inès et Hélène hésitèrent à se confier à un esquif d'une construction si frêle ; de leur côté, Middleton et Paul ne consentirent à les y laisser entrer qu'après s'être assurés par leur propre expérience que l'embarcation était capable de soutenir un poids beaucoup plus considérable que celui qui lui était destiné. Alors seulement leurs scrupules furent dissipés, et la peau de buffle reçut son précieux fardeau.

« Maintenant, laissez le Pauni servir de pilote », dit le Trappeur ; « ma main n'a plus la force d'autrefois, et il a des membres aussi durs que le bois de noyer. Remettez-vous-en à son adresse. »

Il n'y avait guère pour le mari et l'amant d'autre parti à prendre ; et ils se résignèrent à rester spectateurs passifs, quoique vivement intéressés de ce singulier mode de navigation.

Entre les trois chevaux, le sauvage choisit celui de Matori avec une promptitude qui prouvait qu'il était loin d'ignorer les qualités de l'animal, et, s'élançant sur son dos, il entra dans la rivière. Enfonçant la pointe de sa lance dans la peau de buffle, il la maintint contre le courant, et lâchant les rênes à son coursier, le singulier équipage poussa hardiment au milieu des ondes. Middleton et Paul suivaient à l'arrière-garde d'aussi près que le comportait la prudence. De cette manière le jeune guerrier conduisit sa cargaison saine et sauve sur la rive opposée, sans le plus léger inconvénient pour les passagers, et avec un aplomb et une célérité qui prouvaient que cette opération était familière et au cheval et au cavalier.

Dès qu'on eût gagné le bord, il démonta son appareil, rejeta la peau sur son épaule, plaça les baguettes sous son bras, et rebroussa chemin pour aller chercher le reste de la troupe.

« Ami docteur », dit le vieillard en voyant
l'Indien rentrer dans la rivière, « il y a, j'en suis sûr à
présent, de la loyauté chez ce Peau Rouge. Son air est
franc et ouvert, sans doute ; mais les vents du ciel ne
sont pas plus trompeurs que les sauvages, quand une
fois ils ont le diable au corps. Une supposition : le
Pauni aurait été un Sioux, ou l'un de ces malfaisants
Mingos qui venaient rôder dans les forêts de l'York il
y a quelque soixante ans, au lieu de son visage, c'est
son dos que nous aurions vu. J'ai eu quelques soupçons quand il a choisi le meilleur cheval ; car avec cette
bête-là, il lui était aussi facile de nous fausser compagnie qu'il l'est à un pigeon de se séparer d'une troupe
de corbeaux lourds et bruyants. Oui, le garçon a le
cœur bien placé. C'est que, voyez-vous, si un Peau
Rouge devient votre ami, vous pouvez compter sur sa
bonne foi, tant que vous en aurez envers lui.

— A quelle distance croyez-vous que sont les
sources de cette rivière ? » demanda l'autre, en proie à
une secrète agitation. « En sommes-nous bien loin ?

— Cela dépend du temps. Aujourd'hui, je vous
en donne ma parole, vos jambes seraient fatiguées
avant d'avoir pu remonter son cours jusqu'aux montagnes Rocheuses ; mais il est des saisons où vous
pourriez le faire sans vous mouiller les pieds.

— Et dans quelle partie de l'année ces saisons
périodiques arrivent-elles ?

— Celui qui passerait ici dans quelques mois ne
trouverait, à la place de cette rivière écumeuse, qu'un
désert de sables mouvants. »

Le naturaliste tomba dans une méditation profonde. Comme tous ceux à qui le courage physique n'a
pas été donné par surcroît, il s'exagéra tellement le
danger d'opérer la traversée par une méthode si

primitive, qu'au moment de l'expérimenter pour son compte, il ne songeait pas moins qu'à tourner la rivière afin d'échapper à la nécessité de la franchir. On sait comme la peur est ingénieuse à se créer de pitoyables arguments et à les défendre. Aussi le digne Obed avait-il, en peu de minutes, examiné la question tout entière, et venait-il d'arriver à cette consolante conclusion, qu'il y avait presque autant de gloire à découvrir les sources inconnues d'un cours d'eau considérable qu'à ajouter une plante ou un insecte aux nomenclatures des savants, quand le Pauni fut de retour.

Le Trappeur s'installa, sans hésitation aucune, dans la barque de cuir et après avoir placé Hector entre ses jambes, il fit signe à son compagnon de venir le rejoindre.

Comme on voit un éléphant ou même un cheval essayer la solidité d'un pont avant de confier à cet appui inconnu le poids de son corps, le naturaliste avança un pied sur le frêle esquif et le retira aussitôt.

« Vénérable chasseur », dit-il d'un ton dolent, « ce bateau est ce qu'il y a au monde de moins scientifique ; une voix intérieure me conseille de ne pas m'y fier.

— Hein ? » fit le vieillard, qui jouait avec les oreilles de son chien, comme le ferait un père avec un enfant favori. « Qu'avez-vous ?

— Je n'aime pas cette méthode irrégulière de procéder sur les fluides. La nacelle n'a ni forme ni proportions.

— Cela ne vaut pas, il est vrai, certains canots d'écorce de bouleau que j'ai eu occasion de voir ; mais bah ! l'on peut prendre ses aises dans un wigwam aussi bien que dans un palais.

— Non, non, hors de la science point de sécurité. Jamais cette espèce d'outre n'atteindra l'autre bord.

— Elle y a été pourtant.

— Pure anomalie ! Si l'on se réglait d'après les exceptions dans la conduite des choses, la race humaine serait vite plongée dans les abîmes de l'ignorance. Vénérable Trappeur, cet engin auquel vous voulez confier votre vie serait dans les annales des inventions régulières ce qu'est un *lusus naturæ* dans les nomenclatures de l'histoire naturelle... un monstre ! »

Combien de temps encore le docteur Battius se fût senti disposé à prolonger la conversation, il serait difficile de le dire ; car, outre les considérations puissantes qui le détournaient d'une expérience quelque peu hasardeuse, l'orgueil de la raison commençait à lui venir en aide dans son obstination. Heureusement pour la patience du vieillard, à peine le mot de « monstre » eut-il été prononcé qu'il s'éleva dans l'air un bruit étrange, espèce d'écho surnaturel à l'idée même que ce mot exprimait. Le jeune Pauni, qui attendait gravement la fin de cette incompréhensible discussion, leva la tête et prêta l'oreille. Le docteur reconnut aussitôt la voix de son fidèle Asinus, et il allait se précipiter au-devant de lui avec toute l'anxiété d'une vive affection, lorsque Asinus parut à distance, courant un galop effréné, allure extraordinaire que son cavalier, le cruel Wencha, lui avait imposée à force de coups.

Les yeux du Sioux et ceux des fugitifs se rencontrèrent. Le premier poussa à plein gosier un hurlement effroyable, dans lequel se mêlaient l'accent du triomphe et celui de l'alarme. Ce signal mit fin à la discussion sur les mérites de l'esquif : le docteur y entra sur-le-champ comme si une inspiration d'en haut lui eût éclairci la vue, et l'instant d'après, le coursier du Pauni fendait une troisième fois les eaux.

Toute la vigueur du cheval était nécessaire pour mettre les fugitifs hors de la portée des flèches dont l'air fut bientôt sillonné. Le cri de Wencha avait amené autour de lui une cinquantaine de sauvages, mais parmi eux il ne s'en trouvait pas un seul à qui son rang donnât le privilège de porter un fusil. La moitié du fleuve n'était pas franchie que Matori se montra sur la rive, et une décharge d'armes à feu, qui ne fit aucun mal, annonça la rage et le désappointement de ce chef. Plus d'une fois le Trappeur leva sa carabine comme pour en faire l'épreuve sur les assaillants, et autant de fois il la ramena dans sa première position sans faire feu. Les yeux du jeune guerrier étincelaient comme ceux du couguar, et il répondit à l'effort impuissant de leur chef en agitant la main d'un air de mépris, et en poussant le cri de guerre de sa nation.

A ce défi insultant, les Sioux s'élancèrent tous ensemble à la poursuite de leur ennemi, et la rivière se couvrit de chevaux et de combattants.

La lutte fut alors terrible pour gagner le bord opposé. Les Dacotas, dont les montures n'étaient pas épuisées, comme celle du jeune chef, gagnaient rapidement de vitesse nos fugitifs.

Le Trappeur, qui comprenait parfaitement le danger de leur situation, se mit à étudier la physionomie de son jeune auxiliaire ; mais, à mesure que diminuait la distance, celui-ci, au lieu de manifester de la crainte, ou même un sentiment d'inquiétude, ne laissait voir sur ses traits qu'une hostilité mortelle.

« L'ami », demanda le vieillard à son compagnon avec une sorte de calme philosophique qui rendait sa question doublement alarmante, « tenez-vous beaucoup à la vie ?

— Non pas pour elle-même », répondit le naturaliste en aspirant dans le creux de sa main un peu d'eau pour s'éclaircir le gosier ; « non pas pour la vie en elle-même, mais j'y tiens extrêmement pour l'histoire naturelle qui a un grave intérêt à mon existence. Par conséquent…

— Oui », reprit l'autre, trop absorbé dans ses pensées pour analyser les idées du docteur avec sa sagacité habituelle ; « voilà bien l'histoire de la nature, et c'est un sentiment dégradant et lâche… La vie est aussi précieuse à ce jeune Pauni qu'à aucun gouverneur des États, et il pourrait la sauver, ou du moins conserver la chance de la sauver, en nous abandonnant au fil de l'eau ; et pourtant vous voyez qu'il tient sa parole en homme de cœur et en guerrier indien. Pour moi, je suis vieux et prêt à subir le sort qu'il plaira au Seigneur de m'assigner ; et de votre côté vous n'êtes pas d'une grande utilité au genre humain. C'est une honte, pour ne pas dire un péché, que de voir un jeune homme si accompli exposer sa chevelure pour deux êtres aussi insignifiants que nous. Je suis donc d'avis, pourvu que vous l'ayez pour agréable, de conseiller à ce garçon de songer à son propre salut et de nous laisser à la merci des sauvages.

— Je m'y oppose », s'écria l'autre effrayé ; « cela répugne à la nature, c'est une trahison envers la science ! Nous naviguons à merveille, et grâce à cette admirable invention qui opère avec tant de facilité, dans un moment nous toucherons l'autre rive. »

Le vieillard le regarda quelque temps avec attention, et dit en branlant la tête :

« Bon Dieu, ce que c'est que la peur ! Créatures

et choses, elle transforme tout ; elle change à nos yeux
la laideur en beauté, et la beauté en laideur. »

Sur ces entrefaites, les Dacotas avaient atteint le
milieu du courant, et remplissaient l'air de hurlements
de triomphe. Middleton et Paul, qui avaient conduit
les dames dans un petit taillis, reparurent alors au
bord de l'eau, le fusil à la main et couchant en joue
leurs ennemis.

« A cheval ! à cheval ! » dit le Trappeur dès qu'il
les aperçut. « Fuyez, si vous aimez celles qui n'ont que
vous pour défenseurs ! Partez, et laissez-nous entre les
mains de Dieu !

— Courbez la tête, mon vieux », répondit Paul ;
« baissez-vous tous deux dans votre nid. Vous me
cachez ce démon de sauvage ; baissez-vous, et faites
place à une balle du Kentucky. »

Le vieillard vit en effet que l'ardent Matori, qui
était à quelque distance en avant de la troupe, se
trouvait presque sur la même ligne que la barque ; il se
baissa, le coup partit, et la balle siffla à ses oreilles
pour aller frapper sa monture. Mais le chef ne fut pas
pris au dépourvu : prompt comme l'éclair, il se
renversa de côté et plongea dans la rivière. Le cheval,
blessé grièvement, hennit de douleur, fit deux ou trois
soubresauts et fut emporté par le flot, qu'il teignit
d'une longue traînée de sang.

Matori reparut presque aussitôt à la surface de
l'eau, et témoin de la perte qu'il venait de faire, il
nagea avec vigueur vers le plus rapproché de ses
compagnons, qui s'empressa de céder sa monture à un
guerrier si renommé. Toutefois cet incident jeta de la
confusion parmi les Dacotas, qui, avant de renouveler
leurs efforts pour aller de l'avant, parurent attendre
les ordres de leur chef. Pendant ce temps, l'esquif

avait pris terre, et les fugitifs se trouvaient encore une fois réunis.

On vit alors les sauvages nager indécis, semblables à un vol de pigeons dispersés par une décharge d'armes à feu ; ils hésitaient à attaquer des gens qui se tenaient sur une formidable défensive. La prudence bien connue des Indiens prévalut, et Matori, averti par sa récente mésaventure, ramena son monde en arrière, afin de reposer les chevaux qui commençaient à se montrer rétifs.

Voyant cela, le Trappeur reprit :

« A présent, prenez les dames en croupe, et allez droit à ce monticule. Il y a au bas un autre cours d'eau dans lequel vous entrerez, et vous en suivrez le lit, la face tournée vers le soleil, jusqu'à ce que vous arriviez à une plaine haute et sablonneuse ; là, je vous rejoindrai. Partez vite ! Le Pauni et moi, ainsi que mon vaillant ami le docteur, qui est un soldat à tous crins, nous sommes en nombre suffisant pour garder la rive, attendu qu'il s'agit tout simplement d'avoir l'air de faire bonne contenance. »

Les deux jeunes gens ne crurent point nécessaire de s'élever contre cette proposition. Satisfaits de savoir que leur retraite serait couverte même d'une manière imparfaite, ils se hâtèrent de mettre leurs chevaux au galop et disparurent bientôt dans la direction indiquée.

Vingt à trente minutes s'étaient écoulées depuis leur départ avant que les Sioux, sur la rive opposée, fussent prêts à reprendre l'offensive. Matori se démenait au milieu de ses guerriers ; il semblait donner des ordres et trahissait son désir de vengeance en étendant le bras de temps à autre dans la direction des fugitifs ; mais c'était tout. A la fin, une clameur perçante annonça qu'il se passait quelque chose de nouveau. Ismaël et son indolente lignée parurent à l'horizon ; et les deux troupes, une fois réunies, s'avancèrent sur le bord de la rivière. L'émigrant, avec son sang-froid accoutumé, se mit à examiner la position de ses ennemis, et comme pour essayer la portée de sa carabine, il leur envoya une balle avec assez de force pour faire des ravages même à la distance où il était.

« Oh ! oh ! il est temps de déguerpir », s'écria le docteur qui croyait entendre le plomb meurtrier siffler à ses oreilles. « Nous avons défendu bravement notre poste, et un temps suffisant. Il y a autant de science militaire à battre en retraite qu'à attaquer. »

Le Trappeur jeta les yeux derrière lui, et voyant que les cavaliers étaient parvenus derrière la colline, il ne fit pas d'objection à cette demande. Le cheval qui restait fut donné au docteur avec ordre d'aller rejoindre les jeunes gens.

Quand le naturaliste fut en pleine retraite, le vieillard et le Pauni s'éloignèrent avec les précautions nécessaires pour laisser l'ennemi indécis sur la nature de leur mouvement. Au lieu de gagner la colline à travers la plaine, ce qui les aurait exposés aux regards des Indiens, ils prirent un sentier détourné en contrebas de la Prairie, et arrivèrent au second cours d'eau juste au moment où Middleton allait le quitter. Le docteur avait opéré sa fuite avec tant de diligence qu'il avait déjà rattrapé ses amis.

Alors le Trappeur chercha autour de lui un endroit convenable, où « toute la troupe », dit-il, « pût faire halte pendant cinq ou six heures ».

Cette alarmante proposition fit bondir le pauvre Battius.

« Faire halte ! » répéta-t-il. « Mais, vénérable

chasseur, il me semble au contraire que ce ne serait pas trop d'employer plusieurs jours à fuir le plus loin possible. »

Middleton et Paul partageaient tous deux cette opinion, et chacun l'exprima à sa manière.

Après les avoir écoutés avec patience, leur guide, secouant la tête en homme qui n'était pas convaincu, fit à tous leurs arguments une réponse générale et positive.

« Fuir, pensez-vous, et pourquoi ? » dit-il. « Les jambes d'un humain peuvent-elles devancer le galop d'un cheval ? Que croyez-vous donc ? Les Sioux vont-ils s'étendre à terre et dormir, ou traverser la rivière et flairer notre piste ? Grâce au ciel, nous avons lavé nos traces dans ce courant, et en nous retirant avec prudence, il est encore possible de les leur faire perdre. Une prairie n'est pas une forêt. Sous l'abri des arbres, on peut marcher longtemps sans laisser derrière soi autre chose que l'empreinte de ses mocassins, tandis que dans ces plaines découvertes un espion, placé par exemple sur cette colline, verra tout ce qui se passe à l'entour, comme un faucon, qui plane au-dessus de sa proie. Non, non, il faut que la nuit vienne nous couvrir de ses ténèbres avant que nous quittions ce lieu. Écoutez plutôt les paroles de Pauni ; c'est un garçon de courage, et je vous certifie qu'il a fait plus d'une campagne pénible contre les bandes des Sioux. »

Puis s'adressant à l'Indien :

« Mon frère », demanda-t-il, « notre piste est-elle assez longue ?

— Un Sioux n'est pas un poisson », répondit le jeune homme, « pour voir une piste dans la rivière.

— Mes amis pensent que nous devons la prolonger dans la Prairie.

— Matori a des yeux : il la verra.

— Que nous conseille mon frère ? »

Le jeune guerrier observa le ciel et parut hésiter ; il réfléchit quelque temps, puis il répondit d'un ton péremptoire :

« Les Dacotas ne sont pas endormis ; il faut nous cacher dans l'herbe.

— Eh bien », reprit le vieillard, « le garçon est de mon avis. »

Middleton fut obligé d'acquiescer à ses raisons, et comme il y avait évidemment péril à rester debout, chacun s'occupa des moyens les plus propres à garantir la sécurité générale. On installa Inès et Hélène sous le chaud abri des peaux de bison, et par-dessus l'on éparpilla de grandes herbes, de manière à dérober le tout à des regards superficiels. Paul et le Pauni attachèrent les pieds des chevaux et les couchèrent à terre, et, après leur avoir donné à manger, ils les laissèrent cachés sous la frondaison de la Prairie. Ces arrangements terminés, chacun chercha un lieu de repos, et la plaine parut rendue à sa solitude accoutumée.

Nos fugitifs avaient compris la nécessité de rester ainsi immobiles, pendant plusieurs heures de suite. Toutes leurs espérances de salut dépendaient du succès de cet artifice. S'ils parvenaient à tromper leurs ennemis grâce à un expédient dont la simplicité inspirait moins de soupçons, ils pourraient se remettre en route à l'entrée de la nuit, et, par une direction différente, augmenter les chances en leur faveur. Cédant à ces importantes considérations, chacun d'eux s'étendit à terre, réfléchissant à sa situation jusqu'à ce que la pensée fatiguée fit enfin place au sommeil.

Le plus profond silence régnait depuis quelques heures, quand les oreilles exercées du Trappeur et du Pauni entendirent un faible cri de surprise poussé par Inès. En un instant, ils furent sur pied, s'apprêtant à vendre chèrement leur vie, et virent alors la vaste plaine, les collines onduleuses, le monticule et le taillis épars, couverts d'une éclatante couche de neige.

« Que le Seigneur ait pitié de nous ! » s'écria le vieillard en jetant sur ce spectacle un regard consterné. « Je comprends, Pauni, pourquoi vous observiez si attentivement les nuages ; mais il est trop tard, à présent, il est trop tard ! Un écureuil marquerait sa trace sur ce léger manteau qui couvre la terre... Ah ! voilà nos coquins qui arrivent. Couchez-vous, couchez-vous tous ! Les chances qui restent sont bien faibles, mais il ne faut pas y renoncer volontairement. »

Sans tarder, ils se tapirent de nouveau dans leur cachette, quoique plus d'un regard inquiet et furtif cherchât à travers les interstices de la végétation à épier les mouvements de l'ennemi.

A quelques centaines de pas, on voyait les Sioux avancer à cheval en décrivant un cercle qui se resserrait peu à peu, et dont le centre était l'endroit où se tenaient les fugitifs. Il n'était pas difficile d'expliquer le mystère de cette manœuvre. La neige était tombée à temps pour donner aux Indiens l'assurance que ceux qu'ils cherchaient étaient derrière eux, et ils s'occupaient, avec la persévérance infatigable de leur caractère, à découvrir le lieu où ils devaient les surprendre au gîte.

Chaque minute ajoutait à la position critique des fugitifs. Paul et Middleton préparèrent tranquillement leurs carabines, et au moment où Matori n'était plus qu'à cinquante pas d'eux, tenant ses regards fixés sur le sol, ils le mirent tous deux en joue, et lâchèrent la détente ; mais le chien s'abattit sur le bassinet et le coup ne partit point.

« Assez ! » dit le vieillard en se levant avec dignité. « C'est moi qui ait enlevé l'amorce, car une mort certaine suivrait votre imprudence. Nous n'avons plus qu'à subir en hommes notre destinée. Les plaintes et les gémissements ne trouvent point faveur aux yeux d'un Indien. »

A sa vue, un hurlement retentit au loin dans la plaine, et l'instant d'après, une centaine de sauvages accoururent triomphants. Matori reçut ses prisonniers avec un calme d'emprunt ; seulement un rayon de joie féroce brilla dans son regard, et le cœur de Middleton se glaça en voyant ce regard se fixer sur Inès, presque privée de sentiment, mais ravissante encore.

Tel était le plaisir que causait aux assistants la capture des Visages Pâles, que, dans le premier moment de trouble, ils n'avaient pas remarqué le jeune Pauni : debout à l'écart, dédaignant de regarder ceux qu'il méprisait, il demeurait immobile comme s'il eût été soudainement pétrifié dans cette attitude de dignité hautaine. Mais, au bout d'un certain temps, cet objet secondaire attira l'attention des Sioux. Ce fut alors que le Trappeur apprit pour la première fois, aux acclamations de triomphe et au nom répété par toutes les bouches, que son jeune ami n'était autre que ce guerrier redoutable et jusque-là invincible, le puissant Cœur Dur.

CHAPITRE XXV

> Eh quoi! le vieux Pistol est encore votre ami?
>
> SHAKESPEARE.

Plusieurs jours se sont écoulés durant lesquels ont eu lieu d'importants changements dans la situation de nos personnages.

Il est midi; le lieu de la scène est un plateau élevé, situé à peu de distance d'une rivière, et se projetant, par une brusque transition, du sein fertile de la vallée qui s'étend le long des nombreux cours d'eau de cette région. La rivière prend sa source au pied des montagnes Rocheuses; après avoir arrosé une immense plaine, elle se joint à un affluent plus considérable encore, pour aller définitivement se perdre dans les eaux troubles du Missouri.

Le paysage était changé en mieux; quoique la main qui avait imprimé le caractère du désert sur le pays d'alentour fît encore sentir en ce lieu une partie de sa puissance, toutefois l'aspect de la végétation était moins décourageant que dans les solitudes plus stériles de la Prairie. Les bouquets d'arbres s'y élevaient en plus grand nombre, et vers le nord, une longue lisière d'antiques forêts bornait l'horizon. Çà et là, dans la vallée, on voyait les marques de la culture hâtive et imparfaite des légumes indigènes dont la poussée était prompte, et qui croissaient, sans aucun secours de l'art, dans un terrain d'alluvion.

Le long de cette espèce de plateau étaient rangées, sans aucun égard aux lois de la symétrie, une centaine d'habitations appartenant à une horde de Sioux nomades. On n'y avait eu en vue que le voisinage de l'eau, et même cette importante considération n'avait pas toujours été consultée. Pendant que la plupart des huttes longeaient la vallée, d'autres occupaient plus loin l'emplacement que leur avait assigné le caprice de leurs habitants.

Ce camp n'avait rien de militaire, et rien dans sa position et ses abords ne le mettait à l'abri d'une surprise. Il était ouvert de tous côtés, et de tous côtés accessible, si l'on en excepte l'obstacle, naturel mais imparfait, de la rivière. Enfin, les Sioux semblaient s'être attardés là plus longtemps qu'ils n'en avaient eu d'abord l'intention, et néanmoins tout était prêt pour un départ immédiat ou même une fuite précipitée.

C'était là qu'était momentanément campé Matori, qui, à la tête d'une centaine de Sioux, était venu chasser sur les terres qui séparaient les demeures permanentes de sa nation de celles des belliqueuses tribus des Paunis. Les tentes étaient faites de peaux de bison, hautes, en forme de cône, et d'une construction des plus simples. Devant la porte, étaient suspendues à un poteau les armes du maître : bouclier, carquois, arc, lance et tomahawk. Sur les côtés, le sol était couvert d'ustensiles à l'usage des femmes, chaque guerrier en ayant une ou plusieurs suivant son plus ou moins de renom ; et parfois on voyait sortir la petite tête ronde d'un nourrisson du milieu de son incommode berceau d'écorces qui se balançait dans l'air, attaché au même poteau par une courroie de peau de daim. Des enfants plus grands se roulaient les uns sur les autres, les garçons se distinguant déjà par cet esprit de domination qui, plus tard, devait marquer l'immense distinction entre les deux sexes. Dans la vallée, les adolescents s'exerçaient à dompter les sauvages coursiers de leurs pères, pendant que plus d'une jeune fille avait quitté en cachette ses humbles travaux pour venir admirer leur impatiente audace.

Jusque-là le tableau n'offrait que le spectacle journalier d'un camp plein de confiance et de sécurité. Mais devant les tentes, il y avait une réunion qui semblait annoncer des mouvements d'un intérêt plus qu'ordinaire. Quelques-unes des vieilles les plus ridées et les plus impitoyables de la bande formaient un groupe prêt à exciter les enfants de la voix, s'il le fallait, à leur donner un spectacle que convoitaient leurs goûts dépravés. Quant aux hommes, ils étaient dispersés également par groupes, composés d'après les exploits et la réputation des individus. D'autres, arrivés à l'âge équivoque qui leur donnait le droit de chasser, et non d'être admis encore sur le sentier de la guerre, erraient à distance respectueuse de ces farouches modèles, cherchant à imiter cette gravité de maintien, cette réserve qui, plus tard, devaient faire partie intégrante de leur caractère.

Quelques-uns, un peu plus âgés et ayant déjà poussé le cri de guerre, s'enhardissaient davantage et approchaient les chefs de plus près, sans avoir toutefois la présomption de se mêler à leurs délibérations, suffisamment honorés qu'on leur permît de recueillir

la sagesse qui découlait de lèvres si vénérées. Le
commun des guerriers de la troupe, plus hardis
encore, n'hésitaient pas à se mêler aux braves d'un
rang inférieur, mais ils ne se permettaient jamais de
contredire l'opinion d'un héros reconnu, ou de mettre
en question la prudence des mesures recommandées
par les conseillers les plus habiles de la nation.

Parmi les chefs eux-mêmes, il y avait à première
vue des distinctions frappantes. On pouvait les partager en deux classes : ceux qui devaient principalement
leur influence à des causes physiques et à des faits
d'armes, et ceux qui s'étaient acquis un renom de
sagesse plutôt que de bravoure. Les premiers constituaient la fraction la plus nombreuse et la plus
importante de beaucoup. C'étaient des hommes d'une
haute stature, dont les traits sévères étaient rendus
doublement imposants par ces marques de leur valeur
qu'une main ennemie y avait rudement tracées sous la
forme de cicatrices profondes et indélébiles. Ceux, au
contraire, dont l'influence était due à leur ascendant
moral ne figuraient qu'en fort petit nombre : ils se
distinguaient tous à l'expression vive et animée de
leurs yeux, à l'air de méfiance qui marquait leurs
mouvements, et de temps à autre à la véhémence de
leur débit dans ces subites effusions par lesquelles,
dans la consultation actuelle, ils manifestaient leur
avis.

Au milieu du cercle formé par ces conseillers
d'élite, on remarquait Matori, qui déguisait son agitation sous un calme apparent. Il réunissait dans sa
personne et dans son caractère les qualités diverses de
ses compagnons. L'esprit aussi bien que la matière
avaient contribué à établir son autorité. Il portait
autant de cicatrices que le plus vieux de ses guerriers ;

son corps était dans sa plus grande vigueur, son courage au plus haut degré. Doué de cette rare combinaison de l'influence morale et physique, il faisait baisser tous les yeux autour de lui devant la menace de son regard. Il savait si bien unir la puissance de la raison et celle de la force que, dans un État social où il eût pu déployer toutes ses qualités, ce sauvage eût probablement été à la fois conquérant et despote.

A quelque distance de ce rassemblement, on apercevait un groupe d'individus d'origine toute différente. Plus grands et plus musculeux, ils conservaient de lointaines traces de leur descendance saxonne sous le hâle qu'avait imprimé à leurs traits le soleil d'Amérique.

Le groupe dont nous parlons se composait de la famille de l'émigrant. Indolents et inertes, comme d'habitude quand nul besoin n'éveillait leur dormante énergie, ils étaient attroupés devant les quatre ou cinq tentes, dont ils étaient redevables à l'hospitalité de leurs alliés. Les conditions de cette confédération inattendue étaient suffisamment expliquées par la présence des chevaux qui paissaient au-dessous d'eux dans la vallée, sous la garde de l'intrépide Esther. Les chariots formaient autour de leurs demeures une sorte de rempart irrégulier, à quoi il était clair que la confiance ne leur était pas tout à fait venue, bien que la politique ou l'indolence les retînt sur la pente d'une franche déclaration d'hostilités.

C'était avec un singulier mélange de bien-être passif et de stupide curiosité que chacun d'eux, appuyé sur son fusil, assistait de loin à la conférence des Sioux. Cependant il n'échappait point, même aux plus jeunes, le moindre signe d'espérance ou d'intérêt, et tous semblaient rivaliser de patience avec les plus flegmatiques de leurs sauvages alliés. Rarement ils échangeaient une parole, hormis pour faire ressortir en phrases méprisantes et sèches, la supériorité du Visage Pâle sur l'homme rouge. Bref, la famille d'Ismaël paraissait jouir dans sa plénitude du bonheur qu'elle appréciait le mieux, à savoir une inaction complète ; il s'y mêlait pourtant certaines lueurs confuses d'une perspective qui lui montrait sa sécurité exposée à être brusquement troublée par la perfidie des Indiens.

Abiram seul formait exception à cet état de repos équivoque.

Après une vie passée à commettre une foule de basses vilenies, le marchand de chair humaine était devenu assez endurci pour tenter l'aventure désespérée que nous avons mise sous les yeux du lecteur. Son influence sur l'esprit plus courageux mais moins actif d'Ismaël était loin d'être grande ; et si ce dernier ne s'était vu subitement expulsé d'un terrain fertile dont il avait pris possession dans l'intention de le garder sans beaucoup de déférence pour les formalités légales, Abiram n'eût jamais réussi à engager le mari de sa sœur dans une entreprise qui exigeait tant de persévérance et d'adresse. On a vu commment elle avait été déjouée. Aussi le traître, assis à l'écart, calculait-il les moyens de s'assurer les avantages de son méfait, qui devenaient à ses yeux de plus en plus incertains, par suite de l'admiration déclarée de Matori pour l'innocente victime de sa scélératesse.

Un autre coin du tableau était encore occupé.

Sur un tertre situé à l'extrême droite du camp, étaient étendus Paul et Middleton. Des courroies tenaient leurs membres fortement serrés et par un raffinement de cruauté, ils étaient placés de manière que chacun d'eux pouvait voir dans les traits de son compagnon se réfléchir sa propre misère. A un solide poteau enfoncé non loin d'eux on avait attaché l'intrépide Cœur Dur, dont les formes élégantes rappelaient celles d'Apollon. Dans l'espace intermédiaire était le vieux Trappeur, debout, dépouillé de sa carabine, de sa carnassière et de sa boîte à poudre, mais que le dédain de ses ennemis avait laissé, du reste, dans une sorte de liberté. La présence de cinq ou six jeunes guerriers, qui, l'arc et le carquois sur l'épaule, le surveillaient à distance d'un œil vigilant, indiquait assez combien serait impuissante toute tentative de la part d'un homme si âgé et si débile.

A l'inverse des autres spectateurs de cette importante conférence, les prisonniers se livraient à une conversation, qui pour eux avait un intérêt spécial.

« Capitaine », dit le chasseur d'abeilles avec une expression d'inquiétude à laquelle se mêlait une teinte de gaieté qu'aucun malheur ne pouvait lui enlever entièrement, « trouvez-vous que cette courroie de peau non tannée vous coupe l'épaule ? ou est-ce l'effet du picotement que j'éprouve dans le bras ?

— Quand l'âme souffre si cruellement, le corps est insensible à la douleur », répondit l'officier, doué d'une sensibilité plus raffinée, mais de non moins de courage. « Plût au ciel que quelques-uns de mes braves canonniers vinssent tomber sur ce camp maudit !

— Autant souhaiter que les demeures des Sioux fussent des ruches de guêpes, et que ces insectes en sortissent pour combattre cette horde de démons demi-nus ! »

Enchanté de l'idée qu'il venait d'avoir, Paul

tourna le dos à son compagnon et chercha un soulage-
ment momentané dans la pensée qu'une hypothèse
aussi extravagante pouvait se réaliser, se figurant déjà
la manière dont une semblable attaque mettrait sur les
dents jusqu'à la patience consommée d'un Indien.

Middleton n'était pas fâché de garder le silence ;
mais le vieillard, qui avait entendu leurs paroles, se
rapprocha un peu plus et continua l'entretien.

« Il est probable qu'il se prépare quelque chose
d'infernal », dit-il en secouant la tête, de manière à
laisser voir que même son expérience ne trouvait
aucun remède à une situation si critique. « Notre ami
le Pauni est déjà condamné à la torture, et je vois au

regard et à la mine du chef sioux, qu'il pousse les
coquins à commettre de nouvelles énormités.

— Hé ! vieux Trappeur », dit Paul en s'efforçant,
malgré ses liens, de se soulever pour regarder le
vieillard en face, « vous qui savez parler leur charabia,
et qui êtes au fait de leurs diableries, écoutez un peu.
Allez au conseil, et dites à leurs chefs, en mon nom,
c'est-à-dire au nom de Paul Hover, de l'État de
Kentucky, que, pourvu qu'ils s'engagent à renvoyer
Nelly saine et sauve, ils peuvent prendre ma chevelure
à l'époque et de la façon qu'il leur plaira. S'ils refusent
de traiter à ces conditions, ajoutez une ou deux heures
de torture par-dessus le marché pour satisfaire leurs
goûts abominables.

— Ah ! mon garçon, il n'est pas probable qu'ils
acceptent de pareilles offres », répliqua le Trappeur,
« attendu que vous êtes déjà en leur pouvoir, comme
un ours pris au trébuchet, aussi incapable de combattre que de fuir. Mais ne perdez pas courage ; la
couleur d'un blanc est, parmi les sauvages de ces
tribus lointaines, quelquefois son arrêt de mort, et
quelquefois aussi son bouclier. Quoiqu'ils ne nous
aiment guère, la prudence leur lie souvent les mains.
Si les nations rouges pouvaient voir leur vœu se
réaliser, les arbres auraient bientôt couvert derechef
les champs labourés de l'Amérique, et les os des
chrétiens blanchiraient les forêts. Celui-là n'en saurait
douter qui connaît l'espèce d'affection que les Peaux
Rouges portent aux Visages Pâles ; mais ils ont
compté combien nous sommes, jusqu'à ce que leur
science du calcul les ait laissés en route, et ils ne sont
pas sans avoir leur politique. En conséquence, notre
destin, à nous, est indécis ; quant au Pauni, je crains
qu'il n'y ait bien peu d'espoir ! »

Là-dessus, il s'avança vers celui qui était l'objet de cette dernière observation, et s'arrêta à quelques pas de lui, observant le silence et le maintien qui convenaient en présence d'un guerrier si renommé, dans la situation où il se trouvait. Les yeux fixés sur l'horizon, Cœur Dur semblait avoir somplètement détaché sa pensée de tout ce qui se passait autour de lui.

« Les Sioux tiennent conseil », fit observer tout haut le Trappeur afin d'attirer l'attention du prisonnier ; « ils délibèrent sur le sort de mon frère. »

Le jeune guerrier tourna la tête et répondit en souriant :

« Ils sont en train de compter les chevelures pendues à la hutte de Cœur Dur.

— Sans doute, sans doute ; la colère leur vient en se rappelant combien de Sioux vous avez abattus. Ah ! bien vous eût pris de passer un peu plus de temps à chasser le daim et un peu moins à marcher dans le sentier de la guerre. Alors, dans cette tribu, quelque mère sans enfants vous eût adopté pour son fils, et vos jours s'écouleraient en paix.

— Mon frère croit-il donc qu'un guerrier puisse jamais mourir ? Le Maître de la vie n'ouvre point la main pour reprendre ensuite ses dons. Quand il a besoin de ses jeunes hommes il les appelle, et ils partent ; mais l'homme rouge sur lequel il a une fois soufflé vit à jamais.

— Oui », marmotta le vieillard, « c'est une croyance plus humble et plus consolante à la fois que celle dont a fait parade l'implacable Matori. Il y a quelque chose dans ces Loups qui me va au fond de l'âme ; ils paraissent avoir le courage, oui, et aussi la loyauté des Delawares des montagnes. Et ce garçon...

c'est étonnant, on ne peut plus étonnant ! son âge, son aspect, sa force, sa beauté... on dirait qu'il est le frère de l'autre ! » Et s'adressant tout haut au prisonnier : « Dites-moi, Pauni », continua-t-il, « avez-vous ouï parler, dans vos traditions, d'un peuple puissant qui vivait autrefois sur les rivages du grand Lac salé, bien loin vers le soleil levant ?

— La terre est blanche des hommes de la couleur de mon père.

— Non, non, il ne s'agit pas des vagabonds qui se sont introduits dans le pays pour dépouiller les propriétaires légitimes du droit de leur naissance ; je parle d'un peuple qui est, ou plutôt était, tant de nature que par le tatouage, aussi rouge que le fruit des buissons.

— J'ai entendu dire aux vieillards qu'il y avait des bandes qui se cachaient dans les bois du côté du soleil levant, parce qu'elles n'osaient se trouver dans les Prairies ouvertes face à face avec des hommes.

— Vos traditions ne vous parlent-elles pas de la plus grande, de la plus brave, de la plus sage d'entre les nations de Peaux Rouges, sur laquelle ait passé le souffle vivant du Wacondah ? »

Cœur Dur se redressa dans une attitude noble et imposante.

« L'âge a-t-il aveuglé mon père ? » répliqua-t-il ; « ou le grand nombre de Sioux qu'il voit lui ferait-il croire qu'il n'y a plus de Paunis au monde ?

— Ah ! voilà bien la vanité des mortels ! » s'écria en anglais le vieillard désappointé. « La nature est aussi forte sous une peau rouge que dans le cœur d'un homme aux facultés blanches. Si l'on questionnait un Delaware, il se croirait bien au-dessus d'un Pauni, de même qu'un Pauni s'imagine l'emporter sur les princes de la terre. Il en était ainsi entre les Français du Canada et les habits rouges que le roi d'Angleterre avait coutume d'envoyer dans les États ; et quand je dis États, c'étaient alors de simples colonies, qui protestaient en vain contre les abus... Pauvres gens ! ils se battaient, se battaient sans cesse, et emplissaient le monde du bruit de leur valeur et de leurs victoires ; mais n'ayant pas le privilège de fumer au grand conseil de la nation, il était rare qu'ils entendissent parler de leurs exploits après les avoir bravement accomplis. »

Ayant exhalé en ces termes les dernières fumées de la gloriole militaire, qui l'avait entraîné à son insu dans la faute même qu'il venait de blâmer, le vieux soldat, encore tout frémissant de juvénile ardeur, s'adressa au captif, dont la physionomie avait repris son air de froide et pensive méditation.

« Jeune guerrier », dit-il d'une voix que l'émotion rendait tremblante, « je n'ai jamais été ni père ni frère. Le Wacondah m'a créé pour vivre seul. Il n'enchaîna jamais mon cœur à un foyer ou à un champ par les liens qui attachent à leurs huttes les cœurs des hommes de ma race ; sans cela, je n'aurais pas fait tant de chemin ni vu tant de choses. Mais j'ai longtemps vécu avec un peuple qui habitait les bois dont vous parlez, et j'ai eu bien des motifs pour imiter son courage et aimer sa probité. Le Maître de la vie nous a donné à tous du penchant pour ceux de notre sang. Je n'ai jamais été père, Pauni, mais je sais ce qu'est l'affection d'un père. Vous ressemblez à un garçon qui m'était cher, et je commençais même à croire qu'il pouvait y avoir de son sang dans vos veines. Mais qu'importe ? Vous êtes loyal, je le vois à la manière dont vous gardez votre foi ; et la loyauté est une qualité trop rare pour qu'on l'oublie. Mon cœur saigne pour vous, enfant, et je voudrais vous être agréable. »

Le jeune homme, à ce discours débité avec un accent simple mais énergique qui en garantissait clairement la sincérité, inclina la tête sur sa poitrine nue en témoignage de respect ; puis relevant ses yeux noirs, et les fixant sur l'horizon lointain, il parut de nouveau s'abandonner à des pensées étrangères à toute considération personnelle. Le Trappeur, qui savait à quelle hauteur l'orgueil d'un guerrier pouvait le soutenir dans ces moments qu'il regardait comme les derniers de son existence, attendit le bon plaisir de son jeune ami sans se départir de la douceur et de la patience qu'il avait acquises dans ses relations avec cette race remarquable. Enfin, les regards du Pauni perdirent de leur immobilité ; puis, vifs et brillants comme l'éclair, ils se portèrent alternativement de la figure du vieillard sur l'espace, et de l'espace sur ces traits ravagés, comme si l'âme qui les animait eût commencé à se troubler.

« Mon père », répondit Cœur Dur d'une voix où vibrait l'accent de la confiance et de l'affection, « j'ai entendu vos paroles : elles ont frappé mes oreilles, et sont maintenant en moi. Le Long Couteau à tête blanche n'a pas de fils ; le Cœur Dur des Paunis est jeune, mais il est déjà l'aîné de sa famille. Il a trouvé les ossements de son père sur le terrain de chasse des Osages, et il les a envoyés dans les prairies des bons esprits ; nul doute que le grand chef, son père, ne les ait vus, et ne reconnaisse ce qui est de lui. Mais le Wacondah nous appellera bientôt l'un et l'autre : vous, parce que vous avez vu tout ce qu'il y a à voir dans ce pays, et moi, parce qu'il a besoin d'un guerrier qui soit jeune. Le Pauni n'a plus le temps de remplir envers le Visage Pâle les devoirs qu'un fils doit à son père.

— Tout vieux que je sois, tout misérable et débile que je paraisse, je puis vivre assez pour voir le soleil se coucher dans la Prairie. Mon fils espère-t-il revoir les ténèbres ?

— Les Sioux », répondit le prisonnier avec un sourire dont la mélancolie était singulièrement mêlée d'une lueur de triomphe, « les Sioux sont en train de compter les chevelures suspendues à ma hutte.

— Et le compte en est long, trop long pour la sûreté de celui à qui elles appartiennent, maintenant qu'ils le tiennent dans leurs mains vengeresses. Mon fils n'est pas une femme, et il regarde d'un œil assuré le sentier dans lequel il va marcher. Avant de partir, n'a-t-il rien à confier à l'oreille de son peuple ? Ces jambes sont vieilles, mais elles peuvent encore me porter jusqu'à la fourche de la rivière des Loups.

— Dites-leur que Cœur Dur a fait un nœud à son wampum pour chaque ennemi ! » s'écria le captif avec la véhémence de la passion qui se fait jour à travers les entraves d'une contrainte artificielle. « S'il rencontre un seul d'entre eux dans les prairies du Maître de la vie, son cœur deviendra sioux.

— Ah ! ce sentiment serait un dangereux compagnon de route pour un homme à facultés blanches, prêt à entreprendre un voyage si solennel », murmura en anglais le vieillard. « Ce n'est pas là ce que disaient les bons frères moraves dans les conseils des Delawares, ni ce qu'on prêche si souvent aux Peaux Blanches dans les habitations, quoique, je l'avoue à la honte de ma couleur, on y fasse si peu d'attention... Pauni, je vous aime ; mais, en ma qualité de chrétien, je ne puis me charger d'un semblable message.

— Si mon père a peur que les Sioux ne l'entendent, qu'il parle tout bas à l'oreille de nos vieillards.

— Pour ce qui est de la crainte, mon jeune ami, elle n'est pas plus le honteux partage des Visages Pâles que des Peaux Rouges. Le Wacondah nous apprend à aimer la vie qu'il nous donne, mais comme des hommes aiment la chasse, leurs chiens et leurs carabines, et non de cet amour insensé avec lequel une mère contemple son enfant. Quand le Maître de la vie appellera mon nom, il n'aura pas à parler deux fois ; je suis aussi prêt à répondre maintenant à son appel que je le serai demain, ou à tel moment qu'il plaira à sa volonté toute-puissante. Mais qu'est-ce qu'un guerrier sans ses traditions ? Les miennes me défendent de porter vos paroles. »

Le chef fit avec dignité un signe d'assentiment, et il était à craindre que la sympathie qui venait de les rapprocher d'une façon si singulière ne vînt à disparaître avec la même rapidité. Mais le cœur du vieillard avait été trop vivement remué par la force de souvenirs longtemps assoupis, mais vivants encore, pour interrompre si tôt l'entretien ; il réfléchit une minute, puis, attachant un regard expressif sur son jeune ami :

« Chaque guerrier doit être jugé d'après sa nature », reprit-il. « J'ai dit à mon fils ce que je ne puis faire ; mais qu'il ouvre ses oreilles pour entendre ce que je puis. Un élan ne franchira pas la Prairie avec plus de vitesse que ces vieilles jambes, si le Pauni veut me donner un message dont un blanc puisse se charger.

— Que le Visage Pâle écoute », répondit l'autre après avoir hésité encore un moment par suite de l'impression que lui avait laissée un premier désappointement : « il restera ici jusqu'à ce que les Sioux aient fini de compter les chevelures de leurs guerriers morts ; il attendra qu'ils aient essayé de couvrir la peau d'un seul Pauni les têtes de dix-huit des leurs ; il ouvrira ses yeux tout grands, afin de voir la place où ils enterreront les os d'un guerrier.

— Tout cela, je puis le faire, et je le ferai.

— Il remarqua bien l'endroit, afin de le reconnaître...

— N'ayez crainte que je l'oublie », interrompit l'autre qui se sentait ému devant la touchante manifestation d'une résignation si calme, « n'ayez crainte !

— Eh bien, je compte que mon père ira trouver les miens ; sa tête est blanche, et ses paroles ne se dissiperont point en fumée. Qu'il se rende à ma hutte, et là qu'il prononce à haute voix le nom de Cœur Dur : aucun Panni ne restera sourd. Alors que mon père demande le poulain qui n'a jamais été monté, mais qui est plus svelte que le daim et plus rapide que l'élan.

— Je comprends, mon garçon, je comprends ; ce que vous dites là sera fait, oui, et bien fait, ou je me connais peu au désirs d'un Indien mourant.

— Et quand mes jeunes hommes auront donné à mon père la bride de ce poulain, il l'amènera par un sentier détourné sur le tombeau de Cœur Dur.

— Si je l'amènerai ! certes, mon brave enfant, quand l'hiver couvrirait ces plaines d'un monceau de neige, et quand le soleil serait caché le jour aussi bien que la nuit ; oui, j'amènerai l'animal sur cet emplacement sacré, en lui tournant les yeux vers le soleil couchant.

— Et mon père lui parlera, et lui dira que le maître qui l'a nourri depuis qu'il est né a maintenant besoin de lui.

— Je n'aurai garde d'y manquer, quoique le Seigneur sache bien qu'en parler ainsi à un cheval ce ne sera pas dans l'idée folle qu'il me comprendra, mais seulement pour satisfaire à la supersition indienne. Hector, mon chien, que penses-tu de cette idée de parler à un cheval ?

— Que la tête grise lui parle dans la langue des Paunis.

— La volonté de mon fils sera faite, et de ces vieilles mains, qui, je l'espérais, en avaient à peu près fini de répandre le sang, quel qu'il fût, j'égorgerai le poulain sur votre tombeau.

— C'est bien », répondit l'autre, et en même temps un éclair de satisfaction brilla sur ses traits calmes et graves. « Cœur Dur se rendra à cheval aux prairies bienheureuses, et il se présentera dans l'attitude d'un chef devant le Maître de la vie ! »

Le changement soudain et frappant qui s'opéra dans la physionomie de l'Indien fit tourner la tête au Trappeur ; il vit alors que la conférence des Sioux était terminée, et que Matori, accompagné de deux de ses principaux guerriers, s'avançait à grands pas vers sa victime.

CHAPITRE XXVI

> Je ne suis pas sujette à pleurer
> comme les personnes de mon sexe,
> mais j'ai là une noble douleur qui me
> brûle plus cruellement que des
> larmes.
>
> SHAKESPEARE.

Arrivés à vingt pas de leurs prisonniers, les Sioux s'arrêtèrent, et leur chef fit signe au vieillard de s'approcher ; celui-ci obéit, en renouvelant au jeune Pauni, par un regard expressif, l'assurance de ne point oublier sa promesse.

Dès que Matori vit le Trappeur s'approcher, il étendit le bras, et posant une main sur son épaule, il attacha un moment sur lui des yeux qui semblaient vouloir pénétrer jusqu'au fond de ses plus secrètes pensées. Sentant qu'il ne réussirait pas à l'intimider, il demanda :

« Un Visage Pâle a-t-il deux langues ?

— Ce n'est pas sur la peau », répondit le vieillard, « qu'on place l'honnêteté.

— C'est vrai. A présent, que mon père m'écoute. Matori n'a qu'une langue, la tête grise en a plusieurs ;

il est possible que chacune d'elles soit droite, et aucune fourchue. Un Sioux n'est qu'un Sioux, rien de plus, mais un Visage Pâle est tout : il peut parler au Pauni, au Konza, à l'Omaha, et aussi à son peuple.

— Oui, il y a même dans les habitations des professeurs qui savent parler à bien d'autres. A quoi bon ? le Maître de la vie a une oreille pour chaque langue.

— La tête grise a mal agi. Il a dit une chose quand il en pensait une autre ; il a regardé en avant avec ses yeux, et en arrière avec son esprit ; il a fait galoper trop vite le cheval d'un Sioux ; il a été l'ami d'un Pauni, et l'ennemi de mon peuple.

— Dacota, je suis votre prisonnier. Quoique mes paroles soient blanches, elles ne se plaindront pas ; agissez comme il vous plaira.

— Non, Matori ne veut pas rougir des cheveux blancs ; mon père est libre, la Prairie lui est ouverte de tous côtés. Mais avant que la tête grise tourne le dos aux Sioux, qu'il les regarde attentivement, afin de pouvoir dire à son chef combien grand est un Dacota.

— Je ne suis pas pressé de partir. Sous cette tête blanche vous voyez un homme, et non une femme ; je ne m'essouflerai donc pas à courir pour aller dire aux nations de la Prairie ce que font les Sioux.

— Bien ! Mon père a fumé avec les chefs dans un grand nombre de conseils », reprit Matori, qui se crut alors assez sûr de la bienveillance du Trappeur pour en venir à son but. « Matori parlera par la bouche de son très cher ami et père : un jeune Visage Pâle écoutera lorsqu'un visage de sa nation ouvrira la bouche. Allez, mon père rendra digne d'une oreille blanche ce que va lui confier un pauvre Indien. »

Il n'était pas difficile de comprendre sous le voile de ces métaphores le service qu'attendait le chef.

« Parlez, mes jeunes hommes écoutent », dit le vieillard, et il poursuivit en anglais : « Or ça, capitaine, et vous aussi, mon ami le chasseur d'abeilles, préparez-vous à accueillir les diableries de ce sauvage avec la fermeté qui sied à des guerriers blancs. Si vous vous sentez défaillir à ses menaces, jetez les yeux sur le noble Pauni, dont le temps est mesuré d'une main aussi avare que celle du marchand qui dans les villes cède les fruits du Seigneur pouce à pouce, afin de satisfaire sa convoitise. Un seul regard jeté de son côté suffira pour vous donner de la résolution.

— Mon frère s'est trompé », dit avec une mielleuse douceur Matori, qui tenait avant tout à ne pas blesser son futur interprète ; « il a pris le mauvais chemin.

— Le Dacota ne veut-il point parler à mes jeunes hommes ?

— Après avoir chanté à l'oreille de la fleur des Visages Pâles.

— Ah ! le damné scélérat ! » grommela l'autre. « Point de créature si douce, si jeune ou si innocente, qui puisse échapper à ses insatiables désirs. Mais de gros mots et des regards indignés n'avanceraient rien ; il est plus prudent de le voir venir. — Que Matori ouvre la bouche !

— Mon père aurait-il l'intention de donner la sagesse des chefs en spectacle aux femmes et aux enfants ? Non, n'est-ce pas ? Entrons alors dans ma hutte, et parlons tout bas. »

En achevant ces mots, le Sioux désigna du geste une tente où l'on avait peint en vives couleurs l'histoire de l'un de ses exploits les plus hardis et les plus fameux, et qui était placée à quelque distance des autres, comme pour indiquer que c'était la résidence d'un individu privilégié. Le bouclier et le carquois suspendus à l'entrée étaient plus riches qu'à l'ordinaire, et la haute distinction d'un fusil attestait d'une manière non équivoque l'importance de son propriétaire. Sous les autres rapports, il y avait apparence de pauvreté plutôt que d'opulence. Les ustensiles de ménage étaient moins nombreux et plus communs que ceux qu'on voyait à la porte des plus humbles demeures ; il ne s'y rencontrait aucun de ces articles de la vie civilisée qui ont tant de prix aux yeux des sauvages et qu'ils achetaient parfois des marchands, dans des échanges où leur ignorance était toujours dupe. Après les avoir acquis, le chef les avait généreusement distribués à ses subordonnés, en retour d'une influence qui le rendait maître de leur vie et de leurs personnes, sorte de richesse plus glorieuse sans contredit, et bien plus chère à son ambition.

Le vieillard savait que c'était la tente de Matori, et, obéissant à l'invitation du chef, il en prit le chemin à regret et d'un pas lent.

Mais il y avait d'autres personnes présentes, également intéressées au résultat de la conférence qui allait avoir lieu, et dont il n'était pas si facile de comprimer les appréhensions. Les yeux inquiets et les oreilles jalouses de Middleton lui en avaient appris assez pour remplir son âme des plus horribles pressentiments. Par un effort incroyable, il parvint à se redresser sur ses genoux, et cria au Trappeur qui s'éloignait :

« Je vous en conjure, vieillard, si l'amour que vous portiez à mes parents n'était pas seulement en paroles, ou si l'amour que vous portez à votre Dieu est celui d'un chrétien, gardez-vous de prononcer une syllabe qui puisse blesser l'oreille de l'innocente créature... »

Trahi à la fois par ses forces et par son courage, il retomba à terre comme une masse inanimée, et resta gisant dans l'immobilité de la mort.

Paul reprit l'exhortation en sous-œuvre et se chargea de l'achever à sa manière.

« Holà! vieux Trappeur », dit-il en se démenant en vain pour appuyer son discours d'un geste de menace, « si vous allez servir d'interprète, faites résonner à l'oreille de ce brigand-là des paroles telles qu'en doit prononcer un blanc et en entendre un païen. Dites-lui de ma part que, s'il lui arrive d'être malhonnête, en propos ou en actions, envers la jeune personne appelée Hélène Wade, je le maudirai à mon dernier soupir; je prierai pour que tous les bons chrétiens du Kentucky le maudissent, assis et debout, dans son boire et son manger, dans le combat, la chasse et les sacrifices, dedans comme dehors, l'été, l'hiver, au printemps; en un mot, je... — oui, c'est un fait moralement vrai, — je reviendrai le poursuivre après ma mort, si l'ombre d'un Visage Pâle peut sortir d'un tombeau creusé par les mains des Peaux Rouges! »

Ayant ainsi exhalé la plus terrible imprécation qu'il pût imaginer et la seule à peu près dont la réalisation lui semblât probable, il fut bien obligé d'attendre le résultat de sa menace, avec toute la résignation dont serait susceptible un homme des frontières qui, captif et chargé de liens, aurait devant

lui une perspective si peu consolante. Nous ne nous
arrêterons pas à rapporter les moralités bizarres par
lesquelles il chercha ensuite à ranimer le courage
abattu de son compagnon, non plus que les solennelles
malédictions dont il couvrit tous les Sioux passés,
présents et à venir. Ce fut l'officier qui, un peu remis
de son épuisement, fut forcé d'apaiser l'impétueux
chasseur et de lui prêcher la patience, en l'avertissant
que ses imprécations ne servaient de rien, sinon
d'irriter le ressentiment des sauvages.

Cependant le Trappeur et le chef sioux continuaient de s'avancer vers la tente.

Le premier sondait, avec une anxiété pénible, la
physionomie de Matori, tandis que la voix furieuse des
jeunes gens retentissait à leurs oreilles ; mais l'Indien
avait trop de réserve et d'empire sur lui-même pour
laisser la plus légère émotion s'échapper par l'une de
ces issues naturelles qui découvrent à l'observateur
l'état secret du volcan humain. Son regard était fixé
sur la tente dont ils approchaient ; et, pour le moment,
sa pensée semblait absorbée par l'objet de cette visite
extraordinaire.

L'intérieur de l'habitation répondait à l'extérieur.
Elle était plus vaste que la plupart des autres, plus
élégante pour ainsi dire, et formée de matériaux
moins grossiers ; mais à cela se bornait sa supériorité.
Rien ne pouvait être plus simple et plus conforme aux
mœurs républicaines que le genre de vie adopté par
l'ambitieux Dacota pour en imposer à son peuple.

Une collection d'armes choisies pour la chasse,
trois ou quatre médailles, données par les marchands
et les agents politiques du Canada, à titre d'hommage
ou en reconnaissance de son rang, avec quelques-uns
des articles de ménage indispensables, composaient

tout le mobilier. Ni la venaison, ni le bœuf sauvage des
Prairies n'y abondaient, le chef rusé ayant parfaitement compris que la libéralité d'un seul serait amplement récompensée par les contributions journalières
de la troupe. Bien qu'il excellât à la chasse comme à la
guerre, jamais un daim ou un bison ne pénétrait entier
dans sa tente. En retour, jamais un animal n'entrait
dans le camp sans que la famille de Matori en reçût sa
part. Mais la politique du chef ne permettait pas que
ses provisions excédassent les besoins de la journée,
assuré de voir les privations régner autour de lui,
avant que la faim, ce fléau de la vie sauvage, fît sentir
ses griffes hideuses à un tel personnage.

Immédiatement au-dessous de l'arc favori du
chef, et entouré d'une sorte de cercle magique de
lances, de boucliers, de flèches et de dards, qui tous
avaient, dans leur temps, rendu d'éminents services,
était suspendu le mystérieux sac aux amulettes. Il était
fait de wampum richement travaillé, et orné en
profusion de grains de verroterie et de piquants de
porc-épic, avec tout l'art dont l'intelligence indienne
était capable. On a déjà pu remarquer de quelle
liberté usait Matori touchant les croyances religieuses,
et pourtant, par une singulière espèce de contradic-
tion, il semblait avoir prodigué à cet emblème d'un
pouvoir surnaturel une attention en raison inverse de
sa foi. C'était ainsi que le Sioux imitait à sa manière
l'expédient mis en pratique par les pharisiens, « pour
être vus du public. »

Matori n'était pas entré chez lui depuis sa dernière expédition. Comme on s'en doute, la tente était
devenue la prison d'Inès et d'Hélène.

La jeune épouse de Middleton était assise sur une
simple litière d'herbes odoriférantes, couverte de

peaux. Elle avait tant souffert, elle avait vu se
succéder tant d'événements étranges et inattendus
dans le court intervalle de sa captivité, que toute
infortune nouvelle tombait moins pesante sur cette
tête en apparence vouée au malheur. La pâleur de ses
joues, la fixité de ses yeux, pleins de feu d'ordinaire,
annonçaient à quel point de faiblesse et de découragement elle était tombée. Parfois, un air touchant de
résignation aux décrets de la Providence éclairait sa
physionomie, une humble et sainte espérance lui
rendait des forces, double sentiment qui faisait tour à
tour de l'infortunée captive un objet de pitié ou
d'admiration.

De son côté, Hélène s'était montrée beaucoup
plus femme, et par conséquent plus accessible aux
passions terrestres. Elle avait pleuré si abondamment
que ses yeux étaient gonflés et rouges ; mais la colère
avait enflammé ses joues, et tout son air portait
l'empreinte de la fierté et du ressentiment, un peu
tempérés, toutefois, par les appréhensions de l'avenir.
Il y avait en elle un fonds de résistance et de fermeté,
d'où l'on pouvait présager qu'en des temps plus
heureux, elle ferait avec le chasseur d'abeilles un
couple des mieux assortis.

Une troisième personne complétait ce petit
groupe : c'était la plus jeune, la plus heureusement
douée, et jusqu'à ce jour la plus favorisée des femmes
de Matori. Ses charmes avaient puissamment fasciné
les yeux de son époux jusqu'à l'heure où la beauté
supérieure d'une fille des Visages Pâles les avait
soudainement éblouis. Depuis ce moment fatal, les
grâces, l'attachement, la fidélité de la jeune Indienne
avaient perdu le pouvoir de plaire. Et pourtant le teint
de Tachichana, bien que moins éclatant que celui de

sa rivale, était, vu son origine, pur et frais. Ses yeux,
d'un brun clair, avaient la douceur et la vivacité de
ceux de l'antilope ; sa voix résonnait gaiement comme
le chant du roitelet ; il y avait dans son rire l'accent de
la jeunesse et toute la fraîche mélodie de la forêt.

De toutes les filles des Sioux, Tachichana —
autrement dit la Biche, — était la plus joyeuse et la
plus enviée. Son père avait été un brave renommé, et
ses frères avaient éparpillé leurs os dans des guerres
lointaines et acharnées. Innombrables étaient les
guerriers qui avaient envoyé des présents à la hutte de
ses parents ; mais aucun d'eux n'avait été écouté,
jusqu'au jour où était venu un message du grand
Matori. Elle devint sa troisième femme, il est vrai,
mais de l'aveu général, sa favorite. Leur union n'avait
encore duré que deux printemps, et le fruit qui en était
né dormait alors à ses pieds, emmailloté, suivant
l'usage, dans les ligatures de peaux et d'écorces qui
forment les langes d'un enfant indien.

Au moment où Matori et le Trappeur arrivèrent à l'entrée de la tente, Tachichana était assise
sur un escabeau ; ses yeux pleins de douceur, où se
reflétaient des émotions d'amour et d'étonnement,
se reportaient alternativement de son nourrisson à
ces êtres privilégiés, dont la vue avait rempli d'une
admiration si vive sa jeune âme sans expérience.
Bien qu'Inès et Hélène eussent déjà passé un jour
entier auprès d'elle, on eût dit que chaque nouveau
regard ajoutait un élément de surprise à sa curiosité. Elle les considérait comme des êtres d'une
nature et d'une condition totalement différentes de
celles des femmes de la Prairie. La complication
mystérieuse de leur habillement n'était pas sans
influence sur la naïve sauvage ; mais ce qui la ravis-

sait par-dessus tout, c'était cette grâce et ces
charmes de la femme auxquels la nature nous a
tous rendus sensibles.

Tandis que sa franchise ingénue avouait la
supériorité des deux étrangères sur les attraits
moins séduisants des filles dacotas, elle n'avait eu
encore aucun motif de redouter leurs avantages. La
visite qu'elle allait recevoir était la première que
son époux eût faite à la tente depuis son retour de
la dernière expédition ; et il était sans cesse présent
à sa pensée, comme un chef victorieux qui ne rou-

gissait pas, dans les moments d'inaction, de se livrer aux tranquilles distractions de la famille.

Si Matori, sous les rapports essentiels, ne démentait pas sa race, il la devançait de beaucoup dans les connaissances qui annoncent l'aurore de la civilisation. En effet, il avait eu de fréquentes relations avec les trafiquants et les garnisons du Canada, et il avait perdu à ce contact plusieurs des superstitions et préjugés qui constituaient en quelque sorte son droit de naissance, sans pourtant rien mettre à la place qui fût assez distinct pour lui être profitable. Sa logique était plus subtile que vraie, et sa philosophie beaucoup plus hardie que profonde. Semblable à des milliers d'individus plus éclairés, qui croient pouvoir traverser les épreuves de l'existence humaine sans autre appui que leur volonté, il avait une morale accommodante et des mobiles égoïstes, tout cela subordonné à sa situation. Il n'y a pas lieu de s'étonner de trouver des points de ressemblance entre des hommes qui possèdent essentiellement la même nature, quelque modifiée qu'elle puisse être par les circonstances.

Malgré la présence d'Inès et d'Hélène, le guerrier sioux, en entrant dans la tente de son épouse favorite, avait l'air et la démarche d'un maître. Le bruit de ses mocassins ne s'entendit pas, mais le cliquetis de ses bracelets et des ornements d'argent qui entouraient ses jambes suffit pour annoncer son approche. Au moment où il laissa retomber la peau qui fermait l'entrée de la tente, un léger cri s'échappa des lèvres de Tachichana ; impression de joie aussitôt remplacée par l'air de soumission caractéristique chez les matrones de sa tribu.

Au lieu de répondre au regard furtif de sa jeune épouse, Matori s'avança vers la couche occupée par ses prisonnières, et se tint devant elles dans l'attitude droite et hautaine d'un chef indien. Le Trappeur s'était glissé derrière lui, prêt à s'acquitter des fonctions qui lui étaient imposées.

Les deux dames restèrent quelque temps silencieuses et respirant à peine. Bien qu'habituées à la vue des sauvages dans tout l'horrible appareil de guerre, il y avait quelque chose de si saisissant dans l'apparition de leur vainqueur, et de si audacieux dans son inexplicable regard, qu'un sentiment de terreur, peut-être d'embarras, leur fit baisser la tête.

L'Espagnole se remit la première, et, s'adressant au vieillard, demanda avec la dignité d'une femme offensée à quelle circonstance elles devaient cette visite inattendue. Celui-ci hésita ; mais, après avoir toussé une ou deux fois, l'explication lui paraissant difficile, il se hasarda à répondre.

« Madame », dit-il, « un sauvage est un sauvage, et il ne faut pas vous attendre à trouver dans une Prairie aride et nue les usages et les formalités des habitations. Les cérémonies et les politesses sont choses si légères, vous diraient les Indiens, qu'un souffle de vent les emporterait. Quant à moi, tout enfant du désert que je suis, j'ai vu les manières des grands dans mon temps, et je n'en suis pas à apprendre qu'elles diffèrent de celles des inférieurs. J'ai servi longtemps dans ma jeunesse, non pas entre quatre murs aux ordres du premier venu, mais en homme qui a fait le service de la forêt à la suite de son officier, et je sais comment on doit approcher la femme d'un capitaine. Or, si j'avais été chargé de régler cette visite, j'aurais commencé par tousser fort à la porte afin de vous faire connaître d'avance que des étrangers venaient vous voir, et alors je...

— La manière n'y fait rien », interrompit Inès, trop inquiète pour écouter jusqu'au bout les explications prolixes du vieillard ; « quel est l'objet de cette visite ?

C'est ce que le sauvage vous dira lui-même... Les filles des Visages Pâles désirent savoir pourquoi le chef est venu dans sa loge. »

Matori regarda son interrogateur avec une surprise qui témoignait combien la question lui semblait extraordinaire ; puis, après un moment de silence :

« Chantez aux oreilles de la fille aux yeux noirs », dit-il d'un air de condescendance ; « dites-lui que la hutte de Matori est grande, et qu'elle n'est pas pleine ; elle y trouvera place, et nulle ne sera au-dessus d'elle. Dites à la fille aux blonds cheveux qu'elle aussi peut rester dans la hutte d'un brave, et manger de sa venaison. Matori est un grand chef ; sa main n'est jamais fermée.

— Dacota », repartit le Trappeur en hochant la tête pour témoigner sa désapprobation d'un tel dessein, « la langue d'un Peau Rouge doit prendre la couleur blanche avant que ses accents soient de la musique aux oreilles d'une femme des Visages Pâles. Si je répétais vos paroles à mes filles, elles fermeraient leurs oreilles, et Matori passerait pour un marchand. Écoutez donc le conseil d'une tête grise, et conformez-y votre langage. Mon peuple est un peuple puissant ; le soleil se lève et se couche sur ses frontières. Son pays est plein de filles aux yeux brillants et au doux sourire, comme celles que vous voyez... Oui, Dacota, je ne dis pas de mensonge », ajouta-t-il en voyant son auditeur faire un mouvement d'incrédulité ; « le pays abonde en filles aux yeux brillants, et aussi agréables à voir, que celles qui sont devant vous.

— Mon père a-t-il cent femmes ? »

En même temps, l'Indien posait un doigt sur l'épaule du Trappeur, comme s'il eût attendu sa réponse avec un vif intérêt.

« Non, Dacota », répliqua l'autre. « Le Maître de la vie m'a dit : « Va seul ; ta hutte sera la forêt, et le ciel le toit de ton wigwam. » Si je n'ai jamais été enchaîné dans la foi secrète qui, aux yeux de ma nation, lie un homme à une femme, j'ai souvent vu les effets de cette affection qui de deux personnes n'en fait qu'une. Allez chez mon peuple, vous y verrez les filles du pays voltiger au milieu des villes comme autant d'oiseaux joyeux au brillant plumage dans la saison des fleurs ; vous les verrez chanter et se réjouir le long des grands sentiers du pays, et vous entendrez les bois résonner de leurs éclats de rire : elles sont belles à voir, et les jeunes gens trouvent du plaisir à les regarder.

— Ouf ! » fit Matori rendu pour le coup très attentif. « Ouf !

— Oui, vous pouvez ajouter foi à ce que je rapporte, car ce n'est pas un mensonge. Lorsqu'un jeune homme a rencontré une vierge qui lui plaît, il lui parle si bas que nul autre qu'elle ne peut entendre. Il ne dit pas : « Ma hutte est vide, et il y a place pour une autre » ; mais bien : « Bâtirai-je une hutte, et la vierge veut-elle me montrer auprès de quelle « source elle désire habiter ? » Sa voix est plus douce que le miel tiré du caroubier, et vibre dans l'oreille comme le chant du roitelet. Si donc mon frère désire que ses paroles soient entendues, il faut qu'il parle avec une langue blanche. »

Matori réfléchit profondément, plongé dans une surprise qu'il n'essaya pas de dissimuler. C'était, à son point de vue, renverser l'ordre de la société, et compromettre la dignité d'un chef que d'aller ainsi, lui guerrier, s'humilier devant une femme. Mais en voyant l'attitude digne et réservée d'Inès, qui était loin de soupçonner le véritable motif de sa visite, il éprouva l'influence d'un sentiment auquel il n'était pas accoutumé.

Inclinant la tête comme pour confesser son erreur, il fit quelques pas en arrière, et dans une posture pleine d'aisance, il se mit à parler avec la confiance d'un homme non moins renommé pour son éloquence que pour ses exploits. Tenant les yeux fixés sur l'épouse de Middleton, il s'exprima en ces termes :

« Je suis un homme dont la peau est rouge, mais mes yeux sont noirs ; ils sont ouverts depuis bien des neiges ; ils ont vu beaucoup de choses, ils savent distinguer un brave d'un lâche. Quand j'étais enfant, je ne voyais que le daim et le bison ; j'allai à la chasse, et je vis l'ours et le cougouar. Ce fut ainsi que Matori devint un homme. Dès lors il cessa de s'entretenir avec sa mère ; ses oreilles s'ouvrirent à la sagesse des vieillards : ils lui parlèrent de tout, ils lui parlèrent des Longs Couteaux. Plus tard, il entra dans le sentier de la guerre ; il était alors le dernier, il est le premier à présent. Quel Dacota oserait dire qu'il précédera Matori sur le terrain de chasse des Paunis ? Les chefs l'accueillirent sur le seuil de leurs portes, en disant : « Mon fils n'a pas encore de demeure. » Ils lui donnèrent leurs huttes, ils lui donnèrent leurs richesses, ils lui donnèrent leurs filles. Alors Matori devint un chef comme l'avaient été ses pères. Il frappa les guerriers de toutes les nations, et aurait pu choisir des épouses chez les Paunis, les Omahas, les Konzas ; mais ses yeux étaient fixés sur les terrains de chasse et non sur son village ; il préférait un cheval à une fille dacota. Cependant il a trouvé une fleur dans la Prairie ; il l'a cueillie et placée dans sa hutte. Il oublie qu'il ne possède qu'un cheval ; il rend tous les leurs aux étrangers, car Matori n'est point un voleur. Que désire-t-il en échange ? Garder la fleur qu'il a trouvée dans la Prairie. Ses pieds sont bien délicats, elle ne peut marcher jusqu'à la maison de son père ; elle restera pour toujours dans la hutte d'un guerrier. »

Quand le Sioux eut terminé ce discours extraordinaire, il attendit que son interprète le traduisît, de l'air d'un amant qui ne doute guère de la réussite. Le Trappeur n'en avait pas perdu une syllabe, et il se préparait à le rendre en anglais de manière à laisser l'idée principale encore plus obscure que dans l'original ; mais au moment où, avec une répugnance marquée, il allait ouvrir la bouche, Hélène leva un doigt, et jetant un regard expressif sur sa compagne, elle ne lui laissa pas le temps de commencer.

« Épargnez votre souffle », dit-elle ; « tout ce que dit un sauvage ne doit pas être répété devant une dame chrétienne. »

Inès tressaillit, rougit, s'inclina avec un air de réserve, remercia froidement le vieillard de ses bonnes intentions, et lui fit entendre qu'elles demandaient à rester seules.

« Mes filles n'ont pas besoin d'oreilles pour comprendre ce que dit un grand Dacota », reprit le Trappeur en s'adressant à Matori qui attendait toujours. « Le regard qu'il a jeté et les signes qu'il a faits suffisent ; elles le comprennent et désirent penser à ses paroles ; car les enfants de guerriers distingués comme sont leurs pères ne font rien sans beaucoup de réflexion. »

Cette explication si flatteuse pour le pouvoir de son éloquence, et si encourageante pour ses espérances ultérieures, satisfit de tout point le chef. Il poussa l'habituelle exclamation d'assentiment ; puis saluant les dames à la manière imposante et calme de sa nation, il ramena sur lui les plis de son vêtement, et se disposa à sortir d'un air de triomphe mal dissimulé.

La scène précédente avait eu un témoin immobile, oublié, mais frappé au cœur. Pas une parole n'était tombée des lèvres d'un époux si impatiemment attendu, qui n'eût directement blessé l'inoffensive Tachichana. C'était de cette manière qu'il l'avait emmenée de la hutte de son père ; et c'était pour prêter ainsi l'oreille aux récits de la renommée et des hauts faits du plus grand guerrier de sa tribu, qu'elle avait refusé d'entendre les doux propos de tant de jeunes Sioux.

Au moment où Matori se tournait pour quitter la tente, il trouva devant lui la femme à laquelle il ne songeait plus. Debout, dans l'humble attitude et avec l'air craintif d'une jeune Indienne, elle tenait entre ses bras le fruit de leur amour. Le chef, après avoir un moment tressailli, reprit bientôt cet air d'indifférence glaciale qui distinguait à un haut degré l'expression artificielle de son visage, et lui fit signe, d'un air d'autorité, de quitter la place.

« Tachichana n'est-elle pas la fille d'un chef ? » demanda-t-elle d'une voix étouffée. « Ses frères n'étaient-ils pas des braves ?

— Va », fit-il ; « les hommes appellent leur chef ; il n'a pas d'oreilles pour une femme.

— Non », reprit la suppliante, « ce n'est pas la voix de Tachichana que tu entends, c'est cet enfant qui te parle de la voix de sa mère. Il est le fils d'un chef, et ses paroles monteront aux oreilles de son père ; écoute ce qu'il dit : « Quand est-il arrivé que Matori eût faim, et que Tachichana n'eût pas d'aliments pour lui ? Quand lui est-il arrivé d'entrer dans le sentier des Paunis et de le trouver vide, sans que ma mère ait pleuré ? Quand est-il revenu avec les marques de leurs coups, sans qu'elle ait chanté ? Quelle fille sioux a donné à un brave un fils tel que moi ? Regarde-moi bien, afin de me reconnaître. Mes yeux sont ceux de l'aigle ; je regarde le soleil, et je ris. Dans peu de temps, les Dacotas me suivront à la chasse et sur le sentier de la guerre. Pourquoi mon père détourne-t-il ses yeux de la femme qui me nourrit de son lait ? Pourquoi a-t-il sitôt oublié la fille d'un puissant Sioux ? »

Matori laissa tomber sur la riante figure de l'enfant son regard d'acier, et l'orgueil paternel fondit le cœur farouche du sauvage. Émotion passagère et pénible comme un remords ! Il prit froidement le bras de sa femme et la conduisit en face d'Inès. Lui montrant du doigt la charmante captive qui levait sur elle des yeux pleins d'une tendre commisération, il s'arrêta pour la laisser contempler à loisir une beauté si admirable. Quand il jugea qu'il s'était écoulé assez de temps pour rendre le contraste assez frappant, il saisit tout à coup un petit miroir qui pendait à la ceinture de sa jeune épouse, présent des jours heureux qu'il lui avait fait comme un hommage rendu à ses attraits, et le plaça devant ses yeux pour qu'elle y pût voir son visage cuivré.

Alors, ramenant de nouveau sur lui les plis de son vêtement, il fit signe au Trappeur de le suivre, et sortit fièrement en disant :

« Matori est sage ! Quelle nation a un chef aussi grand que celle des Dacotas ? »

Tachichana resta dans une posture d'humilité, immobile et comme pétrifiée. Ses traits, naturellement empreints de douceur et de joie, se contractèrent ; on eût dit que la lutte qui se livrait en elle allait briser le lien qui unissait son âme à cette partie plus matérielle dont la laideur lui était devenue, par l'effet du contraste, si pénible à supporter.

Inès et Hélène ignoraient les motifs de l'entretien qu'elle venait d'avoir avec Matori, quoique l'esprit pénétrant de cette dernière lui fit soupçonner une vérité qui échappait à l'âme candide de sa compagne. Toutefois elles étaient sur le point l'une et l'autre de lui offrir ces consolations qui, chez les femmes, ont tant de naturel et de grâce ; mais la cause qui les rendait nécessaires parut cesser subitement. Les convulsions qui sillonnaient les traits de la jeune Indienne disparurent, et son visage devint froid et rigide comme le masque d'une statue ; il n'y resta plus que l'expression d'une douleur comprimée, laissant l'empreinte de son passage sur un front que le chagrin jusqu'à ce jour avait rarement effleuré.

Tachichana commença par se dépouiller de tous ces ornements grossiers, mais bien chers, que la libéralité de son époux lui avait prodigués, et d'un air doux et humble, sans laisser échapper un murmure, elle les offrit en hommage à la supériorité d'Inès. Elle détacha les bracelets de ses bras, les chapelets de grains de ses jambes et le large bandeau d'argent de son front.

Ensuite, elle fit une longue pause, comme si la résolution qu'elle avait une fois adoptée ne pouvait céder à l'influence des affections même les plus naturelles. D'un effort soudain, elle déposa son enfant aux pieds de sa prétendue rivale ; et, s'humiliant ainsi

elle-même, elle put croire que la mesure de ses
sacrifices était comblée.

Pendant qu'Inès et Hélène suivaient des yeux les
mouvements de la jeune Indienne, celle-ci leur tint,
d'une voix harmonieuse, ce discours inintelligible :

« Désormais une étrangère apprendra à mon fils
comment on devient un homme. Il entendra des sons
nouveaux ; mais il finira par les comprendre, et
oubliera la voix de sa mère. C'est la volonté du
Wacondah, et une femme sioux ne doit pas se
plaindre. Parlez-lui tout bas, car ses oreilles sont bien
petites ; quand il sera grand, vous pourrez lui parler
plus haut. Qu'il ne devienne pas une femme, car la vie
de la femme est bien triste ! Apprenez-lui à fixer ses
regards sur les hommes. Enseignez-lui à frapper ceux
qui lui feront du mal, et qu'il n'oublie jamais de
rendre coup pour coup. Lorsqu'il ira chasser, la Fleur
des Visages Pâles », continua-t-elle en se servant, d'un
ton amer, de la métaphore qui était venue à l'imagination de son volage époux, « la Fleur des Visages
Pâles murmurera doucement à ses oreilles que sa mère
avait la peau rouge, et qu'elle était la Biche des
Dacotas. »

Tachichana déposa un baiser sur les lèvres de son
fils ; puis, se retirant à l'extrémité de la tente, elle
ramena sur sa tête sa jupe légère de calicot, et s'assit
en signe d'humilité sur la terre nue.

Tous les efforts de ses compagnes pour attirer son
attention furent inutiles ; elle n'entendait pas leurs
remontrances, et ne sentait même pas la douce
pression de leurs caresses. Une ou deux fois, sa voix
s'éleva de dessous sa robe, et fit entendre une sorte de
chant de deuil, mais sans monter jusqu'aux accents
sauvages de la musique indienne. Elle resta dans cette

position durant des heures entières, pendant qu'il se passait au dehors des événements, qui devaient non seulement modifier d'une manière grave sa destinée, mais exercer une influence profonde sur les mouvements ultérieurs de la tribu errante des Sioux.

CHAPITRE XXVII

> Point de rodomonts ; je suis bien
> famé auprès des honnêtes gens. Fer-
> mez la porte ; qu'aucun rodomont
> n'entre ici. Je n'ai pas vécu jusqu'à
> présent pour souffrir qu'on fasse ici
> des rodomontades. Fermez la porte,
> je vous prie.
>
> SHAKESPEARE.

A la porte de sa tente, Matori rencontra Ismaël, Abiram et Esther. Il suffit au rusé sauvage d'un coup d'œil pour reconnaître à l'attitude sombre et menaçante de l'émigrant qu'il se lassait d'être sa dupe, et que la trêve conclue entre eux courait risque d'être rompue violemment.

En effet, Ismaël, allant au-devant du Trappeur, le saisit par le bras, le secoua et le fit pirouetter comme une toupie.

« Ah ! ça, vieille barbe grise », lui dit-il, « j'en ai assez de parler avec les doigts, au lieu de me servir de ma langue ; tenez-le pour dit, et faites-moi le plaisir d'être mon interprète et de rendre mes paroles en patois indien, tant bien que mal, entendez-vous, et sans vous inquiéter si elles sont, oui ou non, du goût d'un Peau Rouge.

— Parlez, mon ami », répondit tranquillement le Trappeur ; « vos paroles seront reproduites aussi clairement que vous me les aurez transmises.

— Ami ! » répéta l'émigrant en regardant le vieillard avec une expression indéfinissable. « Ami ! un mot en l'air ; des mots ne brisent point les os d'un homme et n'arpentent pas une ferme. Eh bien, dites à ce voleur de Sioux que je viens exiger l'exécution du traité solennel que nous avons fait ensemble au pied du rocher. »

Instruit de cette réclamation, Matori demanda d'un air de surprise :

« Mon frère a-t-il froid ? les peaux de buffle abondent. A-t-il faim ? mes jeunes hommes porteront chez lui de la venaison. »

L'émigrant leva son poing fermé d'un air furieux, et en frappant avec violence la paume de son autre main, comme pour confirmer sa détermination, il répondit :

« L'impudent menteur ! Suis-je venu ici comme un mendiant pour ronger ses os, ou en homme libre qui demande son bien ? Oui, mon bien, et je l'aurai, qu'il en soit convaincu. Ce n'est pas tout. J'exige que vous aussi, misérable pécheur, vous soyez livré à ma justice. Répétez-lui cela : ma prisonnière, ma nièce et vous, il faut que tous les trois me soient remis en vertu de la foi jurée.

— Ami », dit le vieillard en souriant d'un air tant soi peu malicieux, « vous demandez ce que peu d'hommes consentiraient à vous accorder. Vous arracheriez plutôt la langue de la bouche du chef et le cœur de sa poitrine.

— Quand Ismaël Bush réclame ce qui lui appartient, il se soucie peu d'être agréable aux autres. Occupez-vous seulement de rapporter mes volontés en bon indien ; et dès qu'il sera question de vous, faites en sorte qu'un blanc puisse comprendre, afin que je sache qu'on y va de franc jeu. »

Le Trappeur rit à sa manière silencieuse, et grommela quelques mots à part lui avant de s'adresser au chef.

« Que le Dacota ouvre ses oreilles toutes grandes », dit-il alors, « afin que de grosses paroles puissent y entrer. Son ami le Long Couteau vient les mains vides, et il prétend que c'est au Dacota de les remplir.

— Ouf ! Matori est riche ; il est le maître des Prairies.

— Il faut qu'il rende la fille aux yeux noirs. »

La colère creusa sur le front du chef un sillon terrible, et certes il eut un instant l'idée d'écraser l'audacieux émigrant ; mais reprenant aussitôt sa politique de dissimulation, il répondit adroitement avec un sourire perfide :

« Une fille est chose trop légère pour la main d'un tel brave. Je la remplirai de peaux de buffle.

— Il veut aussi avoir la fille aux blonds cheveux, qui a de son sang dans les veines.

— Elle deviendra l'épouse de Matori ; alors le Long Couteau sera le père d'un chef.

— Quant à moi », et, ce disant, le Trappeur fit un de ces signes expressifs au moyen desquels les Indiens communiquent leurs pensées aussi facilement que par la parole, et se tourna en même temps du côté de l'émigrant, afin de lui prouver qu'il jouait franc jeu, « il me réclame aussi, moi, chétif et misérable. »

Le Dacota étendit son bras sur l'épaule du vieillard d'un air de grande affection, avant de satisfaire à cette troisième et dernière demande.

« Mon ami est vieux », dit-il, « et ne peut voyager loin ; il restera avec les Dacotas, afin qu'ils apprennent la sagesse de sa bouche. Quel Sioux a une langue comme mon père ? Non ; que ses paroles soient très douces, mais qu'elles soient claires. Matori donnera des peaux et des buffles ; il donnera des femmes aux jeunes hommes des Visages Pâles ; mais il ne livrera rien de ce qui est entré sous sa tente. »

Fort content de ce qu'il venait de dire, il se préparait à rejoindre ses conseillers qui l'attendaient, quand, revenant tout à coup sur ses pas, il interrompit la traduction du Trappeur.

« Dites au Grand Buffle », ajouta-t-il, et par ce sobriquet il désignait Ismaël, « que Matori a la main toujours ouverte. Voyez, sa femme est trop vieille pour un chef si grand : qu'il la mette à la porte de sa hutte. Matori l'aime comme un frère, et son frère lui donnera sa plus jeune femme : Tachichana, l'orgueil des filles sioux, fera cuire sa venaison, et bien des braves le regarderont d'un œil d'envie. Allez, un Dacota est généreux. »

Le singulier sang-froid avec lequel le chef formula cette audacieuse proposition confondit la vieille expérience du Trappeur. Il suivit des yeux l'Indien qui s'éloignait, avec un étonnement qu'il ne chercha point à dissimuler ; et il ne reprit son rôle d'interprète que lorsque Matori se fut mêlé au groupe de guerriers qui avaient si longtemps et avec une patience caractéristique attendu son retour.

« Matori s'est exprimé très clairement », dit-il. « Il ne veut pas vous livrer la dame sur laquelle le

Dieu du ciel sait que vous n'avez aucun droit, sinon celui du loup sur l'agneau. Il ne veut pas vous donner non plus l'enfant que vous appelez votre nièce, et j'avoue que sur ce point je suis loin d'être certain qu'il ait également la justice de son côté. En outre, voisin, il refuse tout net de faire droit à votre demande en ce qui me concerne, moi, pauvret et indigne ; et à cet égard, m'est avis qu'il agit sagement, attendu que j'ai plus d'une raison particulière pour ne pas aimer à m'aventurer loin en votre compagnie. Cependant il vous fait une offre qu'il est juste et convenable de vous transmettre. Le Sioux dit par ma bouche, — n'oubliez pas que c'est lui qui parle, et que je ne suis pour rien dans le péché de ses paroles, — il dit donc ceci : Comme votre bonne femme a passé l'âge de la beauté, il est raisonnable que vous soyez las d'une pareille épouse. Il vous recommande de la mettre à la porte de votre hutte ; après quoi, il vous enverra, à la place, sa favorite ou plutôt celle qui était sa favorite, la Biche bondissante, comme les Sioux la nomment. Vous voyez, voisin, que si le Peau Rouge persiste à garder votre bien, il ne demande pas mieux que de vous indemniser. »

Ismaël écouta ces réponses à ses diverses demandes avec cette espèce d'indignation concentrée par laquelle les tempéraments flegmatiques préludent aux plus violents accès de colère ; il affecta même de rire à l'idée de changer son Esther, longtemps éprouvée, contre l'appui plus fagile de la jeune Tachichana, quoiqu'il y eût dans l'accent de ce rire quelque chose de creux et de peu naturel.

Esther, de son côté, fut loin de faire à la proposition d'échange un accueil si bénin. Montant sa voix au plus haut diapason, et après avoir repris haleine comme si elle avait failli s'étrangler, elle éclata en ces termes :

« Mort de ma vie ! qui a donné à un Indien le pouvoir de faire et défaire les droits des femmes mariées ? Croit-il qu'une femme est une bête de la Prairie qu'on puisse chasser du village à coups de fusil et en mettant les chiens à ses trousses ? Que leur plus vaillante commère se présente et nous fasse voir ses œuvres ! peut-elle montrer une lignée comme la mienne ? C'est un infâme tyran que ce voleur de Peau Rouge, et un audacieux coquin, sur ma parole ! Il voudrait commander partout, au logis et au dehors. Une honnête femme n'a pas plus de prix à ses yeux que le premier animal venu. Et vous, Ismaël Bush, vous, le père de sept garçons et d'autant de filles, tous bien bâtis, pourquoi ouvrir la bouche à d'autres fins que pour le maudire ? Voudriez-vous donc déshonorer votre couleur, votre famille, votre nation, en mêlant du sang blanc à du sang rouge, et devenir le père d'une ribambelle de métis ? Le diable vous a souvent tenté, mon homme, mais il ne vous a jamais tendu un piège si malin. Retournez vers vos enfants, mon ami ; retournez-y. Qu'il vous souvienne surtout que vous n'êtes pas dans la peau d'une bête immonde, mais dans celle d'un chrétien, et, grâce à Dieu, d'un époux légitime ! »

Le Trappeur s'était attendu à la sortie d'Esther, dont le caractère irascible ne devait pas manquer de prendre feu à l'idée scandaleuse d'une répudiation. Aussi profita-t-il de l'orage pour s'éloigner à quelque distance et se mettre à l'abri de toute violence immédiate de la part du mari, dont le courroux, moins éclatant, était bien plus dangereux. Ismaël, qui avait articulé ses demandes avec la ferme résolution d'exiger qu'il y fût fait droit, fut détourné de son but par cette tempête de paroles, semblable en cela à beaucoup d'autres maris plus opiniâtres ; et afin d'apaiser une jalousie qui ressemblait à la fureur avec laquelle l'ourse défend ses petits, force lui fut de s'écarter du voisinage de la tente, qui contenait l'inoffensif objet de cette algarade.

Esther n'en continua pas moins ses invectives en gesticulant d'un air de défi, tandis que l'émigrant et son beau-frère s'en allaient, chassés devant elle comme des écoliers pris en faute.

« Que votre coquine de moricaude se présente », criait-elle, « qu'elle montre sa figure tannée en face d'une femme qui a entendu la cloche de mainte église et qui sait à quoi s'en tenir, elle trouvera chaussure à son pied, je vous en réponds ; ah ! oui, je vous en réponds !... Et ne croyez pas faire de vieux os ici ; ne croyez pas fermer l'œil dans un camp où le diable se promène aussi effrontément que s'il était un homme comme il faut et assuré d'un bon accueil... Abner, Énoch, Jessé ! où êtes-vous ? Arrivez, arrivez !... Si ce pauvre homme, sans force ni volonté, qui est votre père, mange ou boit une fois encore dans ces parages, les renards rouges finiront par l'empoisonner, c'est sûr. Après ça, je m'en moque, tiendra ma place qui voudra dès qu'elle sera bien et duement vacante ! Toutefois je n'aurais jamais pensé, Ismaël, que vous qui avez eu une femme à peau blanche, vous trouveriez plaisir à regarder une figure de cuivre ; oui, de cuivre ! c'est un fait, niez-le donc pour voir ? Une peau de cuivre, je le répète, et par-dessus le marché un front d'airain. »

A cette explosion d'amour-propre le mari savait de longue date que toute résistance était vaine ; tout au plus se permit-il, de loin en loin, une simple interjection, comme pour protester de son innocence. Mais Esther ne voulait pas de justification ; elle n'écouta rien, et bientôt l'on n'entendit plus que sa voix dictant les ordres nécessaires pour le départ.

L'émigrant avait rassemblé ses bêtes et chargé ses chariots, par mesure de précaution, avant d'en venir aux moyens extrêmes qu'il avait prémédités. Esther trouva donc toute chose disposée au gré de ses désirs. Les jeunes gens échangeaient des regards d'étonnement en voyant leur mère se démener si fort ; mais un tel accident s'était reproduit tant de fois qu'ils y marquèrent peu d'attention. Sur un signe d'Ismaël, les tentes furent placées en un instant sur les chariots, sorte de représailles exercées contre le manque de foi de leur ci-devant allié ; puis la caravane s'éloigna lentement avec sa nonchalance ordinaire.

Comme l'arrière-garde était protégée par une escorte bien armée, les Sioux les virent partir sans donner le plus léger symptôme de surprise ou de ressentiment. Le sauvage, en cela semblable au tigre, attaque rarement un ennemi préparé à le recevoir ; et si les guerriers méditèrent quelque acte d'hostilité, ce fut avec la silencieuse patience des animaux de l'espèce féline, qui guettent le moment où leur victime n'est pas sur ses gardes pour la frapper à coup sûr.

Cependant les desseins de Matori, qui formaient à peu près toute la politique de sa tribu, étaient ensevelis au plus profond de sa pensée. Peut-être se réjouissait-il d'être si facilement délivré de réclamations importunes ; peut-être attendait-il une occasion favorable pour déployer sa puissance ; peut-être aussi son esprit, occupé de matières plus importantes, n'avait-il pas le loisir de s'occuper d'un incident si futile.

Mais, tout en faisant une concession apparente aux susceptibilités d'Esther, Ismaël était loin de renoncer à ses intentions primitives. A peine avait-il suivi pendant une demi-lieue le cours de la rivière qu'il s'arrêta sur une éminence où se trouvaient réunies les conditions favorables à une halte. Il y dressa de nouveau les tentes, détela les chariots, conduisit le bétail dans un pâturage au bas de la colline ; bref, il fit les préparatifs accoutumés pour passer la nuit avec autant de résolution et de tranquillité que s'il ne venait pas de jeter un irritant défi à la face de ses dangereux voisins.

Sur ces entrefaites, les Sioux procédaient à des apprêts non moins importants.

Une sauvage et cruelle joie s'était manifestée dans le camp, dès qu'on avait appris que Matori revenait avec le chef de leurs ennemis, ce chef depuis si longtemps haï et redouté. Pendant plusieurs heures, les vieilles femmes de la tribu s'étaient rendues de loge en loge, afin de stimuler l'animosité des guerriers à un point qui laissât peu de place aux mouvements de la pitié. A l'un, elles parlaient de son fils, dont la chevelure séchait à la fumée de la hutte d'un Pauni ; à l'autre, elles rappelaient ses cicatrices, ses revers et ses défaites ; chez ceux-là, elles rallumaient la soif de la vengeance au souvenir des fourrures et des chevaux qu'ils avaient perdus, ou d'une mésaventure dont ils étaient dupes.

Excités par ces divers moyens, les guerriers s'étaient rassemblés, comme nous l'avons déjà dit ; cependant, on ne pouvait encore affirmer jusqu'à quel point ils pousseraient l'ardeur des représailles. Une divergence d'opinions s'était produite sur la question de savoir si l'on mettrait à mort les prisonniers ; et Matori avait suspendu la discussion, afin de s'assurer à quel degré cette mesure pourrait être favorable ou contraire à ses vues particulières. Jusque-là on n'avait tenu qu'une consultation préparatoire, destinée à faire connaître à chaque chef le nombre de partisans qu'obtiendrait son avis quand la question serait débattue devant la tribu tout entière.

Or le moment était arrivé, et les apprêts de cette réunion solennelle furent proportionnés aux grands intérêts mis en question.

Avec un raffinement de cruauté qu'un Indien seul pouvait imaginer, on choisit, pour délibérer, le lieu même où s'élevait le poteau auquel était attaché le plus considérable des prisonniers, celui-là même dont la vie était en jeu. Paul et Middleton, toujours chargés de liens, furent déposés aux pieds du chef pauni.

Alors les hommes de la tribu commencèrent à prendre place suivant les prétentions qu'ils avaient au plus ou moins de gloire. Au fur et à mesure de leur arrivée, chacun d'eux s'asseyait dans le vaste cercle, avec un maintien aussi composé et un air aussi sérieux que s'il se fût préparé à dispenser la justice sans vouloir en séparer le don céleste de la clémence. Des places furent réservées pour trois ou quatre des principaux chefs. Quelques vieilles aussi décrépites que l'âge, la rigueur des saisons, les fatigues et une vie de passions sauvages pouvaient les rendre, se firent jour jusqu'aux premiers rangs avec une témérité à laquelle les poussait une insatiable soif de vengeance, et dont leur vieillesse et une fidélité éprouvée à la nation étaient les seules excuses.

Tous les guerriers, à l'exception des chefs dont nous avons parlé, avaient alors pris place. Ceux-ci avaient différé de paraître dans le vain espoir que leur propre unanimité aplanirait la voie à celle de leurs factions respectives ; car, malgré une influence prépondérante, Matori n'avait d'autre moyen de maintenir son autorité que par de constants appels à l'opinion de ses inférieurs. Lorsqu'enfin ces importants personnages entrèrent tous ensemble dans le cercle, leurs regards soucieux et leurs fronts rembrunis annonçaient suffisamment le dissentiment qui régnait parmi eux, en dépit du temps qu'ils avaient mis à se consulter.

L'expression des yeux de Matori variait sans cesse : on les voyait passer de ces éclairs subits, allumés au foyer ardent de son âme, à cette fixité froide et réservée, qui convenait à l'un des juges du conseil. Il s'assit avec la simplicité étudiée d'un démagogue, quoique le regard enflammé et perçant qu'il jeta aussitôt sur l'assemblée silencieuse laissât voir le tyran, qui prédominait en lui.

Quand tout le monde fut présent, un vieux guerrier alluma la grande pipe de son peuple, et en souffla la fumée vers les quatre points cardinaux. Après cette cérémonie propitiatoire, il présenta la pipe à Matori qui, avec une humilité affectée, la passa à un chef aux cheveux blancs placé à côté de lui. La pipe circula ainsi de bouche en bouche ; puis un grave silence s'établit, comme si chacun, se croyant appelé à donner son avis, méditait profondément pour y apporter la maturité convenable.

Un vieillard se leva et parla ainsi :

« L'aigle, à la chute de la Rivière sans Fin, était dans son œuf, bien des neiges après que ma main avait

déjà frappé un Pauni. Ce que dit ma langue, mes yeux
l'ont vu. Boréchina est bien vieux. Les collines étaient
à leurs places avant qu'il fût dans sa tribu, et les
rivières étaient pleines et vives avant qu'il fût né ; mais
quel est le Sioux qui le sait, si ce n'est lui ? Ce qu'il dit,
ils l'écouteront. Si l'une de ses paroles tombe à terre,
ils la ramasseront et la porteront à leurs oreilles ; si
quelques-unes sont emportées par le vent, mes jeunes
hommes qui sont très agiles les attraperont au vol.
Maintenant, écoutez. Depuis que l'eau coule et que
les arbres croissent, le Sioux a trouvé le Pauni sur son
passage dans le sentier de la guerre. Comme le
couguar aime la gazelle, le Dacota aime son ennemi.
Lorsque le loup trouve le faon, le voit-on se coucher et
dormir ? quand la panthère voit la biche, ferme-t-elle
les yeux ? Vous savez que non. Elle boit aussi, mais du
sang ! Un Sioux est une panthère bondissante ; un
Pauni est un daim qui tremble. Que mes enfants
m'écoutent, ils trouveront mes paroles bonnes. J'ai
dit. »

Des exclamations sourdes et gutturales d'assentiment s'échappèrent des lèvres de tous les partisans de
Matori, en entendant cet avis sanguinaire donné par
un homme qui était certainement l'un des plus âgés de
la nation. L'amour de la vengeance, qui formait un
des traits distinctifs de leur caractère, était flatté par
ces allusions et ces métaphores, et le chef lui-même
augura favorablement de son plan, par le grand
nombre de ceux qui accueillirent avec enthousiasme
les conseils de son ami.

Cependant l'unanimité était loin de régner. Un
long et respectueux silence suivit les paroles du
patriarche, afin que tous pussent délibérer mûrement
dans leur sagesse, avant qu'un autre chef entreprît de

le réfuter. Le second orateur, bien qu'il ne fût plus au printemps de sa vie, était beaucoup moins âgé que celui qui l'avait précédé. Il sentit le désavantage de cette circonstance, et s'efforça de le neutraliser, autant qu'il était en lui, par l'excès de son humilité.

« Je ne suis qu'un enfant », commença-t-il en jetant un regard furtif autour de lui, afin de découvrir jusqu'à quel point sa réputation connue de prudence et de courage contredirait son assertion. « Je vivais encore avec les femmes, que mon père était déjà un homme. Si ma tête grisonne, ce n'est pas que je sois vieux ; une partie de la neige qui y est tombée pendant que je dormais sur le sentier de la guerre s'est gelée, et le chaud soleil des Osages n'a pas eu assez de force pour la fondre. »

Un léger murmure qui se fit entendre exprima l'admiration qu'inspiraient les services auxquels il faisait une allusion adroite. L'orateur attendit modestement que ce mouvement se fût calmé, et alors il continua d'un ton d'assurance, qu'il semblait avoir puisé dans l'approbation de ses auditeurs.

« Mais les yeux d'un jeune brave sont bons », dit-il ; « il peut voir très loin ; c'est un lynx. Regardez-moi bien : je vais vous tourner le dos afin que vous me voyiez des deux côtés. Vous savez à présent que je suis votre ami, car vous voyez ce qu'un Pauni n'a jamais vu… Maintenant regardez mon visage, non pas à l'endroit de cette cicatrice, car par là vos yeux ne pourront pas pénétrer dans mon esprit ; ce n'est qu'un trou fait par un Konza. Voici une ouverture faite par le Wacondah, et à travers laquelle vous pouvez voir en mon âme. Que suis-je ? Un Dacota, en dedans comme en dehors ; vous le savez, c'est pourquoi écoutez-moi. Le sang de toutes les créatures qui sont sur la Prairie est rouge : qui peut distinguer la place où un Pauni a été frappé, de celle où mes jeunes hommes ont tué un bison ? elles sont de la même couleur. Le Maître de la vie les a créés l'un pour l'autre ; il les a faits semblables. Mais l'herbe reverdira-t-elle là où un Visage Pâle aura été tué ? Mes jeunes hommes ne doivent pas croire que cette nation soit tellement nombreuse qu'elle ne remarquera pas la perte d'un de ses guerriers. Elle en fait fréquemment l'appel et dit : « Où sont « mes fils ? » s'il en manque un, elle l'enverra chercher dans la Prairie ; si on ne le trouve pas, elle enverra ses coureurs le demander chez les Sioux. Mes frères les Longs Couteaux ne sont pas des femmes. Or il y a maintenant parmi nous un redoutable sorcier de leur nation ; qui pourrait dire quelle est l'étendue de sa voix ou la longueur de son bras ?... »

Le discours de l'orateur, qui commençait à s'échauffer à mesure qu'il entrait dans son sujet, fut interrompu par l'impatient Matori, qui se leva tout à coup, et s'écria d'une voix où l'autorité se mêlait à une forte expression d'ironie :

« Que mes jeunes hommes aillent chercher le Malin Esprit des Visages Pâles et qu'ils l'amènent au milieu du conseil. Mon frère verra son médecin face à face. »

Un solennel et lugubre silence succéda à cette interruption extraordinaire. C'était non seulement une violation grave de l'étiquette consacrée dans les débats, mais en même temps s'exposer à braver la puissance mystérieuse de l'un de ces êtres incompréhensibles que peu d'Indiens étaient assez éclairés à cette époque pour regarder sans respect, et auxquels bien peu avaient l'audace de résister.

Pourtant les jeunes gens obéirent, et Obed, arraché de sa tente, fut amené monté sur Asinus, avec un cérémonial et dans un appareil qu'on avait l'intention de rendre dérisoire, mais qui néanmoins ajoutait encore aux craintes superstitieuses des spectateurs. Au moment où ils entrèrent dans le cercle, Matori, qui s'était efforcé de neutraliser l'influence probable du docteur en l'exposant à la risée publique, promena ses regards sur l'assemblée, afin de lire l'effet de sa ruse sur les sombres figures qui l'entouraient.

Il est vrai de dire que la nature et l'art s'étaient réunis pour donner à l'aspect et à l'accoutrement du naturaliste un caractère bien propre à exciter surtout l'étonnement.

Sa tête avait été rasée de près à la mode des Sioux, et de la façon la plus élégante. Une touffe de cheveux, dont le docteur se fût bien passé si on eût pris son avis, était tout ce qui restait d'une chevelure exubérante, ornement très confortable dans cette saison de l'année. D'épaisses couches de peinture avaient été étalées sur sa tête nue, et des dessins bizarres se prolongeaient jusque dans le voisinage de ses yeux et de sa bouche, ce qui donnait à l'expression naturellement vive des premiers un air de malice clignotante, et ajoutait au caractère doctoral de cette dernière quelque chose d'un nécromancien. On avait substitué à ses vêtements une robe de peau de daim préparée, couverte de dessins fantastiques, et qui lui était une armure suffisante contre le froid. En dérision de ses travaux favoris, une foule d'animaux empaillés et conservés pour figurer un jour dans son cabinet de curiosités, tels que crapauds, grenouilles, lézards, papillons, avaient été accrochés à l'unique boucle de cheveux, à ses oreilles et à d'autres parties saillantes de son corps.

A l'effet produit par ces bizarres accessoires qu'on ajoute l'air funèbre qui rendait sa physionomie doublement sévère. Quelle poignante anxiété torturait l'âme du respectable naturaliste en voyant sa dignité personnelle ainsi ravalée, et, ce qui était bien plus important à ses yeux, en se voyant lui-même, comme il en était convaincu, traîné pour servir de victime à quelque sacrifice païen !

Aussi le lecteur n'aura pas de peine à comprendre l'impression de crainte superstitieuse excitée par sa présence au milieu de gens déjà plus qu'à demi préparés à l'adorer comme un agent redoutable de l'Esprit du mal.

Wencha conduisit Asinus au centre même du cercle, et les laissant ensemble — car les jambes du docteur étaient fixées à sa monture de telle sorte que bête et cavalier, confondus l'un dans l'autre, paraissaient constituer un nouvel être, — il revint à sa place en jetant sur lui des regards hébétés et pleins d'une admiration bien naturelle à la basse stupidité de son intelligence.

Les spectateurs et l'objet de cette scène étrange, demeurèrent tous frappés de stupeur.

Si les sauvages contemplaient les mystérieux attributs du sorcier avec effroi et respect, le docteur, de son côté, regardait autour de lui avec un mélange d'émotions non moins extraordinaire, où la peur dominait toutefois. Ses yeux, en apparence doués du pouvoir de grossir les objets, rencontraient de toutes parts des figures gigantesques, ne respirant que haine et menaces, et d'où était absente la moindre lueur de sympathie ou de commisération.

A la fin il aperçut le grave et honnête Trappeur qui, Hector à ses pieds, se tenait debout à l'extrémité du cercle, dans l'attitude de la réflexion, et appuyé sur cette carabine qu'on lui avait permis de reprendre en sa qualité d'ami reconnu.

« Vénérable chasseur ou trappeur », dit Obed, accablé d'un immense désespoir, « je me réjouis infiniment de vous rencontrer ici. Le temps précieux qui m'avait été accordé pour compléter une haute mission touche prématurément à sa fin, hélas ! et il me serait agréable de prendre pour confident de mes pensées un homme qui, s'il n'est pas un des disciples de la science, a du moins quelques-unes des connaissances que la civilisation communique à ses moindres sujets. Sans doute les sociétés savantes de l'univers n'épargneront rien pour découvrir ce que je suis devenu, et peut-être enverra-t-on des expéditions dans ces régions lointaines pour éclaircir les doutes qui pourraient s'élever sur une matière si importante. Je m'estime heureux qu'un homme qui parle notre langue soit présent à mes derniers moments afin d'en conserver le souvenir. Vous direz donc qu'après une vie utile et glorieuse, je suis mort martyr de la science et victime de préjugés barbares. Comme je me propose de montrer un calme stoïque à l'heure suprême, si vous ajoutiez quelques détails sur le courage et la dignité professorale avec lesquels j'ai passé de vie à trépas, ce serait un motif d'émulation pour les futurs aspirants à un semblable honneur, et certes nul n'y trouverait à redire. A présent, ami Trappeur, pour remplir les devoirs que m'impose la nature humaine, je finirai en vous demandant si tout espoir a disparu, ou s'il reste encore quelque moyen de soustraire tant de scientifiques trésors aux griffes de l'ignorance, pour en enrichir les annales de l'histoire naturelle. »

Le vieillard prêta une oreille attentive à cet appel mélancolique, et parut considérer la question sous toutes ses faces avant de hasarder une réponse.

« M'est avis, cher docteur », répondit-il d'un ton grave, « que les chances de vie et de mort, dans votre position particulière, dépendent entièrement de la volonté de la Providence, telle qu'il lui plaira de la manifester au milieu du labyrinthe infernal des ruses indiennes. Pour ma part, je ne vois pas trop ce qu'il y a à gagner ou à perdre dans l'une ou l'autre hypothèse, en ce sens qu'il n'importe guère à qui que ce soit, excepté à vous, que vous viviez ou que vous mouriez.

— Eh! quoi », s'écria le naturaliste indigné, « si

la pierre angulaire venait à être détachée de l'édifice de la science, ce serait à vos yeux chose indifférente aux contemporains ou à la postérité ? D'ailleurs, mon vieux compagnon », ajouta-t-il d'un ton de reproche, « l'intérêt que prend un homme à sa propre existence n'est pas du tout futile, bien qu'il soit prêt à le sacrifier, par dévouement, à des considérations plus générales et plus philanthropiques.

— Ce que je voulais dire, le voici », reprit le Trappeur, qui était loin d'apprécier les subtiles fioritures dont Battius jugeait à propos d'agrémenter son langage.

« Voyez-vous, naître et mourir, c'est la même loi pour tout ce qui est au monde, qu'il s'agisse d'un élan ou d'un chien, d'un Visage Rouge ou d'un Visage Pâle. La naissance et la mort sont dans la main du Seigneur, et sa créature n'a pas plus le droit de hâter l'une qu'il n'a le pouvoir d'empêcher l'autre. Je ne dis pas pour cela qu'on ne puisse faire quelque chose afin de retarder le dernier moment, pendant quelque temps du moins. En conséquence, il est permis à chacun de poser à sa propre sagesse la question de savoir jusqu'à quel point il lui convient d'aller, et quelle somme de douleur il consent à souffrir pour prolonger une existence qui, déjà peut-être, n'a été que trop longue. Bien des hivers lugubres, bien des étés brûlants se sont écoulés depuis que je me suis retourné de droite et de gauche pour ajouter une heure à une vie étendue au delà de quatre-vingts ans. Je suis en mesure de répondre à l'appel de mon nom, comme un soldat à l'appel du soir.

« A mon avis, si la destinée de tous les prisonniers est abandonnée aux instincts du caractère indien, la politique du grand chef décidera son peuple à les sacrifier tous ; et je ne me fie guère à l'espèce d'amitié qu'il me témoigne. La question est donc celle-ci : êtes-vous prêt pour le grand voyage, et si vous l'êtes, ne vaut-il pas mieux partir à présent que plus tard ? Si l'on me demande mon opinion, elle vous sera favorable ; je crois en effet que votre vie a été innocente, en ce sens que vous n'avez pas de gros péchés sur la conscience ; et néanmoins, la loyauté m'oblige de l'ajouter, la somme totale des titres que vous pourrez faire valoir sous le point de vue de l'activité dans les actions, se montera à peu de chose dans le compte final. »

Obed tourna un regard de détresse sur le philosophique vieillard qui venait de lui peindre sa situation dans un jour si peu flatteur, et il toussa à plusieurs reprises pour cacher la peur qui commençait à paralyser ses facultés sous une apparence de cet orgueil qui abandonne rarement la pauvre nature humaine, même dans les cas désespérés.

« Vénérable chasseur », dit-il, « en considérant la question sur toutes ses faces, et en admettant la justesse de votre théorie, ce qu'il y a de plus prudent, c'est de conclure que je ne suis pas préparé à un départ précipité, et qu'il est bon de recourir sans délai à des mesures de précaution.

— Cela étant », reprit tranquillement le Trappeur, « j'agirai pour vous comme je ferais pour moi-même. Toutefois, au train dont les choses vont en ce qui vous concerne, mettez-vous, croyez-moi, en règle le plus tôt possible ; car il peut arriver que votre nom soit appelé dans un moment où vous seriez aussi peu préparé à répondre que vous l'êtes pour le quart d'heure. »

Après cet avis amical, le veillard rentra dans le

cercle, et se mit à réfléchir sur ce qu'il avait à faire, avec un singulier mélange de résolution et d'humilité, qui provenait de ses habitudes solitaires et d'un caractère fortement trempé, sans oublier une soumission native aux décrets de la Providence.

CHAPITRE XXVIII

> La sorcière sera brûlée vive à
> Smithfield, et vous trois, vous serez
> accrochés à la potence.
>
> SHAKESPEARE.

Ce fut avec une patience exemplaire que les Sioux attendirent la fin du dialogue précédent. La plupart d'entre eux étaient contenus par la secrète terreur que leur inspirait le caractère mystérieux d'Obed, pendant que quelques-uns des chefs intelligents profitaient de l'occasion pour coordonner leurs pensées dans la prévision du débat qui allait infailliblement s'ouvrir.

Aucun de ces motifs n'influençait Matori. Content de montrer au Trappeur jusqu'où il portait la condescendance, il sut lui rappeler d'un coup d'œil qu'il était temps de clore la conversation. Se levant alors dans l'intention manifeste de prendre la parole, il commença par se camper dans une attitude pleine de dignité, et promena sur toute l'assemblée un regard ferme et sévère ; regard dont l'expression variait selon qu'il scrutait la physionomie de ses adhérents ou celle de ses adversaires, simplement grave pour les pre-

miers, chargé de menaces pour les seconds s'ils osaient
braver le ressentiment d'un homme aussi puissant que
lui.

Cependant, en dépit de sa hauteur et de son
assurance, la sagacité et l'astuce du sauvage ne
l'abandonnèrent pas. Après avoir jeté le gant, pour
ainsi dire, à la tribu entière, et suffisamment établi ses
titres de supériorité, son air devint plus affable et son
œil moins irrité. Enfin il éleva la voix au milieu d'un
silence de mort, modulant ses intonations de manière
à les adapter tour à tour au caractère de ses images et
de son éloquence.

Voici quel fut son exorde :

« Qu'est-ce qu'un Sioux ? C'est le dominateur des
Prairies et le maître des animaux qui les habitent. Les
poissons de la Rivière aux Eaux Troubles le connaissent et viennent à sa voix. C'est un renard dans le
conseil, un aigle pour la vue, un ours gris dans les
combats. Un Dacota est un homme. »

A ce portrait flatteur de leur peuple, un murmure
d'approbation courut parmi les guerriers.

« Qu'est-ce qu'un Pauni ? » reprit l'orateur. « Un
voleur qui ne dépouille que les femmes, un Peau
Rouge qui n'est pas brave, un chasseur qui mendie sa
venaison. Au conseil, c'est un écureuil qui sautille de
place en place ; c'est un hibou qui ne parcourt la
Prairie que la nuit ; dans les batailles, c'est un élan qui
a les jambes longues. Un Pauni est une femme. »

Cela dit, il fit une seconde pause, pendant
laquelle des acclamations de joie échappèrent à toutes
les bouches ; et on demanda que les mots insultants
fussent expliqués à celui qui, sans le savoir, était
l'objet de tant de mépris. Le Trappeur interrogea du
regard Matori et, sur son assentiment, reprit son rôle

d'interprète. Cœur Dur écouta gravement ; et jugeant sans doute que le moment de parler n'était pas arrivé pour lui, il reporta de nouveau les yeux sur l'horizon.

Matori épiait l'expression de ses traits d'un air où éclatait la haine implacable qu'il avait vouée au seul chef dont la renommée balançait avantageusement la sienne. Bien que désappointé de n'avoir pu irriter l'orgueil de celui qu'il regardait comme un jeune adolescent, il se disposa, ce qu'il considérait comme beaucoup plus important, à exciter les ressentiments de sa tribu, afin de la préparer à seconder ses sauvages projets.

« Si la terre », dit-il, « était couverte de rats, qui ne sont bons à rien, il n'y aurait pas de place pour les buffles qui donnent à l'Indien la nourriture et le vêtement. Si la Prairie était couverte de Paunis, il n'y aurait pas de place pour le pied d'un Dacota. Un Loup est un rat, un Sioux est un grand buffle ; que les buffles foulent aux pieds les rats, afin qu'il y ait place pour eux. Mes frères, un petit enfant vous a parlé ; il vous a dit que ses cheveux ne sont pas gris, mais gelés ; que l'herbe ne pousse point où l'on a tué un Visage Pâle. Connaît-il la couleur du sang d'un Long Couteau ? Non ! je sais qu'il ne la connaît pas ; il ne l'a jamais vue. Quel Dacota, autre que Matori, a jamais frappé un Visage Pâle ? Pas un seul. Et pourtant il faut que Matori se taise ; car tous les Sioux se bouchent les oreilles quand il parle. Les chevelures suspendues dans sa hutte ont été prises par les femmes ; c'est Matori qui les a prises, et Matori est une femme. Sa bouche est fermée ; il attend les fêtes pour chanter parmi les jeunes filles. »

Malgré les protestations qui s'élevèrent de toutes parts contre une déclaration si humiliante, l'orateur s'assit comme décidé à n'en pas dire davantage ; mais les murmures augmentent de plus en plus, et des symptômes menaçants faisant craindre que le conseil ne se séparât en désordre, il se leva et reprit son discours, mais en changeant de ton et en employant l'accent farouche et emporté d'un guerrier que dévore la soif de la vengeance.

« Que mes jeunes guerriers me disent où est Tétao ! » s'écria-t-il. « Ils trouveront sa chevelure séchant au foyer d'un Pauni. Où est le fils de Boréchina ? Ses os sont plus blancs que les visages de ses meurtriers. Maha est-il endormi dans sa hutte ? Vous savez qu'il y a déjà bien des lunes qu'il est parti pour les Prairies bienheureuses ; plût au ciel qu'il fût ici ! il nous dirait de quelle couleur était la main qui l'a scalpé. »

Le chef artificieux continua sur ce ton pendant un certain temps, nommant tous les guerriers connus pour avoir trouvé la mort en combattant les Paunis, ou dans l'une de ces escarmouches si fréquentes entre les bandes sioux et une classe de blancs qui n'étaient guère plus avancés qu'eux sous le rapport de la civilisation. Telle était la rapidité qu'il mit à faire ce dénombrement que nul n'eut le temps de réfléchir aux mérites ou plutôt aux démérites des différents individus auxquels il faisait allusion ; mais il précisait les incidents avec tant d'adresse, il donnait un caractère si saisissant à ses apostrophes soutenues par une voix entraînante et sonore, qu'à chacun de ses appels vibrait une corde correspondante dans l'âme de quelqu'un de ses auditeurs.

Ce fut au milieu de l'un de ses plus énergiques mouvements d'éloquence qu'un vieillard, tellement accablé d'ans qu'il ne marchait qu'avec grand'peine, s'achemina jusqu'au centre même du cercle, et vint se poster droit en face de l'orateur. Une oreille exercée aurait pu remarquer que la voix de Matori faiblit un peu lorsque son regard enflammé rencontra ce spectateur inattendu, quoique le changement fût si imperceptible, que pour l'apercevoir il eût fallu connaître à fond les individus en question.

Autrefois le vieillard avait été célèbre non moins par la beauté de ses traits et les belles proportions de sa personne que par le regard terrible de son œil d'aigle. Maintenant sa peau était ridée et sa figure sillonnée de nombreuses cicatrices ; aussi les Français du Canada lui avaient, un demi-siècle auparavant, donné un titre que François de Guise a porté, et qui avait été adopté dans la langue de la tribu sauvage dont nous parlons, comme exprimant le mieux les hauts faits de leurs braves. Le surnom de *Balafré*, qui vola de bouche en bouche dans l'assistance au moment où le vieillard y parut, annonça non seulement la haute estime dont il jouissait, mais encore la surprise que causait sa visite. Cependant comme il resta muet et immobile, la sensation causée par son arrivée ne tarda pas à se calmer ; tous les yeux se tournèrent de nouveau vers l'orateur, et toutes les oreilles s'enivrèrent de ses redoutables évocations.

Il était facile de voir le triomphe de Matori reflété dans la physionomie de ses auditeurs. On y devinait presque partout la cruelle soif des représailles, et chaque nouvelle allusion à la nécessité d'anéantir leurs ennemis était suivie d'acclamations bruyantes. Mettant à profit cette explosion d'enthousiasme, Matori en appela vivement à l'orgueil et à l'esprit guerrier de sa tribu, et s'arrêta brusquement pour aller se rasseoir à sa place.

Cette harangue enflammée causa une longue émotion. Elle durait encore lorsque des sons bas et faibles s'y mêlèrent, et si sourds qu'on les eût dit arrachés aux cavités les plus profondes de la poitrine humaine. Un solennel silence se fit aussitôt, et l'on vit pour la première fois remuer les lèvres du vieillard.

« Les jours du Balafré touchent à leur fin », furent les premières paroles qu'il prononça clairement. « Il est comme un buffle sur lequel le poil ne repoussera plus ; il sera bientôt prêt à quitter sa hutte pour aller en occuper une autre loin du village des Sioux. En conséquence, ce qu'il va dire ne le concerne pas, mais bien ceux qu'il laissera après lui ; ses paroles sont comme le fruit qui pend à l'arbre, mûres et dignes d'être offertes aux chefs... Bien des neiges sont tombées depuis que le Balafré n'a paru dans le sentier de la guerre ; son sang était chaud, mais il a eu le temps de se refroidir. Le Wacondah ne lui donne plus des rêves de guerre ; il voit qu'il est mieux de vivre en paix.

« Mes frères, j'ai déjà un pied tourné vers les bienheureux territoires de chasse ; l'autre suivra bientôt, et alors on verra un vieux chef chercher l'empreinte des mocassins de son père, afin de ne point s'égarer en route, et d'être sûr d'arriver devant le Maître de la vie par le même sentier que tant de bons Indiens ont déjà parcouru. Mais qui me suivra ? Le Balafré n'a plus de fils ; l'aîné a monté trop de chevaux paunis ; les os des plus jeunes ont été rongés par les chiens konzas. Le Balafré est venu chercher un jeune bras sur lequel il puisse s'appuyer, un fils qui puisse habiter sa hutte quand il l'aura quittée. Tachichana, la Biche légère des Dacotas, est trop faible pour soutenir un guerrier qui est vieux ; elle regarde devant et non derrière elle ; son esprit est dans la loge de son époux. »

Le patriarche avait parlé d'un ton calme, quoique ferme et distinct. Sa déclaration fut reçue en silence ; plusieurs chefs qui étaient dans la confidence de Matori tournèrent les yeux vers lui, sans qu'aucun d'eux osât s'opposer à la résolution d'un brave si vénéré, dont la démarche était d'ailleurs strictement conforme aux usages de la nation. Quant à Matori, il affecta d'attendre le dénouement de cette scène avec sang-froid ; seulement un éclair de férocité traversait parfois sa prunelle et trahissait la nature des sentiments avec lesquels il jugeait un acte qui menaçait de lui enlever celle d'entre ses victimes qu'il haïssait le plus.

Pendant ce temps, le Balafré, d'un pas pénible et lent, s'était dirigé vers les captifs. Il s'arrêta devant la personne de Cœur Dur, dont il contempla longtemps, avec une haute satisfaction, la beauté accomplie, l'œil imperturbable, le maintien noble et fier. Puis, faisant un geste d'autorité, il attendit que ses ordres fussent exécutés. A l'instant, on coupa les liens qui attachaient le jeune homme au fatal poteau, et on le conduisit près du vieillard, qui se mit de nouveau à l'examiner avec une attention minutieuse et cette admiration que la perfection physique excite toujours dans le cœur d'un sauvage.

C'est bon ! » murmura-t-il enfin quand il vit que le Pauni réunissait toutes les qualités d'un guerrier. « C'est là une panthère bondissante. Mon fils parle-t-il avec la langue d'un Sioux ? »

L'air d'intelligence qui brilla dans les yeux du captif fit connaître qu'il avait parfaitement compris la question, mais il était trop fier pour communiquer ses idées par l'intermédiaire de l'idiome d'un peuple ennemi.

Quelques-uns des guerriers présents expliquèrent au vieux chef que le captif était un Loup Pauni.

« Si mon fils a ouvert les yeux sur les eaux des Loups », reprit le Balafré dans la langue de cette nation, « il les fermera sur les bords de la Rivière aux Eaux Troubles. Il est né Pauni, mais il mourra Dacota. Regardez-moi. Je suis un sycomore qui jadis ai couvert bien des guerriers de mon ombre. Les feuilles sont tombées et les branches commencent à fléchir. Un rejeton unique est sorti de mes racines ; c'est une petite vigne, qui s'est enlacée autour d'un arbre vert. J'ai longtemps cherché quelqu'un qui fût digne de grandir à mes côtés. Je l'ai trouvé aujourd'hui. Oui, le Balafré a un fils ; quand il ne sera plus, son nom ne sera pas oublié. Dacotas, je prends ce jeune homme dans ma hutte. »

Nul ne fut assez hardi pour contester un droit qu'avaient souvent exercé des guerriers bien inférieurs à celui-ci, et l'adoption fut accueillie dans un grave et respectueux silence. Le Balafré prit par le bras celui dont il voulait faire son fils, et, l'ayant conduit au milieu même du cercle, il recula de quelques pas d'un air de triomphe, afin que l'assistance pût contrôler son choix.

Matori, qui ne jugeait point l'heure opportune pour manifester ses intentions, garda une attitude impénétrable ; mais ses compagnons les plus sagaces sentaient bien qu'il serait impossible à deux chefs ennemis, et si longtemps rivaux de gloire, de vivre en paix dans la même tribu. Chacun observait avec une curiosité croissante, et sans rien trahir de ses inquiétudes.

Cet état de contrainte, qui eût put devenir une source de désorganisation, cessa tout à coup par la décision de celui qui était le plus intéressé au succès des desseins du vieux chef.

Pendant la scène précédente, il eût été difficile de distinguer la plus légère trace d'émotion sur les traits du jeune captif. Il demeura aussi indifférent à la proclamation de sa délivrance qu'il l'avait été à l'ordre de l'attacher au poteau. Maintenant que le moment était arrivé où il lui fallait prendre un parti, il parla de manière à prouver que le courage qui lui avait mérité son surnom ne l'avait pas abandonné.

« Mon père est bien vieux, mais il n'a pas encore tout vu », dit Cœur Dur d'une voix sonore qui fut entendue de toute l'assemblée. « Il n'a jamais vu un buffle devenir chauve-souris ; il ne verra pas davantage un Pauni devenir Sioux. »

Il y avait quelque chose de si formel et pourtant de si calme dans la manière dont cette résolution fut articulée, que la plupart des assistants furent convaincus qu'elle était inébranlable. Il n'en fut pas de même du vieillard qui, entraîné par une sympathie secrète, s'entêta dans son projet.

Imposant du geste le silence à la foule qui avait laissé échapper des cris d'admiration et de joie à la hardiesse de cette réponse et à l'espoir de ressaisir sa vengeance, le vétéran adressa de nouveau la parole à son fils adoptif, comme si sa proposition n'eût pas admis de refus.

« C'est bien », dit-il ; « ainsi doit parler un brave, afin que les guerriers puissent lire dans son cœur. Il fut un temps où la voix du Balafré dominait toutes les autres au milieu des huttes des Konzas. Mais la racine des cheveux blancs est la sagesse. Mon fils montrera aux Dacotas qu'il est brave en frappant leurs ennemis. Guerriers, voilà mon fils ! »

Le Pauni hésita un instant ; puis s'approchant du patriarche, il prit sa main sèche et ridée et la posa respectueusement sur sa tête, comme pour témoigner l'étendue de sa reconnaissance. Ensuite, reculant d'un pas, il se dressa de toute sa hauteur, et, promenant sur l'auditoire des regards de fierté et de dédain, il s'écria d'une voix retentissante :

« Cœur Dur s'est examiné au dedans et au dehors ; il a rappelé à sa mémoire tout ce qu'il a fait à la chasse et à la guerre ; partout il s'est vu le même ; rien n'a été changé ; il est Pauni en tout. Il a frappé les Sioux en si grand nombre que jamais il ne pourra manger dans leurs huttes. Ses flèches reviendraient en arrière, la pointe de sa lance se retournerait contre lui ; leurs amis pleureraient à chacun de ses cris de guerre, leurs ennemis riraient. Les Sioux connaissent-ils les Loups ? Qu'ils en regardent un de nouveau. Sa tête est peinte, son bras est de chair, mais son cœur est de pierre. Quand les Sioux verront le soleil venir des montagnes Rocheuses et se diriger vers la terre des Visages Pâles, l'âme de Cœur Dur s'adoucira et son esprit deviendra Sioux. Jusque-là il vivra et mourra Pauni. »

Un hurlement de triomphe, effroyablement mêlé d'admiration et de férocité, interrompit l'orateur, et n'annonça que trop clairement ie sort qui lui était réservé. Il attendit que le tumulte fût apaisé ; se tournant alors derechef vers le Balafré, il continua d'un ton plus conciliant et affectueux, mû, pour ainsi dire, par le besoin d'adoucir son refus de manière à ne pas blesser la fierté d'un homme qui s'offrait avec tant d'empressement à être son bienfaiteur.

« Que mon père s'appuie un peu plus sur la Biche des Dacotas », dit-il ; « elle est faible à présent ; mais à mesure que sa hutte se remplira d'enfants, elle deviendra plus forte. Voyez », ajouta-t-il en lui montrant le Trappeur attentif, « Cœur Dur n'est pas sans une tête grise pour lui montrer le chemin des Prairies bienheureuses. S'il a jamais un autre père, ce sera ce digne guerrier. »

Déçu dans son espérance, le Balafré s'éloigna du jeune captif et s'approcha de l'étranger qui avait prévenu son dessein.

Les deux vieillards s'observèrent mutuellement, et cet examen fut minutieux et rempli d'intérêt. Il n'était pas facile de découvrir le véritable caractère du Trappeur à travers le masque dont les fatigues d'une longue vie avaient couvert ses traits, et surtout avec le bizarre accoutrement qu'il portait.

Quand le Sioux se décida à parler, il semblait encore douter s'il s'adressait à un Indien comme lui ou à quelque vagabond de cette race qui, à ce qu'il avait entendu dire, se répandait dans tout le pays comme une nuée de sauterelles dévorantes.

« La tête de mon frère est très blanche », dit-il ; « mais l'œil du Balafré n'est plus semblable à celui de l'aigle. De quelle couleur est sa peau ?

— Le Wacondah m'a créé pareil à ceux que vous voyez et qui attendent le jugement des Dacotas » ; répondit le Trappeur ; « c'est le beau et vilain temps qui m'ont bruni la peau à l'égal de celle d'un renard ; mais qu'importe ! si l'écorce est crevassée, le cœur de l'arbre est sain.

— Mon frère est un Long Couteau ! Qu'il tourne sa face vers le soleil couchant et qu'il ouvre les yeux : aperçoit-il le lac salé par delà les montagnes ?

— Il fut un temps où peu d'hommes pouvaient distinguer mieux que moi la tache blanche sur la tête de l'aigle ; mais l'éclat de quatre-vingt-sept hivers a affaibli mes yeux, et dans mes derniers jours ma vue n'est plus des meilleures. Le Sioux croit-il qu'un Visage Pâle est un dieu, pour qu'il puisse voir à travers les montagnes ?

— Eh bien, que mon frère me regarde ; me voici près de lui, et il verra que je ne suis qu'un chétif Peau Rouge. Pourquoi son peuple ne peut-il tout voir, puisqu'il veut tout posséder ?

— Chef, je vous comprends ; je ne contesterai pas la justice de vos paroles, vu qu'elles ne sont que trop fondées en vérité. Bien que né de la race que vous aimez si peu, mon plus grand ennemi, pas même un imposteur de Mingo, n'oserait dire que j'aie jamais mis la main sur la propriété d'un autre, si ce n'est ce que j'ai pris en bonne guerre, ou que j'aie jamais convoité plus de terrain que le Seigneur n'en a destiné à chaque homme.

— Et pourtant mon frère est venu chercher un fils au milieu des Peaux Rouges ? »

Le Trappeur posa un doigt sur l'épaule nue du Balafré, et le regarda d'un air confidentiel.

« Oui », dit-il ; « mais c'était seulement pour rendre service à ce garçon. Si vous pensez, Dacota, que je l'aie adopté pour servir d'appui à mon vieil âge, vous ne rendez pas plus de justice à mes bonnes intentions que vous ne me paraissez connaître le caractère impitoyable de votre nation. J'ai fait de lui mon fils, afin qu'il sache qu'il laisse quelqu'un après lui... Silence, Hector, silence ! est-il décent, lorsque des têtes grises tiennent conseil, d'interrompre leurs discours par les hurlements d'un chien ?... Dacota, l'animal est vieux, et, quoiqu'il ait été bien élevé, il est comme nous, je le crains, sujet à oublier l'éducation de sa jeunesse. »

L'entretien des deux vieillards fut interrompu par les clameurs discordantes que poussèrent une douzaine de vieilles mégères qui, comme nous l'avons dit, s'étaient frayé un passage jusqu'aux premiers rangs de l'assemblée.

Un changement qui s'était opéré dans le maintien de Cœur Dur avait causé cette explosion.

Quand les vieillards se tournèrent vers le jeune homme, ils le virent debout au milieu du cercle, la tête haute, l'œil fixé dans l'espace, une jambe en avant, un de ses bras levé comme si toutes ses facultés eussent été concentrées dans l'action d'écouter. Un sourire passager éclaira son visage, et, rentrant soudain en lui-même, il reprit son air de gravité dédaigneuse.

Ce brusque mouvement avait été attribué au mépris, et les chefs eux-mêmes s'en montrèrent choqués.

Incapables de contenir leur fureur, les femmes s'élancèrent toutes à la fois dans le cercle, et commencèrent leur attaque en accablant le captif des plus sanglantes injures. Après avoir exalté les divers exploits accomplis par leurs fils aux dépens des tribus des Paunis, elles ravalèrent sa propre renommée, en lui disant de regarder Matori, s'il n'avait jamais vu un guerrier, et elles lui reprochèrent d'avoir été allaité par une biche, et d'avoir sucé la lâcheté avec le lait de sa mère. En un mot, elles prodiguèrent à l'imperturbable prisonnier un torrent de ces vindicatives injures dans lesquelles on sait qu'excellent les femmes des sauvages, mais qui ont été trop souvent décrites pour que leur répétition soit ici nécessaire.

L'effet de cette scène inattendue était inévitable. Le Balafré, n'ayant plus rien à espérer, alla se confondre dans la foule ; et le Trappeur, dont la physionomie honnête laissait apercevoir le trouble de son âme, se rapprocha de son jeune ami, comme on voit ceux qui, attachés à un criminel par des liens assez forts pour braver l'opinion publique, se tiennent sur le lieu de l'exécution, prêts à lui donner une suprême assistance. La fureur ne tarda pas à gagner le commun des guerriers, sinon les chefs qui hésitaient encore. Matori, emporté par sa haine jalouse, profita de l'effervescence populaire, et d'un geste encouragea les bourreaux à commencer.

Wencha, impatient de recevoir le signal, épiait depuis longtemps le visage du chef. A l'instant, il bondit comme un limier lâché sur sa proie. Écartant brutalement les vieilles sorcières, qui déjà passaient des injures à la violence, il gourmanda leur impatience, et leur ordonna d'attendre qu'un guerrier eût tourmenté la victime, qui se mettrait bientôt à pleurer comme une femme.

L'Indien féroce commença par brandir son tomahawk sur la tête du captif de manière à lui faire craindre que chaque coup n'enfonçât l'arme dans sa chair, tandis qu'il la maniait assez adroitement pour ne pas même effleurer la peau. Cette épreuve préparatoire laissa Cœur Dur complètement insensible : son œil fixé sur l'horizon garda son immobilité au milieu des cercles de lumière que décrivait devant lui la hache éblouissante.

Trompé dans son attente, le tourmenteur appuya le tranchant de son arme sur la tête nue de sa victime, et se mit à décrire les diverses manières d'écorcher un prisonnier. Les femmes ne tarissaient pas d'invectives,

afin d'exciter la colère ou les craintes du Pauni.
Rage inutile ! Évidemment il se réservait de répondre aux chefs en ces moments de tortures extrêmes
où la fierté de son âme pourrait se dévoiler d'une
façon plus digne d'une renommée jusque-là sans
tache.

Le Trappeur suivit les mouvements du tomahawk avec toute l'anxiété d'un père ; enfin, n'étant
plus maître de refouler son indignation, il s'écria :

« Mon fils a-t-il oublié son adresse ? Cet Indien
a l'âme basse, et il est facile de l'embarquer dans
une sottise. Je ne puis le faire moi-même, car mes
traditions défendent à un guerrier mourant d'injurier
ses bourreaux ; mais celles d'un Peau Rouge sont
différentes. Que le Pauni prononce des paroles
amères, et qu'il achète une mort facile ; il réussira,
j'en réponds, avant que la sagesse des hommes
graves vienne en aide à la folie de cet insensé. »

Wencha, qui entendit ces paroles sans en comprendre le sens, se tourna vers lui, et le menaça
d'une mort immédiate pour prix de sa témérité.

« Va, ne te gêne pas », répliqua l'intrépide
vieillard, « je suis prêt aujourd'hui comme je le
serai demain, quoique un honnête homme aimerait
un autre genre de mort. Dacotas, regardez ce noble
Pauni, et voyez ce dont est capable un Peau Rouge
qui craint le Maître de la vie et qui suit ses lois.
Combien de vos guerriers n'a-t-il pas envoyés aux
lointaines Prairies ? » continua-t-il, une sorte de
fraude pieuse l'amenant à croire qu'en danger lui-
même, il n'y avait pas de mal à exalter les mérites
d'un autre. « Combien de Sioux hurlants n'a-t-il pas
frappés bravement en face, tandis que les flèches
volaient dans l'air, plus nombreuses que les flocons

de la neige qui tombe ? Allez, Wencha pourrait-il nommer un seul ennemi frappé par lui ?

— Cœur Dur ! » cria le Sioux en se retournant furieux.

Comme il s'apprêtait à porter cette fois le coup de la mort, son bras tomba dans le creux de la main du prisonnier.

Pendant une minute, tous deux restèrent immobiles dans cette attitude, l'un paralysé par cette subite résistance, l'autre penchant la tête, non pour recevoir la mort, mais pour prêter l'attention la plus profonde. Les femmes poussèrent des cris de triomphe ; la fermeté du captif, pensaient-elles, l'avait enfin abandonné. Le Trappeur trembla pour l'honneur de son ami ; et Hector, comme s'il eût compris ce qui se passait, leva le museau en l'air et poussa un hurlement plaintif.

Mais l'hésitation du Pauni cessa bientôt. Il leva l'autre main, armée du tomahawk, et Wencha tomba à ses pieds la tête fendue jusqu'aux yeux. Alors, agitant la hache sanglante, il s'élança dans l'intervalle laissé vide par les femmes épouvantées, et franchit en quelques bonds le versant de la colline.

Si la foudre fût tombée en ce moment au milieu des Sioux, elle n'eût point produit une consternation plus grande que cet acte d'héroïque désespoir. Toutes les femmes poussèrent une clameur aiguë et désolée, et il n'y eut pas jusqu'aux plus vieux guerriers qui parurent avoir perdu l'usage de leurs facultés. Cette stupeur se dissipa rapidement ; elle fut suivie d'un hurlement de vengeance que cent bouches exhalèrent à la fois, et en même temps cent guerriers se levèrent pour infliger au fugitif un sanglant châtiment.

Mais la voix puissante et impérieuse de Matori arrêta cet élan. Le chef, sur la physionomie duquel le désappointement luttait contre le calme affecté de son rang, étendit le bras du côté de la rivière, et tout le mystère fut expliqué.

Cœur Dur avait déjà franchi plus de la moitié de la vallée qui s'étendait de la colline au bord de l'eau, lorsqu'on vit accourir de l'autre côté une troupe de Paunis, armés et à cheval. Le jeune homme plongea dans la rivière ; quelques minutes suffirent à son bras vigoureux pour la traverser, et alors les acclamations qui s'élevèrent de la rive opposée apprirent aux Sioux humiliés toute l'étendue du triomphe de leurs adversaires.

CHAPITRE XXIX

> Si ce berger n'est pas enchaîné,
> qu'il fuie ! Les malédictions dont on le
> couvrira, les tortures qui lui seront
> infligées, feraient fléchir les forces
> d'un homme, le cœur d'un monstre.
>
> SHAKESPEARE.

Cette subite évasion produisit parmi les Sioux une sensation extraordinaire.

En ramenant ses guerriers de la chasse au camp de la tribu, Matori n'avait négligé aucune des précautions habituelles de la prudence indienne, afin de soustraire sa trace aux yeux de l'ennemi. Non seulement les Paunis avaient su le découvrir, mais ils s'étaient approchés de la place du seul côté dont on avait cru inutile de défendre l'abord par une ligne de sentinelles ; celles-ci, dispersées en arrière sur les petites éminences qui entouraient le camp, furent les dernières à apprendre le danger.

Une telle crise ne laissait guère le temps de la réflexion. C'était en déployant l'énergie de son caractère en des circonstances semblables que Matori avait acquis tant d'influence sur ses compatriotes, et il n'était pas probable qu'il allait s'exposer à la perdre par le moindre signe de faiblesse. Loin de là! Au milieu d'un tumulte infernal qui eût assurément suffi à troubler des cerveaux moins solides que le sien, il déploya son autorité, et donna ses ordres avec le sang-froid d'un vieux général.

Pendant que les hommes s'armaient, les petits garçons descendirent dans la vallée à la recherche des chevaux; les tentes furent repliées à la hâte par les femmes, et chargées en croupe des montures impropres au combat; les enfants à la mamelle prirent place sur le dos de leurs mères, et ceux qui étaient en état de marcher furent relégués à l'arrière-garde, comme un troupeau d'animaux moins raisonnables. Tous ces mouvements, bien qu'accompagnés de cris et de clameurs qui faisaient de ce lieu une nouvelle Babel, furent exécutés avec une promptitude et une intelligence incroyables.

De son côté, Matori ne négligeait aucun des devoirs que lui imposait la dignité de son rang. De la hauteur sur laquelle il était placé, il dominait l'ennemi, et pouvait compter ses forces et distinguer ses évolutions. Un sinistre sourire éclaira son visage lorsqu'il s'aperçut que, sous le rapport du nombre, la bande des Sioux avait une grande supériorité.

Malgré cet avantage, il existait plusieurs causes d'inégalité qui, dans la lutte imminente, devaient rendre le succès extrêmement douteux. Habitant une région plus septentrionale et moins hospitalière que celle de leurs ennemis, ses compagnons étaient loin d'être pourvus abondamment de chevaux et d'armes, richesse à laquelle les Indiens de l'ouest attachent le plus de prix. La troupe qu'il avait en vue était montée jusqu'au dernier homme; et comme elle était venue

de loin pour venger son chef le plus renommé, il était
persuadé qu'elle se composait tout entière d'hommes
d'élite.

Au contraire, un grand nombre de ses gens
étaient beaucoup plus utiles dans une chasse que dans
un combat, et s'ils pouvaient servir à détourner
l'attention de l'ennemi, ils n'étaient guère propres à
concourir efficacement à l'action. Cependant ses yeux
se promenaient avec orgueil sur un groupe de guerriers en qui il avait souvent mis toute sa confiance et
qui ne l'avaient jamais trompé ; et bien que, dans la
position spéciale où il se trouvait, il ne fût nullement
disposé à précipiter la lutte, il n'aurait sans doute pas
cherché à l'éviter, si la présence des femmes et des
enfants n'eût laissé ce choix à la disposition de ses
adversaires.

D'autre part, les Paunis, qui avaient réussi d'une
manière si inespérée dans le but principal de leur
expédition, ne manifestaient aucune intention d'en
venir à une lutte décisive. Traverser la rivière en face
d'un ennemi déterminé était une opération dangereuse, et leur prudente politique leur eût conseillé de
se retirer pour le moment, afin d'attaquer à l'improviste et au milieu des ténèbres. Mais leur chef ne
songeait guère aux expédients familiers à la stratégie
indienne. L'enthousiasme l'emportait au-dessus de
lui-même ; de plus, il brûlait du désir d'effacer la
honte qu'il lui avait fallu subir, et peut-être aussi dans
sa pensée le camp des Sioux renfermait-il un trésor qui
commençait à avoir à ses yeux un prix bien supérieur à
celui de cinquante chevelures.

Quoi qu'il en soit, Cœur Dur, après avoir reçu les
courtes félicitations de sa troupe, et communiqué aux
chefs ce qu'il leur était nécessaire de connaître, se

prépara à jouer dans la lutte prochaine un rôle qui pût tout à la fois maintenir sa réputation établie et satisfaire ses secrets désirs. Un cheval de main, depuis longtemps dressé à la chasse, avait été amené pour recevoir son maître, avec bien peu d'espoir que ses services pussent encore lui être utiles dans ce monde. Par une attention délicate, qui prouvait combien ses qualités généreuses avaient excité de sympathies, un arc, une lance et un carquois avaient été attachés à la selle de l'animal qu'on se proposait d'immoler sur la tombe du jeune brave, soin religieux qui eût rendu inutile le devoir que le Trappeur s'était engagé à remplir.

Si Cœur Dur fut sensible à l'attention de ses guerriers, et convaincu qu'un chef ainsi équipé pouvait partir avec honneur pour les terrains de chasse du Maître de la Vie, il parut néanmoins disposé à croire que, dans l'état actuel des choses, ces objets pouvaient rendre de tout autres services. Ce fut avec un sentiment de farouche satisfaction qu'il éprouva l'élasticité de son arc et l'équilibre parfait de sa lance ; il n'accorda qu'un coup d'œil à son bouclier ; mais la joie avec laquelle il s'élança sur le dos de son cheval favori fut si grande qu'elle triompha du décorum de la réserve indienne. Il se mit à caracoler au milieu de ses guerriers non moins charmés que lui, apportant à manier son cheval une grâce et une adresse que les règles de l'art ne peuvent jamais suppléer ; tantôt brandissant sa lance comme pour s'assurer s'il était ferme sur sa selle, et tantôt examinant l'état du fusil dont on l'avait également muni, avec le soin minutieux et l'affection d'un homme miraculeusement rentré dans la possession d'un trésor qui avait toujours fait son orgueil.

Matori choisit cet instant d'accalmie pour donner certaines instructions décisives.

Il n'avait pas trouvé peu d'embarras à disposer de ses captifs. Les tentes d'Ismaël étaient encore en vue, et son astuce ne manqua pas de lui conseiller de se tenir en garde contre un retour offensif de l'émigrant. Sa première impulsion avait été de tuer les hommes et de placer les femmes sous la même protection que celles de sa troupe ; la terreur avec laquelle plusieurs de ses guerriers continuaient à regarder le prétendu sorcier des Longs Couteaux l'avertit du danger qu'il y aurait à faire une expérience hasardeuse au moment de livrer bataille. N'y verrait-on pas le présage d'une défaite ?

Dans cette situation embarrassante, il appela un vieux sauvage auquel il avait confié la garde des non combattants, le prit à part, lui posa un doigt sur l'épaule d'une manière significative, et lui dit d'un ton bref mêlé de confiance :

« Quand mes jeunes hommes seront occupés à frapper les Paunis, donne des couteaux aux femmes. Il suffit ; mon père est très vieux : il n'a pas besoin qu'un enfant lui apprenne la sagesse. »

Le vieillard répondit par un affreux sourire d'assentiment, et alors le chef parut avoir l'esprit en repos sur cet important sujet. Dès lors il ne s'occupa plus que du soin d'assurer sa vengeance et de soutenir son renom de bravoure. Se mettant en selle, il fit signe, de l'air d'un prince, à ses compagnons de suivre son exemple, interrompant sans façon les chants de guerre et les cérémonies solennelles par lesquels un grand nombre d'entre eux stimulaient leur courage à des actes intrépides.

Quand tout fut en ordre, les Sioux descendirent en silence la pente de la colline.

Les deux troupes ennemies n'étaient plus séparées que par les eaux. La rivière était trop large pour permettre aux Indiens l'emploi des projectiles ordinaires ; seulement les chefs échangèrent quelques coups de fusil, plutôt par bravade que dans l'espoir qu'ils pussent produire quelque effet.

Aucun des incidents que nous venons de décrire n'avait, bien entendu, échappé à l'œil clairvoyant du Trappeur.

Surpris comme les autres de l'action soudaine de Cœur Dur, il éprouva d'abord un sentiment de regret et de mortification. Le bon et simple vieillard, en voyant le moindre symptôme de faiblesse dans un jeune homme qui avait si fortement excité ses sympathies, aurait ressenti la même douleur qu'un père chrétien en assistant aux derniers moments d'un fils impie. Mais lorsqu'au lieu de lâches et impuissants efforts pour conserver la vie, il reconnut que son ami avait montré la résignation stoïque d'un Indien jusqu'à ce qu'un moyen de délivrance s'offrît à lui, et qu'alors il avait déployé la vigueur et la résolution du guerrier le plus accompli, la joie qu'il éprouva fut si vive, qu'il eut peine à la dissimuler.

Au milieu des lamentations et du désordre qui suivirent la mort de Wencha et la fuite du prisonnier, il alla se poster auprès de ses compagnons blancs, résolu d'intervenir à tout hasard, si la fureur des sauvages se dirigeait de leur côté. L'apparition de l'ennemi lui épargna la nécessité de recourir à une tentative désespérée, et probablement condamnée d'avance, et lui permit de poursuivre à loisir ses observations et de mûrir ses plans.

Entre autres choses, il remarqua que, tandis que

la plus grande partie des femmes et tous les enfants, ainsi que le mobilier de la troupe, avaient été précipitamment dirigés sur les derrières, sans doute afin de trouver un prompt abri dans les taillis d'alentour, la tente de Matori était restée debout et contenait encore ses habitantes. Deux chevaux de choix étaient tenus en bride près de là par deux Indiens, trop jeunes pour prendre part au combat, mais déjà en âge de savoir les conduire.

Le Trappeur vit dans cet arrangement la répugnance de Matori à laisser ses « fleurs » de fraîche date hors de la portée de sa vue, et en même temps sa prévoyance à se précautionner contre un revers de fortune. L'air du chef en confiant au vieux sauvage sa mission sanglante, et la joie cruelle de ce dernier en la recevant, n'avaient pas non plus échappé à son observation. D'après tous ces mouvements mystérieux, le vieillard comprit que le dénoûment approchait ; et dans cette conjoncture critique, il appela à son aide toute l'expérience qu'il avait acquise dans sa longue carrière.

Pendant qu'il méditait sur les moyens à employer, le naturaliste attira de nouveau son attention en faisant un pitoyable appel à son assistance.

« Vénérable Trappeur, ou libérateur, comme je devrais plutôt le dire », commença le dolent Battius, « n'êtes-vous pas d'avis qu'une occasion opportune s'est à la fin produite de briser la connexité irrégulière et tout à fait contre nature qui existe entre mes membres inférieurs et le corps d'Asinus ? Peut-être si une portion de mes membres était dégagée de manière à me laisser le libre usage du reste, et si je profitais de cette occasion favorable pour faire une marche forcée vers les habitations, tout espoir de conserver les trésors de science dont je suis l'indigne dépositaire ne serait pas perdu. Certes, l'importance des résultats vaut la peine de tenter l'épreuve.

— C'est à savoir, c'est à savoir », répondit tranquillement le vieillard ; « les insectes et les reptiles que vous portez sur vous ont été destinés par le Seigneur à la Prairie, et je ne vois pas l'utilité de les envoyer dans des régions qui peuvent ne pas être appropriées à leur nature. D'ailleurs, tel que vous êtes maintenant calé sur votre âne, vous pouvez rendre de grands et importants services. Vous avez l'air d'en douter ? Cela ne m'étonne pas, attendu que l'utilité est chose étrangère à quiconque ne consulte que des bouquins.

— Utile, moi ? Comment puis-je l'être dans cette pénible captivité où les fonctions animales sont en quelque sorte suspendues, et celles de l'âme ou de l'intellect neutralisées par la sympathie secrète qui unit l'esprit à la matière ? Il est probable qu'il y aura du sang répandu entre ces deux troupes de païens ennemis, et quoique l'office ne soit pas trop de mon goût, mieux vaudrait que je m'occupasse à des expériences chirurgicales que de perdre ainsi des moments précieux en mortifiant tout à la fois l'âme et le corps.

— Un Peau Rouge ne songe guère à faire panser ses blessures par un médecin, quand le cri de guerre résonne à son oreille. La patience est une vertu chez un Indien, et il n'y a pas de honte à ce qu'un chrétien et un blanc en aient aussi. Voyez cette poignée de sorcières, ami docteur ; si je connais rien au caractère des sauvages, elles sont animées de projets sanguinaires et prêtes à exercer sur nous leurs féroces penchants. Or, tant qu'accolé à votre baudet, vous conserverez cet aspect belliqueux qui est loin d'être dans votre nature, la crainte d'avoir affaire à un grand

magicien les tiendra peut-être en respect. Je suis
ici comme un général qui va livrer bataille, et il
est de mon devoir de tirer de mes forces un parti
avantageux. Chacun selon ses moyens : ou je me
trompe fort, ou votre déguisement nous sera plus
utile que la bravoure la plus éclatante. »

Le chasseur d'abeilles, dont la patience ne
s'accommodait guère des calculs et des digressions
du vieillard, l'interrompit.

« Dites donc, vieux Trappeur », s'écria-t-il,
« une supposition ! Si vous coupiez deux choses
que je vais vous dire ? d'abord votre conversation,
qui a de l'agrément auprès d'une bosse de buffle
bien rôtie, ensuite ces maudites courroies qui, j'en
sais quelque chose, ne sauraient être agréables
nulle part ? Un seul coup de votre couteau nous
rendrait un fier service, plus qu'un interminable
plaidoyer devant un tribunal du Kentucky.

— Hé ! hé ! vos tribunaux sont les bienheureux terrains de chasse, pour parler à l'indienne,
de ceux dont la langue fait tout le talent. Un jour
il m'est arrivé d'être traîné dans une de ces
cavernes d'iniquité, et à cause de quoi, je vous
prie ? D'une misérable peau de daim. Le Seigneur
leur pardonne ! Ils n'en savaient pas davantage ; ils
agirent conformément à leurs faibles jugements, et
ils n'en sont que plus à plaindre. Et cependant
c'était un spectacle imposant que celui d'un vieillard qui avait toujours vécu au grand air, tenu en
charte privée par la loi, offert en spectacle et
montré au doigt par les femmes et les enfants
d'un comté gaspilleur.

— Si telle est, mon brave ami, votre façon de
penser sur une contrainte illégitime, vous feriez

bien de l'appliquer en nous délivrant aussitôt que possible. »

Cette réflexion amère de Middleton prouvait que, lui aussi il ne s'expliquait pas les lenteurs du vieillard, dont ils avaient si souvent éprouvé le zèle.

« Ma foi », répondit celui-ci, « je ne demanderais pas mieux, surtout pour vous, capitaine, qui, étant militaire, trouveriez tout à la fois plaisir et profit à examiner plus à votre aise les manœuvres et subterfuges d'un combat indien. Quant à notre jeune camarade, qu'il contemple l'affaire de près ou de loin, il n'importe, attendu qu'une abeille ne doit pas être mise à la raison de la même manière qu'un sauvage.

— Vieillard, ces plaisanteries sont tout à fait déplacées, pour ne pas les qualifier d'un nom plus sévère.

— Ah ! voilà bien le caractère vif et emporté de votre aïeul, et il ne faut pas s'attendre à voir le petit d'une panthère ramper comme celui d'un porc-épic. A présent, tenez-vous en paix et ce que je vais dire aura l'air de se rapporter à ce qui se passe là-bas ; cela servira à endormir la défiance, et à fermer des yeux qui se ferment rarement dans l'attente d'une scélératesse ou d'un mauvais coup. Sachez d'abord une chose : j'ai des raisons de croire que ce perfide Matori a donné l'ordre de nous mettre tous à mort dès qu'on pourra le faire secrètement et sans bruit.

— Juste ciel ! souffrirez-vous qu'on nous égorge comme des brebis sans défense ?

— Chut, capitaine, chut ! On n'a pas précisément besoin d'une tête chaude quand la force doit céder à la ruse... Quel noble garçon, ce Pauni ! Cela vous ferait du bien de voir comme il s'éloigne du bord de la rivière pour inviter ses ennemis à la traverser ; et pourtant, si j'en crois le témoignage de ma vue affaiblie, il ne compte que deux guerriers contre un... Pour revenir à nos moutons, il ne sort rien de bon d'une conduite imprudente et précipitée. Les faits sont si clairs qu'ils sauteraient aux yeux d'un enfant. Les Sioux ne sont pas d'accord sur la manière de nous traiter : les uns nous craignent à cause de notre couleur et nous laisseraient volontiers partir ; d'autres voudraient nous montrer la pitié que le loup affamé témoigne à la biche. Quand l'opposition se met une fois dans les conseils d'une tribu, il est rare que ce soit l'humanité qui l'emporte. Voyez-vous ces mégères altérées de sang ? Non, vous ne pouvez les voir dans la position où vous êtes. Quoi qu'il en soit, elles sont là comme autant d'ourses enragées, prêtes à se jeter sur nous au bon moment.

— Dites donc, bonhomme », dit Paul non sans amertume, « est-ce pour votre amusement ou pour le nôtre que vous nous ressassez tout ça ? Si c'est dans notre intérêt, gardez votre haleine pour la première course que vous aurez à faire ; car, moi, j'en suis excédé au point d'en suffoquer de colère.

— Motus ! »

Sur cette recommandation, le vétéran trancha adroitement et en un clin d'œil la courroie qui attachait un des bras de Paul à son corps, et laissa tomber son couteau à portée de la main dégagée.

« Silence, garçon ! » reprit-il. « Nous avons eu un éclair de chance. Les hurlements partis de la vallée ont attiré dans cette direction les regards de nos furies, et jusque-là tout va bien. Maintenant profitez de vos avantages ; mais garde à vous, et surtout tâchez qu'on ne vous voie pas !

— Merci du petit service, discoureur sempiternel », murmura le chasseur d'abeilles, « quoiqu'il vienne comme la neige en mai, un peu hors de saison.

— Fou incorrigible, n'apprendrez-vous jamais la vertu de la patience ? » s'écria d'un ton de reproche le vieillard, qui s'était éloigné de quelques pas, et paraissait regarder attentivement les opérations des partis hostiles.

Puis s'adressant à l'officier :

« Vous aussi », continua-t-il, « vous m'en voulez, comme si j'étais d'un caractère à me formaliser sur de vaines apparences ; vous restez muet, par dédain de demander la moindre chose à un homme qui vous semble trop lent à obliger ? Oui, oui, vous êtes l'un et l'autre jeunes et pleins de la conscience de votre force et de votre courage, et vous avez cru, je le parierais, qu'il suffisait de couper vos liens pour que vous fussiez maîtres du champ de bataille. Quiconque a beaucoup vu est porté à beaucoup réfléchir. Si je m'étais trop pressé, comme un étourdi, de vous rendre la liberté, ces coquines de vieilles m'auraient aperçu, et maintenant où seriez-vous l'un et l'autre ? Sous le tomahawk et le couteau, à pleurer et à crier de rage, pareils à des enfants, tout hommes que vous êtes par la taille et la barbe. Demandez à votre ami le chasseur d'abeilles s'il se trouve en état de tenir tête à un marmot après être resté si longtemps garrotté ; que ferait-il donc contre une douzaine de mégères impitoyables ?

— C'est vrai, vieux Trappeur », répondit Paul en étendant ses membres, qu'il était parvenu à dégager, et en s'efforçant de rétablir la circulation du sang ; « là-dessus vous ne raisonnez pas mal. Quelle drôle de chose ! moi, Paul Hover, qui ne crains personne à la lutte ou à la course me voilà aussi faible et engourdi que le jour où j'ai fait mon entrée dans la maison du vieux Paul, qui est mort et parti avec le pardon du Seigneur, je l'espère, pour toutes les peccadilles qu'il a pu commettre pendant son séjour au Kentucky! Par exemple, mon pied pose sur la terre, à moins d'avoir la berlue, et pourtant je n'aurais pas de peine à jurer qu'il en est éloigné de six bons pouces. Ainsi donc, mon brave ami, puisque vous avez déjà tant fait, ayez la bonté de tenir à distance ces infernales vieilles, dont vous nous dites tant de choses intéressantes, jusqu'à ce que le sang circule à nouveau dans ce bras, et que je sois en état de les recevoir poliment. »

Après avoir fait signe qu'il comprenait parfaitement l'urgence du cas, le Trappeur se dirigea vers le vieux sauvage qui commençait à manifester l'intention d'exécuter la tâche dont on l'avait chargé.

Matori avait bien choisi l'exécuteur de ses volontés sanguinaires. C'était un de ces sauvages impitoyables dont le nombre est plus ou moins grand dans chaque tribu; il s'était acquis une certaine réputation par son courage féroce, qui prenait sa source dans un amour inné pour le sang. Contrairement à ce sentiment élevé et chevaleresque pour ainsi dire, qui, chez les Indiens des Prairies, attache plus de gloire à enlever le trophée de la victoire à un ennemi tombé qu'à lui arracher la vie, il préférait le plaisir de tuer les vivants à l'honneur de frapper les morts. Pendant que les guerriers les plus ambitieux cherchaient à s'illustrer par quelque trait de bravoure personnelle, on le voyait, lui, posté derrière un abri favorable, priver les blessés de toute espérance en achevant ce qu'un autre plus généreux avait commencé. Dans tous les actes cruels de la tribu il avait joué le premier rôle, et jamais Sioux ne s'était refusé si obstinément à l'indulgence.

Malgré l'habitude de se contraindre, il rongeait son frein et guettait le moment d'exécuter les ordres du grand chef, sans l'approbation duquel il n'eût pas osé entreprendre un acte qui rencontrait tant d'opposition dans le conseil. Mais le combat venait de s'engager entre les deux troupes, et il se trouvait enfin, à sa grande et cruelle joie, libre d'agir à son gré.

Le Trappeur le vit en train de distribuer des couteaux aux féroces sorcières, qui entonnèrent aussitôt à voix basse une mélopée monotone, rappelant les pertes éprouvées par la tribu en divers combats contre les blancs, et vantant les charmes de la gloire et de la vengeance. L'aspect d'un tel groupe était suffisant pour détourner un homme, moins accoutumé que le vieillard à de pareils spectacles, de troubler leurs affreuses cérémonies.

Chacune des vieilles, en recevant l'arme fatale commença, autour du sauvage, une danse lente et mesurée, mais grotesque, jusqu'à ce qu'elles l'eussent enfermé dans une sorte de ronde magique. Leurs pas étaient réglés jusqu'à un certain point par les paroles de leur chant, de même que leurs gestes par les idées qu'elles exprimaient. Ainsi, en parlant des guerriers qu'elles avaient perdus, elles agitaient au vent leur longue chevelure grise, ou la laissaient tomber en désordre sur leur gorge décharnée ; mais quand une d'elles venait à faire allusion au plaisir de rendre coup pour coup, toutes lui répondaient par des clameurs frénétiques et par des mouvements désordonnés qui prouvaient assez avec quelle énergie elles cherchaient à s'exalter jusqu'au paroxysme de la fureur.

Ce fut au centre même de ce cercle de démons que le Trappeur s'avança avec autant de calme que s'il fût entré dans une église. Sa présence ne produisit d'autre effet que de redoubler leurs gestes menaçants, et de rendre moins équivoque, s'il était possible, l'expression de leurs projets sanguinaires.

Après leur avoir fait signe d'interrompre le branle :

« Pourquoi les mères des Dacotas chantent-elles d'une bouche irritée ? » demanda-t-il. « Les prisonniers paunis ne sont point encore dans leur village ; les jeunes hommes ne sont point revenus chargés de chevelures. »

On ne lui répondit que par un hurlement général, et quelques-unes des plus hardies d'entre ces furies s'approchèrent de lui en brandissant leur couteau à une proximité dangereuse.

« C'est un guerrier que vous voyez, et non un vagabond des Longs Couteaux, dont le visage pâle devient plus pâle encore à la vue du tomahawk », reprit le Trappeur sans sourciller. « Que les femmes sioux y pensent ; si un blanc meurt, il en surgira cent autres à l'endroit où il sera tombé. »

Sans lui répondre, elles continuèrent d'imprimer à leur ronde une nouvelle vitesse, et accentuèrent plus fortement les menaces contenues dans leur chant. Tout à coup l'une des plus âgées et des plus féroces quitta le cercle, et se mit à courir dans la direction de ses victimes, comme un oiseau carnassier qui, après avoir tournoyé sur ses ailes pesantes, s'abat brusquement sur sa proie. Les autres mégères suivirent en désordre et avec de grands cris, craignant d'arriver trop tard pour prendre leur part de cette sanglante fête.

« Puissant médecin de mon peuple », s'écria le vieillard en langue sioux, « élève ta voix et parle, afin que la nation entende ! »

Soit qu'Asinus eût acquis par son expérience récente assez d'intelligence pour connaître le pouvoir de ses facultés sonores, soit que l'étrange spectacle d'une douzaine de sorcières passant en désordre devant lui, et remplissant l'air de cris discordants, même pour les oreilles d'un âne, eût fait impression sur lui, il est certain que l'animal se chargea de la commission donnée à son maître, et probablement avec beaucoup plus de succès que si le naturaliste eût rassemblé toutes les forces de ses poumons pour se faire entendre. C'était la première fois que cet animal, dont l'espèce leur était inconnue, prenait la parole depuis son arrivée au camp. Effrayées à ce bruit formidable, les vieilles se dispersèrent comme des vautours à qui la peur a fait lâcher leur proie, mais en continuant de vociférer, et n'ayant renoncé qu'à demi à leur dessein.

Sur ces entrefaites, l'imminence du danger avait rétabli la circulation du sang dans les veines de Paul et de Middleton. Le premier s'était dressé sur ses pieds dans une attitude qui n'était guère menaçante qu'en apparence. Le second qui était parvenu à se soulever sur ses genoux, se montrait prêt à vendre chèrement sa vie.

La délivrance inexplicable des captifs fut attribuée par les mégères aux sortilèges du médecin blanc, méprise qui les servit aussi bien que l'intervention miraculeuse d'Asinus.

« Maintenant il faut nous montrer », s'écria le vieillard en se hâtant de rejoindre ses amis ; « il est temps de faire bonne et franche guerre. Mieux aurait valu différer la lutte jusqu'à ce que le capitaine fût en état d'y prendre part ; mais, puisque nous avons démasqué nos batteries, il faut disputer le terrain d'un pied ferme, et… »

Il s'interrompit tout à coup en sentant sur son épaule le poids d'une main gigantesque.

Ayant tourné la tête avec une idée confuse qu'en effet ce lieu était ensorcelé, il vit qu'il se trouvait au pouvoir d'un magicien non moins dangereux et puissant qu'Ismaël Bush. La troupe des fils bien armés de l'émigrant, qui débarqua au même moment derrière la tente de Matori, lui fit comprendre sur-le-champ comment ils avaient été surpris par derrière et l'impossibilité complète de résister.

Ismaël et ses fils ne jugèrent pas à propos d'entrer dans de longues explications. Middleton et Paul furent de nouveau garrottés en silence et avec une promptitude extraordinaire ; et cette fois, le vieux Trappeur lui-même subit leur sort. On abattit la tente, les dames furent placées sur des chevaux, et toute la troupe prit le chemin du camp de l'émigrant.

Pendant cet arrangement rapide et sommaire, l'agent désappointé de Matori et ses cruelles compagnes s'enfuyaient à travers la plaine, du côté où les enfants et les femmes battaient en retraite ; et lorsque Ismaël se fut éloigné avec ses prisonniers et son butin, cet endroit si récemment animé par le bruit et le tumulte d'un vaste campement indien, devint aussi calme et désert qu'aucune autre partie de l'immense solitude.

CHAPITRE XXX

Ce procédé est-il juste et honorable ?

SHAKESPEARE.

Tandis que ces événements se passaient sur la hauteur, les guerriers qui étaient dans la plaine n'étaient pas restés oisifs.

Nous avons laissé les deux troupes ennemies se surveillant mutuellement sur les deux rives, chacune s'efforçant, par de sanglantes invectives, d'exciter l'autre à quelque tentative imprudente. Cœur Dur ne tarda pas à découvrir que son adroit adversaire ne demandait pas mieux que de perdre le temps en manœuvres inutiles. Il changea donc de tactique, et, comme nous l'avons appris de la bouche du Trappeur, il s'éloigna des bords de la rive, afin d'engager à la traverser la troupe des Sioux, plus nombreuse que la sienne. Le défi ne fut point accepté, et les Loups furent obligés de recourir à quelque autre expédient pour atteindre leur but.

Au lieu de continuer à perdre des moments précieux en efforts impuissants pour entraîner l'ennemi à sa poursuite, Cœur Dur, à la tête de ses hommes, longea le rivage au galop, cherchant un endroit favorable où, par une brusque traversée, il pût conduire sans perte ses guerriers de l'autre côté. Dès que son intention fut connue, chaque cavalier sioux prit un fantassin en croupe ; et Matori fut à même de concentrer toutes ses forces pour s'opposer au passage.

Ne voulant pas essouffler ses chevaux par une course forcée, qui les rendrait incapables de servir utilement après avoir devancé ceux des Sioux plus pesamment chargés, Cœur Dur s'arrêta et fit prendre position à sa troupe au bord de l'eau.

Le pays était trop découvert pour permettre aucun des stratagèmes ordinaires de la tactique indienne, et d'ailleurs le temps pressait. L'intrépide Pauni résolut donc de terminer le débat par un de ces actes d'audace si communs chez les Peaux Rouges, et au prix desquels ils achetaient leur plus éclatante et chère renommée.

Le lieu qu'il avait choisi était favorable à son projet. La rivière, qui dans la plus grande partie de son cours était rapide et profonde, avait en cet endroit une largeur plus que double, et le clapotement des flots prouvait qu'ils coulaient sur un haut fond. Au milieu du courant s'allongeait un vaste banc de sable, un peu élevé au-dessus du niveau de l'onde, et dont la couleur et la consistance annonçaient à un œil exercé que le sol y serait sûr et solide.

Ce fut vers ce point que le chef tourna un regard attentif, et il ne fut pas longtemps à prendre un parti. Après avoir parlé à ses guerriers, il s'élança dans le fleuve, et partie en nageant, partie en s'aidant de son cheval qui avait pied, il atteignit l'îlot sain et sauf.

La sagacité de Cœur Dur n'était pas en défaut.

Quand sa monture sortit de l'eau en s'ébrouant, il se trouva sur un sol élastique, mais humide et compact, admirablement propre à faire ressortir les qualités de l'animal. Celui-ci, comprenant d'instinct cet avantage, portait son maître avec une souplesse d'allure et un air fier qui eussent fait honneur au cheval de bataille le mieux dressé et le plus généreux. Dans cette situation saisissante, le jeune chef sentait bouillonner son sang dans ses veines ; on voyait à son maintien qu'il savait être devenu le point de mire général ; et si rien ne pouvait être plus agréable à ses compagnons que le spectacle de tant de grâce et de courage, rien aussi n'était plus humiliant pour leurs ennemis.

La soudaine apparition du Pauni sur le banc de sable excita parmi les Sioux un transport de fureur. Ils coururent jusqu'au bord de l'eau ; cinquante flèches et quelques coups de fusil partirent à la fois, et plusieurs braves manifestèrent clairement l'intention d'aller punir le téméraire auteur d'un si insolent défi. Mais la voix et l'autorité de Matori réprimèrent ce mouvement et mirent un frein à l'ardeur presque ingouvernable de ses guerriers. Loin de permettre qu'un seul pied entrât dans l'eau ou qu'on renouvelât la tentative de chasser l'ennemi du bord opposé à l'aide d'impuissants projectiles, toute la troupe reçut ordre de s'éloigner du rivage, tandis qu'il communiquait ses intentions à un ou deux des guerriers en qui il avait le plus de confiance.

En voyant les Sioux se précipiter en avant, vingt guerriers paunis s'étaient élancés dans la rivière ; puis imitant leur mouvement de retraite, ils laissèrent leur chef sous l'unique sauvegarde de son habileté à toute épreuve et de son courage reconnu.

Les instructions données par Cœur Dur, en

quittant sa troupe, avaient été marquées au coin de l'audace et de la générosité : tant qu'il n'aurait affaire qu'à un seul ennemi, il se chargeait de lui répondre ; mais si l'on venait l'attaquer en force, il devait être soutenu par un nombre égal de Paunis jusqu'à ce que tous fussent engagés.

On lui obéit strictement ; et bien que ses compagnons brûlassent du désir de partager ses périls, il n'y en eut pas un qui ne sût dissimuler son impatience sous le masque habituel de la réserve indienne. Ils attendaient le résultat d'un œil avide et jaloux, et pas une seule exclamation de surprise ne leur échappa lorsqu'ils aperçurent, comme on le verra bientôt, que la tentative de leur chef pourrait amener une trêve au lieu d'un combat.

En quelques mots, Matori communiqua son projet à ses confidents, et les envoya rejoindre le gros de la troupe. Entrant alors à cheval dans la rivière, il fit quelques pas et s'arrêta ; puis il leva plusieurs fois sa main en l'air, la paume en dehors, et fit quelques autres signes que les indigènes de ce pays sont convenus de regarder comme des démonstrations pacifiques. Enfin, comme pour confirmer la sincérité de ses intentions, il jeta son fusil sur le sable, s'avança encore de quelques pas et s'arrêta de nouveau, afin de voir ce qu'allait répondre son adversaire.

L'insidieux Sioux n'avait pas vainement compté sur la noble et loyale nature de son jeune rival. Au milieu d'une volée de flèches, et pendant les préparatifs d'une mêlée générale, Cœur Dur n'avait cessé de parader sur le sable avec la même orgueilleuse tranquillité qu'en affrontant le danger pour la première fois. A la vue de Matori qui venait à sa rencontre, il agita sa main gauche d'un air de triomphe, et brandissant sa lance, il lui lança pour défi le cri de guerre de son peuple. Ayant ensuite reconnu qu'il désirait parlementer, quoique accoutumé aux perfidies de la guerre indienne, il dédaigna de montrer moins de confiance que son ennemi n'avait jugé à propos d'en témoigner : s'avançant jusqu'à l'extrémité de l'îlot, il se débarrassa également de son fusil, et revint aussitôt à l'endroit d'où il était parti.

Les deux chefs étaient alors en présence à armes égales ; chacun d'eux avait sa lance, son carquois, sa hachette et son couteau, ainsi qu'un bouclier de cuir pouvant servir de moyen de défense contre les coups inopinés de l'une ou de l'autre de ces diverses armes. Le Sioux n'hésita plus : traversant droit le courant, il ne tarda pas à prendre pied sur le point que son courtois adversaire avait laissé libre.

S'il eût été possible d'observer en ce moment la physionomie de Matori, l'on y aurait vu briller une joie secrète à travers le voile d'astuce dont il avait su couvrir sa figure cuivrée ; et parfois cependant les éclairs de son regard et l'expansion de ses narines semblaient indiquer un sentiment plus noble et beaucoup plus digne d'un chef.

Immobile dans la partie de l'île où il s'était retiré, le Pauni attendait son ennemi avec une dignité calme. Le Sioux fit décrire un ou deux cercles à son coursier pour modérer son impatience et pour se remettre d'aplomb sur sa selle, puis il s'avança au centre de l'île, et, par un geste de politesse, il invita l'autre à venir le rejoindre. Cœur Dur s'approcha jusqu'à ce qu'il se trouvât à une distance convenable sans cesser d'être maître de ses mouvements, et fit halte.

Un long et grave silence s'ensuivit, durant lequel ces deux guerriers renommés, qui se voyaient alors

pour la première fois face à face, les armes à la main,
se regardèrent l'un l'autre en hommes qui savaient
apprécier le mérite d'un ennemi courageux bien que
détesté. Mais la contenance de Matori était beaucoup
moins ferme et belliqueuse que celle du Loup. Rejetant, par une nouvelle marque de confiance, son
bouclier en arrière, il salua de la main, et fut le
premier à prendre la parole.

« Que les Paunis montent sur les collines », dit-
il, « qu'ils regardent autour d'eux depuis le matin
jusqu'au soir, du pays des neiges à la région des
fleurs, et ils reconnaîtront que la terre est très vaste.
Pourquoi les hommes rouges ne pourraient-ils y
trouver place pour tous leurs villages ?

— Le Sioux a-t-il jamais vu un Loup venir lui
demander de planter sa tente dans ses villages ? »
répondit le jeune brave d'un air d'orgueil et de
dédain qu'il ne cherchait pas à dissimuler. « Quand
les Paunis vont chasser, envoient-ils des coureurs à
Matori pour s'informer s'il n'y a pas de Sioux dans la
Prairie ?

— Quand la faim est dans la hutte d'un guerrier,
il cherche le buffle qui lui a été donné pour nourriture », reprit l'autre en s'efforçant de réprimer la
colère qu'excitait en lui le mépris de son rival. « Le
Wacondah en a créé plus qu'il n'a créé d'Indiens. Il
n'a pas dit : « Ce buffle sera pour un Pauni, et celui-
là pour un Dacota ; ce castor pour un Konza, et cet
autre pour un Omaha. » Non, il a dit : « Il y en a
assez pour tous. J'aime mes enfants rouges, et je leur
ai donné de grandes richesses. Le cheval le plus agile
ne saurait aller en un grand nombre de soleils du
village des Dacotas au village des Loups. Il y a loin
des huttes des Paunis à la rivière des Osages. Il y a

place pour tous ceux que j'aime. » Pourquoi donc un homme rouge lèverait-il la main sur son frère ? »

Cœur Dur laissa retomber à terre un bout de sa lance, et rejetant son bouclier sur l'épaule, il s'appuya avec grâce sur l'autre bout ; puis il répliqua avec un sourire dont l'expression n'était pas douteuse :

« Les Sioux sont-ils las de la chasse et de la guerre ? veulent-ils faire cuire la venaison et ne point la tuer ? se proposent-ils de laisser croître leurs cheveux afin que sur leur tête on ne puisse trouver la touffe du scalp ? Allez, un guerrier pauni n'ira jamais chercher femme parmi des hommes si efféminés. »

Malgré sa dissimulation, Matori laissa échapper, à cet affront sanglant, un effrayant sourire de férocité ; mais réprimant aussitôt cette émotion indiscrète :

« C'est ainsi qu'un jeune chef doit parler de la guerre », répondit-il avec un singulier calme ; « mais Matori a subi plus d'hivers rigoureux que son frère. Pendant la longueur des nuits, au milieu des ténèbres de sa hutte, tandis que les jeunes hommes dormaient, il a réfléchi sur les souffrances de son peuple ; il s'est dit : Compte les chevelures suspendues à ton foyer ; toutes sont rouges, à l'exception de deux ! Le Loup mange-t-il le loup ? le serpent mord-il son semblable ? Non, tu le sais bien. Alors tu fais mal d'entrer, le tomahawk à la main, dans le sentier qui conduit au village d'un Peau Rouge.

— Eh ! quoi, le Sioux voudrait-il dépouiller le guerrier de sa gloire ? voudrait-il dire à ses jeunes hommes : Allez arracher l'herbe de la Prairie, et faites-y des trous pour enterrer vos tomahawks ; vous n'êtes plus des braves !

— Si la langue de Matori parle jamais ainsi », s'écria l'astucieux chef en affectant une vive indignation, « que ses femmes la lui coupent et la brûlent avec les restes du buffle ! »

Et il ajouta, en faisant quelques pas vers son adversaire immobile, comme pour lui donner une nouvelle preuve de confiance :

« Non, l'homme rouge ne manquera pas d'ennemis ; ils sont plus nombreux que les feuilles sur les arbres, les oiseaux dans le ciel, et les buffles dans la Prairie. Que mon frère ouvre ses yeux tout grands ; ne voit-il nulle part d'ennemi à frapper ?

— Depuis combien de temps le Sioux a-t-il compté les chevelures de ses guerriers qui sèchent à la fumée d'une hutte pauni ? La main qui les a prises est ici ; elle est prête à en élever le nombre de dix-huit à vingt.

— Que l'esprit de mon frère ne s'égare pas dans un chemin tortueux. Si les Peaux Rouges continuent toujours à frapper les Peaux Rouges, qui demeurera maître des Prairies, quand nul guerrier ne survivra pour dire : Elles sont à moi ? Écoutez la voix des vieillards : ils racontent que de leur temps un grand nombre d'Indiens sont sortis des bois situés vers le soleil levant, et ont rempli la Prairie de leurs plaintes contre les brigandages des Longs Couteaux. Partout où se montre un Visage Pâle, quel homme rouge peut rester ? La terre est trop petite ; ils sont toujours affamés. Voyez ! ils sont déjà ici. »

A ces mots, il désigna du geste les tentes d'Ismaël qu'on apercevait distinctement, puis il s'arrêta pour voir l'effet qu'avait produit son langage sur l'âme sans détours du jeune homme. Celui-ci avait écouté comme si les raisonnements de Matori eussent éveillé en lui un nouveau courant d'idées ; il réfléchit près d'une minute avant de l'interroger :

« Et les sages chefs des Sioux, que conseillent-ils de faire ?

— Ils pensent que le mocassin de tous les Visages Pâles doit être suivi comme la piste de l'ours ; que le Long Couteau qui se présente dans la Prairie ne doit pas retourner en arrière ; que le chemin doit être ouvert à ceux qui viennent, et fermé à ceux qui partent. Ceux que vous voyez là-bas sont nombreux ; ils ont des chevaux et des fusils ; ils sont riches, et nous sommes pauvres. Que les Paunis se réunissent avec les Sioux en conseil ; et quand le soleil aura disparu derrière les montagnes Rocheuses, ils diront : Ceci est pour un Loup, et cela pour un Sioux.

— Eh bien, non ! Cœur Dur n'a jamais frappé l'étranger. Ils viennent dans sa hutte ; ils y mangent et partent en paix : un chef puissant est leur ami ! Quand mon peuple appelle les jeunes hommes sur le sentier de la guerre, le mocassin de Cœur Dur est le dernier ; mais son village est à peine caché derrière les arbres, qu'il est au premier rang. Encore une fois, non ; son bras ne se lèvera jamais contre l'étranger.

— Sot que tu es, meurs donc les mains vides ! » s'écria Matori.

Et glissant une flèche sur la corde de son arc, il la décocha soudain avec une force terrible contre la poitrine nue de son trop confiant ennemi.

L'action du perfide avait été si prompte et si bien combinée qu'il n'était guère possible au jeune Pauni d'y opposer les moyens ordinaires de défense : son bouclier pendait à son épaule ; la flèche, dérangée de sa place ordinaire, était dans la même main qui tenait l'arc. Toutefois il eut le temps d'apercevoir, en un clin d'œil, le mouvement fatal, et sa présence d'esprit ne l'abandonna point. Tirant brusquement à lui les rênes de son cheval, il le fit dresser sur ses jambes de derrière ; en même temps il se pencha en avant, et l'animal lui tint lieu de bouclier. Le coup était si bien visé, et la flèche lancée avec tant de vigueur, qu'elle perça de part en part le cou du cheval, et que la pointe sortit du côté opposé.

Plus prompt que la pensée, Cœur Dur envoya à son tour une flèche pour réponse. Matori eut son bouclier traversé, mais sa personne ne fut pas touchée. Pendant quelque temps on n'entendit que le ronflement de l'arc et le sifflement des flèches, bien que les combattants fussent obligés de veiller surtout au soin de leur défense. Les carquois furent bientôt épuisés, et le sang coula, mais en quantité insuffisante pour ralentir la fureur du combat.

Alors commença une série d'évolutions équestres qui dénotaient une science merveilleuse de la part des cavaliers ; tour à tour leurs montures s'élançaient, reculaient, tournaient sur elles-mêmes et décrivant mille cercles dans leur feinte retraite, pareilles à l'hirondelle rasant la terre dans son vol irrégulier. La lance portait des coups terribles ; le sable tourbillonnait en l'air, et plus d'une fois le choc parut devoir être funeste ; cependant chacun des combattants se maintenait en selle et continuait à tenir la bride d'une main ferme.

Enfin, le Sioux fut obligé de se jeter à bas de son cheval pour éviter un coup qui, sans cela, lui eût ôté la vie. Le Pauni perça l'animal de sa lance, et poussa, tout en galopant, un cri de triomphe. Il allait mettre à profit cet avantage, lorsque son propre coursier chancela à son tour et tomba, épuisé de fatigue. Matori répondit à son cri de victoire prématuré et, le tomahawk à la main, courut sur le jeune guerrier, qui demeurait embarrassé dans les jambes de son cheval.

Malgré d'incroyables efforts, Cœur Dur ne parvint pas à se dégager sur-le-champ. Sentant que sa situation était désespérée, il chercha son couteau, en saisit la lame entre l'index et le pouce, et avec un sang-froid admirable, le lança contre son ennemi qui accourait sur lui. L'arme tranchante tourna plusieurs fois en l'air, heurta de la pointe la poitrine de l'impétueux Sioux, et s'y plongea jusqu'au manche.

Matori porta la main sur le couteau, et parut hésiter s'il l'arracherait ou non. Un moment, une expression de férocité et de haine implacable rembrunit son visage : puis, comme averti intérieurement du peu de temps qu'il avait à perdre, il s'avança en chancelant jusqu'à la limite du banc de sable, mit un pied dans l'eau et s'arrêta. L'astuce et la duplicité, qui avaient si longtemps obscurci les qualités plus brillantes et plus nobles de son caractère, se perdirent alors dans l'inextinguible sentiment d'orgueil qu'il avait conçu dès l'enfance.

« Enfant des Loups », dit-il avec un sourire d'horrible satisfaction, « la chevelure d'un chef dacota ne séchera jamais à la fumée d'un Pauni ! »

Arrachant alors le couteau de sa blessure, il le jette dédaigneusement à son ennemi. Son bras semble encore le menacer ; de tous les traits de son visage jaillit pour ainsi dire un torrent de haine et de mépris, que sa langue est impuissante à traduire... Puis, il se précipite la tête la première, à l'endroit où le courant est le plus fort, et son corps a disparu à jamais dans l'abîme qu'on voit encore sa main s'agiter au-dessus en signe de défi.

Le silence qui avait jusque-là tenu les deux

troupes attentives fut subitement rompu par une clameur épouvantable. De part et d'autre, une cinquantaine de sauvages s'étaient jetés dans la rivière, dans l'intention d'immoler ou de défendre le vainqueur, et tout annonçait que la bataille allait commencer et non finir.

Cependant Cœur Dur avait réussi à se dégager de dessous son cheval. Insensible à ce redoublement de danger, il ramassa son couteau, bondit sur le sable avec l'agilité de la gazelle, et examina d'un regard perçant l'onde qui lui cachait sa proie. Une tache sanglante lui indiqua la place, et armé du couteau, il plongea dans le courant, résolu de mourir ou de revenir avec son trophée.

Le banc de sable était devenu un théâtre de carnage et de violence. Mieux montés et plus ardents peut-être, les Paunis y étaient arrivés en nombre suffisant pour obliger l'ennemi à battre en retraite. Ils le poursuivirent sur la rive opposée, et dans l'ardeur du combat y abordèrent avec lui. Là, se trouvant en face de ce qu'on pourrait appeler l'infanterie des Sioux, ils furent contraints de reculer à leur tour.

La lutte offrit dès lors un spectacle moins tumultueux. A mesure que le premier mouvement qui avait entraîné les combattants commença à se calmer, il fut possible aux chefs d'exercer leur autorité, et de tempérer l'attaque par la prudence. Ce fut ainsi que les Sioux s'abritèrent comme ils purent derrière les grandes herbes, les buissons et les inégalités du terrain ; il en résulta que les charges des cavaliers paunis devinrent plus mesurées et par conséquent moins meurtrières.

Le combat continua ainsi avec des succès variés et sans beaucoup de perte de part ni d'autre. Les Sioux

avaient réussi à gagner un endroit où l'herbe formait
une sorte d'épais hallier ; les chevaux ne pouvaient y
pénétrer, et quand même ils l'auraient pu, cela leur
eût été plus nuisible qu'utile. Il était donc nécessaire
de les déloger de ce couvert, ou il fallait abandonner le
terrain. Plusieurs tentatives furieuses avaient été
repoussées, et les Paunis découragés songeaient à la
retraite, quand retentit le cri de guerre bien connu de
Cœur Dur, et l'instant d'après le jeune chef parut au
milieu d'eux, agitant dans sa main la chevelure du
redoutable Dacota comme une bannière qui devait les
conduire à la victoire.

Sa présence fut accueillie par des acclamations de
joie, et ses compagnons s'élancèrent sur ses pas à
l'assaut du taillis, avec une impétuosité devant
laquelle tout céda un moment. Mais le trophée
sanglant que le vainqueur tenait à la main servit à
rallumer la rage des Sioux aussi bien que l'enthousiasme des assaillants. Matori avait dans sa troupe
laissé après lui plus d'un guerrier intrépide ; et l'orateur qui, dans la discussion du matin, avait manifesté
des sentiments pacifiques, déploya alors le plus
d'abnégation pour arracher aux ennemis déclarés de
son peuple le sanglant trophée, glorieuse relique d'un
homme qu'il n'avait jamais aimé.

La victoire se déclara en faveur du nombre.

Après une lutte acharnée, dans laquelle tous les
chefs donnèrent d'admirables preuves d'intrépidité
personnelle, les Paunis se retirèrent en rase campagne, serrés de près par les Sioux, qui s'emparaient
du terrain pouce à pouce. Si ces derniers s'étaient
arrêtés à la lisière des grandes herbes, il est probable
que l'honneur de la journée leur fût resté, malgré la
perte irréparable qu'ils avaient faite en la personne de

Matori. Mais ils commirent une imprudence qui changea tout à coup la face du combat et leur fit perdre l'avantage qu'ils avaient si péniblement acquis.

Un chef pauni, qui combattait à l'arrière-garde, avait succombé aux nombreuses blessures qu'il avait reçues ; une douzaine de flèches l'avaient percé. Aussitôt, sans songer à porter de nouveaux coups, sans s'inquiéter de ce qu'il y avait de téméraire dans leur action, les plus braves des Sioux s'élancèrent avec de grands cris, chacun aspirant à la gloire de frapper le cadavre. Ils furent reçus par Cœur Dur et quelques guerriers d'élite, résolus de sauver l'honneur de leur nation d'une tache si humiliante. Ce fut alors un combat corps à corps, et le sang commença à couler avec plus d'abondance. A mesure que les Paunis se retiraient en emportant le corps, les Sioux ne cessaient de les harceler de plus près, et à la fin ils quittèrent à la fois leur abri, hurlant à pleine gorge et menaçant de tout écraser par la supériorité du nombre.

Quant à Cœur Dur et à ses compagnons, ils seraient morts plutôt que de lâcher prise, et leur sort eût été promptement décidé, sans une diversion puissante et inattendue qui eut lieu en leur faveur.

D'un bouquet de bois, placé sur leur gauche, partit un hourra, que suivit aussitôt un feu de mousqueterie. Cinq ou six assaillants bondirent en avant et tombèrent dans l'agonie de la mort, et tous les bras des autres restèrent suspendus, comme si la foudre eût éclaté pour défendre la cause des Loups. Alors Ismaël et ses fils coururent sus à leurs perfides alliés, avec une voix et des regards qui annonçaient la nature de leur intervention.

C'en était trop pour le courage des Sioux. Plusieurs de leurs braves avaient succombé, et ceux qui restaient furent à l'instant abandonnés par la totalité de leurs soldats. Quelques-uns des plus déterminés, refusant de s'éloigner du fatal symbole de leur honneur, périrent noblement sous les coups des Paunis, qui avaient repris espoir.

Une seconde décharge des blancs consomma la déroute des Sioux.

On les vit s'enfuir vers les abris les plus lointains, avec autant d'ardeur qu'ils en avaient mis, quelques instants auparavant, à se précipiter au fort de la mêlée. Les Paunis triomphants s'élancèrent à leur poursuite comme des limiers altérés de sang. De toutes parts on n'entendait que des cris de victoire et des hurlements de vengeance. Quelques-uns des fuyards s'efforcèrent d'emporter les cadavres de leurs compagnons ; mais la vivacité de la poursuite les obligea bientôt à sacrifier les morts au salut des vivants.

De toutes les tentatives faites en cette occasion pour préserver l'honneur des Sioux de la honte qu'ils attachaient, dans leurs idées, à l'enlèvement de la chevelure, il n'y en eut qu'une seule qui réussit.

On se rappelle que, dans le conseil de la tribu, un chef s'était hautement prononcé contre tout projet hostile. Après avoir en vain élevé la voix en faveur de la paix, son bras n'en fit pas moins son devoir dans le combat. Nous avons parlé de sa bravoure, et ce fut surtout grâce à son exemple que les Sioux avaient opposé une si héroïque résistance, même après la mort de leur grand chef.

Ce guerrier, qui dans la langue figurée de sa nation était appelé l'Aigle Rapide, avait été le dernier à désespérer de la victoire. Quand il vit que l'intervention des redoutables carabines de l'Ouest avait privé

les siens d'avantages chèrement achetés, il se retira
lentement, au milieu d'une nuée de flèches, vers
l'endroit où il avait caché son cheval, dans l'épaisseur
des grandes herbes. Un nouveau compétiteur s'y
trouvait déjà, prêt à lui en disputer la possession.
C'était Boréchina, le vieil ami de Matori, celui-là
même dont la voix avait combattu la sienne dans le
conseil. Il avait le corps percé d'une flèche, et souffrait
les angoisses d'une mort prochaine.

« J'ai marché dans mon dernier sentier de
guerre », dit le vieillard, en voyant que le véritable
maître de l'animal venait réclamer son bien. « Un
Pauni emportera-t-il dans son village les cheveux
blancs d'un Sioux pour en faire la risée de ses femmes
et de ses enfants ? »

L'autre lui serra la main, et répondit à son appel
par un regard où se peignait une inflexible résolution.
Après ce muet engagement, il aida le blessé à monter.
Dès qu'il eut conduit le cheval à l'entrée du couvert, il
se jeta sur son dos, et attachant son compagnon à sa
ceinture, il déboucha dans la plaine, se fiant pour leur
salut commun à la vitesse bien connue de l'animal. Les
Paunis ne tardèrent pas à les découvrir, et se mirent
sur-le-champ à leur poursuite. Cette course précipitée
dura près d'une demi-lieue sans qu'il échappât une
plainte au moribond, et pourtant à ses souffrances
physiques s'ajoutait la douleur de voir ses ennemis
gagner du terrain sur eux à chaque bond de leurs
chevaux.

« Arrête ! » dit-il en levant un bras débile pour
réprimer l'élan du cavalier. « L'Aigle de ma tribu doit
déployer plus largement ses ailes... Qu'il porte les
cheveux blancs d'un vieux guerrier dans le village des
Bois-Brûlés. »

Peu de paroles étaient nécessaires entre des hommes gouvernés par les mêmes idées de gloire et imbus des principes de leur romanesque honneur. L'Aigle Rapide mit pied à terre, et aida Boréchina à descendre. Celui-ci se souleva avec peine sur ses genoux ; et après avoir levé les yeux vers son compagnon, comme pour lui dire adieu, il tendit le cou à la mort qu'il avait désirée. Quelques coups de tomahawk et le tranchant du couteau suffirent pour séparer la tête du corps.

Ensuite le cavalier remonta à cheval, juste à temps pour se dérober à une grêle de flèches que lui lancèrent ceux qui étaient sur le point de l'atteindre. Tenant à la main cette tête livide et sanglante, il partit comme un trait en poussant un cri de triomphe, et bientôt on le vit fendre la plaine, comme s'il eût eu les ailes de l'oiseau redoutable dont il portait le nom. L'Aigle Rapide arriva dans son village sain et sauf. Il fut du petit nombre de ceux qui échappèrent au massacre de cette fatale journée ; et, pendant longtemps, seul de tous ceux qui se sauvèrent, il put continuer à élever sa voix avec la même confiance dans les conseils de sa nation.

Le couteau et la lance coupèrent la retraite au plus grand nombre des vaincus. La troupe des femmes et d'enfants qui s'enfuyait fut elle-même dispersée par les vainqueurs ; et depuis longtemps le soleil avait disparu derrière l'horizon, que les horreurs de cette désastreuse défaite duraient encore.

CHAPITRE XXXI

Lequel ici est le marchand, et
lequel est le juif ?

SHAKESPEARE.

Quand la nuit eut fait place au jour, sa lumière n'éclaira qu'une vaste et paisible solitude.

Les tentes d'Ismaël étaient encore à la même place, mais dans toute l'étendue de ce désert, nul autre signe n'annonçait la présence des hommes. Par-ci par-là, de petites troupes d'oiseaux carnassiers voletaient en criant au-dessus des endroits où quelque Sioux harassé de fatigue avait trouvé la mort ; tout autre vestige du combat de la veille avait disparu. A travers des plaines sans fin l'on distinguait de loin le cours sinueux de la rivière aux vapeurs qui sortaient de son lit ; et les petits nuages floconneux et argentés, suspendus au-dessus des étangs et des sources, commençaient à se fondre dans l'air, à mesure qu'ils sentaient la chaleur vivifiante qui, venue d'un ciel radieux, versait sa subtile influence sur tous les objets de cette immense contrée. La Prairie était calme et pure comme eût été le ciel après le sombre passage d'un ouragan.

Au milieu de cette scène tranquille, la famille de
l'émigrant s'assembla pour décider du sort des divers
individus tombés en son pouvoir par suite des variations de fortune que nous avons rapportées. Tout ce
qui possédait vie et liberté était sur pied depuis que
le premier rayon de l'aube avait éclairé l'orient, et
il n'était pas jusqu'aux plus jeunes membres de la
tribu errante qui ne fussent convaincus que le moment
était proche où allait se produire quelque incident
qui exercerait une impression profonde et durable sur
la condition de leur vie aventureuse et à demi barbare.

Ismaël se promenait dans son camp avec la
gravité d'un homme qui se voyait chargé à l'improviste
d'affaires d'une nature beaucoup plus importante que
celles qui l'occupaient d'habitude. Ses fils, qui avaient
eu tant d'occasions d'éprouver l'inflexible rigidité de
son caractère, distinguaient dans sa mine sombre une
résolution bien arrêtée et que rien ne pourrait affai-
blir.

Les graves intérêts qui s'agitaient autour d'elle
n'étaient pas sans influencer l'humeur d'Esther. Non
pas qu'elle négligeât aucun de ces soins domestiques
dont elle eût continué de s'occuper dans toutes les
circonstances imaginables, de même que la Terre
continue de tourner, malgré les tremblements de terre
qui déchirent sa surface et les volcans qui consument
ses entrailles; néanmoins sa voix avait pris un diapason moins criard, elle parlait posément, et les fréquentes réprimandes adressées à ses enfants étaient
tempérées par un ton où il y avait une ombre de
dignité maternelle.

Comme d'ordinaire, Abiram paraissait le plus
soucieux; on voyait, aux fréquents coups d'œil qu'il

jetait sur la figure sévère d'Ismaël, que la confiance et l'harmonie qui avaient régné entre eux étaient altérées d'une façon sensible. Il semblait étrangement osciller entre l'espérance et la crainte. Parfois son visage s'animait d'une joie sordide en apercevant la tente qui contenait sa captive reconquise ; puis cette impression passagère cédait la place à une profonde inquiétude. Lorsqu'il était en proie à ce dernier sentiment, son regard ne manquait pas d'interroger la physionomie impénétrable de son parent. Mais il y trouvait plutôt des motifs d'alarme que d'encouragement ; car on lisait dans la physionomie de l'émigrant cette vérité redoutable, qu'il avait enfin soustrait ses apathiques facultés à l'influence d'Abiram, et que toutes ses pensées se portaient alors sur les moyens d'accomplir des intentions irrévocables.

Tel était l'état des choses quand les fils d'Ismaël, obéissant à l'ordre de leur père, firent sortir des lieux où ils étaient gardés les individus sur le sort desquels l'émigrant devait prononcer. Personne ne fut excepté de cet arrangement, Middleton et Inès, Paul et Hélène, Obed Battius et le Trappeur, furent amenés en plein air afin de recevoir la sentence de celui qui s'était lui-même constitué leur juge. Les plus jeunes enfants de l'émigrant se groupèrent autour de lui, pleins d'une curiosité vive, et Esther elle-même, quittant ses occupations ordinaires, s'approcha pour entendre.

Cœur Dur était le seul de sa tribu qui assistât à ce spectacle d'un genre si nouveau. Il était debout, gravement appuyé sur sa lance, et son coursier fumant qui paissait à quelques pas de là témoignait qu'il avait fait une course longue et forcée pour assister à cette solennité imposante.

Ismaël avait accueilli son nouvel allié avec froideur, complètement insensible à cette délicatesse qui avait engagé le jeune chef à venir seul, dans la crainte que la présence de ses guerriers ne fût une cause de malaise ou de méfiance. Il ne recherchait son alliance ni ne redoutait sa haine, et il se prépara à juger ses prisonniers avec autant de calme que si l'espèce de puissance patriarcale qu'il allait exercer eût été universellement reconnue.

Il y a dans la possession de l'autorité, malgré l'abus qu'on en peut faire, quelque chose qui élève l'âme. On est jaloux de prouver qu'on est à la hauteur d'une situation élevée ; la plupart du temps on manque le but et l'on arrive qu'à rendre ridicule ce qui auparavant n'était qu'odieux.

Mais le pouvoir ne produisit pas sur Ismaël Bush un effet si décourageant. D'un extérieur grave, formidable par sa force physique et dangereux par son opiniâtreté, il inspira tout de suite à l'assistance une sorte de crainte respectueuse, à laquelle l'intelligence de Middleton lui-même ne put entièrement se soustraire. Il ne mit pas grand temps à coordonner ses pensées, tout habitué qu'il était à ne rien faire sans réflexion ; sa résolution était arrêtée d'avance, et il n'était pas disposé à perdre des instants précieux. Quand il vit que tout le monde était en place, il promena un regard morne sur les prisonniers, et s'adressa au capitaine comme au principal de ceux qu'il traitait en coupables.

« Je suis appelé en ce jour », commença-t-il, « à remplir les fonctions que, dans les habitations, vous confiez à des juges qui se rassemblent entre quatre murs pour prononcer sur les différends qui s'élèvent d'homme à homme. Je suis peu au fait des coutumes d'une cour de justice ; mais il existe une règle connue de tous, et qui dit : « Œil pour œil et dent pour dent. » Je n'aime pas à importuner les tribunaux, et moins encore à vivre sur une plantation que le shériff a mesurée de long en large. Cependant il y a de la raison dans cette règle, et l'on ne risque pas de s'égarer sur ses voies ; aussi est-ce un fait qu'aujourd'hui je veux publiquement m'y conformer, en donnant à chacun ce qui lui revient et rien de plus. »

Après cet exorde, Ismaël s'arrêta et jeta les yeux autour de lui comme pour voir l'effet qu'il avait produit sur ses auditeurs. Quand son regard rencontra celui de Middleton, ce dernier lui répondit :

« Si le malfaiteur doit être puni et celui qui n'a fait de mal à personne mis en liberté, il vous faut changer de place : c'est vous qui serez mon prisonnier au lieu d'être mon juge. »

Ismaël ne broncha pas, et cette accusation n'éveilla en lui ni colère ni remords.

« Vous voulez dire », répliqua-t-il, « que j'ai eu tort d'enlever la jeune dame de la maison de son père, et de la conduire si loin, contre sa volonté, dans ces contrées sauvages ? Je n'ajouterai pas le mensonge à une mauvaise action, et je ne démentirai pas vos paroles. Depuis que les choses en sont venues à ce point entre nous, j'ai eu le loisir de peser le pour et le contre ; quoique je ne sois pas de ces beaux parleurs qui prétendent tout savoir en un clin d'œil, cependant j'entends la voix de la raison, et, si l'on me donne le temps, je ne tourne pas le dos à la vérité. Voici donc à quelle conclusion je me suis arrêté : c'est un tort d'enlever un enfant à son père, et la dame sera ramenée où elle a été prise, en toute sûreté et aussi commodément que possible.

— Oui, oui », ajouta Esther, « l'homme a raison. La gêne et le travail pesaient durement sur lui, surtout depuis que les magistrats du comté le tracassaient sans pitié, et dans un moment de faiblesse il a commis cette mauvaise action ; mais il a écouté mes conseils, et son cœur est revenu dans la voie de l'honnêteté. C'est une chose terrible que d'introduire les filles d'autrui dans une famille bien gouvernée !

— Et qui vous en saura gré après ce qui a été fait ? » grommela le beau-frère, dont la figure basse exprimait à la fois la méchanceté, la cupidité déçue et la terreur. « Quand le diable aura fait son compte, vous pouvez être sûr qu'il ne vous paiera qu'en bloc.

— Paix, Abiram ! » dit Ismaël en étendant vers lui sa lourde main, de manière à lui imposer silence. « Votre voix résonne à mon oreille comme celle d'un corbeau. Si vous n'aviez jamais parlé, je n'aurais pas eu à subir cette honte.

— Puisque vous commencez à reconnaître vos erreurs et à voir la vérité », fit observer le capitaine, « ne faites pas les choses à demi ; mais, par la loyauté de votre conduite, assurez-vous des amis qui puissent vous mettre à l'abri des poursuites...

— Jeune homme », interrompit l'émigrant en fronçant le sourcil, « vous aussi en avez dit assez. Si la crainte de la loi m'avait saisi, vous ne seriez pas ici pour témoigner de la façon dont Ismaël Bush administre la justice.

— Ne refoulez pas vos bonnes intentions », reprit Middleton, « et si vous méditez quelque acte de violence contre quelqu'un d'entre nous, rappelez-vous que le bras de la loi, que vous affectez de mépriser, s'étend fort loin ; ses mouvements peuvent être lents, mais ils n'en sont pas moins certains.

— Il n'y a que trop de vérité dans ses paroles, Ismaël », dit le Trappeur, toujours attentif à ce qui se disait en sa présence. « Oui, c'est un bras fort affairé, et parfois incommode sur cette terre d'Amérique, où l'on prétend que l'homme a la liberté de suivre ses penchants beaucoup plus que dans les autres pays ; et, à cause de ce privilège, il n'en est que plus heureux, plus intrépide et plus honnête ! Croiriez-vous, mes amis, qu'il y a des pays où la loi se mêle de vous commander : Voilà comme tu vivras, comme tu mourras et comme tu prendras congé du monde pour aller comparaître devant le tribunal d'en haut ? N'est-ce pas déplorable ? et de quel droit met-on le nez dans les affaires de celui qui n'a pas fait ses créatures pour être conduites à la façon des troupeaux, et traînées de plaine en plaine au gré de leur stupide et égoïste gardien ? »

Ismaël laissa passer ce bavardage sans daigner l'interrompre, bien que la manière dont il écoutait l'orateur exprimât un sentiment opposé à celui de l'amitié.

« Quant à nous deux, mon officier », reprit-il en revenant au sujet de la conversation, « il y a eu des torts de part et d'autre. Moi, je vous ai blessé dans vos affections en enlevant votre femme, dans l'honnête intention de vous la rendre, il est vrai, dès que les plans de ce diable incarné se seraient réalisés ; et qu'avez-vous fait de votre côté ? Vous avez envahi mon bien, en prêtant assistance, ainsi que disent les gens de lois, à ceux qui voulaient le piller.

— C'était seulement pour délivrer...

— Tout est réglé entre nous », interrompit Ismaël de l'air d'un homme qui, s'étant fait une opinion sur le point contesté, se soucie fort peu de

celle des autres ; « vous et votre femme vous êtes
libres d'aller et venir quand et où il vous plaira...
Abner, mettez le capitaine en liberté... A présent, s'il
vous plaît d'attendre que je me rapproche des habitations, vous aurez tous deux la jouissance d'un chariot
pour votre voyage ; sinon, ne dites pas que vous avez
quitté Ismaël Bush sans une offre amicale de sa part.

— Ah ! » s'écria Middleton en profitant de sa
liberté pour accourir auprès d'Inès, tout en larmes.
« Que le sort m'abreuve de malheurs, que le châtiment de mes fautes retombe sans pitié sur ma tête, si
j'oublie jamais votre honnêteté, bien qu'elle ait été
assez lente à se faire jour ! Ami, je vous en donne la
parole d'un soldat, la part que vous avez eue dans
cette triste affaire sera oubliée, n'importe les mesures
que je jugerai à propos d'adopter à mon arrivée dans
un lieu où le bras du gouvernement puisse se faire
sentir. »

Le sourire d'indifférence par lequel l'émigrant
accueillit cette assurance prouva combien peu il prisait
l'engagement que le jeune officier venait de prendre
dans la première chaleur de son émotion.

« Ce n'est ni la crainte ni la faveur, qui m'a porté
à prononcer ce jugement », dit-il, « mais ce que
j'appelle la justice. Agissez selon qu'il vous paraîtra
convenable, c'est votre affaire. Le monde est assez
grand pour nous contenir tous les deux, sans qu'il nous
arrive encore de nous croiser en route. Si vous êtes
content, très bien ; si vous ne l'êtes pas, tâchez de vous
contenter à votre manière. Je ne vous demanderai pas
la main pour me relever, quand vous m'aurez une
bonne fois jeté par terre... Et maintenant, docteur,
venons à l'article qui vous concerne dans mon registre.
Il est temps d'examiner notre petit compte courant.

J'ai conclu avec vous un traité sincère et loyal ;
comment l'avez-vous observé ? »

Ismaël avait visé à rejeter sur ses prisonniers la
responsabilité des événements, et servi par un
concours de circonstances qui admettaient difficile-
ment les distinctions morales d'un examen philosophique, il avait manœuvré avec une singulière
adresse ; cela rendait assez embarrassante la situation de ceux qui se voyaient appelés de but en
blanc à justifier une conduite que, dans leur simplicité, ils avaient regardée comme tout à fait méri-
toire.

Obed Battius, en particulier, qui avait mené
une vie purement spéculative, ne fut pas peu inter-
loqué en présence d'un état de choses qu'il eût
trouvé moins surprenant avec plus d'expérience du
monde. Le digne naturaliste n'était pas, à beaucoup
près, le premier qui, au moment même où il attendait des éloges, se voyait tout à coup sommé de
rendre raison d'une conduite sur laquelle il fondait
tous ses droits à l'estime de ses semblables. Grandement scandalisé de la tournure que prenait
l'interrogatoire, force lui fut toutefois de faire
bonne mine à mauvais jeu, et de présenter sa
défense, telle que la conçut son imagination tant
soit peu troublée.

« Qu'il ait existé un certain pacte ou traité
entre Obed Batt, docteur en médecine, et Ismaël
Bush, *viator* ou laboureur ambulant », dit-il en s'efforçant d'éviter toute expression blessante, « c'est
ce qu'il n'est pas dans mon intention de nier. En
effet, il avait été convenu ou stipulé qu'un certain
voyage s'effectuerait conjointement ou de compagnie, pendant un nombre de jours fixés d'avance ;

comme ce laps de temps est complètement écoulé, il est juste, du moins je le présume, d'en inférer que le traité n'est plus obligatoire.

— Ismaël », interrompit la bouillante Esther, « ne discutez pas avec un homme qui peut vous briser les os aussi facilement que vous les remettre ; laissez-le partir, cet empoisonneur du diable ! C'est la tricherie incarnée, lui, ses boîtes et ses fioles. Donnez-lui la moitié de la Prairie, et prenez l'autre pour vous. Lui, un guérisseur ! Tenez, je m'engage, moi, à soigner les marmots dans n'importe quel terrain à fièvres et à les guérir en huit jours, et cela sans prononcer de mots baroques ; de l'écorce de cerisier, voilà le remède, en y joignant peut-être une goutte ou deux de consolation. Il y a une chose certaine, Ismaël : ne me parlez pas en voyage de compagnons qui savent engourdir la langue d'une honnête femme, et qui s'inquiètent fort peu comment son ménage ira pendant ce temps. »

L'air sombre de l'émigrant fit place un moment à un semblant de lourde malice lorsqu'il répondit :

« Les avis peuvent différer sur la science de cet homme, Esther ; mais puisque c'est votre désir qu'il s'en aille, je n'irai pas labourer la Prairie pour lui rendre la route plus difficile. Ami, vous êtes libre de retourner aux habitations, et je vous conseille d'y rester, attendu que les gens de ma trempe, qui font rarement des marchés, n'aiment point à les voir rompre si facilement.

— Et maintenant, Ismaël », reprit sa compagne d'un air de triomphe, « afin de maintenir la paix dans la famille et d'éloigner de nous tout ferment de discorde, montrez à ce Peau Rouge et à sa fille », elle désignait ainsi le Balafré et Tachichana, la veuve de Matori, « montrez-leur le chemin de leur village, et disons-leur tout à la fois : Dieu vous bénisse et bonsoir !

— Ils sont les captifs du Pauni, suivant la loi de la guerre indienne, et je n'ai pas à m'en occuper.

— Gare au diable, mon homme ! c'est un rusé tentateur, et tant que ses redoutables illusions sont sous nos yeux nul ne peut se dire en sûreté ! Écoutez l'avis d'une femme qui a l'honneur de votre nom à cœur, et renvoyez-moi cette noiraude de Jézabel. »

L'émigrant posa sa large main sur l'épaule d'Esther, et la regardant droit dans les yeux, il répondit d'un ton sévère et presque solennel :

« Femme, nous avons devant nous des choses qui doivent appeler nos pensées sur d'autres sujets que les sottises dont vous avez la tête farcie. Rappelez-vous ce qui doit suivre, et laissez dormir votre folle jalousie.

— C'est vrai, c'est vrai », murmura Esther en retournant au milieu de ses filles ; « à Dieu ne plaise que je l'oublie jamais !

— A votre tour, jeune homme », reprit Ismaël en s'adressant à Paul, après un intervalle de quelques minutes nécessaire pour rétablir l'équilibre de son esprit ; « vous êtes venu souvent dans mon enclos sous prétexte d'y poursuivre une abeille ; notre compte sera long à régler. Non content d'avoir mis mon camp sens dessus dessous, vous avez enlevé une jeune personne qui est parente de ma femme, et dont je me proposais de faire un jour ma fille. »

Cette interpellation produisit sur l'auditoire une sensation des plus vives. Tous les jeunes gens fixèrent un regard de curiosité sur Paul et Hélène, le premier paraissant éprouver un assez grand embarras, pendant que la seconde baissait la tête d'un air confus.

Accusé de vol avec effraction et de rapt, Paul plaida sa cause en ces termes :

« Écoutez, mon brave Ismaël Bush, que je n'aie pas fait à votre vaisselle et à vos casseroles le plus civil des traitements, je ne suis pas pour aller contre ; et s'il vous convient de m'en fixer le prix, le dommage peut être réglé entre nous, à la bonne franquette, et la rancune sera mise de côté. Ah ! je n'étais pas dans les souliers d'un paroissien qui va au temple en grimpant à votre perchoir, et il est probable qu'il a été distribué plus de coups de pied que prêché de sermons dans votre poterie ; mais il n'y a pas un trou d'habit qui ne se raccommode avec de l'argent.

« En ce qui concerne Hélène Wade, cela n'ira pas, je l'avoue, comme sur des roulettes. Les opinions varient au sujet du mariage. Certaines gens pensent que, pour faire un bon ménage, il suffit de répondre *oui* ou *non* aux questions du magistrat ou du prêtre, quand on en a un sous la main. Je suis d'un avis différent : si, par exemple, le cœur d'une jeune fille incline bellement dans une direction, le plus sage est de laisser le corps suivre la même route. Qu'Hélène, en fuyant, n'ait pas agi contre son gré, loin de là ! En conséquence, elle est, en toute l'affaire, juste aussi innocente que ce baudet qu'on lui a donné pour monture ; et il ne s'en souciait guère, allez, comme il ne manquerait pas de le dire, s'il pouvait parler aussi fort qu'il sait braire. »

Les longs discours ne plaisaient pas à l'émigrant, et ce que Paul jugeait être une justification savante et ingénieuse lui entra, comme on dit, par une oreille pour sortir par l'autre.

« Nelly », reprit-il en interpellant sa nièce, « c'est un monde bien vaste et bien pervers que celui dans lequel vous avez été si pressée de vous jeter. Vous avez mangé et dormi dans mon camp toute une année, et je croyais l'air libre des frontières assez de votre goût. Ne désirez-vous donc plus rester avec nous ?

— Bah ! qu'elle en fasse à sa tête », gronda Esther de sa place ; « celui qui aurait pu la décider à rester dort maintenant dans la Prairie froide et nue, et il y a peu d'espoir qu'elle change d'idée à présent. D'ailleurs le cœur d'une femme est opiniâtre, et il n'est pas aisé de l'arracher à son entêtement, comme vous le savez vous-même, mon homme, sans quoi je ne serais pas ici la mère d'une ribambelle d'enfants. »

Renoncer à ses vues secrètes sur Hélène répugnait singulièrement à Ismaël. Avant de répondre aux conseils suggérés par sa femme, il passa en revue sa lignée masculine, un peu animée par la bizarrerie du fait ; peut-être songeait-il à y découvrir un remplaçant quelconque du défunt Asa.

Le chasseur d'abeilles ne tarda point à pénétrer le manège, et il crut avoir trouvé un expédient qui lèverait toutes les difficultés.

« Il est clair, ami Bush », dit-il, « qu'il y a deux opinions en présence : la vôtre pour votre fils, et la mienne pour moi. Je ne vois qu'un seul moyen d'arranger le différend à l'amiable, et voici comment : faites un choix parmi vos garçons, n'importe lequel, et laissez-nous chercher ensemble un endroit commode dans la Prairie ; l'un de nous y restera et ne troublera plus le foyer de personne ; l'autre aura le champ libre pour s'insinuer de son mieux dans les bonnes grâces de la jeune fille.

— Paul ! » murmura Hélène d'un ton de reproche. « Oh ! Paul !

— N'ayez pas peur, ma chérie », répondit tout

bas le candide amoureux, dont la simplicité ne concevait pas que sa maîtresse pût s'alarmer pour d'autres que pour lui ; « j'ai pris leur mesure à tous, et vous pouvez en croire des yeux qui ont suivi le vol d'un si grand nombre d'abeilles.

— Je n'ai aucune envie », fit observer Ismaël, « de gouverner les inclinations de personne. Si le cœur de cette enfant est vraiment dans les habitations, qu'elle le déclare ; elle n'éprouvera de ma part ni tracas ni anicroche. Parlez, Nelly, parlez selon votre cœur, franchement et sans crainte. Que décidez-vous ? de nous quitter pour retourner avec ce jeune homme dans les contrées habitées, ou de rester avec nous et de partager le peu que nous avons, mais que nous vous donnerons volontiers ? »

Mise en demeure de trancher la question, il ne fut plus possible à Hélène d'hésiter. D'abord elle regarda l'émigrant d'un air craintif ; puis la vive rougeur qui couvrit ses joues et sa respiration agitée prouvèrent que l'énergie de sa nature allait triompher de la timidité de son sexe.

« Vous m'avez prise orpheline, pauvre et sans appui », dit-elle en s'efforçant de raffermir sa voix, « alors que d'autres, qui vivaient dans l'abondance comparativement à votre position, avaient cru devoir m'oublier ; puisse le ciel dans sa bonté vous récompenser ! Le peu que j'ai fait ne saurait payer un tel acte de bienveillance. Je n'aime pas votre genre de vie ; il est contraire à mes goûts et aux habitudes de mon enfance ; cependant si vous n'aviez point enlevé à sa famille cette dame si douce et intéressante, je ne vous aurais jamais quitté que le jour où vous m'auriez dit vous-même : Allez, et que la bénédiction de Dieu vous accompagne !

— Cette action n'était pas juste », répondit Ismaël ; « mais elle a été suivie du repentir, et elle sera réparée autant que possible. Maintenant parlez sans détours : voulez-vous rester ou partir ?

— J'ai promis à cette dame », dit Hélène en baissant les yeux, « de ne pas la quitter, et après le mal que vous lui avez fait, elle a droit d'exiger que je tienne ma parole.

— Déliez ce jeune homme. »

Quand l'ordre fut exécuté, l'émigrant fit signe à tous ses fils d'avancer, et les rangea en ligne devant Hélène.

« Or çà », continua-t-il, « il n'y a plus à barguigner : ouvez-nous votre cœur, mon enfant. Voilà tout ce que j'ai à vous offrir, outre un accueil cordial. »

La jeune fille, toute confuse, laissa machinalement errer ses yeux sur cette rangée de grands gaillards jusqu'à ce qu'ils rencontrent le visage inquiet et troublé de son amant. Alors la nature triompha des bienséances ; elle se jeta dans les bras du chasseur d'abeilles, et ses sanglots proclamèrent assez haut son choix. Ismaël fit signe à ses fils de se retirer et, plus mortifié que déçu dans son attente, il prit son parti sur-le-champ.

« Emmenez-la », dit-il à Paul, « et soyez bon et loyal pour elle. Il y a en cette fille tout ce qui peut la faire bien venir dans n'importe quel logis, et je serais fâché d'apprendre qu'elle n'est pas heureuse. A présent, tout est arrangé entre nous d'une façon qui, je l'espère, ne vous paraîtra pas dure, mais, au contraire, juste et honorable. Je n'ai plus qu'une question à faire au capitaine. Voulez-vous profiter de mes chariots pour retourner dans les habitations ?

— J'ai appris que des soldats de mon détache-

ment me cherchent près des villages des Paunis »,
répondit l'officier, « et mon intention est d'accompagner ce chef pour aller les rejoindre.

— En ce cas, plus tôt nous nous séparerons, et
mieux cela vaudra. Il ne manque pas de chevaux sans
maîtres dans la vallée. Choisissez ceux qu'il vous
plaira, et quittons-nous en paix.

— C'est impossible tant que ce vieillard, qui a été
l'ami de ma famille pendant un demi-siècle, restera
prisonnier. Que lui reprochez-vous pour le priver de
sa liberté ?

— Ne me faites point de questions auxquelles je
ne pourrais nettement répondre », dit Ismaël d'un air

sombre ; « j'ai à régler avec ce trappeur des affaires dont il ne convient pas à un officier des États de se mêler. Partez, tandis que la route est ouverte.

— L'avis est honnête, et chacun doit en faire son profit », intervint le vieillard, qui ne paraissait point embarrassé de la position où il se trouvait. « Les Sioux sont une race innombrable et sanguinaire, et nul ne saurait dire combien il s'écoulera de temps avant qu'ils reviennent sur la piste de la vengeance. C'est pourquoi je vous conseille également de partir, et prenez garde, en traversant les bas-fonds, de ne pas retomber au milieu d'un incendie, car dans cette saison, il arrive souvent aux chasseurs de mettre le feu aux grandes herbes, afin que dans l'hiver les buffles trouvent un pâturage plus succulent et plus vert.

— J'oublierais ce que je dois non seulement à la reconnaissance, mais aux lois, si je laissais ce prisonnier entre vos mains, même de son consentement, sans connaître la nature de son crime, dont nous sommes peut-être tous les innocents complices.

— Serez-vous satisfait d'apprendre qu'il mérite d'être puni ?

— Cela changera du moins mon opinion sur son compte.

— Regardez donc cela », dit Ismaël en mettant sous les yeux du capitaine la balle qu'on avait trouvée dans la blessure d'Asa ; « avec ce morceau de plomb il a mis à mort le plus beau garçon qui ait jamais réjoui la vue d'un père !

— Lui, coupable d'un tel acte ? » repartit Middleton. « Je me refuse à le croire à moins qu'il n'ait été contraint de se défendre, ou provoqué sans rémission. Il connaissait la mort de votre fils, je l'avoue, car il nous a montré le taillis où gisait le cadavre ; mais qu'il lui ait traîtreusement arraché la vie, il ne faut rien moins que son propre aveu pour me convaincre. »

Le silence des assistants avertit le Trappeur qu'il était temps pour lui de se justifier d'une accusation, si terrible.

« Je suis bien vieux », dit-il, « et dans le cours de ma vie j'ai vu de vilaines choses. Nombreux sont les ours et les panthères que j'ai rencontrés se disputant le morceau qui avait été jeté dans leur chemin ; et nombreux sont les gens doués de raison que j'ai vus lutter l'un contre l'autre jusqu'à la mort, afin que la démence humaine eût aussi son heure. Pour moi, je crois pouvoir le dire sans vantardise, bien que mon bras ait été dans la nécessité d'abattre le méchant et l'oppresseur, il n'a jamais porté un coup dont je puisse avoir à rougir devant un tribunal plus redoutable que celui-ci. »

Cœur Dur, dont l'esprit pénétrant avait deviné ce qui se passait en voyant la balle et l'expression de toutes les physionomie, intervint alors.

« Si mon père », dit-il, « a ôté la vie à quelqu'un de sa tribu, qu'il se livre entre les mains des amis du mort comme doit le faire un guerrier. Il est trop juste pour avoir besoin d'être lié afin de paraître en jugement.

— Enfant, j'espère que vous me rendrez justice. Si j'avais commis l'acte abominable dont on m'accuse, j'aurais assez de fermeté pour venir présenter ma tête au châtiment, à l'exemple des honnêtes gens à peau rouge. »

Puis, jetant sur l'Indien un regard qui l'assurait de son innocence, il se tourna vers le reste de ses auditeurs, et continua en anglais :

« J'ai à raconter une courte histoire ; croyez-la ou

ne la croyez pas, mais d'un côté sera la vérité, et de l'autre l'erreur pour l'incrédule, peut-être aussi pour son prochain... Ami Ismaël, quand nous apprîmes que vous reteniez injustement la jeune dame prisonnière, nous nous mîmes tous en embuscade autour de votre camp, — vous vous doutez maintenant de la chose, hein ? — avec l'intention, honnête ou non, de la mettre en liberté, comme elle avait droit de l'être au nom de la nature et de la justice. Sachant que je n'étais pas maladroit au métier d'éclaireur, mes amis demeurèrent sous le couvert, et j'allai en reconnaissance dans la plaine. Vous étiez loin de penser qu'il y avait si près de vous un témoin caché qui suivait tous les incidents de votre chasse ; et pourtant j'étais là, quelquefois à plat ventre derrière un buisson ou un paquet d'herbe, quelquefois je me laissais rouler du haut en bas d'une colline, afin d'épier vos pas, comme le cougouar guette le daim qui se désaltère. C'est que, voyez-vous, Ismaël, alors que j'étais dans l'orgueil et la force de mon âge, il m'est arrivé de regarder à travers la porte de la hutte d'un ennemi, pendant qu'il dormait, et rêvait même qu'il était tranquille à son foyer ! Si j'avais le temps de vous conter ça en détail...

— Il s'agit de votre explication », interrompit l'impatient capitaine ; « complétez-la.

— Oh ! quel horrible et sanglant spectacle !... J'étais couché dans les grandes herbes au moment où deux des chasseurs s'approchèrent l'un de l'autre. Leur entrevue ne fut pas cordiale, et telle que devrait l'être celle d'hommes qui se rencontrent dans le désert. Ils se séparèrent, et je croyais qu'ils s'étaient quittés en bonne intelligence, lorsque l'un d'eux se tourna et fit feu presque à bout portant dans le dos de l'autre, par traîtrise et assassinat tout ensemble.

C'était un vaillant que ce jeune homme ! Quoique la poudre brûlait son habit, il résista au choc pendant plus d'une minute avant de tomber. Alors il se souleva sur ses genoux, et se traîna jusqu'au petit bois en se défendant en désespéré, comme un ours blessé qui cherche un abri.

— Au nom du Dieu juste », s'écria encore Middleton, « pourquoi n'en avoir rien dit ?

— Pourquoi ? Pensez-vous, capitaine, qu'un séjour de plus de soixante ans dans la solitude ne vous enseigne pas la discrétion ? Quel est le guerrier rouge qui court publier ce qu'il a vu avant qu'il en soit temps ? Je conduisis le docteur sur le terrain dans l'espoir que son art pourrait encore être de quelque secours ; et notre ami le chasseur d'abeilles, qui était avec nous, vit aussi l'endroit où les broussailles cachaient le cadavre.

— Oui, c'est vrai », dit Paul ; « mais ne sachant pas quelle raison particulière pouvait faire désirer au vieux Trappeur de tenir l'affaire secrète, j'en parlai le moins possible, c'est-à-dire pas du tout.

— Et l'auteur de ce crime », demanda Middleton, « quel est-il ?

— Si par auteur vous entendez celui qui a commis l'action, tenez, le voilà », répondit le vieillard en désignant le frère d'Esther ; « et à la honte de notre race, il est du sang et de la famille du mort.

— Il ment ! il ment ! » s'écria Abiram. « Je n'ai point assassiné, je n'ai fait que rendre coup sur coup. »

L'émigrant intervint alors.

« Assez ! » commanda-t-il d'une voix rauque. « Relâchez le vieillard, garçons, et mettez le frère de votre mère à sa place.

— Ne me touchez pas, dit Abiram, « ou j'appelle sur vous la malédiction de Dieu. »

L'expression sauvage et égarée de son regard fit hésiter les jeunes gens ; mais Abner, l'aîné et le plus résolu, vint droit à lui, avec un air qui indiquait toute l'indignation dont il était plein ; le coupable effrayé se détourna, tenta vainement de fuir, et finit par tomber la face contre terre, ayant toutes les apparences de la mort.

Au milieu des exclamations d'horreur qui s'élevèrent, Ismaël fit signe à ses fils de transporter le corps dans la tente.

« Maintenant », dit-il en s'adressant à ceux qui étaient étrangers à sa famille, « tout est terminé entre nous ; que chacun se mette en route. Je vous souhaite du bonheur à tous ; et à vous, Hélène, bien que vous n'y attachiez peut-être aucun prix, je dis : Dieu vous accompagne ! »

Middleton, frappée d'une religieuse terreur, en voyant ce qu'il regardait comme un jugement manifeste du ciel, n'opposa plus de résistance et se prépara à partir. Les arrangements furent courts et bientôt achevés.

Au moment du départ, ils prirent en silence congé d'Ismaël et de sa famille, et leur troupe, composée d'éléments si divers, s'éloigna à pas lents et suivit le victorieux Pauni vers ses lointains villages.

CHAPITRE XXXII

> Je vous en conjure, soumettez
> une fois la loi à votre autorité, et pour
> produire un grand bien, faites un peu
> de mal.
>
> SHAKESPEARE.

Ismaël attendit longtemps et sans impatience que la troupe des étrangers fût tout à fait hors de vue. Aussitôt qu'on lui eut appris que le dernier des Indiens, qui avaient rejoint leur chef à une certaine distance du camp, avait disparu derrière les collines de la Prairie, il donna ordre d'abattre les tentes, d'atteler les chevaux et d'emménager les ustensiles.

Ces dispositions prises, le petit chariot, qui avait si longtemps servi de demeure à Inès, fut amené devant la tente où le corps insensible d'Abiram avait été déposé, et on l'arrangea de manière à y recevoir un nouveau prisonnier. Abiram parut alors, pâle, terrifié, chancelant sous le poids de son crime... Les jeunes gens, qui l'avaient cru frappé de mort par la justice divine, comprenant qu'il était encore au nombre des vivants, ne s'obstinèrent pas moins à le regarder comme un être appartenant plutôt à un autre monde que comme un mortel semblable à eux, ayant encore à endurer la dernière agonie avant que le grand lien de l'humaine existence fût à jamais brisé.

Quant au criminel, il paraissait en proie à un paroxysme de terreur, où l'irritation nerveuse la plus extrême luttait contre une apathie absolue. En d'autres termes, tandis que toute sa personne avait été paralysée par un coup si brusque, son esprit, naturellement craintif, le tenait dans un continuel supplice. Dès qu'il se vit en plein air, il jeta les yeux autour de lui afin d'interroger sur son sort la physionomie de ceux qui l'environnaient. N'apercevant partout que des figures graves, et ne trouvant dans l'expression d'aucun regard rien qui le menaçât d'une violence immédiate, le misérable commença à se sentir revivre ; et à peine assis dans le chariot, ses facultés artificieuses se mirent en quête de quelque expédient pour calmer le juste ressentiment de son parent ; ou, s'il ne pouvait y réussir, du moyen d'échapper à un châtiment qu'il prévoyait devoir être terrible.

Pendant tous ces préparatifs, Ismaël n'avait presque rien dit. Un geste, un coup d'œil lui avait suffi à transmettre sa volonté, et ce mode silencieux de communication paraissait convenir à tout le monde. Après le signal du départ, l'émigrant mit son fusil sous le bras et sa hache sur l'épaule, et prit les devants suivant son habitude. Esther s'était jetée au fond du chariot qui contenait ses filles ; les jeunes hommes prirent leurs places accoutumées au milieu du bétail, ou près des attelages ; et toute la troupe se mit en marche comme d'ordinaire, d'un pas lent et soutenu.

Pour la première fois, depuis bien des jours, l'émigrant tourna le dos au soleil couchant. La route qu'il prit conduisait aux pays habités par les blancs, et, à la façon dont il marchait, ses fils, qui avaient appris à lire les projets de leur père jusque dans son maintien, pressentirent que le voyage à travers la Prairie ne tarderait pas à toucher à sa fin.

Néanmoins durant quelques heures, rien ne transpira qui pût révéler l'existence d'une révolution soudaine ou violente dans les desseins ou les sentiments d'Ismaël. Il allait seul à une centaine de pas en avant de ses attelages, sans donner aucun signe d'une excitation extraordinaire. Une ou deux fois, il est vrai, on vit le colosse immobile et debout au sommet de quelque colline, le bras accoudé sur sa carabine, et la tête penchée vers la terre ; mais ces moments de réflexion profonde étaient de courte durée.

La caravane avait longtemps projeté son ombre vers l'orient avant qu'il se fît aucune modification matérielle dans l'ordre de sa marche. Les cours d'eau étaient passés à gué, les plaines sillonnées, les hauteurs gravies et descendues sans produire le moindre changement. Habitué aux difficultés de ce mode de voyage qu'il avait adopté, l'émigrant évitait, par une sorte d'instinct, les obstacles les plus insurmontables de la route, se détournant toujours à propos, soit à droite, soit à gauche, selon le relief du terrain, la présence des arbres ou l'approche d'une rivière.

Enfin l'heure arriva où il y eut nécessité, dans l'intérêt des hommes et des animaux, de faire une halte momentanée. Ismaël choisit l'endroit convenable avec sa sagacité ordinaire. La forme régulière du pays, telle que nous l'avons décrite dans les premières pages de cette histoire, avait depuis longtemps fait place à une surface plus inégale et accidentée. Elle offrait, en général, les mêmes solitudes vastes et désertes, les mêmes bas-fonds fertiles, mélange bizarre et sauvage de terre verdoyante et aride, qui donne à cette région l'apparence d'une contrée antique, dépouillée par un phénomène inexplicable de sa population et de ses édifices ; mais ces traits distinctifs des prairies ondoyantes étaient interrompus par des monticules irréguliers, des masses rocheuses et d'immenses forêts.

Ismaël s'arrêta près d'une source qui sortait de la base d'un roc de quarante à cinquante pieds de hauteur, comme à un endroit parfaitement approprié aux besoins de ses bestiaux.

L'eau baignait un vallon situé en contre-bas, et qui, en retour de ce don bienfaisant, produisait une herbe chétive. Un saule avait pris racine près de la fontaine, et, profitant de la possession exclusive du sol, il s'était élevé bien au-dessus du rocher, dont ses branches ombrageaient la cime escarpée. Mais sa beauté avait disparu avec le principe mystérieux de la vie. Comme pour insulter la maigre végétation de ce lieu, il restait debout, noble et solennel monument d'une fécondité tarie. Ses branches énormes, noueuses, desséchées, s'étendaient encore au loin, mais on n'y voyait pas une feuille, pas la moindre apparence de végétation ; il semblait proclamer en tout la fragilité de l'existence et l'influence dévastatrice du temps.

Là, Ismaël, après avoir fait signe à la caravane d'approcher, s'assit, et parut s'enfoncer dans un abîme de réflexions. Ses fils ne tardèrent pas à le rejoindre ; car les chevaux n'avaient pas plutôt senti l'approche de l'eau et du pâturage, qu'ils avaient doublé le pas ; et bientôt suivirent le tumulte et les occupations inséparables d'une halte de nuit.

L'impression produite par la scène du matin sur les enfants d'Ismaël n'avait été ni assez profonde ni assez durable pour faire oublier les besoins de la nature ; mais, pendant que les aînés cherchaient dans leurs provisions quelque chose de substantiel pour apaiser leur faim, et que les jeunes se pressaient autour d'une platée de maïs, leurs parents étaient absorbés par une besogne différente.

Ayant vu que tous, même Abiram qui commençait à se remettre, ne songeaient qu'à satisfaire leur appétit, Ismaël fit un signe à sa compagne, et se dirigea avec elle vers un monticule éloigné qui bornait la vue du côté de l'est. La réunion des deux époux en ce lieu aride ressemblait à une entrevue tenue sur la tombe de leur fils assassiné. Ils s'assirent l'un à côté de l'autre sur la roche, et au bout d'un assez long silence :

« Voilà longtemps que nous voyageons ensemble dans la bonne et mauvaise fortune », dit enfin Ismaël ; « nous avons eu bien des traverses, et il nous a fallu vider plus d'une coupe d'amertume, mais rien de pareil à ceci ne s'était rencontré sur mon chemin.

— Hélas ! quelle lourde croix à porter pour une pauvre pécheresse égarée ! » répondit Esther, qui baissa la tête jusque sur ses genoux et cacha sa figure dans ses vêtements. « Quel pesant fardeau sur les épaules d'une sœur et d'une mère !

— Oui, c'est là le plus pénible... Je m'étais résolu, sans beaucoup d'efforts, à châtier ce Trappeur vagabond, car il s'était montré peu bienveillant. Que Dieu me pardonne de l'avoir injustement soupçonné d'un si grand crime ! Au bout du compte, c'est chasser le déshonneur de ma famille par une porte en le faisant rentrer par l'autre ; mais un de mes fils aura-t-il été assassiné, sans que le meurtrier soit puni ? L'enfant n'aurait plus de repos dans sa tombe.

— Oh ! Ismaël, nous avons poussé les choses trop loin. Si nous avions moins parlé, c'eût été plus sage ; nos consciences auraient été tranquilles.

— Esther », dit son mari en tournant sur elle un regard chargé de reproche, « un instant vous avez eu l'idée qu'un autre avait commis le crime.

— C'est vrai ! c'est vrai ! le Seigneur me donna cette pensée en punition de mes péchés ; mais sa miséricorde n'a pas tardé à lever le voile ; j'ai jeté les yeux dans le livre, Ismaël, et j'y ai trouvé des paroles de consolation.

— Avez-vous ce livre sur vous, femme ? Il pourrait nous conseiller dans cette triste affaire. »

Esther fouilla dans ses poches et en retira la moitié d'une Bible enfumée, qui avait été feuilletée si souvent que les caractères en étaient devenus presque illisibles. C'était le seul livre qui fît partie du mobilier de l'émigrant ; sa femme l'avait conservé comme un douloureux souvenir d'un temps plus heureux et peut-être aussi plus innocent. Depuis longtemps elle était habituée à y recourir lorsqu'elle faiblissait, ce qui arrivait rarement, sous le poids de malheurs au-dessus de toute intervention humaine. C'est ainsi qu'Esther faisait de la parole de Dieu une sorte d'alliée commode, lui demandant conseil, seulement dans les cas où sa propre impuissance à remédier au mal était trop manifeste pour être contestée.

« Il y a là-dedans beaucoup de terribles passages », dit-elle après avoir ouvert le volume ; « et il s'en trouve qui enseignent comment il faut punir. »

Son mari lui fit signe de chercher une de ces

courtes règles de conduite, considérées par toutes les
nations chrétiennes comme les prescriptions directes
du Créateur, et qui ont été trouvées si justes que ceux-
là même qui nient leur divine origine en reconnaissent
la sagesse. Ismaël écouta avec une attention grave la
lecture des versets qu'Esther croyait applicables à leur
situation. Il lui demanda à voir les passages par ses
yeux et en considéra les caractères avec une sorte de
respect étrange. Chez un homme si difficile à émouvoir, une résolution à peine prise était irrévocable. Il
mit sa main sur le livre et le ferma, comme pour
témoigner qu'il était satisfait. Esther, qui le connaissait bien, frémit en voyant ce geste, et, jetant un
regard sur sa physionomie impassible mais sombre,
elle dit :

« Et pourtant, Ismaël, mon sang et le sang de mes
enfants coule dans ses veines ! N'y a-t-il plus de place
pour la miséricorde ?

— Femme », répondit-il d'un ton sévère,
« quand nous pensions que le coupable était ce
misérable et vieux Trappeur, on ne parlait pas de
miséricorde ! »

Esther ne répliqua point, mais croisant les bras
sur sa poitrine, elle resta silencieuse et pensive pendant quelques minutes ; puis elle dirigea encore un
regard d'anxiété sur les traits de son mari, sans y
distinguer autre chose qu'une froide apathie. Alors,
convaincue que le destin de son frère était prononcé,
et sentant peut-être aussi combien il avait mérité le
châtiment qui se préparait, elle n'essaya plus d'intercéder en sa faveur. Ils n'échangèrent plus aucune
parole. Leurs yeux se rencontrèrent un instant, puis ils
se levèrent et reprirent en silence le chemin du camp.

Ismaël trouva ses enfants qui l'attendaient avec

leur indolence ordinaire. Les bestiaux étaient déjà rassemblés et les chevaux attelés, prêts à se remettre en marche au premier signal ; les enfants étaient remontés dans leur charrette, et la sauvage couvée n'attendait plus pour partir que le retour des parents.

« Abner », dit le père avec la tranquillité qui caractérisait tous ses actes, « tirez le frère de votre mère de son chariot et mettez-le à terre. »

Abiram sortit de sa retraite, tremblant, il est vrai, mais n'ayant pas perdu l'espoir d'apaiser le courroux d'Ismaël. Après avoir cherché autour de lui une expression de pitié, une lueur de sympathie, il s'efforça de maîtriser les appréhensions qui commençaient à l'assaillir plus vives que jamais, en établissant une sorte de communication amicale entre lui et l'émigrant.

« Les chevaux sont éreintés, frère », dit-il, « et comme nous avons déjà fait un grand bout de chemin, n'est-il pas temps de camper ? A mon avis, vous pourriez aller loin avant de trouver un meilleur endroit que celui-ci pour passer la nuit.

Je suis bien aise qu'il soit de votre goût », répondit l'autre ; « car il est probable que vous y resterez longtemps. Approchez, mes fils, et écoutez. »

Il ôta son bonnet de fourrure, et ajouta d'une voix ferme et solennelle qui donnait à ses traits lourds un air imposant :

« Abiram White, vous avez tué mon premier-né, et d'après les lois de Dieu et des hommes, vous devez mourir ! »

Abiram tressaillit à cette sentence terrible et soudaine, saisi de la même épouvante qu'un chasseur tombé inopinément sous l'étreinte d'un monstre au pouvoir duquel il ne pourrait se soustraire. Assailli de pressentiments funestes, il n'avait pas eu le courage de regarder le danger en face ; tout au contraire, se réfugiant dans ces décevantes illusions sous lesquelles les caractères pusillanimes se cachent à eux-mêmes leur condition désespérée, il n'avait cherché qu'à esquiver son sort à force d'astuce.

« Mourir ! » répéta-t-il d'une voix à peine distincte. « N'est-on pas en sûreté au milieu de ses amis ?

— Asa le croyait aussi », répondit Ismaël. En même temps, il donna le signal du départ au chariot qui contenait sa femme et ses filles, et se mit froidement à examiner l'amorce de son arme.

« C'est avec la carabine que vous avez tué mon fils », ajouta-t-il, « il est convenable, il est juste que vous périssiez par la carabine. »

Abiram lança autour de lui des regards égarés, et éclata même de rire, comme s'il eût voulu se persuader, lui et les autres, que cette façon de parler n'était qu'une plaisanterie, une farce pour éprouver son courage. Lugubre accès de gaieté qui n'eut d'écho nulle part ! Tout demeura muet. Une indignation froide se peignit sur la physionomie de ses neveux, et celle de son beau-frère n'exprimait qu'une inflexible détermination. Une scène de violence et d'outrages lui aurait peut-être fouetté le sang et rendu quelque énergie, tandis qu'en face de ces masques impassibles il restait abandonné à ses faibles ressources.

« Frère », dit-il d'une voix rauque et presque éteinte, « vous ai-je bien entendu ?

— Mes paroles sont claires, Abiram White : vous avez commis un meurtre, et pour cela vous devez mourir.

— Où est Esther ?... Ma sœur, ma sœur, voulez-vous m'abandonner ? Oh ! sœur, entendez-vous ma voix ?

— Celle que j'entends sort du tombeau ! » dit Esther au moment où le chariot passait près du coupable. « C'est la voix de mon premier-né qui demande justice. Que Dieu vous fasse miséricorde ! qu'il ait pitié de votre âme ! »

Le chariot continua lentement sa route, et Abiram, abandonné, se vit alors privé de tout vestige d'espérance.

Néanmoins, il ne pouvait rassembler assez de courage pour faire face à la mort, et, si ses jambes ne lui avaient refusé le service, il eût essayé de fuir. Soudain, en proie à une crise de désespoir, il tomba à genoux, et commença une prière, dans laquelle, tout en implorant avec des cris de bête fauve le pardon du ciel et des hommes, il entremêlait honteusement le nom de Dieu et celui de son beau-frère. Les fils d'Ismaël détournèrent les yeux avec horreur d'un spectacle si avilissant, et il n'y eut pas jusqu'à la nature inflexible d'Ismaël qui ne fût ébranlée en présence de tant d'abjection.

« Puisse celui qui est là-haut », dit-il, « faire droit à votre demande ! Mais un père oublier le meurtre de son enfant, jamais ! »

Le misérable répondit par les appels les plus humbles pour obtenir du temps. Que lui fallait-il ? Une semaine, un jour, une heure. Voilà ce qu'il supplia tour à tour de lui accorder, apportant une instance d'autant plus vive à obtenir un de ces délais qu'une existence entière était condensée dans leur courte durée. L'émigrant finit par se laisser émouvoir, et se rendit en partie aux désirs du coupable. Mais s'il

changea les moyens, le but qu'il s'était proposé resta
le même.

« Abner », ordonna-t-il, « montez sur le rocher,
et regardez de tous côtés s'il n'y a personne dans les
environs. »

Pendant ce moment de répit, une lueur d'espoir
traversa les traits agités d'Abiram. Le rapport fut
favorable ; aucun être vivant, à l'exception des attelages qui s'éloignaient, n'était en vue dans la plaine ;
seulement un enfant accourait en grande hâte, sans
doute envoyé par la mère. Ismaël attendit et reçut
bientôt des mains de l'une de ses petites filles, qui
avait l'air interdit et effrayé à la fois, quelques feuillets
du livre qu'Esther avait conservé avec tant de soin.

Après avoir congédié la messagère, il tendit les
feuillets au condamné.

« Tenez », lui dit-il, « voici ce que vous envoie
Esther, afin que dans vos derniers moments vous
pensiez à Dieu.

— Que le Seigneur la bénisse ! elle m'a toujours
traité en bonne et tendre sœur... Mais vous allez me
donner le temps de lire... Du temps, mon frère, du
temps, n'est-ce pas ?

— Le temps ne vous manquera pas. Vous serez
vous-même votre bourreau, et mes mains n'auront
point à remplir ce répugnant office. »

Et sans plus tarder, il se mit en devoir d'exécuter
son nouveau projet.

Quant à Abiram, l'assurance qu'il venait de
recevoir de prolonger un temps quelconque sa misérable vie eut la vertu de calmer ses craintes, bien qu'il ne
cessât d'avoir en perspective un châtiment mortel. Un
moment de répit, sur un être aussi abject qu'Abiram,
produit tout d'abord les mêmes effets qu'un pardon

absolu. Aussi se montra-t-il le plus empressé à diriger les lugubres apprêts ; et de tous les acteurs de ce drame sanglant, lui seul eut dans la voix quelque chose de facétieux et de gai.

Un mince quartier de roche se projetait sous l'une des branches décharnées du saule. Faisant saillie à une trentaine de pieds au-dessus du sol, il convenait parfaitement au projet dont sa vue avait en effet suggéré l'idée. Ce fut sur cette petite plate-forme, que le meurtrier fut placé, les coudes liés derrière le dos de manière à ce qu'il lui fût impossible de les dégager, et une corde passée à son cou fut solidement attachée à la maîtresse branche, assez longue pour que le corps, une fois suspendu, ne pût trouver aucun point d'appui. On lui mit entre les mains les feuillets de la Bible, maître d'y chercher des consolations comme il le pourrait.

Les préparatifs terminés, les fils de l'émigrant redescendirent, et il leur enjoignit d'aller retrouver la caravane.

« Maintenant, Abiram White », dit-il, « je vous adresse une dernière et solennelle demande. Vous avez deux manières d'en finir avec ce bas monde, soit d'un coup de fusil, soit par la corde qui, tôt ou tard, terminera vos misères. Choisissez !

— Je ne veux pas mourir », gémit Abiram. « Vous ne savez pas, Ismaël, combien la vie paraît douce quand le dernier moment est si proche !

— Il suffit, adieu ! Et si cela peut adoucir vos dernières souffrances, je vous pardonne le mal que vous m'avez fait, et vous laisse entre les mains de votre Dieu ! »

Ismaël se détourna alors et continua sa route à travers la Prairie, du pas lourd et nonchalant qui lui était ordinaire. Il s'en alla, la tête un peu penchée vers la terre, et sans avoir l'idée de jeter un regard derrière lui, une fois seulement il crut s'entendre appeler par son nom, d'une voix un peu étouffée, mais il ne suspendit pas pour cela sa marche.

Arrivé à l'endroit où Esther et lui s'étaient entretenus, il s'arrêta ; de là, on pouvait encore apercevoir le rocher. Le soleil était sur le point de disparaître derrière les plaines qui s'étendaient au-delà, et ses derniers rayons éclairaient les rameaux dépouillés du saule. Les contours de cet ensemble s'enlevaient, noirs et âpres, sur le firmament enflammé, et l'émigrant, qui avait risqué un coup d'œil en arrière, distingua nettement le malheureux dans la même attitude où il l'avait laissé. Ce spectacle réveilla dans son cœur d'anciens souvenirs, et il redescendit la hauteur plus vite qu'il ne l'avait gravie.

Un quart de lieue plus loin, il rejoignit la caravane.

Ses fils avaient trouvé un endroit convenable au campement de la nuit, et n'attendaient plus que sa présence pour savoir s'il confirmerait leur choix. Il le fit, du reste, en quelques mots. Tout se passa, contre l'habitude, dans un silence significatif. On n'entendit pas criailler la vieille matrone, ou si elle eut à hausser la voix, ce fut sur un ton grave, et non pour s'élever à son diapason discordant.

Il n'y eut ni question ni explication échangées entre le mari et sa femme. Mais au moment où elle se retirait parmi ses enfants pour passer la nuit, il la vit jeter un regard furtif sur le bassinet de sa carabine. Il se sépara de ses fils, en leur déclarant son intention de veiller en personne à la sûreté du camp.

Quand tout fut tranquille, il sortit dans la Prairie,

car il lui semblait qu'il ne respirait pas assez librement au milieu des tentes.

Le vent s'était levé en même temps que la lune avait paru, et se déchaînait sur la Prairie de manière à faire croire à Ismaël que des sons étranges et surnaturels se mêlaient à ses mugissements. Cédant à l'impulsion extraordinaire qui l'entraînait, il jeta les yeux autour de lui pour voir si tout dormait en paix, puis il se dirigea vers la hauteur dont nous avons déjà parlé. De là, la vue plongeait sans obstacle de l'orient au couchant. De légers et vaporeux nuages passaient rapidement devant la lune, dont le disque avait quelque chose d'humide et de froid, bien qu'en certains moments ses paisibles rayons, brillant dans un ciel d'azur, répandaient sur tous les objets une teinte douce et caressante.

Pour la première fois de sa vie aventureuse, Ismaël éprouva un vif sentiment de solitude.

Les plaines dépouillées commençaient à prendre l'aspect de sombres et interminables déserts, et le sifflement du vent résonnait à son oreille, comme la plainte des trépassés. Il ne fut pas longtemps sans s'imaginer entendre un cri perçant qu'une rafale apportait jusqu'à lui ; ce cri ne semblait pas venir de terre, mais traverser les régions supérieures de l'air en se mêlant à la rauque harmonie de l'aquilon. Les dents d'Ismaël s'entrechoquèrent, et sa main vigoureuse serra le canon de sa carabine comme s'il eût voulu en briser le métal. Le vent cessa, puis recommença à souffler, et un nouveau cri d'horreur déchira l'espace, si proche de lui cette fois que, par un mouvement involontaire d'imitation, il en poussa un semblable, et jetant son fusil sur l'épaule, il s'achemina vers le roc à grandes enjambées.

Son sang, d'une circulation si lente d'ordinaire, il le sentait prêt à jaillir par tous les pores. Sa nature physique était excitée à son plus haut degré. Plus il avançait, plus les sons d'agonie devenaient distincts ; tantôt ils allaient mourir dans les nuages, tantôt ils rasaient la terre. Enfin, un cri retentit sur lequel on ne pouvait plus se méprendre et dont l'horreur n'avait rien d'imaginaire ; il parut remplir toute l'étendue de l'air, comme l'éclair emplit parfois l'horizon de son éblouissante clarté. Le nom de Dieu était fréquemment répété, mais associé à d'horribles blasphèmes que nous ne saurions répéter.

Ismaël s'arrêta, et se couvrit un moment les oreilles de ses deux mains. Lorsqu'il les écarta, une voix sourde murmura :

« Avez-vous entendu, mon homme ?

— Chut ! » fit-il en appuyant son bras vigoureux sur Esther, sans manifester la moindre surprise de sa présence inattendue. « Chut, femme ! Si vous avez la crainte du Seigneur, ne bougez pas ! »

Il se fit un grand silence.

Le vent continuait à souffler par rafales, comme auparavant ; mais, au lieu de hurlements affreux, il n'apportait avec lui que ces bruits imposants qui témoignent de la majesté de la nature dans la nuit et la solitude.

« Avançons », reprit Esther. « Tout est calme.

— Femme », demanda son mari, dont le sang avait repris son cours ordinaire, « pourquoi êtes-vous venue ici ?

— Il a tué notre premier-né, mais il ne convient pas que le fils de ma mère reste abandonné comme la carcasse d'un chien.

— Suivez-moi. »

Et le fusil en main, il marcha droit au rocher.

La distance qui l'en séparait était assez considérable, et à mesure qu'ils approchaient du lieu de l'exécution, une religieuse terreur ralentissait leurs pas. Au bout de plusieurs minutes, ils atteignirent un endroit d'où l'on pouvait distinguer la forme des objets.

« Où avez-vous mis le corps ? » demanda tout bas Esther. « Tenez, voici une pioche et une bêche, afin que celui qui fut mon frère puisse reposer dans le sein de la terre. »

En ce moment, la lune sortit du milieu des nuages, et Esther put suivre la direction que lui indiquait le doigt Ismaël : il lui montrait une forme humaine, balancée par le vent au-dessous de la branche flétrie du saule. La pauvre femme baissa la tête et se couvrit les yeux de ses deux mains.

Pour l'émigrant, il s'approcha et contempla longtemps son œuvre avec un sentiment de terreur, mais non de regret ; les feuillets du livre saint étaient dispersés à terre, et un fragment de roc avait été arraché par Abiram dans son agonie... A présent, tout était dans l'immobilité de la mort. Quelquefois la lune donnait en plein sur les traits livides et décomposés de la victime ; et par moments, lorsque le vent tombait, la corde fatale rayait d'une ligne sombre son disque éclatant. Ismaël leva sa carabine, ajusta avec beaucoup de soin, et fit feu. La corde fut coupée, et le corps vint s'aplatir à terre comme une masse insensible.

Jusque-là Esther n'avait ni bougé ni prononcé une parole ; mais alors elle donna une aide diligente à son mari. La fosse fut bientôt creusée, et reçut le cadavre du misérable.

Au moment où le corps allait y être descendu, Esther, qui soutenait la tête, murmura avec une expression d'angoisse déchirante :

« Ismaël, mon homme, c'est bien terrible ! Je ne puis baiser le corps de l'enfant de mon père ! »

L'émigrant posa sa large main sur la poitrine du mort.

« Abiram White », dit-il, « nous avons tous besoin de miséricorde... Du fond de mon âme je vous pardonne ! Puisse le Dieu du ciel avoir pitié de vos péchés ! »

Esther se baissa, et imprima un long et fervent baiser sur le front pâle de son frère. Après quoi, la terre fut rejetée dans la fosse avec un bruit sourd et lugubre. La femme se laissa tomber à genoux, et l'homme resta debout et découvert pendant qu'elle balbutiait une prière.

Ce fut tout.

Le lendemain matin, les attelages et les bestiaux de l'émigrant reprirent le chemin des habitations. En approchant des confins de la société, la caravane se confondit avec un millier d'autres.

La civilisation arracha à leur vie sauvage et demi-barbare quelques-uns des nombreux descendants de ce singulier couple ; quant aux chefs de la famille, on n'entendit plus parler d'eux.

CHAPITRE XXXIII

> Je ne vous quitterai pas, non ; je
> veux marcher à vos côtés, aussi loin
> que la terre nous portera.
>
> SHAKESPEARE.

Aucune scène de violence n'interrompit la
marche de Cœur Dur jusqu'à son village.

Sa vengeance avait été aussi complète que sommaire. Pas un seul éclaireur sioux ne se montra sur les
terrains de chasse qu'il était obligé de traverser ; par
conséquent, le voyage de Middleton et de ses amis
s'accomplit d'une manière aussi paisible qu'il l'eût été
au milieu des nouveaux États, et il fut coupé de
plusieurs haltes afin de ménager les forces des jeunes
femmes. Car les vainqueurs, si féroces durant la lutte,
paraissaient maintenant disposés à consulter les moindres désirs de leurs amis, oubliant qu'ils appartenaient
à cette race envahissante qui, chaque jour, usurpait
sur leurs droits et réduisait les hommes rouges de
l'Ouest de leur état de fière indépendance à celui de
fugitifs et de vagabonds.

Les Loups firent dans leur campement une entrée

triomphale, et l'allégresse de la tribu fut proportionnée au découragement qu'elle avait éprouvé en
croyant avoir perdu son chef.

Les mères s'enorgueillirent de la mort glorieuse de
leurs fils ; les épouses proclamèrent la gloire de leurs
maris, et montrèrent leurs cicatrices avec orgueil ; et
les vierges indiennes récompensèrent les jeunes
braves par des chants de victoire. Les chevelures des
ennemis immolés furent étalées en triomphe, de
même que, dans les pays civilisés, on déploie les
drapeaux conquis sur le champ de bataille. Les
vieillards racontèrent les hauts faits d'autrefois, et
déclarèrent qu'ils étaient éclipsés par la grandeur d'un
si beau combat ; et Cœur Dur, distingué depuis son
enfance par des actes d'audace, fut unanimement
proclamé le chef le plus digne et le guerrier le plus
vaillant que le Wacondah eût jamais accordé aux
vœux de ses enfants chéris, les Loups Paunis.

Middleton, bien que rassuré sur la possession du
trésor qu'il avait recouvré, ne fut pas fâché de
retrouver, dans la foule des sauvages, ses fidèles et
braves canonniers, dont les hourras saluaient son
retour. La présence de cette troupe, quelque peu
nombreuse qu'elle fût, acheva de lui ôter toute
inquiétude. Elle lui rendait la liberté de ses mouvements, lui donnait de la dignité et de l'importance aux
yeux de ses nouveaux amis, et lui permettait de
franchir sans obstacle les vastes régions qui séparaient
encore le village des Paunis du fort le plus voisin
occupé par ses compatriotes.

Une hutte fut laissée à la jouissance exclusive
d'Inès et d'Hélène ; et une sentinelle armée, portant
l'uniforme américain, en défendit l'accès. Cette
mesure de précaution réjouit notre chasseur

d'abeilles ; mais il profita de son inaction pour rôder au milieu des loges indiennes, s'ingérant dans des détails d'économie domestique, et distribuant les conseils d'un air grave ou gai, toujours sans façon.

Cet esprit de curiosité incommode et gênante ne trouva point d'imitateurs parmi les Indiens. La réserve et la délicatesse de Cœur Dur s'étaient communiquées à son peuple. Après s'être acquittés envers leurs hôtes de toutes les attentions que leur suggéraient des mœurs simples et des besoins bornés, nul d'entre eux n'eut l'indiscrétion de s'approcher des cabanes qui avaient été mises à leur disposition. On les laissa s'arranger dans leur demeure provisoire de la façon la mieux appropriée à leurs habitudes et à leurs goûts. Toutefois les chants et les réjouissances de la tribu se prolongèrent bien avant dans la nuit ; et longtemps encore on entendit la voix de plus d'un guerrier célébrer, du haut de sa hutte, les hauts faits de son peuple.

Malgré les fatigues de la veille, tout le monde fut sur pied au point du jour. L'air de triomphe qui brillait sur tous les visages avait fait place à une expression plus en rapport avec la circonstance actuelle. On savait que les Visages Pâles, qui étaient les amis de leur chef, allaient prendre congé de la tribu. Les soldats de Middleton, en attendant son arrivée, s'étaient accommodés avec un marchand dont les opérations n'avaient pas réussi, et lui avaient loué sa barque, qui était amarrée au rivage.

Tout était donc prêt pour le départ.

Middleton ne voyait pas arriver ce moment sans un certain battement de cœur. L'admiration avec laquelle Cœur Dur contemplait Inès n'avait pas plus échappé à son œil jaloux que les coupables désirs de

Matori. N'ignorant pas sous quel voile impénétrable un sauvage sait enfouir ses desseins, il comprit qu'il y aurait de sa part une criminelle faiblesse à ne pas se tenir sur ses gardes. Il donna donc à ses gens des instructions secrètes, et les précautions qu'on crut devoir prendre furent dissimulées sous le déploiement de pompe militaire qui devait signaler leur départ.

Le jeune officier se reprocha bientôt sa méfiance quand il vit la tribu entière, sans armes et la tristesse peinte sur la figure, l'accompagner jusqu'au bord de la rivière. La foule se rangea en cercle autour des étrangers, spectatrice paisible et attentive de tout ce qui allait se passer. Comme il était évident que Cœur Dur se disposait à prononcer un discours, les voyageurs s'arrêtèrent pour l'écouter, et le Trappeur s'apprêta à remplir les fonctions d'interprète.

Le jeune chef s'adressa d'abord à son peuple dans le langage figuré des Indiens. Il commença par faire allusion à l'antiquité et à la renommée de sa nation ; il parla des succès de ses compatriotes à la chasse et à la guerre ; de la manière dont ils avaient toujours su défendre leurs droits et châtier leurs ennemis.

Après en avoir dit assez pour satisfaire l'orgueil des Loups, il passa, par une transition subite, à la race dont les étrangers faisaient partie. Il compara leur multitude innombrable aux troupes d'oiseaux qui émigrent dans la saison des fleurs ou au déclin de l'année. Avec la délicatesse d'un guerrier indien, il ne fit aucune mention spéciale de la rapacité qu'un si grand nombre d'entre eux avaient montrée dans leurs relations avec les Peaux Rouges. Sachant que la défiance avait de fortes racines dans l'âme de son peuple, il tâcha plutôt, par des excuses et des justifications indirectes, à calmer les justes sujets de ressentiment qu'il pouvait avoir. Il rappela, par exemple, que les Loups eux-mêmes avaient été obligés d'expulser de leur village plus d'un indigne frère. S'il arrivait au Wacondah de voiler sa face pour ne pas voir un homme rouge, nul doute que le Grand Esprit des Visages Pâles ne regardât plus d'une fois ses enfants avec déplaisir. Ceux qui étaient livrés à l'instigateur du mal ne pouvaient jamais être braves et vertueux, quelle que fût leur couleur. Il priait ses jeunes hommes de faire attention aux mains des Longs Couteaux : les avaient-ils vides comme des mendiants affamés, ou pleines d'objets à vendre comme les coquins de marchands ? Non, c'étaient des guerriers comme eux, et ils portaient des armes dont ils savaient faire usage ; ils étaient dignes d'être appelés frères.

Puis Cœur Dur appela l'attention de tous sur le chef des étrangers. C'était un fils de leur Grand-Père blanc. Il n'était pas venu dans les Prairies pour chasser les buffles de leurs pâturages, ni pour ravir le gibier des Indiens : des méchants lui avaient volé l'une de ses femmes, la plus obéissante, la plus douce, la plus charmante de toutes ; ils n'avaient qu'à ouvrir les yeux pour se convaincre de la vérité de ses paroles. Maintenant que le chef blanc avait retrouvé sa femme, il allait retourner en paix dans son pays. Il dirait aux Blancs que les Paunis sont justes, et les deux peuples vivraient en bonne intelligence. Les Paunis souhaiteraient aux étrangers un heureux retour dans leurs habitations ; car ils savaient tout à la fois recevoir leurs ennemis et écarter les ronces du sentier de leurs amis.

Middleton avait senti son cœur battre violemment quand l'orateur avait fait allusion aux charmes d'Inès, et il n'avait pu s'empêcher de jeter sur ses artilleurs un regard d'avertissement. Mais à partir de cet instant le

18

jeune chef parut avoir effacé de sa mémoire le souvenir d'un être si charmant ; ses sentiments, s'il en conservait encore à cet égard, restèrent voilés sous le masque froid de la réserve indienne. Il tendit successivement la main à chaque guerrier, sans oublier le moindre soldat ; mais son regard ne se dirigea pas une seule fois vers les dames. Il avait veillé à ce que rien ne leur manquât pour la route, avec une prodigalité et une sollicitude qui n'avaient pas laissé d'exciter quelque surprise parmi ses jeunes compagnons ; ce fut la seule manière dont il témoigna l'intérêt que lui avaient inspiré les belles étrangères.

La cérémonie des adieux fut longue et imposante. Chaque guerrier pauni eut soin de n'oublier aucun des guerriers blancs dans ses attentions. Il n'y eut d'exception, et encore ne fut-elle pas générale, que pour le docteur Battius. Plusieurs jeunes gens ne parurent pas, il est vrai, très empressés à faire des civilités à un homme d'une profession équivoque ; mais le digne naturaliste trouva un dédommagement dans les égards que lui témoignèrent les vieillards, qui avaient compris que le médecin des Longs Couteaux, s'il n'était pas d'une grande utilité à la guerre, pouvait du moins rendre quelques services pendant la paix.

Quand la petite troupe fut embarquée, le Trappeur ramassa un petit paquet qui était resté à ses pieds pendant les opérations précédentes, se mit à siffler pour appeler Hector auprès de lui, et fut le dernier à monter sur le bateau. Les artilleurs poussèrent les acclamations d'usage ; les Indiens y répondirent par de grands cris, et la barque, entrant dans le courant, commença à descendre rapidement la rivière.

Un long et douloureux silence suivit ce départ : il fut rompu par le Trappeur, dont la physionomie morne et abattue exprimait les regrets qu'il éprouvait.

« C'est une tribu loyale et vaillante », dit-il « je ne craindrai pas de l'affirmer hautement, et qui ne le cède qu'à ce peuple autrefois puissant, aujourd'hui dispersé, les Delawares des montagnes. Misère de moi ! capitaine, si vous aviez vu autant de bien et de mal que j'en ai vu dans ces nations de Peaux Rouges, vous apprendriez quelle grande estime il faut faire des candides et braves cœurs qu'on y rencontre. Il y a des gens, je le sais, qui prétendent qu'un Indien ne vaut guère mieux qu'une bête sauvage. Mais, pour juger de l'honnêteté d'autrui, ne doit-on pas être honnête soi-même ? Sans doute, sans doute, ils connaissent bien leurs ennemis, et ils s'embarrassent fort peu de leur témoigner beaucoup de confiance ou d'amour.

— Ainsi fait l'homme », répondit le capitaine ; « et il est probable que ces braves gens ne manquent d'aucune de ses qualités naturelles.

— Oh ! certes, ils ont tout ce que donne la bonne nature. Est-ce qu'on entend rien au caractère des Peaux Rouges sur la vue d'un seul Indien ou d'une de leurs peuplades ? C'est comme si on croyait connaître les différents plumages après avoir regardé un corbeau... Holà ! pilote, appuyez à gauche vers cette côte basse et sablonneuse, et vous rendrez un service qui n'a pas été long à demander.

— Pourquoi ? » demanda Middleton. « Nous descendons au fil de l'eau, et dévier vers le rivage, c'est perdre le bénéfice du courant.

— Bah ! ce sera bientôt fait. »

Là-dessus, le vieillard mit lui-même la main à l'œuvre pour exécuter ce qu'il avait demandé. Les

rameurs, qui avaient remarqué l'influence qu'il exer-
çait sur leur chef, le laissèrent faire, et avant qu'on eût
le temps de s'expliquer davantage, la barque touchait
déjà la rive.

« Capitaine », reprit le Trappeur en déliant sa
petite valise avec une lenteur qui prouvait qu'il n'était
pas fâché de ne pas aller plus vite, « j'ai un petit
marché à vous proposer. Oh ! pas grand'chose ; mais
enfin c'est tout ce qu'un vieux bonhomme qui a perdu
la routine du fusil, un misérable trappeur, peut vous
offrir avant de nous quitter.

— Nous quitter ! »

Ce fut l'exclamation générale de tous ceux qui
avaient si récemment partagé ses dangers et profité de
son expérience.

« Comment diable ! vieux Trappeur », s'écria
Paul, « auriez-vous la fantaisie d'aller à pied jusqu'aux
habitations, quand voici un bateau qui franchira la
distance dans la moitié du temps que mettrait à la
parcourir au trot le baudet que le docteur a donné au
Pauni ?

— Les habitations ! Ah ! bien, garçon, il y a
beaux jours que j'ai dit adieu au gaspillage et à la
méchanceté des endroits habités ! Si je vis ici dans un
défrichement, c'en est un du moins de la fabrique du
bon Dieu, et il ne s'y rattache point de souvenirs
pénibles. Quant à me plonger de moi-même dans ce
déluge de corruption, c'est ce qu'on ne reverra jamais.

— Nous séparer, je n'y songeais nullement »,
objecta Middleton, sincèrement affligé. « Loin de là !
J'avais caressé l'espoir, que dis-je ! j'étais persuadé
que vous nous accompagneriez là-bas, où, je vous en
renouvelle l'assurance, rien n'eût été épargné de notre
part pour vous rendre heureux.

— Oui, mon garçon, oui, vous feriez votre possible », repartit le vieillard ; « mais que peuvent les efforts de l'homme contre les manœuvres du diable ? Ah ! s'il n'avait fallu que des offres bienveillantes et une amitié sincère, j'aurais pu être, voilà bien des années, député au congrès, et qui sait même ? gouverneur. Votre grand-père le désirait, et il y a encore des gens dans les montagnes de l'Otségo qui ne demanderaient pas mieux, je l'espère, que de me loger dans un palais. Mais contentement passe richesse, dit le proverbe. De toutes manières, mon temps touche bien près de sa fin, et ce n'est pas, sans doute, un grand péché pour un homme qui a rempli honnêtement son rôle pendant nonante hivers et autant d'étés, de désirer passer en paix le peu de jours qui lui restent. Si vous pensez, capitaine, que j'ai eu tort de vous accompagner jusqu'ici pour vous quitter ensuite, je vous avouerai, sans hésitation ni honte, ce qui m'a fait agir ainsi. Quoique j'aie vécu presque un siècle dans le désert, je ne disconviens pas que mes sentiments ne soient de la couleur de ma peau. Eh bien, il n'eût pas été convenable de laisser voir aux Loups Paunis la faiblesse d'un vieux guerrier, s'il lui arrive d'en montrer en prenant congé pour jamais de ceux qu'il a toute raison d'aimer, et pourtant son affection pour eux n'irait pas jusqu'à les suivre au milieu des habitations.

— Dites donc, vieux Trappeur », dit Paul en toussant avec effort comme pour s'éclaircir la voix, « puisque vous parlez de marché, j'en ai précisément un à vous proposer, et voici ce que c'est, ni plus ni moins. Je vous offre, moi, la moitié de mon bien, et quand elle serait la plus grosse, ça m'est égal. De plus, vous aurez le plus pur miel qu'on puisse tirer du

caroubier sauvage ; de quoi manger en suffisance,
comme un quartier de venaison par-ci, ou une tranche
de bosse de bison par-là, vu que j'ai dans l'idée de
faire plus ample connaissance avec la bête ; et le tout
cuisiné gentiment par les mains d'une nommée Nelly
Wade, qui sera bientôt Nelly autre chose ; bien
entendu, sans parler des égards qu'un honnête homme
ne peut manquer d'avoir pour son meilleur ami, je
pourrais même dire pour son père. En retour, vous
nous donnerez, dans vos moments de loisir, quelques-
unes de vos anciennes recettes, un petit avis salutaire
à l'occasion, et autant de votre agréable compagnie qu'il
vous plaira.

— C'est bien, mon enfant, merci ! » répondit le
vieillard en promenant ses mains tremblantes sur la
valise. « L'offre est honnête ; je vous en suis bien
reconnaissant... Mais je refuse ; c'est impossible !

— Vénérable chasseur », dit à son tour le docteur Battius, « il est des obligations que tout homme
contracte envers la société et la nature humaine. A
mon avis, vous devez à la fin retourner auprès de vos
compatriotes pour leur faire part des trésors de
connaissances expérimentales que vous avez sans
doute acquises par un séjour prolongé dans les
déserts ; bien qu'altérées par des préjugés, elles n'en
seront pas moins un précieux héritage pour ceux dont
il faudra, comme vous le dites, vous séparer bientôt
pour toujours.

— Ami docteur », répliqua le Trappeur en le
regardant fixement, « de même qu'il ne serait pas aisé
de juger des mœurs du serpent à sonnettes d'après
celles du daim, de même il serait difficile de juger de
l'utilité d'un homme en pensant trop aux actions d'un
autre. Vous avez vos dons comme toute créature, je

présume, et mon intention n'est pas de les contester.
Quant à moi, le Seigneur m'a fait pour agir et non
pour parler ; je crois donc n'avoir pas grand tort en
fermant l'oreille à votre invitation.

— Brisons-là », interrompit Middleton.
« D'après ce que j'ai vu et ouï dire de cet homme
extraordinaire, j'ai la conviction que nos instances ne
réussiront pas à changer sa résolution. Commençons
d'abord, mon digne ami, par savoir ce que vous
désirez ; puis nous verrons ce qu'il y a de mieux à faire
dans votre intérêt. »

Le vieux coureur des bois avait enfin réussi à
ouvrir sa valise.

« Il s'agit de peu de chose », dit-il ; « peu de
chose en vérité, une babiole en comparaison de ce que
j'aurais offert jadis en échange. Que voulez-vous !
c'est ce que j'ai de mieux, et on ne doit pas le
mépriser. Voici les peaux de quatre castors que j'ai
pris un mois environ avant de vous rencontrer, et voilà
aussi une peau de raton qui n'a pas une grande valeur
sans doute, mais elle pourra servir à faire le poids.

— Et qu'en voulez-vous faire ?

— Je les offre en légitime échange. Ces coquins
de Sioux, — Dieu me pardonne d'en avoir soupçonné
les Konzas ! — m'ont volé mes meilleures trappes, et
m'ont forcé à recourir aux premières inventions
venues, ce qui pourrait m'exposer à subir un hiver très
pénible, si ma vie se prolonge jusque-là. Je vous prie
donc de prendre ces peaux et de les offrir aux
trappeurs que vous ne manquerez pas de rencontrer
là-bas, en échange de quelques trappes que vous
enverriez en mon nom au village pauni. Ayez soin d'y
faire peindre ma marque : un N avec une oreille de
chien et une platine de fusil. Il n'y a pas de Peau

Rouge qui contestera alors mes droits. Pour toutes ces
peines, je n'ai guère à vous donner que mes remercie-
ments, à moins que mon ami le chasseur d'abeilles ne
veuille accepter la peau de raton, et se charger en
personne de toute l'affaire.

— Si j'en fais rien, que le diable me... »

Paul n'en dit pas davantage parce que la jolie
main d'Hélène lui ferma la bouche ; aussi fut-il obligé
d'avaler le reste de sa phrase, ce qu'il fit avec un
trouble qui n'avait pas peu de ressemblance avec le
procédé de la strangulation.

« Bien, bien ! » reprit l'autre avec douceur. « Il
n'y avait pas d'offense. Une fourrure de raton ne vaut
pas cher, je le sais ; mais ce que je demandais en
retour n'exige pas grand'peine...

— Vous n'avez pas compris ce que voulait dire
notre ami », interrompit Middleton, en venant au
secours du chasseur d'abeilles qui était hors d'état, par
excès d'émotion, de se disculper lui-même. « Ce qu'il
refuse, c'est, non pas de s'acquitter de la commission,
mais d'en recevoir le prix. Au reste, il est inutile
d'insister là-dessus davantage ; la dette de reconnaissance que nous avons contractée envers vous sera
convenablement payée, cela me regarde, et il sera
pourvu aussi à tous vos besoins.

— Hein ? » fit le vieillard en regardant le capitaine en face. « Qu'entendez-vous par là ?

— Tout se fera comme vous le désirez. Mettez
ces peaux avec mes bagages ; nous traiterons pour
vous comme pour nous-mêmes.

— Merci, merci, capitaine ! Votre grand-père
avait l'âme libérale et généreuse, à tel point que les
Delawares, ce peuple si juste, l'avaient surnommé *la
Main Ouverte*. Ah ! que ne suis-je l'homme d'autre-

fois ! J'enverrais à la jeune dame quelques fourrures précieuses pour ses palatines et ses manteaux, ne fût-ce que pour montrer que je sais rendre politesse pour politesse. Hélas ! n'y comptez pas ; je suis trop vieux pour me risquer à rien promettre. Il en sera ce qu'il plaira au Seigneur. A vous je ne saurais offrir autre chose ; car je n'ai pas vécu si longtemps dans le désert que je ne sache plus comment doit se comporter un homme comme il faut.

— Dites donc, vieux Trappeur », s'écria le chasseur d'abeilles en frappant dans la main que le vieillard venait de tendre, avec un bruit presque égal à celui d'un coup de pistolet, « j'ai deux choses à vous dire : d'abord, que le capitaine vous a expliqué ma pensée mieux que je ne l'aurais fait moi-même ; ensuite, que si vous avez besoin d'une peau, soit pour votre usage, soit pour une commission, j'en tiens une à votre service, et c'est la peau d'un certain Paul Hover. »

Le vieillard lui rendit son serrement de main, et, riant à sa manière silencieuse, il ouvrit la bouche dans sa plus grande largeur.

« Vous n'auriez pu me serrer la main de cette force, mon garçon », lui dit-il, « alors que les femmes des Sioux dansaient autour de vous, armées de leurs couteaux ! Ah ! vous êtes dans la fleur de l'âge, et dans la saison du bonheur, si vous suivez le chemin de l'honnêteté. »

L'expression des traits du vieillard changea tout à coup, et sa physionomie devint pensive.

« Venez par ici, mon enfant », dit-il en tirant le chasseur d'abeilles par un bouton de son habit ; et l'emmenant à quelques pas sur le rivage, il ajouta d'un ton amical et confidentiel :

« Nous avons souvent causé ensemble des plaisirs et de l'honneur d'une vie passée au milieu des bois ou sur la frontière. Il y a beaucoup de vrai là-dedans, et je ne prétends pas aller contre ; mais, voyez-vous, un même genre de vie ne convient pas à tous les caractères. Vous avez pris sur votre cœur une bonne et affectueuse enfant, et il est juste, à propos de votre futur établissement, de consulter ses goûts aussi bien que les vôtres. Vous êtes un peu enclin à faire l'école buissonnière ; eh bien, croyez-moi, à mon humble jugement, cette fille-là fleurira mieux parmi les habitations qu'exposée aux vents d'une Prairie. Oubliez donc nos entretiens, quoique je n'aie dit que la vérité, et conformez-vous à la manière de vivre des pays de l'intérieur. »

Paul ne put répondre que par une énergique poignée de main, et le vieillard la reçut comme une assurance qu'on se souviendrait de ses conseils. Puis, se détournant de son franc et affectueux compagnon, il appela Hector, et parut désirer encore ajouter quelques mots.

« Capitaine », reprit-il après un instant d'hésitation, « lorsqu'un pauvre homme parle de crédit, il se sert d'un mot bien aventuré, d'après les habitudes du monde, je sais cela ; et quand un vieillard parle d'avenir, il parle de ce qu'il ne verra peut-être jamais. Toutefois j'ai encore une chose à dire, c'est moins dans mon intérêt que dans celui d'un autre. Voici Hector, une bonne et fidèle bête, qui a depuis longtemps dépassé la durée ordinaire de la vie d'un chien ; comme son maître, il songe maintenant plus à son repos qu'à courir après le gibier. Mais la créature a ses affections aussi bien qu'un chrétien. Depuis qu'il fait amitié avec son jeune parent, il semble se plaire beaucoup dans sa compagnie, j'avoue qu'il me serait pénible de les séparer si vite. Si vous voulez fixer un prix à votre chien, je vous en enverrai la valeur au printemps, surtout si les trappes en question me parviennent exactement ; ou, s'il vous déplaît de vous défaire de la bête, je vous demanderai de me la prêter pour l'hiver. Je crois m'apercevoir que mon chien ne vivra pas au-delà, car je m'entends à ces choses-là, attendu que j'ai, dans mon temps, vu partir un grand nombre d'amis, tant chiens que Peaux Rouges, bien que le Seigneur

n'ait pas encore jugé convenable d'ordonner à ses
anges d'appeler mon nom.

— Prenez-le, prenez-le ! » s'écria Middleton.
« Prenez tout ce que vous voudrez ! »

Le vieillard siffla le jeune chien qui vint le
rejoindre sur la rive, puis il procéda aux derniers
adieux. Il serra gravement la main à tous ses compagnons l'un après l'autre, et adressa à chacun d'eux
quelques mots de bonne amitié. Le capitaine, à qui
l'émotion ôtait la parole, se mit à fourrager parmi ses
bagages. Paul siffla rageusement pour se donner une
contenance, et le docteur Battius lui-même fut forcé
de faire à sa philosophie un appel désespéré pour
prendre congé du vieil homme.

Quand celui-ci eut fait le tour du cercle, il poussa
du pied la barque au milieu du courant en leur
souhaitant un prompt voyage. Pas un mot ne fut
prononcé, pas un coup de rame donné jusqu'à ce que
les voyageurs eussent doublé un monticule, qui
déroba le Trappeur à leur vue. La dernière fois qu'ils
l'aperçurent, il était debout sur cette éminence,
appuyé sur sa carabine, Hector couché à ses pieds,
pendant que le jeune chien folâtrait sur le sable avec
tout l'enjouement de son âge.

CHAPITRE XXXIV

Il m'a semblé entendre une voix.

SHAKESPEARE.

Comme les eaux étaient alors très hautes, l'embarcation descendit le courant avec la vitesse d'un oiseau. La traversée fut heureuse et rapide : elle fut accomplie en moins du tiers du temps qu'eût exigé le même voyage par terre. Passant d'une rivière dans une autre, de même que les veines du corps humain communiquent avec d'autres vaisseaux plus considérables, ils entrèrent bientôt dans la grande artère des eaux occidentales, le Mississippi, et débarquèrent sains et saufs à la porte même du père d'Inès.

On concevra facilement la joie de don Augustin et l'embarras du père Ignace. Le premier pleura et rendit grâces au ciel ; le dernier rendit également grâces, sans pleurer toutefois. Les bons habitants de la province étaient trop contents pour s'enquérir beaucoup de la nature d'un événement si heureux, et par une sorte d'assentiment général, l'opinion s'établit dans le pays que l'épouse de Middleton avait été enlevée par un trafiquant de chair humaine, et qu'une intervention toute terrestre l'avait rendue à sa famille.

Afin de donner à l'esprit du digne prêtre quelque occupation, Middleton lui fit marier Paul et Hélène. Le premier consentit à la cérémonie parce qu'il vit que ses amis y attachaient une grande importance ; mais bientôt après il conduisit Hélène dans les plaines du Kentucky, sous prétexte d'aller voir divers membres de la famille Hover. Il en profita pour faire célébrer le mariage dans les formes par un juge de paix de sa connaissance, qu'il jugeait plus apte à forger la chaîne conjugale que tous les gens à soutane de l'Église romaine. Hélène, convaincue qu'on ne saurait trop multiplier les entraves pour retenir dans les limites matrimoniales un caractère aussi migratoire que celui de son mari, ne s'opposa point à ce redoublement de précautions, d'où il s'ensuivit qu'on fut satisfait des deux parts.

L'importance locale que Middleton venait d'acquérir par son union avec la fille d'un propriétaire aussi opulent que don Augustin, jointe à son mérite personnel, attira sur lui l'attention du gouvernement. Il fut bientôt chargé de plusieurs missions de confiance, qui servirent à la fois à l'élever dans l'estime publique et à lui donner des moyens de patronage.

Le chasseur d'abeilles fut l'un des premiers en faveur duquel il employa son crédit. Il n'était pas difficile de l'occuper d'une façon conforme à ses goûts dans l'état de société qui existait alors à la Louisiane. Middleton et sa femme, secondés par Hélène avec autant d'ardeur que de sagacité, réussirent avec le temps à effectuer un avantageux changement dans son caractère. Bientôt il eut des terres qu'il fit valoir habilement, et siégea au conseil municipal. A la faveur de ce changement progressif de fortune, qui, dans la république, amène presque toujours une amélioration correspondante de l'individu, il s'éleva de degré en degré ; et sa femme eut enfin la joie maternelle de voir que ses enfants ne seraient jamais exposés à retourner à cete condition demi-barbare d'où leurs parents étaient sortis. Paul Hover devint membre de la seconde chambre de l'État où il résidait depuis longtemps, et ses discours remplis d'originalité jouirent du privilège de mettre plus d'une fois ce corps délibérant en gaieté.

Quant à Middleton, grâce aux avantages de son éducation distinguée, il occupa un siège dans une assemblée législative beaucoup plus élevée ; c'est à lui que nous devons la plupart des détails de cette histoire. Après nous avoir raconté le bonheur dont il jouissait ainsi que Paul, il nous fit en peu de mots le récit d'un voyage qu'il entreprit peu de temps après dans la Prairie.

Comme cette relation complète le récit des événements qu'on vient de lire, nous croyons devoir terminer par là notre ouvrage.

Dans l'automne de l'année suivante, notre capitaine, qui était encore au service, arriva sur les bords du Missouri, non loin du campement des Paunis. Aucune affaire n'exigeant son retour immédiat, et cédant aux sollicitations pressantes de Paul qui l'accompagnait, il résolut de monter à cheval et de traverser la plaine pour aller rendre visite à Cœur Dur, et s'enquérir des nouvelles de son ami le Trappeur. Suivi d'une escorte proportionnée à ses fonctions et à son grade, il accomplit son voyage au milieu des fatigues et des privations habituelles à une marche semblable, mais sans aucune de ces alarmes, aucun de ces périls qui avaient signalé son premier passage dans le désert.

Parvenu à une distance convenable, il dépêcha un courrier indien appartenant à une tribu amie, pour annoncer son approche et celle de sa troupe, et continua sa route d'un pas modéré, afin que, selon l'usage, son message précédât son arrivée. A la grande surprise des voyageurs, ils ne reçurent aucune réponse. Les heures se succédèrent, et ils continuaient d'avancer, fort inquiets d'un silence contraire aux règles de l'étiquette indienne.

A la fin, la cavalcade, en tête de laquelle marchaient Middleton et Paul, descendit du plateau élevé qu'ils traversaient dans une vallée fertile, au bout de laquelle était situé le village des Loups.

Le soleil commençait à décliner et un réseau d'or étincelant, étendu sur la plaine tranquille, donnait à sa surface unie cette richesse de nuances dont l'imagination humaine se plaît à embellir des scènes plus imposantes. La verdure de l'année n'était pas encore desséchée, et des troupeaux de chevaux et de mulets paissaient paisiblement dans ces pâturages naturels, sous la garde vigilante de jeunes garçons paunis. Paul reconnut parmi eux l'ex-monture du docteur, Asinus, qui, gros et gras, au comble de la félicité, était couché sur l'herbe, l'oreille basse et les yeux à demi-clos, comme absorbé dans la pure jouissance d'une heureuse oisiveté.

Les voyageurs passèrent à peu de distance de l'un de ces vigilants gardiens chargés de veiller sur ce qui faisait la principale richesse de la tribu. Le pas des chevaux lui fit tourner la tête ; mais, sans manifester ni curiosité ni alarme, ses yeux se reportèrent aussitôt vers le village.

« Il se passe ici quelque chose d'extraordinaire »,
dit Middleton à son compagnon. « Cet enfant a eu
connaissance de notre arrivée, autrement il ne manquerait pas d'en informer sa tribu ; et cependant c'est
à peine s'il daigne nous honorer d'un coup d'œil.
Préparez vos armes, mes amis ; il sera peut-être
nécessaire d'imposer à ces sauvages.

— Là-dessus, capitaine, je crois que vous êtes
dans l'erreur », répondit Paul. « Si la loyauté réside
quelque part dans la Prairie, elle se trouverait dans le
cœur de notre ancien ami Cœur Dur. Il ne faut pas
juger un Indien par les mêmes règles qu'un Blanc.
Tenez, voici qu'on s'occupe de nous ; j'aperçois des
gens là-bas qui s'avancent à notre rencontre, bien
qu'en assez piteux état. »

En effet, un groupe de cavaliers tournait un petit
bois, et venait droit à eux. Leur marche était lente et
grave. Lorsqu'ils furent plus près, on reconnut le chef
des Loups à la tête d'une douzaine de jeunes guerriers. Ils étaient tous sans armes, et ne portaient même
pas sur leur personne les ornements et les plumes qui
annoncent le rang et l'importance de l'Indien en
même temps qu'ils sont un témoignage de respect
pour l'hôte qu'il reçoit.

De part et d'autre, l'entrevue fut amicale, bien
qu'un peu contrainte. Middleton, jaloux de sa considération non moins que de l'autorité de son gouvernement, suspecta quelque intrigue secrète ourdie par les
agents anglais du Canada, et il se vit dans la nécessité
de montrer une hauteur bien éloignée de ses sentiments. Il n'était pas facile de pénétrer les motifs des
Paunis. Calmes, graves, et pourtant sans froideur, ils
avaient une politesse mêlée de réserve qui aurait pu
être donnée en exemple à maint diplomate européen.

Les deux troupes continuèrent ainsi leur route jusqu'au village.

Middleton eut le temps, pendant le reste de la marche, de ruminer dans son esprit toutes les raisons probables d'une si étrange réception. Quoiqu'il fût accompagné d'un interprète, les chefs s'étaient abordés de manière à n'avoir pas besoin de ses services. Vingt fois le capitaine tourna les yeux sur son ancien ami, pour tâcher de lire sur sa figure de marbre ses pensées secrètes ; efforts et conjectures furent également inutiles. Le regard de Cœur Dur était fixe, calme, un peu inquiet même, voilà tout. S'enfermant dans un silence impénétrable, il ne parut point désirer que ses hôtes le rompissent à son égard. Force fut donc à Middleton d'imiter les manières patientes de ses compagnons, et d'attendre que la suite lui expliquât ce mystère.

En entrant dans le village, ils trouvèrent tous les habitants rassemblés dans une grande place en raison de leur âge et de leur rang. Ils formaient un vaste cercle, au centre duquel se tenait une douzaine des principaux chefs. En approchant, Cœur Dur agita la main ; la foule s'entr'ouvrit pour le laisser passer, et il s'avança dans l'enceinte, suivi par les deux troupes. Là, ils mirent tous pied à terre ; les chevaux furent emmenés, et les étrangers se trouvèrent environnés d'un millier de figures, toutes graves et soucieuses.

Middleton jeta les yeux autour de lui avec une inquiétude toujours croissante, en voyant qu'aucun chant, aucun cri de joie n'accueillait sa bienvenue au milieu d'un peuple qu'il avait quitté si récemment et avec tant de regret. Ses alarmes furent partagées par ceux qui l'accompagnaient, et chacun porta en silence la main sur ses armes, pour s'assurer qu'elles étaient en état de rendre un service immédiat. Mais aucun symptôme d'hostilité ne se manifesta chez leurs hôtes. Cœur Dur fit signe aux deux amis de le suivre, et les conduisit vers le petit groupe qui occupait le milieu du cercle.

Ce fut là que nos voyageurs eurent l'explication d'une conduite qui leur avait causé de si vives inquiétudes.

Sur un siège grossier, que les Indiens avaient fabriqué avec soin de leurs propres mains, et destiné à maintenir le corps dans une attitude droite et commode, était assis le Trappeur.

Il suffit d'un coup d'œil à ses anciens amis pour se convaincre que le vieillard était enfin appelé à payer le tribut à la nature. L'œil, vitreux et sans expression, paraissait ne plus voir ; les traits étaient un peu plus hâves et plus creusés qu'à l'ordinaire ; mais on ne remarquait en lui nul autre changement. Sa fin imminente, au lieu de provenir d'une maladie quelconque, n'était que le dépérissement insensible de ses forces physiques. La vie, il est vrai, n'avait point encore abandonné son corps ; tantôt on la sentait prête à s'échapper, tantôt elle venait ranimer de nouveau cette existence presque éteinte, comme s'il lui en coûtait de déserter une demeure que n'avait jamais minée le vice, ni corrompue la maladie.

Le moribond était placé de manière à ce que la lumière du soleil couchant tombât sur sa grave figure. Il avait la tête nue, et ses cheveux blancs flottaient en mèches longues et rares au souffle de la brise du soir. Sa carabine était posée en travers de ses genoux, et le reste de l'attirail de chasse placé à côté de lui, à portée de sa main. Entre ses jambes était couché un chien, le museau contre terre comme s'il dormait, et dans une

pose si naturelle que Middleton dut le regarder à deux
fois pour reconnaître l'artifice : ce n'était plus Hector
en effet, mais sa peau, que les Paunis avaient eu
l'attention délicate d'empailler de manière à représen-
ter l'animal vivant.

Son jeune chien jouait à quelques pas avec
l'enfant de Tachichana et de Matori. La mère elle-
même, debout, tenait dans ses bras un second rejeton,
qui avait la gloire d'avoir pour père un guerrier non
moins illustre que Cœur Dur. Le Balafré était assis à
côté du Trappeur, et tout annonçait en lui qu'il ne
tarderait guère à le suivre dans la tombe. Les autres
personnages faisant partie du cercle intérieur étaient
des vieillards qui s'étaient, selon toute apparence,
approchés afin d'observer la manière dont un guerrier
juste et intrépide partirait pour le plus long de ses
voyages.

Le vieux coureur des bois recueillait dans une
mort douce et tranquille la récompense d'une vie de
tempérance et d'activité. Sa vigueur s'était en quelque
sorte conservée jusqu'au dernier moment. Son déclin
avait été rapide, quoique exempt de souffrance. Il
avait chassé avec la tribu au printemps, et même
presque tout l'été, lorsque tout à coup ses jambes lui
refusèrent le service. La même faiblesse s'étendit
successivement à toutes ses facultés ; et les Paunis
comprirent qu'ils allaient perdre, de cette manière
inattendue, un sage et bon conseiller, objet tout à la
fois de leur affection et de leur respect. Mais, comme
nous l'avons déjà dit, l'immortelle habitante semblait
répugner à quitter son séjour, et la flamme de la vie
vacillait sans s'éteindre.

Le matin même du jour où Middleton était
arrivé, le vieillard avait senti ses facultés se ranimer.

Sa bouche articulait de salutaires maximes, et de temps à autre ses regards reconnaissaient la personne de ses amis ; dernières et courtes relations avec le monde d'une créature qui semblait en avoir pris congé pour jamais.

Ayant placé ses hôtes en face du mourant, Cœur Dur fit une pause, autant par affliction que par dignité, et dit en se penchant un peu :

« Mon père entendit-il les paroles de son fils ? »

Sans bouger d'une ligne, le Trappeur répondit d'une voix faible et profonde, mais qu'on entendait distinctement à cause du religieux silence qui régnait alentour :

« Parlez... Je vais quitter le village des Loups, et bientôt je serai hors de la portée de votre voix.

— Que le vénérable chef n'ait point d'inquiétude pour son voyage », reprit Cœur Dur, oubliant dans sa vive sollicitude que d'autres attendaient leur tour pour parler à son père adoptif ; cent Loups écarteront les ronces qui pourraient gêner son passage.

— Pauni, je meurs comme j'ai vécu, en chrétien », dit le Trappeur en accentuant ce mot avec une force qui produisit sur ses auditeurs l'effet d'une trompette dont la brise apporterait subitement les sons lointains. « Tel je suis entré dans la vie, tel je la quitterai. Des chevaux et des armes ne sont pas nécessaires pour paraître devant le Grand Esprit de mon peuple. Il connaît ma couleur, et c'est d'après mes dons qu'il jugera mes actes.

— Mon père va dire à mes jeunes hommes combien de Mingos il a frappés, et quels actes de valeur et de justice il a accomplis, afin qu'ils suivent son exemple.

— Une langue orgueilleuse n'est point entendue

dans le ciel d'un Blanc », répliqua le vieillard d'un ton solennel. « Ce que j'ai fait, il l'a vu, lui ; ses yeux sont toujours ouverts. Le bien, il s'en souviendra ; le mal, il n'oubliera pas de le châtier, mais ce sera toujours avec indulgence. Non, mon fils, un Visage Pâle ne doit pas chanter ses propres louanges, ni espérer de les rendre agréables à son Dieu ! »

Un peu désappointé, le jeune chef recula modestement de quelques pas pour faire place aux nouveaux arrivants.

Middleton prit une des mains décharnées du Trappeur, et faisant effort pour affermir sa voix, il parvint à décliner son nom. Le vieillard écouta d'abord en homme dont les pensées sont absorbées par un objet bien différent ; mais sitôt qu'il eût compris à qui il avait affaire, une expression de joie anima ses traits décolorés et annonça qu'il le reconnaissait.

« Vous n'avez pas oublié, je l'espère, ceux à qui vous avez rendu tant de services ? » dit Middleton en finissant. « Il me serait pénible de penser que j'ai laissé si peu de traces dans votre mémoire.

— J'ai oublié bien peu des choses que j'ai vues », répondit le Trappeur. « Je touche à la fin de jours longs et pénibles ; et pourtant il n'en est pas un seul sur lequel je craigne de revenir... Je vous remets bien, vous et tous ceux qui vous accompagnent ; oui, et votre grand-père aussi, qui est parti depuis longtemps... Vous voilà revenu dans la Prairie, j'en suis fort aise ; j'avais besoin de la présence de quelqu'un qui parle anglais, puisqu'on ne peut guère se fier aux trafiquants qui passent... Voulez-vous, jeune homme, rendre un service à un vieux bonhomme qui va mourir ?

— De tout mon cœur ! »

Le moribond ne parlait qu'à phrases entrecoupées, et avec une difficulté de plus en plus croissante, selon que ses forces le lui permettaient.

« C'est un long voyage pour envoyer de semblables bagatelles », reprit-il, « et quand je dis long voyage, c'est comme si je disais fatigant... Mais les égards et l'amitié sont choses sacrées... ça ne s'oublie pas... Dans les montagnes de l'Otsego il y a une habitation...

— Je connais l'endroit », interrompit Middleton, pour épargner la fatigue au vieillard ; « continuez, et dites ce que vous désirez.

— Prenez donc cette carabine, cette carnassière et cette poire à poudre... et faites-les parvenir à la personne dont le nom est gravé sur la plaque de la crosse... Un marchand a creusé les lettres avec son couteau, car il y a longtemps que j'ai le projet de lui envoyer ce souvenir de mon attachement.

— Vos intentions seront remplies. Souhaitez-vous encore autre chose ?

— Non... je n'ai plus rien à donner... Je laisse mes trappes à mon fils indien, un brave garçon, qui m'a gardé loyalement sa foi. Qu'il vienne devant moi. »

Middleton transmit au chef le désir du Trappeur et lui céda sa place.

« Pauni », continua le vieillard d'un ton plus ferme, et en changeant toujours de langage selon la personne à laquelle il s'adressait, et souvent suivant le cours de ses idées, « il est d'usage chez mon peuple que le père laisse sa bénédiction à son fils avant de fermer les yeux pour jamais. Cette bénédiction, je vous la donne ; recevez-la, car les prières d'un chrétien

ne sauraient rendre plus longue ou plus difficile la
route qui mène un guerrier juste vers les Prairies
bienheureuses. Puisse le Dieu d'un Blanc abaisser sur
votre conduite un regard de bienveillance, et puissiez-
vous ne jamais commettre un acte qui l'oblige à
rembrunir sa face !... Je ne sais si nous devons nous
revoir là-haut. Il y a plusieurs traditions touchant le
séjour des bons esprits. Ce n'est pas à un pauvre
homme de ma sorte, malgré mon âge et mon expérience, de contredire le sentiment d'une nation. Vous
croyez aux Prairies bienheureuses, et j'ai foi aux
leçons de mes pères... Si les uns et les autres ont
raison, notre séparation sera éternelle ; mais s'il est
vrai que le même sens soit caché sous des paroles
différentes, nous paraîtrons ensemble, Pauni, devant
la face de votre Wacondah, qui alors ne sera autre que
mon Dieu... Il y a beaucoup à dire en faveur des deux
religions, car chacune d'elles semble propre à la
nature du peuple qui la suit, et sans doute il faut qu'il
en soit ainsi. Peut-être ne me suis-je pas assez
conformé aux dons de ma couleur ; je le sens à la
répugnance que j'éprouve à renoncer pour toujours à
l'usage de la carabine et aux jouissances de la chasse.
La faute en est à moi, à moi seul évidemment.

« Oui, Hector », poursuivit-il en se penchant un
peu pour toucher les oreilles du chien, « le moment de
nous quitter est à la fin venu, mon vieux, et cette
chasse-là sera longue. Tu as été un chien honnête,
courageux et fidèle. Pauni, vous ne tuerez pas la
pauvre bête sur ma tombe ; une fois mort, voyez-vous,
un chien chrétien ne ressuscite plus... Quand je serai
parti, vous le traiterez avec bonté en souvenir de
l'amitié que vous portiez à son maître.

— Les paroles de mon père », répondit le jeune

chef avec un geste de respectueux assentiment, « sont dans mes oreilles.

— Entends-tu ce que le chef a promis, mon vieux ? »

Et, tout en parlant, le vieux chasseur essaya de nouveau d'attirer l'attention de l'animal. Ne recevant pour réponse aucun regard sympathique, aucun signe d'amitié, il chercha la gueule de son vieux compagnon, et s'efforça de passer la main entre ses lèvres glacées. Alors la vérité lui apparut, quoiqu'il fût loin de soupçonner le pieux artifice des Indiens. Retombant sur son siège, il inclina la tête comme s'il eût éprouvé un choc aussi rude qu'inattendu. Aussitôt, deux jeunes Paunis profitèrent de ce moment de défaillance pour retirer la peau, guidés par le même sentiment de délicatesse qui leur avait fait commettre leur innocente fraude.

« Le chien est mort ! » murmura le Trappeur, après une pause de quelques minutes. « La vie d'un chien a son terme comme celle d'un homme, et celui-ci a bien rempli ses jours !... Capitaine », ajouta-t-il, « je suis bien aise que vous soyez venu ; quoique bons et bien intentionnés selon les dons de leur couleur, ces Indiens ne sont pas les gens qu'il faut pour descendre un blanc dans sa tombe... J'ai pensé aussi à ce chien qui est à mes pieds ; il n'est pas convenable de donner à croire qu'un chrétien peut s'attendre à retrouver son chien ; cependant quel mal y a-t-il à déposer auprès des os de son maître la dépouille d'un serviteur fidèle ?

— Il n'y en a aucun ; ce que vous demandez sera fait.

— Vous êtes de mon avis là-dessus ? Tant mieux !... Eh bien, afin d'épargner la peine, placez le chien à mes pieds, ou, si vous voulez, mettez-nous côte à côte... Un chasseur n'a point à rougir de se trouver en compagnie de son chien.

— Je me charge de tout. »

Le vieillard se tut, absorbé dans ses réflexions. De temps en temps, il levait ses yeux à demi éteints vers Middleton comme s'il avait encore une recommandation à lui faire, et quelque scrupule semblait lui clore la bouche. Le capitaine, observant son hésitation, lui demanda, du ton le plus affectueux, s'il n'avait rien oublié.

— « Je n'ai ni parents ni famille dans le monde entier », répondit le Trappeur. « Quand je ne serai plus là, ma race aura pris fin... Nous n'avons jamais été des chefs, mais nous nous sommes montrés honnêtes et utiles ; c'est ce qui, j'espère, ne sera nié par personne... Mon père est enterré près de la mer, et les os de son fils blanchiront sur la Prairie.

— Indiquez-moi la place, et vos restes seront déposés auprès de ceux de votre père.

— Non, capitaine, ce n'est pas cela... Que je repose où j'ai vécu, loin du tumulte des habitations !... Et pourtant il n'est pas besoin, à mon avis, que le tombeau d'un honnête homme reste caché comme un Peau Rouge dans son embuscade... Autrefois j'ai payé un individu des colonies pour installer une dalle sur la sépulture de mon père... C'était un ouvrage bien fait, joliment gravé, et qui m'avait coûté douze peaux de castor... Elle disait à tous les passants que le corps d'un tel, chrétien, reposait là-dessous, et parlait ensuite de sa manière de vivre, de son âge, et de sa probité... Lorsque nous en eûmes fini avec les Français dans l'ancienne guerre, je poussai jusque-là pour m'assurer si l'on avait exécuté mes ordres, et je suis heureux de dire que l'ouvrier n'avait pas manqué à sa parole.

— Alors vous voudriez avoir une pierre semblable sur votre tombeau ?

— Moi ? non, non ; je n'ai d'autre fils que Cœur Dur, et un Indien ne se connaît guère aux usages des blancs... D'ailleurs je suis déjà son débiteur, vu que je n'ai presque rien attrapé depuis que je suis dans sa tribu... La carabine pourrait acquitter les frais... Mais non, le cher enfant de là-bas aura grand plaisir, j'en suis convaincu, à la suspendre dans sa maison, lui qui m'a vu abattre tant de gibier avec cette bonne arme... Décidément, elle doit être envoyée à celui dont le nom est gravé sur la platine.

— Mais il y a ici quelqu'un qui serait heureux de vous prouver son affection en souscrivant à vos désirs ; quelqu'un qui non seulement vous est redevable d'avoir échappé à mille dangers, mais à qui ses ancêtres ont transmis le devoir d'acquitter envers vous une longue dette de reconnaissance. C'est chose dite : la pierre sera posée sur votre tombeau. »

Le vieillard étendit sa main tremblante et serra celle du jeune officier.

« Vous le ferez ? » dit-il. « Au fond je m'en doutais, et si je n'osais pas vous en prier, c'est que je ne vous suis de rien... Point de phrases, vous savez... Il suffit d'inscrire le nom, l'âge et l'époque de la mort, avec quelque chose tiré de la Bible... Voilà tout... Comme ça, mon nom ne disparaîtra pas entièrement... Je n'en demande pas davantage. »

Middleton lui exprima son assentiment, puis succéda une pause, interrompue seulement par des phrases décousues qui s'échappaient des lèvres du moribond. Il semblait avoir réglé ses comptes avec le monde, et n'attendre pour le quitter que le dernier signal.

Cœur Dur et l'officier se placèrent à droite et à gauche de son siège, épiant avec une douloureuse anxiété les variations de sa physionomie. Pendant deux heures, il ne se produisit presque pas d'altération sensible ; l'expression de ses traits flétris et usés par le temps était celle d'un repos calme et religieux. De loin en loin, il se reprenait à parler, prononçant un mot d'avis, ou une simple question relative à ceux qui lui tenaient encore au cœur.

Tant que dura cette scène poignante et solennelle, il n'y eut pas un Indien qui ne restât immobile à sa place avec une patience exemplaire. Le vieillard

parlait-il, tous penchaient la tête en avant pour
l'écouter ; et lorsqu'il se taisait, tous semblaient médi-
ter la sagesse de ses paroles.

A mesure que le flambeau de la vie se consumait,
la voix du Trappeur était plus étouffée, et par instants
ses amis doutèrent s'il était encore du nombre des
vivants. Middleton, qui étudiait sur son visage le plus
léger tressaillement avec l'intérêt d'un observateur et
l'affection d'un ami, crut y distinguer les efforts de
l'âme pour rompre ses liens.

Le Trappeur était resté à peu près sans mouvement durant la seconde heure ; ses paupières seules
avaient remué. Lorsqu'elles s'entr'ouvraient, son
regard était fixé vers l'occident sur les nuages amon-
celés à l'horizon et qui reflétaient les brillantes couleurs d'un coucher de soleil. L'heure, la beauté calme
de la saison, l'événement, tout contribuait à remplir
les spectateurs d'un religieux respect.

Tout à coup, tandis que Middleton réfléchissait à
l'étrangeté de sa situation, il sentit la main du mourant
qui étreignait la sienne avec une force incroyable.
Soutenu de chaque côté par ses jeunes amis, il se
dressa de toute sa hauteur. Un moment, il regarda
autour de lui comme pour inviter toute l'assemblée à
l'écouter — dernier reste de l'humaine faiblesse ; —
puis, relevant la tête dans une attitude militaire, et
d'une voix qui pouvait être entendue de toutes parts, il
prononça avec énergie ce mot :

« PRÉSENT ! »

Un mouvement si imprévu, l'air de grandeur et
d'humilité tout ensemble empreint sur les traits du
Trappeur, le ton ferme et clair de sa voix, frappèrent
toute l'assistance d'une sorte de stupeur. Lorsque
Middleton et Cœur Dur, qui, par un mouvement

involontaire, avaient tous deux étendu la main pour
soutenir le vieillard, reportèrent les yeux sur lui, ils
s'aperçurent que l'objet de leur sollicitude avait cessé
pour jamais d'avoir besoin de leur aide. Ils replacèrent
tristement le corps sur son siège ; le Balafré se leva
pour annoncer à la tribu que tout était fini, et sa voix
retentit comme l'écho de ce monde invisible vers
lequel l'âme de l'honnête Trappeur venait de s'envo-
ler.

« Un guerrier vaillant, juste et sage est entré dans
le sentier qui le conduira aux Prairies bienheureuses
de son peuple », dit-il. « Quand le Wacondah l'a
appelé, il s'est trouvé prêt à répondre. Allez, mes
enfants ; rappelez-vous le chef juste des Visages Pâles,
et écartez les ronces de votre chemin ! »

La tombe fut creusée sous l'ombrage de quelques
chênes majestueux ; elle a été gardée soigneusement
jusqu'à ce jour par les Loups Paunis, et souvent on la
montre aux voyageurs comme un lieu où dort un blanc
vertueux.

On ne tarda pas à y placer une pierre avec la
simple inscription que le Trappeur avait lui-même
demandée. La seule chose que Middleton se permit,
ce fut d'y ajouter ces mots :

Qu'aucune main profane ne trouble le repos de ses
cendres !

Dépôt légal : mars 1989
Imprimé en Chine